EL SUEÑO DE LA FAMILIA CRESPI

Planeta Internacional

ALESSANDRA SELMI

EL SUEÑO DE LA FAMILIA CRESPI

Traducción de Carlos Gumpert

Planeta

Título original: *Al di qua del fiume*

Avda. Diagonal, 662-664, 08034 Barcelona (España)
www.planetadelibros.com

Esta obra ha sido traducida con la ayuda del Centro per il Libro e la Lettura del Ministerio de Cultura italiano.

CENTRO
PER IL **LIBRO**
E LA **LETTURA**

Primera edición: marzo de 2024
ISBN: 978-84-08-28546-5
Depósito legal: B. 2.088-2024
Composición: Realización Planeta
Impresión y encuadernación: Rotoprint By Domingo, S. L.
Printed in Spain - Impreso en España

A mis dolorosas raíces
y al exuberante jardín que han generado

Dadnos el dinero y dejadnos jugar.

Peter Medawar,
premio Nobel de Medicina

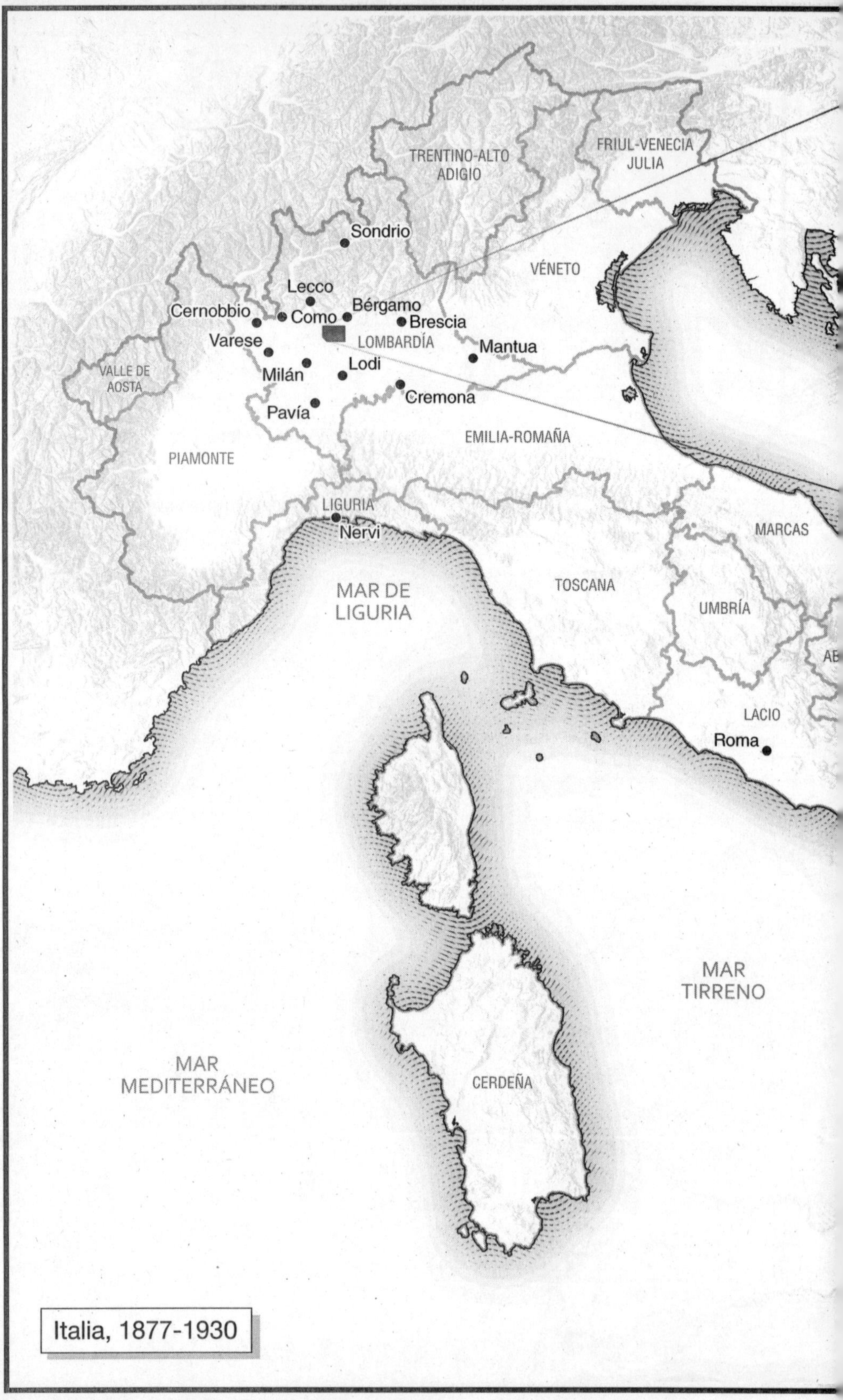

TRENTINO-ALTO ADIGIO
FRIUL-VENECIA JULIA
Sondrio
VÉNETO
Lecco
Bérgamo
Cernobbio
Como
Brescia
Varese
LOMBARDÍA
Mantua
VALLE DE AOSTA
Milán
Lodi
Cremona
Pavía
EMILIA-ROMAÑA
PIAMONTE
LIGURIA
Nervi
MARCAS
MAR DE LIGURIA
TOSCANA
UMBRÍA
LACIO
Roma
MAR TIRRENO
MAR MEDITERRÁNEO
CERDEÑA
Italia, 1877-1930

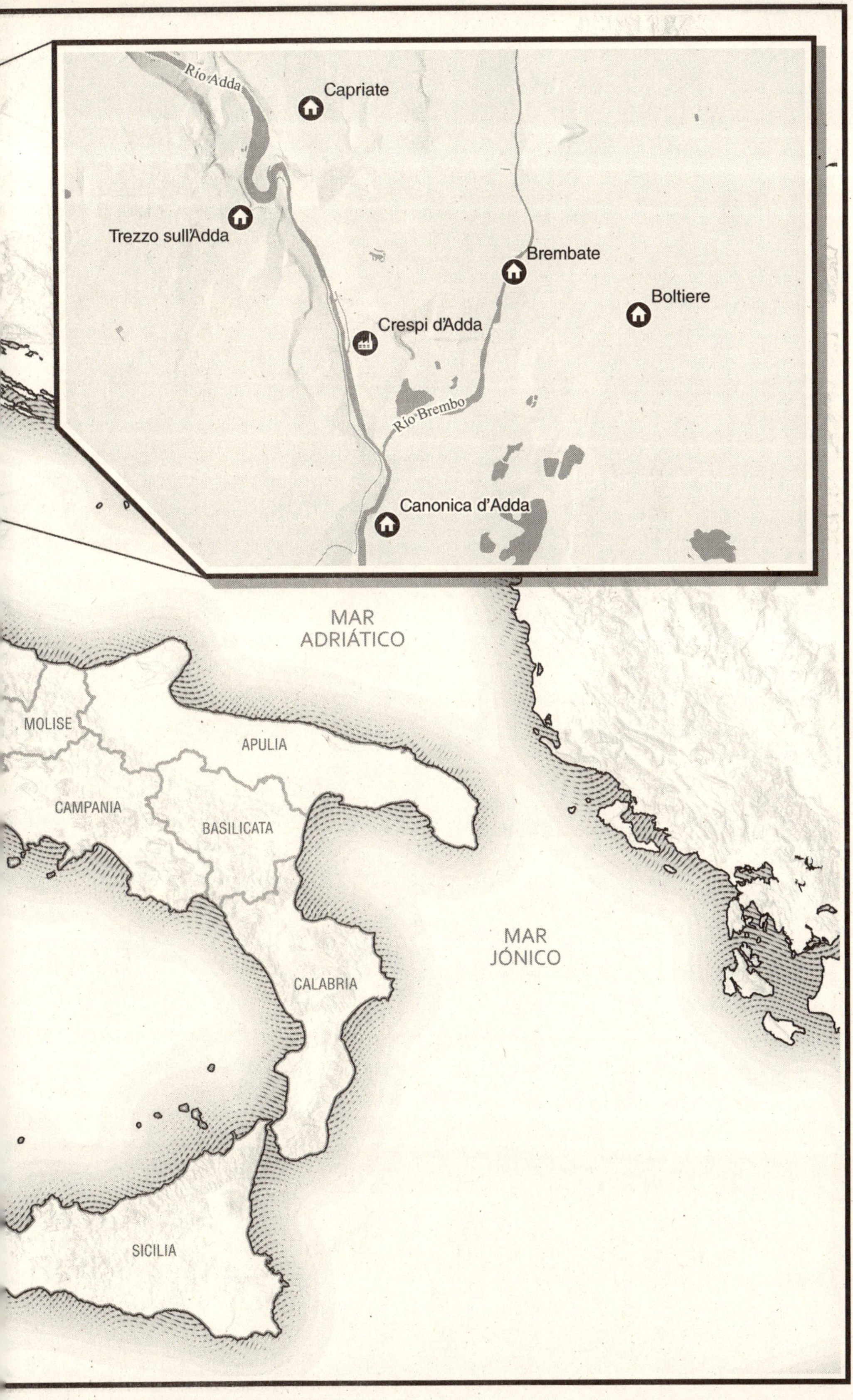

Río Adda
Capriate
Trezzo sull'Adda
Brembate
Boltiere
Crespi d'Adda
Río Brembo
Canonica d'Adda
MAR ADRIÁTICO
MOLISE
APULIA
CAMPANIA
BASILICATA
MAR JÓNICO
CALABRIA
SICILIA

PRIMERA PARTE

1

Boltiere, Bérgamo, enero de 1877

Las campanas de la iglesia repican siete veces, el sonido llega atenuado a través de los postigos medio abiertos. Carlo Vitali abre los ojos y siente que los de su esposa Amalia lo observan en la oscuridad. ¿Cuánto tiempo lleva así?

A través del comedor, que separa la habitación del resto de la familia, llega un golpe de tos, luego el crujido de la madera y a continuación un breve ruido de pasos. Todo el mundo está despierto ya. Solo la pequeña Emilia sigue dormida, en la camita pegada a la pared junto a ellos, y emite un débil silbido.

En el fino cristal de la ventana, el invierno ha dibujado flores de hielo. Amalia saca una mano del edredón y se estremece, luego le hace una lenta caricia a su marido. Es su silenciosa manera de darle los buenos días, su momento de intimidad antes de que la casa recobre la vida. Le pone el dedo índice sobre los labios; él le besa la palma.

La tía Maria está ajetreada con la estufa, que como de costumbre no quiere encenderse. El aroma a madera húmeda y a humo se expande por el aire. Por detrás de la cortina que separa las habitaciones flota la sombra de papá Renato; abre la puerta, maldice el frío y luego sale a vaciar la vejiga y a ordeñar la vaca. Desde fuera llega un bramido: Teresina lo ha reconocido. Las hermanas de Amalia no tardarán en levantarse y encontrarán leche caliente en la que mojar un trozo de la polenta que sobró ayer.

Carlo atrae hacia sí el menudo cuerpo de su mujer, que se da la vuelta y se acurruca entre sus brazos. La estrecha con fuerza y siente que una emoción indescifrable se abre paso en su corazón. Es un día importante, aunque no sabe por qué.

Hace ocho años que no ve al patrón. «Habrá envejecido», piensa Carlo, por más que los ricos envejezcan mejor. Se despidieron con un nudo en la garganta; el patrón tenía los ojos enrojecidos por las lágrimas, le había prometido que volvería, pero luego desapareció y, cuando Carlo recibió ayer el mensaje, ya había dejado de confiar en su regreso.

Mi buen amigo:

Si hasta ahora no has tenido noticias mías es porque la marcha de mis asuntos no me ha permitido escribirte antes. Nuestra separación ha sido larga y dolorosa, pero tengo la esperanza de que termine pronto.

Te escribo para decirte que, si Dios quiere, mañana a las once horas estaré en la zona del Fosso Bergamasco con noticias importantes que afectan a tu persona. Mantengo, por lo tanto, la palabra que te di y te agradeceré que me hagas el favor de acudir puntual a la cita.

Mientras espero el feliz momento de volver a abrazarte, recibe un buen apretón de manos de tu amigo,

Cristoforo B. Crespi

P. D.: Espero que tú, tu mujer y la niña estéis bien y gocéis de buena salud.

Fue Emilia quien se lo leyó, despacio pero segura, orgullosa de poder mostrar a su padre lo que ha aprendido. También sabe hacer cuentas. Este verano, tras la escolarización obligatoria, empezará a trabajar; un primo de los Vitali que tiñe ropa para un mayorista de Trezzo le ha prometido a Carlo buscarle un sitio.

Cuando Amalia le explicó que ahora que tenía nueve años se había hecho mayor y que los mayores debían trabajar, los ojos de Emilia se dilataron como charcos, pero no lloró: permaneció inmóvil, conteniendo la respiración, mirando fijamente la espalda de su madre mientras esta volvía a trastear en la cocina, como si no hubiera nada más que añadir. Y, en efecto, no lo había.

Para su única hija, tan largamente deseada, Carlo soñaba con un destino diferente. No cabe duda de que Emilia tiene suerte: cuatro años de colegio son más de lo que les correspondió a sus padres, es decir, nada. Pero la niña tiene una inteligencia viva, es curiosa, le gusta estudiar: si siguiera adelante, tal vez podría aspirar a algo más que a romperse la espalda metiendo paños en cubas durante el resto de su vida.

Una mano invisible aprieta los intestinos de Carlo, luego le invade una felicidad inexplicable y no puede contener una sonrisa. Quizá sea una premonición, o quizá solo una esperanza. No sabe lo que quiere de él —el mensaje no lo dice—, pero el patrón ha vuelto. Ha cumplido su promesa.

El cálido cuerpo de Amalia se adhiere perfectamente al suyo, podrían ser incluso una sola criatura. Él recorre su muslo, buscando el punto donde acaba el camisón y empieza la piel.

En la habitación de al lado, la tía Maria trasiega con la estufa sin preocuparse ya por no hacer ruido. En el lenguaje silencioso de la familia significa que es hora de levantarse, aunque aún no se atreva a entrar en la habitación para sacarlos de la cama.

Amalia se inquieta un poco, detiene la mano de Carlo, que está subiendo por su muslo desnudo, y la lleva de nuevo a la altura de su estómago. Siente ese cosquilleo que tan bien conoce, preludio del pecado, y de repente ya no tiene frío; es más, le gustaría apartar las sábanas.

En el comedor la tía Maria deja caer una olla. Eso significa que ya es demasiado tarde. Pronto se dejará de pudores y entrará en la habitación para abrir las contraventanas.

Carlo piensa que tal vez quede tiempo aún para sentir el cuerpo de su mujer contrayéndose de placer ceñido al suyo. Pero algo se quiebra de repente.

Amalia se aleja con brusquedad, aparta su mano con hastío y luego se vuelve para mirarle con reproche. En la penumbra no puede verla, pero Carlo sabe que está apretando los labios hasta hacerlos desaparecer, dividida entre la vergüenza por haberse arriesgado a ceder al placer y el odio hacia él, que le habría proporcionado ese placer con mucho gusto.

Como todas las criaturas frágiles, Amalia puede llegar a ser muy fuerte, sobre todo cuando tiene que castigarse a sí misma. Salta de la cama, abre de golpe las contraventanas sin molestarse en cerrar los cristales y se queda quieta un instante, sintiendo que el frío le punza las plantas de los pies y se eleva desde el suelo hasta paralizarle las piernas. Mantiene la mirada fija en el gran crucifijo que cuelga sobre la cómoda.

En la camita de al lado, Emilia se revuelve bajo las sábanas; debe de haberla despertado el frío. Amalia se ve sacudida por una especie de sollozo que hace vibrar todo su cuerpo, como si hubiera vuelto en sí de una pesadilla para encontrarse allí, de pie, delante de la ventana, abierta de par en par al patio.

Carlo logra captar su consternación, se levanta de la cama y se dispone a abrazarla. Pero ella se aparta y, con la cabeza gacha, se apresura a entrar en el comedor.

—¿Qué haces caminando descalza? —la regaña la tía Maria.

En ese instante entra papá Renato. Las hermanas de Amalia ya se están peleando por quién llevará el sombrero, ya que solo tienen uno y deben turnárselo.

Carlo cierra la ventana, luego se sienta en la cama de Emilia, la arropa y le dedica una larga caricia.

—Duerme un poco más —le dice—. Aún es temprano.

Espera a que ella vuelva a adormecerse y saca su traje de los domingos, aunque hoy no sea domingo. La cita es a las once, pero decide marcharse de inmediato, sin probar siquiera bocado. Se despide de su familia con un gesto de la cabeza, luego se inclina sobre Amalia y le da un beso en la mejilla.

Ella le agarra de la chaqueta como si se aferrara a la vida. «¡No te vayas, no me dejes!», le implora con la mirada. Él le sonríe. A pesar de todo le parece hermosísima, especialmente ahora, con el pelo corvino suelto sobre los hombros y las mejillas inflamadas por la vergüenza.

Pero el patrón le ha mandado llamar y Carlo cree que esta vez será para bien. No sabe por qué ni qué ni cómo, pero cuando sale se siente feliz. Desde la puerta Amalia lo ve desvanecerse en la niebla y, a lo lejos, lo oye silbar.

2

Milán

Las escaleras de servicio son estrechas y empinadas; los peldaños, desgastados por miles de pasos, crujen bajo el peso de Fredo, que se agarra a la pared para no caerse. La puertecita se abre con un quejido hacia el pequeño patio interior, húmedo y umbrío. El joven se estremece, luego mira hacia arriba, hacia las ventanas que conoce bien, tratando de captar una sombra o el movimiento de una cortina por lo menos, el indicio de una presencia, un gesto de saludo, la esperanza de un cambio de idea. Nada.

Fredo Malberti imagina el ajetreo de los criados, el mayordomo con la bandeja del desayuno, la fregona con el cubo del carbón, la cocinera mojando el dedo en la salsa. La vida sigue, allí arriba, como antes, pero sin él.

Se ciñe el abrigo y se encamina con la cabeza gacha, los puños apretados en los bolsillos y los dientes contraídos para retener las lágrimas.

Hoy iba a ser un día especial, el día en que se despediría de su vida anterior y cruzaría al otro lado. Parecía el momento oportuno, todo estaba en el lugar adecuado, como si el destino lo hubiera dispuesto todo para que la transición resultara fluida. Fredo había encontrado el terreno, había convencido a los vendedores, había rebajado el precio y engrasado los goznes de la máquina burocrática. El patrón no podría reprocharle que no hubiera cumplido con su deber, que le estuviera plantando con el trabajo a medias. No, señor; todo perfecto, todo planificado hasta el último detalle, como siempre.

De esta manera habría bajado por las escaleras de la casa patronal con paso ligero, se habría enfrentado a la ciudad con la barbilla en alto, habría montado luego en el landó con un ágil brinco y en el momento oportuno habría mirado a su patrón a la cara y le habría dicho que ya estaba bien, que todo había terminado: que se buscara otro secretario, porque él —Alfredo Malberti— estaba harto.

Así era como debería haber sido.

Fuera del edificio la niebla es espesa como la nata, no hay nadie, no se ve a un palmo de distancia. Fredo gira a la izquierda por un pequeño puente y sigue recto, caminando pegado a los muros. Se sabe el camino de memoria. Un poco más adelante, el canal se abre en un estanque oscuro, tan profundo que de vez en cuando cae algún borracho y nunca vuelven a encontrarlo.

En la iglesia de San Marco suenan las ocho. Fredo siente que las campanas vibran dentro de sus huesos mientras un pensamiento se extiende como un agujero en su corazón: «¿A qué distancia estará el agua?».

Da un paso, luego otro, conteniendo la respiración. Ayer mismo estaba en La Scala, en un palco, disfrutando de la ópera. Era una persona feliz, con un futuro radiante ante él, bienestar, diversión, amor; o eso creía por lo menos.

Estalla en una carcajada amarga. Doce horas apenas y todo está patas arriba: lo único que tiene ahora ante él es un muelle y ninguna perspectiva mejor que la muerte. Da otro paso.

¿Alguien lo echaría de menos? ¿Irían acaso a buscarlo?

Fredo piensa en su gran amor, que ahora se le aparece como lo que es: una ilusión, un divertimento por el que ha dado la espalda a todo lo demás. La humillación le abrasa con tanta fuerza que le corta la respiración.

Sus pensamientos vuelven a su familia, a aquellos que creyeron en él, que se sacrificaron por él y a los que ha traicionado, a la granja de Trezzo sull'Adda, no lejos del río que alimenta estos mismos canales. Si Fredo sucumbiera a la llamada del fin, si se dejara caer al agua, sería en cierto modo como volver a casa, o como no haberse ido nunca.

Un paso más, tal vez dos, y su pie no encontraría más que el vacío. Caería como una piedra. La ropa empapada lo arrastraría hasta el fondo, convirtiéndose en su ataúd. Unos instantes desesperados y luego nada: un minuto, el más largo de su existencia, el último.

Fredo aprieta los dientes y avanza un poco más. Al fin y al cabo, este es el único final que está dispuesto a aceptar. ¿Cómo podría volver a su vida anterior? A antes de la ópera y de los palcos de La Scala, de las cenas a deshora y de los platos exóticos, de la ropa elegante, de los carruajes cubiertos, de los criados. Ni siquiera se acuerda de lo que hubo antes de todo eso.

En realidad, se acuerda. Claro que se acuerda.

Unos cuantos meses de libertad no son suficientes para borrar el recuerdo.

La de antes era una vida de mentiras, de vergüenza, de negación. Era un esforzarse por fingir ser otra cosa, por intentarlo: Fredo no quería mentir a las personas a las que amaba, pero tampoco decepcionarlas con la verdad. No puede decirse que no lo haya intentado, pero en algún lugar de su interior, muy en lo hondo, supo siempre que fracasaría. La vida anterior no era más que una representación patética, un guion escrito por alguien que no era él y que mojaba su pluma en el miedo, en el recelo, en la repugnancia.

¿Puede volver a esa vida? Fredo niega con la cabeza y da otro paso.

Luego todo sucede en un instante. Alguien viene caminando con pasos vigorosos sin imaginarse en ningún caso que va a tropezar con un joven con el corazón roto que quiere acabar con todo. En el choque, los dos cráneos se golpean; el dolor que siente Fredo es tan real que casi le sienta bien. El desconocido maldice, le da un empujón, se levanta y se marcha dejando tras de sí un reguero de insultos.

Tumbado en el húmedo adoquinado, Fredo estira una mano para tantear a su alrededor: a poca distancia el muelle se precipita al vacío y por debajo está el agua. Ha faltado poco, y habría sido el final de todo.

Un hilillo viscoso y caliente le resbala por la nariz, Fredo siente en la boca un sabor a hierro que le recuerda a la vida. Intenta contener la sangre con la manga mientras se le viene a la cabeza su padre, su grueso cuello encajado en sus anchos hombros, su piel aún lozana, su frente baja. Las últimas palabras que se dijeron. Le quiere, solo ahora se da cuenta, aunque nunca se hayan entendido.

La idea de morir se le antoja ridícula de repente. Es más, le llena de pavor. ¿Lo habría hecho de verdad? Cobra conciencia de lo aferrado que está a esa cosa dolorosa que es la vida, que no está dispuesto a tirarlo todo por la borda, que aún tiene pequeñas y mezquinas esperanzas en el futuro.

Respira profundamente. Su patrón le está esperando en la carretera de Bérgamo y lleva semanas repitiéndole entre otros gimoteos de viejo fracasado lo importante que es esta oportunidad, que quizá sea la última que la vida le ofrezca.

Fredo no podrá dimitir hoy, pero aún sigue con vida.

3

Brembate, Bérgamo

La posada se halla a la izquierda, inmediatamente después del puente, señalada por un letrero pintado de verde, tan oxidado y desconchado ya que es imposible divisarlo entre la niebla. Todo el mundo conoce la Locanda del Brembo: es la única posada de la zona y, si uno tiene que ir de Boltiere a Capriate o viceversa, es el único lugar donde puede cruzarse el río sin tener que vadearlo. Los Doneda han hecho fortuna con este asunto del viejo puente, desde que era territorio de la República de Venecia y la familia servía a policías y contrabandistas por igual.

A Cesare Doneda ya no se le ve en la cocina desde hace unos años; en verano se sienta en la puerta, en su silla de mimbre, para ver entrar y salir a la gente, mientras que, en invierno, como ahora, no aparta los pies de la estufa. Ha dejado la gestión a su hija Margherita y a su marido, Luigi Agazzi, el verdadero motor del negocio; él es quien se levanta antes que nadie y arregla, ordena, restriega, apila, pone la mesa, sirve, recoge los platos, hace las cuentas, supervisa el inventario de la despensa, pide las vituallas, a veces incluso cocina. Deberían llamarla «la Locanda de Agazzi», a decir verdad, pero Doneda no cede: no se dejará ver, aunque la posada sigue siendo suya, el dinero es suyo, todo es suyo allí, no deja de repetírselo a su yerno. Y este, callado.

Carlo Vitali entra y se queda un momento en el umbral para sacudirse de encima la humedad. El local está vacío, Agazzi ha levantado las sillas y está barriendo el suelo con la cabeza gacha. Esta mañana se ha adelantado, del gancho de la chimenea cuelga la olla de cobre donde la polenta hierve a fuego lento mientras la leña silba y crepita. De la cocina llega el olor a sopa.

Carlo da un paso y solo entonces Agazzi repara en él. «¿Qué querrá este?», piensa. Tiene una cita importante un poco más tarde y lo que menos necesita es un cliente que le haga perder el tiempo. Le saluda con una inclinación de cabeza y le indica que tome asiento.

Carlo elige un sitio junto a la chimenea. Ha ido allí por el camino largo a través de los campos, donde las cosechas duermen bajo la nieve. Le había invadido una energía casi dolorosa, sus piernas no parecían querer detenerse; cuando ha llegado a la posada, por poco choca contra ella, tan perdido como estaba en sus propios pensamientos. No sabe cuánto tiempo ha estado deambulando así, pero ahora se siente cansado y se deja caer en la silla.

El posadero se materializa frente a él. Carlo no ha comido desde ayer por la noche y el olor a cebolla frita le despierta el apetito de golpe; así que hace un gesto señalando la cocina.

—Hay sopa de legumbres —le explica Agazzi.

Cuando la prepara él, también le echa chicharrones. Una vez, el viejo Cesare se dio cuenta y montó en cólera; dijo que la posada no es lugar para señores: mientras se pueda comer, la gente no notará la diferencia. «Pues claro que sí —piensa Agazzi—, la gente nota la diferencia, con los chicharrones es otra historia.» Si le dice que los clientes satisfechos vuelven más a menudo, Doneda se ríe en su cara. «¡Le habéis oído! ¡Ayer colgó su sombrero en mi local y ya quiere enseñarme el oficio! A mí, que he levantado un imperio, ¡y sin chicharrones!»

El viejo no deja de repetir que ha construido un imperio, pero a Agazzi no le parece gran cosa. Sí, claro, los Doneda tienen una casa de comidas y están mejor que muchos campesinos que se parten el lomo en los campos solo para morirse de hambre si va mal la cosecha, pero no es más que eso: una vieja posada después del puente, donde no se invierte un céntimo si no es imprescindible de verdad, donde siempre te dan lo mismo y el vino está aguado. Si fuera suya, lo primero que haría Agazzi sería arreglar el rótulo, porque así ya se sabe desde fuera si un local es respetable o no.

—¿Queréis sopa? —le pregunta a Carlo—. Lleva chicharrones.

Carlo asiente. No lleva mucho dinero, pero quiere recobrar fuerzas para su cita con el patrón.

—Y un vaso de vino, por favor.

Agazzi gira rápidamente sobre sus talones y se mete en la cocina. Margherita, su mujer, se afana alrededor del fuego.

—Ahí fuera hay uno que quiere sopa —le dice.

Ella levanta la vista de la olla.

—¿Sopa? ¿A estas horas? —pregunta atónita.

El marido se encoge de hombros. Ha debido de correr la voz de que pone chicharrones en la sopa.

—¿Te encargas tú, así puedo prepararme para luego? —Se desabrocha el delantal y se dispone a marcharse, pero Margherita permanece inmóvil, con los brazos cruzados—. ¡Por favor! —le suplica.

—¿De verdad es necesario que vayas?

Agazzi siente como si una flecha le hubiera atravesado el corazón. Ella lleva enfurruñada desde que recibió el mensaje; ni siquiera tendría que habérselo dicho, podría haberse inventado una excusa cualquiera, decir que tenía recados que hacer. En cambio, estaba tan contento que no pudo contenerse. Y al cabo de un instante todos los Doneda lo sabían.

«Pues claro que es necesario», le gustaría contestarle. Pero entonces discutirían de nuevo: ella le preguntaría si no está mejor allí y por qué tiene que volver a trabajar a las órdenes de un patrón cuando debe atender su propio negocio; luego le llamaría «desagradecido», con todo lo que su padre hace por ellos. Y al final acabarían discutiendo de nuevo sobre los hijos, de por qué no tienen ninguno, a pesar de que ya llevan cinco años casados, mientras que todas sus hermanas han tenido tres o cuatro cada una, y ella, en cambio, no, estando tan sana como un caballo, y lo que le gustaría que uno por lo menos se llamara Cesare, como su abuelo.

En la iglesia de San Vittore dan las nueve. Se tarda al menos una hora hasta el Fosso Bergamasco, pero Agazzi no quiere llegar jadeando ni, sobre todo, enfadado. Asoma la cabeza fuera de la cocina y echa un vistazo al cliente del comedor, que tamborilea con los dedos sobre la mesa.

Agazzi resopla, esquiva el enorme bulto de su mujer, coge un cuenco y lo llena hasta el borde, ante la mirada imperturbable de ella; luego corta dos gruesas rebanadas de pan y las mete dentro con tal ímpetu que parte de la sopa se derrama y le escalda la mano. Se esfuerza por no hacer gestos de dolor. Por último, saca del armario la frasca del vino reservada a la familia, el que no está aguado, y se sirve un vaso grande, que apura de un trago, mirándola desafiante. Lo vuelve a llenar y se lo lleva todo a la sala.

Carlo lo recibe con una sonrisa de satisfacción. La sopa huele deliciosa y el posadero no ha escatimado en pan; este generoso plato lo mantendrá saciado hasta mañana.

—¿Cuánto os debo? —pregunta.

—Ah, nada —responde Agazzi alzando la voz para que se le oiga en la cocina—. Hoy invita la casa.

Carlo le mira sin dar crédito. Le gustaría insistir, pero el posadero ya ha desaparecido.

La sopa quema un poco, pero está realmente sabrosa, y los chicharrones la espesan y le dan cuerpo.

El marco de la ventana encuadra un trozo de cielo, azul por fin; fuera, Carlo vislumbra la esbelta silueta del posadero, vestido con elegancia, que camina veloz, con la cabeza gacha, en dirección a quién sabe dónde.

Él también debe irse, no hay tiempo que perder. Termina rápidamente su comida, bebe el vino hasta la última gota. Desde la cocina cree oír los sollozos de una mujer.

Deja unas monedas sobre la mesa, se levanta y se dirige a la salida.

4

Fosso Bergamasco

Ahora que es el dueño de todas esas cosas, después de todo el esfuerzo y los sacrificios que ha hecho para conseguirlas, le parecen casi insignificantes. «Base por altura dividido por dos», piensa Cristoforo. ¿Puede una fórmula matemática contener toda la ambición humana?

Da unos pisotones en el suelo y Silvio levanta la mirada hacia él.

—Llegan tarde —dice el niño.

Pero son ellos los que se han adelantado. Han salido de Milán con la lívida luz del amanecer, sin despertar a nadie, casi parecía una huida. Los ojos del cochero seguían hinchados de sueño. Alfredo Malberti se encontró con ellos en la carretera, paseándose de un lado a otro como un perro con cadena, con los puños en los bolsillos y los labios pálidos; saltó al landó con toda la energía de sus veinte años.

El amo le hizo un gesto con la cabeza que significaba si iba todo bien: *A l'è töt a post, Fredo?*

Se, sciur Crespi. Töt a post. Sí, señor Crespi, todo bien.

Se puede confiar en Alfredo, es un tipo espabilado.

Estuvieron todo el rato sin mediar palabra, entre otras cosas para no despertar al niño, que dormía acurrucado como un cachorrillo, mientras la carroza se abría paso entre la niebla; Cristoforo miraba hacia fuera sin ver nada más que su propia imagen reflejada: un hombre ya entrado en años, con una frente fruncida en la que las preocupaciones han esculpido profundos surcos, pero unos ojos vivos que se niegan a envejecer. El perezoso sol de enero se dejó ver cuando ya estaban fuera de la ciudad, con campos a su alrededor, blancos como la nieve, hasta donde alcanzaba la vista y, a lo lejos, el suave perfil de las montañas, que parecían flotar en el aire.

Cristoforo se agacha y coge a su hijo en brazos. Su cuerpo caliente le infunde serenidad.

—Mira —dice.

Giran la vista a su alrededor, juntos. En el horizonte la vegetación inmóvil en la escarcha dibuja un semicírculo sobre el que se posan nubes que anuncian más nieve. El terreno donde se construirá la fábrica está un poco más abajo, casi hundido, en una hondonada infestada de maleza.

—Todo esto es mío. —Luego se corrige—: Nuestro. —Lo está haciendo todo para el niño—. ¿Ves ahí abajo, donde el Brembo desemboca en el Adda?

Silvio entorna los ojos y asiente luego con la cabeza. Puede que no lo haya visto de verdad, pero no quiere decepcionar a su padre.

—Desde allí hasta donde estamos ahora, es todo nuestro. —El niño abre mucho la boca.

—¿Todo? —Apenas tiene ocho años y le parece algo enorme.

Cristoforo sonríe y se hincha de orgullo.

—Todo.

Un triángulo de tierra, base por altura dividido por dos, por un total de ochenta y cinco hectáreas. Pero el terreno no valdría nada sin el agua.

—Y ¿ves ahí? —Crespi señala hacia el Adda, en el desaguadero del que nace el canal Martesana. Acaba de obtener una concesión del Gobierno para desviar agua de él durante noventa años—. De ahí partirá el canal artificial que llevará el agua hasta la central eléctrica, justo debajo. La central será el motor de la fábrica, que moverá la maquinaria de la hilandería: cinco mil husos, para empezar. Pero la planta será tan grande que podrá albergar al menos el doble, con ventanas en el techo que dejarán caer la luz desde lo alto, para que podamos trabajar hasta tarde. Algo de lo más moderno, en una sola altura, aireado, sano... Pero, sobre todo, este lugar será hermoso: los edificios estarán adornados con frisos con ocho estrellas de ocho puntas y rosetones de terracota; los hombres se verán rodeados de belleza y estarán encantados de venir a trabajar aquí.

En Italia no existen fábricas así. Crespi solo las ha visto en el extranjero, donde van por delante en estas cosas.

—Junto al almacén estarán los *palasocc*, tres edificios de cuatro plantas cada uno que albergarán a los trabajadores y sus familias —prosigue, hablando consigo mismo—. De este modo, los hombres no tendrán que venir de lejos, malgastando energía y un tiempo precioso en el trayecto; vivirán aquí y la fábrica será su segundo hogar. También habrá una tienda y un hotel, establos, todo lo que haga falta.

¿Cuánto tiempo lleva cultivando este sueño? Se lo ha imaginado tantas veces que, si cierra los ojos, puede ver el largo paseo arbolado que bordea la fábrica y la chimenea de ladrillo que se eleva hacia el cielo como un estandarte; puede oír el sonido de la campana que da vida a la fábrica, los trabajadores que cruzan la verja y entran dando voces, el estruendo ensordecedor de la maquinaria, los trenes cargados de telas con destino a todas las partes del mundo. Y la marca de la empresa, Benigno Crespi, que cruza el océano y llega hasta las Américas.

Hay momentos, como ahora, en los que el miedo se echa a un lado y deja paso a la confianza. En un instante la imaginación se hincha de esperanza y vuela muy lejos: Cristoforo imagina a las mujeres en corrillos en el lavadero, a los niños jugando en la calle frente a una hilera de casitas ordenadas, y tal vez una escuela, una enfermería, una iglesia... Una comunidad pequeña, cohesionada y autónoma, donde se funden los límites del trabajo y la vida familiar.

Desde esta atalaya se siente más que un empresario algodonero, se siente casi como un dios benévolo que dispone de la vida de sus obreros. Como es lógico, le harán falta más de siete días, pero lo que pretende crear es un mundo entero.

Silvio se despega de sus brazos y mira hacia abajo, como si todo lo que su padre acaba de describirle fuera real.

—¡Pero si no hay nada! —exclama entre asombrado y decepcionado.

De repente Cristoforo se siente incómodo. ¿Y si no lo consigue? ¿Y si vuelve a fracasar? ¿Y si su familia tiene razón?

Deja al niño en el suelo y se alisa el abrigo, como para asegurarse de que no está desnudo. Echa una mirada de reojo a Fredo. El joven permanece impasible a su lado, con los ojos en el suelo y los pensamientos lejos, perdidos quién sabe dónde. De vez en cuando suspira y sorbe con la nariz. «Debe de tener a alguna chica en la cabeza», piensa el patrón con una pizca de envidia por la actitud despreocupada tan ajena ya a él, por las oportunidades que Fredo aún puede aprovechar, por todos los errores que aún puede permitirse.

—Todavía no —murmura Cristoforo—. Primero tenemos que construirlo.

5

Si mira a su alrededor, no ve más que campos. Fredo los recorre con los ojos: entre la vegetación desnuda a causa del invierno surgen los campanarios y algunos tejados de los pueblos reunidos en torno al cuerpo sinuoso del Adda, que se arrastra plácidamente hacia la llanura; son las tierras que le vieron nacer y crecer —demasiado— y que ahora le dan sensación de estrechez. Detrás de él está Trezzo, con los restos derruidos del castillo y, más abajo, la casa de sus padres: sus abuelos, su madre, su padre y una prole de hermanos y hermanas, todos hacinados en dos habitaciones con suelo de tierra batida y una estufa que más que calor les da humo.

Los Malberti son una familia de campesinos. Están hechos de carne, sudor y miseria. Empiezan a trabajar en cuanto se tienen en pie, y mueren de pie trabajando, sin conseguir con ello vivir mejor. Es así desde tiempos inmemoriales, como una tradición familiar.

A Fredo, sin embargo, lo mandaron a estudiar. Los hijos que vinieron después tuvieron que pagar por el privilegio del primogénito. Pero es un chico listo, valía la pena; dejó huella en la escuela: no solo era inteligente, sino que además le impulsaba una determinación feroz. Y así, mientras sus hermanos se partían el lomo en los campos para irse a dormir en compañía de los retortijones del hambre, él pudo dedicarse a sus estudios, y en su sopa siempre flotaba un trocito de carne. Pero ¡ay de quien se lo reprochara! Al fin y al cabo, no era un regalo. En todo caso, un préstamo: sobre él pesaba la responsabilidad de sacar un día a toda la familia de la ciénaga de la miseria.

Fredo siente un nudo de pesar que le sube por el esófago y se le detiene en la garganta. Traga saliva, pero el sentimiento de culpa sigue encajado ahí.

Se fue de casa sin mirar atrás. El patrón buscaba un empleado para ocuparse de un asunto importante y su padre le instó a presentarse: le ofrecían un buen sueldo y una habitación encima de las oficinas de la empresa en Milán. Fue fácil conseguir el empleo.

Pocos meses después la ciudad lo había devorado. Al principio escribía y enviaba dinero con regularidad, casi todo su sueldo. Las cartas, que dirigía al párroco, eran breves novelas vibrantes de asombro y entusiasmo.

Querido papá, querida mamá, queridos hermanos y hermanas...

Su madre escuchaba embelesada. «Volved a leer esa parte de allí, donde hablaba de la ropa...» A su Fredo se le daba muy bien describir la ropa y los tejidos, las joyas de las señoras, los pañuelos, las estolas, las manos enguantadas, los peinados de moda bajo los sombreros... Escribía tan bien que a veces Luigia no lo entendía y necesitaba que el cura se lo explicara. Quizá ella también pudiera permitirse un sombrerito, algún día. Desde que Fredo trabajaba en las oficinas del patrón, los Malberti habían podido permitirse el lujo de la esperanza.

Al fin y al cabo, ¿de qué servía el dinero? Fredo trabajaba todo el día, a menudo también por las noches, sin momentos de descanso, siempre siguiendo al patrón de un lado a otro, haciendo recados en su nombre, y cuando volvía a su pequeña habitación, encima de las oficinas de la empresa, se quedaba dormido sin fuerzas ni para tragar un bocado.

Entonces había conocido al marqués. Había sido una epifanía atroz.

Fredo oye ruido de pasos y levanta la cabeza como un perro que ha divisado su presa; escruta hacia un punto indefinido de la maleza, olfateando el aire inmóvil. Durante unos instantes no ocurre nada y Cristoforo piensa que esta vez su sabueso se ha equivocado. En cambio, un hombre emerge enseguida de la curva que se pierde entre los árboles. No es muy alto, pero tiene una musculatura maciza, cuello de toro, cabeza encajada en los hombros, tez rubicunda, manos enormes y frente baja.

Por los ojos del chico cruza una ráfaga de terror.

—Oreste —le dice Cristoforo—. *Ta set riat.* Ya estás aquí.

El patrón lo ha elegido porque es el trabajador más constante que ha conocido; hace el trabajo de tres obreros con turnos de doce o quince horas como si tal cosa, no hace preguntas, no se queja y nunca pide nada.

Oreste, sin embargo, no le dedica ni una mirada, todo él está pendiente del chico.

—*Pà* —dice Fredo.

No esperaba encontrárselo allí; ese no era el plan, al fin y al cabo. Ese debería haber sido el día en que le dijera al patrón que había encontrado algo mejor.

Ver a su padre remueve algo en su interior. Le gustaría correr a abrazarlo, admitir que se ha equivocado, pedirle perdón, pero sobre todo apoyo.

Oreste lo examina de pies a cabeza con aire severo. El chico lleva un abrigo de lana bajo el que se vislumbran las solapas de seda de su esmoquin y el tiro de su camisa blanquísima. Son las ropas de la noche anterior, las que su rico amante le compró para corretearlo en sociedad sin que le hiciera quedar mal y con las que le ha echado del palacio esta mañana.

«Con lo que cuesta el corbatín que tengo en el bolsillo, los Malberti comerían durante un mes», piensa Fredo, pero su padre no parece impresionado. Mira con asco los zapatos relucientes y luego escupe al suelo un grumo de saliva tostada por el tabaco.

Alfredo se ciñe el abrigo y reprime las lágrimas.

—*Sciur* Crespi —dice Oreste estrechando la mano de su patrón.

Cristoforo empuja a su hijo hacia delante.

—*Saluda be.* Saluda como es debido —le ordena.

Silvio agita la mano.

Oreste le hace una torpe reverencia y luego intercepta la mirada de Fredo, a quien le cuesta reprimir una risita. Si estuvieran solos, ya haría él que se le pasara la risa.

«Parecen dos gallos a punto de retarse», piensa Cristoforo.

Tal vez habría sido mejor no haberlos convocado a todos allí. Podría haberlos llamado o habérselo explicado todo por carta. Ahora teme estar haciendo el ridículo con esta pequeña puesta en escena. Sin embargo, ya es demasiado tarde para arrepentimientos y no habrá repeticiones.

Agazzi llega con paso alegre y, en cuanto se da cuenta de que no está solo, se bloquea como ciertos animales sorprendidos en la espesura de la maleza. Sabe quiénes son estos hombres, por haber trabajado con ellos en el pasado y porque, al fin y al cabo, en la zona todo el mundo se conoce, pero su decepción es evidente: pensaba que la reunión iba a ser entre él y el patrón —¿no es eso lo que todos pensaban, en realidad?—, y en cambio no será él el protagonista de esta obra.

Tampoco lo será Carlo, que se une al grupo poco después, disimulando él también a duras penas su decepción. «Ha envejecido», piensa Cristoforo, y en ese mismo momento siente sobre sus hombros el peso de todos los años transcurridos, de los fracasos pasados, de las promesas rotas.

Los hombres se miran unos a otros, indecisos entre la curiosidad y el recelo mutuo, fingiendo indiferencia. «Aquí están, los mejores de sus antiguos obreros —piensa Cristoforo—, los más fuertes, los más entusiastas, los más fieles.» A ellos les corresponderá materializar su sueño: cavarán el canal y construirán la central, la fábrica, los almacenes y los edificios. Estos hombres son los mismos cimientos del pueblo.

Lo que están a punto de construir no es solo la primera colonia industrial de Italia. Cuando estos hombres se hayan ido, cuando el propio Cristoforo haya muerto, así como sus descendientes y los descendientes de sus descendientes, el pueblo seguirá ahí. Y ahí estará para siempre, en ese triángulo de ochenta y cinco hectáreas encajado entre el Brembo y el Adda, para recordar a todos el nombre de los Crespi.

Cristoforo lleva mucho tiempo dándole vueltas a su discurso, pero ahora no recuerda ni una sola palabra. Siente que todas las miradas se posan en él y que el pánico aumenta hasta dejarlo sin aliento. Silvio lo mira sin comprender; ni siquiera se le ocurre sospechar que su héroe tiene miedo.

Sin embargo, esto es lo que Cristoforo siente ahora. Miedo.

Le gustaría decir a sus hombres que ha invertido en este sueño todo lo que posee, y más aún; le gustaría hablarles de las deudas que le quitan el sueño y de la familia que le hace pesar cada lira que le concede. Le gustaría hablarles de su miedo a decepcionarlos a todos: a su padre, a sus hermanos, a su mujer, pero sobre todo a sus hijos, y más aún a Silvio. Le gustaría hablarles de su alma partida en dos, de su deseo de triunfar y del miedo a hundirse, de la irresistible llamada del desafío y del terror al fracaso, del sueño y de la pesadilla. Le gustaría decirles que esta es la última oportunidad que le queda, porque a los cuarenta y tres años la vida no te concede más oportunidades.

Le gustaría, pero no puede. Estos hombres, como su hijo, esperan de él valor, lucidez, determinación, optimismo; quieren certezas, ánimos, apoyo, una dirección por la que avanzar y orientaciones precisas. Cristoforo no duda de que estén dispuestos a trabajar hasta romperse la espalda e incluso a sacrificar su vida, pero la mano que los guía no debe vacilar nunca.

El patrón no puede ser un hombre, no puede tener miedos e incertidumbres, no puede mostrar su vulnerabilidad a nadie. Aunque se halle rodeado de mil obreros, el patrón siempre está solo.

Crespi respira hondo. Si no puede revelar la verdad, interpretará el papel que la función le exige; les dará lo que esperan y obtendrá a cambio lo que necesita.

Estira los hombros, levanta la barbilla y empieza a hablar.

6

La bruma que flota sobre la nieve endurecida llena de misterio cada rincón. Durante todo el trayecto Oreste Malberti ha tenido la sensación de que lo perseguía un espectro; se ha vuelto varias veces sin ver nada más que su propio aliento helado. Los ladridos de un perro le han llegado amortiguados, como si alguien le hubiera metido al animal un trapo por la garganta, y luego silencio de nuevo.

Tras enseñarles el terreno y describir el proyecto con todo detalle, el patrón ha querido que bajaran a pisotear el terreno donde se construiría el pueblo. Llegados a un punto preciso no sin dificultad, ha extendido los brazos como Cristo en la cruz.

—Aquí surgirá la fábrica —ha dicho. Luego ha apuntado directamente hacia el río sin fijarse siquiera en las acacias que le rasgaban la ropa—. Y aquí, en cambio, la central —ha proseguido—. Tendremos que excavar un canal de veinte metros de ancho y más de mil metros de largo.

—¡Un kilómetro! —ha señalado Fredo. Como si pudiera asustar a su padre.

Oreste se encoge de hombros. «Cuanto más largo sea el canal, más trabajo habrá», piensa, y acelera el paso hacia casa.

El patrón no parecía tener ganas de marcharse y los hombres estaban allí helándose sin atreverse a decir nada. Ha sido el niño quien ha dado voz a los pensamientos de los obreros. Así que Agazzi ha pensado que era una buena idea invitar a todo el mundo a la posada..., ¡como si fuera suya!

Los Malberti no van a ninguna posada y no tenían nada que celebrar. El patrón ha insistido: aunque sea un vaso de vino, invita él. Pero los Malberti no aceptan la caridad de nadie. Oreste se ha negado: en casa le esperaban ocho bocas abiertas como los picos de los mirlos en sus nidos, y aquel día perdido mirando un trozo de tierra sin cultivar está claro que no las alimentará.

Una ráfaga de viento helado insinúa en sus huesos la sensación de que lo están observando. Se vuelve lentamente, sin querer dar la impresión de tener miedo. Ya casi ha llegado a casa; queda poco. A lo lejos le parece distinguir la figura de un hombre inmóvil, devorado por la niebla. Oreste entrecierra los ojos para ver mejor, pero el espectro se ha desvanecido dejando un extraño aroma en el aire húmedo: no azufre, sino agua de colonia.

Oreste escupe al suelo. La mandíbula se le tensa hasta que le crujen los dientes, luego da un paso y estira los brazos como si pudiera aferrar esa visión que lo persigue. Solo aprieta en los puños su propia cólera. Luego se da la vuelta y empieza a caminar de nuevo hacia casa con pasos largos y decididos, sin volverse.

Fredo le sigue como un perro.

Poco después, el recuadro de una ventana flota en la oscuridad.

La casa de los Malberti no pertenece de verdad a los Malberti. La alquería con sus habitantes, el gallinero y el establo con los animales, la tierra con la cosecha, todo es propiedad de un hombre al que Fredo nunca ha visto y al que llaman «el Señor», con mayúscula; el Señor tiene a su vez un aparcero que administra la propiedad y asigna trabajo a los jornaleros, a cambio de un mísero salario y de dos habitaciones en la planta baja.

Oreste entra y cierra la puerta tras de sí. Los Malberti le esperan en fila. Luigia sostiene en brazos a su hijo menor, que chupa un trozo de polenta y sorbe por la nariz. Elvira y Adele tienen siete años y son dos gotas de agua; hay veces en las que ni siquiera su madre puede distinguirlas, y entonces las muele a golpes, como si haber nacido idénticas fuera culpa suya. Ottavia ya es una mujer, y si no fuese por sus ojos estrábicos, ya habría encontrado marido; Oreste está en negociaciones para entregársela al hijo del aparcero, que es viudo y busca a alguien que cuide de la casa. Luego está el niño, al que todos llaman el Canèta, «pajita», y los padres de su mujer, Serafino y mamá Terenzia, que en realidad es la madrastra, pero quiere que la llamen madre y que la traten en palmitas.

Todos están ansiosos, pero nadie se atreve a preguntar. «¿Qué quería el patrón?»

Fredo los observa moverse contra el telón de fondo de la ventana iluminada. Oreste se deja caer en la silla y Ottavia le pone el plato de sopa delante. Luigia remueve las brasas y alimenta el fuego con un nuevo tronco mientras acuna al bebé con el otro brazo. Mamá Terenzia desaparece en la habitación de al lado y las gemelas juegan a perseguirse alrededor de la mesa.

Cuando ha terminado de comer, Oreste habla por fin.

—Se va a levantar una planta, en Canonica. —Todos los ojos están puestos en él—. Crespi quiere construir una nueva hilandería, ha comprado el terreno. Dice que es todo suyo, incluso el agua, nadie se lo puede quitar.

—Eso también lo dijo la última vez —sentencia Luigia entregándole el niño a Ottavia.

Oreste se encoge de hombros. ¿Qué le importa a él de quién sea la tierra? Un patrón es tan bueno como otro.

—Empezamos en primavera.

Con el rabillo del ojo le parece vislumbrar un movimiento por la ventana. Coge el vaso y da un golpe contra la mesa. Ottavia se apresura a llenarla de vino.

Fuera, se abre la niebla y empieza a nevar. El frío hace que Fredo se arme de valor; no puede esperar eternamente. Respira hondo y llama a la puerta.

—No abras —le dice Oreste a Luigia, que ya estaba a punto de hacerlo.

Ella le mira con gesto de interrogación.

—No es nadie —continúa Oreste.

Pero nadie vuelve a llamar a la puerta.

—Mamá, soy yo.

A Luigia parece haberle caído un rayo encima. La felicidad se mezcla con la tristeza, la esperanza con la decepción, las lágrimas con la risa. Las gemelas se bloquean, Ottavia abre la boca por completo, mamá Terenzia se asoma para curiosear, toda la casa se queda a la espera.

—No abras —insiste Oreste mirándola torvamente.

—Es Alfredo —dice Luigia, como si su marido no se hubiera dado cuenta.

Él niega con la cabeza.

—Alfredo está muerto.

—¡Soy yo, abre!

En un gesto repentino, Luigia abre la puerta de par en par. Fredo está inmóvil y pálido bajo la nieve, le sonríe, una sonrisa triste. Va vestido como un gran señor, tal como decía en las cartas que su madre aún guarda en la cómoda. Le gustaría abrazarlo, o tal vez tirar de él, llorar, reír, gritar, cantar. En la duda, no hace nada y contiene la respiración.

—Mamá...

Un instante después Oreste está encima de ella y le da una bofetada que la manda al suelo. Fredo grita de dolor y rabia, pero antes de que pueda intervenir la puerta se cierra en sus narices.

—¡Mamá! —grita Fredo dando patadas y puñetazos a la puerta.

Desde el interior oye el ruido del cerrojo al cerrarse. Alguien va a correr las cortinas.

—¡Mamá! —grita aún más fuerte—. ¡Abre!

—*Chi l'è?* —El aparcero pregunta quién es y sale al patio a echar un vistazo. A sus espaldas la esposa estira el cuello para ver si es Fredo—. *Fredo, ta set te?*

El joven ni siquiera se molesta en contestar. Engulle un grumo de rabia, gira sobre sus talones y se marcha.

Y ¿adónde va ahora? Lo primero que se le ocurre es volver a la posada y pedirle una cama a Agazzi. Al día siguiente regresará a Milán, y después a su cálido cuartito. Pero ¿qué pensarían los demás si le vieran así, empapado? Tendría que admitir que su padre le ha echado de casa, y no quiere que nadie se compadezca de él.

Fredo se detiene. Inmóvil en medio de la carretera, permanece escuchando su propia respiración agitada, su corazón a punto de estallar, el gemido ahogado que surge de su garganta.

Mira detrás de él el rastro que ha dejado en la nieve. Si se queda allí mucho más tiempo, mañana por la mañana lo encontrarán muerto de frío. Por un momento, la satisfacción de pensar que su padre pueda sentirse culpable por haberlo matado apacigua su dolor. Pero ¿y si en cambio se alegra?

Fredo vuelve sobre sus pasos y llega enseguida a la granja. La ventana de la casa de sus padres ya está a oscuras, se han ido todos a la cama. Se imagina a su madre mirando al vacío fingiendo que duerme mientras las lágrimas le surcan las mejillas hinchadas por los golpes.

Sin hacer el menor ruido, abre la puerta del establo. El hedor a estiércol y a vaca le provoca arcadas, pero dentro hay una agradable tibieza a la que no puede resistirse. Los animales resoplan, mueven la cola, luego se desentienden de él. Fredo se mete dentro, cierra suavemente la puerta y, tras un momento de vacilación, se acurruca en el suelo.

7

La casa de los Vitali está inmóvil en la oscuridad, mientras fuera nieva copiosamente. Ha empezado a última hora de la tarde y no ha parado desde entonces. Todos se han ido a dormir, solo Amalia permanece despierta. Está inmóvil en la silla junto a la estufa, que se apaga emitiendo agudos silbidos, y horada la oscuridad con los ojos.

Carlo se ha ido muy temprano y aún no ha vuelto. «Está muerto», le susurra la voz que tiene en su interior. Amalia ahuyenta ese pensamiento negando con la cabeza.

Hace doce años Dios hizo que conociera a Carlo. Acababa de quedarse viudo y ya no tenía a nadie en el mundo, salvo la tía Maria. Fue esta quien insistió en que se fuera a vivir con ellas. «Un hombre no sabe estar solo», repite siempre. Con la tía Maria no se puede discutir, así que Carlo había entrado en sus vidas.

La tía Maria aprovechaba a menudo para pedirle algún pequeño favor, que siempre sonaba como una orden. «Acompaña a Amalia al río. Mira a ver si a Amalia le hace falta algo en el gallinero. Lleva a Amalia a dar un paseo. Averigua si Amalia necesita ayuda.» Así que los dos acabaron pasando mucho tiempo juntos.

A ella, que no había conocido más hombres que su padre y sus hermanos, le gustaba aquel primo lejano de carne aceitunada y un atisbo de barba. Casi nunca hablaba, prefería escuchar, así que había largos silencios entre los dos; pero eso no provocaba incomodidad, más bien complicidad: era como si se conocieran de toda la vida y las palabras fueran un estorbo.

Él, sin embargo, no parecía mostrar interés. Era amable, comprensivo, servicial, pero nada más. Cuando incluso la tía Maria se había resignado a la idea de que no surgiría nada, Carlo quiso hablar con papá Renato.

«Está muerto», repite la voz.

—¡No! —grita Amalia, y se tapa inmediatamente la boca con ambas manos.

En la habitación de al lado alguien se revuelve en la cama. Amalia aguza el oído, conteniendo la respiración. Si se la encontraran allí a oscuras, vestida de luto en medio del comedor, le harían preguntas y entonces tendría que dar explicaciones. Pero ¿es que pueden explicarse ciertas cosas?

Dios está en todas partes y lo ve todo, hasta dentro de nosotros; lee nuestros pensamientos antes incluso de que se formen; si pecamos, lo sabe, y no perdona. Todo el mundo lo sabe, lo dice incluso el párroco. Sin embargo, nadie quiere creerla cuando dice que la voz le habla.

La primera vez ocurrió en el río. Era un día tórrido, con el aire inmóvil bajo un manto de nubes bajas; Amalia había ido a lavar su ropa y el contacto con el agua fresca la había aliviado, así que había decidido sumergir también los pies. Estaba sentada en la orilla con el agua hasta las rodillas, disfrutando del frescor, cuando la voz le habló. No eran exactamente palabras, sino una especie de inquietud, algo indescriptible y muy fuerte que se revolvió en su interior y que la indujo a levantarse y a apresurarse a volver a casa. Se había dado cuenta demasiado tarde: ¿quién podía ser sino Dios?

Unos días después, siguiendo el ataúd de su madre mientras la llevaban al cementerio, lo comprendió: había muerto de repente, como alcanzada por un rayo, justo cuando ella holgazaneaba disfrutando del frescor del río Adda.

—El ocio es el padre de todos los vicios —solía decir su madre, y la tía Maria repite lo mismo.

Desde entonces la voz le habla a menudo para que no abandone el buen camino.

Carlo sabe lo de la voz. Todos en la casa, en realidad, lo saben, aunque se hagan los locos. A Amalia, sin embargo, no se le escapan ciertas miradas entre la tía Maria y su padre, él negando desconsolado con la cabeza, las risitas de sus hermanas. Era por eso, entre otras cosas, por lo que temían que nunca se casara: ¿quién querría a alguien que dice que habla con Dios?

Carlo, en cambio, no la juzga. No le pide que cambie, que finja ser diferente. Ni siquiera intenta comprender.

«Ha muerto —repite la voz—. Están todos muertos.»

Amalia se acuerda de esa mañana, y de Carlo, que salió y nunca volvió; ve su cuerpo hinchado flotando bocabajo en el agua y los peces comiéndole la nariz, la boca, los ojos. Se levanta de la silla y se asoma a la ventana, los copos caen pesados como el algodón, no se ve a nadie. Luego se asoma al dormitorio, Emilia es una protuberancia bajo las sábanas. Amalia se acerca y observa a su hija, que está inmóvil.

—¡Por favor, ella no! —le dice a la voz, que, sin embargo, no responde. Emilia es el regalo más preciado que Carlo le ha dado, la esperanza que desgarra el miedo y la luz en un mundo de tinieblas—. ¡Despierta! —Amalia sacude furiosamente a la niña—. ¡No te mueras!

Emilia se despierta de repente, su madre está inclinada sobre ella con los ojos llenos de lágrimas.

—Mamá...

Amalia echa todo el aire, parece como si se desinflara. La respiración vuelve a ser regular.

—¿Ya es de día? —pregunta Emilia.

—No, sigue durmiendo. —Amalia le da la espalda de repente, se seca furtivamente las lágrimas y vuelve al comedor.

Desde lejos le parece oír el ladrido de un perro, pasos tal vez, pero la nieve amortigua todos los ruidos y es imposible saber de dónde procede el sonido o si tan solo es una ilusión. Permanece inmóvil en medio de la habitación, sin valor para asomarse a la ventana. Teme que, si cede a la curiosidad, Carlo no vuelva jamás.

Entonces la puerta se abre y la sombra de su marido aparece en el marco.

—¿Qué haces levantada todavía? —le pregunta en voz baja mientras entra.

—Creía que habías muerto —le dice ella intentando no llorar.

Carlo extiende los brazos como diciendo: «Aquí estoy».

—¿No tienes frío? —Enciende el cabo de una vela y la habitación adquiere color.

Amalia niega con la cabeza. El vestido negro la hace parecer aún más delgada y pálida; es hermosa y frágil. A Carlo le gustaría preguntarle qué hace vestida así en mitad de la noche, pero sabe que algunas preguntas carecen de respuesta. Y, además, no ve el momento de contárselo todo.

—El patrón ha vuelto.

Amalia lo sabe, también estaba allí cuando Emilia leyó el mensaje.

—Todo cambiará pronto. —En la fábrica Carlo ganará el doble de la paga de un peón, y más aún si llega a jefe de sección; Amalia ya no tendrá que trabajar. Cuando los *palasocc* estén listos, podrán mudarse a una casa propia y Crespi le ha prometido también que pagará la educación de la niña—. Todo cambiará —repite.

Amalia aprieta los labios. No quiere que nada cambie: en esa casa pequeña y abarrotada se siente protegida; sus hermanas son alegres, la tía Maria la cuida, papá Renato la mima, Emilia la ayuda. Y el hecho de que Carlo y ella casi nunca estén solos la mantiene alejada del pecado.

—¿No estás contenta?

Amalia asiente con la cabeza. No quiere contrariar a su marido, pero es incapaz de fingir entusiasmo. La última vez que se mudaron para seguir al patrón, que había montado una fábrica de algodón en Vigevano, para ella fue un auténtico infierno. Es evidente que Carlo tenía razón: es mejor trabajar en una fábrica que en el campo, es menos cansado, se gana más. Sin embargo, durante todas esas horas que él estaba fuera, ella se quedaba a solas con la voz, que la llamaba sin cesar. Luego había llegado Emilia y la voz la había dejado en paz durante cierto tiempo.

Amalia se da la vuelta y se dirige a su habitación, pero Carlo la agarra de la muñeca y la atrae hacia él. Su ropa está empapada de nieve y el aliento le huele a vino. Le coge la cabeza entre las manos y la besa; quería darle un beso tierno, pero ella se aparta y esto le vuelve loco de excitación. Descubriéndose lleno de rabia, la empuja hacia la pared, hasta que chocan contra la estufa apagada.

—¡No! —gime Amalia—. Nos van a oír.

Él le pone una mano sobre la boca, la otra recorre su pecho mientras le muerde el cuello; le arranca el vestido y encuentra su pezón, lo aprieta, lo chupa.

«Te arrepentirás de esto», le sisea la voz mientras ella siente como la entrepierna se le derrite al calor de la excitación. Intenta apartar a Carlo, con poca convicción. Él le sube las enaguas y la encuentra preparada, de modo que la levanta en vilo y la coloca sobre la estufa aún caliente. Amalia no consigue refrenar sus propias manos que le desabrochan los pantalones y rebuscan frenéticamente en ellos.

En ese instante la vela se apaga y la habitación se sume en la oscuridad. Amalia se estremece de terror, intenta apartar a Carlo, le golpea el pecho con puñetazos furiosos. «Te arrepentirás.»

La penetra con tal ímpetu que duele. Se le escapa un grito agudo, y mañana en el desayuno habrá miradas avergonzadas y risitas sofocadas.

Carlo continúa impertérrito, adentrándose cada vez más a fondo en ella. La idea de que su propio cuerpo sea tan solo un instrumento para darle placer le ofrece a Amalia una buena coartada, así que se aferra a Carlo para sentirlo más. El dolor no tarda en convertirse en placer, la mente se vacía y flota sobre el cuerpo, que se ha vuelto líquido e inconstante; mil mariposas danzan sobre su piel, la oscuridad se ilumina con estrellas, luego una descarga la recorre y tiene que apretar los dientes para no gritar. Carlo jadea al ritmo de las embestidas, que se hacen cada vez más rápidas, más decididas, hasta estallar finalmente con una especie de gruñido.

—¿Eres feliz? —susurra mientras sale con delicadeza de su cuerpo.

Sí, Amalia es feliz. Aunque le cueste caro.

SEGUNDA PARTE

1

Canonica d'Adda, Bérgamo, primavera de 1877

Lleva quince días lloviendo, los hombres son esponjas que se hunden en el barro. La mayoría se ha quedado hoy en casa, no tiene sentido acudir y correr el riesgo de caer enfermos. Pero quedarse «en casa» significa quedarse sin paga. Carlo, Oreste y Agazzi, con un pequeño grupo de trabajadores, esperan a que remita la lluvia, acurrucados como gatos bajo un enorme árbol.

—De nuevo hoy, nada —dice Agazzi.

Oreste niega con la cabeza y escudriña el cielo.

En cuanto fue posible empezar, se deforestó la zona. Los hombres, en mangas de camisa, con la frente perlada de sudor y la espalda encorvada, no paraban de decir «¡Eh-oh!», interrumpidos únicamente por el ruido sordo de los árboles al caer al suelo. Incluso habían avanzado más de lo previsto, el patrón iba allí casi todos los días a ver cómo iban. Entonces llegó la lluvia.

—*La val puse öna giurnada de sul de mac che'l Dom de Milà.* —«Vale más un día de sol de mayo que la catedral de Milán», comenta Agazzi. Los demás se ríen.

Por la tarde, cuando ya creen que la jornada está perdida, un rayo de sol atraviesa las nubes y se posa a los pies de los hombres, que salen de su refugio y miran hacia arriba. De inmediato un viento helado baja de las montañas y barre la llanura.

—Rápido, ve a buscar a los demás —dice Carlo al más joven de los Malberti.

El chico sale corriendo como un rayo. Tiene nueve años y en las obras los hombres se entretienen obligándole a realizar tareas que no es capaz de hacer, le dan instrucciones parciales o incluso engañosas y luego lo maltratan cuando comete errores. Se le quedan mirando, dándose codazos mientras intenta mover enormes pesos o alcanzar alturas inalcanzables, y, cuando han terminado de reírse a sus espaldas, le apartan de un empujón.

El Canèta le llaman, porque dicen que tiene la *canèta dè veder*, una columna vertebral tan frágil como el cristal. Pero el chico no es ningún holgazán; se esfuerza al máximo, nunca se queja.

Un día le escondieron los zapatos y le dijeron que estaban enterrados a tres metros bajo tierra. «¡Cava, Canèta, cava!», gritaban jaleándolo, mientras el chico se afanaba como enloquecido con una pala. Eran sus primeros zapatos de verdad, que había heredado de Fredo, su hermano mayor: si volvía a casa sin ellos, le caería una paliza de las buenas.

—Deberías hacer algo —le dijo Carlo a su padre aquella vez.

Oreste se encogió de hombros.

—De todo se aprende.

Nunca volvieron sobre el tema.

Carlo sabe que Oreste tiene razón. El trato de los hombres hacia el pequeño Malberti es una especie de rito de iniciación por el que han pasado todos. Por despiadado que sea, es una bienvenida al mundo de los adultos. ¿Acaso no es despiadado ese mundo? Y es una prueba, no solo para el niño. Si su padre interviniera, si le defendiese, la respetabilidad de toda la familia quedaría en entredicho.

En los días siguientes las cuadrillas están al completo y los trabajos se reanudan a buen ritmo. Palas y picos se hunden en la tierra reblandecida por la lluvia; se levantan muros de contención. Las cuadrillas llegan antes del amanecer y se marchan cuando ya ha anochecido.

A veces Carlo está tan cansado que ni siquiera puede conciliar el sueño, con descargas nerviosas que le recorren las piernas, la espalda que le parece imposible de enderezar nunca más, las manos cubiertas de llagas. Amalia lo observa sin hablar, un silencioso reproche se dibuja en sus ojos.

—Este otoño estará todo listo, ya lo verás. Ya falta poco —le dice—. Emilia podrá continuar con sus estudios. —El patrón se lo ha prometido, la niña tendrá lo mejor.

Durante toda la primavera, los trabajos prosiguen en medio de considerables dificultades. Se pretende aprovechar el buen tiempo para poner los cimientos de la central eléctrica, pero resulta que justo por debajo discurre un río subterráneo; en cuanto se excava unos metros, el suelo rezuma agua y se vuelve fangoso, inestable. Mientras arquitectos e ingenieros se afanan por encontrar una solución —¿trasladar el edificio? ¡Demasiado caro! ¿Drenar la capa freática? ¡Demasiado caro! ¿Esperar a que se agote sola? ¡Demasiado caro!—, la excavación del canal continúa poco a poco.

Un día se difunde la noticia de que el patrón ha decidido enviar a un fotógrafo para que inmortalice los avances de las obras. Los hombres están nerviosos, distraídos, mirando constantemente por encima del hombro.

—¡Vamos! —grita Carlo a un grupo de trabajadores en corrillo.

Agazzi pasa junto a él empujando una carretilla llena de piedras y niega con la cabeza.

Ha sido Fredo quien ha difundido el rumor: lo oyó en las oficinas de la empresa en Milán e inmediatamente se lo contó al Canèta; su hermano pequeño —el único de la familia que aún le habla, a escondidas de su padre— no veía la hora de quedar bien, así que se lo explicó a todo el mundo.

A primera hora de la tarde, el fotógrafo llega con una estela de ayudantes y un misterioso instrumental. Hace falta tiempo para montarlo todo. Fredo se encarga de dar órdenes a la baqueta.

«Ese chico solo traerá problemas», piensa Carlo, lanzando

una mirada al mayor de los Malberti, que deambula por las obras con mucho cuidado para no ensuciarse los zapatos.

Bajan unas escaleras, el fotógrafo desciende a la excavación, mira a su alrededor durante un buen rato, se queja, resopla y, por último, coloca la cámara en el trípode. Los trabajadores retroceden.

En la imagen Agazzi se apoya despreocupadamente en la pala, con el sombrero bien calado sobre los ojos. A su derecha Carlo tiene las mangas de la camisa remangadas, mostrando unos brazos fuertes y bronceados, los pies hundidos en el barro; su espesa barba oculta una sonrisa. Más atrás se vislumbra la fornida figura de Oreste Malberti inclinado sobre el pico y a su hijo Fredo observándolo desde lejos.

Cuando el fotógrafo, tras recoger todas sus cosas, se marcha, falta poco para la puesta de sol. Agazzi está asegurando unos listones a un tablestacado inestable que lleva días sin querer mantenerse en pie. Lo mira de arriba abajo como diciéndole que es inútil oponerse, de una forma u otra se saldrá con la suya.

El tablestacado cruje, parece querer responderle. El hombre se encoge de hombros y le da la espalda: a la larga, el progreso siempre triunfa sobre la naturaleza.

Pero hoy no.

A Agazzi apenas le da tiempo a oír un crujido, todo se produce tan rápido que no tiene escapatoria. Uno de los postes se rompe por la base, la tierra empuja para liberarse, caen más postes, el tablestacado cede. Un muro de madera, piedras y barro lo arrolla.

Todo se vuelve oscuro.

2

Milán

—Me dicen que estáis realizando un trabajo impresionante, cerca de Bérgamo.

Cristoforo se espabila.

—¿Cómo, perdón?

Su hermano menor, Benigno Crespi, se ha casado con una noble de Novara, Giulia Morbio, y para celebrarlo su familia ha organizado una gran fiesta en su propio palacio; lo han adornado profusamente con plantas y flores, y han instalado una iluminación que asombra.

Crespi ha visto muchos almuerzos y recepciones, pero nunca con tal ostentación de riqueza. Incluso se ha preparado una *table à thé* con café, té y coñac, limonada y naranjada embotelladas, *petits fours*, pastelitos, *bonbons*, *fondants*, *marrons glacés*, vinos de postre y vinos de España, así como algunos buenos licores. En el salón, una pequeña orquesta entretiene a los invitados, mientras las señoras que no están bailando charlan alegremente, a la espera de que, no antes de la una de la madrugada, les sirvan la cena en la salita de al lado, donde se han dispuesto pequeñas mesas para seis u ocho personas. Una multitud de sirvientes y camareros va y viene, sosteniendo jarras llenas de copas de champán, bajo la atenta y discreta mirada de la anfitriona.

El hombre que Cristoforo tiene delante —un marqués cuarentón, ropas de corte impecable, piel casi transparente, manos largas y ahusadas— lo mira con una mezcla de estupor y vergüenza.

—Una nueva fábrica textil, he oído decir.

—Sí —confirma Cristoforo cogiendo un sorbete de una de las bandejas en las que los camareros están sirviendo los aperitivos. Con el rabillo del ojo intercepta a su padre de pie cerca del bufé.

—Notable —comenta el otro.

Sigue un breve y embarazoso silencio. La voz del viejo Antonio Crespi, incómodo con su nuevo esmoquin, se deja oír en la pausa entre un baile y otro, y varias señoras alargan el cuello para curiosear. Algunas risitas, algunas toses.

—Cinco mil husos de la firma Platt Brothers, de Inglaterra —añade Cristoforo para llenar el vacío, mientras busca con la mirada a su hermano.

—Notable —repite el noble, que sin embargo no parece impresionado, y quizá ni siquiera lo haya entendido.

Benigno está en un rincón de la sala susurrándole algo a su joven esposa; ella, sentada en una silla, con los hombros rectos y la barbilla alta, asiente con la cabeza y sonríe. Junto a ella está su hermano Pio, que con algunos socios ha fundado recientemente un periódico, el *Corriere della Sera*, y que —según se dice— estaba en contra de la boda, al igual que toda la familia Morbio.

—No debe de ser fácil —comenta el noble.

Cristoforo detecta ironía en su voz; no le queda claro si el marqués se refiere a la nueva aventura empresarial o a la acogida en el linaje de los Morbio, si es que puede hablarse de acogida.

—Si nos contentáramos con cosas fáciles, hoy no tendríamos ni ruedas siquiera —replica secamente mirándole a los ojos—. Sin embargo, habéis venido en un carruaje.

El hombre baja la mirada.

Cristoforo pertenece a la rama de los Crespi conocidos como *tengitt*, tintoreros. En la zona de la que proceden, la de

Busto Arsizio, todas las familias se ganan la vida tiñendo piezas de tela que luego van vendiendo por las localidades del norte; su padre, Antonio *Toni Tengitt*, y antes que él su abuelo, Benigno, que da nombre al negocio familiar, eran todos *tengitt*.

No son aristócratas, no cuentan con marqueses entre sus antepasados; tienen las manos manchadas de tintes, la espalda dolorida, suelas consumidas. Y un afán ciego por demostrar su valía ante todo el mundo.

Cristoforo observa a su hermano, pendiente de los labios de Giulia, y sonríe; incluso con sus modales educados y sus gestos comedidos, está claro que será una dulce tirana para Benigno, que está loco por ella, que por ella haría cualquier cosa.

Si no se hubiera enamorado, Cristoforo podría haber seguido siendo un *tengitt*. Trabajaba en las oficinas de la hilandería Turati cuando conoció a Pia Travelli; ella, hija de un abogado de Busto de muy buena familia, le había robado inmediatamente el corazón. Pero, para conseguirla, tenía que demostrar que disponía de unos ingresos a su altura. Así que había pedido un aumento: un aumento llamativo, exagerado, como sus ambiciones.

No podía saberlo en ese momento, pero fue una suerte que su patrón se lo hubiera negado.

Era 1863 y Estados Unidos estaba en plena guerra de Secesión. Turati se quejaba constantemente de que la guerra civil estadounidense había disparado el precio del algodón.

Cristoforo había dejado su trabajo y, con un capital muy reducido, había empezado a especular con las fluctuaciones del precio del algodón en bruto. Aún recuerda la tarde en que le explicó el proyecto a su padre y la expresión de este, entre horrorizada y perpleja. Comprar a un precio determinado, esperar a que el conflicto hiciera aumentar el coste del algodón y revenderlo de inmediato a un precio más alto; luego, con las ganancias, comprar más y volver a vender. Comprar y revender, comprar y revender. Nervios templados y un poco de suerte. No resultó nada fácil convencer a Toni Tengitt: quinientas liras para gente como la familia Morbio no es nada, pero entonces para la familia Crespi era mucho dinero, prácticamente todos sus ahorros.

Cristoforo había insistido, e insistido, e insistido. Al final se salió con la suya y los hechos le dieron la razón: pasado apenas un año había conseguido amasar una fortuna notable. Tenía treinta años y no había hecho más que empezar.

—El algodón es una buena inversión, marqués —continúa, afable ahora, levantando su taza de sorbete—. Y confío en que las medidas proteccionistas que pretende aplicar el Estado unitario beneficiarán del mismo modo a los empresarios del algodón como yo que a los clientes como vos.

—Sin duda —murmura el hombre. Pero ahora es él quien está distraído, tenso.

Cristoforo se pregunta qué habrá hecho esta vez su padre. ¿Se habrá servido con los cubiertos equivocados? ¿Se le habrá caído alguna copa? ¿Habrá soltado alguna ingenuidad? ¿Se habrá dirigido de manera inapropiada a alguna dama? Aquel es un ambiente lleno de normas, lleno de trampas. Solo las conoces si has nacido allí.

Sigue la mirada del marqués. En un rincón de la sala ve a Fredo, de pie contra la *boiserie*, con el sombrero en la mano, la cara enrojecida, la mirada angustiada. No debería estar allí, si ha acudido es por alguna razón seria y urgente.

—Mi secretario —dice Cristoforo.

—¿Está aquí por vos? —pregunta el marqués con voz chillona.

«Y ¿por quién va a ser?», piensa Cristoforo.

—Por supuesto. —Le pide que se acerque. El marqués hace ademán de alejarse, pero Cristoforo le retiene por el brazo—. Oh, no, no. Por favor, quedaos. Estoy seguro de que no tardaré mucho. —Tiene que volver a llamarle, porque Fredo sigue inmóvil como si le hubieran pegado la espalda a la madera.

El joven se acerca entonces dando un amplio rodeo, manteniéndose cerca de las paredes, entre continuos «Con permiso» y «Disculpe». Cuando llega ante su patrón, tiene la cara roja y los ojos bajos. Siente el calor del cuerpo del marqués junto a él; el aroma de su colonia reaviva el recuerdo de su intimidad, de cosas concedidas demasiado a la ligera, de promesas nunca dichas, de ilusiones rotas, de esperanzas y humillaciones. Se le hace un nudo en la garganta y casi se le humedecen los ojos.

Su amante está rígido en su traje, que, igual que siempre, le sienta como un guante; hace tres meses que no se ven, parece más delgado, más alto. Tan guapo como siempre, muy guapo. Solo ahora se da cuenta Fredo de que el marqués tiene la misma edad que su padre, y sin embargo parece que los separan tres lustros.

El marqués camufla su vergüenza con desdén, le mira con abierto desprecio; al mismo tiempo, espera —reza por ello— que el joven no monte una escena, que sea capaz de dominarse. «Ese es el riesgo —piensa— cuando vas a mezclarte con el pueblo.»

—*Fredo, se sücet?* —Cristoforo le pregunta qué ocurre, mas luego lamenta haber utilizado ese tono confidencial en presencia de un noble—. ¿Va todo bien?

—Sí, señor Crespi. Quiero decir... No.

El patrón se pone nervioso.

—¿Sí o no? —Levanta la voz, hay miradas a su alrededor, los cuellos se estiran, algunos susurran.

—No, señor Crespi. Lo siento. Ha habido un accidente en la obra. Un hombre ha resultado gravemente herido.

Cristoforo se pone pálido, se siente desfallecer.

—¿Os sentís bien, *sciur* Crespi? —le pregunta Fredo sujetándolo.

—Vamos —dice el patrón en voz baja—. Busquemos una sala para hablar.

Ha sido un ingenuo, no debería haber dejado entrar allí al joven ni permitirle hablar delante de todos. Si hubiera nacido en ese ambiente, ni se le habría ocurrido semejante idea.

Se alejan entre los invitados mudos, que se apartan a su paso.

Fredo se vuelve para mirar al marqués una vez más. Lee alivio en su rostro y se siente desfallecer.

3

Brembate, Bérgamo

La habitación está en silencio, Agazzi ha caído en un profundo sueño. Margherita está sentada a su lado y le coge la mano, sorbiendo de tanto en tanto con la nariz.

Cuando se lo llevaron, casi no lo reconoció. Estaba todo cubierto de barro, sangre y moratones, no quería creer que fuera su Luigi. Esa obra, esa maldita obra.

Le dijeron que no se dio cuenta de nada, que no le dio tiempo. Un muro de madera, piedras y barro se le vino encima en un instante, perdió el conocimiento de inmediato. Pero eso no era cierto.

Mientras lo limpiaban para acostarlo, antes de que llegara el párroco, Agazzi volvió en sí, abrió los ojos y miró a su alrededor. Margherita estaba allí.

—No deberías haber ido —le dijo llorando.

Él intenta acariciarla, pero no puede mover los brazos. Le han dicho que, por dentro, lo tiene todo roto; solo puede esperar, es cuestión de días.

—Cuando el Señor quiera —fue el veredicto del sacerdote.

La mañana antes de ir a trabajar habían discutido, siempre por la misma historia. Él, que se preparaba muy alegre, y ella, que resoplaba. Había trabajo que hacer en la posada y él se iba a servir al patrón, menudo ingrato era.

También Cesare de los Doneda había intentado hablar con él.

—¿Quién cuidará de la posada ahora que soy viejo? Tenemos un imperio aquí que hay que sacar adelante.

Pero no hubo forma de hacerle entrar en razón. No paraba de repetir que en Canonica se estaba construyendo algo nunca visto, que el pueblo era el futuro, que daría trabajo a mucha gente. Farfullaba hablando de progreso, de tecnología, de innovación: cosas todas sin sentido y sin valor. Palabras que no eran suyas, que oía a su patrón y que repetía como un loro.

Debería habérselo dicho entonces, enseguida. Hace dos meses que Margherita no saca tiras de tela del cajón, pero ya lo sabía de antes, son cosas que una mujer siente. Un sollozo sacude todo su cuerpo. Debería habérselo dicho, pero desde que trabajaba en la obra de los Crespi lo único que hacían era discutir y ella nunca había encontrado el momento oportuno.

—Estoy esperando un niño —le susurra ahora. Y está segura, completamente segura, de que será un varón—. Se llamará Cesare. —Luego se corrige—: Cesare Luigi.

Retira las mantas. La pierna derecha es una cosa informe, tan hinchada que ni siquiera se reconoce la rodilla, toda azul, gris, negra. Agazzi se agita, le arde la frente.

Más tarde llega el patrón, acompañado por Fredo. Crespi tiene los ojos cansados, con ojeras azules; los mantiene bajos. Las mujeres de los Doneda le saludan con una pequeña reverencia, los hombres se quitan el sombrero, le ofrecen una silla, un vaso de vino; él parece molesto, estrecha manos, quiere subir enseguida a ver al enfermo.

En la habitación solo está Margherita, que no abandona a Agazzi ni por un momento; alza los ojos hacia el patrón y Cristoforo lee una silenciosa acusación. La mujer se levanta y le cede su sitio, pero no deja de sostener la mano de su marido mientras llora con suavidad.

Al ver el rostro tumefacto de Agazzi, Crespi se siente desfallecer. Le habían dicho que estaba prácticamente muerto, que hubiera sido mejor que el Señor se lo llevara de inmediato, pero no tenía ni idea de que se enfrentaría a semejante espectáculo.

Mira a su alrededor, en busca de un poco de aire. La habitación es severa y austera, la cama de nogal, el gran crucifijo, el lavabo con la jarra: refleja muy poco al hombre siempre sonriente y alegre, con la ocurrencia siempre lista, tal como él lo conoce.

—Si puedo hacer algo... —murmura.

Margherita aprieta los labios y no contesta. «¿No os basta con lo que habéis hecho ya?», le dice sin hablar.

De repente Agazzi parece recuperarse, tal vez haya reconocido la voz de su amo. Abre los ojos y se queda mirando al vacío.

Cristoforo cae de rodillas.

—*Lüis, a so me*. Soy yo —le susurra.

En los labios del enfermo se dibuja una mueca que podría ser una sonrisa.

—¿Qué tal estás, Luigi?

Agazzi emite un sonido gutural e intenta levantar la cabeza.

—*Sta zo,* quédate quieto; no te levantes, descansa —le ordena el patrón.

Margherita observa petrificada la escena. Lleva dos días a su lado: su Luigi no daba señales de vida, y ahora...

—¿Le ha examinado un médico? —pregunta Crespi.

Ella niega con la cabeza.

—Ha venido el sacerdote.

El patrón permanece un momento atónito. «¿Cómo que no?» Intercambia una mirada con Fredo, que se encoge de hombros.

—Pero... este hombre necesita un médico. —Cristoforo suspira.

Ella le mira como diciéndole que se ocupe de sus asuntos, que él no es el patrón ahí. Que se vaya y mande en otro sitio.

—Quizá aún haya esperanzas —insiste Crespi.

—¿Esperanzas? —salta Fredo.

—Tenemos que llevarlo al sanatorio.

—No va a ir a ninguna parte —replica Margherita—. Mi marido debe morir en casa, en su cama.

—¿Y si no muere? ¿Y si aún pudiera salvarse?

Por un momento consigue infundir dudas en ella, que abre mucho la boca y no encuentra palabras para responder.

—¿Salvarse? —interviene el viejo Doneda—. Pero ¿es que no lo veis?

Agazzi sigue la discusión con la mirada.

—Hos-pi-tal... —silabea en un susurro.

Como siempre, piensa Margherita. Incluso a punto de morir tiene que contradecirlo.

—Fredo, corre a buscar un médico.

El joven se debate entre la obediencia a su patrón y la pertenencia a su gente. Todo el mundo conoce a los Doneda por allí, los hombres son parroquianos de la posada, las mujeres rezan en la misma iglesia; son una pequeña comunidad en la que todos razonan igual, regida por leyes no escritas. Y el patrón... puede ser el dueño de la tierra, pero no pertenece a esta gente, siempre será un extraño para ellos, demasiado rico, demasiado instruido.

Agazzi suelta un jadeo que podría ser de dolor o una petición de auxilio.

«Este desgraciado se está muriendo —piensa Fredo—. Y el patrón no quiere realmente su bien: tan solo es que no puede aceptar ser la causa, aunque sea indirecta, de su muerte.»

—¡Corre, he dicho! ¡Enseguida! —grita Crespi.

Entonces el cuerpo de Fredo reacciona: sus talones dan un golpe, sus piernas se ponen en marcha antes incluso de que se dé cuenta de lo que está haciendo.

—¡Invertido! —masculla el viejo Cesare a sus espaldas.

Más tarde, mientras cargan a Agazzi, de nuevo inconsciente, en la camilla, Crespi se acerca a Margherita, que está llorando, con la cara hinchada y amoratada.

—Yo me haré cargo de todos los gastos —le dice entregándole unos billetes.

Ella le clava entonces unos ojos venenosos en la cara. Hace un gran esfuerzo por controlarse, pero finalmente lo suelta:

—Si mi Luigi muere fuera de su cama, sabed que solo podéis culparos a vos mismo.

4

Bérgamo

Amalia se mantiene apartada mientras Carlo se acerca a la cama con el sombrero en la mano. Agazzi, o lo que queda de él, tiene el aspecto de una marioneta de color oscuro que destaca sobre las sábanas inmaculadas.

Le han operado, una operación extrema, muy delicada, y ahora está en manos del Señor.

El patrón le ha conseguido una habitación individual para que no tuviera que compartirla con otros. Uno a uno, todos los obreros, con sus esposas a cuestas, van a visitarle para despedirse de él y rezar una oración. También ha venido la familia Malberti, eran tan numerosos que una monja tuvo que echarlos.

A Amalia Vitali no le gusta este sitio. Las paredes encaladas, el hedor de la enfermedad, los bruscos modales de las enfermeras, el opresivo silencio de los pasillos roto por los gritos de algún enfermo y los ojos desesperados de la gente.

No quería ir. Anoche no durmió, no hacía más que dar vueltas en la cama, con lo que tuvo despierto a Carlo también. Estuvo mirando la oscuridad durante horas, hasta que su cuerpo cedió al agotamiento; pero, cuando por fin cerró los ojos y aceptó que se estaba quedando dormida, allí se encontraba de nuevo esa imagen.

—Son obsesiones —sostiene la tía Maria—. Se te meten cosas raras en la cabeza.

¡Como si pudieras elegir lo que se te mete en la cabeza!

Lleva días inquieta, desde que se enteró de que iban a ir allí.

—Si no te sientes capaz, puedo ir solo —le dijo Carlo.

Pero Amalia no quiso eludir su deber, y quedarse en casa, además, no cambiaría las cosas. Desde el regreso del patrón, la voz ha empezado a hablarle de nuevo.

La llamada es imprevisible y repentina, la sorprende mientras remueve la sopa o se peina frente al espejo o mientras cose. Aparentemente no hay razón ni sentido en lo que le sucede, salvo la voluntad de Dios, inescrutable y misteriosa: de repente ve un cuerpo flotando bocabajo en las oscuras aguas de una presa, la corriente le da la vuelta, es Carlo. La imagen es tan vívida, tan real, que Amalia no puede contener un grito. Entonces todos sus familiares acuden corriendo y la encuentran como congelada, con una cuchara o el cepillo o una aguja en el aire y terror en los ojos. «Me he quemado, me he pinchado», miente, para justificarse incluso a sí misma, pero todos saben que ha sido un ataque —«ataques» los llaman, para dar nombre a algo que nadie puede entender— y niegan desconsolados con la cabeza.

Pero esta noche ha visto algo más.

Carlo extiende una mano y le hace señas para que se acerque, para que no tenga miedo. Junto a la cama está la mujer de Agazzi, a la espera de enviudar. Amalia lee en ella un cansancio infinito, un secreto deseo de que este tormento termine cuanto antes. También la ha visto a ella esta noche: como no la conocía de antes no podía saberlo, pero ahora está segura de que la Virgen con el Niño que vio ascender al Reino de los Cielos era ella.

Las dos mujeres se miran durante un breve instante, el vientre de Margherita se marca bajo su vestido oscuro. «Es un niño», le dice la voz. Amalia sonríe y la otra mira hacia otro lado incómoda.

Entonces la atención de Amalia se ve atraída por Agazzi. Si su pecho no se elevara de forma imperceptible de vez en cuando, podría estar ya muerto. Amalia se le acerca, le mira con los ojos muy abiertos. De repente siente frío y empieza a temblar visiblemente. Ella suplica: «Dios, no. ¡Por favor, ahora no!».

Pero aquí vuelve, de nuevo, la imagen.

La cara de Agazzi está reducida a una pulpa de carne macilenta, borrado, irreconocible —pero ella sabe que es él, está segura de ello—, el cuerpo es un cascarón roto, desarticulado, un fantoche sin vida que yace sobre un montón de escombros. Un fino polvo se levanta a su alrededor, entra por su nariz y la deja sin aliento.

—Respira, Amalia. ¡Respira! —le dice Carlo sosteniéndola.

Pero ella no puede oírle, está en otra parte, entre los escombros, el humo espeso, los gritos de los rescatadores y el llanto de las mujeres. Ella también llora, no puede hacer otra cosa. A su lado el Adda fluye con un rugido que le llena el cerebro.

Un médico entra corriendo en la habitación, alguien la abofetea suavemente, la tumban en el suelo, nadie puede explicar lo que ha sucedido. Al cabo de un instante todo ha terminado.

—¿Estás bien? —Hay angustia en la voz de Carlo, nunca la había visto así.

Amalia se arrodilla frente a Margherita, le agarra las manos y clava en ella su mirada febril.

—He visto el cuerpo de vuestro marido aplastado bajo una roca, Dios me lo ha enseñado. —La mujer de Agazzi intenta deshacerse de su agarre, pero Amalia tiene una fuerza insospechada—. ¡Lo he visto!

—Será mejor que nos vayamos. —Carlo la levanta y trata de llevársela.

—Dios me lo ha dicho —insiste ella soltándose—. Dios es grande y misericordioso —continúa mientras Carlo la conduce fuera—. Hágase su voluntad.

Esa noche, alguien llama a la puerta de los Vitali. La tía Maria y Carlo intercambian una mirada de incredulidad, pero ambos intuyen lo que ocurre: no es la primera vez que sucede. Es el viejo Doneda, que ha ido hasta allí en persona.

Carlo no le invita a entrar, sale y cierra la puerta tras de sí. No hace preguntas, ya conoce las respuestas.

—Vuestra mujer ha asustado hoy a todo el mundo. —Cesare va directo al grano.

—Lo siento —intenta disculparse el otro—. Amalia no está bien.

—Es mi Margherita la que no está bien, no para de llorar, y está embarazada. —Cae un denso silencio—. Podría incluso perder el niño, con todo lo que le está pasando.

—Lo siento —repite Carlo. «Vamos, dime lo que tengas que decirme», piensa.

—Lo mejor sería que no volvierais a llevar al hospital a vuestra mujer.

Carlo niega con la cabeza. Después de todo, no había necesidad de pedirlo.

—Mejor si no venís vos tampoco.

Eso no, Carlo no se lo esperaba. Es un golpe bajo que le humilla, le hiere.

—Ni tampoco a la posada —concluye el anciano. Luego gira sobre sus talones y se marcha.

5

Milán, otoño de 1877

Ahí están todos, la familia al completo. Cristoforo está sentado a la cabecera de la mesa, es cierto, pero más como acusado que como patrón; a su derecha está Benigno, luego Pasquale; a su izquierda Carlo y, por último, Giuseppe. Su padre está en el otro extremo, él sí como quien se encuentra al mando; ni siquiera ha querido sentarse en la silla, está apoyado en una esquina de la mesa, desde la que los domina a todos: la empresa Benigno Crespi es suya, que quede claro.

Las obras de Canonica avanzan mal y lentamente. Ese maldito río subterráneo está costando tiempo y *dané*, dinero; los ingenieros no han sido capaces de encontrar aún una solución, lo único sensato parece ser esperar y confiar, pero con cada día que pasa el capital disminuye, al igual que las posibilidades de ver terminada la fábrica textil.

—A este ritmo, dentro de seis meses cerraremos.

Toni Tengitt lleva más de una hora hablando, sus hijos escuchan en religioso silencio mientras él desgrana cifras y previsiones. No se le puede acusar de no haber hecho lo que le corresponde, dice, como empresario y, sobre todo, como padre: se mostró escéptico desde el principio, pero no se echó atrás. Le creyó, le dio confianza, le dio oportunidades y, por encima de todo, le dio dinero. ¿Qué más quiere?

«Tiempo —piensa Cristoforo. Todo lo que necesita es un poco más de tiempo—. Y tal vez un poco de suerte.»

Se ha expuesto a sí mismo en este proyecto, prosigue Toni Tengitt. Con los bancos, delante de toda la comunidad.

—Pagaremos todas las deudas —promete Cristoforo.

—Y ¿con qué? —le apremia su padre—. ¿Con una fábrica que no existe? ¿Que nunca existirá?

Benigno se acomoda en la silla, pero no abre la boca. Cristoforo se siente traicionado, ninguno de sus hermanos acude en su ayuda. Y, sin embargo, al principio...

—No es solo una fábrica —puntualiza.

Una tos tímida, que significa: «Hermano, será mejor que te calles».

—Ah, sí. —Su padre se ríe—. El pueblo, las casas de los obreros... —Hace gestos amplios con las manos, como si dibujara algo que solo él puede ver.

—Y la cantina —añade Pasquale.

Cristoforo lo fulmina con la mirada.

—La cantina —repite Toni Tengitt—. El lavadero, la escuela..., ¿y después qué? ¿Por qué no un teatro?

«No sería mala idea», anota Cristoforo mentalmente.

—La escuela sirve para instruir a los trabajadores del mañana —explica emocionándose—. Es una inversión. Y el teatro... Si hubiera un teatro, los hombres podrían relajarse los domingos después del trabajo. El lavadero, la iglesia..., no faltará de nada. El pueblo será su mundo, no habrá necesidad de salir, con la consiguiente reducción de...

—*Ma mochela!* ¡Vale ya! —grita su padre.

Los gritos se oyen al otro lado de la puerta, donde Pia, la esposa de Cristoforo, intenta concentrarse en su bordado mientras los niños juegan frente a la chimenea.

—¿Es que no ves que nos estás llevando a todos a la ruina? —prosigue Toni Tengitt. Hace una pausa para recuperar el aliento—. Tenemos las fábricas textiles de Vigevano y Ghemme; Benigno, aquí presente, está levantando una en Nembro. ¿No es suficiente?

«No, claro que no es suficiente», piensa Cristoforo, sintiendo que su ira aumenta en su interior.

—Las fábricas de Vigevano y Ghemme no son mías —susurra.

—¡Por supuesto que no son tuyas! —replica su padre—. Son de la empresa Benigno Crespi.

—Pero ¡las he fundado yo! —suelta Cristoforo dando un puñetazo sobre la mesa.

Pia levanta la vista de su bordado y contiene la respiración. Los niños han dejado de jugar y la miran interrogantes. Silvio está tenso, pálido, a un paso de las lágrimas.

—Vamos, a la cama —ordena. No quiere que presencien el espectáculo de su padre humillado como un colegial.

—Pero, mamá... —dice Silvio silenciado por una mirada.

La niñera los reúne como a una nidada de polluelos y los empuja escaleras arriba. Pia se queda sola, está un poco mareada, tiene náuseas. No se encuentra bien desde hace unos días, se siente débil.

Cristoforo está poniendo su alma en este pueblo. Es un gran proyecto, ambicioso, por supuesto, visionario. Es el sueño de toda su vida.

Ella es la única que puede entenderlo de verdad. Porque ella estuvo con él durante la planificación, cuando todo era un ir y venir de arquitectos, ingenieros e ideas. Y antes de eso, cuando la semilla de la idea había echado raíces en los pensamientos de su marido, y se había abierto paso hasta convertirse en un brote y finalmente en una obsesión. Y antes de eso, cuando lo había visto insatisfecho y frustrado por la forma en que se gestionaban las otras fábricas textiles, por las constantes desavenencias con sus hermanos, por su deseo de libertad, independencia e innovación que siempre se estrellaba contra los confines de la familia.

También lo ve cuando, insomne por la noche, mide la habitación a grandes pasos y luego se encierra en su despacho para repasar los números una vez más. No se le escapan los suspiros, lee miedo y determinación en sus ojos. Le oyó llorar cuando aquel obrero de la obra fue arrollado por el derrumbe de un tablestacado, y luego rezaron juntos por él.

Nadie como Pia puede saber por lo que está pasando su marido en estos momentos, y lo injusta que es esta reprimenda.

—¡Fui yo quien fundé las fábricas de algodón de Vigevano y Ghemme! —Cristoforo protesta mientras se levanta. La silla cae hacia atrás, el respaldo se rompe—. Fui yo quien elegí los edificios, compré las máquinas, encontré a los trabajadores. Y ¡vosotros! —Los señala uno a uno—. No os quejasteis cuando os asocié conmigo, y los husos giraban día y noche, y los pedidos llegaban a raudales, y el dinero llovía sobre vuestras cabezas.

—No todo fue tan bien en Vaprio —replica Giuseppe.

—¡Eso no fue culpa mía!

Vaprio d'Adda fue la primera hilandería, la primera decepción. Todavía le quema.

En 1864, con el dinero de la especulación algodonera, Cristoforo había alquilado la fábrica del conde Archinto, un noble venido a menos, por entonces propiedad de un consorcio de acreedores; las cosas iban tan bien que la Benigno Crespi pudo permitirse nuevas oficinas de representación en via Meravigli, en Milán. Parecía que nada podría detenerlos, pero al año siguiente el consorcio decidió subastar la fábrica. Cristoforo, que no disponía de capital para hacer una oferta, había pedido más tiempo. No se lo concedieron: el duque Visconti di Modrone adquirió la hilandería Vaprio por un millón seiscientas mil liras, y Cristoforo había tenido que empezar de cero.

—Pero en Canonica no tendré este problema —prosigue, tratando de tranquilizarse—. La tierra es mía, el agua es mía. Ningún duque puede quitármelas.

«Y la fábrica también»; lo piensa, pero no lo dice: esta vez no involucrará a ninguno de sus hermanos. La gestión será solo suya. Y, algún día, de Silvio.

Se hace el silencio en la sala. Los hombres se miran con gesto airado, pero Cristoforo sabe que una vez más se ha salido con la suya.

Al otro lado de la puerta, Pia agudiza el oído. Piensa en entrar para ver si todo va bien, si su marido necesita apoyo. Se levanta del sillón, pero tiene la sensación de que el suelo es inestable. Espera un momento, respira hondo.

Cuando entra en la habitación los encuentra a todos enfurruñados. Toni Tengitt se ha sentado, Cristoforo, en cambio, está de pie, con los puños firmes sobre la mesa. Sus hermanos no dicen ni una palabra.

—¿Os traigo algo de beber? —pregunta.

—No, gracias. No te molestes —dice Toni Tengitt—. Es tarde, ya nos íbamos.

Su marido se ha impuesto, Pia se lo lee en la cara. Se siente muy orgullosa de él... Intercambian una mirada cómplice, ella le sonríe. Sin embargo, de repente a Cristoforo se le oscurece la expresión, con los ojos muy abiertos; algo le preocupa.

Es lo último que recuerda Pia antes de perder el conocimiento.

6

Hospital de Bérgamo

Es un día soleado, pero flota ya en el aire el olor a nieve. Agazzi está apoyado contra el muro del hospital, con los ojos entrecerrados, los brazos cruzados, disfrutando del último calor del otoño moribundo, antes de que las monjas se den cuenta de su ausencia. Un rayo de sol cae justo ahí, donde antes estaba su pierna derecha y ahora no hay nada. Y, sin embargo, aún tiene la sensación de notarla, de que le escuece, le pica, nota descargas nerviosas; siente que se le mueven los dedos de los pies, que las uñas tocan la puntera del zapato, que se le eriza el vello. Y todo de lo más real.

Han pasado seis meses desde aquel día. Los primeros tiempos volaron sin que se diera cuenta; solo tiene vagos recuerdos de sombras flotando a su alrededor y voces lejanas y apagadas, y ni siquiera sabe si son recuerdos o tal vez tan solo alucinaciones. Le dijeron que estuvo mucho tiempo entre la vida y la muerte, como un péndulo que no supiera decidirse. Fueron los mejores días, porque al menos no conocía el dolor.

Cuando volvió a abrir los ojos, se oía el canto de los pájaros fuera, en el Sentierone, la gran avenida de la ciudad, y Margherita estaba sentada a su lado con los ojos enrojecidos.

Todos los Doneda acudieron a presenciar el milagro de Agazzi, que regresaba del más allá sobre una pierna sola.

El viejo Cesare le preguntó inmediatamente cómo iba a hacerse cargo de la posada; Margherita cómo iba a cuidar al niño, porque pronto tendrán un hijo que se llamará como su abuelo.

—No deberías haber ido —le decían una y otra vez—. No deberías haber ido.

Dicen que Margherita, a causa de la impresión, corrió un serio riesgo de perder al niño. Lo dicen en tono de reproche, como si Agazzi se hubiera tirado encima de una montaña de barro a propósito para fastidiar a los Doneda.

Y luego ponen verde a Crespi, no en voz alta, claro, porque el patrón no deja de ser el patrón y nunca se sabe. Pero a Agazzi no se le escapan ciertas miradas cuando va a verlo, y el desdén que ponen en la voz cuando pronuncian su nombre, y los bufidos, las alusiones sesgadas. Como si la culpa fuera suya, como si fuera un asesino.

El patrón ha ido a verlo a menudo; cuando no estaba en sí acudía incluso todos los días, según parece. En ese tiempo de sombras y voces lejanas, cree haberle oído sollozar y pedir perdón. Ahora le visita una vez a la semana, antes de ir a la obra para comprobar el estado de los trabajos; a veces lleva a su hijo Silvio, que no se atreve a acercarse a la cama y a fijar la mirada en el hueco que ha dejado la pierna. Hubo un tiempo en que solía acompañarle la *sciura* Pia, pero ahora no se deja ver, dicen que está indispuesta.

Cuando llega el patrón, siempre lleva algo de comer, se queda con él unos diez minutos, como avergonzado, incómodo. Agazzi quiere que le ponga al corriente de las obras, hace preguntas. Entonces Crespi se relaja un poco, explica que aún no han encontrado una solución para ese maldito acuífero, pero que pronto la encontrarán —desvía la mirada al decirlo, porque quizá ni él mismo se lo crea ya— y que, en cualquier caso, la construcción de los *palasocc* avanza a buen ritmo.

—Habrá una posada —le soltó un día—. Para los obreros.

Luigi hizo como que no le oía. *Posada.* La mera palabra le

produce escalofríos; entonces su pierna derecha se crispa y patalea como si quisiera huir.

En unos días le darán el alta. Tendrá que dejar atrás este hospital que ha sido su hogar durante tanto tiempo, el sabor amargo de las medicinas, los pasos sigilosos de las monjas, el tono imperativo de los médicos. ¿Qué será de él entonces?

La idea de volver a la Locanda del Brembo es un tizón ardiente que le consume el corazón. Se imagina su cuerpo inútil desplomado en una silla, rehén de los Doneda, todo el día mirando al vacío, mientras en la cocina el viejo agua el vino y Margherita suspira por la carga de tener que ocuparse de todo: familia, hijo, clientes, proveedores y, ahora, hasta un marido inválido.

Está más sano que una manzana, le dicen los médicos que le han devuelto la vida, podría vivir otros cien años. Y lo dicen sonrientes, como si hubiera motivo de alegría. Pero un cuerpo partido por la mitad, que ya no sirve para nada, no es una buena noticia: es solo una prisión.

—Una posada —repitió el patrón en voz alta. Luego le puso una mano en el hombro—. Para llevarla necesitaría a alguien...

Algo muy parecido a una descarga eléctrica, que empezó en el pie y fue directa al cerebro, recorrió la pierna inexistente de Agazzi.

—... alguien con cierta experiencia —precisó Crespi, por si no había quedado claro.

Otra descarga, más fuerte.

—¡Ay! —sonó la voz de Agazzi, y ambos miraron hacia donde solía estar la rodilla.

Los días siguientes fueron muy duros para Agazzi. No se lo contó a nadie, ni siquiera se atrevió a contárselo a sí mismo. ¿El patrón le había ofrecido un trabajo?

Se lo pregunta incluso ahora, mientras disfruta de la puesta de sol que flamea en el cielo sobre el campanario de San Marco, y no sabe si creerlo o dejar de esperar.

7

Trezzo sull'Adda

El mercado está, como siempre, abarrotado y ruidoso. Los hombres dan grandes voces para llamar la atención mientras exhiben sus mercancías, las levantan, las voltean, las depositan. Las mujeres las sopesan, recelan, discuten el precio, se quejan. El tono de la conversación sube, da siempre la impresión de que va a estallar una pelea, luego uno de los dos cede, se restablece el equilibrio y, aunque parezcan insatisfechos, en realidad ambos están contentos: la mercancía cambia de manos, las monedas tintinean, los billetes crujen, todo son sonrisas y despedidas.

Luigia Malberti ha visto un corte de tela que es lo que anda buscando, con el grosor adecuado, de buena factura. Es lo suficientemente grande como para sacar dos vestidos para las gemelas, que tienen siete años y crecen cada día, y puede que sobre algún trozo, pero es un poco caro. Lleva un rato merodeando por el puesto e intenta pasar desapercibida, pero el tendero se ha fijado en ella, vaya que sí. Al fin y al cabo, todos se conocen, y los Malberti, numerosos como son, siempre andan necesitados de algo, aunque nunca compren nada.

La negociación dura un rato.

—Demasiado dinero por un trozo de lana. —Luigia lo menosprecia con una mueca de disgusto.

El comerciante lee en sus ojos un destello de deseo, incluso de necesidad. Se acerca a ella amenazadoramente.

—*Ma l'è granda!* ¡Si es enorme! —le grita en la cara—. Podéis sacar tres vestidos de aquí. De primera calidad, ¡resistente! —Da tirones a la tela para demostrar que no miente—. ¡Indestructible!

Luigia niega con la cabeza. Siguen con esta pantomima durante unos minutos, al final ambos se dan cuenta de que no llegarán a nada. Ella no puede permitírselo y él no está dispuesto a bajar tanto el precio.

Fredo lo observa todo desde no muy lejos. En medio de ese jaleo, su madre no le reconocería aunque la cogiera del brazo. Se acuerda de cuando corría a abrazarla, como en un arrebato ansioso de afecto, y ella se reía y lo ahuyentaba, aunque en el fondo estuviera contenta.

El comerciante da la espalda a Luigia, se dedica a otra mujer. La negociación ha fracasado. Luigia se marcha con la cabeza gacha. Encontrará a alguien que le venda alguna tela, quizá no tan gruesa, pero que sirva igual para el invierno que se avecina. Y si no la encuentra, qué se le va a hacer: las gemelas se pasearán con un vestido ligeramente corto. Así es la vida.

Fredo la sigue, escondiéndose tras una esquina cuando ella parece divisarlo. Su madre ha terminado por hoy. Se encamina a casa, muy inclinada hacia un lado, como si llevara quién sabe qué peso en el capazo. En realidad está vacío.

Fredo aminora la marcha, puesto que conoce la ruta de memoria, y vuelve sobre sus pasos.

El pueblo se acaba pronto, las casas se espacian y la carretera se ensancha entre una hilera de árboles de copas doradas, que solo esperan una ráfaga de viento que los desnude. Luigia avanza manteniéndose a la derecha, hacia los campos; al llegar a una acequia, se levanta un poco la falda y salta por encima.

Luigia, la de los Malberti, está cansada. Cansada de ir al mercado sin dinero y de volver a casa sin haber comprado nada, cansada de cargar con el peso de una vida de renuncias, de todas esas bocas que alimentar, de no poder quejarse nunca, de tener que decir siempre que sí. Hay momentos en los que todo su cansancio se abate sobre ella de golpe, como si le cayera un peñasco sobre la cabeza. Es lo que le acaba de ocurrir, con las prisas por cruzar el canal de desagüe: mientras Luigia salta, se le agotan las energías y termina con el agua hasta las rodillas.

—*Vaca porca!* —maldice agarrándose a la hierba para salir del pantano, pero entonces una mano aparece ante sus ojos.

Luigia levanta la mirada y se encuentra con la de Fredo.

«¡Qué guapo se ha vuelto!» es su primer pensamiento.

Oreste, sin embargo, ha sido claro: para los Malberti, Alfredo ya no existe, está prohibido incluso dirigirle la palabra, por no hablar de otras cosas. En realidad no lo dijo, no es de muchas palabras, pero cuando levanta las manos lo dice muy claro.

—Mamá —saluda Fredo con una sonrisa.

Luigia se queda ahí, metida en el agua helada de la acequia, y ya no siente los pies. Agarra la mano que le ofrece su hijo y, sin decir palabra, se deja ayudar.

—Hace frío —le dice Alfredo, y le entrega un pequeño paquete.

Luigia niega con la cabeza. No puede aceptar nada de él, Oreste montaría en cólera.

—Es el paño de lana del mercado —insiste él—. El bueno. —Y, delante de su madre, que está como petrificada, añade—: Puedes hacer con él dos vestidos para las gemelas, o solo uno para ti.

—No puedo.

—Claro que puedes. No se lo diremos a nadie.

Luigia reflexiona. ¿Quién se va a dar cuenta de que las gemelas tienen un vestido nuevo? Oreste desde luego que no, no se fija en esas cosas. Pero por lo menos las niñas estarán calentitas este invierno. Hace ademán de agarrarlo, pero algo la retiene.

—*Ta l'et rubada?*

Fredo estalla en una carcajada estruendosa, a ella le parece aún más guapo que antes.

—¡Qué cosas dices, claro que no lo he robado! Lo he comprado, con mi propio dinero. —Saca unos billetes del bolsillo interior de su chaqueta y se los pone en la mano junto con el hatillo—. Vamos. Te acompaño.

Luigia mira a su alrededor para asegurarse de que nadie los ve. La niebla que se levanta de los campos es su cómplice silencioso. Se apoya en el brazo de su hijo y se encaminan juntos a paso lento.

—¿Cómo va todo en casa? —le pregunta al cabo de un rato.

Ella no contesta, no hay nada que decir. Siempre las mismas cosas.

—Te echo de menos.

Para Luigia esto es demasiado. Ella también echa de menos a Fredo, lo echa de menos a rabiar, todos los días. Y lo mismo les ocurre a sus hermanitas, que no se atreven a preguntar. Todos los Malberti querían a Fredo por su alegría, por sus maneras de caballero, por las esperanzas que habían depositado en él. Pero él los traicionó, se marchó, desapareció durante meses y nunca miró atrás. La decepción, como una grieta, se abre paso en el corazón de Luigia. «¿Por qué lo hiciste? —le gustaría preguntarle—. ¿Por qué nos abandonaste?»

—Lo siento —le dice él con voz quebrada—. Me equivoqué.

Ella suelta una especie de gruñido y echa a andar de nuevo. Pero pronto estarán cerca de casa y teme que alguien pueda verlos juntos, cogidos del brazo además. El ritmo es lento, pesado. Por muy enfadada que esté con él, y a pesar de que se arriesga a recibir una paliza de Oreste, a Luigia le gustaría que ese momento de intimidad, en contacto con el calor del cuerpo de su hijo, no terminara nunca.

—Quiero que me perdonéis —insiste Fredo tirando suavemente de ella—. Sé que podéis perdonarme.

Ella no se lo dice, pero ya le ha perdonado.

—*Ötem, mama* —suplica—. Ayúdame.

8

Milán

A través de las cortinas echadas, se abre paso una brizna de luz en la que el polvillo reitera su desordenada danza. Es la única señal de vida. Las ventanas han dejado fuera al mundo entero. Por detrás de los cristales, la ciudad bulle de gente atareada, a la carrera, bulliciosa, que grita, que ríe; en la habitación, en cambio, reina el silencio, todo está amortiguado y parece lejano, inútil.

Pia está tumbada en la cama, un imponente dosel de nogal que siempre la ha hecho sentirse pequeña y perdida. Pero nunca se había sentido tan frágil e impotente.

El médico ha sido claro, perentorio: nada de esfuerzos, ni físicos ni mentales. «Reposo, reposo absoluto», ha ordenado con su acostumbrada voz nasal. Y ha añadido: «Serán meses difíciles».

Las contraventanas deberían mantener fuera de allí las preocupaciones también, pero nada puede impedir que una obsesión se abra paso en los pensamientos. Por ahí vaga la mente de Pia, por esos «meses difíciles» que la esperan, y no solo a ella.

Los nudillos repiquetean en la madera, la puerta se abre, Cristoforo Crespi asoma la cabeza.

—¿Puedo pasar?

No espera respuesta, entra, cierra la puerta tras de sí y se acerca a la cama casi dando saltitos.

—¿Qué tal estás? —le pregunta cogiéndole la mano y calentándola entre las suyas.

—Bien —miente ella. Lo cierto es que se siente sin fuerzas—. ¿Cómo te ha ido con tu padre? ¿Has logrado hacerle entender que...?

—El médico ha dicho que debes descansar —la interrumpe Cristoforo, y luego se sienta en la cama a su lado—. ¿Me prometes que te cuidarás?

—No quería darte esta preocupación, encima. —Las lágrimas le asoman a los ojos y tiene que apretar los dientes para no llorar.

—No pienses en eso.

Ella mira a su alrededor, la habitación en penumbra, la cama deshecha, el cuerpo resecado de energía, el pelo suelto sobre los hombros.

—Justo en este momento...

—¿No te hace ilusión? —le pregunta Cristoforo.

Sí, claro que a Pia le hace ilusión. ¡Un niño, otro niño! Después de Silvio, Maria Pia, Bice y... Piensa en Guido, y entonces tiene que apartar la mirada porque esta vez no consigue contener las lágrimas.

En 1870 Cristoforo y Pia perdieron un hijo. Ya han pasado siete años desde entonces, pero parece que fue ayer. Guido no vivió lo suficiente para darse cuenta de que la vida puede ser muy cruel, o al menos eso es lo que espera Pia. Maria Pia y Bice vinieron después, pero el dolor de esa pérdida no se ha atenuado, está incrustado en algún lugar de su corazón, frío como un trozo de piedra.

Desesperación y vacío, y una intolerable sensación de impotencia: no poder hacer otra cosa que asistir a la enfermedad y al dolor de tu propia criatura, carne de la propia carne, sin que haya forma de remediarlo. No poder sustituirlo, aunque Pia hubiera dado su vida por salvar la de Guido. Incredulidad ante la evidencia, porque era imposible creer que algo tan perfecto y tan pequeño hubiera consumido ya sus días. Rabia hacia los médicos, docenas de especialistas, un montón de dinero y ninguna esperanza. El miedo a volverse loco, a no poder aguantar más.

«Otra vez no», reza Pia.

—¡Un niño! —le susurra Cristoforo—. ¡Una bendición!

—Lo sé, lo sé —dice ella con la voz quebrada.

—Y, entonces, ¿qué?

—Es que el doctor ha dicho...

—El médico solo ha dicho que tienes que cuidarte.

—Ha dicho que van a ser meses difíciles.

—Lo ha dicho porque te conoce y sabe que, de otro modo, no le habrías hecho caso.

Eso es cierto, no le habría hecho caso, pero ahora Pia tiene miedo. No se lo dirá a su marido, no ahora que las cosas van mal en las obras y hay problemas mayores en los que pensar.

—No debes tener miedo —la anima Cristoforo—. Todo irá bien.

—¿En las obras también?

—De eso no te preocupes, ya has oído al doctor. —Luego añade en tono perentorio—: No es problema tuyo.

En realidad Cristoforo también tiene miedo. Mirándolo bien, nunca ha tenido más miedo en su vida.

El médico ha sido muy claro. Pia tiene treinta años, ya no es una jovencita y está muy debilitada: existe un riesgo real de que madre e hijo no salgan de esta; en la benévola hipótesis de que todo salga bien no será, en cualquier caso, un embarazo fácil.

Claro que tiene miedo, es más, está aterrorizado. Podría perder todo lo que importa en su vida: no solo la fábrica, el pueblo y todo ese capital invertido, sino algo mucho mucho más valioso. Sin ella, ¿de dónde sacaría fuerzas para hacer frente a todo lo demás? Ya nada importaría.

El dolor por la pérdida de Guido se reaviva ahora ante la posibilidad de que tampoco este niño consiga hacerse mayor o, peor aún, que se lleve a su madre con él.

—Todo irá bien —le dice—. Solo necesitas descansar y no pensar en nada.

Ella asiente con la cabeza y cierra los ojos. Está cansada, o quizá no quiera que la vean llorar. No es tonta, ha comprendido perfectamente la situación, sabe a lo que se arriesga.

Su respiración no tarda en volverse lenta, rítmica y profunda.

Cristoforo la observa mientras duerme durante largo rato, cuenta sus respiraciones, las coloca junto a las suyas. «Dios —reza en silencio—, no me la arrebates a ella, no me quites a mi amor. Llévate a otro.»

9

Trezzo sull'Adda

Oreste Malberti es siempre uno de los últimos en marcharse de las obras. Llega con la oscuridad y se va con la oscuridad, siete días a la semana. Las cosas en el pueblo parecen ir un poco mejor; siguen teniendo problemas con el río subterráneo, pero desde hace unos días notan que parecen remitir. Cuando pase el invierno, tal vez el suelo deje de rezumar y entonces podrán poner los cimientos de la central. El grueso estará hecho.

Por mucho esfuerzo que le cueste, el trabajo es seguro y está bien pagado. En casa siempre le espera un plato de sopa, y nadie dice una palabra cuando come, así que por fin está tranquilo y puede descansar.

Sin embargo, al llegar a la altura de la granja se da cuenta de que no se ve ninguna luz detrás de las ventanas. Luigia debe de haberse olvidado de las velas otra vez. «*Stasira la petene.* Esta noche se va a enterar», se dice Oreste sintiendo que le pican las manos.

Cuando abre la puerta, encuentra la habitación envuelta en la negrura y el silencio. Vacía, no hay nadie; eso sí, alguien se ha tomado la molestia de encender la estufa, que difunde un agradable calor, emitiendo sus murmullos de bienvenida. ¿Será que han ido a misa? No suele haber a estas horas, pero nunca se sabe lo que se le ocurrirá al cura.

Oreste, en dos pasos, alcanza la mesa del centro, palpa la

superficie y encuentra la palmatoria con la vela derecha; imprecando, tantea para encenderla. La sala cobra vida.

En una esquina está el aparador, luego una cama individual pegada contra la pared que sirve de sofá durante el día y donde duermen dos personas por la noche, el crucifijo colgado en la pared, la mesa puesta, las sillas, el fregadero, la estufa y justo al lado el sillón de Oreste. En el que ahora está sentado Fredo.

—*Pà* —dice el chico levantándose bruscamente.

Oreste mira a su alrededor en busca de los demás y entonces se da cuenta de la conspiración urdida a sus espaldas. El primer sentimiento no es de ira, sino de miedo. Todos estaban implicados, se dice a sí mismo sintiéndose de repente frágil, indefenso. Luigia lo ha traicionado, incluso ella.

—No te vayas —le suplica su hijo.

Oreste ya estaba a punto de darle la espalda y dejarlo allí plantado, pero no quiere mostrarse atemorizado, así que se queda clavado en medio de la habitación con la vela en la mano.

Fredo lleva ropa nueva y de abrigo. Tiene los zapatos limpios y el rostro orondo, pleno; sus manos son blancas como las de alguien que nunca ha trabajado de verdad.

—Vete —le dice Oreste—. ¡Fuera de aquí!

—No —responde el chico. Es la primera vez desde que nació que le planta cara.

Oreste da un paso hacia delante con gesto amenazador, como haría para ahuyentar a un perro.

—Escúchame —dice Fredo levantando las manos para protegerse la cara—. ¡Por favor! —El sopapo no llega, así que continúa sin tomar aliento—: Sé que no quieres volver a verme más, sé que cometí un error. Lo hice todo mal, ya lo sé. Me criasteis, me permitisteis estudiar. Si me gano bien la vida y llevo estas ropas tan buenas es gracias a vosotros. No sé por qué me comporté así, qué creía que estaba haciendo. Estaba... —piensa detenidamente en la palabra que va a utilizar— embrujado.

La llama de la vela vibra, al igual que el corazón de Oreste; la deposita sobre la mesa y se queda escuchando.

—¡Perdóname, por favor! —Fredo cae de rodillas—. Me pasaré el resto de mi vida devolviéndooslo todo, compensándoos. Te daré hasta el último céntimo, aunque me muera de hambre, ¡lo juro!

—*Tires sö*, levántate —le ordena su padre. Se sienta y se sirve un trago. Por un momento se le ocurre la idea de servir también un vaso a su hijo, pero desiste.

El chico permanece de pie. Se da cuenta de que ha mejorado su posición, pero aún le queda mucho camino por recorrer. Ha decidido enmendarse y llegará hasta el final.

—Ten. —Deja un fajo de billetes sobre la mesa—. Son todos mis ahorros... hasta hoy. Pero voy a ganar más, mucho: Crespi ha prometido que me pagará mucho dinero.

Oreste nunca había visto tanto dinero junto, ni siquiera creía que pudiera haber tanto efectivo. No sabría qué hacer con él, cómo utilizarlo. Piensa que su hijo es casi tan rico como el patrón, y se siente orgulloso de él, y de sí mismo, que lo ha criado. Pero tiene que representar su papel, si cede demasiado pronto el chico pensará que su padre ha envejecido, que es débil, que se ha vuelto blando. Pone la mano sobre el dinero y lo aparta.

—¿Por qué no lo quieres? —pregunta Fredo—. Me lo he ganado, no lo he robado.

Oreste resopla.

—*Sentes zo.*

Aparta una silla después de indicarle que se siente. Luego llena otro vaso de vino hasta el borde y se lo da a su hijo. Tal vez sea cierto que ha envejecido, que se ha vuelto débil, que es un blandengue.

Fredo se lo bebe todo de un trago. Es un vino pésimo, que le quema a su paso por la garganta. Quizá algún día le lleve a su viejo una botella de las buenas, de las que beben los señores. Entonces verá la diferencia.

—Gracias —dice.

El otro emite un gruñido y se encoge de hombros. Beben en

silencio hasta que la botella se vacía. Al final Fredo se siente feliz, impregnado de una extraña serenidad que le vuelve locuaz.

—Perdóname —dice otra vez. Lo habrá repetido cientos de veces, pero una más no hace daño—. No sé qué me ha pasado. No sé por qué lo hice, por qué desaparecí. No era yo mismo, era otra persona, estaba loco...

De repente, sin embargo, una campana suena en su cabeza. «¿Quién es realmente Fredo? —se pregunta mirándose las manos pálidas con las uñas cuidadas—. ¿Cuántos Fredos pueden existir en un cuerpo?»

—Nunca somos uno —le explica a su padre, que dormita en el sillón—. No deberíamos estar obligados a elegir.

El Fredo que quiere a sus padres, que se siente culpable por haberlos abandonado, que les implora que lo perdonen, puede convivir con el Fredo que ama al marqués.

«No —se dice—. No estaba loco.» Por mucho que esté dispuesto a admitir que se ha equivocado, no quiere renegar de su propia naturaleza, que ha aprendido a aceptar después de mucho tiempo, ni de sus sentimientos por el marqués, aunque él los haya pisoteado.

—Estaba enamorado.

Oreste abre los ojos y le observa mientras siente crecer en su interior una especie de inquietud. Tal vez su chico haya encontrado a una buena mujer con la que formar una familia y tener hijos. Pero una parte de él sabe que no puede ser así, que su hijo no es así.

Se miran durante largo rato.

—Me había enamorado —repite Fredo.

Un instante después Oreste está encima de él. Ni siquiera sabe lo que le pasa, pero siente que le hierve la rabia y tiene que dejarla salir por algún sitio, de lo contrario corre el riesgo de estallar. Le agarra por la solapa y lo levanta como una marioneta. Fredo ni siquiera tiene tiempo de protegerse la cara cuando una granizada de puñetazos cae sobre él, pesada como una montaña. Intenta defenderse, pero su padre es mucho más fuerte que él: gracias a su trabajo en las obras, un trabajo de verdad, un trabajo de hombre. Le arroja a un rincón entre la cama y el armario; Fredo siente que se le rompe la muñeca y, antes de que su padre pueda volver a empezar, el dolor le hace perder el conocimiento.

10

Canonica d'Adda

A la mañana siguiente el cielo está despejado. Ha llovido toda la noche, y Fredo ha vuelto a compartir la paja con las vacas del aparcero.

En la obra hay bullicio, como todos los días. Poco a poco los muros crecen, con cierto optimismo ya es posible imaginarse la forma que tendrán la fábrica y el pueblo. Hay que mover unos cuantos sacos y empezar a cavar un punto en el terreno bajo el que corre una veta de piedra muy dura. Son diez los que se dedican a esa tarea, Oreste parece abatido. Nunca ha sido muy hablador, pero hoy no para de resoplar y Carlo se ha dado cuenta de que tiene los ojos rojos.

—¿Estás bien? —le pregunta apartándole para que no le oigan los demás—. Puedes irte a casa si quieres; yo me ocuparé de todo aquí.

Oreste se lo quita de encima y vuelve a coger el pico. Trabaja desde los seis años y no ha estado enfermo ni un solo día. O, mejor dicho, podrá haber estado enfermo, pero eso no significa que haya dejado de trabajar.

Carlo lo observa. El hijo de Oreste deambula por la obra como un perro callejero, magullado como una manzana podrida; cojea y, por la forma en que se agarra la mano derecha, cualquiera diría que le duele mucho.

Para los demás trabajadores es motivo de burla.

—*S'è sücedit cusè, Fredo?* ¿Qué te ha pasado? —le preguntan, y se dan codazos—. Te han dado una buena tunda, ¿eh?

Él no les hace caso.

—Se habrá peleado por una mujer —continúan.

—¡No, eso sí que no! —comenta uno en voz baja.

Los que están a su lado se echan a reír.

A nadie en la obra le cae bien el chico; tiene muchos humos y siempre está dando órdenes a todo el mundo, como si fuera el patrón.

Fredo lanza una mirada a su padre, que se ensaña con el pico contra el suelo de forma no muy distinta a anoche con él. La cabeza le palpita como enloquecida y tiene la mano entumecida; se ha levantado las solapas de la chaqueta para ocultar las manchas de sangre de la camisa, pero no puede hacer nada contra el hedor a letrina que lleva encima.

Hubiera sido mejor no acudir, pero hoy están trabajando en una parte sensible del canal y el patrón le ha pedido que vaya a echar un vistazo.

A última hora de la mañana, a fuerza de palas y picos, las cuadrillas apenas han conseguido bajar medio metro; del hueco emerge un riachuelo fangoso que serpentea entre los peñascos, decidido a unirse con el Adda.

—No me gusta —dice Carlo.

Los demás se miran unos a otros, como preguntándose qué será lo que puede gustarle en un agujero en el suelo.

Oreste hace caso omiso y vuelve a empezar con el pico. Parece como si hubiera una roca bajo sus pies en la que no se puede hacer mella de ninguna manera. Poco a poco todos los trabajadores se reúnen a su alrededor para ver cómo acaba la cosa, alguien está apostando sobre quién será el ganador, si la piedra o Malberti. Oreste es el favorito.

—Deberíamos llamar a los ingenieros —sugiere Carlo dándose cuenta de que una hora de esfuerzo no ha surtido efecto—, y ver si se puede encontrar una solución.

—¡Déjate de ingenieros! —suelta Oreste.

Alguien se ríe.

—Alejaos —ordena Oreste levantando el pico por encima de su cabeza.

Los hombres retroceden. La punta de hierro golpea la roca varias veces, produciendo chispas y gritos de incitación, hasta que se clava a medias en el barro y se queda encajada.

Oreste mira a Carlo con aire de suficiencia.

—Un ingeniero nunca ha resuelto nada.

Con un enorme esfuerzo intenta desencajar el pico, pero solo consigue romper el mango. Tiene la cara cada vez más roja, pero no quiere darse por vencido.

—Espera, te echo una mano —se ofrece Carlo, pero Malberti lo aparta de un empujón.

—Ya me encargo yo.

Fredo siente que su ira aumenta, así que decide marcharse. No quiere ser espectador de la demostración de fuerza de su padre, ya no. Volverá a casa, le dirá a su patrón que todo va como siempre y se irá a dormir.

Oreste empuja y tira del mango imprecando. El pico se mueve un poco, así que imprime más fuerza aún y suelta algunas blasfemias.

—¡Vamos! —dice—. Vamos, que ya casi está.

Parece que ha conseguido introducir el hierro bajo una roca y que, haciendo palanca, podría levantarla. Debajo quizá haya un terreno más blando que excavar.

«Hay algo que va mal», piensa Carlo.

—Déjalo, no lo muevas —le dice a Oreste.

Pero el otro no le hace caso, no ahora que casi se ha salido con la suya frente a esa maldita roca. La piedra se levanta, vuelve a caer, luego se levanta de nuevo y de repente echa a rodar, empujada por una corriente de agua marrón que por fin está libre para fluir a la luz del sol.

Oreste se encuentra justo delante, la corriente lo tira al suelo. Barro en la boca, en la nariz, en los ojos. Ni siquiera puede pedir ayuda. Sus ropas empapadas le sujetan, pero el suelo se deshace bajo sus pies, tragándoselo.

Carlo da un salto hacia delante, estira la mano para agarrarlo, pero todo está resbaladizo, inestable. Un paso más y la corriente se lo llevará también.

Fredo, convocado por los gritos de los obreros, ve el cuerpo achaparrado de su padre mientras el lodo se lo traga y luego lo pierde de vista para siempre.

TERCERA PARTE

1

Canonica d'Adda, julio de 1878

Para la inauguración de la fábrica textil, el patrón ha escogido el día de San Cristóbal, algo que a todo el mundo le ha parecido muy adecuado.

Hay una gran expectación en el pueblo. Es un hermoso día de sol, hace calor y las mesas de la nueva posada se han colocado a la sombra de unos tilos aún en flor que esparcen por el aire un aroma embriagador. Desde hace días Agazzi no deja de saltar con sus muletas, subiendo y bajando, yendo y viniendo, para que todo esté a punto. Nunca parece satisfecho con nada, y el mozo empieza a estar harto.

—¿Así? —pregunta el chico resoplando, mientras cambia las sillas por enésima vez.

—¡Que no, no te enteras de nada! —grita Agazzi—. ¡No conseguiremos llegar a tiempo! —Tira la muleta lejos, con rabia. Se arrepiente enseguida. Si aún conservara las dos piernas, no tendría necesidad de ningún estúpido mozo. Pero en cambio...

Carlo decide entonces intervenir. Recoge la muleta, comprueba que no está rota y se la entrega; luego manda al mozo a la bodega para comprobar que hay suficiente vino y, pacientemente, empieza a colocarlo todo, desde el principio.

Todo debe ser perfecto. El patrón le ha confiado la nueva posada y Agazzi no puede defraudarle.

—Claro que lo conseguiremos —le dice Carlo poniéndole una mano en el hombro—. Mejor dicho, lo conseguirás.

Agazzi resopla para ocultar su emoción.

—No sé yo...

En el último año lo ha perdido todo y lo ha recuperado: es como si Dios se hubiera entretenido sacudiendo la caja que contenía su vida y luego se la hubiera devuelto, completamente desbaratada. Nada es igual que antes.

Los primeros clientes cruzan el puente de madera sobre el Adda y un instante después están en la central. Los gritos de los niños y las risas de las mujeres llegan hasta ellos. Algunos corren, los hay que avanzan con cautela, se esperan unos a otros, forman corrillos, miran a su alrededor.

Se ha corrido la voz por toda la zona. Llegan desde Capriate, desde Trezzo, desde Vaprio, desde Brembate: la gente quiere ver de cerca esa chimenea que se eleva hacia el cielo anunciando la fábrica y las naves que, según dicen, son tan grandes que puedes perderte en ellas. Muchos de los visitantes han ayudado a construirlas, pero, para otros que solo las conocen de oídas, esta es la oportunidad de averiguar si todo lo que se dice es cierto.

El lugar está abarrotado de curiosos, de viejos campesinos y de nuevos obreros, todos con sus familias a cuestas. También hay una pequeña orquesta pagada por el patrón y no falta el vino. Incluso antes de que llegue la familia Crespi con las autoridades y el párroco, los hombres están achispados, las esposas hartas y los niños felices.

Ahí empieza el futuro.

Nadie sabe realmente cómo será. Hay quienes dicen que será mejor, otros lo ven con escepticismo y no faltan los que no se mojan.

—Habrá trabajo para todos, durante todo el año —profetiza uno sirviéndose un trago.

—¿Y tú qué sabrás? —le manda callar su mujer quitándole el vaso de la mano.

—No hace falta haber estudiado para saber que la fábrica no

se ve afectada por los ritmos estacionales —interviene uno que sí ha estudiado—. No hay hambruna, ni heladas o sequías que te echen a perder la cosecha, ni enfermedades que te maten el ganado, ni granizo que lo destruya todo. La fábrica sigue adelante. Siempre, para siempre.

—Este año, la mitad de la cosecha —comenta uno con tristeza—. A causa de las heladas.

—Y las bocas que alimentar son siempre las mismas —continúa el que ha estudiado. Es un tipo listo, probablemente será jefe de sección y luego quién sabe, tal vez incluso encargado. Todos quieren oír sus previsiones y se agolpan a su alrededor—. A la fábrica esos problemas no la afectan. Las máquinas no se ponen enfermas, funcionan con frío y calor, podrían incluso no pararse nunca.

Es todo un coro de *«Giost»*, *«L'è ira»* y *«Ta ghet resu»*. «Claro», «Es verdad», «Tiene razón».

—Todo lo que se necesita es agua. —Hace un gesto elocuente: en la confluencia de dos ríos, lo que no falta desde luego es agua—. Y obreros.

Se golpea el pecho y después los señala uno a uno, a hombres y mujeres, porque según él la fábrica no se fija en si eres hombre o mujer. Solo hacen falta ganas de trabajar.

—Yo estoy harto de romperme la espalda en el campo para nada —suelta un tipo pequeño, todo encorvado, como acurrucado sobre sí mismo.

—Si te contratan los Crespi —dice el que ha estudiado—, ya no tendrás que ir al campo y el sueldo es seguro.

En el grupo hay un hombre que ya tiene unos cincuenta años y no está casado; se llama Melchiorre y vive con su vieja madre en uno de los locales de los nuevos *palasocc* junto a la fábrica: entre la gente hay quien le compadece y quien le mira con recelo.

—Pero si todos vamos a la fábrica —suelta pensativo—, ¿quién se queda entonces en el campo? —Se hace el silencio a su alrededor. Parece que a nadie se le había ocurrido—. Si ya nadie va al campo —prosigue—, ¿quién va a cosechar el trigo? Y ¿quién nos dará el pan?

—El pan nos lo dará el *sciur* Crespi —interviene Carlo llevando otro frasco de vino.

En el pueblo se sabe que Vitali es uno de los favoritos del patrón, y eso no le gusta a nadie. La gente está convencida de que Carlo, para ganárselo, va a contarle lo que se dice por ahí, así que cuando aparece todo el mundo se calla. Y además está ese desagradable rumor que circula sobre él...

—Yaaaa —dice cortante Luigia, la de los Malberti.

Carlo se sobresalta. No sabía que estaba por allí, no había reparado en ella; tiene la costumbre de aparecer de repente, como un espectro, y vestida de luto resulta aún más sobrecogedora. Desde la muerte de Oreste no le ha dirigido la palabra. Ninguno de los Malberti lo hace.

Luigia le clava una mirada glacial. Sostiene un fardo en brazos, el último de los Malberti, llamado Remigio.

—Ven, mamá —interviene Fredo llevándosela como si fuera una reliquia.

Ella obedece, mansa y orgullosa de su hijo, que cuida de ella.

Los demás se miran unos a otros, reina la vergüenza en el ambiente. Nadie sabe qué decir. Entonces unas voces lejanas dispersan al grupo, parece que han llegado los Crespi.

2

Han salido de Milán remontando el canal Martesana. A pesar de todas las precauciones, el viaje ha sido largo y agotador. Pia, después del parto, aún está débil, pero no ha habido manera de razonar con ella: quería estar allí a toda costa. Al médico, que le aconsejaba prudencia, le contestó de forma cortés y firme que nada le impediría estar con su marido en un momento tan importante.

Cristoforo ni siquiera intentó contradecirla, la conoce demasiado bien. Le ha impuesto la ayuda de una nodriza, que sigue sin poder coger en brazos al niño, ya que Pia no quiere dejárselo a nadie.

El pequeño Daniele acaba de nacer y es un concentrado de perfección: su carita redonda, sus mejillas sonrosadas, sus ojos brillantes que lo observan todo con mágico asombro. No sabe y nunca sabrá que ha representado un peligro tan grande para su madre, que ha supuesto la amenaza del fin. Vino al mundo con la inconsciencia y el egoísmo de quien se aferra a la vida.

En el río les da la bienvenida la banda, que toca una melodía triunfal. Un grupo de niñas, todas vestidas igual con un vestido de cuadros y lazos en el pelo, corren hacia los patrones y entregan pequeños ramos de flores a las señoras. Todo son inclinaciones, todo reverencias.

Cristoforo finge no saber nada y pone cara de asombro, luego empuja hacia delante a sus hijos, que hacen cabriolas al compás de la música. Maria Pia, que tiene seis años y ya se siente una mujercita, ayuda a su hermana pequeña Bice a repartir regalos entre los niños del pueblo, que al principio no se atreven a aceptarlos. Silvio, por su parte, está hipnotizado por la chimenea: no le ha quitado los ojos de encima desde que estaban en el río. La ha visto levantarse, pieza a pieza, cuando su padre le llevaba con él a las obras, pero cada vez que vuelve a verla tiene la impresión de que no se acaba nunca. Y de cerca es aún más imponente.

—¿Cuánto mide? —le pregunta a su padre.

—Pero si ya te lo he dicho, me lo preguntas todos los días —dice Cristoforo.

A Silvio le gusta fingir que no lo sabe, es una especie de juego.

—Tú dímelo otra vez.

—Setenta y dos metros.

—¿Más que la Madonnina?

Las risas brotan a su alrededor y el niño se siente tan herido que se le saltan las lágrimas, pero aprieta los dientes y sigue corriendo.

Todos los Crespi están allí, la familia al completo. El viejo Toni Tengitt, pavoneándose con su nuevo gabán, avanza con paso marcial delante de sus hijos, Pasquale, Giuseppe y Benigno, con su mujer, Giulia Morbio. Los ojos de las mujeres son todos para ella, tan esbelta, pálida, grácil.

—Se nota que es una noble —murmura una campesina al verla desfilar a menos de un metro de su nariz. Extiende la mano para rozarle el vestido, para sentir si es tan suave como parece, pero Giulia ya se ha alejado, dejando una estela de perfume tras ella.

Pia, en cambio, ha elegido un vestido de corte más sencillo para la ocasión, como si en medio de toda esa gente humilde temiera ostentar su estatus. Está un poco aturdida por tan calurosa bienvenida, que le parece excesiva, sin motivo.

—Tendrás que acostumbrarte —le susurra Cristoforo al oído, tomándola del brazo—. Esto solo es el principio.

3

La casa está luminosa y en silencio. Emilia Vitali lleva despierta desde antes del amanecer. Ha estado inmóvil en la cama, fingiendo dormir. Ha observado a su padre mientras se levantaba, iba al lavabo, se afeitaba, lavaba, vestía y se ataba el pañuelo al cuello. Es un día importante.

Para su madre, en cambio, parece un día cualquiera, incluso uno peor tal vez.

La fiesta en el pueblo ya habrá empezado hace mucho, Emilia no ve el momento de estar allí para curiosear. Su padre le ha contado que hay casas nuevas, recién construidas, con baños en cada planta, y que pronto se irán a vivir allí. Tal vez tenga una habitación solo para ella, fantasea, mientras recoge las cenizas de la estufa para guardarlas.

—Ten cuidado de no ensuciarte —le ordena su madre—, que si no te doy.

El vestido es nuevo, su padre se lo compró con el dinero de los Crespi. Emilia iba a formar parte del grupo de chicas que daban la bienvenida a la *sciura* Pia junto al Adda, le hacía mucha ilusión, pero ahora es tarde.

Carlo también ha comprado un vestido nuevo para Amalia, quien, en cambio, lo ha dejado en el armario sin probárselo tan siquiera.

—Échate a un lado —le dice la tía Maria, y ocupa su lugar en la estufa.

Emilia va a sentarse en una silla y espera. No sabe desde

hace cuánto tiempo lleva esperando, pero le parece una eternidad.

—Hemos de irnos —le ha dicho hace un rato a su madre—, llegaremos tarde. —Por toda respuesta recibe un bofetón y la orden de limpiar la estufa.

Amalia está sentada a la mesa, con un viejo vestido oscuro que últimamente le está un poco ancho; no habla, se retuerce las manos.

Del campanario llegan once tañidos. Parece como si toda la casa vibrara, conteniendo la respiración.

La tía Maria se levanta con un gemido, hunde las manos en el agua helada del balde, se las restriega vigorosamente.

—Tendríais que iros —señala—. Carlo os estará esperando, seguro que ya algo preocupado.

Amalia no se mueve, no contesta. La tía le clava dos ojos severos que valen más que muchas palabras.

—Podrían haber venido mis hermanas —murmura—. Una, por lo menos.

—Ya sabes que hay que recoger el heno. ¿O es que preferías ir a segar la hierba?

Sí, lo hubiera preferido. Sabe ya que rodeada por toda esa gente que no conoce se sentirá incómoda; le ocurre siempre: le falta el aire, siente todas las miradas puestas en ella y quisiera salir corriendo. Y además vive aterrorizada de que la voz decida hablarle justo mientras está en medio de los demás.

Carlo, en cambio, parece tan tranquilo... Se ha ofrecido a ayudar a Agazzi en la nueva posada y acabará trabajando todo el día, sin tiempo para ella. Se quedará sola contando sus propias respiraciones, esperando que esta tortura termine.

—Pues tú, entonces —le implora—. ¿Por qué no nos acompañas?

—¿Y qué pinto yo allí? No tengo nada que ver, y además no me falta tarea aquí en casa.

—Ese sitio nunca me ha gustado —admite por fin Amalia.

La tía Maria se seca las manos en el delantal y se sienta a la mesa a su lado. Amalia está enfurruñada, con los ojos bajos, enrojecida.

—Bendita niña, ¿cómo puede no gustarte algo que no existe?

Ella no responde. En su cabeza todo tiene sentido, pero le resulta muy difícil de explicar.

—Ese pueblo no traerá nada bueno.

—*Oh, Signur!* —La tía Maria levanta los ojos al cielo—. ¡La fábrica traerá trabajo y el trabajo traerá dinero! Mejor que eso...

Amalia niega con la cabeza.

—El dinero no me interesa.

La tía Maria suelta una carcajada amarga.

—Eso es lo que dices ahora porque estamos nosotros. Pero tu padre y yo no somos eternos. Y ese pobre desgraciado de tu marido se está partiendo el lomo para que la niña y tú viváis bien.

Cuatro ojos miran a Emilia, que no puede evitar encogerse en la silla.

—¿No ves que estás toda torcida? —silba su madre—. Ponte derecha o acabarás jorobada.

La niña se pone colorada, luego se endereza, tratando de contener el llanto.

—No debes obsesionarte con esas creencias tuyas —continúa la tía Maria, dirigiéndose a Amalia—. No es bueno.

—No es una creencia —murmura ella—. Es todo verdad, lo sé... —«Me lo ha dicho Dios», está a punto de añadir.

—¿Como la historia de Agazzi? —la interrumpe la tía Maria.

Amalia siente que una cuchilla al rojo vivo le pasa entre los omóplatos y le llega al corazón. ¿No habrá alguien que la entienda?

—Ya has visto cómo acabó la cosa. Tu marido ya no puede ni siquiera ir a la posada de los Doneda.

Amalia se encoge de hombros. Tampoco es que la posada de los Doneda le haya gustado nunca.

«¿Hay algo que te guste?», dice una voz en su interior. Le

gusta quedarse en casa, en esa casa, con su tía Maria, su padre y sus hermanas. Le gusta salir para ir a misa, porque en la iglesia se siente en cierto modo como en casa; le gusta estar encerrada en el confesionario porque se siente limpia después. Le gusta cuando Carlo vuelve y se calienta con el calor de su cuerpo. Le gustan las cenas silenciosas, papá Renato, que sorbe la sopa, las risitas de Emilia, el crepitar del fuego. Le gustan las pequeñas cosas a las que está acostumbrada.

—Dijiste que iba a morir, ¿verdad? —la apremia la tía Maria—. Pues a mí me parece que está vivito y coleando, mira tú, gracias a Dios.

—¡Pues yo lo vi! —grita Amalia—. Y estaba muerto, aplastado bajo una enorme roca.

La tía Maria resopla y se levanta para interrumpir la conversación, que se vuelve peligrosa, sobre todo delante de la niña.

—La que está muerta es Margherita, su mujer —continúa Amalia—. Y subió al cielo, ¡y yo la vi! ¡Lo dije!

—*Ma mochela!* ¿No te da vergüenza? —suelta la tía Maria—. ¿Alegrarte de que una pobre mujer muriera de parto, para poder decir así que tenías razón?

Amalia enmudece. No era a eso a lo que se refería.

—Ten cuidado de no ir por ahí diciendo esas cosas —le ordena la tía Maria—. En el pueblo ya nos señalan con el dedo, solo nos faltaría que se corriera el rumor de que traes mala suerte.

Emilia, muy recta en su silla, se siente desfallecer. Algunas chicas del colegio dicen que su madre es una bruja, todas susurran contándose secretos al oído, mirándola de reojo.

—A partir de mañana el pueblo será tu casa —dice la tía Maria dirigiéndose a Amalia—. Tu marido la ha construido, trabaja allí, y tú también irás, te guste o no. Es tu deber.

Se le ha acabado la paciencia y la conversación termina. La tía Maria levanta a Amalia en vilo y la empuja hacia la puerta.

—Venga, fuera —ordena—. Y pórtate bien.

Emilia, muda, se levanta y la sigue.

4

En el pueblo, la celebración continúa a un ritmo trepidante entre discursos públicos, bailes, brindis. Están el alcalde de Canonica d'Adda, municipio del que el pueblo forma parte, y el párroco de Trezzo, que ha acudido a bendecir las instalaciones.

Carlo está en la trastienda, ocupado en mover algunos barriles, cuando el patrón aparece a su lado. Instintivamente se pone en posición de firmes. Crespi no se lo piensa dos veces, se quita el frac y se remanga para ayudarle.

—Dejadlo, ya lo hago yo —dice Carlo, con más brusquedad de lo que le hubiera gustado. Luego se explica—: Os ensuciaréis.

Crespi no le hace caso y empieza a empujar.

—Gracias —le dice Carlo cuando han terminado.

—*Alüra, cümè nva?* ¿Qué tal van las cosas? —replica el patrón.

—Todo va bien, señor Crespi.

Al patrón se le escapa una risita y, de un salto y con la energía de un muchacho, salta sobre el barril y, tras ofrecer otro a su empleado, se enciende tranquilamente un puro. Le gusta la fiesta, eso está claro; la banda, las decoraciones, los niños, toda esa alegría. Hay mucho que celebrar, después de todo aquel esfuerzo, y el dinero y los riesgos y el miedo. Por supuesto, también es mérito suyo, fue él quien lo quiso, pero el estar en el centro de atención, ser objeto de tanto bombo, idolatrado como un pequeño dios, le incomoda un poco al mismo tiempo: se siente forzado a interpretar un papel que no es del todo suyo. Está mucho mejor allí, en la trastienda, lejos de los ojos de la gente, sentado en un viejo barril, junto a uno de sus hombres. Allí no tiene que ocultar que sigue siendo un simple *tengitt* que, al final de un día duro, disfruta de un buen puro en sacrosanto silencio.

—*I to done?* ¿Y tus mujeres? —pregunta al cabo de un rato.

Carlo no sabe qué responder: le hacía mucha ilusión presentarles al patrón a su mujer, y sobre todo a su hija, que gracias a él podrá seguir estudiando este año. Le gustaría demostrarle que no es dinero malgastado, que Emilia realmente merece una educación. Pero Amalia aún no ha aparecido, y quizá no lo haga.

La decepción le quema. Que su mujer no comparta sus ideas y tal vez ni siquiera sea capaz de entenderlas es algo a lo que se ha resignado, pero que además mantenga alejada a Emilia del pueblo, eso no lo puede tolerar. Siente que su ira aumenta y aprieta los puños.

Crespi intuye que algo va mal e intenta quitarle importancia.

—No hay quien entienda a las mujeres.

Ambos estallan en carcajadas y, por un breve instante, para Carlo Vitali, Cristoforo Crespi no es más que un viejo amigo con el que tanto ha compartido y con quien puede ser él mismo.

Así es como los sorprende Fredo, que ha ido allí en busca del patrón para decirle que ha llegado el momento de poner en marcha las máquinas. Su primer instinto es dar un paso atrás y escuchar a escondidas: ¿qué se estarán contando con tanto secreto, si han ido a esconderse a la trastienda? Pero los dos hombres no dicen ni una palabra, miran el humo de los puros mientras hace volutas y se dispersa luego en el aire. Hay toda una conversación en ese silencio. Ese clima de perfecta complicidad enciende recuerdos dolorosos en Fredo, agudiza el deseo de cosas que nunca ha tenido, ilumina el abismo de una soledad que le da la impresión de no tener fondo.

Gira sobre sus talones y emprende la retirada. Localiza a su hermano el Canèta, que está peleándose con otros críos, y lo llama con un silbido. El chico se abre paso entre la refriega y llega hasta él con una gran sonrisa en la cara. Lo adora. Si Fredo le pidiera que saltara al canal, el Canèta lo haría sin vacilar un instante.

—*E che*. Ven aquí —le dice Fredo.

El Canèta acerca la oreja a sus labios.

—Debemos encontrar al *sciur* Crespi. Yo le buscaré por aquí y tú vete por allí. —Señala hacia la trastienda—. Si lo encuentras antes que yo, dile que es hora de venir y arrancar las máquinas. ¿Entiendes?

El Canèta asiente. Está orgulloso de que su hermano le haya confiado una tarea tan importante. No quiere defraudarlo, encontrará al patrón cueste lo que cueste.

—Mira que no hay tiempo que perder —recalca Fredo sujetando a su hermano pequeño por la camisa—. No importa lo que esté haciendo, tráemelo aquí enseguida.

El chico se aleja como un rayo. Le tocará a él hacer de aguafiestas, no a Fredo, desde luego.

No muy lejos, su madre está sentada a una mesa de la posada, sola. Sostiene en brazos a Remigio, que tiene menos de un mes y es tan pequeño y amarillo que probablemente no llegue a Navidad, pero tanto mejor.

El pueblo, en cambio, acaba de nacer y ya está muy vivo. Los críos corren, las madres los regañan, los padres juegan a las cartas y los chicos se pavonean mientras las chicas no les hacen ni caso. El párroco lo ve todo, anota cada rostro, recoge retazos de conversación; en el próximo sermón hablará del don de la esperanza que nuestro Señor nos ha dado, que no debe confundirse, sin embargo, con la tentación diabólica, que es la antesala del infierno, garantía de perdición, certeza de sufrimiento eterno. A su lado están las autoridades, con uniformes y botas relucientes, caballeros en levita y corbata sujeta con alfileres de oro, y obreros en mangas de camisa, con la cabeza descubierta. Las damas, prisioneras de bustos de ballenas, ganchos metálicos, corpiños y varias capas de enaguas, toleran estoicamente el calor agitando preciosos abanicos. Las obreras no tienen esos problemas.

Luigia Malberti mira a su alrededor desconcertada. ¿Podrá algún día formar parte de este engranaje que gira a su alrededor?

Desde la distancia, la *sciura* Pia se fija en ella. Alguien se inclina sobre su hombro y le susurra algo, entonces su rostro cambia de expresión, asiente y se encamina hacia Luigia con paso decidido. A Luigia la asalta el pánico, no sabe qué decirle a la mujer del patrón, ella, que no se le da bien hablar; se mira las manos, grandes y arrugadas, las uñas sucias de tierra, los arañazos en el dorso, y el puño del vestido liso, el negro descolorido de la manga, el remiendo bien a la vista.

El pánico se transmite de madre a hijo y el pequeño Remigio se agita en sus brazos. Luigia hace ademán de levantarse para irse de allí.

—Mamá —dice Fredo acercándose por detrás y poniéndole una mano en el hombro.

Luigia levanta la vista y se le iluminan los ojos. Desde que Oreste ya no está con ellos, Fredo se ha convertido en el pilar de la familia, en el centro del universo. Se encarga él de todo, del dinero, de la casa; le ha encontrado incluso un trabajo en la hilandería, allí en casa de los Crespi.

—Señora Malberti —la saluda Pia tendiéndole la mano enguantada.

Luigia la mira sin saber qué hacer, si estrecharla, besarla o qué, así que se levanta y le hace una pequeña reverencia. Es la primera vez que la llaman «señora», le suena de lo más extraño.

—Quedaos sentada, por favor. No os canséis —dice Pia. Sonríe y estira el cuello para echar un vistazo al recién nacido—. Veo que Remigino está creciendo bien. —Y, ante el asombro de la mujer, añade—: Vuestro hijo Alfredo nos mantiene informados. Es un joven estupendo; me imagino que estaréis muy orgullosa de él.

La llegada de la mujer del patrón ha atraído la atención de la gente. Luigia siente todos los ojos del pueblo clavados en ella, asiente con la cabeza y la boca abierta del todo, sin poder decir una sola palabra.

Sigue un corto e incómodo silencio.

—Debéis perdonarla, señora Crespi —interviene Fredo—. Mi madre todavía está muy afectada.

—Por supuesto, por supuesto —murmura Pia—. Todos estamos muy afligidos por la muerte de vuestro querido marido. Fue una tragedia de inmensa magnitud. Oreste era uno de los primeros y mejores obreros de esta empresa, un trabajador incansable, un hombre de gran rectitud moral, un auténtico tesoro.

Fredo siente palabras de odio que se le suben a la garganta. Traga saliva y las deglute.

—Quiero que sepáis que su valor no será olvidado y que siempre podréis contar con la ayuda de los Crespi.

—Gracias —consigue decir por fin Luigia mientras se le llenan los ojos de lágrimas.

Pia también se ha emocionado. A pesar de todas las diferencias, siente que tiene mucho en común con esa mujer. Ambas son madres y han dado a luz recientemente, las mismas preocupaciones les quitan el sueño.

—Son una auténtica bendición —dice refiriéndose a los recién nacidos que duermen en sus brazos.

Fredo no puede contener una sonrisa sarcástica, que disimula con un golpe de tos.

Estuvo presente aquella noche: la última de Oreste y la primera de Remigio. Lo vio todo.

Dolorido, roto por dentro y por fuera, Fredo se refugió en el establo. Poco después oyó el vocerío de los demás mientras volvían. Sintió el impulso de salir fuera, de ponerse delante de ellos, de bloquearles el paso. «¡No entréis!», hubiera querido gritarle a su madre. Pero el miedo lo contuvo. Permaneció agazapado aguzando el oído, esperando equivocarse.

No pasó mucho tiempo antes de que la puerta del establo se abriera de golpe. Su padre arrastró a Luigia al interior, sujetándola por el pelo, como hacía siempre. Le dio dos bofetadas para que se callara, luego la poseyó contra la pared, escupiéndole palabras de odio.

¿Sabría Oreste que él también andaba por allí, que tenía un espectador? Estaba tan borracho que no hubiera distinguido a su hijo de una cerda, o tal vez quería que lo viera, para darle una lección: que las consecuencias de sus acciones, de sus decisiones, recaen siempre sobre la familia. O, más probablemente, todo le importaba bien poco.

Lejos de ser una bendición, Remigio es hijo de la violencia y, si pasa el invierno, será una boca más que alimentar.

—Gracias —dice Fredo, por decir algo.

De nuevo se crea un vacío. La gente se mira sin atreverse a abrir la boca. Luego, a lo lejos, se oye a la banda, que entona una marcha triunfal.

Ha llegado el momento de encender las máquinas.

5

La pequeña Emilia cruza el campo entre brincos, luego se detiene de repente. El sol dibuja sombras cortas en el suelo, su madre avanza lentamente. Desde lejos les llegan las notas agudas de un soniquete triunfal.

—¡Ahí está la banda! —dice la niña, y echa a correr.

—¡Ve más despacio! —grita Amalia.

Pero Emilia no puede oírla, en sus oídos resuena el susurro del viento y el rimbombo de su propio corazón feliz.

Cuando llega al puente sobre el Brembo, se detiene. El río discurre plácido y verde desde hace milenios; al otro lado está el futuro. Su padre le ha hablado muchas veces de la fábrica, del pueblo, de su nueva casa. Dice que hay muchos niños, hijos de obreros como ella, con quienes podrá jugar después de clase. También le ha hablado del patrón, dice que es una persona buena y generosa, el más inteligente de todos, y que se encargará de ellos. Emilia lleva mucho tiempo fantaseando con él, se lo imagina muy alto, corpulento, con mejillas sonrosadas y bigotes blancos y tupidos, siempre sonriente. No ve el momento de conocerlo, de saber cómo es de verdad, de escuchar el timbre de su voz.

Emilia se impacienta, mira hacia atrás. Amalia sigue aún pequeña en la distancia.

—¡Mamá! —exclama con nerviosismo.

Le gustaría correr hacia allá, hacia el futuro, pero su madre ha sido clara, perentoria: al río no debe acercarse. Nunca.

Cuando llegan al pueblo lo encuentran desierto y Emilia

queda un poco decepcionada. ¿Adónde se habrán ido todos? ¿Dónde están la banda, los obreros, los niños? Y, sobre todo, ¿dónde está el patrón?

—Están todos dentro de la fábrica —dice un hombre al que le falta una pierna, avanzando hacia ellos con muletas—. Tal vez todavía lleguéis a tiempo.

—Vamos, mamá —pide Emilia tirando de su madre por la falda—. ¡Corramos!

Amalia, sin embargo, está cansada, la caminata bajo el sol la ha dejado exhausta; no tiene la menor intención de ir a que la empujen todas esas personas amontonadas en la fábrica. Y sobre todo ha reconocido a Agazzi. Eso sí, en sus visiones es muy diferente, irreconocible, pero no le cabe duda de que se trata de él, y no solo por la pierna. Hay algo magnético que le impide alejarse.

—Ve tú, rápido —le dice a Emilia—. ¡Pero ten cuidado! —le grita mientras se aleja, sin ser oída.

Amalia y Agazzi intercambian una mirada resignada, luego él la acompaña hasta la posada y le señala una silla a la sombra.

—¿Os traigo un vaso de vino?

Amalia no bebe, es pecado.

—¿Un poco de agua, bien fría? —insiste Agazzi—. Con este calor...

Sí, el agua le apetece. Amalia asiente, luego se lo queda mirando mientras se aleja. Aunque le falta una pierna, está lleno de energía. Al cabo de un momento está de vuelta con el mozo, que lleva una jarra y un vaso. Agazzi despide al chico y le sirve él mismo, luego se la queda mirando.

Amalia es hermosa. Tiene una tez tan pálida que parece traslúcida, y las venas azuladas se le transparentan en la piel de la muñeca; sus ojos son intensos y penetrantes. Su pelo negro corvino —como el de la niña, que lo ha heredado de ella— destaca en ese candor; lo lleva recogido en un moño del que se escapan algunas hebras.

Tiene la impresión de haberla visto antes, piensa Agazzi, pero si fuera así, lo recordaría. O tal vez sea su semejanza con las vírgenes de ciertos cuadros lo que la hace parecer familiar, conocida.

Amalia se siente incómoda, se sonroja, baja la mirada.

—Yo también tengo un niño, ¿sabéis? —dice—. De pocos meses. —Y luego, sin saber por qué, añade—: La madre murió en el parto.

—Sí, lo sé —responde Amalia.

—Ah —dice Agazzi, tomado por sorpresa. Así que es verdad que ya se conocen. Pero ¿cuándo ha sido? Y ¿cómo ha podido olvidarse de esta hermosa y sombría Virgen?

—Y ¿dónde está vuestro hijo ahora?

—Con sus tías..., pero solo por hoy.

Agazzi ha tenido que suplicar para conseguir algo de ayuda. Después de la muerte de Margherita, las relaciones con los Doneda se desmoronaron. Como es natural, no resultó de ayuda que se empeñara en poner al niño el nombre del patrón, y no el de su abuelo; el viejo Cesare no hizo comentarios, pero estaba claro que la cosa le ofendió. La decisión posterior de ir a trabajar al pueblo fue la gota que hizo rebosar el vaso. Volaron palabras mayores. *Ingrato*, *traidor*, incluso *asesino*. Así que le toca criar al pequeño Cristoforo él solo. ¿Será capaz de cumplir tan importante y delicada tarea, con una sola pierna además?

La conciencia cae sobre él como una piedra, se siente cansado y se ve obligado a sentarse.

—Vuestro hijo tendrá una vida larga y plena —le dice Amalia.

—Gracias —responde él, sin percatarse de que se trata de una premonición, y no un simple deseo—. ¿Nos habíamos visto antes? —le pregunta al final, incapaz de contener más su curiosidad.

Amalia niega con la cabeza.

—Pero yo os he visto.

«Debió de ser en el hospital o quizá en la Locanda del Brembo», piensa Agazzi, mientras ante los ojos de ella se compone la visión de su rostro descarnado, aplanado, informe.

—Disculpadme. —Amalia se pone de pie de un salto, parece como si en sus ojos se hubiera encendido una llama negra—. Ahora tengo que irme. —Debe huir de allí, alejarse de ese hombre que despierta en ella horribles presagios, y de inmediato: antes de que Dios alce la voz.

—¡Quedaos, por favor! —grita Agazzi—. Sois tan hermosa...

—Perdonadme —dice ella, ya lejos—. No es culpa vuestra.

Detrás de un árbol, negra como la corteza, Luigia la de los Malberti lo ha visto y oído todo.

7

Desde atrás Emilia no consigue ver nada. Se pone de puntillas, da saltitos en su sitio, pero un muro de espaldas obstaculiza su visión. Un momento antes de que la planta se ponga en marcha, se produce un silencio irreal, todos esperan conteniendo la respiración; luego, con un rugido, se despierta la máquina, haciendo un ruido infernal; el suelo vibra, vibran las cristaleras en el techo, vibran las columnas de hierro colado y vibran los presentes también: da la impresión de que el establecimiento se va a venir abajo. Emilia se tapa los oídos y se pregunta cómo se las apañará su padre, cuando todas esas máquinas juntas estarán en funcionamiento, para permanecer ahí sin quedarse sordo. ¿Dónde estará ahora?

La gente parece contenta, aplaude, se da la mano, se abraza, los padres cargan a sus hijos a hombros.

Alguien a quien Emilia no puede ver da un pequeño discurso; no se oye bien, pero habla de progreso, de futuro, de esperanza, de herencia. Debe de ser el patrón, no cabe duda. Luego la banda comienza de nuevo con una marcha triunfal y todos van saliendo mientras hacen comentarios sobre lo que han visto.

—Una inauguración muy bonita —dice uno pasando a su lado.

—El *sciur* Crespi no ha reparado en gastos.

—No es difícil, cuando se tiene *dané*.

—Y ahora ganará aún más.

Un joven se detiene justo al lado de Emilia. No se percata de su presencia, pero ella lo observa durante largo rato. Es diferente a todos los demás, y no solo porque va elegantemente vestido y emana un agradable olor a jabón. Hay algo en él, algo... Emilia no sabe darle un nombre a la sensación que le provoca.

De la fábrica no dejan de salir hombres y mujeres, parece que no va a acabar nunca. La gente sigue saliendo, empujando y dando tirones, impaciente por llegar al exterior, donde el aire es más ligero. Un niño, con ganas de reunirse con sus hermanos, golpea con el hombro a Emilia, que cae de trasero al suelo.

—¡Ay! —dice la niña.

Nadie parece fijarse en ella, ni siquiera los que están a su lado. Unos zapatos relucientes se detienen justo frente a ellos. A Emilia le parece reconocer la voz del patrón y luego la de su padre, que dice:

—No me ha gustado el ruido que ha hecho la Crighton. Luego me pasaré a echarle un vistazo.

—*Puo ndumà.* Mejor mañana —responde Crespi—. Hoy es día de fiesta.

Ambos saben que antes de la puesta del sol Carlo Vitali irá a comprobar qué ocurre.

Luego se percatan por fin de la niña en el suelo.

—¿Qué estás haciendo ahí? —le pregunta Carlo tomándola en brazos—. ¿Dónde está mamá?

«Me han tirado al suelo —le gustaría decirle—. Me han hecho daño.»

Sin embargo, su madre siempre le dice que no hay que quejarse nunca. «Todo lo que ocurre es porque así lo quiere Dios», repite. Cuando Emilia se armó de valor para preguntarle si hasta las cosas malas pasan porque Dios las quiere, Amalia no se enfadó. «Esas sobre todo», le respondió rápidamente. Y luego, viendo que la niña no parecía entenderlo, le explicó: «Las pruebas a las que el Señor nos somete son una medida de su amor por nosotros. Cuanto más te ama Dios, más pretende que seas fuerte, valiente. Él no lo haría si no estuviera seguro de que puedas tolerarlo, porque te conoce, te ha creado él». Después, con rostro sombrío y señalándola con un dedo directamente a la cara, concluyó: «Y si lo defraudas demostrando que no aceptas su voluntad, entonces harás que se enfade».

Lo que no llega a decirle es lo que implica que Dios se enfade, pero Emilia se imagina que es algo terrible, y no se atreve a preguntar.

—Os estaba esperando —responde provocando risas entre los presentes.

—Esta es mi hija —indica Carlo henchido de orgullo, volviéndose hacia Cristoforo Crespi—. También tiene diez años, como vuestro Silvio.

El patrón le tiende la mano, la niña se la estrecha como le han enseñado. Tiene ojos pequeños, astutos y vivaces, y el pelo casi todo blanco; es muy diferente a como se lo había imaginado Emilia.

—Saluda —dice Carlo dulce e imperativo al mismo tiempo.

—Tu padre me ha contado que eres muy estudiosa —dice el patrón—. ¿Es verdad?

—Sí, señor Crespi —responde Emilia—. Me gusta el latín.

—A mi Silvio también le gusta —comenta el patrón mirando a su alrededor en busca de su hijo, que ha desaparecido entre la multitud—. Entonces, cuando crezcas, te convertirás en una buena obrera. —Y, ante la expresión de Emilia, que no sabe qué decir, añade—: ¿Quieres ser obrera?

—Claro, señor Crespi.

—Buena niña —dice el patrón alborotándole el pelo con una caricia—. Entonces sigue estudiando, que eso es lo importante.

Emilia está a punto de responder que sí, que seguirá estudiando, que hará todo lo posible para no decepcionarlo, pero un joven bien vestido llama la atención del patrón.

Crespi escucha lo que el chico le susurra al oído, luego asiente.

—Bien, Fredo.

Al joven se le hincha el pecho.

—Vamos —dice, sin hacer caso de Carlo y Emilia—. Por aquí. —Y se lleva al patrón, sin mirar hacia atrás.

8

Mañana se trasladarán a uno de los *palasocc*, los grandes edificios que el patrón ha mandado construir justo al lado de la fábrica para que vivan los obreros. Amalia los observa con mirada desconfiada: son tres paralelepípedos de hormigón, grandes, sólidos, austeros, en cuyas fachadas se abren las ventanas a intervalos regulares; no son bonitos, pero sí funcionales, desde luego, destinados a albergar a doce familias cada uno. Carlo y la niña entran de un salto.

—¿Vienes? —le dice su marido dándose la vuelta.

Reina la confusión dentro. Algunos ya han empezado a llevar sus cosas allí y es todo un ir y venir de gente ajetreada, niños que gritan, cestas que se pasan de mano en mano, portazos. ¿Podrá vivir Amalia allí?

Los locales reservados para los Vitali están en el último piso y se llega hasta ellos subiendo unas escaleras. Al final del corredor está la letrina común. Emilia tararea la melodía de la banda mientras explora cada rincón.

—Ten cuidado. —Su madre trata de contenerla.

Alguien sale de una habitación sujetando por el cuello una gallina que tiene los minutos contados y ya ni se atreve a rebelarse.

—Aquí estamos —dice Carlo abriendo la puerta.

La niña se abalanza dentro y estalla en una exclamación de asombro. Amalia se detiene en el umbral y se asoma al interior. La casa es grande, no se puede negar, más grande que en la que viven ahora, especialmente considerando que solo serán tres. Las ventanas altas dan luz y aire a las habitaciones, una de las cuales, la más grande, tiene una estufa de hierro fundido en una esquina, regalo del patrón a sus obreros. En cualquier caso, falta de todo.

—Algunas cosas nos las traemos de Boltiere —explica Carlo—, el resto ya me encargaré de construirlo.

Emilia se asoma a la ventana para observar las vistas. Sus habitaciones dan al canal y al Adda, que no se ve desde allí, sin embargo, escondido por las copas de los árboles.

La fábrica está a tiro de piedra. Amalia sabe que será la segunda casa de su marido, o tal vez incluso la primera. Desde allí no dejarán de oír el ruido de las máquinas, no podrán liberarse, de hecho, e incluso cuando descanse Carlo estará trabajando.

—Y, además, podrás comprarte algo —continúa—. Con este empleo ahora podemos permitírnoslo.

—A mí me gustaría... —suelta Emilia—. Me gustaría una cama con dosel con unas pesadas cortinas para encerrarme, como en un castillo.

Carlo finge darle una azotaina. En diez años, incluso cuando se lo merecía, nunca la ha tocado, excepto para acariciarla.

—Ven aquí, tú —le dice—. Ya oíste lo que dijo el patrón. Tienes que portarte bien, de lo contrario no podremos vivir en el pueblo.

Amalia ya ha salido. Está inmóvil en el descansillo, parece que hay alguien con ella. Carlo lo alcanza en unos pocos pasos.

Luigia, la de los Malberti, ocupa con todos sus hijos la vivienda que está justo enfrente de la suya. Ella también ha ido a echar un vistazo a las construcciones que a partir de mañana serán su casa y la de toda la chiquillería. Ella está de pie en el umbral. Sostiene en los brazos un fardo tan pequeño que parece un gatito, y no dice una palabra.

—Buenos días —la saluda Amalia.

Luigia Malberti no contesta, pero sigue mirándola con abierto desprecio.

Carlo se lleva a su esposa y a su hija.

—Vámonos, que se ha hecho tarde.

Bajan las escaleras sintiendo los ojos de Luigia, que no los abandonan ni por un segundo. Cuando están fuera de su vista, la de los Malberti avanza hasta la barandilla y se asoma lo suficiente para que todos la oigan, dentro y fuera del edificio.

—¡Pelandusca! —le grita a Amalia.

9

El grueso de los obreros se ha ido, los que se quedan disfrutan del fresco, dormitando a la sombra. En la posada es hora de poner orden, recoger los pedazos de las jarras rotas, limpiar las mesas, hacer el inventario y la lista de la mercancía que hay que pedir, echar las cuentas del día.

«Ha ido bien», piensa Agazzi mientras deambula y va comprobándolo todo. Mejor de lo esperado. Solo quedan unas cuantas botellas de vino, las ganancias son buenas, las usará para reponer mercancías con algunas reservas adicionales. Ha sido una idea inteligente mantener los precios algo más bajos; la mayoría de los clientes son campesinos que se habrían retraído ante la idea de despilfarrar una fortuna en festejos: les gusta comprar a buen precio, hace que se sientan seguros. Por supuesto, su suegro, Cesare, el de los Doneda, nunca habría aprobado una idea como esa, Agazzi se ríe entre dientes; de hecho, ni se le habría ocurrido, tan apegado al dinero como es. Pero a la larga es el posadero generoso el que gana, eso cree Agazzi.

Al pensar en su vida anterior, le invade un arrebato de hastío, inmediatamente otro de alivio y, por último, uno de dolor. Sus recuerdos vuelven a Margherita, que a su manera lo amaba, que le ha dado un hijo y que ahora ya no está ahí. Él también la amaba. El suyo fue un matrimonio de incomprensiones y pequeñas guerras, de despecho, de chantajes, pero también fue un matrimonio de amor. Si Margherita no hubiera muerto dando a luz a su único hijo, tal vez ahora estaría allí con él: en la posada que finalmente lleva su nombre. No hubiera sido fácil, pero al final la habría convencido; obligándola, tal vez: no dejaba de ser su mujer y le debía obediencia. Se la imagina zanganeando en la cocina y lamentándose del calor, del frío, del cansancio, del aburrimiento, mientras remueve la sopa o corta el pan, como la ha visto hacer tantas veces. Podrían haber sido felices, allí en el pueblo.

De pronto el rostro de la Virgen sombría que había conocido esa tarde se asoma a sus pensamientos. ¿Quién era? ¿Cómo es que lo conocía? ¿Por qué no la recuerda él? Y, sobre todo, ¿por qué se había ido de esa manera?

Aún está perdido en el recuerdo de Amalia cuando en el umbral de la posada aparece una figura de mujer. A contraluz no la reconoce de inmediato.

—*Lüis* —dice su cuñada.

La hermana de Margherita es la única que se ha mostrado dispuesta a ayudarlo, aunque con cierta reticencia. Todos los Doneda le han dado la espalda, excepto ella.

Lleva en brazos al pequeño, que solo tiene siete meses y al ver a Agazzi patea como un toro y gorjea de alegría. Poco después de su nacimiento, el niño fue bautizado en la iglesia de Brembate con el nombre de Cristoforo, que su padre quiso darle en honor de Crespi. Pero los aldeanos piensan que Cristoforo solo puede haber uno, y nada más que uno, y que usar el nombre del patrón en vano es un pecado. De modo que se han apresurado a buscarle un apodo: el hijo del posadero se llama oficialmente Cristoforo Cesare Agazzi, pero todos lo conocen como Rino.

—He venido a traerte a tu hijo —dice la mujer—. No puedo seguir cuidándolo.

Agazzi se siente desfallecer.

—Todavía tengo que terminar aquí. —¿Cómo va a poder encargarse a la vez de la posada y del niño?

—Te he traído esto —señala la hermana de Margherita dándole un chal.

Y ¿para qué le sirve un chal? ¿Para secarse acaso todas las lágrimas que todavía tiene que derramar? ¿Es un presagio? ¿Un deseo?

Agazzi la mira sin comprender. Ella le indica que se siente, le entrega el bebé y se lo ata al cuerpo usando precisamente el chal. El pequeño Rino, sujeto en esa dulce posición que le hace sentirse seguro, en contacto con el cálido cuerpo de su padre, se calma.

—Así puedes llevarlo siempre contigo —dice la mujer.

Es una práctica que todas adoptan. Se atan al cuerpo a sus hijos, tanto en el pecho como en la espalda, dependiendo de lo que tengan que hacer, y siguen trabajando. No importa qué tareas deban llevar a cabo, ya sean campesinas que labran los campos u obreras que trabajan en el hilado. No hay tiempo para entretenerse en criar a los hijos.

Agazzi se queda atónito por un momento considerando lo sencilla que era la solución, que sin embargo no se le había ocurrido.

—Gracias —dice.

La hermana de Margherita ya está en la puerta. Se vuelve de nuevo, su sombra dibuja una silueta oscura en el cuadrado de luz.

—Ya no puedo volver a cuidarlo —repite en voz baja. Se avergüenza de lo que está haciendo, pero no tiene elección—. No me lo traigas más. Tendrás que apañártelas solo.

«Está bien», le hubiera gustado contestarle. Y le hubiera gustado también darle otra vez las gracias, porque sabe lo difícil que habrá sido enfrentarse a Cesare y a los Doneda. Pero la mujer ya se ha ido sin mirar atrás.

No viven muy lejos, los separa apenas un río que en los periodos de sequía se puede incluso vadear a pie, y sin embargo no volverá a verla nunca más. Al igual que no volverá a ver nunca más a ninguno de los Doneda, como si junto con la pierna también le hubieran amputado un trozo de su vida anterior.

10

Cuando Carlo, Amalia y Emilia salen de los *palasocc*, los deslumbra la luz. Justo delante hay un grupo de niños jugando a perseguirse, y los ojos de Emilia se iluminan de alegría.

—Ve —le dice su padre.

—Pero ¡no llegues tarde! —añade Amalia con severidad—. ¡Y aléjate del canal!

Emilia se lanza a la refriega y no la oye.

—Vamos —dice Carlo tomando a su esposa del brazo—. Demos un paseo.

Caminan largo rato sin hablar; Amalia se deja llevar, mirando a su alrededor. El campo, por allí, todavía está por trabajar. El camino de tierra se convierte pronto en un sendero perdido en un bosque lleno de zarzas, donde a la luz le cuesta abrirse camino; los gritos lejanos de los niños son borrados por el susurro de la brisa que sacude las copas de los árboles, a intervalos regulares se oye a un pájaro carpintero ocupado en construir su propia casa a salvo de los depredadores.

—¿Por qué no te gusta? —le pregunta Carlo de repente. En realidad está a medio camino entre una pregunta y una queja.

A Amalia la toma por sorpresa.

—Qué va, no es cierto que... —La mirada severa de su marido la hace enmudecer.

Hay un pacto entre ellos, un pacto silencioso, jamás pronunciado. Carlo nunca ha tratado de entender: el amor no juzga, se limita a aceptar. Él acepta las visiones, los cambios bruscos de humor, esas crisis repentinas y furiosas; no pregunta de dónde vienen, si de Dios, como ella afirma, o de un grano invisible que atasca de vez en cuando su frágil mente. Cuando se casó con ella optó por tomarla así, toda entera, con sus luces y sus sombras, que forman en su conjunto la persona imperfecta, única, irrepetible que es; y, si fuera posible sustraer o agregar algo a este conjunto, Carlo ya no sabría amarla. Con él, Amalia no pretende ser diferente de como es. No debe mentir. Sin embargo, si el pacto que han estipulado viniera a faltar, su unión se desmoronaría.

—Este trabajo, este pueblo —confiesa Amalia— te acabarán alejando de mí, de nosotros.

Carlo se ríe y ella se siente herida mientras se deja ceñir en un abrazo.

—Nada puede alejarme de ti.

«Yo sí», le susurra la voz al oído.

Ella se aferra fuertemente a él y se limpia las lágrimas en su camisa.

—Seremos felices aquí —le promete Carlo—. Emilia, tú y yo. —Él la aparta un poco, toma su rostro entre las manos y la mira largo rato a los ojos, como si pudiera leer sus pensamientos—. Este trabajo nos dará bienestar, estabilidad, a nosotros y a la niña. Podremos permitirnos cosas que hasta ahora ni siquiera podíamos soñar.

Sí, Amalia sabe bien estas cosas. Él no deja de repetírselas.

—Emilia podrá estudiar —prosigue Carlo—. Tendrá una vida mejor que la que hemos tenido nosotros; y tal vez algún día se libre de la esclavitud del trabajo, del dolor, y podrá elegir lo que quiere hacer, lo que quiere ser.

Ella niega con la cabeza enérgicamente.

—Solo el Señor puede elegir lo que estamos destinados a ser. A nosotros nos corresponde obedecer, en caso contrario sería un pecado.

Carlo suspira. A veces le parece que su relación es la de un trío, con Dios como el huésped que sobra, el más amado.

—¿No crees que Dios querrá lo mejor para nuestra pequeña? —trata de discutir—. ¿Y tal vez para nosotros también?

—Lo que Dios decida —responde Amalia— siempre es lo mejor para nosotros, aunque su voluntad sea inescrutable y sus fines misteriosos.

—Pues entonces —la interrumpe Carlo volviendo hacia el pueblo—, si Dios nos ha mandado al *sciur* Crespi, si Dios ha querido que construyéramos la fábrica textil, si Dios hizo el algodón, si Dios me ha dado este trabajo... —Remarca la palabra *Dios* con una especie de resentimiento que asusta a Amalia—. Si, como dices, lo que nos está sucediendo es lo mejor que Dios ha escogido para nosotros, oponernos a ello sería un pecado.

«Te la ha jugado», le dice la voz.

Amalia se la quita de encima moviendo la cabeza. Se apresura a seguir a su marido, se coloca a su lado y le da la mano.

—Tienes razón —admite—. Perdóname.

Carlo la abraza y ella siente un rayo de esperanza abriéndose paso en su interior; le sonríe y deja que él la abrace un poco más fuerte.

El bosque está solitario y silencioso. Desde Boltiere, o tal vez desde Trezzo, se oyen repicar siete veces las campanas de la iglesia.

—Es tarde —dice Amalia mientras una sonrisa pícara se le dibuja en la cara.

—Solo diez minutos —contesta Carlo. Y se inclina para besarla.

11

Emilia ha encontrado nuevos amigos. A algunos, como a los hijos de los Malberti, ya los conoce, a otros los ha visto solo de pasada, y después están los que son completamente desconocidos para ella.

Al principio, como ocurre siempre, hubo un poco de desconcierto. Los hijos de los Malberti no le hacían caso deliberadamente; Elvira —¿o tal vez fuera Adele?— fue a susurrarle algo al oído a una niña, que estalló en una carcajada cruel. Luego alguien le dio un empujón a Emilia.

—¡Tú la llevas! —le gritaron—. Eres la última que ha llegado.

El juego es muy sencillo. Se trata de correr en busca de un escalón, de una piedra, de una raíz que se levante ligeramente del suelo. El último en llegar recibe una penitencia.

Emilia no se quedó a verlas venir: se abalanzó sobre el primero que pasó junto a ella y le devolvió el manotazo.

—¡Te he cogido! —sentencia, antes de ponerse a salvo aferrándose a una rama.

El juego volvió a empezar entre risas y chillidos mientras los adultos se turnaban, asomándose por las ventanas de los *palasocc* para no perderlos de vista. El más fuerte del grupo es sin duda el Canèta; a sus diez años ya lleva uno trabajando y tiene los músculos de hombre: cuando tiene una disputa con otro niño, le basta con darle un empujón con un hombro, y el otro termina en el suelo. Las gemelas de los Malberti, en cambio, son un poco más lentas; incapaces de decidir si marcharse por la izquierda o por la derecha, se quedan a menudo en el sitio y las pillan. Sin embargo, protestan una y otra vez y no es raro que logren librarse de la penitencia, aduciendo como excusa que no habían oído o no habían entendido bien. Se pelean entre ellas muy a menudo y son tan idénticas que es imposible decir quién acaba imponiéndose; a veces unen sus fuerzas, especialmente ante los más pequeños.

El tiempo de juego pasa volando y las sombras se alargan. Algunos padres acuden a reclamar a sus cachorros y se los llevan cogidos de las orejas o del pelo, entre lágrimas y súplicas.

—Vamos a bajar al canal —propone Elvira, o tal vez sea Adele, cuando ya solo quedan unos pocos.

—No puedo ir al canal —replica uno chiquitín de unos cinco años—. Mi mamá dice que es peligroso.

El Canèta le da un empujón y lo manda al suelo. Los ojos del niño se llenan de lágrimas.

—¡Cagueta! —le grita.

—¡Cagueta! ¡Cagueta! —le hacen eco las gemelas.

E incluso los demás, que hasta un minuto antes eran amigos suyos, se encarnizan contra el desgraciado de turno, que se marcha de allí a la carrera llorando.

—¡Cagoncete! —silabea el Canèta, y todos saben que desde hoy ese será el apodo que el niño se llevará hasta la tumba.

Es así como nacen los apodos: basta una circunstancia cualquiera, aunque sea trivial, que quede grabada en la memoria, y el apodo no tarda en volverse más fuerte que el nombre de bautismo, hasta devorarlo; y cuanto más humillante o divertida sea la circunstancia, dependiendo de los de puntos de vista, más indeleble y eterno será el epíteto.

Emilia mira a su alrededor y se pregunta dónde estarán su padre y su madre. Sería perfecto que fueran a recogerla justo en ese momento, de modo que no tenga que eludir la invitación para ir al canal ni dar explicaciones. Pero no hay nadie a su alrededor.

—¿Y tú no vienes? —le pregunta el Canèta.

—No —responde Emilia tratando de mantener la compostura.

—¿Es que tienes miedo?

—No, no tengo miedo.

—¡Cagueta! ¡Cagueta! —vuelven a cantar las gemelas.

—¡Su mamita no quiere que vaya al canal! —deja caer el Canèta.

—La loca —susurra alguien provocando la hilaridad general.

—¡Eso no es cierto! —insiste Emilia. Suelta una patada en la espinilla al Malberti, luego se encamina decidida hacia el río.

El canal está hinchado y negro, parece como si el agua hiciera presión para salir de sus márgenes. En las proximidades de la central, la succión de la corriente hace un ruido ensordecedor. Emilia camina por el sendero a paso rápido manteniéndose lo más alejada que puede del terraplén; no sabe si le teme más al peligro mismo o a las consecuencias, a que su madre se entere de que la ha desobedecido. De vez en cuando mira hacia atrás: solo la han seguido los tres Malberti.

Su plan es demostrar que no le tiene miedo al canal, que es mayor, que puede hacer lo que le da la gana, que no le importa lo que diga su mamá; no más de cinco minutos, luego de vuelta a los *palasocc*, al seguro, con la esperanza de que sus padres no se hayan dado cuenta de nada.

Elvira y Adele se susurran constantemente cosas al oído y luego se ríen, mientras el Canèta se queda un poco más atrás, disfrutando del espectáculo.

—Ya está, ¿contentos? —suelta Emilia para poner fin al juego.

—Vamos a sentarnos en la hierba —propone el Canèta.

Pero eso implica acercarse peligrosamente al agua.

—¡No! —se opone Emilia volviendo sobre sus pasos.

Una de las gemelas, sin embargo, la sujeta por el vestido.

—¿Tienes miedo de resbalar? —insinúa el Canèta.

Sí, Emilia tiene miedo de resbalar.

—No —replica, quizá con excesivo apresuramiento—. No quiero que se me estropee el vestido.

—¡Ay, el vestido! —Una de las gemelas la remeda.

—El vestido, el vestido —corea la otra.

—Me lo ha regalado mi papá —explica orgullosa Emilia.

—Siéntate de una vez —la interrumpe el Canèta, tirándola al suelo de un empujón.

Emilia siente lágrimas de rabia brotarle de los ojos, pero aprieta los puños; si la vieran llorar pensarían que les tiene miedo, y ese sería el final. Quién sabe qué apodo le pondrían. Hace ademán de levantarse, pero el Canèta la retiene en el suelo.

Emilia mira a su alrededor en busca de ayuda, pero el boscaje está oscuro y silencioso, no hay nadie en el camino. Tampoco en la central parece haber ni un alma viviente. ¿Dónde están los adultos cuando se los necesita?

—¿Tu papá? —dice el Canèta con un destello malicioso en los ojos—. ¿Carlo, el de los Vitali?

—Sí, ese mismo —responde ella.

—El asesino —susurra una gemela.

Emilia no entiende.

—El asesino —repite la otra.

—Eso no es verdad —replica Emilia, más herida que ofendida—. Mi papá...

—Es un asesino —repite el Canèta, aumentando la presión sobre su hombro.

—¡Me estás haciendo daño! —grita Emilia.

—¿De verdad? —El Canèta se ríe, apretando aún más.

—Vamos a tirarla al canal —sugiere Elvira.

—Sí, al canal.

—A donde tienen que ir los Vitali.

—Así aprenden.

«¿Aprenden quiénes? ¿Qué? ¿Por qué?», quisiera preguntar Emilia. Pero los tres ya la han agarrado de las manos y los pies, y se acercan a la orilla, divirtiéndose como locos.

—¡Soltadme, soltadme! —grita ella presa del pánico.

—No te preocupes, te soltamos enseguida. —El Canèta sonríe—. Cuando estés en el agua.

Emilia patea y se retuerce como un animal camino del matadero. Una de las gemelas la agarra del pelo y tira con fuerza, un mechón de cabello negro se le queda en la mano.

—¡Cállate, asesina!

Con el rabillo del ojo, Emilia ve el agua que fluye junto a ella. A menos de un metro de distancia. ¿De verdad la van a tirar al canal?

—Nunca te encontrarán —sentencia el Canèta, a quien hacen eco las carcajadas de las gemelas.

De repente la dejan caer al suelo.

—¡Ay! —grita el Canèta, alcanzado por una piedra. Mira a su alrededor, buscando al culpable que se atreve a desafiarlo. Lo pagará caro—. ¡Ay!

Una granizada de piedras cae sobre él, luego un chico con un tirachinas en la mano sale de la espesura.

Emilia nunca lo había visto. Lleva unos pantalones cortos de los que emergen unas piernas esqueléticas y en su rostro tiene una expresión arrogante.

—¡Largaos! —ordena preparándose para cargar de nuevo el tirachinas.

El Canèta y las gemelas Malberti se ponen firmes. Parecen aterrorizados como si hubieran visto un fantasma, mantienen la mirada baja.

—Esto no acaba aquí —le susurra el Canèta soltándole una patada a Emilia en las costillas; luego sale corriendo.

«Por supuesto que no», piensa Emilia, en cuyo interior la cólera está remplazando al miedo. Le duele la piel del pelo y el vestido tiene un desgarrón claramente visible. No será fácil explicarle a su madre la razón, es probable que reciba. Pero lo que más le quema son las palabras. Los Malberti han llamado «asesino» a su padre. ¿Por qué?

—¿Estás bien? —pregunta el chico sentándose a su lado.

Ella no le contesta mientras espera a que su corazón vuelva

a latir con normalidad. Piensa de nuevo en los ojos del Canèta, iluminados por un odio enloquecido. «Tu padre es un asesino.»

—Ha faltado poco —continúa el extraño casi divertido.

—Podría habérmelas apañado sola —responde Emilia molesta.

—Sí, claro —dice él encogiéndose de hombros—. Lo recordaré la próxima vez.

Emilia siente que el miedo vuelve. «No habrá una próxima vez.»

—¿Tú también eres del pueblo? —pregunta para cambiar de tema.

El chico se ríe.

—Más o menos. —Se tumba y se mete una brizna de hierba en la boca, luego se queda con los brazos detrás de la cabeza mirando las nubes rosadas que se persiguen en el cielo.

No le gusta el tono de sabelotodo que tiene, a Emilia le apetecería borrarle esa sonrisa fanfarrona a fuerza de bofetadas. El caso es que, en el fondo, le ha hecho un gran favor interviniendo con los Malberti, así que merece algo de indulgencia.

—¿Los conoces? —le pregunta.

—¿A quiénes?

—A esos que me han... —Emilia no es capaz de darle un nombre a lo que le ha pasado, se avergüenza como si fuera ella responsable de alguna manera, como si fuera culpa suya. «Asesino»—. A los de antes.

—Claro.

Esa sonrisa otra vez.

Siente que le pican las manos y se las mete en los bolsillos.

—Verás, me tengo que ir ya —se despide—. Mis padres estarán preocupados.

—Puedes irte —le dice, como si le estuviera dando permiso.

«¡Arrogante! —piensa Emilia—. ¡Engreído!»

—Pero será mejor que te quedes con esto. —Le pone en la mano el tirachinas y sonríe descubriendo un agujero donde una vez hubo un incisivo.

Se queda tan impactada por ese gesto que no es capaz siquiera de darle las gracias. Coge el tirachinas y sale corriendo.

—¿Cómo te llamas? —le pregunta él cuando ella ya está lejos.

—Emilia Vitali —dice ella—. ¿Y tú?

Él vuelve a poner esa expresión insoportable en la cara. «¿De verdad no sabes quién soy?»

—Silvio. Silvio Crespi.

CUARTA PARTE

1

Canonica d'Adda, verano de 1878

Cristoforo tiene una carroza siempre lista que le lleva y le trae como un contrabandista con una carga preciosa: va a la fábrica casi todos los días, siempre que ningún asunto molesto lo retenga en su escritorio. La hilandería se ha convertido en su segundo hogar.

Allí llevaría también de buena gana a clientes, a proveedores y, sobre todo, a los inversores: le gustaría que vieran con sus propios ojos, que tocaran, que percibieran el olor, que se llevaran a casa el zumbido de las máquinas en sus oídos. Las oficinas de via Meravigli, en Milán, son bonitas, nada que objetar, una estupenda carta de presentación. Tan solo en el pueblo, sin embargo, se comprende el valor de los sacrificios que ha hecho y por qué le importa tanto este lugar.

A menudo se lleva a Silvio consigo, con la excusa de que las clases no han empezado aún y de que nunca es demasiado pronto para aprender un oficio.

—Así fue como me lo enseñó mi padre —le dice al niño mientras se tambalean en el landó camino de Canonica—. Hiciera sol o lloviera, cada verano, cuando no tenía colegio, montaba con él en el carro junto con las telas que había que vender.

Silvio asiente serio.

—No en un carruaje cómodo como este —continúa Cristoforo, dando golpecitos con la mano en el asiento acolchado, mientras la memoria le devuelve a aquellos días incómodos y felices, a los madrugones, al aburrimiento.

Podría decirse que todo lo que sabe —todo lo que es— lo aprendió entonces. Aunque fuera demasiado joven para darse cuenta, el mero hecho de estar cerca de Toni Tengitt le enseñó el oficio, como si lo hubiera absorbido.

Por eso pretende que Silvio pase todo su tiempo libre allí, aunque el niño se impaciente y se escape a los campos o a jugar al escondite entre las máquinas. Lo importante no es lo que hace en la hilandería, sino lo que asimila, el aire que allí respira.

—Respóndeme a esto —lo interroga—. Veamos si estás preparado.

—Sí, papá —contesta Silvio rápidamente.

—¿Cuál es la materia prima de la Benigno Crespi?

Esto es fácil, el niño respira aliviado.

—El algodón, papá.

Cristoforo frunce los labios y niega con la cabeza.

—Reflexiona —le insta.

Silvio se sorprende un poco, lo cierto es que no sabe qué responder. No pensaba que hubiera una trampa oculta en la pregunta.

—Hummm..., ¿el agua? —se lanza.

Cristoforo sonríe un poco.

—Antes de eso. ¿Qué viene antes del agua?

Su hijo enmudece mientras sus ojos saltan a derecha e izquierda en busca de una respuesta que sencillamente no consigue encontrar.

Cristoforo se deja caer en el respaldo e inspira con fuerza.

—Los hombres —suelta. Deja pasar unos instantes, para que la respuesta arraigue en la mente del niño; luego argumenta—: Son los hombres los que hacen que las máquinas funcionen. Sin hombres, la fábrica sería un monstruo sin alma, una cáscara vacía e inerme. Y el algodón no se cosecha solo: aunque muy lejos de aquí, son hombres los que han recogido el montoncito que arrojaste a la Crighton. Antes de eso, fueron hombres quienes levantaron los muros de la fábrica y excavaron el canal.

Ahora todo le parece claro a Silvio —la respuesta era de lo más obvia—, pero su padre no ha terminado.

—Las máquinas son todas iguales; si una se rompe, compras otra y ni notas la diferencia. Los hombres, en cambio, son únicos. Si los trabajadores te abandonan, podrás tener la fábrica más grande y moderna del mundo, pero ya no tendrás nada. Ya no serás nadie. Si somos empresarios algodoneros es gracias a los hombres, y a los hombres se lo debemos todo. Para esto es fundamental que conozcas a todos tus obreros, en persona.

Al niño no le pasa desapercibido ese «tus», puesto ahí casi por casualidad.

—Y ellos deben conocerte a ti, deben saber que pueden contar contigo, que siempre estás ahí, pase lo que pase. Deben verte en los pasillos, deben estar convencidos de que te interesas por ellos y por su trabajo. Tienes que hacerles saber que conoces la diferencia entre un hombre y una máquina, y que, antes que las máquinas, lo que te preocupa son ellos, las personas.

Por eso Cristoforo va allí tan a menudo, a pesar de que sus hermanos no consigan entenderlo y le repitan continuamente que el verdadero cerebro de la empresa está en Milán, en las oficinas centrales, donde se toman decisiones importantes. Por eso en via Meravigli siempre se siente un poco prisionero.

En Milán podrá estar el cerebro, pero ahí en Canonica, en esas ochenta y cinco hectáreas adonde ningún inversor quiere ir, por las que los bancos no tienen interés, late el corazón de la empresa Benigno Crespi. Y, por lo tanto, el suyo.

2

Canonica d'Adda

Silvio se aburre un poco. Su padre insiste en llevárselo con él y, si de vez en cuando no está mal, a la larga ya no hay nada que ver, siempre es la misma historia. Todos sus amigos de Milán se pasan el verano en el lago con sus familias y también los Crespi suelen hacerlo siempre: es muy agradable ver a los abuelos, tíos, primos tomar el sol, zambullirse donde el agua es más profunda, compitiendo para ver quién tira las piedras más lejos. En la confusión que se crea, con todo ese ir y venir de adultos y niños, Silvio logra escapar del control de la terrible señorita Saponaro, la niñera, algo así como un cruce entre una hidra y una solterona.

Este año, sin embargo, nada de vacaciones. O, mejor dicho, las vacaciones las pasa allí en el pueblo: ida y vuelta desde Milán, y ocasionalmente, si se hace tarde, duermen también allí, en un cuartito que el posadero, un hombre al que le falta una pierna, tiene preparado especialmente para los Crespi.

Mientras su padre sube y baja por los pasillos de la hilandería, inspeccionando máquinas y hombres como un general en el campo de batalla, Silvio pasa largas horas vacías. Al principio intenta seguirlo. Los obreros se quitan la gorra cuando pasa y hablan con los ojos bajos. Son muchos, todos iguales, pero su padre los conoce por su nombre, uno por uno, y se interesa por sus esposas, hijos, si están enfermos, si les va mal en el colegio. Lo sabe todo, lo recuerda todo; Silvio es incapaz de comprender cómo lo hace, debe de ser una especie de hechicería.

El caso es que acaba aburriéndose. Los adultos se adentran en conversaciones que él no entiende, hablan de maquinaria, de defectos de hilado, de cantidades de materiales..., a la larga sus voces se convierten en un murmullo indistinguible del de las cardadoras y el niño deja de seguirlas. De ese modo, tan pronto como su padre se distrae un momento, Silvio se escabulle; con pequeños pasos llega hasta el parapeto de una máquina, se agacha sonriendo con malicia, hace señas al obrero de turno para que no diga nada, y obviamente este no dice nada. Luego recorre todo el pasillo, medio agachado aún, y al cabo de un momento está fuera del edificio.

Allí se respira mejor, hay luz, hay aire fresco. Solo una vez fuera se da cuenta del calor que hace dentro de la fábrica y descubre que está completamente sudado. Aunque su madre y la señorita Saponaro se lo hayan prohibido, baja hacia el canal, se quita los zapatos y sumerge los pies en el agua, que a veces está tan alta que roza el terreno.

Si pasan mujeres, tal vez de camino a Trezzo, su primera reacción es regañarlo. «¡¿Qué estás haciendo ahí?!», vocean. Pero cuando se dan cuenta de con quién están tratando, cambian de tono. «Tened cuidado, señorito Crespi. Puede ser peligroso.» Todo el mundo cambia su forma de hablar cuando se dan cuenta de a quién tienen enfrente.

Ese respeto, esa deferencia lo halagan, como es lógico. Con sus amigos en Milán o con sus primos en el lago, es solo uno de los numerosos niños que de vez en cuando se zurran y luego hacen las paces. Allí, en cambio, es el hijo del patrón y, por lo tanto, por extensión, patrón él también. Sin embargo, y por otro lado, esta distancia le hace sentirse un poco solo, marginado.

A los niños del pueblo no les gusta jugar con él. Cuando aparece, hagan lo que hagan, se bloquean y se quedan inmóviles como animales embalsamados. Lo observan en silencio, se lanzan miradas interrogativas. ¿Seguir jugando o echar a correr? ¿Saludarlo o fingir que no lo han visto? ¿Involucrarlo o no molestarlo? E, incluso cuando deciden dejarle participar, siempre lo hacen con una especie de cautela: si juegan al escondite, a él no lo encuentran nunca; si corren para ver quién es el más rápido, siempre lo es él; si se pelean, él no recibe golpes.

La única que no parece querer tomar en consideración su estatus es Emilia, la de los Vitali, y es como si lo hiciera a propósito; es más, con cierta satisfacción. A veces llega a detestarla.

—Juguemos a una cosa —sugiere un día a finales de agosto—. A ver si te atreves.

Silvio infla el pecho. Por supuesto que se atreve, es el hijo del patrón. ¿Qué clase de preguntas son esas?

Ella finge darle vueltas, mira a su alrededor.

—Entremos en los sótanos.

No, bajo tierra no.

—¿Por qué no nos quedamos aquí, junto al canal? —responde con una sonrisa.

Emilia se cruza de brazos y hace pucheros. Ese lugar le trae recuerdos aterradores, y él lo sabe bien. Es un golpe bajo.

—Tienes miedo —lo acusa. Y no es una pregunta—. Eres una niñita, lo único que te falta es ponerte una falda.

—¡No, no tengo miedo! —Silvio se levanta y coloca las manos en las caderas, como ha visto hacer a su padre cuando discute con su madre—. Eres tú la que tiene miedo.

Ella se ríe, Silvio ha caído en la trampa.

—No tengo miedo de los sótanos. —Se levanta ella también y va directa a la entrada secundaria de la fábrica mientras una mueca satisfecha se le imprime en el rostro.

Dadas las circunstancias, él se ve obligado a seguirla si no quiere pasar por ser una niñita.

Los sótanos están muy oscuros. Tan pronto como entran, un agradable frescor los envuelve mientras un zumbido constante se oye sobre sus cabezas, interrumpido ocasionalmente por un timbre agudo. Se quedan unos momentos en el umbral para acostumbrar sus ojos a la oscuridad, luego Emilia da un paso adelante. Es obvio que no puede admitirlo, pero ese lugar la asusta a ella también. No tanto como el canal, pero casi. En la penumbra, las pilas de material parecen monstruos informes a la espera de algún niño al que devorar.

Como Silvio se ha quedado clavado en la entrada, Emilia vuelve atrás.

—¿Tú no vienes? —le dice tendiéndole una mano.

Él la toma y juntos se adentran en el vientre de la fábrica, perdiéndose en el laberinto de sus entrañas, escuchando sus sonidos. De repente un ruido de pisadas los pone en alerta, alguien se acerca. ¿Y si fuera un asesino?

Emilia se estremece, lamenta haberse metido en este lío. Silvio la arrastra detrás de una columna, está tan oscuro que, si no se mueven ni hacen ruido, son indistinguibles de los montones de material. Permanecen a la espera durante un rato que les parece eterno, aguzando el oído para comprender hacia dónde se desplaza el ruido. Unos pasos pesados parecen dirigirse directamente hacia ellos. Emilia se tapa la boca con la mano para no gritar cuando alguien armado con una pala se detiene a un metro de ella. Le entran deseos de alejarse, pero eso significaría hacer ruido y, por lo tanto, verse descubiertos.

Una silueta más negra que la noche se destaca en la oscuridad, inmóvil, como si hubiera intuido su presencia.

—¿Quién anda ahí? —dice una voz de niño.

Emilia la reconocería entre un millón: es la del Canèta, el de los Malberti.

Si se los encuentra allí, tal vez aproveche para vengarse de una vez por todas. Emilia se palpa el costado en busca del tirachinas del que nunca se separa. Silvio, a su lado, está paralizado por el miedo.

—¿Quién anda ahí? —repite el Canèta con una vena de angustia en la voz.

Da otro paso adelante y hurga en la oscuridad, luego hunde la pala en el montón de algodón, a poca distancia de Silvio y

Emilia. Saca la pala y está a punto de repetir el gesto cuando la reprimenda de un adulto lo interrumpe.

—*Alüra!* ¡A ver, Canèta! —El hombre se le acerca por detrás y le suelta un pescozón—. ¿Esperamos a que el algodón suba solo a la carretilla o te decides?

—Perdonadme, señor Locatelli. Me había parecido oír un ruido.

—¡Déjate de ruidos! Cualquier excusa es buena para no trabajar. *Ta set pröpe öna canèta.* Se ve que estás hecho de cristal. —Locatelli le da una patada en el culo—. ¡Muévete, holgazán! No tenemos todo el día. —Le da otra patada y se va.

En pocos minutos el Canèta, mascullando insultos, llena la carretilla y se aleja.

Silvio y Emilia esperan hasta que ya no haya nadie y salen a hurtadillas de la fábrica. Fuera los deslumbra la luz, respiran hondo y esperan a que el corazón vuelva a un ritmo normal.

—¡Qué aventura! —dice Emilia ahuyentando el miedo.

Silvio está pálido y no habla.

—¿Te lo has hecho en las braguitas, chiquilla? —se burla Emilia entre risas.

3

Invierno de 1878-1879

Ayer, a última hora de la mañana, Cristoforo entró en la biblioteca. Es muy raro que se ausente del trabajo durante un día laborable cualquiera, por lo que Pia permaneció a la espera con los sentidos alerta.

La casa estaba vacía. Silvio había ido al colegio, las niñas fuera con el ama de llaves, Daniele dormía por fin después de una noche inquieta. Pia, sentada frente a la ventana, intentaba mantenerse despierta leyendo un libro. De vez en cuando, aguzando el oído, podía notar los pasos de la criada en el piso de arriba, ocupada en hacer las habitaciones.

Captó de inmediato indicios de un anuncio importante en la mirada de su marido. Cristoforo, en cambio, permaneció de pie junto a ella mirando los árboles desnudos y los carruajes en el bulevar, luchando entre el deseo de dar a las noticias la importancia adecuada y el intento de contenerse.

—Mañana nos vamos de excursión —dijo.

—¿De excursión? —repitió Pia insinuando una gran cantidad de preguntas, que su papel como esposa le exige que se guarde para sí misma. «¿Mañana? ¿Con este frío? ¿Adónde? ¿Pero por qué?»

Cristoforo inclinó hacia ella unos ojos que relucían con malicia.

—De excursión —sentenció. «Pues sí, justo mañana, con este

frío. ¿Adónde? Lo verás. Porque yo lo digo.» Luego se inclinó para darle un beso en la frente.

»Que preparen a los niños, a Daniele también.

—¿A los niños? Pero... —Daniele es aún tan pequeño y frágil... Pia siempre está angustiada por él, le dedica todas sus atenciones.

—Un poco de aire fresco les vendrá bien —la interrumpió su esposo.

—¿Puedo saber qué...?

—No —replicó secamente él. Luego, suavizando su voz—: Es una sorpresa, ya verás como merece la pena.

Justo en ese momento entró el hijo de los Malberti.

—Disculpadme —comenzó, insinuando una elegante reverencia—. *Sciur* Crespi, abajo están las personas a las que estabais esperando... acerca de esos papeles. —Un destello de complicidad con Cristoforo.

—Diles que iré enseguida, Fredo.

El joven retrocedió para no dar la espalda a los patrones.

—Qué tipo tan extraño... —comentó Pia cuando Fredo ya no podía oírla—. Tiene algo...

—Es inteligente —dijo Cristoforo—. Entonces estamos de acuerdo, mañana saldremos temprano. Organízalo todo tan bien como sabes tú.

Pia asintió y se quedó mirando a su marido mientras bajaba las escaleras.

—Ah —añadió él casi distraídamente. Su marido deja siempre la información más importante para el final, cuando ya está demasiado lejos para poder rebatirle algo—. Vendrá también con nosotros mi hermano Benigno con su señora.

«Su señora» es la marquesita Giulia Morbio, la única de sus cuñadas a la que Cristoforo no se atreve a llamar por su nombre. Pia sintió que se ruborizaba.

No es que no le guste Giulia, pero nunca ha conseguido congeniar de verdad con ella, hay como una pared que las separa. Tal vez sea su actitud, esa forma de ser tan despegada, como si estuviera siempre molesta por algo; tal vez sea la manera con la que mira no solo a Pia, sino también al mundo entero, una mezcla de desconcierto, repugnancia, compasión. La única excepción, por supuesto, es Benigno.

El muro que las separa está hecho de heráldica, de escudos nobiliarios, de ascendientes ilustres, de derechos adquiridos por nacimiento. Pero tal vez sea Pia quien haya construido ese muro a su alrededor, un muro hecho de cierta sensación de inadecuación e inferioridad, de desconfianza, de ideas preconcebidas. Es ella quien por miedo a no estar a la altura y a verse rechazada mantiene alejada a su cuñada, culpable sin saberlo de su título nobiliario.

Pia todavía no ha logrado aplacar el malestar que siente en presencia de Giulia Morbio, pero mientras tanto este malestar es una carcoma que la horada por dentro.

Y ahora ahí la tiene, con su mejor vestido, en esa carroza que se dirige a algún lugar del lago de Orta.

Alrededor del mediodía llegan a un enorme prado aún blanqueado por la escarcha con vistas al lago. Los niños saltan de los carruajes y se van a curiosear por ahí, seguidos por la niñera, que se desgañita para mantenerlos a raya.

—¡Despacio, no corráis!

Cristoforo ayuda a su mujer a bajarse del coche. Pia tiene dificultades en sus movimientos debido a la falda, un poco más ancha que de costumbre. Se ha pasado bastante rato preguntándose cuál era el atuendo más adecuado, pero al desconocer las circunstancias ha tenido que improvisar. Ahora se da cuenta de que ha exagerado un poco: para una excursión al campo hubiera podido ponerse algo menos exigente. Y sobre todo más cálido.

Cuando pone los pies en el suelo, la fría humedad se eleva desde el terreno, provocándole escalofríos. Mira a su alrededor, pero no ve nada. Aparte de su cuñada, agraciada y desenvuelta con un vestido a la última moda, en ese lugar no hay absolutamente nada que ver.

—Ven —dice Cristoforo ofreciéndole el brazo—. Demos un paseo.

Caminan por la orilla.

—Así pues, ¿qué te parece? —le pregunta él.

Pia no sabe qué responder y mira a su alrededor, no se ve a nadie. Los niños juegan persiguiéndose en los árboles, la niñera debe de haberse metido en una carroza para cuidar de Daniele, y Benigno quién sabe adónde se habrá apartado con la marquesita.

—Es bonito —dice, por decir algo.

Él estalla en carcajadas.

—No lo has entendido, ¿verdad?

Pia le mira interrogante.

—Es tuyo —dice Cristoforo. Intenta mostrarse distante, pero le tiembla un poco la voz.

Ella se queda atónita por un momento.

—¿El qué? —pregunta.

—Todo. —Él le coge la delicada mano y se la lleva a los labios, notándola gélida. Luego saca unos papeles de la chaqueta y se los entrega—. Este terreno, lo he comprado para ti. Y estos son los planos de una villa de estilo morisco que quiero construir en tu honor.

Pia mira los documentos sin verlos realmente. Líneas rectas y curvas que se cruzan con precisión milimétrica para componer lo que parecen torres, almenas, bíforas.

Firmas, sellos.

Pia nota como se abre paso, entre la confusión de sentimientos que no es capaz de describir, un destello de felicidad.

—Me gustaría llamarla «Villa Pia» —le susurra Cristoforo—. Si me lo concedes.

Lágrimas de alegría brotan de sus ojos.

—¿Podemos...? —pregunta ella. Una pregunta que a la marquesita Giulia Morbio, acostumbrada a obtener lo mejor, nunca se le habría ocurrido plantear. Pero no hace mucho que Cristoforo y Pia temían verse obligados a llegar al extremo de revender sus muebles para pagar a sus acreedores.

Él se echa a reír de nuevo y no contesta.

—Entonces ¿ahora te gusta? ¿Sí o no?

4

La superficie del lago está ondulada por un viento fino y helado. Las señoras empiezan a sentirse incómodas por esa excursión fuera de temporada, pero, mientras Pia se muestra estoicamente indiferente al frío y a la humedad, en Giulia se empiezan a apreciar los primeros signos de impaciencia. Quizá coja una enfermedad, justo ahora que... La marquesita se acaricia distraída el vientre y ese gesto no se le escapa a Pia, que sin embargo finge no haberla visto. Desde hace algunas semanas Giulia se siente agotada, siempre tiene sueño; no ha hablado de ello con nadie, mucho menos con Benigno, el cual, sin embargo, debería haber adivinado, ya que no le ha dado tregua ni una sola noche desde que se casaron.

En el cielo despejado pasa una nube que oscurece la franja de tierra soleada donde las mujeres están sentadas una al lado de la otra. Giulia se estremece: es todo culpa de su cuñada y de los Crespi, piensa, de su manera de ser tan ostentosa, tan vulgar, tan... burguesa. Giulia suspira.

—¿No te encuentras bien, querida? —le pregunta Pia.

La otra parece volver de sus pensamientos.

—Solo estoy algo cansada.

—Ya me lo imagino —comenta Pia.

Giulia se vuelve bruscamente y la observa con desconfianza, pero su cuñada la corresponde con una límpida mirada de inocencia, luego localiza a los niños, que juegan no lejos de la orilla.

—¡Tened cuidado allí! —les advierte—. No os acerquéis demasiado. —Silvio y sus hermanas no le hacen caso y la niñera va a buscarlos.

Benigno y Cristoforo van y vienen hablando sin parar. De vez en cuando Cristoforo indica un punto, luego dibuja con las manos líneas en el aire mientras se le ilumina la mirada.

—Qué tendrán que decirse, me pregunto —espeta Giulia—, ¡con el frío que hace!

—Hombres... —responde Pia, para zanjar la discusión.

Pero la otra aún no tiene suficiente.

—¿Cuál era la necesidad además de venir hasta aquí...? —Su voz se quiebra como si estuviera a punto de echarse a llorar.

«¿Por un poco de viento?», piensa Pia.

—Lamento las molestias. —Intenta mostrarse conciliadora—. Pero Cristoforo quería enseñarme... enseñarnos la tierra.

Giulia Morbio se encoge de hombros. Enseñar. Los Crespi tienen cuatro cosas y se afanan por enseñarlas. Para demostrar que las poseen, para convencerse a ellos mismos los primeros de que son suyas, no dudan en arrastrar a mujeres y niños, e incluso en pleno invierno; están tan poco acostumbrados a la riqueza que todavía no se hacen a la idea y tal vez teman que, si no ponen los pies en las tierras que han comprado, estas se desmaterializarán.

Ese es el problema de ganar dinero: que vives con miedo a perderlo.

Los Morbio, en cambio, siempre han sido ricos, desde hace tanto tiempo que ni siquiera pueden concebir un mundo en el que no lo sean; al nacer heredan bienes muebles e inmuebles y, sobre todo, una visión de las cosas que les pertenece no menos que la carne y sangre de que están hechos.

Su padre es dueño de muchas tierras, claro, pero nunca se le ha ocurrido llevar a sus hijos allí para enseñárselas. ¿Qué es lo que les va a enseñar? Son tierras, tienen tantas que ni siquiera saben cuántas son.

—Es como quitarse los zapatos para demostrar que se tienen pies —se le escapa.

Pia acusa el golpe, no sabe qué responder.

—Te pido perdón, querida cuñada —se apresura a corregirse Giulia—. Es el cansancio, el frío. No quería decir eso... —La verdad es que era eso lo que quería decir exactamente, y ambas lo saben—. Es precioso, un lugar encantador. En verano será un paraíso. —Se levanta y se atusa la falda—. Voy a ver si les falta mucho.

Giulia se aleja con pequeños pasos graciosos, dejando a Pia mirándose la punta de los zapatos.

5

Estimadísimo señor conde:

El rumbo seguro de mi negocio me ha facultado el alcanzar una posición satisfactoria, que me permite aspirar a lo que siempre fue mi sueño, el formar una familia.

Hace casi un año tuve el placer de conocer a vuestra distinguidísima hija, y la impresión que causaron en mí sus cualidades morales y físicas fue tal como para hacerme desear que llegue a ser la compañera de mi existencia.

No creo ser completamente indiferente a vuestra hija, y es esta esperanza la que me proporciona la audacia de rogaros a vos, estimado conde, que sois su amantísimo padre, que queráis acogerme como a un yerno.

Confío en que mi petición no os resulte excesivamente atrevida. La reputación que he sabido ganarme, el modesto pero seguro capital que tengo a mi disposición, mi actividad, lo bastante lucrativa, me hacen esperar que no halléis en mi solicitud nada que pueda ofenderos a vos ni a vuestra noble estirpe.

En el caso de que la señorita Giulia, como creo, no tuviera nada en contra para aceptarme como su esposo, quiero pensar que también vos, egregio conde, querréis contribuir a mi felicidad con vuestro consentimiento.

Con la esperanza de verme pronto honrado por vues-

tra favorable respuesta, permitidme, señor, presentaros mis más respetuosos saludos.

Benigno guarda la carta con la que pidió la mano de Giulia en el bolsillo interior de la chaqueta. De vez en cuando la saca y la lee de nuevo, sonriendo ante su audacia.

Entre el día que conoció a la marquesita Morbio y cuando se decidió a pedirle matrimonio había pasado un año, pero en el curso de ese año no la había visto más de cinco veces. No es que no se hubiera esforzado por encontrarse con ella más a menudo, todo lo contrario, pero lo cierto era que ella nunca lo había propiciado.

Su hermano mayor, Cristoforo, versado en estudios humanísticos y con quince años de diferencia de edad, lo había ayudado en la redacción. Dos días después, el estimadísimo señor conde mandó de vuelta la carta al remitente, acompañada de esta concisa pero inequívoca respuesta:

Estimado señor:

Por más que estime mucho vuestros méritos, no quiero daros esperanzas de que me resulte posible acceder a aceptaros como yerno.

Nadie debe conocer la existencia ni de vuestra petición ni de esta respuesta mía. Os ruego, por lo tanto, que no insistáis ulteriormente con nuevas cartas.

Benigno nunca se había sentido tan humillado en su vida.

—No querrás darte por vencido —le había provocado Cristoforo.

Un mes después, el más joven de los Crespi se presentó en la mansión de los Morbio llevando telas como regalo para la marquesita; el gesto fue tan descarado que no tuvieron la prontitud de darle con la puerta en las narices. Desde ese momento empezó a hacerle una corte gentil pero muy insistente a Giulietta, quien, en parte desconcertada, en parte divertida, acabó reparando en él.

Solo más tarde, cuando se convirtió en su esposa, Giulia le habló de aquellos días de aquelarre doméstico, de los arrebatos de furia de su padre, de los desmayos de su madre, de la resolución de su hermano Pio de retar a duelo «a ese insolente, a ese desvergonzado», y de que ella los amenazó con dejarse morir de hambre, con recurrir al veneno. A pesar de las diferencias que los separaban, y acaso sobre todo a causa de ellas, ese hombre tan tranquilo, y a la vez tan decidido, no tardó en conquistarla.

—Aquí me gustaría construir una escalinata que baje directamente al lago. —La voz de su hermano Cristoforo lo trae de vuelta al presente.

Benigno se vuelve para buscar a su mujer. Giulia está acurrucada en un rincón al sol, con una expresión de obstinada infelicidad en la mirada. Ayer no bajó a cenar y Benigno, cuando se presentó como cada noche en la puerta de su habitación, la encontró cerrada con llave.

—Tal vez deberíamos irnos —le dice a su hermano—. Se está levantando el viento y las señoras empiezan a sentir frío.

Cristoforo quisiera replicar que Pia está en perfectas condiciones de tolerar un poco de brisa, pero en la voz de Benigno hay tal urgencia que casi le da pena. Cruzan el prado hacia el punto donde se levantará el palacio.

—¿Cómo te va en Nembro?

Con la dote de los Morbio, Benigno ha puesto recientemente en marcha una fábrica textil no lejos de Bérgamo; tras la estela de la Benigno Crespi, está activando una serie de medidas de previsión social para sus empleados, viviendas y un jardín de infancia. Nada tan imponente como el pueblo de Cristoforo en Canonica d'Adda, pero un buen comienzo. Cuando hablaba del proyecto, hace apenas un año, le brillaban los ojos.

—Bien, bien.

—¿Cuándo tenéis previsto aumentar el número de husos?

Benigno hace una mueca de dolor.

—Por ahora no lo creo, aún es pronto.

Cristoforo se detiene bruscamente y sujeta a su hermano por el brazo.

—¿Es que las cosas no van bien?

—Que sí, ya te he dicho que sí...

Sigue una larga pausa.

Los dos se miran sin hablar. Con lo unidos que estaban en otros tiempos, lo afines que eran... Benigno iba a ver a Cristoforo para pedirle opinión para todo, era su referente, casi un ídolo. No daba un paso sin el consentimiento de su hermano mayor. Lo que salía de su boca era palabra de Dios.

—Giulietta cree que debería... invertir en otras cosas, eso es todo.

—¿Otras cosas? —«¿De qué otras cosas habla?», se pregunta Cristoforo. Y, sobre todo, ¿desde cuándo se entrometen las mujeres en los negocios?

—Sí, vaya. No solo algodón. Tal vez algunas inversiones agrícolas de la zona de Novara, o en la prensa... Diversificarlas un poco, eso es. Este nuevo periódico, el *Corriere della Sera*, podría convertirse en algo muy importante, ya sabes.

Cristoforo lee el *Corriere* y, para ser sincero, le parece un poco retórico e insignificante, timorato. No cree que llegue a tener una vida larga.

—¡Benigno! —La voz de su mujer le llama al orden.

—Será mejor que nos vayamos, o se nos hará demasiado tarde.

Cristoforo asiente, con gesto grave. Fue él quien aconsejó a su hermano que se emparentara con los Morbio, medida que entonces le pareció sabia, astuta. Ahora tiene la impresión de que lo están alejando de él.

Se encaminan con la cabeza gacha, las manos metidas en los bolsillos y los hombros encogidos.

—Qué bonito día hemos pasado —comenta Benigno—. Este lugar es maravilloso. La villa será un verdadero encanto, no veo la hora de que esté construida.

Un instante antes de subir a la carroza Cristoforo lo retiene de nuevo. «*Ta set cuntent, Benigno?*» Le habla a propósito en dialecto, ese dialecto que sin duda los Morbio desaprueban, que enfatiza su procedencia, sus lazos, su propia naturaleza.

Benigno asiente con la cabeza. Sí, él es feliz. Nunca ha sido tan feliz en su vida.

6

Canonica d'Adda

El bosque es oscuro y silencioso como los abismos marinos. La corteza de los alerces difunde por los alrededores olor a resina, del suelo asciende una humedad que huele a hongos y hojas mojadas.

El invierno no ha cambiado las cosas, solo las ha hecho más lentas. Cristoforo va y viene constantemente del pueblo, si hay algún problema se queda a dormir en la posada y no se va hasta que todo está en orden; cuando los compromisos escolares lo consienten, se lleva a Silvio con él, y a veces a la familia al completo. Para los hijos de los obreros la presencia de la *sciura* Pia significa regalos, porque la esposa del patrón nunca va con las manos vacías. Así que la llegada de los Crespi siempre es una fiesta.

Silvio y Emilia tienen diez años los dos. Echan a correr y se alejan, hasta que la voz de la niñera se pierde en el silbido de viento. La señorita Saponaro pretende que el hijo del patrón se comporte como un adulto en miniatura, y no cesa de dar órdenes: no te ensucies, ponte derecho, cómo se llama esto, dilo en francés, mantén la cabeza erguida... Cuando está con Emilia afloja un poco las riendas, como si no valiera la pena el esfuerzo de educarla a ella también. Entonces Silvio es libre de comportarse como un niño, se tira por el suelo, dice estupideces, finge ser un mono o un león, suelta ruidos extraños, hace como si se comiera una piedra: cuanto más lo reprimen, más se desahoga. Al final del día, cuando llegan a casa, siempre recibe, pero merece la pena.

Emilia se ríe con ganas.

A veces Silvio se excede y ella se queda seria, hosca. Como cuando se puso en medio para bloquear el paso de algunos niños de su misma edad que entraban en la fábrica a trabajar: estos tenían prisa, pero no se atrevieron a rodear al hijo del patrón, por lo que se quedaron petrificados, incapaces de dar un paso, mientras se acercaba, segundo a segundo, la hora límite de entrada y, por lo tanto, el castigo del jefe de servicio. O como cuando escogió a dos al azar y les hizo preguntas de historia y latín, imponiéndoles una penitencia cada vez que se equivocaban, es decir, siempre.

—Puede que sepas latín, pero eres un arrogante insoportable —sentenció la niña dejándolo allí solo.

A veces se pelean y entonces vuelan los empujones, algunas patadas. Silvio es más alto, más fuerte, podría destrozarla con una sola mano, pero siempre es el que más recibe.

—Se lo voy a decir a mi papá —amenaza para detenerla. Y, cuando ella le responde sacándole la lengua, añade—: Mi papá despedirá al tuyo, ¡a ver cómo te las apañas entonces!

Emilia se queda petrificada. El orgullo le exige que no demuestre miedo, pero teme ser la razón que lleve a su familia a la ruina. Trabajo, casa, estudios: si Carlo fuera despedido debería decirle adiós a todo. Emilia no quiere desilusionar a su padre y no quiere hacer enfadar al patrón.

Sabe que lleva las de perder. Así que aprieta los puños, se pone lívida, rezonga: «Hazlo y te arrepentirás». Luego le da la espalda y se aleja antes de que sus ojos se le llenen de lágrimas.

Desde hace algún tiempo, sin embargo, parecen haber llegado a una especie de tregua, o a una suerte de compromiso: como si, estudiándose, se las hubieran apañado para medir los límites del otro, los confines más allá de los cuales la amistad roza el despecho, y hubieran decidido permanecer en ellos, sin renunciar cada uno a su propia naturaleza. Así, las peleas se hicieron menos frecuentes, para dejar sitio a una especie de complicidad.

A Silvio le vuelven loco los retos, sobre todo si son de velocidad, y le atrae cualquier cosa que sea moderna. Desde que vio en una enciclopedia de su padre las ilustraciones de diferentes modelos de velocípedo, sueña con tener uno con el que ir corriendo por los paseos del pueblo, en equilibrio sobre la gran rueda delantera; hay incluso uno biplaza en el que también podría caber Emilia.

A la espera de que su padre le regale una de estas maravillas del ingenio, debe conformarse con juegos más sencillos, aunque no menos divertidos. El de hoy consiste en agarrarse a la rama de un viejo roble y dejarse columpiar mientras sea posible. La idea ha sido suya, así que le toca empezar a él: Silvio coge carrerilla y pega un salto, sus piernas esqueléticas le dan impulso, se estremecen en el vacío; por un momento cree que lo ha logrado, pero falla el agarre y termina bocabajo contra el suelo. El gorgoteo de las risas de Emilia agudiza el dolor, su mirada es un estímulo para intentarlo de nuevo, para echar el resto. Uno, dos, tres fracasos, y al final Silvio logra tomarle la medida a ese maldito árbol y se queda colgado balanceándose, imitando ruidos de mono. Emilia se ríe hasta que se le saltan las lágrimas, se sujeta la tripa, dolorida por tantas carcajadas.

—Ahora te toca a ti —dice Silvio—, si eres capaz.

Ella titubea un momento pensando en replicar algo, luego concluye que la mejor respuesta es la acción. Toma bastante carrerilla y se lanza con un grito hacia la rama. Silvio se queda atónito y un poco decepcionado cuando su amiga lo consigue en su primer intento.

Emilia queda colgando, sintiendo que le arden las palmas de las manos a causa del roce. Pero no piensa soltarse tan pronto, tiene que aguantar más que Silvio, tiene que demostrarle que puede hacerlo tan bien como él, e incluso mejor. Se empuja con los riñones, empieza a balancearse, por un momento su propio cuerpo le parece ligerísimo, es casi como si volara.

Después de doscientos años de intemperie, de carcoma, de humedad, de inviernos gélidos y veranos calurosos, de animales que han roído la corteza, de niños que lo han usado como columpio y de parejas que han hecho el amor ahí, ese árbol viejo cede y la rama se rompe con un ruido de cansancio y desconsuelo. En el impulso, Emilia choca de cara contra el tronco, luego termina en el suelo.

—¿Te has hecho daño? —le pregunta Silvio corriendo a su lado.

A ella le gustaría no darle importancia, pero el dolor es demasiado fuerte. Tumbada en las hojas mojadas siente que un intenso ardor se esparce por las rodillas. Echa un vistazo y están despellejadas, puede verse la carne; se siente mareada y tiene que volver a tumbarse.

Cuando los mayores se enteren, les echarán a los dos una buena reprimenda.

—Vamos, no es nada —la consuela Silvio ayudándola a levantarse—. ¿Te pica?

Emilia aprieta los dientes y asiente. Él la atrae hacia sí y se quedan un rato abrazados, hasta que la voz de la niñera va a buscarlos a las profundidades del bosque.

—Tenemos que irnos —dice Emilia—. Nos están buscando.

—¿Puedes andar?

—¡Claro que sí! —replica ella ofendida. Se levanta e intenta limpiarse el vestido—. Me tendrán castigada un año entero —anuncia notando una enorme mancha de barro en su trasero.

Silvio se encoge de hombros, como diciendo que es parte del juego.

—Es el primer árbol que haré cortar cuando sea el patrón —promete para hacerla reír, pero a ella no le hace ninguna gracia.

Caminan un rato con la cabeza gacha.

—¿Estás bien? —le pregunta Silvio cuando ven por fin la fábrica.

Emilia dice que no. No se trata de la humillante caída, de esa rama que la ha traicionado, no son las rodillas sangrantes, ni siquiera es el castigo que la espera, ni la enésima bravata de él, que tan claramente subraya sus insalvables diferencias. Lo que le duele es esa melancolía que le sube al pecho de tanto en tanto, sobre todo cuando se siente de repente frágil e indefensa, como ahora, ante las cosas de la vida.

Han pasado muchos meses desde que el Canèta le dijo aquello. La palabra rebota entre las paredes del corazón de Emilia y se abre paso como una burbuja que va subiendo.

—Asesino —repite ella.

Silvio no lo entiende, por un momento cree que su amiga se refiere a él y en su interior se pone a hurgar en su memoria en busca de un paso en falso, de una palabra equivocada, de un gesto involuntariamente grosero que le haya hecho merecedor de una acusación tan grave.

—Dicen que mi padre es un asesino —le explica Emilia.

Oprimida por la vergüenza, el miedo, la rabia, no se lo ha dicho nunca a nadie y ahora se percata de que compartir el secreto con Silvio reduce a la mitad su peso, lo hace casi aceptable.

Silvio se sobresalta.

—¿Cómo? ¿Quién? ¿Por qué? —Conoce a Carlo, el «señor Vitali»: es un buen hombre en quien su padre confía ciegamente, de quien habla con respeto y hasta con admiración—. ¿Han sido los Malberti?

Emilia no contesta, pero Silvio ya sabe la respuesta. Nota una furia destructiva que crece dentro de él. En la próxima ocasión, ya verán, se las hará pagar de una vez por todas. Y no irá a contárselo a su padre, no: tendrá que lidiar con esto él en persona, no permitirá que otro se vengue en su lugar.

Pero Emilia niega con la cabeza. Sí, fueron los Malberti los que empezaron y, a decir verdad, de gente así se lo esperaba incluso, pero la calumnia se expandió en un instante pasando de boca en boca, de oreja a oreja. La verdadera decepción no son los Malberti, sino la gente en general: aquellos que en lugar de preguntarse por los rumores que han oído y de dónde proceden, creen ciegamente en ellos y sobre todo los repiten al tuntún, haciendo de un simple chismorreo una verdad compartida. Y, por lo tanto, una condena.

«Asesino», susurran voces a sus espaldas. «Asesino», insinúan.

—Dicen que mi papá mató a Oreste, el de los Malberti. Dicen que lo hizo a propósito para ocupar su puesto.

—Pero ¡eso no es cierto!

Emilia se sorbe la nariz.

—Pues lo dicen.

A menudo le entra la tentación de preguntárselo a su padre, a solas, para que se lo niegue: «Papá, ¿es verdad que mataste a Oreste, el de los Malberti?». Pero ¿cómo puede preguntarle eso a su propio ídolo, a su propio héroe? Su padre nunca sería capaz de haber hecho algo parecido, su padre no es un asesino.

Silvio y Emilia salen del bosque cogidos de la mano. La niñera los ve desde lejos y corre hacia ellos.

—¡Ya está bien! —grita, como si tuviera ante sus ojos una escena espantosa—. ¿Dónde estabais? ¿Qué estabais haciendo? —Tiene en su voz una preocupación que es probable que ellos no entiendan.

Antes de dejarla, Silvio estrecha brevemente la mano de Emilia. En ese apretón fugaz se encierra el calor de la cercanía, un dolor compartido, ánimos para no abandonarse al desánimo, pero sobre todo una promesa: «Yo te haré justicia».

7

Amalia Vitali camina por el borde del canal con su vestido, que roza el agua negra e impetuosa, mientras siente que en su interior crece un intenso desasosiego. No muy lejos de la central hidromecánica, los gritos de un grupo de niños llaman su atención; señalan algo en el agua que hasta ese momento no había visto: parece un tronco oscuro, movido por la corriente. «¡No os acerquéis!», les advierte. Y, para evitar que se pongan en peligro, decide ayudarlos a acercar el tronco a la orilla. Uno de ellos está armado con un palo largo en forma de gancho, con el que sin embargo no consigue aferrar el tronco.

«¡No llego! —lloriquea—. ¡Intentadlo vos, señora!»

Entonces Amalia se esfuerza y, al cabo de uno, dos, tres intentos, logra sujetarlo. Sin embargo, el objeto es tan pesado que parece oponer resistencia, como si unas largas raíces lo anclaran al fondo del canal. Los niños la animan, con esperanzados gritos de ánimo.

Se necesita una fuerza increíble para moverlo, pero al final Amalia se sale con la suya. Con un tirón el tronco gira sobre sí mismo, revelando la parte que había quedado bajo el agua hasta ese momento: no una corteza ennegrecida por la humedad, sino un cuerpo humano gris e hinchado, ya parcialmente descompuesto. Que, sin embargo, sigue vivo.

«¡Ayúdame! —le suplica Carlo—. ¡No me dejes aquí para que me pudra!»

Entonces Amalia, presa de una furiosa desesperación, empieza a descargar el palo sobre el cuerpo de su marido, con la intención de engancharlo y acercarlo a ella. Pero el esfuerzo es en vano porque la corriente, que de repente se ha vuelto muy fuerte, atrae a su marido hacia la rejilla que impide que el material arrastrado aguas abajo por el río penetre en las turbinas.

Los gritos de los niños han cesado y, mirando a su alrededor, Amalia descubre que se ha quedado sola. Sabe que, aunque gritara con todo el aliento que le queda en el cuerpo, nadie acudiría en su auxilio.

«¡Dios, ayúdame!», suplica alzando los ojos al cielo.

Sobre su cabeza nubes inmóviles como cúmulos de algodón la miran impasibles. Ni siquiera el Señor acudirá hoy en su auxilio.

En su afán por salvar a su marido, Amalia se inclina tanto hacia delante que al final cae en el canal. Con asombro, se da cuenta de que el agua no está tan fría como esperaba, sino templada, tan acogedora como una manta. Mientras las pesadas ropas obstaculizan sus movimientos, Carlo la alcanza flotando.

«Aquí estás, por fin —le susurra con los labios azulados—. Te estaba esperando.»

Luego la abraza y juntos van cayendo hacia una oscuridad sin fin.

8

Amalia se despierta sobresaltada, quizá haya gritado. Se incorpora secándose las lágrimas y mira a su alrededor. La casa está vacía, limpia, ordenada. Más allá de las ventanas, la noche va devorando todo el pueblo, solo la fábrica sigue viva.

Carlo volverá en breve, el turno ya debería haber terminado. Emilia todavía está en el colegio.

«Solo ha sido una pesadilla», se repite tratando de calmar los latidos enloquecidos de su corazón. Todavía tiene ante sus ojos, como si fuera real, la imagen del rostro hinchado y oscuro de su esposo. «Solo una pesadilla.»

«No», responde la voz.

Amalia grita. Al otro lado de la pared que separa su vivienda de la de los Malberti le parece oír un golpe de tos, luego una puerta que cruje suavemente sobre sus goznes. No es difícil imaginar a Luigia aguzando el oído mientras hace gestos a los mocosos para que se callen porque no consigue oír bien. Todo el edificio está a la escucha.

De repente le parece que la casa se hace más pequeña a su alrededor. Inmóvil en el centro de la sala, Amalia ve que las paredes se achican, el suelo se alarga, los muebles se deforman. Corre hacia la ventana y la abre. El aire frío la abofetea y por un instante se siente mejor.

«Sabes que todo es verdad», repite la voz.

—¡No! —exclama. Luego, más fuerte—: ¡No! ¡No!

Alguien desde abajo le está gritando que pare de una vez.

«Has visto el futuro —insiste la voz—. Lo has visto.»

Amalia sale corriendo sin preocuparse tan siquiera de cerrar la puerta. En el descansillo está a punto de chocar con la de los Malberti, que está de pie en la puerta con el pequeño Remigio agarrado a un pecho.

—Pelandusca —le susurra Luigia.

Amalia ni lo oye, tiene un silbido en los oídos; se apresura a bajar las escaleras, con el riesgo de tropezar y romperse el cuello. No se detiene, salta dos pasos, rodea a una familia que discute en medio del pasillo, choca con un niño que cae al suelo llorando y sale por fin afuera, donde el aire huele a madera quemada.

En el edificio de enfrente las luces de la planta baja están encendidas como una invitación.

«No lo hagas», le advierte la voz.

Amalia no la escucha e irrumpe en la posada como una furia.

El posadero está enzarzado con el registro de pedidos mientras su hijo Rino duerme en la cuna de al lado. Agazzi levanta la cabeza del enorme libro y la mira por encima de las gafas de lectura.

—¿Os encontráis bien?

Amalia está pálida como un fantasma, sus ojos son dos charcos oscuros. Niega con la cabeza y luego rompe a llorar.

Agazzi coge sus muletas y se acerca a saltos hacia ella.

—¿Ha vuelto a ocurrir?

No es la primera vez que Amalia ha ido a buscar refugio allí.

Tres meses antes irrumpió en las cocinas, aterrorizando incluso al cocinero.

—¡Moriréis! —se puso a gritar, señalando con el dedo a Agazzi como si fuera un arma—. ¡Moriréis!

Él mantuvo la calma.

—Ah, bueno, sobre eso no cabe la menor duda.

Hizo salir al personal, la invitó a sentarse a una mesa esquinada y le sirvió un vasito de aguardiente de ciruelas, exigiendo que se lo bebiera todo, hasta la última gota.

—Tenéis que perdonarme —le imploró Amalia volviendo en sí poco a poco—. He tenido una pesadilla.

Luego se quedó esperando tensa a que la voz la contradijera. Pero la voz no habló.

—¿Dónde está vuestro marido?

Amalia se encogió de hombros.

—En la fábrica. ¿Dónde va a estar?

Agazzi sintió que de sus entrañas le subía una extraña alegría y trató de reprimir una sonrisilla. Estuvieron unos momentos en silencio bebiendo aguardiente de ciruelas.

—De modo que habéis soñado que me moría —dijo al cabo de un rato. No había rastro de burla, miedo o juicio en la voz. Solo interés.

Amalia asintió.

—Y... ¿cómo? —preguntó Agazzi—. Si me concedéis el saberlo.

Ella titubeó.

—¿De verdad queréis que os lo cuente?

—¡Claro que sí! —exclamó Agazzi—, me interesa todo lo que me atañe.

Amalia se echó a reír y él la encontró tan hermosa que tuvo que meterse la mano en el bolsillo para resistir la tentación de acariciarle el rostro.

Entonces Amalia le contó su sueño, desde el principio, con todo detalle.

—Veo vuestro cuerpo entre los escombros, cubierto de sangre y polvo. Os veo morir aplastado bajo una roca.

Agazzi se quedó sin palabras y Amalia se arrepintió de inmediato de habérselo confiado. Luego él se encogió de hombros.

—Bueno, supongo que Dios, habiendo fallado la primera vez, querrá volver a intentarlo.

—No blasfeméis —le reprochó ella levantándose de golpe.

La habitación giraba a su alrededor y los contornos de todas las cosas estaban desvaídos.

—Vamos, solo estaba bromeando. —Agazzi intentaba ponerle remedio.

—¡No se bromea con esas cosas! ¡No se bromea con Dios!

Amalia se marchó corriendo, prometiéndose a sí misma no volver jamás. Dos semanas después, sin embargo, allí estaba de nuevo, buscando refugio de la voz. La posada de Agazzi es el único lugar adonde la voz no puede seguirla.

9

Emilia se da cuenta de inmediato de que algo anda mal. De regreso del colegio, tan pronto como llega a la altura de los *palasocc*, levanta siempre los ojos hacia su casa y la figura de su madre se recorta como un juego de sombras en el cristal de la ventana pintada de anaranjado. Todo está oscuro esta noche.

En el zaguán huele a sopa. Emilia sube los escalones de dos en dos; cuando llega al último piso tiene el corazón en la garganta.

La puerta de casa está abierta y hace frío.

—¿Mamá?

Entra, encuentra la vela, la enciende y mira a su alrededor. La ventana está abierta de par en par en la oscuridad.

Emilia recorre la casa mientras la angustia crece dentro de ella. El piso está ordenado y quieto, vacío.

—¿Mamá? —dice, más fuerte, como si su madre pudiera estar escondida debajo de la cama o en el armario.

Emilia cierra la ventana, luego trata de encender la estufa, que se resiste y echa humo. Se sienta a la mesa y espera. También podría ir a buscarla, pero ¿adónde? ¿Dónde podría estar? Aguarda un rato que le parece eterno, entonces se decide a salir.

La casa de los Malberti está en silencio, sin nadie que salga a echar un vistazo, a insultar, a acusar. Emilia llama a la puerta, todos los ruidos se detienen; el edificio entero queda en vilo mientras se oye a alguien arrastrándose detrás del umbral.

Luigia abre bruscamente la puerta y le clava unos ojos llenos de odio.

—¿Qué quieres? —Detrás de ella toda la familia se despliega como un pelotón: el Canèta con la cara sucia de carbón, las gemelas, que no paran de echar risitas; hasta Fredo con Remigio en brazos, amarillo como la yema de un huevo.

Emilia se arrepiente enseguida de haber llamado.

—¿Habéis visto a mi madre, señora Malberti?

Ella se ríe.

—Pelandusca —gruñe.

En eso llega Carlo, y Emilia está tan contenta que corre hacia él y lo abraza. Vitali intercambia una mirada inquisitiva con Luigia Malberti, que le responde con desprecio en los ojos.

—¿Qué pasa? ¿Dónde está mamá?

—No la encuentro —gimotea Emilia.

Su hija tiene casi once años, una edad en la que muchos niños de la aldea ya llevan tiempo trabajando; todos los días va a pie al colegio hasta Trezzo, sola; ayuda a su madre en las tareas de la casa, baja al río a hacer la colada, prepara la cena, lleva las cuentas de la casa. Es una adulta en miniatura que ahora, sin embargo, se le aparece tal como es: nada más que una niña pequeña, indefensa todavía ante los acontecimientos inesperados de la vida.

La toma en brazos, haciendo caso omiso de la punzada de dolor que recorre sus caderas.

—Ahora la buscamos, no te preocupes.

—No la encontraréis en casa —espeta la de los Malberti.

Carlo intuye la trampa y no hace preguntas.

—Cuando no estáis —prosigue Luigia con sádica satisfacción en la voz—, a vuestra esposa le gusta que la consuele ese lisiado. —Y, como él no da señales de haber entendido, añade—: Id a buscarla a la posada. Estoy segura de que todavía estáis a tiempo de ver a esa pelandusca con vuestros propios ojos.

10

Agazzi ha cerrado la posada por esta noche. No se esperan clientes y, aunque aparezcan, qué se le va a hacer, ya se las apañarán. Nunca había visto a Amalia tan angustiada, tan desesperada, y no quiere echarla. O tal vez es una excusa que se cuenta a sí mismo, un pretexto para no dejar que se vaya.

—Tomad un poco más de destilado.

Amalia niega con la cabeza pesada, los ojos entrecerrados. Tendría que irse. ¿Qué hora será? Emilia y Carlo no tardarán en volver, y todavía tienen que preparar la cena. Pero Amalia sabe que, en cuanto salga de allí, la voz volverá a acosarla, con más maldad que antes. La voz no perdona.

En cambio allí, en las cálidas manos de Agazzi, se siente segura. De vez en cuando va incluso a dormir unas horas sin pesadillas. Él la mira dormitando en la silla con la cabeza inclinada hacia un lado, los labios entreabiertos. Sonríe mientras da de comer al niño o hace el inventario de la despensa.

«Despierta», le susurra la voz.

Amalia se despierta sobresaltada y suelta un grito.

—Todo en orden, todo en orden. —Agazzi le sonríe, acariciándole el interior de la muñeca—. Estoy aquí.

Pero no todo está en orden: la voz nunca había llegado hasta allí.

«¿Creías que podrías dejarme fuera como una ráfaga de viento?» Es el presagio de algo terrible.

Entonces irrumpe Carlo, con Emilia a su lado.

Las mejillas de su esposa están enrojecidas, sus ojos iluminados por una especie de pasión; algunas hebras rebeldes se han liberado del moño y le enmarcan el rostro como una larga cortina de terciopelo negro. Las blanquísimas manos de ella destacan entre las grandes y nudosas de Agazzi.

—Os lo dije. —Luigia, que ha bajado a disfrutar del espectáculo con toda la familia, la señala con un dedo índice afilado como una cuchilla.

Con unos pocos latidos, el corazón de Carlo bombea toda la sangre al cerebro, las manos le hormiguean, la visión se le nubla.

—Vete a casa —le ordena a Amalia sin siquiera mirarla.

—Pero si no es...

—¡Vete a casa, he dicho! —truena.

Parece como si toda la posada vibrara, a punto de derrumbarse.

Amalia se levanta, gira sobre sus talones, toma a Emilia de la mano y hace ademán de llevársela. Pero Luigia, plantada con firmeza frente a la puerta, les impide salir.

—Pelandusca —le escupe.

Agazzi muestra las palmas en señal de rendición.

—No, mira que no...

No puede terminar la frase. Carlo Vitali lo agarra por la camisa y lo levanta como una marioneta, después lo empuja contra la pared. Le suelta un derechazo al estómago, luego otro a la cara. Agazzi cae al suelo en medio de los gritos de la gente. Todos los *palasocc* han bajado a ver lo que ocurre.

—¡Déjame! ¡Déjame! —le implora—. ¡No ha pasado nada!

No importa lo que diga: Carlo lo ha visto con sus propios ojos. Todos lo han visto, y en las próximas semanas no hablarán de otra cosa.

Vitali se abalanza sobre Agazzi, que se defiende en vano pateando con la única pierna que le queda. Recibe bofetadas y puñetazos, mientras de la cuna llega el llanto desesperado del pequeño Rino.

Emilia, aplastada contra la pared, no logra apartar la mirada de la espalda de su padre, inclinado sobre el pobre posadero. No tiene ni idea de cuál es su culpa, y algún motivo habrá, pero la reacción le parece cada vez más desproporcionada.

Carlo está hecho una furia. Incluso a través de la gruesa tela de la chaqueta pueden intuirse los músculos contraídos, mientras los puños suben y bajan como pistones. Ninguno de los presentes mueve un solo dedo.

—¡Basta, para, papá! —Emilia no puede creer que ese sea su padre. ¿Lo conoce de verdad?

Asesino. Carlo Vitali puede haber matado, ¿es capaz de matar? La terrible acusación vuelve a aflorar y la respuesta está ahora ante los ojos de todos.

11

La vida en los *palasocc* siempre es muy ruidosa. Está la vecina de arriba, que pega constantemente a sus hijos, y los llantos y las escenas no paran en todo el día; el de al lado, que da portazos como si quisiera derribar los marcos, y una y otra vez el corazón te da un respingo de miedo. Todo es un constante golpe de mortero, ropa sacudida, sillas arrastradas, objetos caídos. Y luego están los que cantan, los que hablan solos, los que rezan, los que leen en voz alta. Es como si también las paredes estuvieran hechas de algodón, se oye hasta lo que debería quedar reservado: celos, amores apasionados, murmuraciones y chismes, molestias intestinales. Es imposible guardar un secreto allí. Por no hablar de la fábrica, justo al lado, a pocos metros, donde el rugido sordo de las máquinas es tan fuerte que hace temblar a veces los cristales hasta en casa.

Por la noche, sin embargo, todo se detiene. La campana anuncia el final del turno, los obreros salen cansados y satisfechos, las máquinas disfrutan de un merecido descanso. Al caer la noche las familias se reúnen alrededor de la mesa y comen en silencio; apenas se oyen las cucharas que pescan las legumbres en el fondo de los cuencos y a alguien que sorbe. Los niños se quedan dormidos con la cabeza dentro del plato, entonces las madres los recogen como si fueran fardos y los meten en la cama, las velas apagadas esparcen su olor en el aire, en las estufas se enfría el carbón.

La aldea duerme envuelta en la oscuridad, bajo la atenta mirada de la luna que se refleja en el Adda.

El Canèta duerme acurrucado como un conejo. Fredo, de pie al lado de la cama, lo observa: de la colcha solo emerge la cabeza, con el pulgar metido en la boca.

—¡Psss! —le dice sacudiéndolo—. Levanta.

El Canèta tarda un poco en espabilarse, pero en cuanto ve a su hermano sus ojos se iluminan.

—¿Ya es de día?

—No, ven.

El chico no deja que se lo repita y, sin preguntas, se pone la ropa que Fredo le pasa. Abren la puerta con cuidado para no hacer ruido y se arrastran hasta la galería. En algún lugar se oyen ronquidos.

Salen bajo un cielo que huele a nieve. Con las prisas el Canèta se ha puesto los zapatos sin calcetines y ahora se arrepiente.

—¿Adónde vamos? —pregunta.

—¡Calladito!

Pasan junto a los *palasocc* pegados a los muros, bajan hacia el canal, luego inmediatamente a la izquierda bordeando la fábrica. Hay una puerta lateral con la cerradura rota, Fredo lo sabe bien porque la ha roto él. Los dos Malberti entran a hurtadillas.

La hilandería está desierta, inmóvil. La luz de la luna se cuela a través de los tragaluces del techo y hace que todos los husos parezcan plateados. El Canèta nunca ha estado allí de noche, la hilandería silenciosa y ordenada se le hace extraña: es muy diferente de cómo la conoce, parece incluso un lugar agradable.

—¿Te gusta? —pregunta Fredo.

El otro asiente.

—¿Y si nos descubren?

Su hermano se ríe. Con deliberada lentitud empuja un registro hasta que cae de la mesa y observa los papeles mientras se esparcen por el suelo, luego empieza a correr entre las máquinas, esboza algunos pasos de baile, hace una pirueta.

—¡Toda la fábrica es nuestra!

Al Canèta su hermano le parece muy divertido.

—He oído una cosa en las oficinas de la compañía. ¿Quieres saber lo que es? —pregunta Fredo, como si no supiera ya la respuesta.

El Canèta abre mucho los ojos y la boca, y se queda a la espera.

—Los encargos no cesan, no podemos seguir el ritmo de los pedidos —dice Fredo—. El viejo está más feliz que una perdiz. Ha solicitado financiación para duplicar el número de husos, y puedes apostar a que se la concederán.

Pedidos, financiación, duplicar, conceder. El Canèta no entiende bien.

—Tendremos que trabajar también de noche —explica Fredo.

—¿También de noche? —Eso al Canèta no le parece una buena noticia.

—Hay tanto que hacer que doce horas no son suficientes. El viejo quiere introducir turnos nocturnos. Pero para hacerlo, por supuesto, antes tiene que llevar la luz eléctrica dentro de la hilandería.

Cuando lo contó en casa, Luigia se apresuró a hacer la señal de la cruz; dijo que «esa cosa», que es como llama a la electricidad, le cuece la cabeza a la gente. Las gemelas se echaron a reír y recibieron una bofetada cada una por toda respuesta.

—Yo no quiero trabajar de noche —dice el Canèta.

Ya durante el día es duro. Todas las tareas ingratas son suyas; los jefes de sección le sueltan las órdenes a base de patadas, encuentran siempre motivos para quejarse, y además lo mandan a propósito a los sótanos porque saben que está oscuro y él se mea encima.

Fredo se encoge de hombros.

—Ah, es el progreso: no hay forma de detenerlo. No puedes hacer nada al respecto.

Al Canèta casi le entran ganas de llorar.

Su hermano lo ve todo muy fácil, él trabaja en las oficinas de Milán, él no tiene que estar allí dentro durante doce horas al día, sin poder comer o hacer pis. Él ha estudiado, no será él quien renuncie incluso al sueño para poner en marcha las máquinas, no tendrá que pagar el precio de este bendito progreso, como él lo llama.

Al Canèta no le gusta la fábrica y no le gusta el progreso.

Y sobre todo no quiere que la electricidad le fría la cabeza.

—Venga, vamos —dice Fredo acercándoselo.

El Canèta se deja abrazar, manso.

—Gastemos algunas bromas. Vamos a divertirnos un poco. —Fredo saca una llave inglesa de la caja de herramientas y afloja algunos pernos mientras la cara de su hermano se distorsiona por el desconcierto y la diversión—. Ten, desatornilla unos cuantos tú también. ¡Enséñales quién manda aquí!

Al principio el Canèta duda, pero luego le toma el gusto y desahoga con las máquinas toda la rabia que lleva dentro y que no consigue expresar con palabras.

Se afanan durante un buen rato, hasta que oyen un ruido que llega de lejos.

—¡Eh, ¿quién anda ahí?! —grita Carlo Vitali avanzando con una linterna en la mano—. Salid, que os he visto.

Sin duda ha oído el alboroto y ha ido a comprobarlo. Si se los encuentra allí, ese lameculos irá a contárselo todo al patrón.

—¡Canèta! —susurra Fredo tirando de su hermano para que se agache.

Se esconden detrás de una máquina, luego esperan el momento adecuado y se escabullen.

—¿Y si nos ha reconocido? —pregunta el Canèta.

—No ha reconocido a nadie.

—¿Cómo lo sabes?

—Porque si nos hubiera visto nos habría llamado por nuestro nombre, idiota.

La verdad es que su hermano es muy inteligente, se nota

que ha estudiado. Por eso está en las oficinas de la empresa en Milán y no le tocará nunca trabajar de noche.

El mundo, concluye amargamente el Canèta, se divide en dos categorías: los que saben lo que es el progreso y los que le tienen miedo.

QUINTA PARTE

1

Canonica d'Adda, primavera de 1883

Cada mañana Emilia Vitali se despierta antes que los demás. Salir de la cama le cuesta siempre un esfuerzo tremendo; enciende la estufa con los ojos aún entrecerrados por el sueño, luego se lava en la palangana temblando de frío. Un poco más tarde su padre también se levanta y desayunan; sin hablar, sumergen las cucharas en los cuencos y rebañan hasta la última gota de leche del fondo, mientras el estruendo metálico de la fábrica cercana nunca se detiene.

Salen juntos, cerrando la puerta lentamente tras ellos, luego bajan las escaleras en perfecta sincronía de movimientos; fuera de los *palasocc* se separan sus pasos: uno va directo hacia la fábrica, la otra gira a la derecha, bajando hacia el canal.

Todavía está oscuro, pero el pueblo ya se ha despertado. La fábrica trabaja sin cesar para satisfacer las demandas de tejidos preciosos que les llueven de toda Italia e incluso del extranjero. Hombres y mercancías entran y salen constantemente.

Alrededor de la fábrica van brotando como setas los primeros chalecitos unifamiliares y adosados para trabajadores; ya no *palasocc* abarrotados como colmenas, sino pequeñas viviendas independientes, equipadas con las más modernas comodidades, rodeadas de huertos y jardines privados: lugares agradables para encontrar la paz después del trabajo. La primera que esté lista, ha dicho el patrón, le corresponde a la familia Vitali.

Emilia camina cabizbaja con sus libros bajo el brazo, repasando mentalmente la lección. Tiene quince años y, aunque siga estudiando, ya es casi una mujer. A la altura de la central se cruza con un grupo de obreros que llegan de Capriate y que la obsequian con miradas hechizadas; alarga el paso y, cuando los ha dejado atrás, sonríe. Desde el río se eleva una penetrante humedad que la hace estremecerse. Al cabo de un momento está en Trezzo, de donde sale la diligencia que la lleva a Bérgamo. Un largo viaje de ida y vuelta; cuando nieva hay que bajarse y empujar el carruaje fuera del lodazal; si hace calor los caballos se derrumban al suelo por el cansancio.

El instituto está ubicado en un edificio tan antiguo como las asignaturas que allí se enseñan. Paredes cubiertas de humedad, ventanales altos, una enorme pizarra coronada por un crucifijo y filas de bancos de madera oscura entre los que deambulan profesores armados de varitas.

A Emilia le gusta este lugar. Es una estudiante atenta, curiosa. Su compromiso no está animado solo por su afán de aprobar o por miedo a un suspenso, sino sobre todo por un genuino deseo de aprender; así que, a diferencia de la mayoría de sus compañeros, no está deseando marcharse lo antes que pueda, sino que espera permanecer allí el mayor tiempo posible. El esfuerzo de estudiar, los madrugones y todos los demás sacrificios se ven compensados por el privilegio de poder beber de esta fuente de conocimiento.

No fue fácil al principio. Casi todos los estudiantes son varones, la mayoría ricos; una chiquilla, hija de obreros, es una rareza vista con desconfianza y recelo. No conocía a nadie: los chicos de su pueblo, a su edad, llevan ya algunos años en la fábrica.

Su única compañía en los primeros tiempos fueron los libros. El centro tiene una gran biblioteca y Silvio Crespi, que también estudia en el instituto, pero en Milán, le envía de vez en cuando algún nuevo volumen.

Cuando llega a casa por la noche, Emilia está tan cansada que no tiene siquiera fuerzas para hablar. Los Vitali comen en silencio, sin apartar la vista de los platos, después Emilia se levanta, recoge la mesa, lava los platos, barre el piso, prepara el desayuno para el día siguiente. Su madre siempre está cansada.

—Voy un momento a la fábrica —dice su padre.

Emilia y Amalia se miran.

—Pero si mañana es fiesta... —objeta Amalia.

Para celebrar los continuos éxitos de la Benigno Crespi, los dueños han organizado una gran fiesta en el pueblo. Todos los obreros tienen un día libre pagado.

Carlo no contesta. Se ajusta el sombrero y sale; en el rellano está Luigia Malberti con Remigio sujeto a su falda. Se miran con cara de pocos amigos, él toma las escaleras, ella le susurra palabras de odio por detrás.

Cuando vuelve a casa, su esposa y su hija llevan un buen rato durmiendo ya.

A la mañana siguiente el aire está completamente impregnado de los olores de la posada y del canto de los pájaros. El patrón invita a una ronda de bebida para todos y para los niños del pueblo las mujeres han preparado tortas de leche.

—¡Yo bajo! —grita Emilia, y antes de que su madre pueda decir nada ya ha salido del edificio.

Carlo está en la palangana afeitándose meticulosamente.

—¿Vas a ir a la fiesta? —pregunta Amalia apoyada en la jamba.

—No. —Capta la mirada de su esposa en el espejo y ella baja los ojos—. Voy a la fábrica.

De las ventanas suben las primeras notas de la orquesta, que está ensayando.

—Pero si la fábrica está cerrada hoy.

—Ya lo sé. —Termina de afeitarse tranquilamente y limpia la cuchilla con la toalla—. Aprovecho para el mantenimiento.

—Pero ya lo has...

Carlo la silencia con una mirada.

Sí, el mantenimiento ya se hizo ayer, y también anteayer: las máquinas están todas en perfecto estado, el patrón le ha dicho que deje de preocuparse, que se tome un día libre. Pero ¿cómo puede decirle a Amalia que solo en la hilandería se siente realizado, que allí encuentra la paz, que ya no aguanta estar junto a ella?

Amalia sigue con la mirada baja y Carlo se siente culpable por unos instantes.

—Ve tú —dice suavizando el tono—. Si no me entretengo mucho, tal vez me reúna con vosotros más tarde. —Ambos saben que no lo hará.

Amalia le ofrece la mejilla y espera. Carlo se detiene a un metro de ella y le sonríe estirando los labios con una mueca de dolor, luego le estrecha la mano brevemente y sale de casa.

2

En el campo de al lado de la fábrica, no lejos de las nuevas casas de los obreros, se han instalado algunos tenderetes y zonas para juegos. Justo en el centro se encuentra un poste muy alto cubierto de grasa y festoneado en la cima con guirnaldas de las que penden salchichones, quesos, hogazas y hasta un jamón entero, todos ellos donados por la Benigno Crespi; los chicos del pueblo se han agrupado en equipos: ganará el que logre llegar a la cima del árbol de la cucaña y bajar con la mayor parte de las golosinas. Todos ambicionan hacerse con el jamón.

Fredo deambula con aire escéptico, mientras su hermano, sin camisa, estira su cuerpo delgado y pálido. No muy lejos se ha instalado un banquito para recoger las inscripciones.

—¿Por qué no participas tú también? Todavía estás a tiempo —le dice el Canèta, quien forma parte de Fo de Co, el equipo al que se da por ganador.

Fredo hace una mueca.

—Es un juego estúpido. Siempre acaba haciéndose daño alguien.

El Canèta se encoge de hombros. Sabe perfectamente por qué su hermano no quiere participar en esos juegos aunque no lo admita nunca: le parecen cosas de obreros, que los oficinistas no hacen.

A las dos hay programado un torneo de sogatira, más tarde una carrera con toneles y luego el juego de la toña; para los más pequeños se ha reservado una zona de bolos, canicas y perinolas. En el pueblo reinará todo el día la animación con juegos y espectáculos, corre el rumor de que los Crespi han llevado incluso un tragafuegos de Suiza y la gente está ansiosa por ver cuál es su aspecto, si lleva barba y tiene los dientes ennegrecidos.

Las gemelas Malberti ya han cumplido trece años y no son guapas, pero el hecho de que se parezcan tanto hace que de alguna manera le resulten simpáticas a la gente: por eso deambulan por el pueblo como lobas, vendiendo ramos de flores a las señoras. Fredo les compra uno y se lo regala a Luigia, que se avergüenza. Así que él la toma de la mano, insinúa algunos pasos de baile, la hace dar una pirueta.

—*Ta set pröpe mat.* Estás como una regadera —le regaña su madre, quien en el fondo se siente feliz.

Remigio tiene cinco años y siempre está pegado a sus faldas; sus ojos son ligeramente saltones, como los de una rana, y unos mocos perennes le cuelgan hasta el labio. Las gemelas se entretienen haciéndole pequeños desaires, pero él no llora nunca; nadie lo ha visto llorar nunca.

—*Mama, mama* —repite una y otra vez—. *Mama, mama.*

Fredo lo acompaña al puesto de pasteles.

—*Ciapa, maia e fa sito.* Toma, come y calla —le dice dándole un trozo de pastel de nueces, sobre el que el niño se lanza con avidez.

Emilia pasa por allí en ese momento. Todos los ojos de los Malberti se clavan en ella: llenos de odio en Luigia, gélidos en Fredo, vacíos en las gemelas, lujuriosos en el Canèta. Un escalofrío le recorre la espalda y se vuelve para buscar a su padre, al que acaba de ver entrar en una de las casas en construcción; faltan los últimos retoques, tal vez puedan mudarse ya la próxima semana. Emilia no ve el momento.

—¿Adónde vas, maestrilla? —Así la llama el Canèta porque es la única del pueblo que va a estudiar a Bérgamo. Dicen que por eso se da muchos aires, que se cree quién sabe qué.

Emilia no le responde y sigue.

—Maestrilla, ¿es que no te han enseñado a hablar en el colegio? —El Canèta se coloca frente a ella con las piernas separadas, las manos en las caderas, mientras la familia los observa divertida.

—Apártate —responde Emilia acariciando el tirachinas como si fuera una amenaza.

—¿Y si no...? —El Canèta se acerca a unos centímetros de su nariz y respira su aroma a jabón.

Quizá algún día, no muy lejano, podría casarse con ella; en el fondo son de la misma edad y ella también es del pueblo. De vez en cuando, por la noche, antes de quedarse dormido, fantasea con la idea: si la de los Vitali fuera su mujer le prohibiría ir a la ciudad; debería quedarse en casa, como hacen las mujeres serias, y cuidar a los niños, porque tendrían hijos, eso seguro. Y además debería obedecerle, y ser sumisa. Se imagina a sí mismo volviendo de la fábrica y a ella inclinándose para lavarle los pies en la palangana, como hacía Luigia con Oreste. La sola idea lo vuelve loco de deseo y entonces aprieta la almohada como si tuviera el cuerpo de Emilia en las manos.

—¿Vas a decírselo al hijo del patrón?

—Pelandusca —repite Luigia.

Las gemelas se echan a reír y Remigio las imita.

Emilia vuelve a buscar a su padre mirando a su alrededor: de Carlo no hay rastro.

El Canèta se le acerca aún más, elevándose sobre ella. El aliento le huele a ajo. Emilia siente como le late el corazón con un zumbido en los oídos; tal vez sea miedo, tal vez sea ira. Instintivamente levanta una rodilla; no llega a golpearlo, pero el chico da un salto hacia atrás, protegiéndose las partes bajas.

La risa de Fredo le duele al Canèta más que un rodillazo.

—Maestrilla —vuelve a llamarla, mientras ella se aleja—. ¿Sabes adónde va tu papá por la noche en lugar de ir a la fábrica?

Emilia se queda congelada. Nunca se ha preguntado qué hace su padre por la noche, nunca pone en cuestión que vaya de verdad a la fábrica. Sabe que la enésima maldad está a punto de salir del Canèta, sabe que los Malberti siempre han odiado a los Vitali y que no hay que hacer caso de lo que dicen, su madre se lo repite continuamente. Sin embargo, sigue allí prisionera, esperando.

Hay un silencio que a Emilia le parece eterno. Cuando se da la vuelta, el Canèta tiene una sonrisa cruel en los labios. Le hace un gesto obsceno con la lengua y luego la deja ahí, consumiéndose de dudas.

3

Milán

Benigno Crespi está sentado al escritorio consultando unos documentos. El tictac del reloj de péndulo es el único sonido que se oye, junto con el del plumín que rasca el papel. Llaman a la puerta, Benigno levanta la vista de su trabajo.

—El señor conde, señor —anuncia el mayordomo.

Benigno estaba esperando esa visita, su esposa Giulia le ha prevenido. «Procura ser amable...»

—Que pase.

Pio Morbio entra con paso decidido. Como siempre, su cuñado va vestido con la máxima elegancia, que solo consigue encontrar —o eso parece— en las mejores sastrerías de Londres; el chaleco de seda destaca bajo la levita de color oscuro y el pañuelo en el cuello está anudado con atención obsesiva.

—Buenos días, querido cuñado.

Benigno se levanta y va hacia él con la mano extendida.

—Todavía hace un poco de frío, ¿no creéis?

—El clima parece haber enloquecido estos días —coincide Benigno. Le gustaría ir al grano, porque aún le queda mucho trabajo que hacer, pero no puede apresurar las cosas. «Procura ser amable...»

Morbio se acerca a la ventana, descorre una cortina, se asoma.

—Excelente posición. —Están ubicados en una de las calles más céntricas de la ciudad—. Tal vez un poco caótica.

—A veces —coincide Benigno, que no está nada de acuerdo y a quien la actitud desenvuelta de su cuñado provoca irritación.

Entonces el conde decide abordar el argumento por el que ha ido allí.

—En fin, mi querida hermana seguramente os habrá mencionado ya...

Sí, Giulia se lo ha mencionado, mejor dicho, se lo ha explicado con todo lujo de detalles; pero Benigno no piensa hacerle más fácil la tarea: si quiere algo, tiene que rebajarse a pedirlo. Guarda silencio y le clava los ojos con una mirada límpida.

Morbio se acomoda mejor en la silla.

—Se trata de un negocio muy interesante, especialmente para vos.

Benigno deja que se le levante una ceja, detalle que no pasa desapercibido al conde.

—El periódico tiene excelentes perspectivas, las ventas se están volviendo interesantes —prosigue Morbio.

—Sois muy amable, querido cuñado, al querer compartir conmigo estas perspectivas. —¿Podrá percibir la ironía en su voz? Giulia diría que sí, pero ella sabe leer en su interior—. Os estoy sinceramente agradecido.

—Sería una forma sabia de diversificar vuestras inversiones —prosigue el conde—. Inversiones que, al fin y al cabo..., son también de los Morbio, ya que era la dote de Giulia.

Benigno se siente como si le hubieran dado un latigazo.

—He pagado con creces a mi mujer por esas inversiones —replica.

Han pasado cinco años desde que puso en marcha la nueva hilandería en Nembro con el dinero de Giulia. Los negocios han ido tan bien desde entonces que han generado beneficios por al menos el triple de lo invertido. Pero no es a eso a lo que se refiere Benigno. Desde que la desposó se ha dedicado a ella con constancia y abnegación. No hay nada que le haya negado, nada que ella quisiera que no haya conseguido; ha obedecido cada uno de sus caprichos, ha secundado todas sus peticiones, desde las más inocuas, como el color de un corbatín, a otras más difíciles y dolorosas.

Se ha dejado moldear como arcilla por las manos sabias de su mujer, es perfectamente consciente de ello: es víctima y cómplice de este proceso de transformación. Lo ha hecho no solo porque la ama con locura y no quiere perderla. Lo ha hecho sobre todo porque está convencido de que ella tiene razón. Hace tiempo que Benigno siente la llamada de algo menos concreto que el algodón, menos sucio que la fábrica. ¿Es un sentimiento suyo o se lo ha inculcado Giulia?

Su hermano Cristoforo le dice a menudo —aunque ahora rara vez se vean— que ya no lo reconoce. Y muchas veces es el propio Benigno quien no se reconoce a sí mismo. Pero no deja de ser un Crespi, lleva el nombre del abuelo que inició el negocio. Por sus venas fluye la sangre de los Tengitt. No renegará de sus orígenes, no permitirá que se vean enfangados.

—Y por eso estamos aquí —zanja la conversación. Nunca se le han dado bien esos circunloquios en los que los nobles son maestros—. A través de vuestra hermana me estáis pidiendo que me haga cargo de una parte de vuestras acciones en el *Corriere della Sera*, dado que os halláis en dificultades financieras. —Si le hubieran dicho que un día se habría dirigido con tanta franqueza a su cuñado, y lo que es aún mejor, desde una posición de superioridad, se habría echado a reír.

—Yo no hablaría de dificultades financieras —puntualiza Pio Morbio—. Tengo ciertos problemas de liquidez, he de admitirlo. Cosas que ocurren... Se trata, en todo caso, de una fase momentánea y pasajera.

—Pues bien, acepto vuestra petición por el amor que siento hacia mi esposa y puesto que creo que Giulia está en lo cierto cuando ve la prensa como una buena inversión para el futuro.

—Siempre lo está.

—Pero el dinero que voy a gastar —prosigue impertérrito Benigno—, el dinero que os ofrezco, no es de Giulia ni mucho menos de los Morbio. Es el dinero de los Crespi el que compra el *Corriere*. Nunca lo olvidéis.

4

Canonica d'Adda

Hacia mediodía, alrededor del patrón, de pie sobre un escabel de madera, se crea el silencio. Cristoforo Crespi empieza como siempre con los agradecimientos al párroco y a las autoridades, luego alude por etapas al pasado, al número de husos que se ha más que duplicado, a la introducción de la corriente eléctrica, a los pedidos que aumentan mes a mes, al nuevo almacén construido en un lugar mejor; menciona la Gran Exposición de Milán de 1881, donde fue llamado a formar parte del jurado que examinó los productos de algodón, llevando una vez más el nombre de la Benigno Crespi en boca de todo el país y más allá.

Habla del presente y sobre todo del futuro: las casitas que se están levantando, con gran atención a la estética, así como a la practicidad, son su verdadero orgullo, el proyecto que hace que le brillen los ojos. Serán alquileres tasados, que se deducirán cada quincena del salario del cabeza de familia. Gracias a las nuevas inversiones, un número cada vez mayor de obreros podrá ir a vivir allí y aprovechar todas las comodidades que la empresa pone a disposición de sus empleados. Algunos locales se le entregarán al médico del pueblo y otros estarán destinados a un colegio reservado para los hijos de los trabajadores. El núcleo inicial que surgió alrededor de la fábrica toma cada vez más la apariencia de un pueblo de verdad, con todo lo que se necesita para vivir, y para vivir bien.

Alrededor del patrón abundan los aplausos, las bocas abiertas de asombro y los gritos de júbilo. Crespi se sonroja, hace gestos de que paren, pues no es cuestión de exagerar y, sobre todo, aún no ha terminado. Para la Benigno Crespi se perfilan grandes inversiones: se triplicará el número de husos, hasta alcanzar la increíble cifra de quince mil. Más aplausos. Es inminente la producción de hilo de algodón egipcio peinado, una rareza y una verdadera excelencia. Los aplausos arrecian.

Después del discurso, la *sciura* Pia y sus hijos reparten pequeños regalos a los niños del pueblo. Nada se ha dejado al azar: el que quería una peonza recibe una peonza y el que tiene un agujero en los zapatos recibe zapatos nuevos. Las gemelas de los Malberti reciben lazos para ponerse en el pelo, iguales pero de diferentes colores; de modo que se prodigan en zalamería e inclinaciones, y corresponden con un ramo de flores para la esposa del patrón. La gente estira el cuello para ver si ha habido preferencias.

Emilia es la última en ser llamada. Recibe un libro que deseaba leer hace mucho tiempo, e intuye que detrás de la elección del volumen está la mano de Silvio. Amalia está en primera fila con los ojos brillantes y de vez en cuando mira a su alrededor en busca de Carlo.

Inmediatamente después comienza la competición del árbol de cucaña. Cada equipo está formado por cinco participantes que, montados unos a hombros de otros, tratan de llegar lo más alto que pueden para alcanzar los premios que cuelgan en la cima. Se ve de inmediato que los Staga Adre* están mal emparejados: son todos demasiado pesados y ni siquiera excesivamente jóvenes. Y, de hecho, no tardan en verse obligados a retirarse, en medio de exclamaciones de decepción de sus simpatizantes

* Todos los nombres de los equipos son expresiones dialectales bergamascas, usadas con ironía: Staga Adre significa «seguir de cerca», Balabiott quiere decir «exhibicionistas», Fo de Co, «locos de atar», Sta so de Döss, «no te me acerques». *(N. del t.)*

y de júbilo de los adversarios. Luego llega el turno de los Balabiott, quienes logran llegar a la cima y agarrar un salchichón antes de deslizarse hacia abajo como un enorme caracol. Los espectadores ríen como locos, el patrón aplaude.

Cuando les toca a los Fo de Co, se oyen gritos de ánimo. El primer jugador llega al poste y se aferra a él como si su propia vida estuviera en juego. El segundo jugador se encarama sobre él y le monta en hombros, al igual que el tercero y el cuarto. Por último, el Canèta toma carrerilla y agarrándose a los demás sube por la torre humana con la agilidad de un gato. Faltan todavía unos metros hasta la cima; los chicos intentan levantarse dándose impulso con brazos y piernas, pero no es tarea fácil porque el poste, untado con grasa, es muy resbaladizo. Al final el Canèta agarra todo lo que puede, usando incluso la boca, y vuelve a bajar satisfecho entre los aplausos del pueblo. No ha conseguido el jamón, su verdadero objetivo, pero aun así no le ha ido mal.

Los últimos en competir son los Sta so de Döss; entre ellos hay un joven alto y corpulento, con bíceps abultados que sobresalen bajo las mangas de la camisa y una espesa barba rojiza. Al llegar al palo se quita la camisa y se queda con el torso desnudo, mostrando a todos su pecho ancho y bronceado. Es diferente a los demás obreros, a quienes el trabajo en la fábrica vuelve pálidos, encorvados y demacrados.

—¿Y ese quién es? —le pregunta Fredo al Canèta.

—Albino, el hijo de Rita, la de los Carminati.

A Fredo le gustaría preguntar más cosas —¿a qué se dedica?, ¿cuántos años tiene?, ¿dónde vive?, ¿está casado?, ¿cómo es posible que nunca antes se haya fijado en él?—, pero decide guardar silencio.

Mientras tanto los Sta so de Döss se han subido uno encima del otro formando una torre humana. El Canèta pone una mueca de disgusto.

—Así no lo lograrán nunca —comenta.

Sin embargo, no tarda en quedar decepcionado.

Fredo no consigue apartar los ojos del cuerpo de Albino: bajo la piel perlada de sudor, los músculos se agitan como anguilas mientras la torre humana logra alcanzar y agarrar el jamón.

—*Vaca porca!* —maldice el Canèta.

Al finalizar la prueba el patrón va a felicitar a los ganadores. Albino baja la cabeza mientras le estrecha la mano, luego se vuelve y sus ojos se encuentran con los de Fredo por primera vez.

5

A los Vitali se les ha asignado el primer chalecito que se encuentra justo enfrente de la fábrica, cuyas ventanas dan al largo paseo arbolado que discurre junto a la hilandería. Carlo entra con paso cauteloso y mira a su alrededor. La casa huele a nuevo.

Ya falta realmente muy poco. Las ventanas se instalaron la semana pasada, los restos de serrín en el suelo ocultan las baldosas de colores; las paredes son frías y desprenden olor a humedad. Carlo coloca una mano sobre ellas como si quisiera probar su robustez. No puede creer que esto sea todo suyo, o casi.

Pasado el pasillo, a mano izquierda se entra en lo que será el corazón de la casa. Carlo vuelve a medir la habitación con los ojos: junto a la estufa pondrá el sofá de nogal que para la ocasión se ha tapizado con un terciopelo verde muy suave; también hay sitio para un par de sillones de palisandro y, justo al lado de la ventana, para una pequeña cómoda. La casa está vacía por ahora, a excepción de una puerta de madera tosca apoyada en dos caballetes, justo en el centro, donde estará la alfombra grande.

En un instante el pensamiento se le escapa y vuela hacia su mujer. Amalia siempre tiene frío: Carlo ha comprado esa alfombra para ella, para proteger sus pies de la humedad que sube del suelo; es un regalo que por ahora está escondido en el desván de los *palasocc*.

Carlos suspira. Se inclina sobre el cepillo de desbaste, lo agarra con ambas manos y con movimientos fluidos alisa la tabla de nogal mientras sus pensamientos se van desprendiendo junto con los rizos de madera. De fuera le llegan las voces del pueblo, los gritos de los niños, las exclamaciones de asombro, los aplausos. Un puñado de minutos después la madera está perfectamente lisa; Carlo se quita el chaleco y se dedica a los retoques finales. Está tan concentrado que no se da cuenta de que Amalia lo observa de pie en la puerta.

—Han premiado a Emilia —dice al cabo de un rato.

Carlo se sobresalta y un destello de ira cruza por sus ojos.

—Lo sé.

—A ella le hubiera gustado que estuvieras allí.

Él niega con la cabeza. No cree que a Emilia le sepa mal; es más, a veces parece molesta por su presencia.

—Tenía cosas que hacer aquí. —Agarra el guillame y se prepara para rematar la superficie de los ángulos internos.

Amalia permanece en silencio para observarlo mientras trabaja. Carlo siente su mirada sobre él como una especie de hormigueo y entretanto piensa en una excusa para despedirla.

Hace ya tiempo que Amalia no ha vuelto a oír la voz. Al principio se sintió aliviada, libre, luego empezó a extrañarla: ahora no queda nadie para advertirla. Es como el silencio que cae en el bosque cuando un depredador vuela alto. No paz, sino alerta, presagio de muerte.

Esto es lo que la impulsa a hablar.

—Sabes que no pasó nada —dice de repente.

Han transcurrido años desde entonces y durante todo este tiempo no han vuelto a abordar el tema: prefirieron ignorarlo, fingir que nunca había ocurrido nada, y mientras tanto una pátina de polvo se ha depositado encima, cristalizando, haciéndose más dura que el mármol. Pero ambos saben a qué se refiere Amalia.

Carlo levanta la vista de su trabajo sin saber qué responder, cómo reaccionar.

—Nunca pasó nada con Agazzi —repite Amalia—, y tú lo sabes.

Sí, Carlo lo sabe.

Hace ademán de remprender el trabajo, pero ella lo interrumpe.

—No lo hice a propósito, pero me doy cuenta de que te avergoncé, que creé las condiciones para... Te pido perdón.

—Está bien —responde Carlo, para zanjar el asunto. No quiere desenterrar el pasado y no entiende por qué su esposa ha decidido hacerlo precisamente ahora.

Amalia le da la espalda, está a punto de irse, pero algo la retiene. Las palabras le salen solas, como si no fuera ella quien las manejara.

—Todo este tiempo me he estado preguntando por qué has querido castigarnos. No solo a mí, también a Emilia.

Para Carlo es como una bofetada en la cara.

—Te has distanciado de nosotras, llenando todo tu tiempo con el trabajo; has usado la fábrica como escudo para mantenernos alejadas de ti y como una espada para herirnos. Y si puedo entender por qué lo hiciste conmigo y puedo aceptarlo como una pena por mis errores, me he preguntado casi hasta volverme loca por qué has querido castigar a Emilia.

Ella se vuelve y lo mira. Fuera está anocheciendo y Amalia, con su vestido oscuro que roza el pavimento, parece un fantasma que flota a pocos centímetros del suelo; en la penumbra Carlo apenas consigue ver sus ojos brillar con una luz extraña, el único indicio de la vida.

—Luego lo entendí —continúa con un suspiro—. Toda tu vida has sido un hombre recto, leal, bueno, razonable, inclinado al perdón. Solo cediste en una ocasión: Emilia estaba allí y te vio; aprendió que su padre es humano, falible, iracundo. Si te has alejado de nosotras no ha sido para castigarnos, sino avergonzado de tus acciones. Fuiste a esconderte en la fábrica para escapar de su mirada de consternación y reproche.

Carlo siente que las lágrimas le queman los ojos y bendice la oscuridad.

—Pretender ser infalible es arrogancia, aparte de una estupidez —concluye Amalia—. Antes de que llegue el final debemos aprender a perdonarnos.

Amalia se da la vuelta y sale sin hacer ruido.

Si supiera que esta es la última vez que la ve, Carlo la retendría; correría hacia ella, se arrodillaría, le lloraría en el regazo, le imploraría perdón. Y después tal vez harían el amor como nunca antes.

Pero no lo sabe y deja que se vaya.

6

Emilia está sentada en los escalones de la fábrica frente al canal y aprovecha la última luz del día para hojear el nuevo libro en santa paz.

—¡Aquí estás por fin! —Silvio se sienta a su lado.

Ahora que va a cumplir los quince años, su padre exige que en estas ocasiones permanezca cerca de él en todo momento; ya no puede desaparecer como lo hacía antes: debe apoyarlo, discutir con los obreros, interesarse por la vida de la hilandería, hacer preguntas y estar informado de cada detalle. Como compensación, sin embargo, ha obtenido el velocípedo que tanto deseaba: desde lo alto del sillín, pedaleando como un loco, se entretiene ganando en velocidad a las carrozas que van y vienen de la fábrica; dedica días enteros a su cuidado, mantiene los engranajes engrasados, se devana los sesos para encontrar trucos que lo hagan aún más rápido, y cuando se cae —y pasa muchas veces— vuelve a levantarse más preocupado por los posibles daños del vehículo que por los propios.

—¿Te gusta? —le dice a Emilia señalando el volumen.

—Gracias. Tenía muchas ganas de leerlo.

—No debes agradecérmelo a mí —intenta escurrir el bulto Silvio—, sino a la Benigno Crespi.

—Y ¿quién eres tú? —Emilia se ríe.

Él no sabe si sentirse ofendido o halagado.

—La empresa tiene una identidad propia, es algo aparte.

—Cierto —argumenta ella—. Pero las empresas están formadas por personas, como una bolsa llena de canicas. Son las canicas las que dan forma a la bolsa y no al revés. Si la vacías, la bolsa sigue estando, pero ya no es una bolsa de canicas; y si la llenas de otra cosa, como arena, por ejemplo, es algo diferente.

—¿Estás diciendo que parezco una bola de cristal? —Él se lo toma a risa, inflando las mejillas.

—Sí, pero la más grande de la bolsa —responde Emilia—. Después de tu padre, por supuesto.

Se quedan en silencio mientras ven que el sol se oculta detrás del biombo de los árboles todavía desnudos en el horizonte y la niebla se eleva lentamente desde el río.

—¿Alguna vez has pensado en lo que quieres ser de mayor? —dice de pronto Silvio.

Sí, claro. Emilia lo piensa a menudo, incluso aunque su destino parece ya decidido.

—Aquí todo el mundo dice que seré una buena obrera.

—Ah, y ¿quién dice eso?

—Bueno, mi padre, el tuyo...

—En mi opinión, están equivocados —dice Silvio—. Serías una pésima obrera.

—¿Tú crees?

—Sin duda —contesta él dándole un codazo afectuoso—. Indisciplinada, desenfrenada, polémica. Lo peor que se haya visto jamás.

Su amigo está bromeando, pero no está lejos de la verdad. Si pudiera elegir, a Emilia le gustaría encontrar un trabajo que le diera la posibilidad de aprender algo nuevo cada día. Maestra, o tal vez escritora, quizá ambas. ¿Para qué si no está estudiando tanto?

Su madre, sin embargo, le repite que quien todo lo quiere todo lo pierde y que debemos contentarnos con lo que el Señor nos envíe, pues si no nos lo quita todo.

—Y ¿qué te gustaría hacer a ti? —le pregunta ella.

Silvio respira hondo.

—Temo que mi destino no esté menos marcado que el tuyo: soy la canica número dos, tengo que cumplir con mi deber.

—¿Qué pasa si no quieres hacerlo? —plantea Emilia—. Si te niegas...

Es una hipótesis que Silvio ni siquiera ha tomado en consideración. Se encoge de hombros.

—Me parece que mi padre me mataría con sus propias manos.

—Yo creo que serías un excelente director —comenta ella.

—¿Tú crees? —Silvio se siente halagado.

—No me cabe duda. Déspota, arrogante, odioso, petulante: serías el mejor director de todos los tiempos. —Emilia se ríe y sus carcajadas contagian a su amigo.

—¡Señorito Crespi! ¡Señorito Crespi! —De algún lugar entre la niebla, que todo lo va abrazando, llega la voz de la señorita Saponaro, la niñera, que llama a Silvio al orden—. ¡Tenemos que irnos! ¡Es tarde!

—Vamos, canica —le dice Emilia con una palmada en el hombro—. Es hora de volver a la bolsa.

7

El final de una fiesta —cuando la fiesta ya ha dejado de serlo, pero los asistentes son incapaces de aceptarlo, por lo que persisten en quedarse— es una prolongación de la agonía que provoca en Fredo una tristeza infinita. O, mejor dicho, repugnancia. Por eso él siempre se va antes, cuando las fiestas aún están en pleno desarrollo y la gente ni siquiera nota su ausencia.

Hoy, sin embargo, ha decidido quedarse.

La niebla se va elevando desde el río. En el aire húmedo de la tarde, algunos voluntarios se afanan por desmontarlo todo, de manera que mañana no quede rastro de la diversión pasada y la fábrica vuelva a ser una fábrica. Han desmantelado los tenderetes y los han apilado en un rincón, cubiertos con una lona encerada, así como las vallas. Agazzi está en la trastienda contando la recaudación del día. El cura se ha llevado las guirnaldas de flores, que servirán para decorar el altar de la iglesia de San Giovanni Evangelista, y unos trozos de tarta que han sobrado de la venta de beneficencia.

Lo único que aún no se ha quitado es el poste de la cucaña, porque eso lleva su tiempo. Alguien tendrá que subir hasta lo alto y asegurar una cuerda, luego se excavará la base y se dejará caer al suelo; o tal vez lo cortarán en trozos para quemarlo.

Fredo está ahí debajo preguntándose cómo van a derribar ese poste enorme cuando Albino pasa a su lado empujando una carretilla y casi lo arrolla.

—¡A ver, prestad atención! —exclama Fredo—. ¿Es que queréis matarme?

—Pido disculpas, no os había visto en esta niebla.

Fredo reconoce inmediatamente la voz y le da un vuelco el corazón.

—Tú... debes de ser ese tipo que ha ganado la cucaña.

El otro no contesta.

—¿Cómo te llamas? —insiste Fredo, que ya conoce la respuesta.

—Albino Carminati.

Ni siquiera la luna acude en ayuda de Fredo, que hurga en la oscuridad lechosa para entender dónde está su interlocutor. La voz proviene de una distancia no especificada, el timbre es bajo, suave.

—Pero todos me llaman Bino.

—Te he visto hoy. Has estado... —Fredo no encuentra las palabras. O, mejor dicho, las encuentra, pero no cree que sean apropiadas. Lleva todo el día, por lo demás, sin quitarle los ojos de encima; después del árbol de la cucaña, también lo ha observado a hurtadillas en el tiro de la cuerda y en las carreras de barriles.

—Gracias. —Bino le saca del apuro, y parece que su voz se acerca un poco más.

—Soy Alfredo Malberti —tartamudea Fredo—. Trabajo en Milán, en las oficinas de la empresa.

—Sé quién sois...

Fredo siente que lo atraviesa una descarga eléctrica.

—A veces os pasáis por la fábrica —explica Bino—. Os he visto.

Cuando Fredo acompaña a Crespi a la hilandería, inspecciona a hombres y máquinas con una intransigencia que ni siquiera tiene el patrón mismo; no solo exige que todo esté en orden y en perfecto funcionamiento, sino que los obreros también estén impecables. Sus ojos, fríos como el hierro, se posan sobre todo en busca de la menor imperfección, de un descuido, de cualquier pretexto para una bronca, para una venganza personal.

Una vez regañó a un niño pequeño solo porque no podía dejar de toser; doblado sobre sí mismo, aferrándose a la máquina para sostenerse de pie, el pobre chico tenía la cara tan roja que parecía a punto de estallar. «Trabajas para una gran empresa, ¡contrólate!», lo atacó primero Fredo antes de sacarlo al frío. Dos semanas después el Canèta le dijo que el niño había muerto de una enfermedad bronquial. «Habría hecho bien en cuidar de sí mismo», replicó su hermano.

Fredo no tiene piedad de nadie. Por otro lado, nadie se apiada de él, lo que nivela las cosas.

—Ahora disculpadme, debo irme —dice Bino—. Tengo algunas cosas que llevar abajo.

—Te ayudaré —se apresura a decir Fredo.

El otro se queda sin habla por un momento, luego se agacha y levanta unos tablones.

—Agarrad de este lado.

Fredo se deja guiar por la voz de Bino y se encuentra junto a su cuerpo, que desprende calor. La carga es más pesada de lo que esperaba, tal vez no debería haberse ofrecido, pero ahora es ya demasiado tarde. Caminan hacia la fábrica dando pequeños pasos, hasta que entran en el cono de luz de una farola. Bino sonríe debajo de la barba.

—¿Estáis seguro de que...? ¿Queréis que nos detengamos?

—No, no —miente Fredo—. No hay ningún problema.

La madera tosca de los tablones le corta las palmas y la meta parece inalcanzable. Cruzan la hilandería, salen por una puertecita y bajan por un tramo de escaleras que conduce a los sótanos.

Fredo nunca ha estado allí; es un lugar que le da miedo, de modo que siempre encuentra una excusa para enviar a cualquier otro.

—Hemos llegado —dice Bino, quien en cambio está tranquilo y parece a gusto—. Vamos a dejarlos aquí.

Los sótanos están iluminados por una luz tenue que alarga sombras pálidas en el suelo. El techo es tan bajo que Bino casi no pasa.

Mirando a su alrededor, Fredo se da cuenta de que ese lugar es algo más que un simple almacén. Sobre un montón de tablas bien escondidas en un rincón, hay una manta de lana cuidadosamente doblada. En el suelo, un saco, que parece estar lleno de trapos, justo a su lado una escudilla.

—¿Vives aquí? —pregunta.

Bino se echa a reír, tiene una risa vigorosa y tímida al mismo tiempo; luego se da la vuelta.

—Vivo con mi madre en Boltiere —explica en voz baja—. A veces vengo aquí a descansar, solo unas pocas horas.

Fredo no contesta. A medida que sus ojos se van acostumbrando a la oscuridad, nota una estufa, algunas velas, una caja, un crucifijo, un par de calzones que cuelgan de un clavo.

—Hay otros. ¿Os importaría ayudarme? —pregunta Bino con cierta urgencia en la voz.

Van y vienen durante bastante tiempo; al final Fredo está tan cansado que se deja caer jadeando sobre la pila de tablones. Tiene las manos todas doloridas y sangrantes.

—No dejéis abiertas esas heridas —dice Bino pasándole su propio pañuelo—, podrían infectarse.

Fredo asiente y se envuelve la mano.

—Lo siento, me he aprovechado de vos —continúa Bino—. Ya me imagino que no estáis acostumbrado.

—No —admite Fredo—. Son otras las cargas que llevo.

Bino se sienta a su lado y lo mira largo rato, serio, antes de preguntar:

—¿Qué clase de cargas?

Fredo se da cuenta de que se le han escapado unas palabras de más.

—Nada, era solo una forma de hablar. —Intenta tomárselo a broma—: Ya sabes, el peso de los números, la contabilidad.

Pero el otro sigue estando serio.

Fredo se pone de pie y se limpia los pantalones bajo la mirada atenta de Bino.

—Es tarde, supongo que tú también tendrás que irte a casa —se despide.

—Si algún día queréis hablar sobre las cargas que lleváis —dice Bino tendiéndole la mano—, me encontraréis aquí.

8

Milán

Incluso antes de que el carruaje gire para entrar en el palacio, Cristoforo se da cuenta de que algo anda mal. No importa la estación o la hora, si llueve a mares o si la niebla impide distinguir a un hombre de un caballo: el mayordomo siempre lo está esperando frente al portal, muy estirado, en posición de firmes, como si estuviera recibiendo a un duque; y, pase lo que pase, nunca pierde su sangre fría.

Esta noche, sin embargo, cuando los Crespi vuelven de la fiesta en la aldea, Attilio está en la calle moviéndose de acera a acera como un alma en pena. Cuando oye los golpes de los cascos en el adoquinado levanta la cabeza y corre hacia el landó arriesgándose a ser atropellado.

—¡Ooooh! —grita el cochero, no se sabe si dirigiéndose a los caballos o al mayordomo—. ¡Para!

El patrón asoma la cabeza.

—*Se sücet cusè?* ¿Qué ocurre, Attilio?

El mayordomo agita las manos por encima de la cabeza.

—Un mensaje para vos, señor. De Busto.

En la penumbra del habitáculo Pia y Cristoforo intercambian una mirada llena de aprensión. Ambos saben lo que eso significa. La noticia, a fin de cuentas, lleva tiempo en el aire.

—Vete —susurra Pia—. Yo me encargo del resto.

Cristoforo salta del carruaje y entra a paso decidido en el palacete mientras el mayordomo le informa.

—Ha llegado hace un rato un sirviente. Dice que vuestro padre no se encuentra bien.

—¿Dónde está ahora?

—Arriba, señor. Os espera en vuestro despacho.

Cristoforo irrumpe en la habitación haciendo dar un respingo al hombre, un sujeto de escasa estatura que está allí de pie con el sombrero en la mano.

—Buenas noches, señor.

—¿Qué ha pasado? —pregunta el patrón.

Cristoforo se da cuenta de que no es más que un crío, tendrá la edad de Silvio, y no puede dejar de acariciar, con los ojos llenos de asombro, cada objeto de la habitación, los libros finamente encuadernados y ordenados en la estantería de nogal, el abrecartas de plata, el reloj de péndulo con su seráfico tictac, el majestuoso cuadro que cuelga justo encima del escritorio, las cortinas en pesado brocado con pasamanería dorada.

—¡Habla, rápido! —le apremia el mayordomo—. ¿Es que te ha comido la lengua el gato?

—Eran casi las seis. El patrón se había sentado a la mesa y se disponía a cenar como todos los días cuando ha sufrido un desfallecimiento. Yo no estaba presente, pero la cocinera, que le estaba sirviendo la sopa en ese momento, ha dicho que el señor ha puesto una cara extraña, luego se ha vuelto como de piedra, muy rígido, y ya no se ha movido. Lo hemos llevado a acostar y hemos mandado a llamar al médico, pero no ha recuperado el conocimiento.

—Vamos a Busto —dice Cristoforo mientras sale del despacho. En la puerta lo asalta una duda y se detiene—. ¿Mi hermano Benigno lo sabe?

—Sí, señor. He ido a verle antes de venir aquí. Se ha marchado de inmediato a Busto, creo que lo encontraréis ya allí. —Si el chico creía haber obrado como debía, la mirada furiosa del patrón hace tambalear todas sus certezas—. ¿He hecho mal? —dice en voz baja dirigiéndose al mayordomo.

Silvio se une a ellos en ese momento.

—¿El abuelo está enfermo? —pregunta.

—No lo sé —responde Cristoforo, que no quiere dar voz a sus propios pensamientos.

—Yo también voy. —No es una pregunta, no es una súplica.

—Ni hablar —contesta su padre—. Mañana tienes clase.

Pero Silvio no se mueve. Por primera vez desde que lo trajo al mundo, Cristoforo cobra conciencia de que su hijo ya es un hombre; se percata de repente de la pelusa sobre el labio, de las manos grandes, de los hombros robustos, del pecho ancho, incluso la voz es diferente, baja, medida. ¿Cómo es posible que no se haya dado cuenta hasta ahora?

Silvio ya no es un niño al que se le pueden contar mentiras piadosas para mantenerlo al resguardo de los infortunios de la vida. Lo que hasta hace poco habría sido una forma de tutela no sería ahora más que una prevaricación y un insulto a su inteligencia, que es rápida, vivaz. Es hora de que su vástago aprenda que incluso las personas que amamos envejecen, se vuelven frágiles, enferman, sufren y perecen, como todos los demás. Es hora de que conozca el sabor de esa triste, ineludible verdad. Es hora de que comprenda que el ansiado deseo de crecer no es más que eso: no solo independencia y libertad, sino también una inmensa carga de responsabilidades no deseadas, un fardo, doloroso a menudo, de decisiones que hay que tomar y determinaciones que hay que adoptar. Y, al mismo tiempo, es hora de que sea consciente de que ha de afrontar todo ello, porque eso significa convertirse en un hombre.

Muchos de los chicos de la aldea coetáneos de Silvio llevan ya cinco o incluso siete años trabajando. Puede leerse en sus ojos que su edad oficial no coincide con la real, son ojos de viejos en caras sin arrugas. Cristoforo piensa en los Malberti, y en muchos como ellos, que han venido al mundo ya adultos, a quienes la pobreza les ha quitado el privilegio de poder ser de verdad niños.

Asiente serio.

—Avisa a tu madre. Te espero abajo.

9

Canonica d'Adda

Las escaleras de los *palasocc* son oscuras y silenciosas, por debajo de las puertas no se escapan destellos de luz ni ruidos. Carlo sube los escalones de dos en dos, llega al último piso y toma la escalerilla de madera que lleva a los desvanes.

La buhardilla se utiliza como almacén común y, a menudo, es motivo de peleas: no es raro que alguien no encuentre allí algo que había dejado y nazcan acusaciones mutuas, gritos, insultos; más tarde, el objeto acaba apareciendo, resulta que no había sido robado, sino que solo había cambiado de sitio, y entonces la vida vuelve a ser como antes, como si nunca hubiera habido acusaciones, gritos e insultos. Otras veces, en cambio, ya no se sabe quién es el dueño de un objeto que yace allí desde tiempo inmemorial, o alguien simplemente piensa que es suyo y se lo queda sin decir nada, y de repente un trapo viejo que a nadie le interesaba ya se vuelve de vital importancia para todos y las mujeres casi llegan a las manos.

Carlo ha escondido la alfombra enrollada en un rincón, envuelta en un paño grande. Entra y permanece inmóvil esperando a que los ojos se le acostumbren a la oscuridad total; alguna rata le ha oído y ha salido corriendo entre chillidos, luego todo queda inmóvil y en el silencio el latido de su corazón retumba como un bombo.

El objeto es grande, pesa como un cadáver; Carlo se lo

carga sobre los hombros y desciende con cautela, sin hacer ruido.

Pasa el resto de la noche limpiando la nueva vivienda. No hay prisa, en realidad, pero las palabras de Amalia le han causado una extraña inquietud; no es lo que le ha dicho, sino el propio hecho de que se lo haya dicho: su esposa suele ser tan taciturna, tan tímida, tan reacia a afrontar las cosas de frente y decir las cosas como son... Si habla, ha sido un horrible presagio lo que la impulsa.

Tras cepillar la puerta, Carlo ha recogido todo el serrín y ha quitado el polvo; la casa no es perfecta, pero no le falta nada y con un poco de paciencia se podrán trasladar ya mañana mismo, después del turno. Cuando Emilia vuelva del colegio se encontrará la cama en la nueva habitación y abrirá los ojos como platos de felicidad. Carlo sonríe mientras cruza la avenida y abre la puerta con un hombro.

Extiende la alfombra y pasa la mano por ella, como para acariciarla; es muy suave, tan tupida que por un momento le entran ganas de tumbarse y dormir allí. Pero no es así como quiere que ocurra: los Vitali son una familia y mañana todos se mudarán a su nuevo hogar, donde recogerán los pedazos de sus corazones rotos y sabrán pegarlos con paciencia.

Carlo sale, cerrando la puerta detrás de él, luego va a echar un último vistazo a la fábrica. Desde aquella vez en que dos intrusos pusieron patas arriba la hilandería, nunca se olvida de dar una vuelta de reconocimiento. La fábrica jamás duerme, pero hoy el patrón ha dado a todos un día de fiesta, y hombres, mujeres, niños y husos disfrutan de un merecido descanso.

En la central, la niebla es más espesa; Carlo mira a su alrededor y nota algo más allá del puente, un pequeño punto rojo que se vuelve más intenso antes de desaparecer, tan pequeño que por un momento cree haberse equivocado. El olor en el aire, sin embargo, no miente.

Carlo cruza el puente bajo el cual el canal se hunde en un remolino. Precisamente en este punto se filtra el agua a través de una gran rejilla antes de ser canalizada hacia las turbinas que dan vida a la fábrica; a menudo se depositan allí hojas, ramas y troncos, y hasta el cadáver de algún pobre animal, que de lo contrario terminaría en los motores, atascándolos; por ello, algunos obreros equipados con largos rastrillos tienen la tarea de limpiarla periódicamente. Es un trabajo delicado, porque en un punto en el canal donde la corriente es tan fuerte un momento de distracción puede ser fatal.

Fredo está sentado fumando un cigarrillo con la espalda apoyada contra el muro de la central. Carlo no lo reconoce hasta que está delante de él.

—Así que eres tú —le dice—. ¿Qué haces aquí a estas horas?

El joven le ofrece un cigarrillo. Vitali al principio se muestra reacio —los Malberti nunca regalan nada y, si regalan algo, nunca es un regalo—, pero luego decide aceptar.

—Se puede decir que os estaba esperando —responde Fredo. Y, ante la mirada interrogativa de Carlo iluminada por la llama de la cerilla, explica—: Pasáis por aquí todas las tardes, siempre a la misma hora. Sois una certeza.

—Echo un vistazo a la fábrica antes de irme a dormir.

—¡Ah, la fábrica! —exhala Fredo—. Os gusta mucho la fábrica, ¿no es así?

—¿A ti no? —responde Carlo.

El joven se encoge de hombros.

—Esta fábrica u otra... es solo un trabajo que sirve para que se enriquezcan otros.

—Llevas ropa muy cara, tu familia tiene un techo sobre sus cabezas, nunca os falta un plato caliente. No creo que tengáis razones para quejaros del trato de los Crespi.

Fredo se deja llevar por una carcajada que tiene algo de amargura y algo de locura.

—No tenéis la menor idea de la vida que llevan esos señores gracias a vuestro esfuerzo y vuestra devoción.

—Eso no es asunto mío —responde Carlo—. Lo que tengo me basta.

—Y con eso cuentan ellos: con que os conformáis. Un salario digno, una casa nueva, una fiesta de vez en cuando, cosas que para un campesino son un lujo... Os conceden lo justo para que no os hagáis preguntas, no levantéis la cabeza, no miréis fuera de esta aldea, más allá de vuestra nariz, al otro lado del río. Con la condición, naturalmente, de que respetéis las normas: si no, os lo quitan todo; a vos, a vuestra esposa, incluso a vuestra hija. Ni siquiera sois consciente de que vivís sometido al chantaje, con el miedo de perderlo todo. Estáis tan apegado a esas cuatro cosas que los Crespi os hacen llover del cielo que lo aceptaríais todo. Para los patrones, a los que tanto alabáis, sois un objeto a la altura de los husos, sois una herramienta, sois solo algo de su propiedad.

—¿Y tú no, Fredo? —Sigue un silencio tan denso como la niebla que los rodea—. El hecho de que cuestes más no cambia las cosas. Tú también eres un objeto propiedad de los Crespi, solo que mejor pagado.

—Vos no sabéis nada de mí —gruñe el joven.

—Estás equivocado —lo acalla Carlo—. Verás, el hecho de que solo sea un obrero y tú un empleado no borra la diferencia de edad entre nosotros. No habré ido al colegio, pero he conocido a muchos hombres en mi vida y he aprendido a estudiar a las personas. Es uno de los pocos consuelos que Dios nos da para compensarnos por el hecho de que al envejecer lo perdemos todo; mientras la vista, el pelo y la fuerza nos fallan, ganamos algo de sabiduría con la que aprendemos a leer el mundo que estamos a punto de dejar. Así que no creas que no puedo ver más allá de mis narices.

—Y ¿qué veis, decidme, desde lo alto de vuestra sabiduría?

—¿Dentro de ti? —No es eso lo que le ha preguntado Fredo, pero no le da tiempo a replicar—. En ti veo a un joven incapaz de aceptar su destino.

A Fredo le duele como un puñetazo, pero también se da cuenta de que puede ser, después de mucho tiempo, sincero con alguien, de que tiene la oportunidad de abrirse.

—¿Estáis sugiriendo que me busque una buena chica para casarme y tal vez traer niños al mundo?

—Ayudaría, pero no creo que cambiase las cosas.

Fredo siente que las lágrimas brotan de sus ojos y se esfuerza por retenerlas.

—Veréis, Vitali —dice al cabo de un momento con la voz entrecortada—, me enamoré una vez. Lo hubiera dejado todo por ese amor, es más, no deseaba otra cosa. Se lo di todo a esa persona. Mi inocencia, mi alma. Es noble, asiduo en la casa de los Crespi: un marqués..., un hombre casado. —Hace una pausa, esperando una reacción que sin embargo no llega—. Dejé que me corrompiera en cuerpo y alma, o tal vez solo le permití excavar dentro de mí para sacar a la luz mi verdadera naturaleza. Ha sido lo más horrible y lo más hermoso que he tenido y, por caro que me haya costado, nunca me he arrepentido. —Toma aire—. Por desgracia, entregué mi corazón a la persona equivocada.

—Tal vez algún día encuentres a alguien que te ame de verdad.

La mente de Fredo vuela hacia Bino, a sus bíceps hinchados debajo de la camisa. «Si algún día queréis hablar de las cargas que lleváis, me encontraréis aquí.»

—Tal vez.

—Se hace tarde —dice Carlo levantándose—, es mejor que me vaya. —Pronto amanecerá y quiere contar con las fuerzas suficientes para dar la bienvenida a sus mujeres en la nueva casa, para empezar con ellas una nueva vida, para reunir el valor y disculparse. Sin embargo, permanece inmóvil—. Yo no maté a tu padre, lo sabes —concluye.

Hacía tiempo que quería decirle estas palabras y, ahora que se las ha sacado, se da cuenta de lo mucho que pesaban dentro de él, de cuánto anhelaba su comprensión.

—Lo sé —responde Fredo, escondido en la niebla a escasa distancia—. Fui yo quien lo mató.

—Eso no es cierto...

—Le di muchos disgustos, no fui un buen hijo —prosigue el joven. Su voz es grave y sombría, como si estuviera hablando consigo mismo—. Él no me entendió. O quizá me entendió y nunca me aceptó. Quería que yo fuera distinto y no tuve fuerzas. Podría haber fingido, como muchos hacen. Pero no quería mentir, no me doblegué. No me parecía bien. No fui capaz de ser como él quería. Así que lo defraudé.

—Yo creo que tu padre te quería —dice Carlo—. Tal vez sin darlo a entender.

Fredo se deja llevar de nuevo por esa carcajada amarga y dolorosa.

—Soy un invertido, Vitali. ¿No lo comprendéis? Me gustan los hombres, soy un depravado, una abominación, una broma de la naturaleza. —Siente una extraña satisfacción al decirlo—. Nadie me quiere.

Carlo no sabe qué responderle. Ante una confesión tan honda solo cabe el silencio.

—Marchaos —dice Fredo al cabo de un rato, preguntándose si no habrá revelado demasiadas cosas. ¿Irá a ventilarlo todo por ahí? ¿Sabrá mañana todo el pueblo la naturaleza oscura de sus pensamientos?

Carlo se aleja con sus secretos en el bolsillo, Fredo lo percibe por el susurro de sus pasos sobre la hierba húmeda. Tal vez esperaba que se quedara, que le diera una especie de absolución. Le oye subir por la escalerilla que lleva a la central; la madera cruje bajo su peso; poco después Vitali entra en el cono de luz que ilumina el puente sobre el canal, se detiene un instante, lo mira y le dice adiós, antes de desaparecer de nuevo envuelto por la niebla.

¿Informará de todo al patrón a la primera oportunidad?

Fredo sigue con la mirada el trayecto que imagina que va recorriendo: el último tramo del puente, las empinadas escaleras que terminan en el pequeño claro, luego a la izquierda hacia la entrada de la fábrica; pronto reaparecerá en las escaleras iluminadas por la farola que llevan a la hilandería. El joven entrecierra los ojos para ver mejor, de Carlo no hay rastro todavía.

El tiempo se dilata, Fredo espera aguzando los oídos, con los nervios de punta. Cree oír un suspiro, tal vez una queja, pero la niebla amortigua todos los ruidos y es imposible decir de dónde proviene, si está delante o detrás, cerca o lejos. Por lo que sabe, bien podría haber sido un animal, o el viento.

Entonces algo se quiebra, el sonido de la madera seca, un grito, un ruido sordo. Algo que cae al agua. Silencio otra vez, un silencio surreal que hace silbar los tímpanos.

Fredo se pone en pie de un salto, aguza la vista. El corazón le patea en el pecho como si quisiera salírsele. El instinto le dice que corra; da un paso hacia la central, pero el miedo lo detiene. Con esa oscuridad, con esa niebla, resbalar lleva un momento. ¿Ha de seguir recto o mantenerse a la derecha? ¿A qué distancia queda el terraplén?

—¡Socorro! —La voz de Vitali proviene del canal. Poco después aparece su cabeza en la sección iluminada, mientras intenta sobreponerse a la corriente, e inmediatamente se hunde.

Aterrorizado, Fredo llega a la central, se sube al puente con las piernas temblando, se coloca justo en el medio, donde la farola dibuja un semicírculo amarillo sobre el agua negra.

—¡Vitali! —grita, y su propia voz lo asusta.

Con las manos agarradas a la barandilla, Fredo se asoma, luego mira a su alrededor buscando a alguien. La sombra de la fábrica se recorta inmóvil y fantasmal en la niebla, casi invisible.

Justo al lado de Fredo están los dos rastrillos largos que los hombres usan para limpiar la rejilla. Agarra uno y lo extiende hacia el canal mientras escudriña la oscuridad.

La cabeza reaparece solo por un instante.

—¡Ayúdame! —La voz suena débil, diluida.

Fredo tiende el rastrillo justo hacia el sitio donde lo ha visto desaparecer.

—¡Tomad! ¡Agarraos!

Carlo reaparece cerca, ve el rastrillo, con un esfuerzo sobrehumano saca el brazo y lo agarra. Incluso en la oscuridad puede leer Fredo el horror en sus ojos.

—¡Resistid! —le grita—. ¡No os rindáis!

Fredo se apoya en un pie y levanta el rastrillo hacia sí mismo. Sus manos, ya llagadas por el trabajo de antes con Bino, arden en torno al mango, el cuerpo de Carlo pesa cada vez más a causa de la succión del canal. Le parece estar luchando con una fiera enorme y pendenciera, como si tuviera que sacar un toro entero. Pero no falta mucho, unos pocos centímetros y podrá agarrarlo por la chaqueta: entonces Carlo estará a salvo.

Fredo grita para ayudarse a resistir el esfuerzo.

—¡Vamos!

Se imagina arrastrando el cuerpo sin fuerzas de Vitali. Todavía está vivo, puede conseguirlo. Tal vez después se abracen y lloren juntos. Un lazo irrompible los unirá: Carlo conoce sus secretos, es el único a quien Fredo le ha abierto su corazón, que tiene las llaves de su alma. Que lo tiene en un puño.

Si quisiera, Vitali podría destruirlo. Podría ir a contar lo que sabe a todo el mundo, incluso al patrón. Fredo intenta recordar lo que le ha confiado. Ha mencionado al marqués, ha dicho que está casado, que frecuenta la casa de los Crespi: no hará falta mucho para descubrir su identidad.

Ha sido un ingenuo, un idiota. Debería haber mantenido la boca cerrada ¿Por qué habrá hablado?

Cuando salga a la luz esa historia, los Crespi lo despedirán. Después lo denunciarán y lo meterán en la cárcel, o en un manicomio, uno de esos lugares donde a la gente como él les pegan con trapos mojados, donde los atan a las camas, donde los usan como conejillos de Indias, donde te vuelves loco aunque no lo estés. Su familia perderá la casa y todo lo demás, se morirán de hambre, nadie querrá darles una segunda oportunidad. Si la historia llegara a salir a flote, los Malberti estarían acabados. ¿No es eso lo que los Vitali siempre han querido?

«No debe salir a flote.»

Fredo cierra los ojos y abre las manos. No puede ver el terror, el desconcierto, la decepción en la mirada de Carlo. Apenas oye el grito, que dura menos de un instante. Luego la corriente vuelve a atraparlo y lo devora.

10

Busto Arsizio

Silvio ha sucumbido al sueño mientras el carruaje avanza más despacio de lo habitual: los caballos, al igual que sus conductores, están agotados y en los caminos rurales, con esa oscuridad, el riesgo de acabar fuera de la carretera y volcado en una acequia es muy real; ya es la segunda vez que el cochero se pierde y tiene que dar la vuelta. Salta del pescante, extiende la linterna en la oscuridad, maldice, trata de entender dónde están, trata de adivinar la dirección.

—¡Disculpad, *sciur* Crespi! —grita desde su lugar en la caja—. Desde aquí no se ve nada.

Cristoforo no contesta, no quiere que de su voz se trasluzca decepción o, peor aún, desasosiego.

¿Por qué no fueron a buscarlo mientras estaba en el pueblo? ¿Por qué esperaron a que volviera a casa? Y, sobre todo, ¿por qué ese chico estúpido ha avisado a Benigno antes que a él? Es el mayor de los Crespi, a él le corresponde la tarea de guiar a la familia ahora que...

Cristoforo se pregunta si su padre lo habrá esperado, si lo encontrará aún con vida. No quiere que se vaya sin haberse despedido de él. No quiere que deje este mundo con la amarga constatación de que, cuando más falta hacía, su primogénito no estaba allí a su lado, que lo había abandonado por una fiesta de pueblo. No quiere que se diga, que se insinúe, ni siquiera que se piense que no cumplió con su deber, que no ha sido un buen hijo.

Piensa en la última vez en la que todos se reunieron. ¿Fue en las últimas Navidades? No, tampoco entonces estuvo la familia al completo: Giulia no se había sentido bien y Benigno se había quedado con los Morbio. Era evidente que a Toni Tengitt no le había sentado bien, pero se esforzó por que no se le notara, para no estropear la fiesta con inútiles tensiones. Cuando padre e hijo se demoraron fumando un cigarro después de la cena, Cristoforo se dejó llevar por una exclamación de desahogo.

—Nos evitan —espetó—. Nos faltan al respeto.

Toni Tengitt no había contestado, limitándose a expulsar todo el humo en anchas volutas.

—Y Benigno —prosiguió Cristoforo insatisfecho— se deja manipular como un... por esa... —Estaba tan enfadado que ni siquiera le salían las palabras—. No se da cuenta de que... —Crispado, había tirado su cigarro al suelo.

Su padre aguardó a que se le apaciguara la rabia, luego colocó su propia mano, grande y arrugada, con el dorso cubierto de manchas oscuras, en la suya, que todavía temblaba.

—Tranquilo, Cristoforo..., tranquilo.

—Estoy perfectamente tranquilo, es él quien... —Cristoforo había respirado hondo—. Somos nosotros su familia. Nosotros, ellos no.

—Eso, la familia. ¿Qué es la familia? —Toni Tengitt había levantado el puño frente a su nariz—. La familia es como una mano. Está el pulgar, está el índice, y así, sucesivamente, todos los demás dedos. —Había abierto la palma de la mano—. ¿Cuál es el más importante? Todos creen que lo son, incluso el dedo meñique, que está al final y es el más pequeño. Cada dedo es independiente, libre de moverse como quiera: esto también hace de la mano una herramienta extraordinaria, versátil, fuerte. Si le quitas un dedo, todavía puedes llamarla «mano», pero ya no es lo mismo: de la mano solo te queda la palabra. Siempre faltará algo, y en algún momento te darás cuenta de que sin ese dedo ya no puedes hacer las mismas cosas que antes o que ya no puedes hacerlas tan bien como solías. Seguirá siendo una mano, pero más débil. Son cinco dedos los que forman una mano, ni uno menos. Porque una mano es de verdad una mano solo si cada dedo coopera con los demás, a pesar de las diferencias.

Cristoforo lo había escuchado en religioso silencio. Más allá de la rabia, sabía que su padre tenía razón, que la sabiduría hablaba por su boca.

—Entonces, si quieres que la familia continúe siendo una familia y que pueda seguir haciendo todas las cosas que sabe hacer y que debe seguir haciendo bien, tienes que mantenerla unida.

«¿Y si uno de los dedos ya no quiere formar parte de la mano, si se siente parte de otra mano? ¿Y si es el dedo meñique el que quiere irse?»

En ese momento su madre había salido a llamarlos al orden.

—¡Hace frío, entrad de una vez!

Los dos se encaminaron hacia el salón.

—Cristoforo. —Toni Tengitt lo detuvo en el umbral y le plantó dos ojos feroces en la cara, aferrándose a su brazo—. Ya soy un viejo, estoy lleno de achaques, esta podría ser incluso mi última Navidad... —Cuando su hijo había tratado de replicar, le había ordenado que se callara y lo escuchara—: *Fa sito e scoltame*. Quizá no sea esta la última y haya más. Pero ¿cuántas? El tiempo pasa, no vuelve atrás y nadie puede detenerlo. Cuando llegue el momento, quiero que saques adelante la Benigno Crespi, que la mantengas unida, firme. —Había vuelto a apretar el puño—. Cuando yo ya no esté, si tus hermanos y tú empezáis a discutir, si anteponéis vuestro interés personal al de la familia, el destino de la empresa quedará marcado. Os dispersaréis y en menos de un siglo ya no existiréis.

Cristoforo había apartado la mirada.

—Un siglo parece mucho tiempo, pero no es nada —puntualizó Toni Tengitt—. ¿Lo entiendes?

—Sí, padre, pero no sé si es cuestión de...

—¿Lo entiendes? —había insistido su padre, apretándole aún más el brazo—. Tienes que mantener unida a la familia, Cristoforo. Prométemelo.

El sonido de los cascos sobre el adoquinado lo despierta de sus pensamientos. Cristoforo se asoma y cree ver la mole cuadrada de la iglesia de Busto. En unos minutos estarán en casa, por fin.

«Lo haré —piensa Cristoforo mientras se acomoda en el asiento—. Mantendré unida a la familia.»

11

Canonica d'Adda

Está amaneciendo fuera y entra una luz azulina por los postigos entrecerrados. Amalia duerme acurrucada en un lado.

«Despierta», le susurra la voz.

Abre los ojos como platos, se vuelve bruscamente: Carlo no está en la cama. Extiende la mano y constata que su lado está fresco, las mantas intactas. Sale de la cama, el pavimento está tan frío que le duelen las plantas de los pies. Se queda escuchando con todos sus sentidos alerta.

En la cama de al lado, Emilia se revuelve bajo las sábanas antes de incorporarse y mirar a su alrededor.

Amalia está de pie en medio de la habitación, con el pelo suelto sobre los hombros, los brazos a los costados, los puños cerrados. Solo lleva puesto el camisón.

—Mamá...

—¡¡¡Chiss!!! —Amalia se pone el dedo índice en los labios y permanece inmóvil como una estatua, con los ojos muy abiertos.

¿Era la voz lo que había creído oír? El miedo se extiende en su corazón.

—Mamá, ¿qué pasa?

—¡Silencio, he dicho! —la conmina Amalia.

«No ha vuelto», susurra la voz.

Amalia se estremece, luego empieza a temblar.

Emilia se levanta y se acerca a ella.

—¿No te encuentras bien? —dice estrechándola con un brazo.

Luego mira a su alrededor en busca de su padre. «Debe de estar en la fábrica», piensa. E inmediatamente se le viene a la cabeza el Canèta con sus sucias alusiones. «Maestrilla, ¿sabes adónde va tu papá por la noche en lugar de ir a la fábrica?»

—¡¿Papá?! —grita esperando verlo aparecer por la cocina. La casa, sin embargo, permanece inmóvil y oscura.

«No volverá —musita la voz—. Ha muerto.»

—Ha muerto —repite Amalia con una voz de ultratumba.

No es la primera vez que Emilia asiste a escenas como esta y, aunque siempre le provocan una gran ansiedad, con el tiempo ha encontrado la mejor manera de afrontarlas; o, por lo menos, ha aprendido lo que no debe hacer.

En primer lugar, no debe perder la calma: alguien, en casa, tiene que permanecer lúcido. En segundo lugar, no debe contradecir a su madre, no debe parecer incrédula, no debe quitarle importancia: solo serviría para enfurecerla. Tercero: luz. La luz ahuyenta las tinieblas y los monstruos que se esconden en ellas.

Emilia corre a abrir las contraventanas y se encuentra frente a un muro de niebla, luego enciende la palmatoria que tiene en su mesita de noche.

—Ven —le dice a su madre tomándola del brazo—. Vamos a vestirnos.

—Está muerto —repite Amalia presa de la angustia. Se agarra a su camisón y clava en su rostro unos ojos desorbitados que a la luz temblorosa de la vela parecen aún más enloquecidos. Gruesas lágrimas ruedan por sus pálidas mejillas.

Emilia siente escalofríos.

—Hace frío —dice tratando de que la inquietud no se le trasluzca en la voz—. Ahora vamos a vestirnos, ¿de acuerdo?

—¡Pero ¿es que no entiendes que tu padre ha muerto?! —le grita sacudiéndola con una fuerza inaudita.

Su madre sueña a menudo con la muerte de Carlo. A veces lo ve caer al canal y volver a emerger con la cara hinchada y podrida, otras lo ve atrapado en una red de pesca mientras los peces le devoran la nariz, los ojos y la boca, o bien arponeado por algún pescador en el Adda. Una y otra vez lo cuenta demorándose en los detalles, como si estuviera experimentando una satisfacción sádica al describir con palabras el horror que siente que se le agita por dentro. Los detalles cambian en cada ocasión, pero la esencia siempre permanece igual.

—Está en el canal —murmura Amalia hablando al vacío.

—Ahora nos vestiremos —repite Emilia—, y luego iremos a verlo juntas. ¿Te parece?

Amalia asiente con la cabeza, parece más tranquila, casi resignada. Emilia espera así ganar tiempo y que mientras tanto su padre vuelva a casa, por más que algo le sugiere que, esta vez, es diferente.

Toma a su madre de la mano y la viste mientras ella no deja de llorar en silencio; le peina el pelo y se lo recoge en su consueto moño bajo. Enciende la estufa y coloca una silla justo enfrente.

—Espérame aquí —dice—. Me visto y comeremos algo. Luego saldremos a buscar a papá.

Fuera, mientras tanto, el pueblo se despierta en medio de una niebla tan espesa como la manteca y poco a poco cobra vida. Los primeros obreros entran en la fábrica a la llamada de la campana y ocupan sus lugares frente a las máquinas.

Al Vitali no se le ve y es algo que no pasa desapercibido: es el primer turno que se salta en cinco años de trabajo. Los obreros preguntan, nadie lo ha visto ni ha oído hablar de él.

—Ya estoy aquí, estoy lista... —Las palabras mueren en los labios de Emilia cuando, de regreso en la cocina, no encuentra a Amalia—. ¡¿Mamá?! —grita sabiendo que no obtendrá respuesta. La puerta de la casa está abierta de par en par.

Emilia sale corriendo del piso y casi choca contra Luigia, la de los Malberti.

—¿Habéis visto a mi madre? Estaba aquí, hace un momento.

Luigia está a punto de responderle como de costumbre, pero algo la detiene: tal vez sea la mirada de la niña, tal vez la angustia de su voz. Aprieta los labios y niega con la cabeza, mientras por detrás de ella se asoma Fredo, más lúgubre que de costumbre.

Emilia baja corriendo las escaleras y sale de la casa.

—¡¿Mamá?! —vuelve a gritar.

Solo le responde el zumbido de la fábrica.

Entonces echa a correr hacia la hilandería sin ver a un palmo de distancia. La niebla le impide reconocer el lugar, que normalmente tan familiar le resulta: Emilia sabe muy bien dónde se halla, pero al mismo tiempo no puede decir cuán distante está el edificio, si es que por casualidad no lo ha pasado ya.

De repente tropieza con una raíz y cae de bruces. El dolor estalla en mil destellos ante sus ojos, le queman los raspones de las rodillas, le arden las palmas de las manos, el tobillo le palpita. Emilia lucha por contener las lágrimas de frustración y se levanta con un gemido: más tarde, tal vez, se deje llevar por el lujo de un buen llanto liberatorio, pero ahora debe ser fuerte. Debe encontrar a su madre.

Sigue caminando, aun cojeando, hasta que el muro de la fábrica aparece a su derecha; entonces se da cuenta de que ha ido demasiado lejos y vuelve sobre sus pasos bordeando la línea ordenada de ventanales. Cuando encuentra una entrada, se lanza dentro sin pensar.

—¿Papá? —Su voz se pierde en el rugido de las máquinas, los obreros encorvados sobre sus tareas ni siquiera notan su presencia.

Emilia recorre los pasillos buscando a alguien que conozca, percatándose solo en ese momento de lo grande que es la nave, de cuánto se parecen los hombres entre sí, al igual que las máquinas. Pasa corriendo al lado del Canèta, que trata de agarrarla con las manos sucias.

—¿No hay colegio hoy, maestrilla?

—¿Has visto a mi padre? —le pregunta ella.

El Canèta suelta una risita antes de responder satisfecho:

—No ha aparecido hoy. —Y luego, en un tono bajo y profundo, añade—: Busquémoslo juntos...

En eso llega el jefe de sección y el Canèta vuelve a su trabajo con la cabeza gacha.

—¿Qué haces aquí, Emilia? —la apremia—. ¿Dónde está tu padre?

—Estaba a punto de preguntároslo —responde Emilia, con la voz quebrada—. Creía que estaría aquí en la fábrica.

—No, no ha venido esta mañana.

Emilia intercepta la mirada maliciosa del Canèta. «Maestrilla, ¿sabes adónde va tu papá por la noche en lugar de ir a la fábrica?»

—Tampoco encuentro a mi madre —dice Emilia sintiendo que la angustia se va imponiendo—. Se ha ido sin que me haya dado cuenta... No se encuentra bien. —De repente cobra conciencia de lo que está pasando y la realidad cae sobre ella con todo su peso. Las rodillas ceden y ya no puede contener las lágrimas—. ¡Ayudadme, por favor!

Dos obreros son liberados por el encargado de la fábrica para buscar al Vitali mientras Emilia y el jefe de sección se dirigen a la central hidromecánica. Con la excusa de echar una mano el Canèta los sigue pisándoles los talones.

Fuera de la hilandería la escalinata que conduce al canal se hunde en la niebla. Poco a poco se va creando un corrillo de gente que ha ido allí a curiosear; todo el mundo se esfuerza tratando de ver más allá del muro de leche, sin que nadie reúna valor para bajar.

—¡*Sciura* Vitali! —llama el jefe de sección.

A lo lejos, las campanas de la iglesia de Trezzo dan ocho toques. En ese mismo instante un rayo de sol atraviesa el manto lechoso y despeja la niebla. A los pies de la escalinata aparece la figura oscura de Amalia, arrodillada junto al canal con la mirada fija en el agua.

—¡Mamá! —grita Emilia bajando a la carrera para abrazarla.

Amalia levanta los ojos enrojecidos por las lágrimas.

—Ha muerto —murmura—. Está aquí, en el canal.

Emilia se vuelve para buscar al jefe de sección, quien niega con la cabeza. Al Vitali no lo han encontrado todavía.

—Vamos arriba, mamá. Vamos a buscarlo a la fábrica.

—Está aquí —repite Amalia sin apartar los ojos del agua—. Lo he visto.

—Ha sido un sueño. —Emilia intenta convencerla, sin embargo, no cree en sus propias palabras—. Solo ha sido un sueño.

—*Sciura* Vitali —miente el jefe de sección—, venid. Vuestro marido está en la hilandería esperándoos.

Amalia, sin embargo, está como clavada en el suelo. Cuando intentan levantarla, se pone hecha una furia: vocifera insultos, da patadas, araña, escupe, suelta puñetazos al aire. Al final se necesitan tres hombres para levantarla y llevársela.

Al otro lado del canal, Fredo asiste a la escena, pálido como un fantasma. Cuando su mirada se encuentra con la de Emilia, baja los ojos y echa a correr.

12

Busto Arsizio

Toni Tengitt está en la cama, vestido de oscuro, con las manos entrelazadas en el regazo; por alguna extraña razón le han quitado los zapatos, quizá para no ensuciar la colcha. A su alrededor se alternan lágrimas y oraciones, mientras la casa es por entero un ir y venir de gente que ha acudido a ofrecer sus condolencias.

Silvio lo observa desde la puerta, no se atreve a acercarse más; le cuesta reconocer en ese cuerpo rígido e inmóvil a su abuelo, quien en vida nunca estuvo quieto, siempre ocupado en mil quehaceres. Pero no es eso lo que lo mantiene alejado, lo que le impide cruzar el umbral. Al lado de la cama, postrado —más bien derrumbado— en un pequeño sillón, Cristoforo no deja de llorar. Nunca lo había visto tan vulnerable, tan infantil, tan humano; no es esta la imagen que tenía de su padre, la que quiere tener de él. Una mezcla de compasión, incomodidad y vergüenza se revuelve en su interior.

Su tío Benigno aparece detrás de él.

—¿Has comido algo? —le susurra al oído.

Silvio se sobresalta, luego niega con la cabeza. No ha probado bocado desde ayer.

—Venga, vamos abajo. —Lo toma del brazo y se lo lleva de allí.

La cocina suele ser el centro de la casa, pero hoy está vacía, dado que todos se encuentran arriba. Benigno trastea por la despensa bajo la mirada absorta de Silvio, saca un trozo de queso, lo huele y lo guarda con disgusto, luego saca otro con el que parece satisfecho, corta dos pedazos y por último coge una hogaza de pan y la abre por la mitad; la rellena y se la tiende a su sobrino.

—No es el Biffi de la galería, pero... —Le guiña un ojo.

Silvio sonríe al hincar el diente al almuerzo, mientras Benigno repite la operación para él.

—¿Y qué? —pregunta Benigno—, ¿qué tal van las cosas en el pueblo?

Silvio se encoge de hombros, como diciendo que no tiene ni idea.

—Tu padre me cuenta grandes cosas, ya sabes —prosigue Benigno—. Dice que tienes muchas dotes, que algún día serás un buen director.

Silvio sonríe bajando la cabeza. A decir verdad, no se siente tan especial, y no cree que su padre hable nunca de él en un tono tan entusiasta, ni a Benigno ni a nadie más; pensándolo mejor, de él solo recibe críticas, puntualizaciones, parece como si nunca le pareciera bien nada.

El próximo año, tan pronto como termine el colegio, empezará a trabajar. Su padre afirma que le sentará bien, que le ayudará a crecer.

—Te hace falta ver cómo va el mundo —repite.

Silvio está convencido de que ya sabe cómo va el mundo, no es un idiota, en el colegio es el mejor de la clase. En todo caso, con su padre no hay discusión que valga: si se le mete una cosa en la cabeza, eso es lo que hay que hacer, punto final. Y si Silvio espera contar con el apoyo de su madre, está muy equivocado.

Cristoforo ha encontrado una fábrica textil en Inglaterra donde lo aceptarán como obrero no cualificado durante un mes: Mánchester es la ciudad más industrializada de Europa, donde nació la industria del algodón y donde se encuentran las fábricas más grandes del mundo.

—Allí verás cómo funciona de verdad una fábrica, lo que significa esforzarse, cómo funcionan las máquinas. Aprenderás el oficio desde abajo. Es la única manera de entenderlo, y luego aprenderás el idioma y ganarás experiencia. —La única vez que Silvio intentó replicar, argumentando que el idioma ya lo sabe y que para ganar experiencia valdría igual la hilandería de Canonica, su padre se puso hecho un basilisco—. ¡Arrogante, desvergonzado! ¿Así es como me agradeces las oportunidades que te ofrezco? ¿Es que no ves a los chicos de tu edad en la hilandería? ¡Llevan desde los siete años trabajando, mientras que tú has vivido como un príncipe! ¡Y no se quejan! ¡Calladitos y a trabajar! ¿Y tú? ¿Tú te atreves a discutir mis planes? —El sermón se prolongó durante una hora mientras en la casa temblaban hasta las paredes. Silvio estaba lívido de ira por la humillación, pero no volvió a rechistar.

¿Dónde está escrito que su destino está en el algodón? ¿Que está obligado a heredar el negocio familiar? ¿Y si no le gusta? ¿Y si quisiera dedicarse a algo distinto? Las preguntas de Emilia, solo unas horas antes, han hecho nacer en él cuestiones nuevas, que tal vez no se había planteado hasta ahora, pero que estaban escondidas en algún lugar de su interior y esperaban tan solo el momento adecuado para salir. «¿Alguna vez has pensado en lo que quieres ser de mayor?»

La fábrica de Canonica la conoce bien: ¿acaso no son todas muy parecidas entre sí? Lugares sucios, muy calurosos y malolientes. Los chicos de su edad trabajan allí durante doce, catorce horas al día y ya al cabo de un mes se les cambia la cara, la mirada se les vuelve opaca, dejan de sonreír y la piel se les tiñe de gris: *sciabai*, los llaman en la zona —«renqueantes»—, porque pasan tanto tiempo en pie y sufren unas temperaturas tan altas en la hilandería que se les deforman irremediablemente los miembros.

Para Silvio es muy diferente, él ha nacido en una familia de empresarios. Es la canica más grande de la bolsa. ¿Qué sentido tiene mezclarse con los obreros?

Silvio observa a su tío, que le está preparando otro bocadillo. Benigno es diferente a todos los demás Crespi, es el único que ha tenido el valor de distanciarse de su familia, de buscar su propio camino en diferentes esferas, de expresarse por sí mismo.

—¿Sabéis, tío?, me gustaría trabajar en el periódico algún día —suelta Silvio—. Ser como vos.

Benigno deja de cortar la hogaza, lo mira para entender si su sobrino está hablando en serio, si no es una broma; luego, tras interceptar su mirada resuelta, se encoge de hombros.

—Y ¿qué es lo que te gustaría hacer? —le pregunta.

Esa es otra diferencia: sus otros tíos se echarían a reír, le tomarían el pelo, como mucho no le harían caso o cambiarían de tema. Lo indudable es que le recalcarían que ese no es el momento adecuado para decir ciertas cosas. La industria del algodón, como le dice a menudo su padre, es la más floreciente en la historia y en su proceso productivo, desde las plantaciones de Sudamérica, Asia, África, pasando por el procesamiento en las fábricas europeas, hasta la venta de los tejidos acabados, involucra a todo el planeta; las asociaciones de algodoneros se cuentan entre las más poderosas y ricas del mundo. Nadie en su sano juicio dejaría este sector, y mucho menos a los Crespi, que trabajan en él con éxito desde hace décadas y que se están construyendo una reputación internacional. Sería como encontrar una maleta de billetes y quemarlos por capricho en la estufa, dice siempre su padre, mencionando no por casualidad a Benigno, que, a su modo de ver, no se dedica lo suficiente a las hilanderías familiares.

—No lo sé muy bien. Quizá lo que me guste sea escribir. ¿Vos cómo supisteis que queríais trabajar en la prensa?

A Benigno casi le entra la risa. ¿Debería admitir ante su sobrino que el *Corriere* no ha sido exactamente una elección por su parte, sino que se limitó a aprovechar una oportunidad que la casualidad le puso delante y por la que se ha enemistado con la mitad de la familia? No quiere decepcionarlo y, sin embargo, tampoco quiere mentirle. Silvio es un chico despierto y se merece su honestidad.

—Algunas cosas se descubren viviéndolas. Uno cree que está predestinado a cierto papel, o bien desea con toda su alma recorrer un determinado camino, y puede que no conozca la existencia de otras cosas..., y luego el destino de repente baraja las cartas. A veces la cosa sale mal, pero también puede ocurrir que un imprevisto, algo que en este momento se nos presenta como una pequeña tragedia, sea el punto de partida para algo mejor.

Silvio lo observa atentamente. Se esperaba una respuesta distinta, algo más simple, más directo. Una especie de manual de instrucciones para construir su propio futuro.

—Por eso, cuando se entra en una habitación, habría que dejar siempre abierta una puerta por lo menos. Para poder salir, qué duda cabe. Pero sobre todo para permitir que entren la incertidumbre, la duda, la aleatoriedad y que, como una ráfaga de viento, lo revuelvan todo.

Se siente muy diferente de quienes están ahora en el piso de arriba, que se han asegurado durante toda su vida de mantener bien cerradas las puertas y dejar fuera el caos. Ni una ráfaga de viento, ni un imprevisto. Ninguna pregunta, ninguna duda: nacieron *tengitt* y han muerto, o morirán, *tengitt*, sin llegar a ser nada más que *tengitt*.

—Así pues, para contestar a tu pregunta, a mi edad, que ya no es la de un pipiolo, todavía no he descubierto lo que quiero ser. Y creo que no es mala cosa.

Un poco más tarde llega la criada para anunciar que lo están esperando arriba para rezar el rosario. Al despedirse, Benigno sonríe dulcemente a su sobrino.

—Tú quédate aquí, tómate tu tiempo —le dice—. Y deja la puerta abierta.

13

Canonica d'Adda

No se sabe nada de Vitali desde hace dos días, dos días en los que Amalia no ha pegado ojo. Algunas mujeres del pueblo se relevan para estar junto a ella. Agazzi le manda desde la posada los mejores platos, cocinados especialmente para ella, que vuelven a bajar sin que nadie los haya tocado.

Los *carabinieri* llegaron de Trezzo e interrogaron a todo el mundo. Pero nadie ha visto al Vitali, nadie sabe nada. «Una buena persona, todo casa y fábrica, un trabajador incansable, sin pájaros en la cabeza.» ¿Ha ocurrido recientemente algo raro, sospechoso? «Qué va, aquí nunca pasa nada, llevamos una vida de lo más normal, tranquila. Todos somos buena gente, todos nos conocemos.» ¿Razones por las que ese tal Vitali podría haberse marchado? «Ninguna. La aldea es pequeña, pero no falta de nada. El patrón nos provee de todo, nos trata bien, la paga es buena, el trabajo no falta. ¿Qué podría llevar a un obrero a marcharse de aquí? La gente hace cola para poder venir a trabajar con los Crespi.» ¿Alguna fricción, alguna enemistad, alguna pelea? «Aquí cada uno se ocupa de sus propios asuntos, no hay tiempo para discutir.» ¿Alguna hipótesis? La gente se encoge de hombros, niega con la cabeza. No hablan de buena gana con los *carabinieri*, que se marcharon prometiendo una exhaustiva investigación sin poder asegurarle nada a Emilia.

En la fábrica todo parece normal, pero el aire está tenso, lleno de preguntas, de dudas, de sospechas. Al final del turno los obreros confabulan entre sí mientras salen en tropel por las puertas, planteando hipótesis, evocando recuerdos, buscando similitudes. En la aldea no se habla de otra cosa.

—Yo digo que se ha ido de putas —dice el Canèta—. Volverá cuando haya tenido suficiente.

Los mayores niegan con la cabeza.

—¡Pero qué dices! —replica uno—. Vitali no.

—¡¿Por qué no?! —brama el Canèta—. Todos los hombres tienen las mismas necesidades.

—Él nunca ha pensado en otra cosa que no sea trabajo, ese tío es uña y carne con el patrón.

—Antes de Amalia tuvo una mujer...

—Sí, pero murió.

—¿Estás seguro? Me han dicho que se volvió loca.

—¿Ella también? —Risitas nerviosas.

—¿Os acordáis de lo que le hizo a Agazzi hace unos años? —suelta uno—. Yo estaba allí. Casi lo mata a golpes.

—Bueno, la verdad es que el posadero se lo había buscado...

—Pero qué quieres que haya hecho ese, ¡si hasta le falta una pierna!

—No es con la pierna con lo que... —Más risitas.

—Vitali mató a mi Oreste —sentencia Luigia—. Yo no lo he olvidado —continúa—. Así que, suponiendo que se lo hayan cargado, yo digo que se lo merecía, que se lo ha buscado. Dios ve y provee. —Se hace la señal de la cruz y mira hacia lo alto, como para dar gracias al Señor.

Todos se quedan sin palabras y se miran unos a otros avergonzados, buscando algo que decir para cambiar de tema.

—Para mí que se ha largado —concluye Fredo. Todos se vuelven y él se encoge de hombros—. Yo también me largaría, con una mujer como la que tiene.

Alguien se echa a reír.

—Pensad en vuestras propias mujeres —les reprocha desde

la puerta de la posada Agazzi, que lo ha oído todo—. Amalia y Emilia están arriba esperando el regreso de Carlo y, en lugar de salir a buscarlo, os quedáis aquí dándole a la lengua. —La gente baja la cabeza—. Y tú, Fredo —continúa—. A propósito de largarse, ¿cómo es que no estás en Milán? ¿Has decidido venirte a trabajar a la fábrica?

—Tengo cosas que hacer aquí —masculla Fredo.

En la ciudad el patrón está enredado en asuntos familiares; él y sus hermanos se están apuñalando unos a otros por cuestiones de herencia; ni siquiera se daría cuenta de su ausencia, con todos esos líos. Así que Fredo ha obtenido de él permiso para quedarse unos días en el pueblo, donde coordinará la búsqueda de Vitali y se asegurará de que se hace todo lo posible por encontrarlo.

—No vayas a cansarte demasiado —replica Agazzi resentido.

Entonces aparece Amalia. Descalza, con el pelo suelto, el vestido roto, los ojos amoratados, los labios pálidos, parece un fantasma en busca de un hogar. Desliza la mirada alrededor de los presentes, luego se detiene en Agazzi.

—No se ha marchado, está muerto —le dice agarrándole de la camisa.

—*Sciura* Vitali, debéis mantener la esperanza —intenta decir Agazzi—, ya veréis como acaban encontrándolo.

—Pero yo sé dónde está —dice Amalia—. Está en el canal, me lo ha dicho Dios. Siempre lo supe, incluso antes de que sucediera. —Vuelve a mirar a los presentes, deteniéndose en Fredo, a quien le recorre un escalofrío de miedo—. ¿Por qué no queréis sacarlo? —Y, como nadie habla, insiste—: Sacadlo, por favor, antes de que los peces le coman la cara.

—¿Hace cuánto que no descansáis? —pregunta Agazzi acariciándola con una mirada—. Tenéis que cuidaros a vos y a Emilia.

Ella no contesta, tal vez ni siquiera le haya oído. Se da la vuelta y se aleja tambaleándose hacia el canal.

—¡*Sciura* Vitali! —se apresura a llamarla Agazzi—. ¡Deteneos, Amalia! —Y, como ella ni siquiera se da la vuelta, continúa en voz más alta—: Os prometo que lo sacaremos.

Entonces Amalia se detiene, luego se vuelve lentamente y murmura:

—¿Me lo prometéis?

—Os lo prometo —repite Agazzi—. Pero antes tenéis que comer algo.

La gente se aparta al paso de Amalia, que vuelve más sosegada sobre sus pasos.

—¿Me lo prometéis? —repite, en el umbral de la posada.

—Por mi honor.

—No podéis hacer promesas que no estáis en condiciones de cumplir —interviene Fredo—. No sois más que el posadero, no estáis al mando aquí.

Nadie le hace caso, sin embargo.

En eso se oye un grito.

—¡Venid! ¡Corred, rápido!

Todo el mundo se da la vuelta. Un niño corre hacia ellos descalzo: es un pequeño obrero que lleva tan solo unas pocas semanas trabajando en la fábrica. Tiene una expresión trastornada en la cara.

—¡Hay un cuerpo flotando en el canal!

14

Milán

Alrededor de la mesa está reunida toda la familia Crespi, es decir, todos los hijos varones. Mientras el notario desgrana, como música de fondo, cifras y nombres igual que si rezase el rosario, Cristoforo está sentado con la cabeza inclinada y se observa la mano, que se abre y se cierra a intervalos regulares. Cinco dedos que aúnan fuerzas para ser algo más que la suma de cada uno. «Cinco dedos forman una mano.» Desde que murió Toni Tengitt, no piensa en otra cosa: en la promesa que le hizo a él, y sobre todo a sí mismo. «Tienes que mantener unida a la familia.»

Imaginando el mundo que vendría después de él, su padre ha sido equitativo y sabio: en la división de la herencia, a Cristoforo le ha correspondido la hilandería de Canonica d'Adda, a Carlo y a Pasquale la de Ghemme, a Giuseppe, Vigevano, y a Benigno, Nembro. Todos han obtenido una parte justa, nadie ha sido dejado de lado y nadie puede quejarse.

Y, sin embargo, hay algo en el aire, una especie de tensión, algo que para un extraño podría parecer una consecuencia normal del duelo, pero que Cristoforo sabe bien que es una cosa distinta. Fue poco después del funeral, ese apretón de manos con su hermano Benigno, demasiado rígido, demasiado formal, y luego esa mirada que se apartaba de repente. Y la sensación de que estaban en dos lugares diferentes, pese a compartir la misma habitación, como si un muro de cristal los separara.

—¿Salimos un rato? —le susurra Benigno al oído—. Me hace falta un poco de aire.

Cristoforo, a quien le embarga una súbita sensación de felicidad, se pone bruscamente de pie ante la mirada horrorizada del notario.

—Seguid, seguid... —murmura encaminándose hacia abajo.

El palacete, como la mayoría de las casas señoriales, tiene un patio interior que da a un pequeño parque privado, donde el bullicio de la ciudad no consigue penetrar. Los hermanos se sientan en un banco a la sombra de un magnolio y se quedan escuchando en silencio la brisa que se cuela por el zaguán y acaricia las hojas. Cristoforo sabe que Benigno va a decirle algo y le gustaría preguntárselo, apresurar las cosas, pero tiene miedo de romper el encanto: llevan mucho tiempo sin pasar juntos un rato, los dos. El otro saca dos puros y le da uno.

—Hay una cosa en la que tenemos que ponernos de acuerdo —suelta Benigno, junto con la primera bocanada de humo.

Cristoforo, a quien le parece que ya están de acuerdo en todo, se vuelve para mirarlo con desconfianza.

—El nombre de la empresa —explica Benigno.

—¿Qué nombre?

—Benigno Crespi —replica su hermano—. Dado que coincide exactamente con mi nombre, me gustaría quedármelo, si te parece bien.

Cristoforo salta como un resorte y arroja su cigarro al suelo, mientras el otro permanece inmóvil y tranquilo mirándolo a los ojos. ¿Cuánto tiempo habrá estado preparando este momento? ¿Cuántas veces habrá repetido esas palabras para que parecieran tan obvias?

—No creo que suponga un excesivo cambio para ti —continúa Benigno.

El día antes del funeral estaban sentados para cenar, Giulia y él, como todas las noches después de que a los pequeños se los hubiera llevado la niñera a la cama. Se había descargado sobre la ciudad uno de esos aguaceros violentos que marcan la transición entre la primavera y el verano; las ventanas se vieron azotadas por ráfagas de viento tan fuertes que tuvieron que cerrar los postigos ya a primera hora de la tarde y los habitantes vagaban por la casa con sus palmatorias en la mano, flotando en la penumbra como fantasmas.

A Benigno le encanta observar a su mujer mientras corta la manzana, sobre todo por esa mezcla de determinación y gracia con la que logra obtener pequeños bocados sin tocar la fruta con las manos, sin que se le salga del plato, sin emitir el más mínimo tintineo; se imagina así a un cirujano experto en el acto de incidir un corazón humano: concentrado en su tarea, distanciado, indiferente a la suerte del paciente.

«Supongo que ahora querrás mantener el nombre de la empresa», le soltó Giulia, limpiándose la boca con la esquina de la servilleta. Benigno alzó hacia su mujer los ojos, llenos de desconcierto y, tal vez, de dolorosa desilusión. «Estoy segura de que tu hermano Cristoforo no será tan egoísta como para privarte de ese derecho —continuó con calma—. Me parece que es lo más natural, lo más justo.»

—Pero ¿qué estás diciendo? —exclama Cristoforo.

—Me refiero a mi hilandería de Nembro, y a cualquier futura actividad que emprenda, me gustaría mantener el nombre de la Benigno Crespi, que es como me llamo.

—Y ¿cómo se te ha ocurrido algo así? —le apremia Cristoforo.

—Me parece la cosa más natural —responde Benigno, dándose cuenta de que está empleando las mismas palabras que Giulia—. Lo más justo que cabe hacer.

Cristoforo aprieta los puños.

—Quienquiera que haya tenido esa idea se olvida de una cosa: que la Benigno Crespi no se llama así en tu honor.

—Pero ¿eso qué tiene que ver? ¿No es eso lo que...?

—La empresa se llama así porque la fundó el padre de nuestro padre, que casualmente se llamaba como tú. Y la sacó adelante nuestro padre primero y luego yo, cuando tú aún no habías venido al mundo.

Benigno también se levanta.

—Pero han sido las otras hilanderías las que han mantenido ese nombre con vida, mientras que tú lo arriesgabas todo para perseguir la utopía de la aldea obrera.

—Escúchame con atención. —Cristoforo se le acerca—. Lo que tú tratas de hacer pasar por una simple formalidad, por una «cosa natural», como la has llamado, de natural no tiene nada y mucho menos es de justicia. ¿Es que quieres hacerme quedar como un estúpido? Ambos conocemos el valor de la marca Benigno Crespi, un valor que he multiplicado por diez con mi utopía, mientras tú te divertías jugando con papel y tinta. No dejaré que te apropies del fruto de todos mis esfuerzos, ni que me quites lo que es mío.

Desde la ventana del primer piso se asoman los demás atraídos por el tono de las voces, que se han elevado peligrosamente.

—Y ¿quién dice que es tuyo? —lo desafía su hermano.

El mandoble corta el aire antes incluso de que el propio Cristoforo pueda darse cuenta. Un momento después Benigno está en el suelo con la nariz ensangrentada.

—¡Te has vuelto loco o qué!

Cristoforo mira hacia arriba, a las ventanas de la casa: el notario, Carlo, Pasquale y Giuseppe los miran petrificados y mudos. ¿Estarían al corriente del plan de Benigno para apropiarse de la marca? ¿Acaso se habrían puesto de acuerdo?

Ahora que la adrenalina de la ira se está diluyendo para dejar paso a la decepción, Cristoforo se da cuenta de que la mano le palpita terriblemente. No se había visto metido en una pelea desde hacía treinta años por lo menos, y no recordaba que doliera tanto, tal vez porque nunca se había sentido tan traicionado, tal vez porque el dolor que siente no es solo físico.

Se mira los nudillos enrojecidos, que empiezan a hincharse; siente que le brotan lágrimas de rabia en los ojos, de modo que se da la vuelta y se va.

«Cinco dedos forman una mano», repetía Toni Tengitt. Pero no hoy, y tal vez nunca más.

15

Canonica d'Adda

—«Entonces le respondió Pedro, y dijo: "Señor, si eres tú, manda que yo venga a ti sobre las aguas". Y él dijo: "Ven". Y descendiendo Pedro de la nave, anduvo sobre las aguas para venir a Jesús. Mas viendo el viento fuerte, tuvo miedo; y comenzándose a hundir, dio voces, diciendo: "Señor, sálvame". Y luego Jesús, extendiendo la mano, trabó de él, y le dijo: "Hombre de poca fe, ¿por qué dudaste?".» —Amalia, de rodillas en el terraplén, tiende la mano hacia el canal mientras todos la miran petrificados.

El cuerpo de su marido, sacado del agua en un silencio irreal, está hinchado, rígido y grisáceo: nadie ha tenido suficiente valor para mirarlo. Ahora descansa en una sábana que gotea agua, a la espera de que las autoridades terminen todos los trámites del caso. Es evidente que, como hacía todas las noches antes de volver a casa, el hombre fue a la central y que, habiendo perdido el equilibrio por cansancio, indisposición o mala suerte, cayó en el canal, donde no tuvo escapatoria.

Emilia, acuclillada a su lado, no deja de llorar. Amalia se da la vuelta y parece fijarse solo en ella.

—No debes llorar, tu padre ha sido llamado en presencia de Dios. —Le hace una caricia muy lenta, mientras se le dibuja una sonrisa en los labios—. «Y junto al arroyo en su ribera de una parte y de otra crecerá todo árbol de fruto de comer: su hoja nunca caerá, ni su fruto faltará: a sus meses madurará, porque sus aguas salen del santuario; y su fruto será para comer, y su hoja para medicina.»

—Mamá... —le implora Emilia entre sollozos.

—Debes tener fe, o el Señor te castigará. —Se aferra a su brazo y la sacude violentamente—. «Y prevalecieron las aguas, y multiplicáronse en gran manera sobre la tierra; y andaba el arca sobre la faz de las aguas. Y las aguas prevalecieron en gran manera sobre la tierra; y fueron cubiertos todos los montes altos que había debajo de todos los cielos. Quince codos encima prevalecieron las aguas; y fueron cubiertos los montes.» Se vuelve y clava sus ojos en los de Luigia, que se apresura a hacer la señal de la cruz.

—Venid, vámonos —susurra Agazzi intentando dulcemente que Amalia se mueva; pero ella, sin embargo, parece clavada en el suelo.

Si tratan de ponerla de pie, se enfurece: da patadas, suelta puñetazos, araña, escupe; ni siquiera los *carabinieri* se atreven a acercarse. Solo el párroco de Canonica, a quien han ido a llamar a toda prisa, logra calmarla; rezan durante mucho tiempo arrodillados en el terraplén mientras detrás de ellos el rugido de la fábrica no amaina. Por fin, cuando empieza a oscurecer, pide que la lleven a la iglesia.

—Vámonos a casa, mamá —suplica Emilia.

Pero no quiere irse a casa, no deja de repetir que su casa está en el regazo de Cristo y, como todos temen que Amalia recaiga en la locura y se les haga de noche, dos mujeres se ofrecen a acompañarla a la iglesia; solo entonces se levanta y consiente mansamente en marcharse. Después de cruzar el puente, al otro lado del canal, pasa justo delante de Fredo, que ha permanecido de pie todo el rato, sin perderse ningún detalle, y de repente la sacude un temblor que le deforma incluso los rasgos de la cara.

—«Huye, por tu alma —musita, señalándole con su dedo índice—. ¡No mires detrás de ti, ni pares en toda esta llanura, en el monte escápate, porque no perezcas!»

Todo el mundo sabe que Amalia, la de Vitali, no está bien de la cabeza, la gente ya ni siquiera le hace caso, se limitan a evitarla como a alguien que trae mal fario o a reírse de ella. Sin embargo, por primera vez, Fredo vislumbra más allá de la locura un poder oscuro e inquietante; quisiera escapar de esa voz que excava en su interior como una daga, de esos ojos locos capaces de escudriñar en su pecho, pero una fuerza misteriosa lo retiene donde está. Así que permanece inmóvil, paralizado, incapaz incluso de agachar la mirada.

—«Padre, perdónalos, porque no saben lo que hacen» —dice al final Amalia. Hace la señal de la cruz y se aleja, sin volver a mirar hacia atrás.

Emilia es la última en irse. En la confusión nadie se ha preocupado por ella. Cuando reúne fuerzas para ponerse de pie y volver a casa, se da cuenta de que, al otro lado del canal, Fredo está inmóvil como una estatua y tiene el mismo color del cadáver de su padre. Levanta la mano para saludarlo, pero él no contesta. Siente encima sus ojos, tan fríos como el hierro, rodeados ahora por un círculo azul, siguiéndola mientras sube lentamente la escalinata que conduce a la fábrica; a mitad de camino Emilia se detiene, como si algo la llamara, y su mirada cae hacia abajo, hacia el agua oscura que se hunde debajo de la central: una mano invisible le aprieta las entrañas dejándola sin aliento, entonces se aferra a la barandilla para no caerse y aprieta los dientes con fuerza, reprimiendo las lágrimas.

De repente cobra conciencia de todo el vacío que la rodea y de cómo en un puñado de horas la vida puede cambiarnos para siempre. Poco antes, en esa misma escalinata, mientras el pueblo estaba de fiesta, se había entretenido metiéndose con Silvio y dedicándole comentarios irreverentes, completamente inadecuados para una chica, sobre todo si los dirige al hijo del patrón; esa noche, al irse a la cama, sus últimos pensamientos son para él, el único en la aldea que no hace que se sienta fuera de lugar —tal vez porque él no pertenece de verdad a la aldea—, el único con el que es libre de ser ella misma, el único que hace que se sienta segura. Antes de que cayera la oscuridad, Emilia era una chica con el corazón lleno de confianza, la boca llena de risas, los ojos llenos de picardía, la cabeza llena de planes.

Ahora se ha convertido en una mujer.

16

Cuando era niño, su madre siempre le decía que, si se quedaba quieto en un lugar demasiado tiempo, echaría raíces; era algo que le asustaba mucho: se imaginaba que podían brotarle de los talones largas ramas silenciosas que, como zanahorias, se aferrarían a la tierra, impidiéndole que se moviera. Bastaba con aquella idea para que echara a correr.

Ahora Fredo sabe a qué se refería Luigia.

Del suelo asciende una humedad que pasa a través de las suelas de los zapatos y sube para paralizarle las piernas; las rodillas son dos trozos de piedra, las extremidades duelen, los lomos le arden como el infierno, la espalda le cruje como si estuviera a punto de romperse y desmoronarse. Siente la mirada de Amalia todavía sobre él, en su interior.

Aunque lograra dar un paso, Fredo sabe que nunca más se irá de ese lugar, que su alma ha quedado atrapada para siempre en la orilla del canal, como un condenado que cumple su castigo eternamente.

—¿Quién anda ahí? —La voz cavernosa de Bino sale de las entrañas de la fábrica—. ¿Quién es?

Solo entonces consigue moverse Fredo. Da un paso, dos, con los pies pesados como el hormigón; luego es incapaz de resistir la tentación de mirar bajo sus zapatos, temiendo ver largas raíces.

Más allá del puente suspendido sobre el canal, le aguarda la esperanza de un nuevo comienzo. Pero con cada paso el suelo se vuelve viscoso como la melaza y el aire es denso, irrespirable. Inmóvil, petrificado, Fredo siente que el mundo entero gira a su alrededor y algo amargo le sube desde el estómago para envenenar su lengua; entonces se agarra a la barandilla con ambas manos y mira hacia arriba, convencido de encontrar dos enormes ojos malvados. En el horizonte, el cielo se difumina en maravillosos colores que oscilan entre el naranja, el índigo, el azul, mientras que desde las profundidades del universo se encienden miles de millones de estrellas como alfileres a punto de lloverle encima.

—¡No! —implora.

—Malberti, ¿sois vos? —pregunta Bino levantando la linterna.

Fredo cierra entonces los ojos y echa a correr hacia la luz. Le parece que lleva corriendo kilómetros y kilómetros mientras, detrás de él, el puente se desmorona a su paso y la succión del canal devora todos los demás sonidos. Corre conteniendo el aliento, hasta que choca contra el pecho de Bino y se aferra a él.

—¿Os sentís bien? —Bino apaga la linterna y lo abraza.

El calor de su cuerpo devuelve a Fredo a la vida, la respiración es otra vez regular, los latidos del corazón se aplacan.

—Venid, entremos —le dice Bino.

En un rincón de las entrañas de la fábrica, Fredo se sienta sobre una pila de tablones y lo observa manipular a tientas la estufa para recalentar la sopa.

—Nunca lo hago... —tartamudea Bino incómodo—. Y además es seguro, tengo mucho cuidado.

—¡Qué me importará a mí si este lugar arde entero! —espeta Fredo.

El cambio de tono no le pasa desapercibido a Bino, que sonríe alargándole el cuenco humeante.

—Come, no tienes buen aspecto.

De un paño de cocina saca media hogaza, de la que corta unas rebanadas con su propio cuchillo; por último, agarra la botella de vino que tiene escondida detrás de los tablones y llena una taza.

La sopa, caliente y espesa, está sabrosa: le recuerda la que hace Luigia en los días de fiesta. Con cada sorbo Fredo se siente un poco mejor.

—Así que vives aquí —le dice, disfrutando con la expresión aterrorizada de Bino.

—No, mi casa está en...

Fredo se encoge de hombros, cortando la conversación.

—Es un largo camino a pie —murmura Bino.

—Podría hablar con el patrón. Podría conseguirte un piso en los *palasocc*, tal vez incluso un chalecito. —Si creía poder impresionarlo, va a quedar decepcionado.

—Mi madre está enferma. —Bino niega con la cabeza—. No podemos alejarnos, siempre debe haber alguien que se encargue de ella.

—Vaya, lo siento —dice Fredo.

—Es muy mayor, es frecuente que no reconozca a la gente, a veces ni siquiera a mí. También hace cosas raras, se pierde por el camino, a menudo no duerme ni tiene apetito, o se vuelve agresiva. No es fácil convivir con alguien así...

—Por eso vienes y te escondes aquí.

—No se lo dirás a nadie, ¿verdad? —susurra Bino—. Me metería en un lío, me quedaría sin nada.

Fredo se encoge de hombros de nuevo al sentir brillar en su interior la felicidad por ese secreto que los une, que los hace cómplices. Entonces le asalta una terrible sospecha.

—¿Te has enterado de lo de Vitali? —deja caer, tratando de dar a su propia voz toda la desenvoltura de que es capaz.

El otro asiente con tristeza.

—¿Estabas aquí cuando...?

Algo en su tono, quizá las prisas o una nota demasiado aguda, llama la atención de Bino, quien lo observa por un largo tiempo antes de contestar.

—No, estaba en casa con mi madre.

La nuez de Adán de Fredo se mueve arriba y abajo.

—La viuda, esta tarde... —dice al cabo de un momento—. Ha citado la Biblia.

—Estaba trastornada.

—«Huye, por tu alma. ¡No mires detrás de ti, ni pares en toda esta llanura, en el monte escápate, porque no perezcas!» —repite Fredo—. Un pasaje del Génesis, la destrucción de Sodoma y Gomorra.

Se miran durante un largo rato, sin poder encontrar las palabras.

—No quiero que huyas —susurra Bino acercándose a él—. Quiero que te quedes aquí para siempre.

«Y ¿adónde podría ir?», piensa Fredo derritiéndose en su abrazo.

17

Milán

La puerta está cerrada, pero la voz de su padre se oye perfectamente. Silvio, con la oreja pegada a la madera, se lo imagina cruzando la habitación a largas zancadas, mientras su madre está sentada, serena como siempre, en la butaquita frente al escritorio.

—Lo tenían todo planeado —dice Cristoforo—, hasta el último detalle.

Una pausa da a entender que Pia está expresando su opinión.

—¡¿Qué pruebas?! —brama Cristoforo—. ¿Qué más se necesita...? ¡Después de todo lo que he hecho por ellos! ¡Qué pérfido! ¡Menudo traidor!

Silvio se siente morir. No había ido allí a escuchar a escondidas, solo quería hablar con su padre, tratar de hacerle entender o, por lo menos, de ganar tiempo. Las palabras del tío Benigno han echado raíces dentro de él, no ha dejado de pensar en ellas. «Deja la puerta abierta» o, como diría Emilia, «sal de la bolsa de canicas de tu padre y vete rodando por el camino que has escogido».

El aire en casa está muy tenso desde hace días, por más que todo el mundo finja que las cosas van bien. Su padre es un hombre severo, rígido a veces, pero nunca le había visto tan lúgubre, tan encerrado en sí mismo. Como es natural, no le han contado nada a Silvio, pero no es difícil adivinar cuál es la razón. Mejor dicho, quién.

—¡Ha sido esa, no me cabe la menor duda!

Otra larga pausa. Silvio sigue aguzando el oído para intentar captar jirones de la conversación, preguntándose de qué parte está su madre, si trata como siempre de mediar, de encontrar un compromiso, de calmar los ánimos. Si ella por lo menos estuviera un poco mejor dispuesta, tal vez podría encontrar una aliada en casa.

En el silencio que sigue, el crujido del último escalón suena magnificado, pero ya es demasiado tarde: el mayordomo lo sorprende in fraganti. Silvio se sonroja, da un pequeño salto como para huir, pero ¿adónde? Attilio se detiene en lo alto de las escaleras y baja la mirada, dando al hijo del patrón tiempo para alejarse. Luego, frente a la puerta, carraspea antes de llamar enérgicamente.

—¡Adelante! —grita Crespi.

Silvio escucha el crujido de la puerta.

—¿Qué ocurre? —El tono de su padre rebosa cólera.

Attilio titubea.

—*Alüra?* ¿Me dices algo?

—Vuestro hermano Benigno está abajo, señor. —Una breve pausa—. Solicita hablar con vos.

—Cristoforo... —La voz de Pia suena como una advertencia.

Silencio de nuevo, señal de que su padre está meditando. Todas las cartas que Benigno le ha enviado en los últimos días las ha devuelto al remitente sin haberlas abierto siquiera.

—Que suba —dice con voz débil después de un rato, como si la decisión le hubiera costado un esfuerzo inmenso.

Pia sale y baja a recibir a su cuñado, Silvio se queda escondido en un rincón oscuro del pasillo. Benigno aparece al poco devorando las escaleras, subiendo los escalones de dos en dos.

—Cierra la puerta —le dice Cristoforo.

Silvio espera oír gritos e insultos, pero el único sonido es el reloj de péndulo del piso de abajo que jalona el tiempo, un tiempo que parece interminable. Impulsado por la curiosidad, sale de su escondite y vuelve a apoyar la oreja en la puerta; tampoco así, sin embargo, puede captar nada, ni siquiera un suspiro. Las campanas de la iglesia repican seis veces, generalmente a esa hora toda la familia se reúne para cenar. Silvio se pregunta qué habrá preparado la cocinera, si le pedirán a su tío Benigno que se quede a cenar con ellos, como sucedía a menudo en el pasado.

En eso la puerta se abre de par en par y Silvio casi acaba en el suelo al toparse con su padre, quien lo mira con el ceño fruncido.

—Adiós —le dice Cristoforo a Benigno tendiéndole la mano, con una extraña formalidad.

—Adiós —contesta el otro negándose a estrechársela. Luego dirige a Silvio una sonrisa afligida, antes de ponerse el sombrero en la cabeza y encaminarse hacia la salida con pasos cansados.

—¡Silvio! —brama su padre.

Al chico se le eriza todo el vello del cuerpo. Si bien Cristoforo nunca le ha puesto la mano encima, no es menos cierto que algunas de sus miradas duelen más que un correazo.

—Entra.

Silvio se cuadra frente a su padre, quien, sentado ante el escritorio, tamborilea con los dedos nerviosamente. «Vamos —piensa el muchacho—, dime cuál es el bendito castigo.» ¿Lo dejará sin cena? ¿Le prohibirá volver al pueblo con Emilia? ¿Lo pondrá a trabajar en la hilatura? Cristoforo, por el contrario, se toma su tiempo, quizá para aumentar la tensión, quizá para tratar de controlarse.

—Verás, Silvio —empieza a decir Cristoforo—, cuando tenía tu edad, quería ser sacerdote. Era lo que más deseaba en el mundo. A tu abuelo no le hacía la menor gracia: teníamos una empresa que sacar adelante, bocas que alimentar..., pero yo supe plantarle cara con todo el fervor de la juventud y de la fe.

Así que al final, después de muchas discusiones, logré que me enviaran al seminario. —Al evocar aquella época en la que no existían las preocupaciones, tras muchos días recobra la sonrisa—. Unos años después, sin embargo, tu bisabuelo Benigno, el padre de mi padre, murió y la familia se vio en serias dificultades financieras. Tu tío Benigno en ese momento era todavía muy pequeño... Me vi obligado a interrumpir mis estudios para ayudar a mantener a los demás.

Silvio se queda con la boca abierta. Su padre nunca se había dejado llevar por confesiones tan íntimas; no consigue imaginárselo bajo la apariencia de un sacerdote, y mucho menos de un hijo rebelde.

—Fue una decisión muy difícil. Tenía aspiraciones, deseos, y de repente tuve que abandonarlo todo para mantener a la familia. Así que dejé la universidad, a la que había empezado a ir después del seminario, y me busqué un modesto empleo, de lo más alejado de mis ambiciones.

Recuerda aquellos días como si fueran ayer: el sentimiento de que le habían robado, de sentirse aplastado, inerme, rehén de decisiones ajenas, el deseo de rebelarse contra todo, y al mismo tiempo el peso de la responsabilidad hacia las personas a las que quería. De vez en cuando, en el secreto de su cama, Cristoforo lloraba a causa de la desesperación y el desconsuelo.

—Pues bien, enfrentado a mi deber de hijo y de hermano, elegí hacerme cargo de lo que se esperaba de mí, a expensas de mis inclinaciones, y no sin sufrimiento. Elegí anteponer a la familia al egoísmo de mis deseos individuales, y desde entonces jamás me he arrepentido. Jamás. —Cristoforo se detiene y le da a Silvio tiempo para que comprenda el significado profundo de esa confesión—. Y ¿sabes por qué?

El chico niega con la cabeza.

—No solo porque hoy, precisamente gracias a esa dolorosísima decisión basada en la lealtad, estoy a la cabeza de una próspera empresa algodonera que emplea a cientos de buenas personas y que nos permite llevar una vida acomodada. No solo porque así se me concedió la dicha de conocer a tu madre y tenerte a ti, a tus hermanas y a tu hermano. Sino sobre todo porque todas las noches me acuesto sabiendo que nunca le di la espalda a mi familia.

Esa misma familia que, solo unos días después de la muerte de su padre, ha tratado de robarle con subterfugios lo más preciado que ha construido: la marca Benigno Crespi.

Al final su hermano volvió sobre sus pasos: la preciosa marca se la quedará Cristoforo y para su propia actividad Benigno utilizará la de Crespi & C., pero ello no basta para borrar lo que ha pasado o para reconstruir una relación de confianza mutua. Cristoforo, por su parte, se ha mostrado claro hace un momento: todo ha terminado entre ellos, no volverá a dirigirle la palabra nunca más.

Pia aparece en la puerta, pero no entra.

Cristoforo intercambia brevemente la mirada con ella, luego vuelve a concentrarse en su hijo.

—La casa en la que vives, la villa en el lago de Orta, la comida que comes, los estudios a los que te dedicas, los viajes que te permiten ver el mundo, la ropa que usas y todas las demás comodidades que te rodean, todo lo que tienes es el fruto de los sacrificios de personas que vinieron antes de ti. Tu padre, tu abuelo y tu bisabuelo trabajaron duramente y tu deber es recoger su legado y asegurarte de que sus esfuerzos no han sido baldíos.

Silvio no abre la boca. Hace apenas unas horas estaba decidido a entrar en el despacho de su padre y decirle que su deseo es convertirse en periodista del *Corriere della Sera*, que no le gusta la fábrica, que no quiere trabajar en la hilandería. Se había preparado un discurso que ahora le parece ridículo, patético.

—La cena está lista —dice Pia.

Cristoforo se levanta y se va, Silvio lo sigue con la cabeza gacha.

—Tú te vas a la cama sin cenar. —Su padre lo detiene—. Así tal vez aprendas que uno no debe escuchar a escondidas.

SEXTA PARTE

1

Milán, invierno de 1884

El saloncito carmesí, llamado así por el color de las cortinas y de las tapicerías, es una de las habitaciones favoritas de los señores: van allí para leer y charlar, reciben a sus invitados y a la señora Pia le encanta sentarse a bordar en el sillón de al lado de la ventana. En días fríos como este, la chimenea permanece encendida hasta que la familia se retira a dormir, a veces incluso ya tarde por la noche.

—¡Recoge todas las cenizas, rápido! —ordena el ama de llaves.

Es la primera tarea de la mañana: hay que pulir las herramientas y limpiar los hogares antes de volver a encenderlos. El nuevo palacete es muy grande, pero la mayoría de las habitaciones no se utilizan y permanecen cerradas y frías porque el amo sostiene que no hay necesidad de desperdiciar toda esa leña.

No ha salido aún el sol. Emilia está arrodillada delante de la chimenea, por la que baja un aire frío que huele a nieve y a humo.

—¡Y ten cuidado de no ensuciarlo todo! ¡La última vez que lo hiciste fue un desastre!

—Sí, señora Magni.

Emilia ha sido la última en llegar, por lo que le tocan los trabajos más pesados. Después de un desayuno rápido pero sustancioso, su jornada prosigue quitando el polvo a los cristales, sacando brillo a la plata, aireando las habitaciones, haciendo las camas, sacudiendo las alfombras, remendando la ropa blanca, lavando las ollas, barriendo los suelos... A veces llega tan cansada a la noche que se queda dormida vestida, sin haber probado siquiera bocado.

Y no es que le importe, porque cuando el amo le concede medio día de descanso los pensamientos vuelven a atormentarla. Piensa en su padre, en la piel gris, en los labios azules, en las uñas negras; hurga en la memoria para recobrar su sonrisa, sus ojos vivaces, su cálido abrazo, su voz suave y profunda, pero, cuando consigue por fin aferrar esos recuerdos de él, he aquí que su cuerpo, hinchado y deformado, vuelve a la superficie. Piensa en las cartas que envía a su madre al monasterio adonde se ha retirado, todas devueltas al remitente, intactas. Piensa en el instituto, en sus compañeros reunidos en la amplia aula fría con grandes ventanales hasta el techo, en el dulce sonido del griego antiguo y en el ilimitado conocimiento encerrado en los libros, en todo el saber al que ya no tendrá acceso. Piensa en la actividad incesante que latía en el pueblo, en la casita tranquila con las ventanas que dan a la fábrica, esa a la que no llegaron a mudarse, en las carreras en los campos y en lo que, por encima de cualquier otra cosa, echa de menos en la ciudad: el cielo. Dondequiera que estuviese, en Canonica, al levantar los ojos por encima del horizonte se topaba con la franja azul del infinito, mientras que allí, encajado entre los altos edificios, el cielo se reduce a pequeños recuadros lechosos y apagados.

Tiene el cerebro tan lleno de pensamientos que a veces le parece que está a punto de estallarle.

El patrón ha sido bueno, generoso. A fin de cuentas, tenía razón él.

—¿Cómo estás, chiquilla? —le preguntó al día siguiente del funeral, pagado por él mismo.

—Bien, señor Crespi —contestó ella con los ojos aún enrojecidos de tanto llorar—. Gracias.

Él esbozó una sonrisa dolorosa, llena de ternura, y le tomó la mano, fría y agrietada, entre las suyas, grandes y cálidas.

—Tu padre era un buen hombre, honesto, leal. Un amigo para mí. —Con estas palabras se le quebró la voz y tuvo que tragar saliva para contener la emoción—. Estoy comprando un nuevo edificio, en Milán. Es muy grande —añadió al cabo de un momento—. Silvio piensa que...

—No quiero irme de aquí —lo interrumpió ella recurriendo a las últimas fuerzas que le restaban.

El patrón, por un momento, se quedó sin palabras.

—Debemos pensar en tu futuro, chiquilla.

—Mi futuro está aquí, en el pueblo —replicó Emilia—. Y ya no soy una chiquilla.

Otra vez esa sonrisa lenta y dolorosa, luego el patrón se dejó caer contra el respaldo de la silla y expulsó todo el aire.

—Podría quedarme aquí, trabajar en la fábrica —le rogó—. Muchos chicos de mi edad lo hacen.

—Pero ellos todavía tienen una familia —se le escapó a Crespi.

Siguió un embarazoso silencio en el que, aguzando el oído, podían oírse rechinar los dientes de Emilia en un esfuerzo por contener las lágrimas.

—Chiquilla —comenzó de nuevo el patrón—, la vida en la fábrica es agotadora y todavía eres demasiado joven para vivir sola, no tienes más que quince años. Si te pasara algo, yo nunca me lo perdonaría.

Y fue así como llegó a ese inmenso palacete, todavía en buena parte por restaurar, con las oficinas de la empresa que ocupaban la planta baja, las viviendas privadas de la familia arriba y las de la servidumbre en el desván.

—Ya se han levantado todos. ¡Date prisa en terminar! —la conmina el ama de llaves.

Emilia recoge las últimas cenizas, coloca la leña y enciende el fuego.

2

Bérgamo

—Entrad, rápido. Pasad.

Agazzi se cuela por la rendija e inmediatamente la puerta se cierra detrás de él con un ruido sordo.

—No recibimos muchas visitas —dice la monja escoltándolo por un corredor frío, en el que asoman puertas a intervalos regulares.

Solo se oye el chasquido de las muletas magnificado por el eco que rebota en los techos, muy altos. Las únicas ventanas dan a un claustro interior en cuyo centro se alza una magnolia, que ahora se muestra desnuda y orgullosa a los pocos visitantes que acuden al lugar.

—La abadesa ha insistido en que os agradezcamos vuestra donación.

—Oh, no es necesario que os molestéis... —protesta Agazzi, quien tiene prisa.

La monja se detiene bruscamente, y falta poco para que él se le eche encima.

—No es molestia —replica, en el mismo tono con el que su madre, de niño, le decía: «Termínate la sopa». Luego se vuelve y, con un aleteo de sotana, se encamina hacia una gran puerta en nogal oscuro. Toca y espera.

De detrás de la madera se oye un «¡Adelante!» que podría ser de un hombre, de no ser porque se hallan en un monasterio de clarisas. La monja abre la puerta a un escritorio imponente, detrás del cual se encuentra, muy estirada, la abadesa.

—Tomad asiento —ordena escudriñándolo con ojos severos—. De modo que vos sois...

—Un primo —murmura Agazzi.

—Tenía entendido que solo tenía hermanas, que sin embargo viven muy lejos.

—Y a mí —añade él.

—De quien nunca me han hablado... —Siguen varios minutos de silencio en el que los dos se desafían sin apartar en ningún momento la mirada—. Vuestra donación ha sido muy generosa —dice luego la abadesa, en un tono más suave.

—Quería asegurarme de que vuestra huésped tuviera todo lo que necesita.

—La pobre llegó a nuestro convento en un grave estado de agitación por los terribles hechos de los que sin duda estaréis al tanto. La familia Crespi nos encareció vivamente que atendiéramos la cura de su alma.

Agazzi no tiene dificultad en imaginar cuán vivamente se lo habrá encarecido el patrón. Y, sin embargo, no cree que ese sea el lugar indicado para Amalia.

Mira a su alrededor. Las paredes están desnudas, encaladas; el rostro sufriente de Cristo en la cruz habla de resignación eterna. La única ventana, que da a la plaza, está situada a tal altura que deja pasar la luz, pero impide mirar afuera, más allá de las rejas. Como si el mundo al otro lado de los muros hubiera dejado de existir.

—Ahora está mejor —continúa la abadesa—. Ha encontrado la paz en la oración.

—Me gustaría verla. —Y, como la otra lo mira con desconfianza, añade—: Si está permitido.

—Esto no es una prisión, señor Agazzi. —Se levanta y, sin esperarlo, abre la puerta de par en par y sale al corredor—. Escoltad al caballero hasta nuestra huésped —ordena a dos jóvenes monjas—. Estoy segura de que nuestra querida Amalia estará encantada de ver a su primo. —Recalca la última palabra con un tono de escepticismo del que, sin embargo, Agazzi opta por hacer caso omiso.

—Gracias, madre. Dios os bendiga.

—Diez minutos —replica ella—. No queremos que se canse, aún está recuperándose.

Las novicias lo escoltan por otros pasillos hasta unas escaleras grandes de piedra que se elevan formando una especie de letra u muy empinada. La habitación de Amalia se abre a la izquierda, inmediatamente después de las rampas: un pequeño local sin adornos, una cama deshecha, un enorme crucifijo, una palangana y un reclinatorio.

—¡Amalia! —exclama Agazzi.

Ella levanta la vista del libro de oraciones. Ya no son los mismos ojos intensos y penetrantes de la Virgen sombría que conoció hace años y que a menudo vuelven a animar sus sueños. La mirada de Amalia está apagada, incolora, como todo lo de allí dentro.

—¿Qué hacéis aquí? —murmura.

—He venido a ver cómo estáis... Os veo bien —miente él.

—Rezo mucho.

—¿Estáis comiendo lo suficiente? —Ha perdido mucho peso desde la última vez que la vio: si antes era menuda, ahora parece consumida—. Tenéis que comer.

Amalia se encoge de hombros.

Permanecen en silencio largo rato, hasta que la voz de la abadesa llega para interrumpirlos. «¡Diez minutos!»

La ansiedad se apodera entonces de Agazzi.

—Amalia —le dice tomándola de la mano—, venid conmigo. Este lugar no es adecuado para vos.

Los ojos de ella se agrandan, y por un instante vuelven a cobrar vida.

—Aquí estoy bien, rezo mucho.

—También podríais rezar en otro lugar. Yo cuidaría de vos,

me encargaría de todo, no os faltaría de nada —le suplica—. Venid conmigo.

—Vos no entendéis.

—Yo... —«Yo os amo», piensa, cobrando conciencia tan solo en ese momento de lo que siente, de lo que siempre ha sentido—. Sé bien que jamás podría remplazar a vuestro esposo, y tampoco lo deseo: nunca me lo permitiría. Pero haría cualquier cosa para que fueseis feliz, y no pediría nada a cambio. Nada, os lo juro.

Ella le da una lenta caricia con manos tan frías como la muerte.

—Yo no puedo ser feliz, vos lo sabéis bien.

—¡Por supuesto que podéis! Sois tan joven y... —«Y tan hermosa.»

—Soy un alma atormentada e inquieta. En mi interior se revuelven cosas a las que no puede darse nombre y que sin embargo forman parte de mí como la sangre y la carne de las que estoy hecha. No existe un lugar donde esté al resguardo de ellas.

—Entonces ¿por qué no conmigo? A mí no me asustan las cosas de las que estáis hecha.

La abadesa, en la puerta, anuncia su presencia con un golpe de tos.

Amalia aparta la mirada.

—Nunca os haría esto. Ni a vos ni a ninguna otra persona a la que ame. —Piensa en Emilia, en sus cartas, que sostiene en la mano durante largo tiempo antes de devolverlas sin abrirlas siquiera—. Marchaos, Luigi.

Agazzi lucha por resistir la tentación de estrecharla entre sus brazos. Tres letras han bastado para abrir un resquicio de esperanza en su corazón: Amalia lo ama, acaba de admitirlo. ¿Qué importancia puede tener todo lo demás?

—Venid conmigo, os lo suplico.

—No quiero volver a veros —dice entonces ella, con la voz cortante como esquirlas de cristal—. No volváis nunca.

Agazzi siempre había pensado que la expresión *corazón par-*

tido era un exceso poético, cosa de mujercitas. Ahora, sin embargo, cuando siente que su corazón se quiebra en mil pedazos con el ruido sordo de una cerámica que cae al suelo, sabe que es posible. Aunque siga latiendo, un corazón puede romperse.

3

Canonica d'Adda

El algodón en bruto tiene un olor propio, una mezcla de hierro calentado por el sol, polvo, sudor y humo; cuando llega a la aldea, en las grandes cargas destinadas a la hilandería, el aire está tan saturado de polvillo que parece sentirse hasta en la lengua. Los fardos se cargan en carros más pequeños y se trasladan al almacén, donde se abren formando montones que rozan el techo: es una tarea larga y agotadora que lleva horas y a veces hasta días de trabajo. Los hombres usan trapos húmedos para taparse la nariz y la boca, pero cuando vuelven a casa la noche después del turno siempre tienen dificultad para respirar, como si los pulmones se les hubieran encogido.

Algunos obreros están descargando un carro y, cuando ven pasar al patrón, se ponen firmes; entre ellos está Bino, quien, erguido en medio de todo ese algodón, con la punta del bieldo dirigida hacia arriba, los músculos tensos, la frente perlada de sudor y el pelo un poco demasiado largo que llega a rozarle los hombros, parece un Neptuno emergiendo de olas espumosas.

Fredo, que ha acudido con Crespi, siente que el estómago se le contrae en un espasmo; no lo ve desde hace dos semanas y ha hecho todo lo posible para encontrar un pretexto que lo llevara al pueblo. Sabe que no debe llamar la atención, que debe parecer indiferente, pero la tentación es demasiado fuerte.

Disminuye el paso lo suficiente como para separarse del patrón, supera el grupo de obreros, luego se detiene de pronto, como si le hubiera alcanzado una saeta. Con la espalda recta, los hombros anchos, la barbilla alta. Los hombres intercambian una mirada de alarma: ¿qué habrán hecho mal esta vez?

Fredo vuelve lentamente hacia atrás. Sabe que tiene todos los ojos clavados en él; sabe que esos hombres, altos y grandes, armados con palas y bieldos, no tienen herramientas para defenderse de sus arrebatos de ira y por eso lo temen. Se toma todo el tiempo del mundo para saborear ese momento de tensión, y se detiene justo delante de Bino; abre un poco las piernas, mira la hora en el reloj de chaleco, se atusa un mechón de pelo, apoya las manos en las caderas.

—Tú, ¿por qué no llevas un pañuelo en la cara?

Bino baja la cabeza. Sabe que, diga lo que diga, no serviría de nada.

—Sirve para proteger la garganta y los pulmones. ¿Te crees diferente a los demás? ¿Que puedes hacer lo que quieras?

No muy lejos, Crespi se detiene y observa la escena. Ya ha visto docenas de rapapolvos como esos, en su mayor parte inútiles y excesivos; no le gusta que su empleado se encarnice con tanta ferocidad con los obreros, siempre siente un extraño malestar. Y, sin embargo, sabe que, si interviene, la gente podría pensar que es incapaz de controlar a sus empleados, que deja que se le suban a las barbas, o que tiene la mano demasiado blanda, que no es realmente el patrón; así que calla, esperando que acabe cuanto antes. Luego cuando están a solas se lo reprocha: «No me gusta cómo los has tratado esta vez, Fredo». Pero el joven siempre tiene una razón válida: «Debéis perdonarme, señor Crespi, jamás me permitiría faltaros al respeto. Pero vos mismo lo habéis visto, ese hombre se había inclinado demasiado, podría ser peligroso. Tuve que hacerlo por su propia seguridad, y sobre todo por vuestro interés: si alguien sale lastimado, acabaría pagándolo la Benigno Crespi. No puedo aceptar que por descuido o frivolidad se os haga daño, con todo lo que hacéis por ellos». Así consigue que se sienta culpable —no, la verdad es que Cristoforo no había notado que el obrero se había asomado demasiado: ¿es un patrón tan distraído?— y se sale con la suya.

—¡Estoy hablando contigo! —grita Fredo, acercándose lo suficiente para que Bino huela su aroma—. ¡Las reglas están para cumplirlas!

—Lo siento —murmura Bino—. Lo he perdido.

Fredo cruza los dedos frente a su rostro y lo observa por encima de los nudillos. Su amante esconde una sonrisa cómplice en su barba que solo ellos dos pueden ver.

—Conque lo has perdido —repite en voz alta Fredo—. ¿Ese es el cuidado con el que tratas el material de la empresa? Así que tal vez mañana nos digas que has perdido el bieldo, y después, quién sabe, quizá incluso el carro y luego el caballo. ¿Debemos sacar la conclusión de que eres un ladrón?

Bino pone los ojos en blanco.

—¡No! —Hay pánico en su voz: un rapapolvo puede ser incluso divertido, pero la acusación de robar a la empresa, en presencia del patrón además, es muy seria y podría costarle su puesto de trabajo.

Fredo se da cuenta de que ha llevado el juego demasiado lejos y por un momento no sabe cómo echarse atrás. Reina un silencio irreal a su alrededor y con el rabillo del ojo puede ver al patrón con los sentidos alerta.

—Usa este por hoy —le dice entregándole su propio pañuelo. Entre las manos grandes y bronceadas de Bino ese fino trozo de tela parece aún más precioso—. Mañana vendré a comprobar que sigues todas las reglas. Y será mejor que así sea. —Hace una pausa, luego vuelve la mirada a los demás obreros—. Porque de lo contrario tendremos que despedirte, junto con todos los demás que están aquí, quienes, habiendo presenciado tan grave incumplimiento de las normas de seguridad, no lo pusieron en conocimiento de la dirección de la empresa, y por lo tanto las han conculcado también.

Conculcar, normas, poner en conocimiento. Casi ninguno

de los presentes sabe lo que significan esas palabras, son todos analfabetos. Pero el concepto lo han entendido a la perfección, vaya que sí. Fredo siente la descarga de odio y miedo que se desliza entre los presentes y se esfuerza por contener la risa.

Crespi tose para indicar que es hora de dejarlo.

—Y ahora volved al trabajo, rápido —ordena Fredo.

Echa una última mirada a Bino, lo que podría interpretarse como una advertencia y en cambio es un adiós, luego gira sobre tus talones y regresa con el patrón.

Los obreros, sumergidos en el algodón hasta las rodillas, remprenden el trabajo mascullando palabras de desprecio. Bino dobla el pañuelo de su amante y hace con él un triángulo que se anuda en la nuca. Inmediatamente el olor de su colonia invade sus sentidos, anunciándole el encuentro de esa noche.

4

Milán

El nuevo palacete en via Borgonuovo tiene unas escaleras secundarias que conducen al semisótano; a lo largo del pasillo se abren las estancias de servicio, la cocina, la despensa, la bodega, iluminadas por ventanucos situados en lo alto y cerrados por rejas más allá de las cuales se ven pasar los pies de la gente por la calle. Por más que esté escondida, esa es la parte viva de la casa, un lugar de olores y ruidos donde el aroma de los platos se mezcla con el vapor de la ropa que se plancha; cuando suben a las plantas nobles, los sirvientes bajan el tono y miden sus palabras, pero ahí todo es un sucederse de voces en dialecto, un correr de un lado a otro, risas groseras y comentarios vulgares.

Apenas tiene un momento libre, Silvio se escurre hasta allí y se acurruca debajo de las escaleras aguzando el oído. A sus quince años y medio, debería ser libre de ir a donde le plazca, sobre todo en su propia casa, pero el ama de llaves no quiere que vaya allí, dice que ese no es lugar para él.

—*Milia, desciùlet!* ¡Espabila! —grazna Magni, que de ese reino subterráneo es la monarca absoluta.

Es la mujer más fea que Silvio ha visto en su vida, con una nariz larga y afilada que hace sombra a unos labios finísimos, casi invisibles, y una frente muy baja.

Silvio aguanta la respiración esperando a que Magni pase a

su lado mientras sube a los pisos superiores con el cesto de la ropa limpia; luego sale de su escondite.

Emilia está sola en la despensa, inclinada para sacar brillo a una cacerola de cobre.

—Si sigues frotando un poco más, acabarás haciendo un agujero —le dice Silvio.

Ella levanta los ojos, que por un momento se llenan de luz antes de volver a apagarse.

—¿Te vienes arriba? Quiero enseñarte una cosa.

Emilia niega con la cabeza.

—Tengo que terminar esto.

Él se encoge de hombros.

—Ya lo terminarás luego.

Su amiga deja escapar media carcajada: lo cierto es que Silvio no sabe nada, ni se lo imagina. Después de las ollas, tiene que sacarle brillo a toda la plata, empezando por las cuberterías, pasando por las bandejas y terminando con los candelabros, ya que mañana los amos tienen invitados a cenar y todo tiene que salir perfecto. Y después de la plata están los cristales. Y después de los cristales habrá algo más: Emilia no sabe qué, pero seguro que no le tocará descansar.

—Vamos, vamos —insiste Silvio—. Solo un momento.

—¡No puedo, ya te lo he dicho! —Ella se enfada.

Últimamente le sucede a menudo el sentirse invadida por una especie de furia que le estalla de repente en el pecho y asciende para oscurecerle los pensamientos. El corazón le late en la cabeza hasta hacerle daño. Emilia quisiera gritar hasta perder la voz, como si pudiera expulsar con el aliento toda la rabia que tiene en el cuerpo. Aprieta los dientes, se le blanquean los nudillos y la mirada se le vuelve sombría, feroz. Pero ha tenido que aprender rápidamente las reglas de ese pequeño universo segregado. Allí no se perdona su irreverencia, a nadie le importa su pasado, los demonios que lleva dentro; los arrebatos son solo prerrogativa de Magni, Emilia tiene que someterse y obedecer.

El único con el que puede dejarse llevar es Silvio, a quien sin duda esos arrebatos no le hacen mucha gracia, pero con los que, por lo menos, se muestra paciente.

—Discúlpame —le dice—. No quería ser descortés.

Él sonríe con los labios apretados poniendo una mueca graciosa.

—Es que, si no termino aquí, luego tendré que oír a la señora Magni...

—Ay, la señora Magni —responde Silvio, como diciendo que a él esa solterona le importa un bledo.

Y el ama de llaves, por arte de magia o tal vez por maleficio, aparece en la puerta.

—Señorito Crespi... —dice, después de lanzar una mirada feroz a Emilia. No añade nada más: podría ser un «¿En qué puedo ayudaros?» o un «¿Qué diablos estáis haciendo aquí abajo?». Con toda probabilidad lo segundo.

—Precisamente os estaba buscando —contesta Silvio tratando de darse tono.

Ella no mueve un músculo, no está impresionada en absoluto.

—Emilia tiene que subir conmigo... —continúa Silvio, sintiendo como su altivez se desmorona bajo la mirada severa de Magni—. Tenemos algunos asuntos que atender.

—¿Y de qué asuntos...?

—No es de vuestra incumbencia —replica Silvio, esperando que su padre no se entere nunca—. Y... estas cacerolas. Quiero que seáis vos la que les saque brillo. ¿He sido claro?

La mujer palidece.

—Naturalmente, señorito Crespi —dice entonces—. Como deseéis.

Cuando Silvio y Emilia salen al patio del edificio, él no puede reprimir las carcajadas bajo la mirada escéptica de su amiga.

—¿No ha sido divertido? ¡Menuda cara ha puesto!

Emilia se queda con los brazos cruzados.

—¿Se puede saber qué quieres?

Él la agarra de la muñeca y la lleva arriba por la escalinata de honor. Todo el primer piso está ocupado por la galería de arte de su padre; en las paredes cuelgan cuadros de Correggio, Tiepolo, Canaletto, Guercino... Emilia la conoce bien porque le corresponde a ella la tarea de lavar los suelos de esta ala.

—Pero si se te ocurre tocar las pinturas, te cortaré las manos —le advirtió Magni poniéndola en guardia.

Entre una pasada y otra de la bayeta, Emilia levanta la cabeza y admira esas extraordinarias obras de arte, preguntándose cuánto podrán valer. Si un obrero de la fábrica textil gana menos de dos liras al día, ¿cuántos de ellos se necesitan para comprar un cuadro?

—Venga, vamos —la apremia con un gesto Silvio, que camina por delante de ella en el largo pasillo—. Hay una novedad que me llegó ayer.

Al fondo de la sala se ha colocado un enorme mapamundi de madera. El chico lo señala con gestos enfáticos.

—Globo terráqueo —le dice silabeando las palabras.

Ella lo mira con aire de suficiencia.

—Ya sé lo que es.

En la biblioteca de su colegio, en Bérgamo, había uno muy parecido, aunque más pequeño. A Emilia le gustaba girarlo preguntándose qué clase de personas vivirían en lugares tan remotos, qué comerían, cómo se vestirían, qué idiomas hablarían; podía fantasear durante horas inventándose historias de personas que nunca había conocido. Le hubiera encantado, algún día, poder escribir sobre ellas, sobre sus vidas. El recuerdo aflora junto con la conciencia de todo lo que ha perdido, de los sueños que le han sido arrebatados, del futuro que le ha sido negado, y sus ojos se llenan de lágrimas.

Silvio se queda de piedra, preguntándose qué habrá hecho para provocar su llanto.

—¿Qué pasa?

—Nada. —Emilia hace ademán de irse, no quiere sollozar delante de él, no quiere tener que dar explicaciones, no quiere su compasión. ¿Cómo podría entenderlo, además, alguien que lo tiene todo?

Pero Silvio se interpone ante ella impidiéndole que huya.

—Espera, no te vayas. —Abre los brazos y Emilia no es capaz de contenerse y se arroja en ellos.

Durante unos minutos, en la pinacoteca solo se oyen sus sollozos. Él no le hace preguntas: en el fondo, no hay nada que preguntar, nada que decir.

—Mira —dice cuando por fin se calma—. El algodón es una planta que necesita condiciones climáticas particulares para crecer. Por eso viene de muy lejos. —Señala con el dedo las Américas—. Aquí se cultiva desde hace muchos muchos siglos, cuando en Europa aún desconocíamos su existencia. Desde estos puertos zarpan hoy barcos enormes cargados de algodón en bruto que emprenden largos y peligrosos viajes a través de los océanos para llegar al final aquí. —El dedo se detiene aproximadamente en Génova—. Desde ahí el algodón sale hacia el norte y acaba en nuestras fábricas, donde se abre, se carda, se hila y se teje. Y luego... —Hace girar el globo, primero despacio, después más y más rápido—. Luego vuelve a marcharse para venderse por todos los rincones del planeta. —Sonríe a Emilia, que le corresponde—. Pero el algodón de la empresa Benigno Crespi viene de aquí. —Señala con el dedo Egipto—. Puro algodón egipcio peinado, el más adecuado para hilados de lujo: modestamente, el mejor.

A Emilia su tono orgulloso y torpe, la forma en que hincha el pecho cuando menciona la empresa, el acento que pone cuando dice «nosotros» y «nuestro», todo esto la hace sonreír.

—Mi padre ha estado en Egipto. Un día yo también iré allí. ¿Te gustaría venir conmigo?

—¿Adónde?

—A Egipto. Creo que hace tanto calor que un hombre puede asarse en el desierto. —Pone una cara graciosa y muecas raras.

—Deja de hacer el tonto —responde Emilia, que no consigue contener la risa.

—Ah, conque no me crees. Te llevaré conmigo y luego te abandonaré para que te ases en el desierto, así por fin me tomarás en serio.

—Ahora de verdad que tengo que irme —le dice Emilia.

—¿Lo volvemos a hacer mañana? —le propone al dejarla en lo alto de las escaleras que conducen al sótano.

—Tengo que trabajar.

—Bueno, pero estás conmigo, así que técnicamente estás trabajando.

—Silvio... —Emilia se acerca a él y baja la voz a un susurro.

Se le queda mirando largo rato. Le gustaría hablarle de su vida, de cómo no tiene ni un minuto para leer, de las rodillas magulladas a fuerza de sacar brillo a los suelos, de cómo se siente allí envilecida, aplastada. Le gustaría decirle que todo es por su culpa: está claro que Silvio pensaba que obraba bien, pero fue suya la idea de que ella fuera a Milán, sin pensar que terminaría en el sótano puliendo objetos hasta el agotamiento. Es suya la casa en el pueblo que tuvo que abandonar, así como la fábrica que mató a su padre. Es todo suyo, para bien o para mal.

Pero, al fin y al cabo, ¿qué culpa tiene Silvio de que hayan nacido en dos situaciones tan distintas, de tener más suerte que ella? ¿De que uno lo posea todo y la otra nada?

—Gracias por lo que haces. —Ella le hace una caricia y corre escaleras abajo, dejándolo sin palabras y con el corazón acelerado.

5

Boltiere

Las sombras ondean en la pared. Ha quitado la mesa, los platos están en el fregadero. Bino escudriña por la ventana la oscuridad inmóvil y cuelga el trapo en el picaporte con un suspiro. Ya es tarde.

—Bino, ¿por qué estás mirando todo el rato fuera? —le pregunta Rita, la de los Carminati.

Justo esta noche la madre de Albino no parece tener ganas de irse a dormir; no para de soltar quejas y excusas, como si lo supiera.

—Nada, mamá.

—Bino, ven aquí, por favor, que no me siento bien.

Se sienta junto a ella, conciliador.

—¿Quieres tumbarte?

—No, Bino, si todavía tengo que cenar.

—Pero ya hemos cenado, mamá.

Ella lo mira con recelo. La verdad es que no recuerda haber cenado, no puede ser cierto; si lo fuera, sentiría el estómago lleno, notaría en la boca sabor a comida. En cambio, Rita todavía tiene hambre.

—No... —replica.

—Sí, mamá —dice Bino con paciencia—. Polenta, ¿no te acuerdas?

Va al fregadero, saca el cuenco, se lo muestra a su madre.

Ella palidece. En su memoria no hay rastro de la cena, cuyas pruebas, sin embargo, están ante sus ojos. ¿Por qué razón iba a mentirle Bino? Rita mira hacia la chimenea: en el gancho suspendido sobre las brasas agonizantes aún se balancea el caldero de cobre. En la casa hay olor a comida. Así que es verdad: ha cenado. Pero ¿cómo ha podido olvidarlo?

La asalta el pánico, una sensación de vacío que se dilata desde su pecho para devorarlo todo a su alrededor, el hígado, el bazo, los intestinos y hasta la cabeza; luego todo lo demás fuera, el sofá, la chimenea, la mesa, las sillas, el fregadero con los cuencos, la casa y el pueblo entero. Durante unos momentos Rita siente que se balancea en un hilo delgado, bajo el cual se abre el abismo de la nada.

Bino capta las señales, que a estas alturas conoce perfectamente.

—Mamá —le dice—, todo va bien, no te preocupes. Estoy aquí.

—No me dejes, Bino —gorjea, aferrándose a las manos de su hijo con una fuerza increíble.

—No, mamá. No te dejaré.

—Bino, cuando me muera quiero que me entierres en Boltiere. ¿Te acuerdas?

—Sí, mamá, siempre me lo dices. Pero no te vas a morir, estate tranquila.

—En Canonica, junto con los Rota, no. No son buenas personas, no quiero estar en la tierra con los Rota, que esa gente hace gusanos malos.

—No, madre, no irás a la tierra con los Rota.

Por un momento parece serenarse. Luego vuelve a empezar:

—Bino, ¿he cenado esta noche?

Todavía pasan dos horas antes de que Rita permita que la acueste en la cama y se quede dormida. Bino permanece observándola largo rato para asegurarse de que su sueño es profundo, luego cierra despacio la puerta a sus espaldas y sale al patio. La alquería está envuelta en la oscuridad, todas las ventanas están apagadas. Bino camina pegado a los muros, bordea el seto apoyando los pies con cuidado sobre la grava y llega por fin a la puerta que da a la carretera; cuando está fuera empieza a correr, primero despacio, luego cada vez más rápido. El aire gélido de la noche arde en sus pulmones, las lágrimas se le cristalizan en las comisuras de los ojos. No tarda en llegar al puente sobre el Brembo, del que se eleva una molesta humedad; la luna se refleja en su superficie opaca e ilumina la vegetación blanqueada por la escarcha. Bino costea a la carrera la posada de los Doneda, luego decide atajar a través de los campos. El terreno es inestable y resbaladizo a causa del hielo, las campanas de la iglesia de Brembate suenan diez veces. Bino acelera la marcha.

Cuando el pueblo está a la vista, reduce la velocidad; tiene la respiración tan pesada que teme que puedan oírlo los obreros que duermen en las casitas acuclilladas alrededor de la fábrica. La hilandería, en cambio, está siempre despierta: la silueta de los ventanales iluminados por la luz eléctrica hace que parezca una catedral, en cuyo interior se celebra el rito del progreso al son ininterrumpido de las máquinas: día y noche, se repite incansable el milagro del algodón en bruto transmutado en hilado.

Bino mira bien a su alrededor antes de cruzar la carretera y entrar por un instante en el cono de luz de la única farola, luego costea el muro y llega por fin al sótano.

Su amante, sentado sobre el montón de tablones, está nervioso y con los sentidos alerta. Ese lugar lo inquieta, no solo porque si lo encontraran allí tendría que dar muchas explicaciones.

—Fredo... —susurra Bino.

Aquel se pone en pie de un salto. Lleva más de tres horas esperándolo en esa especie de catacumba que son las vísceras de la fábrica. Ha estado varias veces a punto de irse, dividido entre la irritación y el dolor por el abandono; pero una y otra vez una tenue luz de esperanza iluminaba sus pensamientos. «Espera cinco minutos más, que a lo mejor ahora viene.»

—Aquí estoy —dice Bino apretándolo contra su pecho.

Fredo se abandona al abrazo, sintiendo que su propia carne se funde con la de su amante. Mientras la espera crecía a la par que el miedo, se había prometido a sí mismo montar una escena, abofetearlo, ponerse de morros y no volver a dirigirle la palabra, pero ahora que por fin están juntos la felicidad que lo invade es tan plena, tan plácida, tan perfecta como para borrar todo el resto.

—Mi madre... —le explica Bino. Siente entre sus brazos el cuerpo de Fredo sacudido por un temblor cada vez más intenso. Hace ademán de apartarlo de él, pero el otro se le aferra con ardor—. No hagas eso, vamos... —Lo aprieta aún más fuerte, temiendo romperlo, mientras siente su camisa empapada con sus lágrimas.

Fredo está llorando.

Llorar sobre el pecho de Bino es lo más hermoso que hace con él. «Los Malberti no lloran», repetía siempre Oreste. De pequeño, si Fredo lloraba porque se había caído raspándose una rodilla, su padre aumentaba la dosis y le daba hasta que el niño se quedaba sin lágrimas. Así que no tardó en aprender a contenerse. «Los Malberti no lloran», se ha repetido toda su vida, y menos delante de la gente.

Lo curioso es que tampoco Remigio, quien por suerte no llegó a conocer a su padre, llora nunca, como si ese mandamiento se hubiera transmitido con la sangre. Cuando se cae —y ocurre a menudo, porque es tan torpe que no parece capaz de poner un pie delante del otro sin tropezar consigo mismo— se levanta con la cara torcida por el dolor, quizá con el labio partido o con la nariz ensangrentada, pero no le sale ni una sola lágrima.

—No me dejes —le suplica Fredo—. Te lo ruego, no me dejes.

A Bino casi le entra la risa, dado lo absurdo de tal hipótesis. ¿Cómo podría dejarlo? ¿Cómo podría tirar por la borda lo más hermoso que le ha pasado? Antes de conocer a Fredo, Bino ha estado solo toda su vida; tener a esa gente alrededor —familia, parientes, amigos, obreros— no hacía más que incrementar su sensación de estar solo en el mundo con su propio secreto. En cambio, desde que intercambió por primera vez la mirada con Fredo, ese día en la fiesta del pueblo, el mundo se compone de dos individuos.

—Jamás —le susurra en la sien.

Luego preparan la cama para la noche, echando unas mantas viejas sobre la pila de tablas y un saco lleno de algodón en bruto como almohada. No es cómodo, pero a Fredo le gusta permanecer acurrucado escuchando la respiración que entra y sale del pecho de Bino hasta que se queda dormido.

Todas las noches, desde aquella terrible noche, Carlo Vitali se le aparece en sueños para decirle que lo entiende y que lo ha perdonado. Si le dijera que lo odia, sería más fácil; en cambio Carlo emerge de las aguas, azulado e hinchado como la última vez que lo vio, y, con la cara casi borrada tras haber pasado tanto tiempo en el agua, lo absuelve. Siempre ocurre justo antes del amanecer, justo a la misma hora en que las manos de Fredo se abrieron dejando que la corriente del canal se tragara a Carlo. Todas las noches se acuesta Fredo sabiendo que lo verá y a la mañana siguiente se despierta sobresaltado, cada día un poco más agotado.

Solo cuando está con Bino logra escapar de sus propios monstruos. A su lado, podría dormir incluso en un lecho de brasas.

Bino, en cambio, cuando está con él, no quisiera dormir nunca: se siente tan feliz de tenerlo a su lado que dormir le parece un desperdicio de tiempo. Se queda mirando a su amante indefenso y sin sentido, con la frente ancha, la hermosa nariz recta, los labios carnosos, la piel muy blanca y perfecta, maravillándose una y otra vez de que una criatura como esa le haya tocado a él.

Los primeros rayos del sol, bajos en el horizonte, perforan las ventanas del sótano e iluminan apenas su pequeña guarida ilegal. Bino sacude a Fredo con delicadeza, lo despierta rozándole los párpados con los labios, prende la estufa y calienta un poco de sopa.

En la puerta se separan con un último y dolorosísimo beso y regresan al mundo exterior, cada uno a representar su propio papel.

6

Milán

Cada mañana, antes de que el amanecer reanude la vida en la casa y en la empresa, Cristoforo saca los pies de la cama, se pone la bata, se calza las pantuflas y se escabulle fuera de su dormitorio, mientras Pia sigue durmiendo en la habitación contigua. Sus pasos resuenan en la gélida escalinata.

Buscando una residencia más grande y representativa, en la que también hubiera espacio para las oficinas de la Benigno Crespi, entre las muchas alternativas disponibles Cristoforo tenía el ojo puesto en esta antigua residencia de la noble familia Perego y la compró sin pedir siquiera una sola lira de descuento, sabiendo que pagaba por ella un poco más de lo debido y consciente de las imponentes reformas que el edificio necesitaba.

—Pero ¿por qué? —le preguntaron Pia primero y todos los consejeros después.

Como buen vendedor, Cristoforo está acostumbrado a regatear en todo: es un instinto, antes que una regla no escrita del comercio. Pero no con los Perego, no con los nobles.

—Porque puedo —respondió silenciando cualquier discusión.

La pinacoteca es su zona preferida, y la meta de todas sus peregrinaciones matutinas. Abre la puerta, echa un vistazo dentro para asegurarse de que no hay nadie, entra y cierra de nuevo con la máxima cautela; en el centro del largo corredor abre los brazos y respira hondo mientras siente que la euforia aumenta. «Aquí estoy, mis viejos amigos», se dice, saludando a las vírgenes y a los santos que lo observan desde los marcos dorados. Está casi por completo a oscuras, ni siquiera puede verlos, pero sabe exactamente dónde se encuentran todos sus tesoros: una colección que es mucho más que una simple inversión.

Toma un pequeño sillón, lo coloca justo en mitad del corredor, se sienta y permanece inmóvil durante unos minutos con una gran sonrisa en los labios; en determinado momento suspira, se levanta, vuelve a colocar el sillón en su sitio y, tal como ha entrado, se marcha.

Emilia asiste a este extraño ritual todas las mañanas. La primera vez estaba fregando el suelo en el ala contigua cuando oyó un crujido sospechoso; al principio pensó en una rata, pero luego recordó que allí no hay ratas, no por lo menos en los pisos superiores. Entonces tuvo miedo, porque la experiencia le ha enseñado que los hombres no son tan inofensivos como los animales. Atemorizada e intrigada, se asomó por la esquina para ver quién era. En la luz azulada del alba, el señor Crespi estaba sentado muy erguido en su silla.

—Sois vos —dijo con alivio en la voz—. Menudo susto me habéis dado.

El amo, generalmente tan jovial, dio un brinco como si le hubiera mordido una víbora.

—¿Qué estás haciendo aquí? —mascculló.

—Limpiando los suelos, señor.

—¿A estas horas?

«Y ¿cuándo, si no?», pensó Emilia.

—Vete —le ordenó—. Vuelve abajo.

Desde ese momento Emilia ha tenido mucho cuidado para no molestar al amo. Algo le sugiere que se trata de un ritual privado, íntimo, por lo que no se lo comentó a nadie, y mucho menos a Magni, que es una chismosa de primera.

—¡Ah! —Cristoforo suspira, sin saber que lo están viendo.

Su lienzo favorito es la *Natividad* de Correggio, nunca se

cansa de admirarla. Le fascina el uso de la perspectiva, con el punto de fuga un poco desplazado hacia un lado y la vista del mar al fondo, el juego de luces entre las nubes; pero por encima de cualquier otra cosa aprecia la elección de colores con la que el pintor se las arregló para que la Virgen destaque con su llamativo ropaje, que se recorta contra el panorama de tierras quemadas y el resplandor del Niño, muy blanco, como si el artista se hubiera olvidado de pintarlo. Cada vez que lo mira, encuentra algún detalle más, una sombra que no había notado, la forma de una hoja, la expresión de un rostro... Tiene la vida entera por delante para descubrir todos los secretos de este tesoro.

Un nuevo cuadro llegará a lo largo del día, una vista de Canaletto, que, según le han dicho, es realmente preciosa. Todo está listo para recibirlo, ya hay un gancho en la pared: los invitados quedarán extasiados. A Cristoforo le gusta prepararse, estudiando algunos detalles del cuadro, curiosidades, anécdotas, para desgranarlos con cuidada desenvoltura ante sus conocidos.

—Este no me costó poco —se le escapa una y otra vez—. Pero miradlo: ¿es que no ha valido la pena?

La galería de arte es una excelente inversión: el valor de algunas pinturas puede llegar a duplicarse en solo seis meses. A Cristoforo le gusta pensar que en las paredes de su casa no solo están colgadas piezas enteras de la historia del arte o la manifestación tangible del genio de algunos pintores extraordinarios. Colgados en la pared de su casa están los *dané* —los dineros—, muchos *dané*, y cualquiera, yendo allí, puede verlo por sí mismo. Al fin y al cabo, para eso sirven las cenas y las visitas que su esposa Pia organiza con asiduidad.

Con todo, no es esa la razón que lo lleva allí todas las mañanas. Su padre, no cabe duda, era rico, no dejó que a su familia le faltara de nada, pero ninguno de ellos podría haber imaginado que los Tengitt de Busto Arsizio llegarían a poseer una colección de *dané* colgada en la pared. Esos diez minutos de auténtica soledad que se concede cada mañana le sirven para no olvidar, en el torbellino de los asuntos pendientes, de los papeles por firmar, de las decisiones que ha de tomar, aquello en lo que se ha convertido, lo que ha hecho, lo que todavía puede hacer.

Los *dané*, al fin y al cabo, son el espejo de quien los posee, y él va allí a mirarse a la cara.

7

Canonica d'Adda

Rino, el hijo de Agazzi, tiene seis años y se los ha pasado todos en la cocina de la posada observando a su padre mientras, saltando sobre su única pierna, pica, rebana, mezcla, amasa y da órdenes.

Debería estar en la escuela hoy, pero lo cierto es que la escuela no le gusta. La maestra del pueblo pretende que se quede sentado, inmóvil, durante un montón de tiempo, y mientras tanto él se aburre; al cabo de un rato se levanta, camina por el aula, cambia de sitio, hace alguna travesura, sale y vuelve a entrar, ganándose siempre un castigo corporal. No hay sufrimiento físico, sin embargo, que le quite las ganas de hacer lo que le parece.

—Sabes que no tienes que comportarte así —le repite su padre—. Si llega a enterarse el patrón...

Desde hace unos años, Crespi ha puesto a disposición de los hijos de los obreros un local habilitado como escuela y tiene contratada a una maestra que les enseña a leer, escribir y las cuatro cuentas; a los más prometedores, que algún día podrían llegar a ser jefes de sección o incluso oficinistas de la empresa, el amo les paga la continuación de los estudios en Bérgamo. Y Rino estaría entre estos de no ser por su irrefrenable aversión a la disciplina.

Agazzi ha intentado hacerle entender por todos los medios que comportarse así solo le acarreará problemas, pero la gente del pueblo dice que es demasiado permisivo, que no ha empleado lo suficiente el cinturón, tal vez —insinúan— porque le falta una pierna.

—Lo que está claro es que no puede salir corriendo tras él —comenta Luigia, la de los Malberti, mientras está en el lavadero con las otras mujeres. Como esta mañana, en la que el niño, sencillamente, no quería saber nada de ir a clase y ha huido por los campos y a otra cosa.

—Debería buscarse una mujer —sentencian—, un hijo no puede criarse sin una madre.

—Ya, pero ¿quién va a cargar con un lisiado?

Agazzi no cae en provocaciones. «Con los años Rino aprenderá a ser más sensato, a contenerse», se repite. Está íntimamente convencido de que no es necesario recurrir a las manos para obtener obediencia, que el respeto ganado a golpes no está destinado a durar. Y, por decirlo todo, esa criatura suya tan independiente, tan rebelde, le gusta, y no solo porque sea su hijo; le gusta que se obstine en pensar por sí mismo, que no se conforme con hacer lo que hacen los otros y que no tenga miedo a pagar las consecuencias. Y, además, y esto es lo más importante, el niño hace gala de un agudo sentido de la justicia: no le guarda rencor a nadie y no duda en ayudar a quien lo necesita, incluso a los que unos minutos antes eran sus enemigos; y si alguien recibe un castigo, injustamente en su opinión, toma partido por él exponiéndose sin vacilar a las represalias. Para su padre eso es más importante que quedarse quieto en fila o repetir un poema de memoria. Y, cuando alguna chismosa se atreve a darle consejos sobre cómo debe criar al niño, la pone de inmediato en su sitio.

En la aldea, sin embargo, todos han notado que, desde hace algún tiempo, Agazzi ya no es el mismo, como si le faltara algo. Hasta su famosa sopa parece menos espesa, menos sabrosa.

—Es desde que se fue esa —dicen.

Una tarde, cuando salía de la fábrica, el Canèta lo vio de pie en la puerta de la posada, mirando hacia las ventanas de las habitaciones que en otro tiempo ocupaba la familia Vitali. De inmediato fue a contárselo a su madre, y Luigia, a todos los demás. Y, dado que la gente parecía muy interesada, el Canèta tuvo la buena ocurrencia de añadir algunos detalles jugosos. «Le oí decir cosas, pero incomprensibles, con una voz extraña, cavernosa. Y estoy seguro de que vi algo en sus ojos, como una luz roja.»

Sí, es verdad. Todas las noches, después de acostar al niño, Agazzi se queda unos minutos mirando hacia arriba, con la esperanza de ver la sombra de Amalia, que lo saluda con la mano, aunque sepa que es imposible, y durante el día, cuando está en la trastienda, al oír la puerta abrirse, tiene un sobresalto e, instintivamente, piensa —espera— que sea ella, que ha regresado. A veces cree volver a verla en el canal, desplomada junto al cuerpo de su marido, y todavía tiene sus gritos en los oídos. Piensa en la atroz profecía a la que nadie dio crédito y se pregunta qué podría haber hecho para evitar que sucediera.

«Esa bruja debe de haberle lanzado un hechizo de los suyos.»

Quizá tengan razón, piensa Agazzi, debe de tratarse de un maleficio, porque desde que ella se fue es como si ese lugar hubiera perdido su significado original. Después de haber encarnado el sueño de un futuro mejor y el desafío del progreso, esa aldea que le ha regalado una segunda y luego una tercera vida tan solo es ahora una cárcel de recuerdos y remordimientos.

8

Milán

Los señores han celebrado otra de esas cenas por las que se han hecho famosos en la ciudad. Participan entre diez y catorce invitados, elegidos en cada ocasión entre los amigos de la familia, a los que se agrega siempre algún apellido noble, cliente especial de la fábrica de algodón. La organización queda en manos de la *sciura* Pia, que asiste con las damas de Milán a los actos benéficos más importantes.

Es ella quien se encarga de cada detalle con atención obsesiva, desde las invitaciones, elegantemente impresas en una preciosa cartulina, hasta la posición de cada comensal en la mesa, estudiada con mucha antelación y una pizca de astucia: a la derecha y a la izquierda de los anfitriones se sientan siempre los invitados más ilustres. Sus nombres están escritos en una tarjeta colocada en la servilleta y cada asiento, además de la batería de platería y cristalería, tiene un pequeño caballete de plata donde se coloca un menú escrito a mano.

La señora desea que su esposo no haga mal papel en sociedad. Ataviada con su mejor vestido de cena, un escote generoso, pero nunca inadecuado, y con cierta abundancia de joyas, Pia da la bienvenida a los invitados junto con su esposo en el zaguán del palacio, iluminado para la ocasión.

Cada recepción empieza siempre con una visita a la pinacoteca.

—Este me lo recomendó Bertini —dice Cristoforo señalando sea un cuadro, sea otro—. Un verdadero experto en arte, el director del Museo Poldi Pezzoli. Y exquisita persona, íntimo amigo mío.

Los invitados, pese a haber sido informados de lo imponente de la colección, se quedan siempre con la boca abierta. El anfitrión, sin embargo, se obstina en querer mantener las luces bajas y cuando alguien le señala que se ve poco responde que la electricidad podría dañar las pinturas.

—Nos detendremos aquí —dice entonces—. La otra ala sigue vacía, por el momento. Pero la colección crece día a día, mis asesores están trabajando en busca de nuevas piezas. Tengo intención de completar toda la planta en poco tiempo, solo obras de primer nivel, de elevado valor. —Siempre habla en exceso, Cristoforo, cuando está en presencia de nobles, lo que no les pasa desapercibido ni a ellos ni a él mismo—. Si volvéis dentro de un mes, veréis como ha crecido. Y al mes siguiente más aún.

—Tendremos que vernos más a menudo, entonces —comentan los invitados.

Era lo que esperaba Cristoforo.

—Me sentiría honrado —concluye abriendo camino hacia el gran comedor.

También el menú ha sido cuidadosamente elegido por la *sciura* Pia: ocho entrantes al estilo francés, incluido arenque del Báltico en salsa blanca, caviar cubierto con cebolla finamente cortada, sardinas del Atlántico en salsa picante, acompañadas por rizos de mantequilla suavísima, seguidos de un *potage* ligero, ostras, pescado hervido y la especialidad de la cocinera, *boeuf à la cuillère*, con cuatro guarniciones; y luego por supuesto helado con pastelitos, mucha fruta y un rico postre maridado con un excelente champán. Cada cena incluye siempre algo exótico, que los invitados nunca han visto ni probado.

Esta noche ha invitado a un marqués, un viejo conocido y excelente cliente, que llevaba fuera de Milán muchos años, habiéndose mudado con su familia a París. Acaban de regresar a Italia y a Cristoforo le pareció un gesto de cortesía invitarlos a tomar parte en la vida mundana.

—Y vuestros negocios —pregunta el marqués—, ¿siguen dándoos tan grandes satisfacciones como siempre?

—No nos podemos quejar —responde Cristoforo tratando de no mostrarse demasiado complacido—. No nos falta trabajo ni, por lo tanto, tampoco beneficios. Pero ciertamente no es solo mérito mío. Tengo la suerte de haber encontrado muy válidos colaboradores.

—Yo siempre digo que cuando encuentras uno de confianza hay que atarlo corto —comenta su mujer, Lucille—. Son tan raros...

Pia muestra su acuerdo levantando la copa con una sonrisa.

—Pero no hay que dejar que se den cuenta —continúa Lucille—, porque luego se les sube a la cabeza y empiezan con exigencias.

La señora que tiene enfrente asiente vigorosamente.

—No os imagináis lo que me pasó a mí hace menos de un mes. —Todas las miradas convergen hacia ella—. Veréis, yo tenía una criada, muy joven, que llevaba trabajando para mí desde que era una niña. Podría decirse que la he criado yo, ya sabéis a lo que me refiero. Un buen día, resulta que empiezo a echar de menos un pendiente de perlas.

Los presentes contienen la respiración a la espera del final.

—Pues bien, ¿quién podría haber sido sino ella, a quien concedí el privilegio de entrar en mi tocador todos los días?

—Pero eso es horrible —comenta Lucille.

La señora hace un gesto de despreocupación con la mano.

—En realidad, no era por el valor del objeto en sí. En el fondo, esos pendientes ni siquiera me gustaban ya, estaban pasados de moda.

—Tenían ya seis meses de vida —interviene el marido, y el resto de los hombres se echan a reír.

—Es la estupidez lo que no podía perdonar —remarca la señora dando golpecitos en la mesa con la mano—. Porque robar un pendiente, y robar uno solo, por supuesto, era una tontería.

Emilia, de pie contra la pared, presencia la escena. No debería estar allí, las criadas no pueden servir la mesa en una casa decente; pero justo esta mañana a uno de los pajes le han entrado unas violentas fiebres y no ha habido tiempo de encontrar a alguien para remplazarlo. De vez en cuando la chica intercambia una mirada involuntaria con el amo y baja de inmediato los ojos. Él, en la cabecera de la mesa, rígido en su frac, da la impresión de no estar cómodo; no es la misma persona que desfila por los pasillos de la hilandería, con la camisa arremangada incluso en invierno, llamando a todos los obreros por su nombre y repartiendo sonrisas y consejos.

Todo en esa sala le parece una representación en la que nadie tiene ganas de participar, a pesar de los excelentes manjares. Esas personas comen sin tener hambre, se ríen sin divertirse, están juntos sin gustarse. Y hablan sin venir a cuento.

—Y la confianza, la gratitud... —comenta uno.

—Hasta le había dejado que estudiara —continúa la señora—. No demasiado, lo justo. Podía serme útil que la criada supiera escribir, de vez en cuando.

Las otras mujeres intercambian una mirada de complicidad. Es conocido en su ambiente que las cartas de la señora están llenas de errores.

—A ver si era la criada la que se las escribía —susurra Lucille al oído de su marido, que esconde una risita en un golpe de tos.

—¿Así que yo te dejo estudiar y tú me haces una estupidez como esa? —La señora alza la voz—. ¿Un pendiente solo?

—Imagino que la echaríais a patadas —le dicen.

—Supongo que antes buscasteis pruebas de su culpabilidad —interviene Cristoforo, lanzando una mirada fugaz a Emilia, que siente que le suben los colores.

—Y ¿qué otra prueba necesitaba? —responde la señora—. Es una criada. Entra en mi habitación. Por supuesto que la eché, ese mismo día. Malas referencias, nunca volvería a encontrar un trabajo ni aunque lo mendigara.

Un silencio de hielo cae en el comedor.

—¿Alguien quiere una poco más de Sauternes? —pregunta Pia.

Emilia se despega de la pared y va a llenar los vasos, como le han explicado. Nadie se fija en ella, es como si el vino se sirviera por sí solo.

—Pero la historia no acaba ahí —continúa la señora después de haber tomado un largo sorbo de vino—. Así que la echo, como era lo razonable. Y ¿dos días después?

—¿Os hizo alguna jugarreta? —pregunta Lucille con la voz rota.

—Aparece el pendiente, al lado del piano.

—¿Al lado del piano?

—Sí, es evidente que se me había caído mientras estaba cantando...

—Mi señora tiene una voz espléndida —comenta su marido tratando de cambiar de tema—. Un ruiseñor.

—A lo que la llamo —prosigue impertérrita ella—, y le digo que puede volver al trabajo. ¿Y qué hace ella, esa ingrata? Me dice que prefiere quedarse al lado de una tía anciana enferma. Después de todo lo que he hecho por ella.

—Cuanto más lejos estén algunas personas, mejor —dice Crespi levantándose de la mesa.

Todos asienten. Solo Pia y Emilia entienden a qué se refiere realmente Cristoforo.

—Volviendo a esa hilandería vuestra. —El marqués retoma el asunto de nuevo, mientras se encaminan hacia la sala de estar donde se servirán pastelitos con el café—. Me gustaría visitarla, algún día, tarde o temprano —dice después.

A Cristoforo se le ilumina la mirada.

—¿De verdad?

—Por supuesto. Con la de maravillas que se dicen de ella.

—Entonces seréis mi invitado tan pronto como el tiempo nos lo consienta.

—Con mucho gusto —responde el marqués.

9

Ya no hay nadie en las cocinas, incluso Magni se ha ido a dormir. Pero no sin antes ordenarle a Emilia que acabe de ordenarlo todo.

Silvio se queda observándola largo rato, apoyado en la jamba, mientras ella tira las sobras de la cena en un balde.

—¡Hola! —le dice al cabo de un rato.

—¿Te has vuelto loco? ¡Me has dado un susto de muerte!

Silvio lleva el camisón de terciopelo sobre el pijama y tiene una sonrisa traviesa.

—¿Qué estás haciendo aquí? Y ¿a estas horas? —le pregunta ella.

Los hijos de los amos no participan en las recepciones; se limitan a hacer una breve aparición entre la visita a la pinacoteca y la cena para saludar a los invitados. La *sciura* Pia es muy estricta en su educación: deben bajar vestidos de todo punto, incluido Daniele, que tiene casi seis años y es el más pequeño, y presentarse dando la mano a los caballeros y haciendo una reverencia a las señoras. Se los ha instruido sobre quién tienen delante y saben exactamente qué decir, sobre todo saben cuáles son las consecuencias si no se comportan como es debido. Los invitados se deleitan con la gracia de las muchachas y la ternura de Daniele, y elogian a Silvio, augurándole un gran futuro como empresario algodonero. Acabado el teatrillo, de no más de un cuarto de hora, los pequeños Crespi son enviados de vuelta a sus aposentos privados, donde cenan con la niñera y se van a la cama luego, como siempre.

—¡Te he traído una sorpresa! —exclama Silvio, con las manos escondidas detrás de la espalda.

Emilia suspira.

—La única sorpresa que podría gustarme ahora mismo sería una cama.

—Entonces me temo que quedarás decepcionada —dice colocando debajo de su nariz un plato rebosante de dulces.

A Emilia se le ponen los ojos como platos. Durante recepciones tan importantes hay tanto que hacer que los sirvientes no tienen tiempo de tomar un solo bocado. Durante todo el día los maravillosos platos han desfilado por delante de ellos, sin que hayan podido probar un trocito siquiera.

—Y ¿de dónde sale esto?

—Bueno, los he robado. —Pausa—. Mejor dicho, técnicamente son míos, así que solo los he cogido. ¿Quieres o no?

Las favoritas de Emilia son las tartaletas a la polaca, porque están hechas con chocolate, que es un manjar. Ya desde el amanecer flotaba en la cocina el olor acre del cacao mezclado con el de los huevos y la mantequilla, pero Magni no les quita la vista de encima. ¡Mucho cuidado con acercarse al horno, los ingredientes están medidos hasta el último gramo!

Se sientan a la mesa y Silvio la observa mientras Emilia se llena la boca y mastica con los ojos cerrados y una sonrisa extática.

—¿Qué tal ha ido la cena hoy? —le pregunta él.

Emilia se da la vuelta y traga un último bocado.

—Señoras enjoyadas, cháchara estúpida, tu padre aburrido como una ostra y un montón de platos por lavar.

—Cómo me hubiera gustado estar allí...

Emilia, en cambio, lo habría evitado con mucho gusto.

—Ahora tengo que terminar de ordenar todo esto, de lo contrario no dormiré lo suficiente para poder ponerme de pie mañana —dice levantándose.

—Yo te ayudo —se ofrece Silvio.

Ella se echa a reír y él se siente un poco ofendido.

—Mañana tienes clase —le dice ella sintiendo una punzada de dolor—. ¿Quieres quedarte dormido sobre los libros?

Silvio también se levanta.

—Gracias.

Ella lo mira con recelo.

—¿Por qué?

—Por esto. —Con la mano señala la cocina, la pila de platos por lavar, la escoba en un rincón—. Por todo lo que haces aquí.

—Me pagáis por ello —replica ella. Solo quería quitarle importancia, pero su tono resulta grosero, rabioso.

Silvio se queda un momento sin palabras.

—Bueno, gracias de todas formas —susurra.

Y se marcha antes de que ella pueda responder.

10

Canonica d'Adda, primavera de 1884

Hay luna nueva esta noche. Fredo sale de la casa cuando todos los Malberti están durmiendo. Son días ventosos, fríos todavía, y por encima de su cabeza se despliega un cielo estrellado de esos que te quitan el aliento. Pero no hay tiempo que perder, el camino es largo. Sale del pueblo y ataja por el bosque, caminando con la cabeza baja para no tropezar en las raíces. La oscuridad es tan espesa que podría comerse con cuchara. Después de perderse un par de veces, llega por fin al Brembo y lo bordea durante un largo trecho, hasta un grupo de casas reunidas alrededor del campanario. Sigue caminando mientras mira por encima del hombro, luego cruza el viejo puente a la carrera y vuelve a entrar en el bosque.

Cuando llega a la alquería Carminati, se detiene y espera calmando la respiración. Alrededor no se mueve una hoja, todo está apagado y en silencio. Empuja lentamente el portón, que gime crujiendo sobre sus bisagras. A lo lejos se oye el ladrido de un perro. Fredo permanece inmóvil, conteniendo la respiración.

Cuando el corazón se le calma, bordea el seto y llega hasta la puerta. El picaporte está frío, opone cierta resistencia. Solo ha estado ahí una vez, espera no equivocarse. Entra, cierra la puerta. Todavía hay una tibieza agradable en la casa, señal de que la chimenea se ha apagado hace poco. Espera a que sus ojos se acostumbren a esa nueva oscuridad antes de dar un paso. Cuando se siente seguro, avanza con los brazos estirados hacia delante; choca contra la mesa, encuentra a tientas una vela y la enciende.

—¿Quién es? —pregunta la voz de Bino, pastosa por el sueño.

Fredo aparece en la puerta, con la palmatoria en la mano y una gran sonrisa en la cara.

Cuando reconoce al amante, el otro salta de la cama y con pocos pasos llega hasta él, le arrebata la vela de la mano.

—¿Te has vuelto loco? ¿Quieres que vayamos a la cárcel?

Hace unas semanas, de repente, Rita, la de los Carminati, murió: una noche le dijo a Bino que no se sentía bien, insistió por enésima vez en que no la enterraran en Canonica, en la misma tierra que los Rota, luego se acostó y no volvió a levantarse. Todos se lo esperaban, Rita era vieja, y en parte también lo deseaban, porque se había convertido en un verdadero problema desde que había tomado la costumbre de salir de noche y deambular por el pueblo sin ponerse siquiera los zapatos; últimamente veía cosas que no existían, además entraba en las casas de otras personas, convencida de que era la suya, y se sentaba a la mesa, lamía los platos, metía las manos por todas partes. Pero ¡cuidado con ahuyentarla, porque entonces se volvía agresiva, y uno nunca hubiera pensado que un cuerpo tan diminuto pudiera contener tanta fuerza!

Todos se lo esperaban, menos Bino, que, a pesar de vivir con ella, no se había dado cuenta de cuánto había empeorado la situación y de lo agotado que estaba él mismo.

Desde que Rita no está, Fredo y él se ven más a menudo y, aunque Bino nunca lo admitiría, ahora en su risa hay una ligereza que antes no había, llega a tiempo a las citas y no tiene prisa por volver a casa. Se siguen viendo todavía en su guarida secreta, en los sótanos de la hilandería. Fredo, sin embargo, está cansado de hacer el amor aguzando el oído y con los sentidos alerta, mientras no muy lejos las ratas se dan un festín con los restos de su cena; quiere una cama de verdad y sábanas que huelan a recién lavado.

—No me ha visto nadie —dice Fredo—. He tenido mucho cuidado.

Bino está tenso, contrariado.

—¿En qué demonios estabas pensando?

—Tenía ganas de verte.

—Habíamos quedado mañana, en el lugar de siempre.

Fredo resopla y mira a su alrededor. La casa, pobre y desnuda, consta solo de dos habitaciones, los muebles son antiguos. En cualquier caso, es mucho mejor que un subterráneo que huele a moho y excrementos.

—No puedes quedarte aquí. Si alguien te viera...

—No haremos ruido —suplica Fredo—. Me iré antes del amanecer.

Bino niega con la cabeza, pero Fredo se aferra a él con vehemencia y sella sus labios con un beso. Consuman un coito apresurado y violento, que los deja a ambos sin fuerzas.

—No debes volver a hacerlo nunca más —le dice Bino mientras se viste—. Prométemelo.

Fredo emite el gemido de un animal moribundo.

—¿No te ha gustado?

—Es peligroso —insiste Bino—. Prométeme que no vendrás nunca más aquí de nuevo.

—No quiero volver allí abajo.

Bino suspira.

—Y ¿adónde te gustaría ir?

«Lejos», piensa Fredo. A un lugar donde puedan amarse a la luz del sol, donde no se vean obligados a esconderse en el subsuelo como las cucarachas, donde el precio de su felicidad no sea la cárcel.

—Ese es nuestro sitio —le susurra Bino con una larga caricia—. Pertenecemos a un mundo oculto.

Fredo siente un nudo en la garganta. «No», piensa. Él no se ha esforzado tanto en labrarse un lugar en la sociedad para pasarse luego los días en los sótanos de una fábrica textil. Ese no es su sitio, nunca lo aceptará.

—Ese lugar que buscas no existe en la Tierra —prosigue Bino, descifrando sus pensamientos.

La memoria de Fredo vuelve a las fiestas en casa del marqués, a los palcos en La Scala, a los vinos caros, a las comidas exóticas, a los carruajes privados. Sí, ese lugar existe. El problema no es dónde, sino cuánto: si hay algo que ha aprendido desde que tiene trato con los ricos es que es el dinero lo que marca la diferencia entre lo que puede hacerse y lo que no puede hacerse. El dinero construye mundos donde todo es posible.

¿Cómo va a explicárselo? Bino ni siquiera sabe lo que hay fuera de su guarida, nunca ha visto nada más que el triángulo de tierra que se extiende entre el Brembo y el Adda, nunca ha estado más allá del río.

—Ahora tienes que irte —le dice Bino, observándolo pensativo mientras recoge sus cosas y se viste apresuradamente. Luego, un momento antes de abrir la puerta, lo invade un inusual desasosiego, un afán por retenerlo.

»Fredo —lo llama—. A mí el lugar no me importa. Juntos podemos ser felices en cualquier sitio.

Fredo asiente y sale a la oscuridad. Por primera vez, al despedirse de él siente un extraño alivio.

11

Canonica d'Adda

El carrito se lo ha dejado un primo lejano de Capriate, que también se ha prestado a echarle una mano con la mudanza. Ha llegado temprano por la mañana, ha aceptado una copa de vino que le ha ofrecido y ha empezado de inmediato a cargarlo todo. Agazzi no podía hacer otra cosa que ir y venir con las muletas, como un perro guardián.

—¡Despacio, despacio! ¡Eso es muy frágil!

El nuevo posadero se ha mostrado amable y servicial.

—No os preocupéis, si os olvidáis de algo os lo mando. No estamos lejos, al fin y al cabo.

El viaje que les espera a Agazzi y a su hijo Rino no es largo. A poca distancia de la fábrica, justo en la orilla del Adda, se encuentra el antiguo edificio de la aduana de la República de Venecia, que tras la unificación de Italia se convirtió en una posada. Su dueño es un anciano sin herederos y buscaba a alguien que quisiera encargarse de ella. Dará mucho trabajo, el viejo edificio está medio en ruinas, la cocina descuidada; a pesar de su excelente ubicación, ya no tiene muchos clientes.

Cuando Agazzi se enteró, la llamada de un nuevo desafío vibró en su interior reavivando una chispa de esa vida que creía haber perdido para siempre. Esa noche soñó con Amalia, que le suplicaba llorando que no se marchara, y se despertó empapado en sudor. Fue precisamente ese sueño el que le hizo reunir el valor para comunicar su decisión al patrón, y a la mañana siguiente le escribió una carta rebosante de agradecimiento y de disculpas.

Mi muy estimado señor:

Me faltan las palabras para deciros todo lo que en mi corazón se siente...

—Acordaos de echar chicharrones en la sopa —le aconseja.

El nuevo posadero está a punto de replicar que el gestor es ahora él, ha recibido el encargo del propio patrón, y obrará según le parezca. Sin embargo, capta en la voz de Agazzi una veta melancólica tan dolorosa que se contiene.

—Lo haré —dice extendiendo la mano, que sin embargo el otro no le estrecha.

Agazzi se da la vuelta y entra para dar una última ronda en la posada mientras sus ojos acarician el mostrador, las mesas, las sillas. El nuevo gestor no se aparta de él, porque viendo cómo se balancea sobre muletas parece a punto de desmayarse.

—¿Sabéis? —dice Agazzi apoyando una mano contra la pared—, este muro lo levanté yo, cuando todavía tenía ambas piernas.

—Bien recta está —comenta el posadero, que no tiene muy claro cómo comportarse—. Una pared perfecta.

—Siete años. Parece que fue ayer.

—Sí, el tiempo vuela...

En el silencio que cae sobre ellos, el tictac del reloj de péndulo parece querer subrayar esta última obviedad.

—¡Estamos listos! —anuncia desde fuera el primo de Agazzi, que ya está en el pescante del carro, con el pequeño Rino a su lado, ansioso.

Los ojos de Agazzi se humedecen y el posadero carraspea.

—Podéis volver a visitarnos cuando queráis...

—Claro —responde Agazzi, pero sabe que no lo hará. Sus días en el pueblo han terminado.

En la explanada que hay delante de la posada se ha reunido un pequeño grupo de personas que han acudido a despedirse. Incluso está Luigia, la de los Malberti, con los mellizos y Remigio a cuestas, y, un poco más alejado, Fredo.

El único que no ha aparecido es el patrón; dicen que llegará más tarde con un cliente muy importante. Agazzi confiaba en poder estrecharle la mano una última vez y explicarle tal vez de viva voz todas las cosas que en una carta no tienen cabida, pero Crespi siempre se lo ha negado con una u otra excusa.

—¡Vamos, papá, es tarde! —vuelve a llamarlo Rino.

Agazzi se decide a estrechar la mano del posadero, que suelta un suspiro de alivio, luego lanza las muletas en la parte posterior del carro y salta encima. Los habitantes de la aldea se quedan en silencio mirándolo mientras va empequeñeciéndose en la distancia hasta desaparecer.

12

La carroza se detiene frente a la posada justo antes del almuerzo. Cristoforo baja el primero. El nuevo posadero lo recibe en la entrada, con la barbilla levantada, el delantal almidonado, una sonrisa resplandeciente.

—*Sciur* Crespi —lo saluda tendiéndole la mano—. Bienvenido de nuevo.

—*L'è töt a post?* ¿Todo en orden? —pregunta el patrón.

Detrás de él aparece la figura enjuta y pálida del marqués, que se cala el sombrero y mira a su alrededor con circunspección. Menuda ocurrencia la suya de ir a visitar la fábrica. Lo que no se imaginaba era que Crespi se lo tomaría al pie de la letra... Pero ahora está allí, y hay que poner buena cara.

—Por favor, querido marqués, venid. —Cristoforo le da la bienvenida—. Nos hemos imaginado que el viaje os despertaría el apetito.

A decir verdad, el viaje solo le ha provocado náuseas y la mera idea de llevarse algo a la boca le hace sentirse enfermo. Sonríe estirando los labios, luego entra sin dignarse a echar una mirada al posadero, a quien le hubiera gustado estrechar la mano a un marqués. En el interior, el olor a col guisada le resulta insoportable.

—Ay, qué buen olor a sopa —declara Crespi—. ¿La habéis hecho vos mismo?

—Personalmente —anuncia el posadero.

—Muy bien. Entonces traednos dos platos, y vuestro vino, por supuesto.

En ese momento la puerta de la posada se abre con un campanilleo y entra Fredo. Deslumbrado por la luz exterior no reconoce de inmediato a los presentes, pero le basta con dar dos pasos para darse cuenta de la trampa en la que ha caído.

El marqués está tal como lo recordaba: muy guapo y altivo, de elegante postura, manos afiladas recorridas por venas azules, esos rizos irresistibles, tal vez un poco más canosos que entonces, tal vez ligeramente más escasos. Los ricos siempre envejecen mejor que los pobres.

Fredo sabía que tarde o temprano se encontraría otra vez con esos ojos oscuros como dos gotas de tinta —los círculos en los que se mueven no son muy grandes— y estaba seguro de que no titubearía, de que permanecería impasible, tanto por fuera como por dentro. Han pasado muchos años desde la última vez que lo vio y han sucedido tantas cosas desde entonces... Ya no se siente la misma persona. Ya no es el inocente juguete de un manipulador experto, aprendió la lección, la hizo suya. Se ha hecho un hombre: un hombre que puede llegar a matar.

Entonces ¿por qué su corazón le ha dado un vuelco y cocea ahora enloquecido, como si quisiera salírsele del pecho?

—¡Ah, Fredo! —le saluda el patrón, más jovial que de costumbre—. Este es nuestro secretario, por el que me habíais preguntado, ¿os acordáis? —le dice al marqués, que permanece impasible—. Ven, Fredo, no te quedes en la puerta. Siéntate y come algo con nosotros.

Las mejillas sonrojadas de Fredo no le pasan desapercibidas al marqués. Se levanta y le tiende la mano.

—Me acuerdo de vos, muchacho.

—Tengo veintisiete años —puntualiza Fredo.

Por los ojos del marqués cruza un destello divertido.

—El señor marqués nos ha hecho el honor de venir a visitar nuestra hilandería —explica Crespi—. Ha vivido en París durante muchos años, habrá olvidado cómo es nuestro país.

—Estoy seguro de que vuestro secretario sabrá enseñarme todo lo que hay que ver.

—Ah, sin duda: Fredo es el mejor. —Luego Crespi se pone serio—. Ya os daréis cuenta de que todo aquí es de lo más llano, supongo que muy diferente de a lo que estáis acostumbrado.

—Mucho —contesta el otro secamente.

—Pero apreciaréis la calidad, todo genuino.

—No quisiera que se nos hiciera tarde. Tengo compromisos en la ciudad para esta noche. —Mira a Fredo y lo ve sonrojarse.

Crespi al principio no sabe qué contestar.

—Oh, por supuesto —dice después—. No os robaremos demasiado tiempo.

El almuerzo no dura mucho. Cristoforo se ve forzado a engullir su sopa aún demasiado caliente, bajo la mirada despiadada de su invitado, que en cambio no toca la comida. Definitivamente no es buen arranque para el nuevo posadero, que sin embargo en los años siguientes no dejará de repetir que tuvo como primer cliente a un marqués de verdad.

—Así pues, ¿vamos a ver esta hilandería vuestra? —pregunta el marqués levantándose y dirigiéndose a la puerta.

El interior de la fábrica es un lugar tórrido y ruidoso; al paso del patrón los obreros se quitan el sombrero y hacen una pequeña inclinación. En la hilatura decenas de mujeres y niños se mueven de forma sincronizada con los husos y es difícil entender si es el hombre el que gobierna las máquinas o viceversa. Crespi se detiene de vez en cuando y, gritando, dice el nombre del operador y explica en qué consiste su trabajo.

—No pensé que se necesitara tanta gente para hacer una camisa —comenta el marqués, convencido de estar bromeando.

—No una —responde Cristoforo, quien en cambio se lo toma en serio—, sino varios centenares.

Al pasar a la tejeduría, el marqués aprovecha un momento en el que el patrón está ocupado dando órdenes al jefe de sección para apartarse con Fredo.

—Después de ver este lugar, puedo decir que sé cómo es el infierno —comenta en tono de broma, aunque no del todo.

—¿Por qué has vuelto? ¿Por qué ahora? —El estruendo de las máquinas sobrepuja las voces, confiriéndoles una especie de intimidad.

—¿No te alegra?

Fredo aprieta los puños.

—Ya sabes a lo que me refiero.

El marqués se toma su tiempo.

—Ya has oído lo que ha dicho tu patrón: he estado ocupado —se limita a responder—. Lucille quería mudarse a París durante unos años, hemos tenido otro hijo, un varón esta vez. Hube de asumir mis obligaciones. —Hace una pausa, en la que parece pensativo—. Ya lo sabes, las mujeres son criaturas caprichosas e inestables.

—¿Así que ahora te vengo bien?

El marqués se encoge de hombros.

—Podría ser que no estuviera disponible —objeta Fredo—. Podría tener otras cosas en las que pensar.

El marqués estalla en una risa tosca que revela su auténtica naturaleza.

—¡Anda, míralo! De modo que tienes... Y ¿quién se supone que es esas «otras cosas en las que pensar»?

—Nada de tu incumbencia, no es asunto tuyo.

—Un lugareño, supongo. —El marqués obtiene la confirmación por el estupor que relampaguea en los ojos de Fredo—. Un obrero. —Lo dice con tal desprecio que la ira de Fredo aumenta.

Bino es mucho menos que un obrero. Ni siquiera tiene el privilegio de acceder a las máquinas. Está en los sótanos, haciendo el trabajo más pesado, carga y descarga las mercancías, no sabe leer y no sabe escribir, sus pensamientos son simples. Puros.

—¿Así que lo amas? —pregunta el marqués con indiferencia, fingiendo estar interesado en un telar.

—Sí —responde Fredo sin dudarlo.

El otro frunce los labios en un gesto de fastidio.

—Te mandaré llamar, en las próximas semanas —declara al cabo de un rato, encaminándose hacia la salida—. Tengo la intención de hacer un pedido grande, necesito telas finas como las que hacéis aquí en la Benigno Crespi. Y tú irás a entregármelas.

—No soy un recadero.

—Se lo pediré a tu patrón personalmente, y tú obedecerás.

Fredo aprieta los dientes. La ira que siente por no poder esquivar el cruel juego de su antiguo amante le provoca casi dolor físico. Quisiera rebelarse, gritar, pero a poca distancia lo observan los obreros, envidiándolo quizá por el privilegio de poder pasar tanto tiempo con un noble.

—Ten —le dice el marqués dejando caer en su mano un reloj—. En recuerdo de tiempos pasados.

Fredo lo observa. Es de oro macizo, brillante, pesado.

—No puedo aceptarlo.

—No me seas tiquismiquis. —El otro se ríe—. Sé que siempre te ha gustado.

—Ya no —contesta Fredo devolviéndole el objeto.

Entonces le da la espalda y vuelve con su patrón.

13

Lago de Orta, verano de 1884

Cada año, una semana antes de que la familia se mude al lago, una parte de la servidumbre se desplaza a la villa para prepararlo todo, con una gran cantidad de maletas y baúles a cuestas.

El día que llegó Emilia, llovía a mares. «Qué demonios vendrán a hacer aquí...», se preguntó saltando de la carroza y hundiéndose hasta los tobillos en el barro.

—Ten cuidado de no mojarte —le dijo Magni sujetándole el paraguas sobre la cabeza—. Si te pones mala no tengo quien te sustituya.

Fue la primera y la última vez que le permitieron entrar por la puerta principal. Bordeada por columnas, daba acceso al zaguán más grande e imponente que había visto en toda su vida. Emilia se quedó con la boca abierta en el vestíbulo, goteando agua sobre el maravilloso mosaico florentino. A pesar de que el mal tiempo lo volviera todo más sombrío, era imposible no percatarse de la magnificencia de Villa Pia: sobre su cabeza, desde un techo altísimo, sostenido por columnas de mármol taraceado y decorado en azul como para reproducir la bóveda celeste, colgaba una inmensa araña de cristal que lanzaba destellos hacia todos lados; el estuco de las paredes parecía hecho con ganchillo y los mosaicos del suelo parecían proceder de lugares lejanos y exóticos.

—¡Rápido, date prisa! —le ladra Magni—. ¿Qué haces ahí como un pasmarote?

Desde ese momento Emilia no ha tenido un instante de tregua. Devolver la vida a un edificio de ese tamaño requiere un trabajo agotador y el tiempo ha pasado volando. Los libros que le ha regalado Silvio antes de irse se han quedado sin abrir en la mesilla de noche y el hermoso lago de Orta, del que tanto le han hablado, solo ha podido verlo a través de las ventanas, mientras estaba limpiando los cristales.

A veces, sin embargo, al encontrarse sola en una habitación, se concede el lujo de soñar con que es la reina de ese castillo. Entrecerrando los ojos, se imagina que lleva un bonito vestido a la última moda y que se sienta en uno de esos sillones a tomar un té acompañado de deliciosos pasteles aún calientes del horno, que se acuesta en una de esas camas muy altas que huelen a jabón y a colonia, que abre las cortinas y empieza el día disfrutando del panorama, o bien que pasea a la orilla del lago al resguardo de una bonita sombrilla, mientras Silvio...

—¿Aún no has terminado? —la interrumpe Magni lanzándole una mirada penetrante—. Que no te entren ideas raras.

Emilia está de pie con la cabeza gacha, sintiéndose ruborizada por la humillación.

—Vienen mañana y no has hecho nada. —Magni resopla—. ¿Has ido a buscar las flores? El amo quiere que la *sciura* Pia se las encuentre en el dormitorio a su llegada.

—Ha ido el conductor, ya debería haber salido.

—Ah, siempre encuentras excusas, tú. ¡Eres una holgazana! Ya había dicho yo que no eras buena, que todo ese estudio te había estropeado el cerebro. Con la familia de la que vienes, además...

Inflamada por la chispa de estas últimas palabras, la ira estalla en un instante dentro de Emilia como un incendio, alimentado por el doloroso recuerdo de un pasado aún demasiado cercano para ser perdonado, que además se agranda por el cansancio y la falta de sueño.

—Y vos, ¿quién creéis que sois? —la afronta desafiándola—. ¡No sois más que una estúpida solterona con un cerebro corto y una nariz larga, demasiado fea y demasiado vieja para encontrar un marido, retorcida y sin más diversión en la vida que maltratar a vuestros subordinados! —Siempre lo ha pensado, pero esta vez también lo ha dicho: o, más bien, lo ha gritado. Y sabe que no le saldrá gratis.

Magni da un paso atrás y permanece estupefacta por un momento.

—¡Deberían cortarte esa lengua envenenada! —murmura luego.

Emilia se da cuenta de que sus palabras han dado en el blanco, porque Magni, en algún lugar de sus entrañas, siente que son verdad.

—Termina rápido —le dice—. Ya ajustaremos cuentas más tarde.

El día siguiente es el gran día. El carruaje con el mayordomo y el resto de los sirvientes llega a la villa con ligera anticipación, luego todos se colocan en la explanada frente a la casa para esperar a los amos.

—Tú no —le dice Magni a Emilia—. Aún hay que vaciar las letrinas.

14

Es un hermoso día de sol, las lluvias de los días anteriores han dejado el cielo terso y los colores refulgen; la brisa anticipa el aroma de los tilos y ondula la superficie del lago.

Pia se baja del carruaje y mira a su alrededor, resguardándose los ojos con la mano. La mole de Villa Pia destaca entre la vegetación como una flor altiva, con su minarete que descuella en el cielo dominando el horizonte. Siempre queda extasiada ante este tributo de amor de Cristoforo.

Maria Pia y Bice siguen a su madre por la escalinata que conduce a sus aposentos privados, mientras que Daniele se las apaña para escapar de la niñera y echa a correr por el césped.

Al cabo de un instante la casa se llena con sus gritos. Pia quiere saber qué habrá de cenar, las chicas se turnan en el piano, Daniele tiene una rabieta como siempre y la niñera intenta convencerlo para que entre.

Cristoforo saluda a todo el personal con un apretón de manos y una sonrisa, se entretiene un rato a charlar, informándose sobre la gestión de la casa y las últimas novedades, luego se va a su despacho, cargando una bolsa llena de documentos que ha de revisar. Hay algunos asuntos que deben terminarse antes de concederse un poco de descanso. Le había pedido a Fredo que lo acompañara, habría necesitado su ayuda, pero él insistió en que era más útil en la ciudad.

Al día siguiente manda llamar a Emilia al despacho. Ella, imaginándose que Magni le ha ido con el cuento, entra y se queda muy tiesa esperando su destino. Lo ha estado pensando toda la noche, mientras fuera el viento se cebaba en la villa haciendo crujir las tejas. ¿Sería tan malo que la echaran? ¿Qué podría hacer para salir adelante? ¿Dónde podría vivir? Magni repite siempre que las chicas como ella, que no saben estar en su sitio, acaban prostituyéndose y mueren jóvenes.

—Adelante, niña. Cierra la puerta.

Cristoforo la observa largo rato. En tan solo un año, la hija de Carlo ha cambiado mucho: tal vez no haya crecido en altura, pero el hecho de que haya perdido tanto peso hace que parezca más esbelta, con una cintura muy estrecha resaltada por el delantal. Cada vez se parece más a su madre, con el pelo negro azabache que destaca contra la piel pálida y esos ojos profundos e intensos, en los que no es difícil perderse; en su mirada, sin embargo, hay una irreverencia y una conciencia de las que carecía Amalia. Solo en este momento, con todo, se percata Cristoforo de algo más, un reproche silencioso, una oleada de ira apenas contenida, un fulgor salvaje. ¿Es correcto seguir llamándola niña?

—Te he traído esto. —Coloca la mano sobre una pila de libros—. Te los manda Silvio.

—Gracias —repite Emilia mecánicamente, y sin embargo los deja donde están. Al fin y al cabo, desde que llegó allí no ha podido ni siquiera leer los otros—. ¿Él no ha venido?

Cristoforo la vuelve a observar por unos instantes, como si quisiera leer en su interior. Hace tiempo que Pia tiene sus dudas sobre la presencia de la joven en la casa. «¿Estás seguro de que hemos hecho lo correcto?» Él no lo sabe, le pareció lo único sensato en aquel momento: tratar de respetar la promesa hecha a su fiel Vitali muchos años antes, que cuidaría de su familia.

Magni acudió llorando ayer, contándole que la niña se comporta de forma remolona e irreverente, rompe todo lo que toca, y ahora es agresiva también: como prueba le mostró un rasguño en la mejilla. Cristoforo la despidió apresuradamente, restando importancia a lo sucedido.

«La defiendes porque te recuerda a su padre», le acusó Pia.

«Emilia no me parece la clase de persona que necesita que la defiendan, ella misma sabe hacerlo muy bien.»

«De hecho, ataca a nuestro personal. ¿Has visto a Magni, toda conmocionada, pobre mujer?»

«Magni no es pobre y a veces hasta dudo de que sea una mujer.»

«Esa jovencita es impredecible, podría hacer daño incluso a nuestros hijos.»

Sobre este punto no alberga la menor duda; le parece, si acaso, que Emilia les tiene demasiado cariño a sus chicos, y a uno de ellos en particular.

—Silvio está en el extranjero —le explica Cristoforo—. Al acabar el curso se ha ido a adquirir experiencia en una fábrica textil en Mánchester, Inglaterra.

Se la ve muy desilusionada; el verano se le hará muy largo sin su compañía. Le gustaría preguntar cuándo volverá, pero entiende que es mejor no decir nada. Toma los libros.

—Gracias. ¿Puedo irme?

Cristoforo asiente y Emilia gira sobre sus talones con más ligereza que cuando había entrado.

—Niña —la llama cuando ya está en la puerta—. ¿Has agredido a la señora Magni?

Emilia se estremece.

—¡No! —exclama—. ¡No, eso no es verdad! Yo no...

Cristoforo levanta una mano, silenciándola.

—Te creo. —La cree de verdad, podría haberse ahorrado incluso el preguntárselo—. Pero debes entender una cosa.

Emilia se pone firme.

—Por injusto que sea, el mundo está hecho de jerarquías que deben ser respetadas. Tu padre y yo estábamos unidos por lazos de profunda estima mutua y, sin embargo, nunca me faltó al respeto y siempre obedeció mis órdenes, le gustara o no. De la misma manera, yo siento aprecio por su hija y tengo la determinación de cumplir la promesa de ocuparme de ti. Pero si recibo más quejas me veré obligado a tomar medidas desagradables para ambos. ¿Te queda todo claro?

—Sí, señor Crespi.

—Bien. Por hoy quedas exonerada de todos tus deberes. Quiero que salgas a dar un paseo, que te laves cuando vuelvas, y que luego duermas bien, para que mañana estés más descansada y mejor dispuesta hacia tus superiores, con quienes exijo que te disculpes. La jornada de hoy se deducirá de tu salario, dado que no trabajarás. Ahora puedes irte.

—Gracias, señor Crespi.

—Ah, Emilia... —El amo la llama por última vez, con una sonrisa de complicidad en los ojos—. Silvio estará de vuelta dentro de un mes y medio.

15

Milán

Todo salió como lo había planeado. Hizo un pedido de una gran cantidad de telas a la Benigno Crespi, luego pidió que fuera Fredo quien se las entregara y este no tuvo más remedio que sucumbir a la voluntad de su patrón. Eso es lo que significa ser pobre: tener que vender hasta tu libertad.

El marqués sonríe recordando cuando, hace más de un mes ya, el chico apareció en la puerta de su despacho. Estaba lívido por la humillación y, sin embargo, sus ojos no dejaban de lanzar miradas aquí y allá, poniendo precio a todo aquello en lo que se posaban.

Todavía no sabe por qué ha querido volver a verle. Entretanto, otros chicos han pasado por sus manos. Le encanta escogerlos entre los del pueblo, educarlos, darles forma, dejarles probar lo que habría podido ser su vida si hubieran nacido en otra familia, lo que se han perdido por un capricho de Dios, que los trajo al mundo como hijos de obreros y campesinos. En el fondo, estos jovenzuelos no pasan de ser experimentos: es curioso constatar cómo el dinero, o incluso la mera promesa de tenerlo, es capaz de cambiar a la gente. Estos chicos llegan aquí sin haber probado nunca un sorbo de whisky añejo o sostenido en la mano una cadena de oro, y unas semanas después venderían a su madre para seguir haciéndolo.

Fredo era el más desesperado, el más feroz de todos. Creía

de verdad poder cambiar su condición, pensaba incluso que tenía derecho a ello. ¿Será por eso por lo que, en los últimos siete años, el marqués nunca lo ha olvidado?

Descorre las cortinas y mira la calle de abajo, lanzando un gemido.

Es inútil negarlo, algo ha cambiado en los últimos tiempos: una mañana se despertó y, de repente, había envejecido. Quizá la culpa sea de su esposa Lucille, la primera en decirle que «a su edad» debería cuidarse más; o tal vez sean los niños, que crecen ante sus propias narices a una velocidad aterradora, enfatizando el tiempo que pasa y el final que se acerca. Mientras ellos florecen, él se marchita. Así, de repente, mirándose en el espejo descubrió surcos alrededor de sus ojos que estaba seguro de que nunca había tenido, y el pelo le pareció más ralo, más frágil; por no mencionar el chaleco, que le tira ante lo que tiene toda la apariencia de ser un primer atisbo de barriga, cuando él siempre se ha jactado de poder llevar una vida desordenada sin tener que pagar el precio. Desde ese momento le ha resultado imposible no notarlo: las arrugas se hacen cada día más profundas, en sus manos han aparecido algunas manchas oscuras, cada mañana amanece con una nueva dolencia, algún achaque extraño. Incluso tuvo que constatar que, si después de cierta hora come mucho, por la noche duerme mal. Es como si su propio cuerpo se rebelara contra él, menudo ingrato: después de todos los placeres que le ha otorgado.

El marqués no quiere envejecer: los viejos le dan asco, su piel marchita, su mirada apagada, sus dientes amarillentos, su postura encorvada. La vejez es un ultraje para la belleza.

Fredo, en cambio, sigue siendo tan espléndido como su recuerdo le decía. Por más que algo haya cambiado en él también. No ha sido fácil comprender qué, pero ahora el marqués no tiene dudas: el chico ha adquirido conciencia de sí mismo, un poder oscuro que lo vuelve a la vez peligroso e irresistible.

Eso hizo enloquecer de deseo al marqués. Eso selló el destino de Fredo.

Y luego está el otro. Como es lógico, no era difícil imaginar que, en todo ese tiempo, el chico encontraría a alguien entre sus semejantes. Es guapo, joven: no podía quedarse solo por mucho tiempo. Pero si eso no es más que una obviedad para la razón, la certeza de que había ocurrido quemaba en el orgullo del marqués como sal en una herida; no puede tolerar el haber sido olvidado, relegado por un campesino. Fredo, su criatura, su experimento más conseguido. ¿Es así como le paga?

De la calle sube el pataleo de un carruaje que se detiene frente a la puerta. El marqués mira hacia abajo y ve a Fredo bajar de un salto. Ha mandado que fueran a por él con el mejor tiro de cuatro que posee y, aunque en su presencia el chico se esfuerce por parecer indiferente y desapegado, una vez en la calle mira a su alrededor para asegurarse de que lo han visto bajar de ese símbolo de poder y riqueza.

El marqués sonríe con picardía, anticipando las horas que vendrán.

16

Lago de Orta

Los últimos días han sido tórridos; un bochorno insoportable sube del lago y ni una sola ráfaga de viento acude a aliviarlo. A última hora de la tarde, Pia manda colocar una *chaise longue* a la sombra de un gran cedro del Líbano y se queda allí dormitando, mientras Bice y Maria Pia, las hijas de diez y doce años, recitan poemas o leen pasajes en francés.

—Os he traído limonada, señora. —Emilia sostiene una gran bandeja en la que tintinean una jarra y unos vasos.

—Oh, gracias, querida. Déjala sobre la mesa.

—Emilia, ¿es verdad que sabes francés? —le pregunta Bice, que siente auténtica adoración por ella.

A Bice le gusta ir a Villa Pia, puede hacer cosas que en Milán tiene prohibidas, como correr por los prados y quedarse levantada hasta tarde, pero allí, aparte de su hermana Maria Pia y de su hermano Daniele, no hay más niños y los días en ese lugar pueden llegar a ser exasperantemente lentos. Emilia encuentra tiempo para intercambiar algunas palabras con ella, es amable, se interesa, la escucha con una atención que los demás no le conceden. A diferencia de las demás sirvientas, ella sabe cómo llevar una conversación, no se limita a sonrojarse, responder con monosílabos y huir. Pero lo que más le gusta de ella es la forma con la que la trata, como si Bice fuera ya una adulta: no se ríe de sus ideas disparatadas, no las despacha con un gesto de la mano, y sobre todo no va a contárselas a la niñera. Es una cómplice amable, que a veces le da algo de pena.

—Un poco. No tan bien como vos, señorita Crespi.

—Magni no sabe francés —susurra Bice, y Maria Pia se echa a reír.

—Bice, no molestes a la criada mientras trabaja —la regaña su madre—. Emilia, por favor, tráeme unas galletas de almendras. La limonada me da acidez.

—Enseguida, señora. —Emilia regresa sobre sus pasos subiendo el prado hacia las cocinas.

Es así como vuelve a verla Silvio, al cabo de dos meses, y al principio casi no la reconoce. Su esbelta figura se destaca a contraluz en el telón de fondo del lago, meciéndose suavemente; Emilia aminora el paso, luego se detiene poniéndose una mano sobre los ojos. ¿Ese hombre joven que la observa de lejos, en una postura despreocupada y con las manos en los bolsillos, es él de verdad, su viejo amigo de la infancia?

Silvio ha cambiado. Las experiencias en el extranjero, lejos de la influencia de su familia, le han vuelto más responsable, cauteloso. Ha entrado en fábricas textiles el doble o el triple de grandes que la suya como un simple trabajador, ha conocido a personas de una extracción social diferente y distintos a sus compañeros de clase y a los amigos con los que trata, ha visto de primera mano sus sencillas vidas hechas de trabajo y esfuerzo, ha comido su pan, ha bebido su cerveza; se ha medido con ellos de igual a igual, saliendo derrotado a menudo. Lejos, por primera vez, del mundo guateado en el que ha crecido, se encontró —solo, expuesto, indefenso— en una situación de clara inferioridad y experimentó desconcierto, miedo, contrariedad, resignación. Todas sus certezas se hicieron añicos, recomponiéndose en certezas nuevas, distintas. Ha llorado de rabia, deseando volver al lugar de donde hasta hace poco tiempo quería huir.

Luego conoció a una chica con el pelo tan rojo como algunos atardeceres, ojos tan verdes como la campiña inglesa, piel muy blanca, casi transparente, que se le concedió tal vez demasiado a la ligera. Perdiéndose en ella, le parecía estar en casa de nuevo. Ambos lloraron al despedirse, y Silvio le prometió que volvería pronto a buscarla, que la amaría para siempre.

—Hola —le dice cuando se encuentran frente a frente.

«¿Qué le ha pasado a su voz?», se pregunta Emilia. Tiene un tono más bajo, se ha vuelto más ronca, profunda. «¿Te han metido un tizón ardiente en la garganta?», le gustaría mofarse, como solía hacer. Pero tal vez el tizón en la garganta se lo hayan metido a ella, porque se la siente seca y es incapaz de articular palabra.

—¿Magni te ha arrancado la lengua?

En ese momento Pia lo ve de lejos y, antes incluso de que Emilia pueda responder, toda la familia se reúne alrededor de él en un abrazo colectivo.

—Nuestro hombrecito —lo llama su padre, que le da la mano con firmeza, mirándole a los ojos, para disfrazar de formalidad su emoción.

—Mi niño —lo llama su madre, a quien se le escapa una lágrima.

Las horas que siguen son un interrogatorio sin tregua. Todos quieren saber, conocer los detalles, que les cuente las anécdotas más jugosas. ¿Cómo era la fábrica? ¿Te has comportado bien? ¿Has comido? ¿Cuántos husos tenían? Y la gente de ese sitio ¿qué tal es? ¿Se te ha hecho largo el viaje? ¿Qué cantidad de hilado producen? ¿Por qué apenas nos has escrito? ¿Has podido descansar un poco por lo menos?

En la cena, Silvio, sentado a la mesa a la derecha de Cristoforo, no deja de hablar ni por un momento. Ha llevado regalos para todos: un perfume francés para su madre, un cuaderno para su padre, sombreros para sus hermanas, un nuevo juguete para Daniele. A veces se le escapan con el ímpetu algunas palabras en inglés y todos ríen. Habla de días más largos que en Italia, del sol que tarda en ponerse.

Cristoforo le deja hablar mostrando asombro, como si nunca hubiera visitado esos lugares.

—Resulta que no tienen persianas en las ventanas: una verdadera tortura. ¡Y la comida, tan monótona, tan insípida! —dice entre un bocado y otro de filete al marsala. La cocinera le ha preparado una gran cantidad de manjares, porque a todos les parece más delgado y temen que enferme—. ¡Por no hablar de la lluvia! No había visto tanta en toda mi vida.

Se demora sobre todo en los aspectos negativos, temiendo que, si da muestras de entusiasmo excesivo, podría herir a sus padres. De modo que sí, el algodón es de calidad superior, pero nada que no pueda producirse también allí en Italia. Y su cerveza, claro, pero comparada con un vino local...

En cambio, disfruta asombrando a sus hermanas pequeñas y a Daniele, que no quieren irse a la cama, embelesados con tantas historias de cosas maravillosas que tal vez, algún día, ellos también podrán ver. Entonces el campo se vuelve tan extenso que se pierde y las tempestades son terribles y los barcos enormes y el viaje épico.

Dos días después, ya saciada de todas aquellas historias, la familia decide hacer una excursión a la isla de San Giulio, a poca distancia. Silvio, sin embargo, lleva retraso con los estudios y debe recuperar antes de que empiece el nuevo curso, de modo que decide quedarse en la villa.

—Podrías venir... solo unas horas —insiste su madre—. Daniele te ha echado mucho de menos, ya lo sabes. Le encantaría estar contigo.

Desde que Silvio ha vuelto, su hermano no se ha despegado de su lado: lo sigue a todas partes, hace todo lo que hace él, repite sus frases como un loro, no le da ni un momento de respiro. Su madre le dice que ha de tener paciencia, que Daniele es pequeño, que tiene que cuidarlo, que es su deber. Es así, Silvio lo entiende bien, pero para todo hay un límite: precisamente por eso tiene una niñera.

—Sí, *maman*, pero...

—Déjalo en paz —interviene Cristoforo—. Es su deber esforzarse.

—No te canses demasiado, *nani.* —Pia se resigna, besándolo en la sien.

Él se lo consiente, aunque esas atenciones le provoquen ya cierta incomodidad, y se retira a la biblioteca, mientras a Daniele se lo llevan en brazos porque no quiere separarse de su hermano mayor.

A primera hora de la tarde, cuando Silvio está inmerso en una traducción del latín que no le da respiro, llaman a la puerta.

—¡Adelante!

Emilia entra con una bandeja de bocadillos.

—La cocinera me manda para decirte que no piensa asumir la responsabilidad de tu fallecimiento, y que por lo tanto ha preparado esto para ti.

Silvio se echa a reír. Duda mucho que la cocinera haya empleado esas mismas palabras.

—Ven —le dice levantándose y estirando la espalda dolorida—. Deja eso aquí.

Emilia obedece, luego no puede contener su curiosidad.

—¿Qué estás traduciendo?

—Tácito. —Silvio muerde una rebanada de pan—. O por lo menos lo intento.

Emilia estira el cuello y luego niega con la cabeza.

—La *consecutio* está toda mal.

Él la observa durante mucho tiempo: sigue siendo la irreverente de siempre, solo que un poco más... mujer.

—¿Aún te acuerdas del latín? —la provoca.

Emilia se queda descolocada por un momento.

—Pues sí, a diferencia de ti —replica.

—Ayúdame entonces.

Ella suelta una risita amarga.

—¿Para que puedas jactarte de un trabajo que no has hecho?

Da media vuelta y hace ademán de marcharse, pero Silvio es

más rápido y la sujeta por la muñeca. El contacto los deja a ambos sorprendidos por un momento.

—¿Por qué estás tan enfadada? —le pregunta él—. ¿Qué te he hecho?

«Te has ido —le gustaría contestarle—. Sin avisarme, durante casi dos meses. Me dejaste aquí sola, con esta gente con la que no tengo nada en común, a quienes no les gusto, que no me quieren. Y no me has escrito ni una sola vez. Te he echado de menos.»

—Nada.

—Te he echado de menos —suelta él.

En parte miente, porque mientras estaba en Inglaterra tenía otras cosas en las que pensar, como sus tareas de aprendiz y esa chica pelirroja, pero intuye que a Emilia le complacerá oírlo, y de alguna manera él quiere consolarla de su ausencia. Pero también es cierto que ahora, al verla delante de él, redescubriendo su alegre irreverencia y sintiendo bajo la palma el calor de su piel, se da cuenta de que la ha extrañado de verdad.

Ella resopla para tragarse ese jirón de felicidad que siente que le hierve por dentro.

—Además de no saber latín, tampoco sabes mentir. —Ella trata de liberarse de su mano, pero Silvio no la deja marcharse.

—Quédate —le susurra con voz profunda.

Emilia siente escalofríos, como si tuviera fiebre.

El ama de llaves entra en ese momento, sorprendiéndolos demasiado cerca uno del otro. Silvio suelta la muñeca de Emilia y ella tiene la sensación de salir volando.

—Te estaba buscando precisamente a ti —grazna Magni dirigiéndose a Emilia—. Deberías estar abajo, la cocinera necesita ayuda para preparar la cena.

—Sí, señora Magni. —La chica hace una pequeña reverencia a Silvio y se encamina con la cabeza gacha.

—Un momento —la reclama Silvio. A Emilia le parece que el mundo deja de girar y contiene la respiración—. Te estás olvidando la bandeja.

Ella vuelve sobre sus pasos bajo la atenta mirada del ama de llaves, que la observa de lejos.

—Esta noche —le susurra Silvio cuando está cerca de él—. A medianoche aquí. —Emilia lo mira a los ojos con una mezcla de miedo y diversión—. No llegues tarde.

17

Emilia se tumbó en la cama sin cambiarse de ropa y esperó.

Se había prometido a sí misma dormir al menos una hora, pero los pensamientos la mantuvieron despierta a pesar del cansancio.

¿Por qué la quería ver Silvio? ¿Qué debe esperarse? ¿Será prudente ir? Y ¿por qué no ve el momento de acudir junto a él?

Oye a Magni roncando en la habitación de al lado. El reloj de péndulo del pasillo da la hora con doce lúgubres campanadas y el corazón de Emilia parece pararse. El edificio tiene de noche algo de espectral; la luz de la luna rebota en las paredes creando extraños juegos de sombras y dibujando siluetas deformadas en el suelo.

Emilia se queda un rato a la espera, para asegurarse de que nadie se ha despertado, luego saca los pies de la cama y se pone los zapatos; abre la puerta y sale. En el silencio de la casa dormida parece como si todos los sonidos se amplificaran; las puertas chirrían, el suelo cruje bajo sus pies, incluso su propio aliento hace un ruido insoportable. Toma las escaleras, baja dos plantas y cuando llega a la biblioteca se detiene en la puerta, indecisa sobre si entrar o no. Entonces un ruido le da valor para abrir.

Silvio está de pie junto al escritorio. La luna lo ilumina a medias, dejando la otra mitad a oscuras.

—Llegas tarde —la regaña. Pero hay un gorjeo de emoción en su voz que no consigue ocultar—. ¡Acércate!

—Debes de estar loco —dice Emilia—. Si nos encuentran aquí...

—No nos encontrarán. —Silvio se ríe.

La coge otra vez de la mano y la saca de la biblioteca, luego bajan por la escalinata y por último cruzan las salas traseras, en la planta baja.

—Pero adónde...

—¡Chisss! —la conmina él.

La mano de Emilia, fría y un poco áspera, se pierde en la de Silvio, cálida y firme en cambio. Abren con cuidado la puerta de cristal que da al jardín y salen. El parque es inmenso. Silvio ataja por la izquierda al abrigo de un gran sauce y se detiene por fin.

—Toma —dice entregándole un pequeño paquete.

No tenía por qué ser así, se lo había imaginado muy diferente. No pensaba que sería tan torpe, tan apresurado. Y sobre todo pensaba que la reacción de ella sería distinta.

—¿Qué es? —pregunta Emilia mirando con escepticismo el paquete, sin cogérselo.

—Ábrelo y lo descubrirás.

—No tenías que hacerlo.

Él resopla. ¿Por qué con ella todo siempre tiene que ser tan complicado?

—No, no tenía por qué hacerlo —responde—. Pero quería.

Solo entonces Emilia decide aceptar el regalo.

—Es un perfume —se anticipa Silvio, que no puede aguantar más—. Francés. De violeta.

Emilia nunca ha tenido un perfume. Su padre le regaló uno a su madre, pero Amalia no se lo ponía nunca porque decía que Dios castiga la vanidad con la enfermedad. Y, como es lógico, a Emilia también le estaba prohibido usarlo: así fue como el preciado frasco permaneció en la cómoda, intacto, durante años. Y ahora quién sabe adónde habrá ido a parar.

—¿No te gusta? —la presiona Silvio, que según van pasando los minutos se siente cada vez menos seguro de sí mismo.

—Oh, sí. Es... es precioso.

—Huélelo, vamos.

—Es que no sé cuándo usarlo.

—Oh, bueno, mi madre lo usa todos los días.

Emilia le lanza una de esas habituales miradas suyas que tienen el poder de hacerlo añicos.

—¿Te parezco una señora rica que toma el té oliendo a violetas?

Silvio no oculta su decepción. Ese perfume le ha costado un montón de sacrificios. Aunque su padre es un potente industrial, lo enviaron al otro lado del Canal con el dinero justo, lo estrictamente necesario para vivir y concederse algún capricho; Cristoforo, además, se había asegurado de que la fábrica adonde Silvio iba a trabajar de aprendiz le pagara el mínimo imprescindible. Los Crespi Tengitt no crecen rodeados de comodidades. Deben aprender el valor de las cosas, sudar todo lo que tienen.

—Lo siento —le dice Emilia—. No estoy acostumbrada a recibir regalos. —Desenrosca el tapón y un aroma dulzón se esparce por todas partes—. Es estupendo —miente—. Lo usaré en ocasiones especiales.

Se quedan un rato mirándose, indecisos sobre quién debe tomar la iniciativa.

—Pero ahora tengo que irme —indica ella.

Silvio está decepcionado, pero no encuentra el valor para oponerse ni una excusa para retenerla. Emilia se da lentamente la vuelta y se aleja caminando entre la hierba bañada por la plata de la luna.

Él la persigue:

—¡Emilia!

Ella se detiene y espera.

—Te he echado de menos. —La toma de la mano y la atrae hacia él.

Emilia no se acuerda ya de cuánto tiempo hace que nadie la abraza. El calor del cuerpo de Silvio la derrite; se deja llevar contra su pecho y cierra los ojos.

—Yo también.

Los brazos de Silvio son grandes y fuertes. Por primera vez desde que su familia se derrumbó, Emilia se siente segura.

—No te vuelvas a marchar —le dice ella—. No me dejes sola.

—Jamás —le promete él, que en ese momento cree de verdad en lo que dice.

Con el dedo índice le levanta la barbilla y se pierde largo rato en sus ojos negros, antes de inclinarse para besarla.

18

Canonica d'Adda

Fredo lleva más de un mes sin pasarse por el pueblo. Un mes durante el cual simplemente se ha esfumado: ni una sola visita, ni una carta, ni siquiera un mensaje de pocas palabras. Los únicos que de verdad le han echado de menos son Luigia y Bino, desconocidos el uno para el otro y, sin embargo, unidos por el amor hacia la misma persona.

Alguien, viéndolo deambular por los caminos que rodean la fábrica bajo el tórrido sol de agosto, cree estar viendo un fantasma. No puede ser él ese joven demacrado que camina encorvado como si llevara un peso inmenso sobre los hombros. No puede ser él, porque Fredo nunca saldría por ahí con ese traje arrugado, sin corbata ni sombrero, con la barba sin arreglar y el pelo despeinado.

—*Oè, Fredo!* —le grita otro—. *S'è sücedit cusè?* ¿Te ha pasado algo?

Él no se digna ni a mirarlo y va directo al chalecito de los Malberti. Dentro solo está Luigia, que hoy tiene turno de noche y está acostada en la cama tratando de dormir.

—*Mama* —la llama Fredo.

Luigia baja tan deprisa las escaleras que casi se cae. Lleva mucho tiempo esperando ese momento, pero cuando se lo encuentra delante se queda de piedra. Tendría muchas preguntas —¿Qué ha pasado? ¿Dónde has estado? ¿Por qué no sabíamos nada de ti? ¿Te encuentras bien?—, pero el instinto le dice que por ahora es mejor callarse.

Se abrazan con fuerza, apretando los puños, como tal vez nunca se hayan abrazado antes.

—Perdóname —le dice Fredo.

Luigia se seca las lágrimas con el dorso de la mano y trajina con una olla.

—¿Tienes hambre? Deberías comer algo.

Fredo no tiene hambre, pero quiere complacerla, de modo que asiente. Unos minutos después su madre le pone un plato delante y se sienta, saciándose de verle comer. Él picotea, levanta la cabeza del plato, mira a su alrededor, traga, se muerde los labios, parece estar a punto de llorar.

—¿Te ha pasado algo, Fredo? *Ta stet be?* ¿Te encuentras bien?

Él la mira y por un momento le asalta la tentación de contarle toda la verdad. ¿No merece acaso saber qué abominación ha traído al mundo?

En Milán, no lejos de la piazza San Marco, hay un palacio en el que vive un marqués de la antigua nobleza. Es un edificio enorme, con muchísimas habitaciones, como para perderse entre ellas, y criados laboriosos como ratones que corren arriba y abajo continuamente para satisfacer los caprichos de su amo. Es un hombre malvado, este marqués, y como todos los hombres malvados tiene un poder mágico: sabe encontrar, en aquellos a quienes conoce, su núcleo más oscuro para sacarlo a la luz; le gusta ver que se descubren codiciosos, egoístas, prepotentes. Y, cuando se cansa de jugar con sus vidas, se deshace de ellos.

Anoche mismo Fredo estaba en su palacio. Mejor dicho, en su cama.

Al final se había rendido. Ambos sabían que iba a pasar: lo sabía el marqués, es rico y siempre consigue lo que quiere, y lo sabía Fredo, que se conformaría con las migajas de su riqueza. Claro, el marqués le hizo beber y todo ese champán le proporciona una buena coartada para justificar su propia lujuria. Pero Fredo siempre lo ha sabido. Porque es lo que quería.

Luego Fredo habló. Siempre termina hablando demasiado, ese es su problema. Nunca ha llegado a aprender la lección. Quería impresionarlo, darse aires. ¡Qué idiota! Así que le habló de Bino, de su guarida escondida en las entrañas de la hilandería, de sus encuentros secretos. Y también le reveló quién era «esas otras cosas».

¡Oh, la expresión del marqués! Asombro, diversión. Si Fredo esperaba encontrar en él alguna forma de compasión, estaba muy equivocado, menudo iluso. «Sabía que no me decepcionarías», comentó antes de abalanzarse de nuevo sobre su boca.

Esta mañana, antes de echarlo de la habitación, el marqués ha agitado un reloj de oro bajo su nariz. «Tienes que hacer una cosa por mí.» «Ya te he dicho que no lo quiero», ha replicado Fredo. No dejaría que lo comprara. No otra vez.

«No es para ti —le ha explicado el marqués muy serio—. Quiero que lo dejes en los sótanos de la fábrica, entre las pertenencias de ese obrero.» Ha hecho una pausa para dejar que Fredo lo entendiera bien. «Ya le he dicho a tu patrón que no lo encuentro desde el día que fui al pueblo. Puede que lo haya perdido, o bien...»

«Nunca haré una cosa así.»

«Por supuesto que lo harás, mi adorable asesino.» El marqués se estaba divirtiendo como un loco.

«¿Por qué? ¿Por qué quieres hacerme esto?»

«Si no quiero hacértelo a ti. Te amo y deseo que sigamos juntos. Solo nosotros dos.»

«Puedes tenerme cuando quieras, ya lo sabes.»

«Si crees que me contentaré con compartirte con ese...» Los rasgos de su rostro se han agitado de repugnancia.

«Lo dejaré, nunca volveré a verlo. Te lo juro.»

El marqués se ha reído entre dientes: «¡Ja!». Luego, poniéndose serio de nuevo, ha proseguido: «Vamos, ¿qué crees que le va a pasar a fin de cuentas? Lo echarán a patadas y encontrará otro trabajo en otro lugar. Una fábrica es igual que otra, los obreros son todos iguales».

Ambos sabían que no sería así. A un obrero acusado de ladrón ya nadie lo quiere, y Crespi tiene conexiones por todas partes. Sería la ruina de Bino, todo por un capricho del marqués.

«Podría matarte», lo ha amenazado Fredo agarrándolo del cuello.

Al marqués lo ha sacudido un escalofrío de miedo que, por primera vez en mucho tiempo, lo ha hecho sentirse vivo de nuevo.

«Ay, tontorrón. Y, entonces, ¿cómo ibas a tener todo esto?» Señaló la habitación con la mano, pero a lo que se refería era a mucho más: la vida que siempre ha codiciado, que le pertenece por derecho, que de otro modo le sería negada. Lujo, comodidad, poder.

Por eso ha vuelto al pueblo. Para que se cumpla una profecía.

—Fredo, ¿por qué no te casas? —le pregunta de repente Luigia.

Él se queda pasmado.

—Necesitas una mujer, no puedes estar solo.

—Sí, mamá —murmura Fredo—. Es una buena idea. —Se levanta.

—¿Adónde vas? —le pregunta ella sintiendo crecer en su interior una angustia inexplicable.

—Tengo que hacer una cosa.

—Pero ¿luego vuelves?

No, Fredo no volverá. De ciertas decisiones nunca se vuelve.

—Claro, mamá. —La besa en la frente y sale.

19

Ha llovido durante la noche, una de esas tormentas de verano, repentinas y muy violentas, con relámpagos que iluminaban el cielo como si fuera de día, cristales rotos, chozas sin techo y árboles arrancados. Para ir a trabajar a la fábrica, Bino no ha podido vadear como siempre hace en el Brembo, que en pocas horas se ha hinchado hasta dar miedo, sino que ha tenido que ir por el camino largo, pasando por el puente junto a la posada de Doneda.

Cuando llega ante la hilandería, se percata de inmediato de que hay algo diferente flotando en el aire. Algunas mujeres cruzan el camino corriendo y dando voces, otras están asomadas a las ventanas de los *palasocc* y estiran el cuello para ver mejor. Y, lo que es peor, Bino no oye el familiar ruido de las máquinas en funcionamiento.

«La tormenta debe de haber causado daños», piensa acelerando el paso. Pero, cuando está cerca de los sótanos, se le congela la sangre en las venas. Justo en la entrada, un pequeño corrillo de hombres charlotea echando miradas hacia dentro, sin atreverse a entrar. Sobre sus cabezas Bino ve los sombreros de unos *carabinieri* que iluminan con antorchas un rincón que no alcanza a ver.

—¿Qué ha pasado? —pregunta a los hombres que están afuera.

Pero ellos niegan con la cabeza, con una expresión tensa, la mirada contraída. Alguien murmura: «Increíble», «Qué desgracia», «Quién lo hubiera dicho».

—Con permiso, con permiso. —Bino se abre paso a empujones.

—Quieto ahí, ¿adónde vas? ¿Qué crees que estás haciendo? Identifícate —le conmina un *carabiniere* que le cierra el paso.

—Albino Carminati, de Boltiere. Soy un obrero. ¿Qué ha pasado? —Una terrible sospecha comienza a abrirse camino en su interior.

—¿Trabajas aquí? —le interroga el *carabiniere.*

—Sí, claro —murmura Bino con la garganta seca.

—¿Aquí abajo?

—Bueno..., a veces. —Es mejor andarse con cautela.

—Pasa, tenemos algunas preguntas que hacerte.

Bino sabe que se ha metido en una trampa, pero el *carabiniere* lo toma del antebrazo y lo empuja hacia delante con modales bruscos.

Es así como lo ve. En el rincón más escondido del sótano, el cuerpo de Fredo cuelga de un gancho en el techo. No lo reconoce de inmediato: tiene la cara azulada, la lengua le cuelga de forma grotesca, los ojos están muy abiertos e inyectados en sangre, los dedos de los pies cuelgan a unos centímetros del suelo. Pero Fredo siempre será su Fredo y, para colmo, anudado en la muñeca aún tiene el pañuelo que hace tanto tiempo le regaló Bino. «Si algún día queréis hablar de las cargas que lleváis...»

El hijo de los Carminati, ese hombretón que no ha estado enfermo ni un solo día desde que llegó a la fábrica, pierde el conocimiento al instante.

En el bolsillo del chaleco de Fredo encuentran un reloj de oro, pesado y reluciente. En el interior de la caja están grabadas las siguientes palabras: DE LUCILLE, CON AMOR.

Suicida, asesino y mentiroso, Fredo se despide del mundo con el oprobio de ser lo único que nunca ha sido: un ladrón.

No tendrá exequias fúnebres: Luigia no ha encontrado un

solo sacerdote dispuesto a dejarlo entrar en la iglesia. Su cuerpo está enterrado en tierra sin consagrar. Cada año, en el día que se conmemora el aniversario de su primer encuentro, Bino va en secreto a depositar allí algunas flores.

SÉPTIMA PARTE

1

Milán, primavera de 1886

Con ocasión del octavo cumpleaños de Daniele, la familia Crespi ha organizado una fiesta. Nada oficial, solo algunos amigos cercanos: no por eso, sin embargo, menos lujosa. Después de un almuerzo de dieciséis platos, la cocinera ha preparado varias tartas y pastelitos de distintos tipos, bombones y dulces de todas clases para acompañar el champán, servido en el salón carmesí, donde se habían dejado también los regalos para el niño.

Daniele lleva días tan nervioso ante la mera idea de tantos dulces, regalos y atenciones que, cuando llega por fin el momento, se muestra irritante e intratable.

—¡A ver si te estás quieto de una vez! —le suelta su hermano, cansado de verlo dando vueltas a su alrededor.

—¡Silvio! —le reprocha su madre. No necesita decir más, basta una mirada para volver a ponerlo en su lugar. Luego la *sciura* Pia suaviza el tono—: Daniele, siéntate un rato, estás muy sudado.

Él ni siquiera la escucha, ocupado en correr alrededor del piano. La señorita Saponaro está de pie contra la pared con los labios fruncidos y una expresión contrariada en el rostro. Esta vez el niño se está excediendo y, si fuera por ella, le daría una buena azotaina en el trasero, ya vería como se le pasaban las ganas de correr; pero en presencia del ama pierde toda su autoridad, desclasada al rango de sirvienta.

—Está tan emocionado... —lo justifica la madre con una sonrisa complacida.

—Está insoportable —masculla Silvio, metiéndose un trozo de pastel en la boca.

—No te comas todos los dulces, que luego te sientan mal —le advierte su madre—. Y mantén la compostura.

Silvio echa un vistazo al reloj de péndulo, preguntándose cuánto falta para que acabe ese tormento: son apenas las tres de la tarde. Tiene un dolor de cabeza insoportable, y los gritos de Daniele mientras sus hermanas aporrean el piano no lo ayudan, desde luego. Solo quiere subir y tumbarse en la oscuridad, en silencio, pero hoy no le está permitido: hoy es la fiesta de Daniele y parece como si todo el mundo debiera celebrarlo. Resopla mirando el reloj de nuevo.

—Ven —le dice el padre poniéndose de pie—. Salgamos.

Silvio lo observa, captando también en él ciertas señales de impaciencia. Bajan por la escalinata de honor y llegan al patio interior.

Cristoforo apoya la espalda contra una columna, saca un puro y lo enciende con la mayor tranquilidad. Desde las ventanas del saloncito carmesí se difunden las notas del piano y el chillido histérico de Daniele.

—Tienes que ser más paciente —dice echando el humo.

Silvio siente un impulso de rabia y patea una piedra invisible. No se atreve a discutir. ¿Qué debería decirle? ¿Que todas las atenciones reservadas para Daniele lo ponen hecho una furia? ¿Que el que sea el favorito de la casa lo hiere, lo humilla? ¿O que detesta a esa especie de pulga saltarina que es su hermano?

—Es el más pequeño, ya lo sabes. —Cristoforo también se sentía así en relación con Benigno, al principio—. Tu madre estuvo a punto de perderlo.

Se encoge de hombros. «Hubiera sido mejor», está a punto de decir, pero el padre lo fulmina con una mirada.

A Cristoforo no le ha pasado desapercibido que, últimamente, Silvio está distinto. Tiene siempre la cabeza en las nubes, está distraído, ausente. Y, lo que es peor, se muestra intolerante con todo, en especial con la autoridad que, hasta ese momento, jamás había cuestionado: la de sus padres. Como es de esperar, el chico sabe dominarse, o lo intenta por lo menos, pero no es difícil leer en sus gestos un destello de rebeldía, a veces incluso de odio. Y luego está el problema de la escuela: se encuentra en el último curso, el más importante; en seis meses entrará en la universidad, por más que a este paso corra el serio riesgo de que lo suspendan. Y pensar que el año anterior era tan diligente, tan aplicado, tan concentrado... En menos de un semestre su rendimiento ha caído drásticamente. Y no hay castigo que parezca surtir efecto; prohibirle salir parece casi como si le alegrara. Por supuesto, en el instituto los profesores hacen la vista gorda, a veces incluso muy gorda, pero no podrá vivir de las rentas durante mucho tiempo.

—¿Quieres decirme qué está pasando? —le pregunta, esperando que sea esta la ocasión propicia.

—Me duele la cabeza —refunfuña Silvio. Y por el tono queda claro que le habría contestado con mucho gusto: «No es asunto tuyo».

Cristoforo respira hondo.

—En un par de horas podrás ir a acostarte.

El chico vuelve a encogerse de hombros, se mete las manos en los bolsillos y mira obstinadamente al suelo, como si quisiera excavar con los ojos un hoyo por el que largarse de allí.

—A tu madre le hace mucha ilusión el que estemos todos, ya lo sabes.

—Sí, sí.

Cristoforo tira el cigarro con un gesto de fastidio.

—Vamos —le ordena.

Cruzan el patio y van directos a los establos, donde el mozo de cuadras dormita en un rincón.

—*Töt a post, Genio?* ¿Todo en orden?

—Sí, señor Crespi —responde el otro poniéndose en pie de un salto—. Lo tengo aquí. —Se inclina hacia una canasta, rebusca en ella un momento y saca un cachorro de setter de pelo castaño.

Silvio se queda sin palabras. Siempre ha querido tener un perro.

El animal mueve la cola cambiando de manos entre el mozo y Crespi, que sonríe como un niño. Se lo ha comprado a un importador que los lleva directamente desde Inglaterra, donde los nobles emplean esta raza para la caza.

—*To, ciapa*, cógelo —le dice a Silvio, poniendo en sus manos el cachorro.

Los ojos del chico se dilatan de asombro y alegría.

—¿Es... para mí? —tartamudea.

Solo entonces Cristoforo se da cuenta del error que ha cometido y por un momento se queda sin habla. Debería habérselo explicado antes, ponerle sobre aviso: habría sido menos doloroso para ambos. Pero ahora es demasiado tarde y, en cualquier caso, Silvio debe aprender a dejar a un lado su propia persona en aras de la familia.

—Es para tu hermano. Por su cumpleaños.

La decepción resulta evidente en Silvio, inmediatamente seguida por un arranque de rabia.

—¿Le habéis regalado un perro? —Lo que quiere decir es: «¿A él sí y a mí no?».

—Yo no. Tú. —Su padre lo desafía con la mirada—. Sube a dárselo.

Silvio permanece inmóvil con el cachorro retorciéndose entre sus brazos. Le han bastado unos pocos minutos en contacto con su pelaje cálido y suave para sentir que ya no quiere separarse de él. Y su hermano, después de haber jugado durante algunas semanas, perderá interés, como hace con todo lo demás.

—No es justo —masculla, con la cara roja.

—Sube a dárselo —repite Cristoforo enfatizando su tono de amenaza.

El chico le lanza una última mirada llena de veneno antes de dar la vuelta y obedecer.

2

Canonica d'Adda

La primera vez fue con un obrero de la tejeduría cuyo aliento apestaba a vino. Acababan de salir del turno y Elvira, la de los Malberti, no podía aguantar más las ganas de hacer pis. En la fábrica está prohibido detenerse para ir al baño: hay que resistir todo el turno, y doce horas se hacen largas. Esta vez tenía tantas ganas que le dolía la barriga, y no dejaba de apretar los dientes, de mantener las piernas cruzadas y de dar saltitos. En cuanto salió de la hilandería, echó a correr y se escondió entre los árboles todo lo lejos que pudo adentrarse, se bajó los calzones a toda prisa maldiciendo el engorro de las enaguas, se agachó y pudo liberar por fin su vejiga con un suspiro de alivio. Solo entonces se dio cuenta de que, no muy lejos, él la estaba observando.

Aquel hombre, un tipo de Capriate ya en los cincuenta, con mujer y cinco hijos, le había echado el ojo desde hacía tiempo en la fábrica. No es que fuera guapo, pero era un hombre. Y Elvira se sentía secretamente orgullosa: el que un hombre, casado además, se hubiera fijado en ella, y solo en ella, en toda la sección, tenía que significar algo. A veces había fantaseado incluso con aquello, pero desde luego nunca se imaginó que las cosas serían así.

Al verlo entre la vegetación, Elvira se subió los calzones a toda prisa, luego se quedó como paralizada. Aunque estaba vestida, aún se veía desnuda. Había algo en su mirada que hacía que se sintiera incómoda. El caso es que Elvira era una chica simplona —Luigia decía siempre que sus gemelas no eran demasiado inteligentes, porque se veía que Dios les había dado medio cerebro a cada una— y no entendía lo que pasaba.

Era casi el anochecer y en el tupido boscaje los contornos de todas las cosas parecían desvanecerse en la niebla. Él dio tres pasos y se le acercó.

—He notado que en la fábrica te pasas todo el rato mirándome —le dijo.

Sí, era verdad: ella lo miraba, pero siempre en respuesta a las miradas de él. Era un juego cuyas reglas ni siquiera conocía. Bien podría habérselo dicho a aquel sujeto cuyo aliento olía a vino, pero Elvira no quería pasar por ingenua, de modo que había tratado de mostrarse experta en esas cosas, como toda una mujer ya. Lo había mirado con una especie de gesto de bravuconería y él se había reído, mostrando unos dientes amarillentos.

Luego todo se consumó en unos minutos, allí mismo, contra un árbol no muy apartado de la fábrica. Él la había sujetado y, con una agilidad que, pensándolo con calma, insinuaba cierta experiencia en el asunto, le había levantado las enaguas, le había bajado los calzones y había entrado con brusquedad en ella. Ni siquiera se dio cuenta de que Elvira dejó escapar un grito agudo. Iba a lo suyo, jadeando y gruñendo como un cerdo, y al cabo de un momento todo había terminado.

Elvira no sabía qué pensar, y no había sido el agudo dolor en el bajo vientre lo que la había lastimado de verdad. Al dolor físico, a fin de cuentas, los Malberti estaban acostumbrados, se lo transmitían de generación en generación: ya fuera el frío que te quema los dedos de los pies o las bofetadas de Luigia o el dolor de espalda del turno o los retortijones de hambre, la diferencia no era mucha. Lo que de verdad le hizo daño fue lo que dijo después.

—¿Cuál eres tú? —le preguntó.

Era así, aquel hombre que la había poseído, a quien ella se

había entregado —por más que aún no le quedara claro cómo habían ido las cosas—, ni siquiera sabía su nombre. Y, tal vez, no es que le importara demasiado.

—Adele —contestó Elvira, sin saber por qué. Al fin y al cabo, ni siquiera su madre era capaz de distinguirlas.

—Ah —fue el comentario de él—. Muy bien. —Luego se marchó abrochándose los pantalones.

Esa noche Elvira no pudo pegar ojo. Aún sentía su peso sobre ella, su olor persistía en sus fosas nasales. No entendía muy bien lo que había ocurrido en el bosque, si era algo bueno o malo. Y además se había encontrado sus calzones manchados de sangre, lo que en parte le preocupó un poco y en parte le despertó una cierta vergüenza. ¿Debía decírselo a alguien? ¿A su madre, al párroco, al médico? Lo mejor, acabó diciéndose a sí misma al final de aquella larga noche insomne, era callar y ver cómo seguía todo.

Sin embargo, al día siguiente, si ella esperaba que él le reservara alguna forma de galantería, no tardó en quedar decepcionada. No solo no le dirigió miradas, como solía hacer, sino que ni siquiera la había saludado. Como si Elvira —o Adele: ¿qué diferencia había?— nunca hubiera existido.

Por eso al final del turno lo había seguido hasta Capriate, a la alquería donde vivía con su familia. Lo hizo sin más, sin tratar de pasar desapercibida siquiera, con cierta bravuconería. Y él seguro que la vio, aunque durante bastante tiempo hiciera como que no se daba cuenta de nada. «Ya se cansará —se dijo—, y se irá a casa.» Sin embargo, al llegar cerca de su propia casa, sintió miedo.

—¿Qué quieres, zorra? —le había ladrado.

Elvira tenía miedo, pero se había mostrado fuerte, testaruda.

—Lo que se me debe —replicó, sin saber en realidad ni ella siquiera lo que quería, lo que podía exigir.

—Pues aquí lo tienes. —Y por toda respuesta la molió a golpes—. Si vuelves a acercarte a mi casa, te mataré. —Le escupió, dejándola medio desmayada en el suelo.

Pero al día siguiente la que él creía que era Adele lo había repetido todo de nuevo, con obtusa perseverancia: turno, persecución, paliza. Y así durante otros dos días, hasta el punto de que el hombre al final casi le tenía miedo.

—A ver, ¿puede saberse lo que quieres de mí? —le había preguntado con angustia en la voz.

Y ella le dijo:

—Lo que se me debe.

Era el día de paga en la fábrica y el hombre tenía el bolsillo lleno de billetes. Metió la mano con un gesto perezoso, sacó algunas monedas y se las arrojó a los pies.

—¿Qué pasa? —le preguntó percatándose de su pesadumbre y confundiéndola con insatisfacción—. ¿No te basta?

Elvira no se lo esperaba, pero las recogió de todas formas; luego las sostuvo en la palma durante un buen rato, preguntándose qué querrían significar.

Aquello ocurrió hace un año, cuando Elvira y Adele acababan de cumplir quince. Desde entonces, cada dos semanas, el día de paga, Elvira se reúne con él en el bosque, lo deja hacer lo que quiere y luego recoge las monedas del suelo. No es que le agrade, pero el dinero siempre se necesita y, desde que Fredo ya no está para cuidar de ellos, las cosas no les van tan bien a los Malberti.

En el fondo, si un hombre —casado además— está dispuesto a pagarle, algo debe de significar.

3

Milán

Este último año ha sido el mejor de su vida. Siempre hay suelos que lavar, camas que hacer, cuberterías a las que sacar brillo y, desde luego, Magni no es que se haya enternecido: al contrario, desde que ve a Emilia tan alegre parece ensañarse aún más con ella, encargándole toda clase de trabajos humillantes. Aunque en casa la servidumbre se ha incrementado aún más con la contratación de una nueva sirvienta, es la joven Vitali quien tiene que vaciar las letrinas, limpiar las chimeneas, cargar con cubos de carbón arriba y abajo. Ella, sin embargo, aguanta, es más, no parece importarle en absoluto. «Por supuesto, señora Magni. No hay problema, señora Magni. Con mucho gusto, señora Magni», repite con voz sonora, una sonrisa seráfica y ojos que brillan de vida.

—¿Te estás burlando de mí, muchachita? —la acusa el ama de llaves.

—Naturalmente que no, señora Magni. —Y, antes de que la otra pueda añadir algo, Emilia ya se ha alejado, caminando con paso ligero, casi a ritmo de danza.

El amo está encantado de verla serena por fin.

—Ya te dije que encontraría su propio equilibrio y que acabaría adaptándose bien —le señala Cristoforo a su esposa—. El tiempo cura todos los males.

La *sciura* Pia no se deja llevar por tanto entusiasmo. Ella también ha notado que la chica está mejor, y le agrada, como es lógico. Pero sabe por experiencia que a ninguna criada le gusta barrer los suelos o limpiar los cristales y, si lo hace con una sonrisa, es porque esconde algún secreto.

El secreto del buen humor de Emilia, de esta nueva energía que la invade, se oculta en la biblioteca de los Crespi. En el estante superior hay un libro viejo cuya existencia nadie recuerda; se halla en tan mal estado que en algunos sitios la encuadernación está despegada: basta con sacarlo un poco para poder introducir un dedo en la piel de la cubierta, donde Silvio deja sus mensajes.

—¿Qué estás haciendo aquí? —ladra el ama de llaves al encontrarla encaramada a las escaleras.

—Quitar el polvo, señora Magni.

—¿No lo hiciste ya ayer?

—No, ayer lo quité en el otro lado de la librería.

Emilia aguarda a que la bruja se vaya, luego se esconde en un rincón para leer. Silvio le deja solo unas cuantas líneas escritas en código: son pistas que conducen a algún pequeño regalo, una flor escondida en un libro, un poema debajo de una alfombra, un par de bombones para empezar bien el día o una cita para la noche siguiente.

Ella responde haciéndole encontrar un objeto fuera de lugar, un adorno girado hacia la pared, un marco al revés, detalles que pasan desapercibidos para los demás pero que en su idioma secreto están llenos de significado.

Ese palacete que hasta hace poco le parecía una cárcel está ahora lleno de oportunidades, un castillo de juegos, un laberinto en el que divertirse persiguiéndose el uno al otro.

Emilia entra en el comedor y cierra la puerta tras ella. Los Crespi se han retirado a última hora de la tarde después de las celebraciones del cumpleaños de Daniele y el salón está todo en desorden: hay que quitar la mesa, limpiar la cera de las velas que ha caído sobre el mantel, barrer y airear la habitación.

—¡Aquí estás! —Silvio sale de detrás de una cortina y Emilia da un respingo.

—¡Un día vas a matarme de un susto!

—Te estaba esperando. Te ha costado llegar... —le dice acercándose para abrazarla.

Ella lanza una mirada hacia la puerta.

—Espera. —Hace ademán de ir a asegurarse de que está bien cerrada, pero Silvio la detiene.

—Vamos, ven aquí.

La agarra por la cintura y la abraza. El contacto con su cuerpo cálido y suave lo vuelve loco de excitación. Sin embargo, hay algo en su actitud, una especie de desesperación, que hace que sus gestos sean apresurados, bruscos incluso.

—¿Todo bien? —le pregunta Emilia.

—Claro que sí. —Silvio trata de quitarle importancia. Le roba los labios y durante unos minutos el mundo que los rodea desaparece y nada importa ya—. Te he echado de menos.

—Pero ¡si he estado en esta casa todo el tiempo! ¡Y hasta te he servido el postre! —Ella se ríe sin conseguir contagiarle—. Dime qué te pasa.

Silvio se deja caer en una silla.

—Le han regalado un perro a Daniele. —Resopla.

—Oh, pero eso es... —«Magnífico», está a punto de decir, pero es evidente que él no está de acuerdo—. No te habrás puesto celoso...

—¿De un perro, yo?

—De tu hermano.

—¡No! —exclama Silvio, quizá demasiado rápido—. No es por el perro, es que... —Le resulta difícil encontrar las palabras, explicárselo incluso a sí mismo, desmenuzar sus propios pensamientos—. Tú no tienes hermanos, no puedes entenderlo.

Emilia arquea las cejas y se cruza de brazos, alejándose unos pasos.

—Lo siento, no quería decir...

—Sí, sí que querías decirlo.

—Es solo que Daniele siempre está en medio. Daniele, Daniele, Daniele... Para mis padres parece como si no hubiera nadie más en el mundo. Daniele por aquí, Daniele por allá, Daniele esto, Daniele lo otro. Daniele quiere, Daniele obtiene. Como con el perro. Pero no es más que un ejemplo. Parece como si me hubieran traído al mundo solo para servir y cuidar a mi hermano.

—Me parece poco probable.

—¿Qué sabrás tú?

—Porque tú eres el primero y, cuando te trajeron al mundo, no podían saber que vendrían más.

—Me estás tomando el pelo.

—Un poco.

Silvio resopla, pero ya se siente algo mejor. ¿Es consciente Emilia de que le hace ese efecto? ¿De que tiene el poder de conseguir que todo lo demás se vuelva inútil e insignificante? Incluso el dolor de cabeza se le ha pasado, es más, parece como si nunca lo hubiera tenido, ni siquiera se acuerda.

—Ven aquí —le dice sintiendo crecer su deseo.

—No. —Ella se ríe.

—Te lo ordeno.

—Entonces menos aún.

Silvio se levanta y se le echa encima dando unos pasos, luego la empuja contra la pared para evitar que escape.

Ella está tensa, la casa sigue llena de gente.

—Es peligroso.

—Me encanta el peligro —le susurra al oído, haciendo que se le ponga la piel de gallina.

Al final la voluntad cede: Emilia siente que su cuerpo se vacía de fuerzas, como si los huesos se hubieran desmoronado y las articulaciones se le derritieran en el calor de su abrazo. Le ocurre siempre que está con Silvio. Se abandona contra él y deja que sea el esqueleto que la sostiene, el escudo que la protege, el manto que la esconde.

El beso dura largo rato mientras un silencio irreal cae a su alrededor y el único sonido es el de sus corazones latiendo al unísono. Aunque irrumpiera toda la familia, ni siquiera se darían cuenta.

Cuando le deja recuperar el aliento, los labios de Emilia están hinchados y sonrojados.

—Podrían descubrirnos —murmura.

—¿Y qué? —dice Silvio.

Ella le coloca las palmas contra el pecho y reuniendo todas sus fuerzas lo aparta.

—¡Me despedirían!

Intenta atraparla de nuevo, da un paso, luego otro, pero Emilia retrocede. ¿Cómo es posible que no lo entienda, que no se dé cuenta?

—Sería mi ruina.

—No digas tonterías. Aquí estoy yo.

Ella niega con la cabeza mientras siente aumentar su furia.

—No hagas promesas que no puedas cumplir.

Dentro de poco llegará el verano y él se irá otra vez al extranjero. En la familia no se habla de otra cosa. Luego llegará el otoño y empezará la universidad, en Pavía, además.

Emilia sabe —siempre lo ha sabido— que hay algo más grande que ella, e incluso que ellos: la fábrica, el papel que Silvio tendrá en ella, sus responsabilidades. Lo sabe y lo acepta. Igual que acepta el abismo de diferencias que los separan: después de sus estudios, a Silvio se le asignará la dirección de la hilandería y de ahí en adelante solo puede crecer, será nombrado caballero como su padre y luego tal vez entre en la política y quién sabe qué más. Para ella, en cambio, la perspectiva es la de una vida entera fregando baldosas y lo máximo a lo que puede aspirar es a ocupar el lugar de Magni. No quiere pensar en ello, pero lo sabe y lo acepta.

Lo que no está dispuesta a aceptar, sin embargo, es que él le tome el pelo, que la haga concebir ilusiones. No quiere exponerse a este enésimo sufrimiento.

—No —le dice Silvio—. Eres mía, nunca te abandonaré.

Siente como ella cede de nuevo y, al inclinarse para besarla, un crujido suena en la habitación como un látigo. Silvio tiene apenas tiempo suficiente para esconderse de un salto detrás de una cortina cuando Magni irrumpe en el saloncito.

—¿Quién está aquí? —grazna.

Emilia está morada, aplastada contra la pared. Todavía siente el calor del cuerpo de Silvio.

El ama de llaves recorre la habitación con la mirada.

—He oído voces.

—Debo de haber sido yo. A veces me pongo a hablar conmigo misma.

Está claro que Magni no la cree, pero la ocasión es demasiado golosa para no humillarla.

—¿No te estarás volviendo loca como tu madre?

Por más que Emilia sepa que el ama de llaves disfruta torturándola y haya aprendido a aceptar sus provocaciones sin alterarse, escuchar como menciona a su madre todavía tiene el poder de encender en ella una rabia furiosa.

Un día del invierno pasado recibió una carta de pocas líneas del monasterio de Bérgamo en la que la abadesa le comunicaba que Amalia había muerto. Emilia, que no había vuelto a verla desde el día en el que el cuerpo de su padre apareció en el canal de la aldea, fue a toda prisa a Bérgamo para asistir al entierro y, ante el rostro por fin sereno de Amalia, aun con el dolor de la pérdida, sintió una especie de alivio. Durante toda su vida, una carcoma invisible había estado devorando a su madre desde dentro, arrebatándoselo todo, trocito a trocito, sin perdonar a ninguno de los que estaban a su lado. Para Emilia, aferrada instintivamente a la vida, era imposible entender, pero sobre todo aceptar, que alguien —y alguien tan querido, de cuya carne ella misma estaba hecha— pudiera haber desperdiciado toda su existencia, y sus maravillosas oportunidades, renunciando a ella de esa manera. En el fondo de su corazón nunca dejó de albergar la esperanza de que hubiera una posibilidad de salvación. Justo antes de que los empleados de las pompas fúnebres pagados por Crespi cerraran el ataúd, había mirado a su madre por última vez. Ante su expresión indiferente, impasible y austera, Emilia comprendió que Amalia estaba por fin en paz y que no había otra manera de que lo estuviera. En ese instante la perdonó y pudo perdonarse también a sí misma.

—No os atreváis a hablarme así —gruñe dando un pisotón en el suelo.

Tal vez sea su expresión furiosa, sus ojos penetrantes, el tono bajo y amenazante: Magni echa un último vistazo a la habitación y gira sobre sus talones.

—Date prisa en acabar aquí —dice mientras se va—. Hay que limpiar la cocina de abajo.

Solo cuando el ama de llaves se marcha, Emilia empieza a respirar de nuevo.

—¡Caramba, qué tono! —comenta Silvio entre risas—. Me has asustado incluso a mí.

—Por favor, vete —le ruega Emilia—. Magni podría volver en cualquier momento.

Él le ciñe la cintura con toda tranquilidad y la atrae hacia él.

—¿Esta noche nos vemos?

—No —replica ella.

—Pues claro que sí. —Sonríe y la besa—. Dime que sí.

—No.

—Pues no me iré hasta que no me digas que sí.

—Venga, vale ya. —Emilia se esfuerza por no reírse.

—Dime que sí.

—Está bien, está bien —responde ella alejándolo de un empujón—. Y ahora vete. Y ¡no hagas ruido!

—A medianoche, en la pinacoteca.

Silvio abre lentamente la puerta, asoma la cabeza, echa un vistazo a derecha y a izquierda. El pasillo está desierto, así que sale y se aleja con despreocupación. Con la mente ya puesta en la cita de esta noche. Está tan contento que no se fija en Magni, que, atrincherada en un hueco del pasillo, lo ha visto salir a hurtadillas del saloncito carmesí.

4

Trezzo sull'Adda

—El niño no puede seguir aquí.

Agazzi está de pie frente al escritorio del director del colegio, que ni siquiera le concede la cortesía de permitir que se siente en una silla. No está previsto que sea una cosa larga, por lo demás. La situación es clara, inequívoca.

—Pero si pudierais... Si hicierais un intento...

—Por favor, no insistáis. Solo empeorará la situación.

Rino está junto a su padre con la cabeza gacha. Si tan solo la levantara un poco, se vería que tiene un ojo morado, sangre en la nariz y el labio roto.

—Pero cómo puedo... En mi estado... —Agazzi no es de los que imploran o tratan de ganarse la compasión, y tener que hacerlo despierta la pierna que le falta, que empieza a patalear, como si todavía siguiera unida al cuerpo.

El director se levanta molesto, pone las manos en el escritorio y se inclina con gesto hosco hacia él.

—Mi querido señor, si creéis que es deber de la escuela hacerse cargo de la responsabilidad que corresponde a los padres, estáis muy equivocado. El colegio no pretende ni puede sustituiros en los deberes educativos que os echasteis a hombros al engendrar vuestra descendencia.

No, eso no era lo que quería decir Agazzi. Solo estaba buscando un poco de comprensión.

—Pero yo os prometo...

—Ya lo habéis hecho —le interrumpe el director—. Y ya hemos visto cómo ha terminado.

Ambos se vuelven para observar al niño, que no emite un solo sollozo, ni siquiera un resoplido furtivo, algo —cualquier cosa— que pueda confundirse con una muestra de arrepentimiento.

—Lo podéis ver vos mismo —enfatiza el director.

—Es un niño vivaz, no lo niego, pero reconoceréis que tiene una mente brillante y...

—¡No os corresponde a vos decirlo! —El otro lo silencia dando una palmada en la mesa. Sigue un silencio muy largo, luego el director continúa, en un tono más suave—: Pero no dejo de reconocer que el niño ha dado signos de inteligencia.

—Pues entonces...

—Pues eso solo agrava su posición. El intelecto no puede sustituir al saber vivir civilmente. Si no está acompañado del dominio de los impulsos, no solo se ve desperdiciado, sino que además puede derivar en una propensión diabólica.

A Agazzi le parece una previsión algo excesiva, pero no cree que sea el momento adecuado para puntualizarlo.

—Y ¿qué voy a hacer ahora? —pregunta, dando involuntariamente voz a sus propios pensamientos.

—Que se ponga a trabajar. Nueve años es la edad legal, no hay obstáculos —zanja el asunto el director—. Vos tenéis un negocio, podéis tomarlo como aprendiz.

Agazzi niega con la cabeza. Esto está fuera de discusión: Rino debe adquirir experiencia en otros lugares, debe ver mundo, elegir su propio camino.

—O también están los campos; en esta época los brazos jóvenes siempre vienen bien —prosigue el director—. Tengo entendido además que vos trabajasteis en la aldea Crespi, podríais enviarlo a la fábrica textil.

Solo en ese momento levanta Rino la cabeza, como si hubiera recibido un latigazo, y clava en los ojos del director una mirada llena de odio.

—Estoy seguro —continúa el otro, mirando hacia un lado— de que el trabajo será una buena enseñanza para este pequeño rebelde. Tal vez, al experimentar el esfuerzo físico, podrá darse cuenta de los privilegios que ha desperdiciado con su irresponsable comportamiento y se arrepentirá por fin de sus acciones. Confío en que el régimen de una fábrica podrá cumplir con la tarea en la que lamentablemente nosotros hemos fracasado: inculcarle disciplina.

—Gracias. —Agazzi, que está cansado, no tanto de estar de pie como de soportar el sermón, resopla—. Despídete —ordena a Rino.

El niño niega con la cabeza y, al contrario, le saca la lengua al director.

Si tan solo no tuviera que sostenerse con las muletas, su padre le soltaría una buena bofetada. Pero las muletas le ofrecen asimismo una buena excusa para no hacerlo, porque en el fondo él también quisiera sacarle la lengua a aquel individuo.

Salen en silencio, uno tambaleándose, el otro brincando.

—Este lugar no era adecuado para mí, papá —dice el niño cuando están en la plaza soleada. Emplea siempre expresiones propias de un adulto que, saliendo de un cuerpo tan pequeño, provocan un efecto cómico.

Agazzi mira a su hijo preguntándose si existe en la Tierra un lugar que sea adecuado para él.

—Y ¿ahora qué hago contigo? —Suspira.

5

Canonica d'Adda

Los Malberti se han mudado a un chalecito más pequeño, donde viven Luigia, el Canèta, una de las gemelas y Remigio. Hace tiempo que no son la tribu ruidosa del pasado. Ya no está Oreste, Serafino y mamá Terenzia llevan años muertos, Ottavia se ha casado con el hijo del aparcero y Adele se mudó a Lecco, donde tomó por marido a un primo lejano. Además, desde lo que ocurrió...

Nadie habla de ello, ni siquiera lo mencionan, como si nunca hubiera sucedido. Pero el fantasma de Fredo aún vive con ellos, moja el pan en la sopa, deja una marca en la cama, levanta las cortinas para mirar afuera. Luigia, cuando está segura de estar sola, le habla: «Hijo mío, ¿qué has hecho? ¿Por qué no me lo contaste? ¿Cómo pude no darme cuenta?», y si está distraída o muy cansada, no es raro que ponga la mesa para cinco.

En la aldea todavía hay quien cree verlo deambulando como un alma en pena cerca del canal: está allí, con un bonito traje de impecable corte, el cuerpo largo y esbelto, sus manos blanquísimas metidas en el bolsillo, mirando con ojos enloquecidos el agua. Luego la niebla se despeja o la gente mira mejor, y resulta que era solo un viejo tronco o un juego de luces.

Por encima de cualquier otra cosa, sin embargo, sobre la

familia Malberti aletea el fantasma de la vergüenza, no solo por ese gesto extremo que es un insulto a Dios, sino sobre todo por aquella infame despedida, por esa explícita admisión de culpa, casi orgullosa. ¿Podía imaginar Fredo que sus faltas caerían en quienes lo sobrevivirían? ¿Que a su madre la señalarían en el mercado, que a la gente le costaría hablar con ella? ¿Que, más que compasión, encontraría recelo y desprecio?

—Ya estoy yo aquí, mamá —le dice el Canèta, ciñendo los hombros de Luigia y besando su sien, como hacía en el pasado su hermano mayor.

Ella suspira, levanta sus ojos enrojecidos y cansados hacia su hijo, hace un esfuerzo por sonreír, pero solo le sale una mueca dolorosa.

El Canèta lo vive mal. Sentía por Fredo auténtica admiración, y por eso está tan enfadado: porque su ídolo lo decepcionó, se burló de él, lo traicionó, lo humilló.

Ahora el Canèta es el mayor y el varón: tiene dieciocho años, el contrato de alquiler de la casa está a su nombre, porque es el cabeza de la familia, un papel que lleva con orgullo y una pizca de arrogancia. Así lo hacía Oreste y así lo hará él, porque esto es lo que hace el hombre de la casa: mandar.

Fredo, sin embargo, tenía un estilo completamente diferente. Sabía leer y escribir con fluidez, mientras que al Canèta los años escolares obligatorios no le han sido casi de ninguna utilidad. En casa Fredo era querido por su alegre ligereza, por sus comentarios mordaces, por su galantería y sus regalos generosos. Era lógico, ganaba bastante, se lo podía permitir: no como el Canèta, que aún sigue engrasando las máquinas en la hilandería por cuatro cuartos.

Y en la fábrica, además, Fredo era temido. La gente sentía respeto por él: no porque lo amaran, sino porque le tenían miedo. En cambio, cuando el Canèta intenta levantar la cabeza, no se le presta la menor atención, es como si no existiera. Nadie le tiene miedo, nadie lo toma en serio.

—Voy a salir —dice Elvira. Está oscureciendo fuera, pronto será de noche.

El Canèta se planta frente a ella con las manos en las caderas.

—¿Adónde vas?

—A la fábrica.

—Pero si ya has estado.

—Tengo que volver.

—¿Para hacer qué?

Elvira lo mira sin encontrar respuesta. Está claro que no puede decirle la verdad, pero no ha pensado en una alternativa. Intercambia una mirada con Remigio en busca de ayuda, pero su hermano está inmóvil e inexpresivo como siempre.

—¿Para hacer qué? —le insiste el Canèta.

—*Lasala sta.* —Luigia, cansada, le dice que la deje en paz.

Elvira aprovecha el momento de distracción de su hermano para rodearlo y salir corriendo. Él intenta agarrarla, pero es demasiado tarde: en sus puños solo queda aire.

El Canèta se deja caer en la silla y golpea con el vaso en la mesa, como hacía en otros tiempos su padre. Pero nadie se apresura a llenarlo.

6

Milán

Ser empresario no es fácil. Uno piensa que es el dinero el problema —y lo es, sin duda—, pero el dinero es un ser inanimado y su comportamiento responde a reglas precisas y, por lo tanto, seguras, predecibles. La verdadera dificultad es la gestión de personas: riqueza y desesperación del empresario, las personas tienen la virtud y el límite de pensar de forma independiente, lo que a menudo las hace inmanejables.

Cristoforo Crespi está sentado ante su escritorio, con la espalda recta, rígida, ligeramente inclinado hacia unos papeles, con los codos apoyados en el tablero y los dedos cruzados delante de la boca. Se ha encerrado en su despacho y contesta a todos con tono irritado.

Hace tres días su esposa entró en el despacho sin llamar siquiera. Cristoforo levantó los ojos de los papeles para toparse con los de Pia, llenos de lágrimas; según contaba, en la casa acababa de consumarse una enorme tragedia: la criada, esa desvergonzada, a la que incluso habían dado un techo, acechaba a su niño. Cristoforo al principio pensó en Daniele, puesto que no hay más niños en la familia.

«Magni los vio coqueteando en la galería de arte..., ¡de noche!»

Se convocó al ama de llaves, quien confirmó lo que todos, aunque no quisieran admitirlo, siempre habían intuido: Silvio y

Emilia, coetáneos, unidos por lazos de una amistad de muchos años y reunidos bajo el mismo techo, se han vuelto íntimos. Demasiado íntimos.

«Esa arruinará la vida de nuestro hijo.» Y cuando Cristoforo trató de hacerle entender que solo era una criada, aunque guapa, y no una bruja, Pia le respondió con inaudita vehemencia. «¿Te das cuenta de que podría...?» Una verdadera señora jamás sería capaz de terminar la frase, pero ambos sabían lo que pretendía decir: los chismorreos de las damas de la ciudad están repletos de criadas coquetas e hijos ilegítimos. «Todavía es demasiado joven, no se da cuenta de lo que está haciendo, del riesgo que corre.»

Cristoforo está convencido de que es normal que el chico tenga ciertas ideas en la cabeza —él, a los dieciocho años, tampoco pensaba en otra cosa—, pero que el asunto acabará agotándose con el tiempo y que, por el contrario, intentar separarlos a toda costa solo contribuirá a hacerlos más obstinados, a unirlos más. Los días siguientes, sin embargo, fueron una letanía de «Tienes que hablar con él» y «Ella tiene que marcharse», así que Cristoforo ha decidido convocar a su hijo.

Silvio está de pie frente a él; ha rechazado la silla que su padre le ha ofrecido y mantiene la cabeza baja y una mirada de obstinada determinación. A fin de cuentas, nada es más inmanejable que un joven enamorado, o convencido de estarlo. Es el último día que le queda, porque mañana el chico se va de nuevo al extranjero, esta vez a Francia. Eso sí, Cristoforo no se esperaba que su hijo comenzara con un perentorio «Tengo la intención de casarme con ella».

Cristoforo casi se echa a reír, pero al darse cuenta de que Silvio lo ha dicho muy serio y sobre todo muy decidido, entiende que el asunto hay que abordarlo de frente.

—Y ¿con qué dinero?

El chico levanta la vista del suelo y lo desafía.

—Eso no es un problema.

Cristoforo se deja llevar por una carcajada despectiva, que tiene en su hijo el efecto de una bofetada. Se ríe durante un buen rato, luego de repente se pone serio.

—¿Crees que voy a darte la empresa de la familia? —le dice señalándolo con el dedo—. Crees que te corresponde por derecho. Crees que no tienes que demostrarle nada a nadie.

Sigue un tenso silencio. Sí, Silvio cree que sí. Es más, lo pretende.

—Pues escúchame con atención. Levanté esta firma desde cero, conmigo ha pasado de ser un negocio familiar a una empresa que emplea a cientos de personas y que incluso exporta sus productos al extranjero. He trabajado hasta quebrarme la espalda y he corrido grandes riesgos personales para llegar hasta donde estoy, sin la ayuda de nadie. El camino que me ha traído hasta aquí está adoquinado de renuncias, algunas muy dolorosas, más que de satisfacciones. Y no he hecho todo esto para que mis descendientes pudieran sentarse cómodamente algún día y engullir los frutos de mi sudor. —Se deja caer en el respaldo de la silla y cruza las manos en el regazo—. Dejaré mi empresa al hombre que me demuestre que es capaz de tomar las riendas con lucidez, determinación y espíritu de abnegación, y que esté dispuesto, llegado el caso, a enormes sacrificios y renuncias atroces, si es necesario. Si crees que se la cederé al primero que lleve mi apellido, que solo por llamarse Crespi disfrutará de mi estima y sobre todo de mi dinero, me confirmas que eres el niño consentido que nunca quise tener como hijo. Y, si crees que te pondré al frente de la empresa, eso significa que ni siquiera sabes contar: porque eres uno contra varios cientos de hombres, mujeres y niños.

Silvio se da cuenta de que Cristoforo no le está hablando como un padre, sino como un hombre de negocios. Y, si con el primero cabía buscar una grieta en la coraza apelando a su buen corazón o implorando comprensión, el segundo es un ser despiadado y sin escrúpulos. Y le da miedo.

—Así pues, si quieres casarte con esa muchacha, tienes mi aprobación —concluye Cristoforo—. No te diré que no. Es guapa, inteligente, honesta. Una gran elección. Su padre era un buen hombre. —Se enciende tranquilamente un puro y le mira a través de las volutas de humo—. Así que ahora se abren dos caminos ante ti: mañana puedes marcharte a Francia, concluir tu periodo de prácticas, volver, matricularte en la universidad, licenciarte y pasarte los próximos años demostrándome que eres digno de heredar mi negocio, o puedes dejarlo todo, salir de esta casa, buscarte un trabajo que te dé de comer, casarte con Emilia, tener hijos. Ahora eres un hombre libre de elegir. Pero tienes que saber que no puedes tomar ambos caminos.

Silvio había previsto que el enfrentamiento sería duro, pero se lo imaginaba de otra manera: pensaba que su padre le levantaría la voz y que lo obligaría a renunciar a Emilia. Por doloroso que fuera, hubiera resultado más fácil, porque le habría liberado de la responsabilidad de una elección que no quiere tener que hacer.

—*Alüra!* ¿Y bien? —Cristoforo golpea la mesa y el chico se sobresalta—. No tengo todo el día para perderlo contigo.

Silvio levanta los ojos y se topa con la mirada feroz de su padre. Ambos saben ya cómo va a terminar el asunto. ¿Qué va a ser, a partir de mañana, de Emilia?

OCTAVA PARTE

1

Crespi d'Adda, julio de 1893

Como cada año, el día de san Cristóbal se celebrará el aniversario de la fundación del pueblo, que, desde hace cuatro años, ha adoptado el nombre de los patrones: ahora a la gente que vive allí se los puede llamar «crespeses».

Muchas cosas han cambiado desde aquel radiante día de 1878: nadie de la generación anterior podría haber imaginado que la fábrica crecería hasta el punto de albergar tantos husos y trabajadores, y que las casitas que la rodean se multiplicarían esparciéndose como setas. En una posición elevada, el edificio de la iglesia está casi terminado, justo al lado de la nueva escuela, que ya lleva un año en funcionamiento.

A los viejos les gusta sentarse al sol a calentarse los huesos, ante un vaso de vino, mientras evocan el pasado, que en sus conversaciones siempre es mejor que el presente.

—¿No te acuerdas de lo que era esto? No había nada —dice uno que perdió tres dedos en la carda. Hace un gesto a Rino el de Agazzi, que tiene casi dieciséis años y trabaja en la fábrica desde hace siete—. Tú ni siquiera habrías nacido, pero yo estaba aquí. Nada, solo campos. Fuimos nosotros los que levantamos este sitio.

Rino asiente con la cabeza, como diciendo que ya lo sabe, que se lo han contado decenas de veces. Ahora dirán que a su edad no tenían nada pero no se quejaban nunca, mientras que las nuevas generaciones solo saben compadecerse de sí mismas y no destacan por sus ganas de trabajar. Todos los años por estas fechas siempre repiten lo mismo: eso también es una tradición, junto con los bailes de la gente, los juegos de los niños, los discursos del patrón.

—Qué palizas nos dábamos —comenta uno con los ojos empequeñecidos por el vino—. Volvía por la noche todo cubierto de barro, y no teníamos ni siquiera ropa para cambiarnos. Mi pobre madre la ponía delante de la estufa, y si se secaba, bien; si no, al día siguiente me iba a trabajar con la ropa mojada.

—No teníamos nada —añade otro—. Pero ¡ni se nos ocurría quejarnos!

Todos niegan con la cabeza a la vez, con aire desolado, quizá debido a los recuerdos del cansancio y del hambre, quizá a causa de los años transcurridos que nunca volverán.

—Ahora tienen hasta médico —prosigue el de los tres dedos menos.

Desde hace unas semanas, corre de boca en boca la noticia de que pronto irá a vivir al pueblo un médico pagado por los Crespi, para el que se está construyendo incluso un chalé en el Fosso Bergamasco.

—En mis tiempos, si te hacías daño era culpa tuya porque no habías estado lo suficientemente atento. Y, si te curabas, bien; si no... —Se encoge de hombros, como diciendo que ya se sabe, son cosas que pasan.

—A ver, los Crespi no nos dan un doctor por simpatía —prorrumpe Rino, que está cansado de escuchar y quiere hablar él también. Todos saben que es un tipo polémico, ya lo conocen, y no le hacen mucho caso—. Sirve para arreglarnos si nos rompemos, igual que la gente del mantenimiento de las máquinas. Al final los que ganan son siempre los patrones.

—Oye, ¿tú te acuerdas de Silvio?

Los obreros temen que alguien los oiga hablar mal de la familia y vaya por ahí con el soplo, por lo que tratan de cambiar enseguida de tema.

—Era así de alto, ni siquiera llegaba a la Crighton.

El joven ha llegado lejos, todo el mundo lo sabe. A los veintiún años se había licenciado y era ya director de la hilandería, poco después fue nombrado caballero como su padre, más tarde secretario del Círculo Industrial Agrícola y Comercial de Milán, y era amigo íntimo de grandes empresarios, políticos, banqueros. Su alto estatus lo mantiene a menudo lejos de la fábrica textil, no es fácil verlo por allí, todo lo contrario a lo que sucedía con su padre, a quien, a pesar de todas las diferencias, los obreros casi veían como a uno de los suyos.

Silvio tiene veinticinco años y se casó el invierno pasado, pero la nueva *sciura* Crespi aún no se ha dejado ver en el pueblo y las chicas de aquí no ven la hora de conocerla.

Desde hace tiempo se aprovecha el aniversario de la fundación de la fábrica para presentarle al patrón, en una ceremonia corta pero emotiva, a las novias del año. Esta vez las jóvenes del pueblo que se han prometido en matrimonio desfilarán frente a la recién casada por excelencia: la *sciura* Teresa, quien, habiendo secuestrado nada menos que el corazón del hijo del patrón, debe de ser necesariamente excepcional en términos de belleza, temperamento y espíritu.

—¿Tú vas a ir? —le pregunta Elvira, la de los Malberti, a Emilia.

Están tumbadas en un prado del Fosso Bergamasco y toman el sol con los ojos cerrados y las manos detrás de la cabeza.

Emilia tarda un buen rato en contestar.

—No lo sé. —Resopla.

No cuesta ver que muchas ganas no tiene. Hace tiempo que está siempre cansada, duerme mal, da vueltas en la cama durante horas y solo logra quedarse dormida al amanecer. En la fábrica se trabaja trescientos sesenta días al año, lo que significa que ella, como todos, por lo demás, nunca tiene un momento de descanso.

—Desfila también la novia de mi hermano —dice Elvira. El Canèta se casará en otoño con una chica de Trezzo, Ugolina, la de los Massenti—. Aunque ya tengas veinticinco años, no tienes de qué preocuparte —dice luego, interpretando el silencio de su amiga como una señal de angustia—. Si lo ha conseguido ella, que es más fea que el pecado, tú también puedes conseguirlo.

—No es por eso.

—Claro, qué va... —dice la otra, que evidentemente no la cree.

Elvira fue la primera amiga que tuvo Emilia en la hilandería. De regreso de Milán, se encontró luchando en un mundo hostil y desconocido. En poco más de tres años de ausencia, la aldea se había visto arrollada por los cambios: las pocas casitas se habían multiplicado, el pueblo bullía de caras desconocidas, la fábrica se había ampliado. Emilia ya no reconocía el lugar donde había sido feliz con su padre y su madre; aquella enorme maquinaria de hombres y engranajes la había expulsado y ahora la repudiaba.

El patrón, manteniéndose fiel a la antigua promesa hecha a Carlo Vitali, le había encontrado trabajo como obrera en la hilandería, pero esa fábrica, que Emilia creía conocer, junto a la cual había crecido acunada por el sonido amistoso de los telares mecánicos, se había revelado como algo muy distinto: un aire irrespirable a causa del polvo del algodón, un clima tórrido, accidentes diarios y el riesgo constante de que estallara un incendio; turnos agotadores de doce horas, todo el tiempo de pie, con la espalda hecha pedazos y el rugido de las máquinas en los oídos, que no se te quita ni cuando sales por fin de allí. Y luego los trabajadores, mujeres y niños en su mayoría, ya no siendo esclavos de las máquinas sino parte de ellas, arqueadas, encorvadas, torcidas. Deformadas por el trabajo.

El primer día estaban ella y Rino el de Agazzi, que entonces tenía nueve años. Eran nuevos y el capataz los había confiado a un obrero experimentado, que les había enseñado a grandes rasgos lo que tenían que hacer y luego los había abandonado allí. No era una tarea difícil y, al fin y al cabo, el trabajo monótono y repetitivo le permitió no pensar; a diferencia del hijo del antiguo posadero, que ni siquiera trató de ocultar su disgusto por aquel lugar, Emilia se había adaptado rápidamente. Al final del día, sin embargo, le zumbaban los oídos y, tras salir a la carrera de la fábrica, había ido a buscar la paz del bosque.

Fue allí donde Emilia y Elvira volvieron a verse después de mucho tiempo. Pero la gemela de los Malberti no estaba sola: con ella había un hombre que se esfumó de inmediato con la cabeza gacha.

—¿Se lo vas a contar al patrón? —le preguntó Elvira al día siguiente. No tenía miedo de que se lo contara a su madre o a sus hermanos, sino a Crespi.

Emilia no tenía muy claro el significado de lo que había visto en el bosque, pero en cualquier caso no se comportaría como una soplona. Negó con la cabeza.

—¿Eres Elvira?

—No, soy Adele —mintió la otra.

Emilia se la quedó mirando pensativa largo rato.

—Adele no tiene ese lunar ahí al lado de la oreja. Eres Elvira.

Era la primera vez que alguien notaba la diferencia con su gemela, quizá porque era la primera vez que alguien la miraba de verdad, con genuino interés, y Elvira quedó encantada. En los días que siguieron, sin embargo, no le quitó ojo de encima, ya que su madre siempre decía que no se podía confiar en los Vitali. Nada, sin embargo, daba a entender que Emilia la hubiera delatado: había cumplido su palabra.

Desde entonces, poco a poco, fueron superando su desconfianza mutua y se hicieron amigas; de hecho, puede decirse que la de los Vitali es su única amiga porque «a una como esa» no quiere acercársele casi nadie.

—Vamos, vente tú también —le suplica Elvira—. Veamos qué cara tiene la mujer de *sciur* Crespi.

Emilia no le ha contado a nadie lo que pasó en Milán. Durante todo este tiempo ha ido con mucho cuidado para no cruzarse con Silvio o hacerlo solo en circunstancias muy concurridas; quizá las primeras veces él sí que hubiera querido, algún tímido intento de acercamiento sí que hubo, pero ella siempre lo mantuvo a distancia.

—Estoy cansada. —No miente. Se siente agotada y, últimamente, sufre a menudo mareos repentinos.

—En efecto, muy buen aspecto no tienes —confirma Elvira—. Con esa cara no vas a encontrar marido.

—No quiero marido.

—Todas lo quieren. No se puede estar sin marido.

Emilia se incorpora y ese pequeño movimiento le cuesta un enorme esfuerzo.

—¿Y tú, entonces?

Ella suelta una risa amarga.

—Yo ya tengo demasiados maridos, casi todos en el pueblo. —Solo con Emilia puede permitirse el ser tan directa, tan brutalmente sincera, porque sabe que ella no la juzga—. Pues mira, yo me voy —dice poniéndose de pie—. Tú quédate aquí a tomar un poco de sol, estás más pálida que un fantasma. A ver si te encuentro un buen partido por ahí, un viudo tal vez.

—No quiero marido —repite Emilia.

Pero su amiga ya está bajando entre saltos hacia la fábrica y no la oye.

2

La fiesta del pueblo se encuentra en su apogeo. En la explanada sobreelevada donde se está construyendo la iglesia, se han colocado tres imponentes sillas, parecidas a tronos; el patrón y su esposa Pia están sentados en los dos extremos; en el centro, Silvio. La banda entona una marcha triunfal que marca el comienzo del desfile de las novias del año, la gente arroja flores a sus pies. Todas van vestidas con vestidos tradicionales y exhiben radiantes sonrisas. También está Ugolina, la de los Massenti, que dentro de poco se casará con el Canèta: aunque todavía es muy joven, tiene los tobillos hinchados y una complexión maciza.

—Hasta ella, con los dientes torcidos, ha encontrado marido —susurra Elvira al oído de Emilia.

Emilia no la escucha. A decir verdad, Ugolina le da un poco de pena: el Canèta no da la impresión de que será un esposo muy cariñoso.

La música termina y la gente aplaude. El párroco de Capriate da un largo discurso sobre la importancia de formar una familia y Emilia tiene la impresión de que no le quita los ojos de encima, que en su tono se oculta una reprimenda. Luego llama a las chicas una por una y les imparte una rápida bendición. Silvio sonríe con buen humor, asiente, aplaude, y al final entrega a cada una un sobre con dinero, un regalo de la familia a las futuras novias; después se levanta. Tiene una complexión delgada y ágil, ojos profundos, bigote tupido y modales de gran señor. Todas las miradas están puestas en él, el silencio cae sobre la plaza. Silvio se abrocha la chaqueta con la mayor calma, como si estuviera solo en su tocador, luego sonríe, da dos pasos y llega justo enfrente de Emilia, sentada en primera fila. Sonríe de nuevo, hace una pequeña reverencia y le tiende la mano invitándola a levantarse.

—Te dije que hoy encontrarías marido —le dice Elvira, con un deje de envidia en la voz.

Emilia está confundida, no sabe cómo comportarse. Una parte oculta dentro de ella canta de alegría y le gustaría tomar la mano de Silvio, pero al mismo tiempo algo la detiene, una especie de rabia silenciosa, largamente reprimida, un deseo de rebelión.

Hay un silencio irreal a su alrededor; todos están esperando, conteniendo el aliento. Silvio no se mueve, parece de piedra: se queda ahí clavado, con la palma hacia arriba, esperando a que Emilia se decida, y no deja de mirarla. Cualquier chica de la aldea querría estar en su lugar.

—¡No! —grita Emilia.

Una ráfaga de viento agita el follaje de los árboles que jalona el paseo de la fábrica. Una bandada de cornejas levanta el vuelo graznando. Silvio en cambio se queda inmóvil, con esa mirada presumida.

—¡No, no, no! —Emilia se despierta gritando, en un baño de sudor.

Junto a ella están sentados el Canèta y su hermano Remigio.

—Hola, maestrilla. Te estábamos viendo dormir. Tienes unas piernas muy bonitas.

—Unas piernas muy bonitas —repite Remigio.

Emilia se acurruca en la hierba, tirando de su falda hasta taparse los pies.

—Has tenido una pesadilla —le dice el Canèta—. ¿Con qué estabas soñando?

—¿Qué quieres?

—Nada, te estaba mirando. Tienes unas piernas muy bonitas. ¿Verdad, Remigio, que la maestrilla tiene unas piernas muy bonitas? —Hace una estudiada pausa, luego se acerca un poco a ella y dice muy despacio—: Te las hemos tocado, mientras dormías.

—Bonitas bonitas —confirma Remigio.

De repente Emilia se siente sucia y culpable, vulnerable y sola. No es la primera vez que el Canèta se divierte metiéndose con ella, de hecho, puede decirse que no hace otra cosa: le lanza continuamente miradas lujuriosas, bromas vulgares, con doble sentido. Sobre todo al principio, apoyándose en su veteranía en el trabajo, disfrutaba imponiéndole tareas humillantes en la fábrica, como obligarla a limpiar el suelo inclinándose frente a él, lo que le permitía observar sus formas largo rato. A menudo era Elvira quien acudía en su ayuda, inventándose una excusa para alejarla o maldiciendo a su hermano.

Pero hasta ahora nunca había estado tan cerca de ella, nunca a solas y sobre todo nunca mientras ella dormía. Sintiendo crecer su angustia, Emilia se pregunta qué más podrá haberle hecho y cómo es posible que ella no se haya dado cuenta. Hace ademán de levantarse, pero le entra un mareo y tiene que sentarse.

—¿Estás bien, maestrilla? —El Canèta la observa con una sonrisa torcida, luego se levanta—. Ya te ayudamos nosotros.

Emilia tiene calor, no puede respirar. Todo a su alrededor está borroso, confuso. Siente un fragor en sus oídos que le levanta dolor de cabeza.

—Vete —le dice ella tratando de infundir un tono autoritario a su voz. Le parece que le sale distorsionada, débil, casi inaudible.

—No seas grosera, solo queremos ayudarte. —El Canèta se ríe. Se coloca detrás de ella y le pasa las manos por debajo de las axilas aferrando sus pechos—. Remigio, sujétala de los pies.

El más joven de los Malberti no es un tipo listo; en la aldea todo el mundo lo sabe. A veces se queda aturdido mirando fijamente al vacío como si por unos momentos su cerebro se hubiera atascado. Ahora también le ocurre, dándole a Emilia una pequeña ventaja.

Ella recurre a sus últimas fuerzas, se apoya en el suelo con los talones y se retuerce, plantándole un codazo en el estómago al Canèta, que no estaba preparado para tal reacción y la suelta. Emilia huye por la ladera del Fosso Bergamasco, en dirección a la fábrica. Corre apretando los dientes, sin mirar siquiera por dónde va, sin atreverse a echar la vista atrás para comprobar si el Canèta la persigue, mientras siente que le arden los pulmones. Corre durante lo que parece una eternidad hasta que llega a la posada, donde los ancianos que están sentados fuera bebiendo la miran perplejos.

Allí, sintiéndose por fin segura, se detiene para respirar. Abre mucho la boca, pero no le llega el aire. El pánico se apodera de ella y, antes de que pueda siquiera pedir ayuda, cae al suelo desmayada.

3

Con este calor el Adda ha retrocedido mucho. Su curso, que unos cientos de metros más arriba fluye en meandros plácidos y henchidos, allí, empobrecido por el canal Martesana en un lado y el de la fábrica en el otro, avanza penosamente sobre el lecho de piedra antes de recibir en su cauce al Brembo y empezar a ser un río de verdad.

Elvira cruza el puente en dirección a Trezzo. Hoy hay mercado y con los ahorros que ha logrado acumular quiere comprarse un sombrero. Cuando ve por fin los tenderetes aminora el paso, se arregla el pelo, se baja un poco la falda para taparse bien los tobillos, se abrocha la camisa hasta el último botón y levanta la barbilla. El mercado, ruidoso y colorido, está abarrotado; a Elvira le gusta esta alegre confusión que le permite perderse entre la gente: es como si estuviera sola, pero sin estarlo de verdad. No muy lejos, un grupo de mujeres se están disputando un trozo de tela bajo la mirada divertida del comerciante, que ve crecer el valor de su mercancía en la disputa. «¡Yo la he visto primero!», grita una. «Pero luego la has soltado», responde otra. «Solo la he dejado un momento.» Y una tercera salta: «Yo la había visto la semana pasada, ¡es mía!». Ninguna de las tres se decide a soltar la tela, de la que tiran a un lado y a otro. «Si me la estropeáis, os la haré pagar a las tres», suelta el vendedor, que empieza a hartarse.

Elvira se pregunta qué extraordinaria pieza de tela podría generar tal contienda, y se acerca para echar un vistazo; tiene que abrirse paso a codazos entre la gente que rodea a las mujeres para asistir al espectáculo, pero al final lo consigue. Es un bonito retal de terciopelo verde brillante que cambia de color con la luz y parece realmente suave, pero ¿valdrá el precio? Estira una mano para tocarlo y en ese momento una de las tres se percata de su presencia.

La reacción es inmediata: la mujer cambia de expresión —asombro primero, incredulidad después, repugnancia por último— y suelta enseguida el retal como si le quemara, imitada por los demás. La gente no tarda en alejarse, susurrando cosas en los oídos de los otros y lanzándole miradas de soslayo.

Elvira se queda sola, con la tela en los pies. La recoge, constatando que es tan suave como parecía.

—Bueno, si ya nadie la quiere, me la llevo —dice intentando no revelar su malestar—. ¿En cuánto me la dejáis? —le pregunta al comerciante, inmóvil como una estatua de sal detrás del tenderete.

Lo conoce bien, se llama Arrigo. El domingo, cuando su mujer está en la iglesia, asiste a otro tipo de misa. Se jacta siempre de tener dinero, hace promesas de gran señor, pero luego regatea el precio, con la excusa de que a ella también, en el fondo, le ha gustado.

—Ya está vendida —dice una mujerona que ha aparecido por detrás del hombre, probablemente su esposa.

Ahora que la ha visto, a Elvira no le sorprende que Arrigo busque una alternativa. Deja la tela con deliberada lentitud. En su interior se siente morir a causa de la humillación y la rabia, pero no les dará la satisfacción de demostrarlo.

—De todos modos, no la quería, no me gusta —replica—. He venido a comprarme un sombrero.

La mujer suelta una carcajada tan rotunda como ella.

—Aquí no hay nadie que te venda nada.

Elvira siente que la cara se le enrojece y, antes de que se le llenen los ojos de lágrimas, da media vuelta y se aleja en dirección al río. Hoy no conseguirá su sombrero, y tal vez nunca lo tenga.

Siempre ha sabido el precio de sus decisiones y, por más que, a veces, como hoy, el desprecio de la gente le queme como la sal en una herida, hace algún tiempo que tomó su decisión.

Su hermana se casó siete años atrás con un primo que vive en la zona de Lecco: Adele y Elvira se parecen como dos gotas de agua, pero no podrían ser más diferentes. A un lado y al otro del río, al fin y al cabo, todos saben que hay dos gemelas Malberti. Son de la misma altura, tienen los mismos ojos negros como el carbón, la misma nariz larga, la misma boca delgada, el mentón hundido: son tan iguales que hasta podrían confundirse, pero una puede ir al mercado a comprar lo que quiera y la gente la respeta, la otra no. Una es la buena, la otra, en cambio, está podrida.

«Calma», se dice Elvira tomando el puente sobre el Adda que la lleva a Crespi: no podrá tener el sombrero, pero a cambio tiene a todos los hombres del pueblo. Y sus mujeres no pueden hacer absolutamente nada.

4

El ambulatorio es una caja llena de luz; el sol entra por las ventanas que dan al sur, perfora las cortinas y rebota en las paredes enlucidas de blanco, blancas son las camas dispuestas en dos ordenadas filas, blancas las sábanas. Los enfermos están tan pálidos que cuesta trabajo distinguirlos de todo el resto.

Cuando son muchos, como en estos días, se llama como personal de apoyo a un joven médico de Canonica. Hay una mujer que ha tenido un parto difícil, dos quemaduras por la fuga de vapor de una caldera, un niño que se ha caído de los andamios de las obras de la nueva iglesia; de los diez hospitalizados, nada menos que seis sufren neumonía del algodón.

Entre estos últimos también está Emilia, que ha alternado durante dos días fiebre y delirio con breves momentos de lucidez, en los que intentaba escapar. Cuando abre los ojos se encuentra frente a la cara seria del médico que, sentado en un taburete a poca distancia, la observa atentamente.

—Buenos días —le dice.

La primera imagen que se le viene a la cabeza son las manos del Canèta que la palpan, y en un instante la invade el miedo. Emilia hace ademán de levantarse en busca de una ruta de huida, pero algo la detiene por las muñecas. Mira hacia abajo y ve las correas de cuero.

—Estad tranquila, os halláis a salvo —la tranquiliza el médico—. No tenéis nada que temer.

—¿Dónde estoy?

—Estáis en la clínica de la aldea, yo soy el doctor Pagnoni. —Su voz es baja, profunda, y a Emilia le infunde calma—. Sufrís una forma muy común de neumonía entre los trabajadores de la fábrica, que implica la contracción de las vías respiratorias debido a la inhalación de partículas de algodón y, en consecuencia, dificultad para respirar, y a veces fiebre y pérdida de conocimiento.

Ella tira de las correas que la mantienen atada a la cama.

—¿Por qué?

—En los últimos días habéis estado muy nerviosa, ha sido por vuestro propio bien, intentabais levantaros arriesgándoos a caeros. —Sonríe bajo la barba rojiza—. Pero no creo que sean necesarias ya, me parece que estáis mejor. —La desata.

—¿Puedo irme a casa?

Otra sonrisa.

—Aún no.

La decepción es evidente en Emilia.

—Tengo que trabajar.

Él niega con la cabeza.

—Durante algún tiempo estaréis dispensada del trabajo. Órdenes del señor Crespi en persona, que os ha mandado eso que veis.

Sobre la mesa junto a la cama hay un ramo de flores en un jarrón, con una nota al lado.

Su corazón le da un vuelco al recordar su último sueño, en el que Silvio le pedía matrimonio. Sin prestar atención al médico, se abalanza sobre la nota y la abre. Lleva el membrete de la empresa: el patrón —Cristoforo, no quien ella esperaba— le desea una pronta recuperación. A Emilia se le escapa un suspiro, al final del cual se oye claramente un largo silbido.

El doctor la mira pensativo, acariciándose la barba.

—Vuestro estado es grave, señorita Vitali. No quiero mentiros. —Mira a su alrededor con vaga circunspección. La regla que le han enseñado prevé que a los pacientes se les revele lo menos posible. Un diagnóstico desfavorable podría sumirlos en el desconsuelo, volverlos poco cooperativos; por el contrario, uno excesivamente optimista podría engañarlos e inducirlos a ser menos cautelosos. El médico es el único en posesión de la verdad y el paciente debe limitarse a obedecer. Esta es la regla. Una regla que él infringe de manera constante—. Los síntomas han sido desatendidos durante mucho tiempo, y la enfermedad se ha agravado. Existe la posibilidad de que degenere en una patología pulmonar permanente, incluso incapacitante.

Confía en que Emilia entienda completamente el significado de esa frase. Ella traga saliva, aprieta los dientes y por último asiente.

—¿Qué evolución prevé vuestro diagnóstico?

Un destello de sorpresa brilla en los ojos del doctor. No esperaba oír esta palabra saliendo de la boca de una obrera. Pero la que tiene delante tal vez no sea una obrera como las demás.

—En buena medida, dependerá de vos —continúa—. Si colaboráis y le dais a vuestro cuerpo el descanso que necesita, la situación mejorará con el tiempo. Debéis tener confianza. Me doy cuenta de que lo que os pido no es poca cosa, a pesar de las apariencias.

—De acuerdo —dice Emilia tratando de no llorar.

El doctor Pagnoni se levanta, revelándose alto e imponente.

—Nos volveremos a ver pronto —le dice con una sonrisa.

5

Hoy Rino el de Agazzi vuelve a la hilatura. Desde que trabaja en la fábrica textil ha pasado por todas las secciones y ha realizado toda clase de tareas. Dondequiera que lo pongan encuentra algo que criticar, alguien con quien discutir. Los Crespi ya lo habrían echado de no ser por la circunstancia, nada desdeñable, de que con las máquinas, más que con las personas, se las apaña como pocos: nadie le iguala en su velocidad a la hora de montarlas y desmontarlas, y solo con oírlas es capaz de decir lo que no funciona. Por no mencionar la rapidez con que se le ocurren posibles soluciones.

—Hijo mío —le dice su padre, que todavía vive en la posada de la antigua aduana—, si aprendieras a callarte de vez en cuando, llegarías a jefe de sección.

A él no le interesa convertirse en nada, y mucho menos en un jefecillo. Son todos iguales. Lo que les gusta es exhibir los músculos ante los obreros, ponerlos firmes, levantar la voz. Es gente a la que, de no actuar así, no los obedecería ni un perro siquiera. *Quando la merda la monta i scagn...**

Hace tiempo se quejó del salario. «¿No te basta? —le decían los obreros—. ¿Qué más quieres?»

* «*Quando la merda la monta i scagno, o la fa spussa o la fa danno*»: refrán dialectal del norte de Italia que significa literalmente «Cuando la mierda sube al escaño, o apesta o causa daño» y que podría equivaler a «Si quieres conocer a Fulanito, dale un carguito». *(N. del t.)*

Pero no era su paga el problema. Se había enterado de que a las mujeres, que constituían el grueso de la mano de obra en la fábrica, se les pagaba menos. Todo el mundo lo sabía; siempre había sido así. «¿Por qué? —había preguntado él—. Doce horas de un hombre son doce horas de una mujer.» Habían tratado de hacerle entender que una mujer producía menos, porque era más débil, de modo que, en consecuencia, le pagaban menos, y tenía sentido. Y por eso mismo a los niños se les pagaba aún menos.

«Entonces ¿por qué no contratan solo a hombres? —les preguntó un día a un grupo de obreros que estaban en la posada—. Si la mujer produce menos, a ver si alguien me explica por qué hay tantas.» A su alrededor se hizo el silencio. Todos querían entender adónde quería ir a parar. «Nos lo hacen pasar por un favor, pero la verdad es que las mujeres producen tanto como los hombres, pero al patrón le cuesta menos.»

Las mujeres no le prestaron atención al principio. Todos sabían que el hijo de Agazzi era un exaltado, que siempre estaba buscando montar polémica y que tenía ideas extrañas en la cabeza. Y además las cosas siempre habían sido así, desde el principio de los tiempos. Pero en algún momento su tesis empezó a parecer razonable, y la gente había empezado a murmurar de descontento. Incluso los hombres, pese a considerar inferiores a las mujeres, tuvieron que reconocer que no les hubiera importado que sus esposas llevaran a casa una paga mejor.

Y de esta manera lo trasladaron de nuevo a la hilatura.

—*Oè, Rino.* ¿Qué has hecho esta vez? —le pregunta uno riéndose.

—Ríe, ríe. Si fuera por gente como tú, el mundo iría al revés.

Son todos unos borregos: van tras el amo sin preguntarse hacia dónde se dirigen ni por qué; solo están interesados en su huertecito y, con tal de que nunca les falte un plato de sopa, todo les parece bien, incluso las injusticias. Pero mientras tanto el mundo avanza, evoluciona. Y ellos se quedan atrás.

—Por suerte estás tú aquí para arreglarlo —le replica el otro.

Todos a su alrededor se ríen.

Rino aprieta los puños y se arremanga la camisa. Si quieren pelear, él siempre está listo.

En eso, pasa Elvira con un balde lleno de agua y la atención de los obreros se concentra en ella, que lanza miradas llenas de promesas. Un tipo alto y corpulento, el más atrevido de todos, le suelta una palmada en el trasero que la levanta del suelo.

—¡Ay! —grita Elvira.

—¡Cómo te atreves! —salta Rino acercándose a él—. ¡Pídele disculpas a la señora!

—¿Señora? —El otro se ríe como un loco—. Pero ¿es que no sabes quién es? ¡Esa es Elvira!

Como es natural, Rino sabe bien quién es. Todos en el pueblo saben quién es Elvira y lo que hace. Pero esa no es ninguna razón para faltarle al respeto.

—¡He dicho que te disculpes!

—*Lasa sta.* —Elvira, que está acostumbrada a esas cosas y ya no les hace caso, le dice que lo deje estar.

—No, claro que importa. A nadie se le debe permitir faltarle al respeto a una señora.

—Pero ¿por qué nunca te metes en tus propios asuntos? —le pregunta el otro dándole un empujón.

Con el rabillo del ojo Rino ve acercarse al jefe de sección y casi le entra la risa. No lleva ni un día de vuelta en la hilandería y ya le van a echar, piensa. Luego lanza un puñetazo al tipo corpulento que lo manda directo al suelo.

6

En pocos días la enfermería se ha vaciado casi del todo. Solo quedan Emilia y un niño de diez años, ambos enfermos de neumonía. En las largas horas vacías del día, ella acerca una silla, se sienta a su lado y le cuenta alguna historia, que improvisa en ese mismo momento. El protagonista de la de hoy es una rana del Brembo que ya no puede saltar.

—Veo que habéis recuperado el aliento —comenta el doctor Pagnoni, que la ha estado observando durante un rato.

Emilia sonríe. Se siente mejor, aunque todavía está muy débil. El problema, sin embargo, es el aburrimiento. En la enfermería están prohibidas hasta las visitas y parece como si el tiempo no pasara nunca.

—¿Tengo que quedarme mucho más aquí? —pregunta. En algún pliegue escondido de su corazón tal vez albergara la esperanza de que Silvio fuera a verla, y en cambio...

Él niega con la cabeza.

—No depende de mí, sino del doctor Garzaroli: él es el médico del pueblo. Yo solo lo ayudo cuando hace falta. —Ni siquiera debería estar allí hoy.

Emilia resopla y él nota que el silbido del fondo de su respiración ha dejado de oírse.

—Pero intentaré interceder. —Se queda un momento en la puerta con los brazos en la espalda, después se decide a entrar—. Os he traído esto. —Le entrega algunos libros—. Pensé que podrían haceros compañía.

Emilia se queda sin palabras y, por primera vez, lo observa: tendrá unos treinta años, es alto, corpulento; tiene una frente amplia, ojos color avellana, o tal vez verdes, una barba muy espesa y poco cuidada con intensos reflejos cobrizos. De no ser por la ropa que lleva, no parecería en absoluto un médico; también sus manos son grandes, de campesino.

Bajo la atenta mirada de Emilia, Enea Pagnoni se siente incómodo. Tal vez no le gusten los títulos que ha elegido, tal vez no debería haber sido tan entrometido, tan descarado.

—Os pido disculpas, no quería faltaros al respeto.

—Oh, no, yo no... —Ella está a punto de decirle que los aprecia muchísimo, que le encantan las novelas y que no puede ni imaginarse el tiempo que hacía que nadie le regalaba libros.

Desde la habitación contigua, sin embargo, donde tiene su consultorio el doctor Garzaroli, llegan unas voces. Una, en particular, Emilia la conoce bien.

—¡Ah, allí estáis! —dice Garzaroli entrando en la enfermería—. El caballero Crespi ha venido a veros, señorita. Le alegrará ver que os estáis recuperando rápidamente.

Silvio da unos pasos hacia delante. Cuando Emilia levanta la vista y se encuentra con la suya, él se detiene como un soldado desarmado frente a un rifle. La mujer que lo sigue es alta y esbelta, vestida con un traje oscuro que resalta la cintura muy estrecha y con un vaporoso sombrero de plumas. Es hermosa, y a Emilia esa constatación le duele. Un silencio embarazoso cae en la habitación, que dura apenas unos instantes.

—Sois vos esa obrera, pues —dice adelantándose la nueva *sciura* Crespi—. Soy Teresa Crespi Ghiglieri. Confío en que estéis mejor.

Sus ojos no son muy grandes y están un poco separados, tiene una nariz bastante recta, una boca grande. Sus maneras, desenvueltas, no dejan de ser elegantes, sin embargo. Elvira, que siempre está bien informada de todo, le ha dicho a Emilia que la mujer del patrón tiene veintiún años.

Emilia se levanta. ¿Es pánico lo que cree advertir en la mirada de Silvio?

—Buenos días —le dice a Teresa—. Estoy mejor, gracias.

—Todavía le hará falta bastante reposo —indica Garzaroli—, pero contamos con darle de alta ya mañana.

Emilia no lo sabía y la sorpresa diluye por un momento el malestar por la presencia de Silvio y de su esposa. Busca al doctor Pagnoni, pero ya se ha ido.

—¡Esa es una excelente noticia! —comenta Silvio, acaso con un entusiasmo excesivo—. ¡Excelente de verdad!

—Muy bien —dice Teresa. Luego, dirigiéndose a Silvio—: No queremos cansar a nuestra convaleciente, ¿verdad?

«No soy de nadie, y mucho menos vuestra», piensa Emilia, que se muerde la lengua y estira los labios en una sonrisa que no llega a los ojos.

—Bien, pues entonces... —balbucea Silvio—. Esperamos teneros de vuelta pronto en la fábrica, señorita Vitali.

Ella le lanza una última mirada desafiante y él baja los ojos.

7

Remigio Malberti vuelve a casa al acabar su turno recorriendo el largo paseo arbolado que bordea la fábrica. A los quince años sus compañeros ya son hombres que piensan en mujeres, se enzarzan en peleas, beben vino. Él, en cambio, todavía se pierde en sus propios pensamientos. No lo hace a propósito: de repente se ve hundido en ellos como si se encontrara en la fábrica desierta y deambulara y deambulara, pero sin hallar la salida. Basta una minucia para que los pensamientos lo absorban. Por ejemplo, la primera vez que estuvo en la Gamba de Legn: al llegar al puente metálico sobre el Trezzo, el tranvía de vapor hacía un ruido infernal, pero regular. Remigio se había dado cuenta de que parecía casi una melodía y de repente se vio en el centro de una banda de destartalados instrumentos que avanzaban sobre las vías. Llaves inglesas que golpeaban contra enormes calderas y emitían lúgubres tañidos, engranajes dentados que giraban crujiendo, canicas de cristal sacudidas en frascos vacíos, largas correas que se rompían con un chasquido, un silbido de vapor que salía de tubos muy largos. Remigio tenía el trasero bien asentado en el tranvía, pero los ojos y los oídos estaban abiertos por completo a otro mundo, mucho más rico e interesante que el real.

El problema es que, cuando está metido en sus pensamientos, no puede estar a la vez fuera, porque sería como querer entrar en el Adda pero sin mojarse.

A veces su mamá o su hermano Canèta, viéndolo alelado

con la mirada perdida en el espacio y la boca abierta de la que gotea un hilo de baba, le sueltan una bofetada, y entonces él sale de inmediato de su ensimismamiento. No es consciente de cuánto tiempo ha pasado ni qué ha ocurrido mientras tanto, pero sabe que lo que ha visto no es menos real que el mundo que gira a su alrededor: porque las cosas, si existen en los pensamientos, deben existir fuera también, en algún lugar. Intenta, de vez en cuando, explicar dónde ha estado, pero las palabras sencillamente se niegan a salir, como si alguien le hubiera echado un hechizo para impedirle que contara lo que ha visto.

Al llegar al último chalecito, cruza la valla y entra. Luigia está sentada a la mesa de la cocina, inmóvil. Esta noche ha soñado que Fredo la llevaba a bailar a la fiesta del pueblo y al despertar ha maldecido la luz del día que le ha arrebatado a su hijo.

—Mamá —dice Remigio.

Ella no se mueve.

Hoy han venido unas mujeres desde Trezzo a decirle que a su hija, esa manzana podrida, ha de tenerla encerrada en casa, que están hartas de verla a un lado y al otro del río comiéndose a los hombres con los ojos. No es la primera vez que sucede, pero cada día que pasa Luigia está más cansada. Es como si la piel, en otros tiempos espesa y dura, se le hubiera vuelto más fina y todo pudiera penetrar en ella, hasta el corazón. Sí, ya sabe lo que hace Elvira. Cuando se dio cuenta ya era demasiado tarde para volver atrás, para salvarla. Lo sabe, y no se alegra por ello, como es natural. Pero esa desgraciada sigue siendo su hija, y a Luigia cada vez le quedan menos hijos. ¿Cómo puedes odiar tu propia carne?

—Mamá —repite Remigio.

Ella se vuelve. En la oscuridad no se le ven las facciones, pero Remigio sabe que está llorando porque a fuerza de vivir en el otro mundo, rico en emociones, colores y pensamientos, ha desarrollado una sensibilidad particular hacia el dolor ajeno. A veces lo siente como propio.

Ahora también, por ejemplo, es capaz de entrar en los pensamientos de Luigia. Accede por un largo pasillo oscuro, una especie de túnel excavado con una cuchara en el vientre de una montaña, donde los pasos resuenan vacíos. Al fondo se ensancha un poco aunque el techo sigue siendo bajo, opresivo. Luigia se encuentra allí y, con sus propias desgracias, está levantando una pared de ladrillos: una vida de pobreza, un matrimonio de sacrificios y pocas alegrías, un marido que murió asesinado, un hijo predilecto que la dejó sola para afrontar la vergüenza, una hija que malgasta su cuerpo como si fuera algo sin valor. Remigio sabe muy bien que, en el muro que impide a su madre recorrer de vuelta el túnel para llegar a la luz, está él también: un ladrillo torcido, todo desconchado, que ni siquiera vale para tapar un agujero.

«Dame la mano, mamá, salgamos juntos de aquí», quisiera decirle.

Pero las palabras se niegan a salir.

—Mamá —repite Remigio, con la mirada perdida en el espacio y un hilo de baba goteándole de la boca.

8

Hace mucho tiempo que Silvio no entra en los *palasocc*. Antes de que muriera el padre de Emilia, los dos iban a menudo a esconderse allí. Entraban a escondidas y luego se ponían a escuchar detrás de las puertas, intercambiando miradas de complicidad. Como es lógico, en los últimos tiempos no ha tenido muchas razones para ir allí.

La carta que le ha mandado Garzaroli, sin embargo, merece una visita en persona. A Silvio, que había pedido que le mantuvieran al corriente de la salud de la «señorita Vitali», el médico le ha hecho notar que, si bien había mejorado mucho, desaconsejaba vivamente que regresara a la fábrica: el riesgo de que la enfermedad volviera a repuntar con vigor aún mayor era real.

—¿Vas a ir allí de nuevo? —le ha preguntado esta mañana Teresa al ver que se estaba preparando con el mayor cuidado.

La pareja vive en un ala del palacete de via Borgonuovo, que ha sido restructurado y reformado a propósito. Habitaciones que, según se espera, pronto habitará una nueva generación de Crespi.

Mientras se engominaba el bigote, Silvio la ha mirado a través del espejo. Teresa tenía una expresión de preocupada resignación.

—Es mi fábrica, soy el director.

Eso no era lo que ella quería decir.

—¿Está mejor esa obrera? —deja caer con indiferencia.

—¿Qué obrera? —responde Silvio apartando la mirada—. Las tengo a cientos.

—Esa a la que visitamos en el ambulatorio. —Hace una larga pausa, luego añade—: Demacrada pero guapa.

Silvio suelta una buena carcajada.

—¿No estarás celosa?

—Por supuesto que no —replica ella resentida—. Pero de los cientos de obreras que dices que tienes, solo fuimos a verla a ella.

—Ya te lo he dicho —contesta Silvio con impaciencia—. Mi padre era amigo del suyo y prometió cuidarlo.

No le gusta que Teresa se interese por la fábrica. Justo antes de la boda, Cristoforo fue claro: «No permitas que las mujeres metan las narices en los negocios». Era evidente que pensaba en Benigno y Giulia. «Su feudo es la casa, en la fábrica los que mandamos somos nosotros.»

—Volveré pronto. —Silvio zanja la conversación, luego la besa suavemente en la mejilla y se marcha para evitar más discusiones.

Ahora que está fuera de la puerta, no se siente ya tan seguro de estar haciendo lo correcto. Y, sin embargo, ahora es un hombre, administra la planta, considera como parte de su deber hacerse cargo de los problemas de sus empleados, al igual que lo hizo su padre antes que él.

Sube las escaleras de dos en dos sin toparse con nadie y, habiendo llegado ante la puerta de Emilia, se ajusta la corbata y llama. Ella, al encontrárselo delante, se queda sin palabras. Son muchos quienes han ido a visitarla desde que llegó a su casa. El primero en pasarse fue Rino el de Agazzi, quien empezó a pontificar sobre las condiciones insalubres de la fábrica y la necesidad de que los obreros se rebelen contra la explotación del patrón. Ha ido hasta el Canèta, pero ella no lo dejó entrar. Elvira, por su parte, es como una más de la casa: acude todos los días a traerle algo de comer, argumentando que si no engorda un poco nunca encontrará marido. A cualquiera esperaba ver, excepto a él.

«Es la enfermedad», se dice. Sigue teniendo dificultades para respirar, por ejemplo, después de subir las escaleras.

—¿Puedo pasar?

«Desde luego, esta es tu casa. No hay necesidad de preguntar», piensa Emilia para sus adentros, apartándose.

Silvio mira a su alrededor, asintiendo.

—Qué... bonito es esto.

Ella lo observa con los brazos cruzados y una mirada hostil.

—¿Puedo saber el motivo de tu visita? —le pregunta yendo directa al grano.

No pretendía ser grosera, pero estar allí a solas con él después de tanto tiempo la hace sentirse incómoda. La última vez que compartieron la intimidad de una habitación, él le hizo promesas que no estaba en condiciones de mantener. Luego se perdieron de vista durante siete años y, sin embargo, el recuerdo de esa última noche, ceñidos en un abrazo, sigue tan vivo que duele.

—Sí..., ¿puedo sentarme?

Emilia le señala la silla, pero ella permanece de pie.

—Quería... saber cómo estabas.

—Estaba convencida de que el doctor Garzaroli te mantenía informado.

—Sí, así es...

—En cualquier caso, como puedes ver, estoy mucho mejor. No tardaré en volver al trabajo. No quiero aprovecharme más de la generosidad de la Benigno Crespi. —Se dirige a la puerta y la abre de par en par—. Gracias por la visita.

Silvio, sin embargo, permanece sentado.

—Tengo que hablar contigo, Emilia.

Ella cierra la puerta con un ruido sordo.

—¿No crees que es un poco tarde? ¿Te parece que llamar a mi puerta es suficiente para borrar siete años de silencio? —Siente que la ira se acumula y el aliento se le corta, pero no puede detenerse—. Oh, claro, todo aquí es tuyo. La fábrica, las casas, el canal, incluso la gente. No dejaste de recordármelo desde el primer día que te conocí. Así que dime, patrón. —Recalca el acento en la última palabra, dándole un significado repugnante—. ¿Qué quieres que haga por ti?

Él palidece. Contaba con que ella no sería especialmente amistosa, pero no se imaginaba que albergara todavía tanta ira.

—No puedes volver a la fábrica —le dice en voz baja.

Emilia, que pensaba que estaban hablando de otra cosa, da un paso atrás. La vergüenza sonrosa sus mejillas.

—El doctor Garzaroli teme que, exponiéndote de nuevo al polvo del algodón, se vuelva a presentar la enfermedad, esta vez sin posibilidad de curación. —Habla de golpe, sin tomar aliento, para impedirle que intervenga—. En cualquier caso, no pretendo sustraerme a la promesa que mi padre le hizo al tuyo. Yo me ocuparé de ti.

—¡Oh, por favor! —suelta ella—. La última vez que quisiste ocuparte de mí me encontré engrasando máquinas en la hilandería. Desde luego, no es eso lo que mi padre esperaba. ¿O estás pensando tal vez en llevarme de nuevo como criada a Milán, para que pueda hacer de sirvienta de tu mujer?

La idea de encontrárselas a ambas cerca, todos los días, le provoca un escalofrío. Y Teresa desde luego no lo aprobaría: aunque Silvio no sepa muy bien cómo lo ha hecho, debe de haber adivinado algo. Las mujeres son criaturas sensibles, intuitivas o, simplemente, recelosas.

—Y, sobre todo, ¿qué clase de arrogancia te lleva a creer que yo te necesito? ¿Crees que sin tu intervención no voy a ser capaz de vivir? —Emilia tiene un poco de mareo y se sujeta a la silla para no caerse.

Silvio se le acerca:

—¿Estás bien?

—Déjame en paz.

—Solo quería ayudarte...

—Por una vez, trata de pensar en lo que quiero yo.

—Y ¿puede saberse qué es lo que quieres? —le pregunta exasperado.

Emilia no sabe qué responder. Sabe lo que no quiere: no quiere que Silvio vuelva a inmiscuirse en su vida, no quiere que se la maneje como un peón, no quiere que nadie decida por ella. Saber lo que quiere, en cambio, es más difícil: implica una lucidez que creía tener, pero que en este momento se da cuenta de que no posee.

—Quiero que te vayas.

Silvio asiente y se dirige a la salida. El encuentro para el que se había estado preparando desde esta mañana y tal vez incluso antes, con el que creía poder remendar su relación y aclarar las decisiones del pasado, ha supuesto una derrota total. La primera, y quizá la única, de su vida.

—Siento cómo salieron las cosas —murmura cuando está en el umbral—. Ambos éramos demasiado jóvenes.

Tal vez Silvio tenga razón, eran demasiado jóvenes. Ninguno de los dos podía elegir entonces qué hacer con sus vidas. Sin embargo, de los dos, a despecho de las apariencias, el más desafortunado es él: sus antepasados han trazado un surco del que nunca ha gozado de libertad para salir. Incluso antes de que naciera se sabía que se convertiría en empresario algodonero, que se casaría con una chica de buena familia, con la que traería al mundo futuros empresarios algodoneros.

De repente Emilia se da cuenta de que sabe a la perfección lo que quiere.

—Espera —vuelve a llamarlo—. Tengo que pedirte algo.

9

Crespi d'Adda, otoño de 1893

El edificio de la escuela muestra su rostro pálido bajo el cálido sol de la mañana. Apenas tres pasos separan a Emilia del primer día de su nueva vida, y sus pies nunca le han parecido tan pesados. Rígida frente al portal aún cerrado, mira hacia arriba, a las ventanas del primer curso.

¿Qué cara tendrán los alumnos? ¿Serán obedientes? ¿Indisciplinados? ¿Será capaz de hacer que la respeten? ¿Qué pasa si de repente pierde la voz? ¿Y si de repente no se acuerda de lo que tiene que decir?

Cuando se lo pidió a Silvio, lo hizo sin reflexionar. La idea se le vino a la cabeza y al cabo de un instante ya le había salido de los labios.

—Quiero ser maestra en el pueblo —dijo con cierta osadía, que ahora le costaba entender. Le parecía tan liberador tener el poder, por primera vez en su vida, de elegir de verdad qué hacer y no conformarse con el mal menor, con un apaño cualquiera.

Tal vez no creyera que Silvio la contentaría, que aceptaría de buena gana y que todo se desarrollaría de forma tan rápida y natural. De esta manera, cuando dijo que sí, y pocas semanas después la cosa estaba arreglada, llegaron las inseguridades.

En el fondo pedía lo que siempre había soñado. Pero soñar también puede dar miedo. Tomar el control de tu propio destino supone, ante todo, una asunción de responsabilidad. Ninguna excusa.

—Claro que lo conseguirás —sentenció Elvira, quien está orgullosa de ella—. Así, tal vez ahora que vas a convertirte en maestra, encontrarás a alguien que quiera casarse contigo.

En las semanas que siguieron Emilia no hizo más que estudiar. No recordaba que fuera tan agotador. Y tan hermoso.

De vez en cuando, el doctor Pagnoni pasaba a llevarle algún libro nuevo. Siempre se reunían fuera de los *palasocc*, bajo el sol abrasador de agosto, y caminaban despacio por el paseo arbolado que bordeaba la fábrica, hablando de literatura y, más raramente, de sus vidas.

Enea es muy reservado. Todo lo que Emilia ha logrado saber es que viene de una familia de campesinos muy pobres, que hicieron enormes sacrificios para dar una educación a su único hijo; sus padres, sin embargo, no tuvieron la dicha de verlo licenciarse, porque murieron antes, y ahora está solo en el mundo. Son muchas las cosas que tienen en común.

—¿A qué estás esperando? —le preguntó Elvira anoche—. La paciencia de un hombre no es infinita. Confía en mí, sé lo que me digo.

Emilia fingió no haber oído.

—A este paso se casará con la Rosa, la de los Montrasio de Canonica, por mucho que tenga las orejas de soplillo. Tienes una idea equivocada del matrimonio, te lo digo yo —prosiguió Elvira—. Por culpa de los libros que has leído. Te han metido en la cabeza un montón de ideas equivocadas.

A Emilia le gusta el doctor Pagnoni. Es un hombre guapo, instruido, educado, discreto: en una palabra, es perfecto. Pero ese error ya lo ha cometido, no piensa volver a tropezar. Ahora que ha encontrado su propio camino, su propio equilibrio, que se ha labrado un nicho de felicidad por sí sola, no quiere poner su vida en manos de un extraño. Y, por perfecto que sea, Pagnoni no deja de ser un extraño.

Además, ahora Emilia no tiene otra cosa en su cabeza que

no sea la escuela. Está obsesionada con que todo vaya bien, no quiere decepcionar a nadie, sobre todo a sí misma. Ahora que se encuentra frente al edificio, se pregunta si ha medido bien sus pasos.

—Buenos días, señorita Vitali —gorjea la directora encaminándose hacia su puesto de mando.

Le gusta la directora: es ruda, directa, pero no carece de humanidad. Cuando se conocieron, la mujer quiso dejar claro de inmediato que la amistad con el caballero Crespi no iba a ayudar a Emilia en su trabajo. Tal vez esperaba hacerla cambiar de opinión sobre convertirse en maestra, pero obtuvo el efecto contrario.

«No estoy aquí por ser amiga de Silvio», se repite mentalmente.

La directora, parada ante la puerta, le lanza una mirada severa.

—¿Acaso esperáis a que venga a abriros la puerta el caballero Crespi? —la provoca, no sin que se le escape una sonrisilla.

Ese era el empujón que necesitaba. «Estoy aquí porque me lo merezco.»

Emilia hincha el pecho y levanta la barbilla. Escalón a escalón, entra en su nueva vida.

10

Canonica d'Adda

El último paciente es un curtidor que trabaja las pieles en su propio patio por cuenta de un mayorista de Bérgamo: la otra mañana, de repente, se despertó con las manos cubiertas por llagas casi hasta los codos; ni siquiera habría acudido al médico de no ser porque, unas horas más tarde, también la piel de alrededor de la boca, la nariz y los ojos empezó a ponerse roja y a picarle hasta hacerle enloquecer.

No es la primera vez que el doctor Pagnoni ve esa clase de escoriaciones, que dependen en gran medida del uso de los productos del curtido y de la falta de higiene.

—Debéis mantenerlas limpias y usar este ungüento —le explica mientras le envuelve delicadamente las manos—, y venir a verme para cambiar los vendajes cada dos días.

El hombre lo mira con expresión de desconcierto.

—Pero ¿cómo me las apañaré para el trabajo?

—Lo siento, tendréis que dejarlo durante algún tiempo.

El otro retira la mano bruscamente.

—Pero ¡no puedo! ¿Quién alimentará a mis hijos?

La reacción no sorprende a Enea, cuya memoria vuelve a su padre, un campesino de Canonica que en toda su vida no hizo más que trabajar. Un día, mientras estaba en el establo, la mula lo coceó en pleno pecho; nadie, ni siquiera Enea, que en esos meses estaba acabando su licenciatura en medicina, se dio cuenta de nada hasta que fue demasiado tarde: el viejo Egisto murió una semana después, derrumbándose de repente mientras estaba en los campos.

—Será solo una pausa de un par de semanas. Tal vez, si sois escrupuloso, menos —le dice Enea levantándose—. Pero si las heridas se infectan, corremos el riesgo de que haya que amputaros una mano o ambas.

El curtidor se pone pálido.

—Está bien —dice. Si no estuvieran entre hombres, se echaría a llorar—. ¿Cuánto os debo, doctor?

Enea levanta las manos.

—Nada. Ya me pagaréis cuando estéis curado.

—Esta tarde os mandaré a mi hija con huevos frescos.

La muchacha está en edad de casarse y el hombre no pierde la esperanza de que el médico se decida tarde o temprano.

—Gracias —dice Enea, que tiene otras cosas en la cabeza.

Hace un día perfecto fuera. El aire huele a otoño y el sol calienta sin ser molesto. Enea mira su reloj. Con un poco de suerte llegará al colegio de Crespi justo a tiempo. Se quita la chaqueta, se arremanga la camisa, se afloja la corbata y se pone en marcha.

Cuando llega a la aldea, Emilia acaba de salir y está contando a los niños para asegurarse de que no falte ninguno.

—Tranquilos, no os empujéis —dice antes de despedirlos—. ¡Mañana nos vemos!

Se lleva la mano a los ojos y le busca por instinto a él: su imponente figura, ligeramente encorvada como si se sintiera siempre un poco incómodo, sus grandes manos de campesino, el sombrero demasiado pequeño. Lo encuentra apoyado contra el tronco de un árbol a lo largo de la pared de la fábrica, y le sonríe.

Desde que se conocen, Enea la ha visto sonreír muchas veces, pero nunca de esta manera. Es una sonrisa que le viene de dentro.

—Ayer estabais tan inquieta que he venido a ver cómo os

encontráis —le dice mientras se encaminan bordeando la fábrica.

Es una excusa patética. Si fuera sincero le diría que ha ido allí porque estaba loco de ganas de volver a verla, porque espera que esta vez sea el momento adecuado.

Se alejan del pueblo mientras Emilia le detalla su primer día como maestra, incapaz de dejar de hablar: se sabe de memoria los nombres de todos sus alumnos, hijos de los obreros del lugar, y de cada uno hay una anécdota que contar.

—Son tan pequeños, todavía lo tienen todo por aprender.

—Lo haréis muy bien.

Sí, ahora Emilia sabe que puede hacerlo. Le han bastado esas escasas horas con los niños para comprender que esa es la vida que quiere y que por fin es suya, porque ha tenido valor para aferrarla.

Llegados a la confluencia del Brembo con el Adda se sientan en la arena y se quedan mirando unos pájaros que planean con elegancia a ras del agua para volver a elevarse luego con la presa en el pico.

—Emilia... —le dice.

Lleva días preparándose este discurso. «Espero que seáis indulgente conmigo si me atrevo a expresaros lo que mi corazón siente por vos... Decidme que mi amor no os ofende...» Pero ahora que están acuclillados para calentarse bajo el último sol, tan cerca que puede sentir el aroma de su cuerpo, con tanta intimidad y con tanta naturalidad, todas estas palabras le parecen ridículas, inútiles.

Emilia ladea un poco la cabeza y Enea se fija en la vena azul que fluye bajo la blanquísima piel de su cuello. Se miran durante largo rato y esta vez ella no baja los ojos, oscuros y profundos como pozos en los que es fácil caer.

A Emilia le corresponde esperar a que él reúna el valor para declararse, fingir asombro, tal vez cierta indignación, sonrojarse y permitirle luego que la recoja como se recoge la fruta del árbol. Pero ¿por qué ha de dejarle creer que ha sido él quien la ha elegido? ¿Por qué ha de representar una vez más el papel de objeto inanimado, desprovisto de voluntad, a merced de los acontecimientos? ¿Por qué debería cometer una injusticia tan grande contra sí misma?

—Sí —dice.

Luego se aferra a su camisa con ambas manos y lo atrae hacia ella con resolución.

NOVENA PARTE

1

Milán, abril de 1898

En su vida privada, Cristoforo y Pia tienen costumbres de lo más frugales. No les gusta excederse en la mesa y detestan el despilfarro: la regla, que también se aplica a la servidumbre, es que no debe tirarse nada. Los zapatos y la ropa desechados por los amos, debidamente arreglados y adaptados, pasan a sus dependientes, mientras que lo que no puede reutilizarse de ninguna manera se dona a los más pobres, a través de las innumerables obras de caridad de las que la *sciura* Crespi es incansable promotora. En el almuerzo se sirven platos de porciones pequeñas, y las sobras se recalientan para la cena: con la barriga pesada uno piensa mal, suele repetir Cristoforo, cuyo más íntimo deleite consiste en retirarse temprano por la noche para leer un libro frente a la chimenea.

El almuerzo de Pascua, sin embargo, es largo y festivo: una ocasión para concederse algún lujo, muchos platos, recetas que solo se desempolvan en las grandes ocasiones, y pequeños caprichos para los nietos.

Después de la misa toda la familia se ha reunido alrededor de la gran mesa de comedor, decorada con mimo y con cierta pompa. En un extremo de la mesa Pia sostiene al primogénito de Silvio y Teresa, Benigno, que tiene tres años y se ha quedado dormido con un trozo de pan en la mano, despreocupado del alboroto que reina a su alrededor.

—Mamá, dejadme que lo tenga yo —se ofrece la nuera.

Pia niega con la cabeza.

—No, querida. No te molestes. En tu estado, es mejor que no levantes pesos.

Después de Benigno llegó enseguida Emilio, y Teresa está ahora en el último mes de embarazo: todos esperan que esta vez sea una niña. A pesar de las apariencias —complexión diminuta, tez muy pálida, facciones finas y aristocráticas, tono de voz sosegado y modales tranquilos—, la esposa de Silvio es una mujer de fuerte carácter, autoritaria. Con los niños es dulce pero firme, inflexible.

—No hay problema —dice.

Y, con un gesto de la cabeza, llama la atención de la niñera, que se lleva a los pequeños arriba a dormir la siesta.

Pia, un poco desilusionada, aparta unas migas de la mesa, luego levanta la mirada y se encuentra con la de Cristoforo. Sentado a la cabecera de la mesa con los ojos entrecerrados y el atisbo de una sonrisa en los labios, parece estar adormecido; en realidad está disfrutando de ese momento tan especial. Es tan raro que consiga reunir a toda la familia a su alrededor que no le parece real.

Pia le sonríe cómplice. A ella también le gusta echarse a un lado y ser espectadora del mundo que los dos, juntos, han creado.

«¿Estás contento?», le pregunta en el lenguaje mudo y secreto que han desarrollado a lo largo de años de complicidad. Los bigotes de Cristoforo se doblan imperceptiblemente hacia abajo. «Mucho más —responde él—, estoy completo.»

Los amos reparten su tiempo entre su palacete de Milán, donde la colección de arte sigue creciendo, y la espléndida villa del lago de Orta. La familia crece cada mes: después de Silvio y Teresa, sus hijas Bice y Maria Pia también se han casado con excelentes partidos, y ahora la sangre de los Crespi Tengitt se mezcla con la de los Rosselli del Turco y de los Fracassi di Torre Rossano: apellidos compuestos, apellidos nobles; y luego está

Daniele, que tiene veinte años y un intelecto brillante, audaz: pronto se licenciará en química y se incorporará a tiempo completo a la dirección de la empresa.

El viejo patrón regresa al pueblo de vez en cuando, donde constata no sin una pizca de asombro los últimos progresos. En una posición ligeramente elevada con respecto al núcleo original del pueblo se han construido dos coquetos chalecitos reservados al médico y al capellán. Los obreros que viven y trabajan en Crespi tienen todo lo que pueden desear, e incluso más. El reconocimiento más prestigioso, por otra parte, llegó cuando la reina Margarita visitó el pueblo: un acontecimiento que apenas veinte años antes la familia de los *tengitt* de Busto Arsizio ni siquiera habría podido concebir. Todo el pueblo se engalanó de fiesta e incluso los periódicos se hicieron eco de la noticia.

Siguiendo el hilo de los mismos pensamientos, los ojos de Cristoforo y Pia convergen en su hijo mayor, entregado a una vivaz conversación con su cuñado.

Desde que Silvio, tras licenciarse, tomó las riendas de la empresa, Cristoforo ha ido echándose a un lado y en poco tiempo todas las responsabilidades han ido pasando de las manos del padre a las de su hijo, quien ahora tiene poder notarial sobre todos los asuntos.

Gracias a su determinación, la Benigno Crespi hace tiempo que ha incrementado con éxito la exportación de sus productos. El objetivo último de la nueva dirección, muy ambicioso, es la integración vertical de la fábrica: no solo la sección de hilatura, a la que recientemente se ha sumado la de tejeduría, sino también, en un futuro próximo, la de teñido y acabado. La fábrica textil se ha agrandado con la incorporación de nuevos edificios, en cuya construcción, como siempre, se atendió tanto a la estética como a la funcionalidad: la estrella de ocho puntas, símbolo de la empresa y de la familia, se repite a intervalos regulares en los rosetones de terracota que embellecen las paredes.

Justo al lado de la fábrica se ha levantado la nueva Villa Crespi, a la que los trabajadores llaman «el castillo» porque en efecto eso parece: el palacete, con sus ladrillos a la vista, sus almenas y el torreón que se yergue macizo en el cielo sobre el Adda, recuerda a un edificio medieval. Incluso cuando no está físicamente presente, Silvio siempre se encuentra ahí, con una mirada benévola y atenta que vela por su pequeño y laborioso pueblo. Allí nació Emilio, su segundo hijo.

Silvio representa la mayor sorpresa para Cristoforo. Con apenas treinta años ha acumulado tantos honores y cargos como para hacer palidecer a cualquiera: después de convertirse en presidente de la Asociación de Algodoneros y haber sido nombrado comendador, fue uno de los fundadores de la Sociedad de Benadir, mediante la cual el Estado italiano ha delegado en los algodoneros lombardos el gobierno absoluto de esa parte de África, y se espera que no tarde en entrar en política. Da la impresión de que su hambre de éxito es insaciable, hasta el extremo de que Cristoforo se siente intimidado a veces.

Es evidente que tiene derecho a obrar como le parezca: las nuevas generaciones poseen una mentalidad más vivaz, no tienen miedo al riesgo. Y además Silvio es un licenciado universitario; la diferencia con su padre, que solo tiene un diploma de bachiller, se nota, vaya que sí. Para el anciano, la fábrica era una extensión familiar y los obreros eran todos sus hijos; cuando en cambio Silvio camina por los pasillos de la fábrica, ve empleados: personas a las que paga un salario justo, a cambio del cual espera un trabajo bien hecho. ¿No es acaso una actitud excesiva?

A Cristoforo se le viene a menudo a la cabeza un día de hace años ya. En el pueblo se aguardaba la llegada de un sacerdote para la nueva iglesia. «Lo elegiremos como nos convenga», sentenció Silvio, que luego escribió al obispo de Bérgamo para que le presentara algunos candidatos y poder examinarlos. Cuando el sacerdote estuvo delante de ellos, Cristoforo se levantó en señal de respeto y le ofreció su silla; Silvio, en cambio, había permanecido impasible detrás del escritorio, con los ojos inclinados en un paquete de papeles, dejando al candidato a la espera.

—Por favor, tomad asiento —le había concedido al cabo de

un rato, amigable e informal de repente—. Como le dije a Su Excelencia, es un verdadero honor que hayáis aceptado formar parte de nuestra pequeña comunidad.

El padre Alborghetti y Cristoforo habían intercambiado una mirada fugaz. Nada menos que tres candidatos se habían sometido al juicio del joven comendador Crespi, que había descartado a los que no le parecieron adecuados.

—Gracias a vos por aceptarme —respondió tímidamente el sacerdote.

—Nos hace mucha falta vuestro trabajo.

«Interesante elección de palabras», pensó Cristoforo.

—Yo lo veo más como una misión —había intentado replicar el padre Alborghetti, procurando no sostener demasiado tiempo su mirada.

—Lo es, lo es —concedió Silvio—. ¿Os ha sido entregado el articulado?

En este se recogían una larga lista de deberes para el nuevo sacerdote del anejo, compilada por el propio Silvio. A cambio de unos honorarios mensuales de cien liras, debía celebrar misa en los días que le indicara la familia, en el horario que le resultara más cómodo. En caso de que tuviera algún motivo legítimo para ausentarse, debería solicitar previamente el permiso del director de la fábrica, es decir, del propio Silvio, y en caso de incumplimiento grave habría sido exonerado sin previo aviso, con la obligación de salir del pueblo.

—Por supuesto. —El sacerdote dejó sobre el escritorio el documento—. Ya lo he firmado.

—Veréis, padre Alborghetti —prosiguió Silvio con tono más suave—, somos una pequeña comunidad: sin duda, ha crecido mucho en los últimos tiempos, entre otras cosas gracias a mis esfuerzos, y aun así me gusta verla como una familia. Mientras en otros lugares se alzan las voces del descontento obrero, aquí presumimos de no haber tenido nunca manifestaciones similares de protesta. Me preguntaréis cuál es el secreto de tanta concordia. —Hizo una pausa para permitir que el otro asintiera—.

Pues bien, es importante, vital de hecho, que este pequeño pueblo, como me complace llamar a nuestros trabajadores, no pierda nunca de vista su propia guía. Una familia debe tener un padre, y cuanto más grande es la familia, más fuerte debe ser el padre.

—Me imagino que la tarea que desempeñáis, comendador Crespi, no es fácil.

—Oh, pero pronto dejaré de estar solo, teniéndoos a mi lado. Me complacerá siempre escuchar vuestros comentarios sobre el progreso moral de todo el pueblo y la fábrica, y de hecho os encargo expresamente que me mantengáis informado de ello con la mayor frecuencia posible. —Silvio se había puesto de pie, señal de que la conversación había terminado, y el padre Alborghetti había hecho lo mismo—. Ahora, si me disculpáis, tengo que volver al trabajo. El deber me reclama.

Cristoforo se había quedado paralizado al asistir al despliegue de poder del hijo, sin atreverse a abrir la boca, y ahora también, observándolo reír con desenvoltura, siente terror al darse cuenta de que ha traído al mundo a una criatura tan diferente de él, con otra concepción de la fábrica y de los trabajadores.

«¿Lo hemos convertido en un monstruo de ambición?», pregunta ahora con los ojos a Pia, que tal vez albergue las mismas dudas que ella, los mismos miedos.

2

Crespi d'Adda, mayo de 1898

—Aquí está, ya lo veis. Leedlo aquí. —Un grupo de obreros se reúne en torno a Rino el de Agazzi y todos estiran el cuello para echar un vistazo al periódico, aunque muchos de ellos no sepan leer. Rino carraspea—: «No solo se amotinan, van a la huelga: el pan no se encuentra en absoluto o se paga muy caro, se dejan de cobrar los haberes: el malestar pasa de las clases populares a los pequeños comerciantes». ¿Os dais cuenta?, es la revolución.

—¡Ay, la revolución! —dice uno—. ¡Exagerado!

—Que sí, que sí te digo. Hasta los periódicos hablan de ello, léelo aquí. También en las provincias de Bari y Foggia se cree que los tumultos se deben a la miseria. Y en Florencia el Ministerio del Interior ha impartido a los prefectos la orden de supervisar los depósitos de armas y de secuestrarlos. El Gobierno teme tumultos.

—¡Bueno, Bari, Foggia...! —Nadie sabe exactamente dónde se encuentran esas ciudades, excepto que están lejos—. Aquí en Crespi no pasan estas cosas. No nos falta el pan.

—Y ¿qué me decís de España? —pregunta Rino—. Aquí se dice que en Valencia han raptado al alcalde y en otras localidades han destruido los almacenes de granos y las oficinas de impuestos.

—España, dices..., ¡más lejos aún!

—Pero es la revolución, ¿es que no lo entendéis? ¡El mundo entero se está levantando contra las injusticias de los poderosos en perjuicio de las pobres gentes como nosotros!

En eso pasa el cura, y el corrillo se dispersa.

—*Sciur* Agazzi —lo llama—, no os vi en misa el domingo pasado. ¿Estabais indispuesto?

Rino levanta la barbilla en señal de desafío.

—Peor, padre Alborghetti. ¡Peor! Estaba trabajando.

El sacerdote no parpadea.

—Confío en veros pasado mañana, entonces.

—Si Dios quiere —dice Rino, que ya tiene otros planes para el domingo.

—Dios siempre quiere —responde el padre Alborghetti—. Sois vos quien me parecéis un poco perezoso. —Y, antes de que el joven pueda replicar, su esbelta silueta se cuela en la iglesia.

Rino vuelve a abrir el periódico y se sumerge en la lectura. Las noticias de levantamientos populares contra la subida del precio del pan llegan de toda Italia. Disturbios y muertos por doquier. Los *carabinieri* responden con disparos de fusil a la gente, armada con piedras.

> Entonces una piedra alcanza a un *carabiniere*; este deja caer el rifle cargado, que se dispara y hace un agujero en el techo. El subteniente ordena abrir fuego. Tres personas caen muertas y muchísimas heridas. Otra es asesinada cerca de un quiosco a cien metros de la sede del ayuntamiento. Los muertos son:
>
> Antonellini Pio, de cincuenta y dos años (deja seis hijos).
>
> Ghetti Giacomo, de unos cincuenta y ocho años.
>
> Una mujer de Villanova, cuyo nombre no he podido averiguar, de treinta y tres años, ¡con cinco hijos!
>
> Longanesi, de setenta y ocho años, alcanzado por una ráfaga de disparos.
>
> Otros trece han resultado heridos, entre los cuales un chico, que si no está muerto, sí moribundo.

—¡Malditos! ¡Asesinos! —masculla Rino.

Pero los poderosos, los injustos, los que se enriquecen con el esfuerzo de las pobres gentes, y el Gobierno, que está al servicio de estos, tienen sus días contados. El pueblo está hasta las narices, eso es evidente.

Es otra de las razones por las que mañana Rino irá a Milán: porque, en este triángulo de ochenta y cinco hectáreas encajado entre dos ríos, la gente tiene lo poco que necesita para vivir y, sobre todo, tiene miedo de perderlo.

No es allí donde podrá empezar la revolución. En la ciudad, a partir de mañana, por el contrario, cambiará el curso de la historia.

3

Luigia murió una mañana de hace seis meses: Remigio, que estaba durmiendo a su lado, ni siquiera se dio cuenta. O tal vez sí, pero no quería creerlo.

—*Mama, mama* —susurraba mientras la sacudía suavemente—. Despierta, *mama.*

Elvira, en cambio, lo comprendió de inmediato. Al fin y al cabo, en realidad, su madre llevaba muerta mucho tiempo.

—Ven, Migio, que estoy calentando la leche.

Él inclina un poco la cabeza y le sonríe. Se ha puesto otra vez la camisa al revés: a veces lo hace porque, dice, así es como si llevara una nueva.

—No puedes ir a la fábrica así, sabes que te toman el pelo, la gente no lo entiende.

Resoplando, Elvira se la desabrocha, le da la vuelta y se la vuelve a poner, mientras él la observa extasiado.

Remigio la adora, es toda la familia que le queda. Claro, también está el Canèta, pero se ha ido a vivir con la familia de Ugolina; son solo tres casas más abajo, aunque es como si se hubiera mudado a otro país: a veces, cuando se encuentra con ellos por la calle, ni siquiera los saluda. Remigio en cambio no odia a nadie, es como si hubiera venido al mundo carente de esta capacidad; cuando conoce a una persona, le cae simpática instintivamente y se entrega con una generosidad desarmante. Ni siquiera es capaz de sentir odio hacia quienes se burlan de él o, peor aún, confiando en su incapacidad de reacción, lo maltratan. De este modo, en el pueblo todos, en cierta forma, sienten cariño por Migio, el de los Malberti, como se quiere a un perro cojo con pulgas que nunca muerde.

Elvira pone los cuencos de leche sobre la mesa y corta una gruesa rodaja de pan negro. Ella también está a punto de sentarse cuando el estómago se le contrae en un espasmo doloroso y algo de líquido le sube casi hasta la garganta. Se tapa la boca con ambas manos y sale corriendo. Cuando está en el huerto puede liberarse por fin.

«No —piensa, mientras un mareo le dobla las rodillas—, eso sí que no.»

Unos obreros que pasan por allí de camino a la fábrica, viéndola a gatas en el huerto, le silban y le lanzan algún cumplido trivial. Ella no hace caso mientras trata de respirar a pleno pulmón y de que los latidos del corazón vuelvan a la normalidad.

—*Ta stet be, Vira?* ¿Te encuentras bien? —pregunta Remigio, preocupado, en la puerta.

—*Töt a post, Migio*. Estoy bien. Vuelve adentro, que ahora voy.

En cambio, no está bien en absoluto. Elvira sabe lo que significa lo que acaba de ocurrir, tarde o temprano tenía que pasar, aunque después de tanto tiempo pensaba que ya era imposible. Ahora, en cambio, siente crecer el pánico en ella.

¿De verdad tiene un niño dentro? ¿Cómo va a poder atenderle?

4

Emilia sale de la escuela y, como suele hacer, se encamina con paso decidido por el paseo que bordea la hilandería y lleva al Brembo. Es un hermoso día, el aire huele a primavera; fuera de las casitas de los obreros, la ropa tendida al sol movida por el viento le lleva olor a colada. Algunos niños la saludan con la mano:

—Buenos días, señora maestra.

A estas alturas ya los conoce a casi todos, habiéndolos visto pasar por su clase en los cinco años que lleva trabajando en la escuela: entran desorientados como pollitos caídos del nido y a Emilia le gusta verlos crecer, ir ganando independencia y conciencia.

A primera vista, todos parecen iguales. Cada niño, sin embargo, es diferente a los demás, único. Los hay a quienes les pesa la escuela, que cuentan las horas que los separan del final de las clases y las semanas que faltan para que acabe el curso; se pasan el día encorvados con las comisuras de la boca obstinadamente caídas. Hay otros que se esfuerzan, pero en realidad no dan más de sí y, al percatarse de que son los únicos que no han entendido algo, se acurrucan en el pupitre hasta casi desaparecer. Hay quienes tienen talento, pero no lo cultivan y acaban perdiéndolo; y hay otros a los que el talento no les sobra, pero logran sobresalir a base de sacrificios y compromiso. No faltan los que se aburren porque creen saberlo ya todo, así que no paran un momento y requiere un gran esfuerzo el mantenerlos quietos. Hay algunos a los que se les dan bien las matemáticas, a otros la lengua, a otros el dibujo; unos cuentan con una memoria formidable y otros nunca se acuerdan de nada. Los hay dotados con un pensamiento racional, ordenado, metódico, y otros que tienen una imaginación explosiva y caótica. De un solo vistazo Emilia es capaz de leerlos como libros abiertos. Los que no levantan la vista y no han hecho los deberes, los que tienen los ojos enrojecidos porque ayer por la tarde los sacudieron sus padres, aquellos a los que les cuesta mantener los ojos abiertos porque ayudan a la familia en todos los quehaceres domésticos, los que tienen los ojos legañosos y les haría falta un buen baño. Su comportamiento en clase refleja lo que viven en sus hogares, la relación con sus padres, la serenidad interior, sus expectativas para el futuro. A esas alturas, serán ya más de cien niños a los que ha dado clase, pero Emilia se acuerda de todos, uno por uno, se acuerda de los nombres y de sus historias.

Hasta ahora, sin embargo, Dios no ha querido darle todavía uno propio, y de vez en cuando Emilia se sorprende preguntándose qué habrá hecho mal para merecer este castigo.

Se casó con Enea en septiembre de 1894, en la iglesia del pueblo, no sin haber desfilado antes en la tradicional ceremonia de presentación de las novias del año.

—No quiero ir a esa estúpida ceremonia de sabor medieval. —Se desahogó con Elvira.

La otra había puesto una mueca de disgusto.

—Entonces te perderás el sobre con el dinero de los Crespi.

—¡Sí, ya ves! —Emilia resopló—. Para lo que me importa...

Hasta el último momento había pensado en fingir que estaba enferma.

El día del desfile, sin embargo, Elvira la había arrastrado a la fuerza a la plaza.

—Mira, tengo que decírtelo. No sé qué es eso medieval de lo que llevas semanas hablando, pero todas las chicas quieren desfilar frente a los patrones antes de su boda, lo desean desde que son niñas: si no vas a la ceremonia de las novias del año la gente pensará que eres diferente. —Y, ante la mirada escéptica de Emilia, añadió—: ¿Tengo que explicarte lo que significa o llegas tú solita?

El viejo patrón, al entregarle el sobre con el dinero, obsequio de la empresa a sus empleados, le apretó la mano con fuerza. Silvio parecía pecar de un exceso de indiferencia por el asunto, mientras que su esposa mostraba un exceso de satisfacción.

Al acabar la fiesta Silvio se había acercado a ellos con un pretexto. Enea se disponía a regresar a Canonica y Emilia tenía la intención de acompañarlo durante un tramo del camino con el fin de permanecer un rato más juntos.

—Emilia es muy querida para nuestra familia —le había dicho Silvio en tono condescendiente—. Así que os exhorto a cuidarla como se merece.

«No necesito que nadie me cuide», estuvo a punto de responderle ella.

Pero Enea se le había adelantado.

—Si la conocéis tan bien sabréis que no necesita a nadie que la cuide.

En ese momento Emilia tuvo la confirmación de que Enea era el hombre adecuado. Y tal vez le ocurrió lo mismo a Silvio, que se apresuró a despedirse, dándose la vuelta muy rígido.

Una noche, poco antes de la boda, el Canèta tuvo un arranque de audacia.

—Doctor —le había dicho—, ¿sabéis con quién se pasea vuestra mujer cuando no la vigiláis?

Enea se había plantado frente a él, con los brazos cruzados y expresión seria.

—No, no lo sé. ¿Con quién?

El Canèta perdió de inmediato toda su arrogancia.

—No, nada —había tartamudeado—. Era solo por hablar. —Y desde entonces no se había atrevido a acercarse a ellos.

Emilia había sacado del cajón inferior de la cómoda el vestido de novia de su madre.

—¿No te traerá mala suerte? —le había preguntado Elvira. Luego, dándose cuenta de que había sido poco delicada, añadió—: Quiero decir que tal vez deberías ponerte, no sé, algo nuevo.

Emilia se había quedado reflexionando, observando largo rato el vestido, de corte sencillo, monacal.

—Tal vez mis padres no pudieron contar con demasiado tiempo para estar juntos, ya sabes. Pero se querían mucho —concluyó—. Creo que me traerá suerte.

La ceremonia debía ser íntima y privada, tal como deseaban ellos, pero en la plaza de la iglesia estaban casi todos reunidos: los alumnos de Emilia con sus familias y los pacientes de Enea que habían acudido desde Canonica. De informar a los pocos a los que no les había llegado la noticia se encargó Elvira, que sin embargo, por miedo a arruinar la fiesta, no se había presentado ese día.

Después de la boda, los recién casados —a Emilia le sonaba de lo más raro llamarse «*sciura* Pagnoni»— se mudaron a vivir a un chalecito pareado, que contaba con un comedor con estufa, un rincón cocina y un dormitorio en la planta baja cuyas ventanas daban a un pequeño jardín privado donde plantaron una higuera juntos; en las largas tardes de verano se sientan bajo sus frondas para charlar en voz baja, cogidos de la mano.

Cada mañana Enea recorre a pie o en bicicleta el trayecto que lo lleva hasta sus pacientes de Canonica.

Ahora lo ve salir del bosque empujando la Linton con la mano.

—Se ha pinchado otra vez —le dice, con una sonrisa resignada.

Luego la estrecha contra él y Emilia se pierde en su abrazo.

Se encaminan charlando hacia su casa, donde la higuera aguarda su regreso, mientras el sol va a esconderse detrás de la vegetación. Cuando Emilia ve de lejos su casita, se siente invadida por una sensación de plácida felicidad que da sentido a toda su vida.

En este rincón de la Tierra lo ha perdido y lo ha recobrado todo, pero nunca hasta hoy se había sentido tan plena. Tal vez, algún día, llegarán los niños.

5

Milán

En las calles todo el mundo tiene miedo. Tienen miedo los ricos, temerosos de convertirse en blanco a causa de su riqueza; tienen miedo los pobres, con los mismos temores, pero por la razón opuesta; tienen miedo los policías, a quienes han mandado allí para mantener el orden; y tienen miedo los alborotadores, que no se rebelarían si no temieran quedarse sin pan para sus hijos.

De modo que es un aire extraño el que se respira en la ciudad. Todo parece igual que siempre, pero al mismo tiempo puede palparse la tensión. La gente mira a su alrededor como si temiera ver aparecer en cualquier momento a un grupo de revoltosos a la vuelta de la esquina. Las mujeres se apresuran a regresar a casa, arrastrando a sus hijos, se sale poco y a regañadientes, y no se ve por ahí ni un solo de los suntuosos carruajes de cuatro caballos con penachos antes tan frecuentes.

Daniele camina con pasos apresurados, con la cabeza gacha, pegado a los muros. Lleva una preciosa caja de hojalata en la mano. El menor de los hijos de Cristoforo Crespi es un joven muy guapo, delgado, esbelto, algo pálido, de mirada vivaz e irreverente; a las mujeres les gusta porque se muestra desenvuelto, sagaz y tiene modales de gran señor. Y a él le gustan las mujeres, pero no solo ellas: le gusta la vida y todo lo que exuda vida. La buena comida, el buen vino, la ropa cara, los viajes y las aventuras osadas, todo lo que es nuevo, sin precedentes, incluso un poco peligroso.

Desde hace algún tiempo se ve en secreto con una joven de buena familia que le ha robado el corazón. A decir verdad, no es la primera en robárselo, porque el suyo es un corazón generoso, que se siente atraído con facilidad. Y no serán estos levantamientos a causa del pan ni los continuos llamamientos de las autoridades para que la gente se quede en casa lo que le impida cumplir con sus deseos de verla. Aprovechando que sus padres se han ido al lago de Orta, no le ha sido difícil escabullirse sin que nadie se diera cuenta.

El edificio de la joven tiene un gran jardín que se extiende por detrás hasta una calle secundaria. Se han dado cita ahí dos veces por semana, siempre a la misma hora. Basta con saltar el muro perimetral, aprovechando unos ladrillos que sobresalen, y ya está. La joven finge ir a leer en paz un libro en el frescor de la vegetación, eso nadie se lo puede negar. Y, en caso de que alguna vez se acerque alguien, desde ese punto del jardín resulta fácil verlo llegar.

—Debes de estar loco —le reprende ella, pese a sentirse encantada de verlo.

—Por un beso tuyo podría enfrentarme a todo un ejército. —Le entrega la caja de bombones.

Ella se sonroja y baja la cabeza. Daniele le levanta la barbilla con la punta del dedo índice y la besa deslizando las manos por su cintura y sus caderas. La chica está tensa, indecisa entre sus deseos y las buenas maneras.

—Anoche soñé contigo —dice Daniele anhelante. No es verdad, pero él sabe que a ella le gusta oír cosas así—. Te entregabas por fin a mí. —La acerca un poco más a él y la besa de nuevo con más pasión, notando que ella no le refrena.

—Para —le pide la joven al cabo de un rato, inquieta, tratando de retener sus manos. Y, como él no le hace caso, imprime más energía—. ¡Te he dicho que pares! —Tiene la cara roja, los labios hinchados de besos, sobre la blanca piel del cuello quedan las marcas que ha dejado la barba erizada de Daniele.

—Eres tan hermosa...

—No siempre puedes hacer lo que quieres —le señala apartándolo de su lado.

—Claro que sí. —La agarra de una muñeca y la atrapa de nuevo. Sabe que esa es una suerte de representación, que ella debe negarse y él debe insistir—. Hago siempre lo que quiero —añade casi en un tono amenazador, y la siente temblar entre sus brazos.

—Eres un arrogante —murmura la chica.

Daniele esboza una sonrisa complacida. Es cierto, hace siempre lo que quiere. Si quiere salir en mitad de las revueltas, sale. Si quiere besar a una chica, la besa. Si quiere irse de repente, se va.

—Es tarde —dice disfrutando de la decepción en el rostro de ella.

El mundo entero está hecho a la medida de Daniele. Ese muro tiene la altura justa para que pueda saltarlo, la disposición de las plantas en el jardín está hecha para ocultar sus escarceos, la ciudad entera se detiene para consentir su paso.

Así es como funciona cuando has nacido en una familia privilegiada, y más cuando has sido el último en nacer y de preservar el buen nombre de la estirpe se encarga Silvio. El ambicioso, el decidido, el responsable, el que tiene la cabeza sobre los hombros, el que nunca defrauda a nadie: el primero, por nacimiento y méritos. A la sombra de ese engorroso hermano, Daniele disfruta del privilegio que al otro se le ha negado: puede gozar de la vida sin preocuparse de las consecuencias.

Y, cuando quiere algo, ni siquiera debe pedirlo. Lo tiene ya.

6

Crespi d'Adda

Los fieles salen de la iglesia en fila y luego se dispersan por la plaza. Los hombres van a la posada a tomar un trago, las mujeres se quedan al sol para charlar. Hoy han llamado a Enea con urgencia de Canonica porque un hombre se ha quemado con aceite hirviendo, de modo que Emilia está sola. Elvira la espera fuera de la puerta como un perro guardián.

—*Sciura* Malberti —la detiene el párroco—. ¿Por qué seguís la misa siempre desde fuera?

—Porque si entro me como a vuestras ovejas —replica. ¿Cuántas avemarías debe rezar para limpiarse la conciencia?

—¿Qué estás haciendo aquí? —pregunta Emilia encontrándola frente a ella.

—He venido a buscarte —dice la otra con indiferencia.

Emilia comprende de inmediato que algo anda mal. Elvira se mantiene por lo general bien alejada de la iglesia: la homilía enfervoriza a los feligreses, haciéndolos más intransigentes, y si las otras mujeres la vieran sentada en los mismos bancos en los que sus maridos apoyan el trasero, serían capaces de hacerla pedazos.

—¿Bajamos al canal? —le pregunta Elvira.

A Emilia no le gusta ese lugar. Ha pasado mucho tiempo, pero al mirar esas aguas oscuras nunca deja de percibir ciertos sentimientos de desazón y no es raro que vea de repente ante sus ojos la imagen del cuerpo hinchado de su padre y tenga la sensación de asfixiarse. Así que se mantiene alejada de ese lugar y, si no tiene más remedio que pasar por ahí, camina rápido, con la cabeza gacha, por el lado opuesto del camino.

—Venga, vamos —insiste Elvira.

Caminan en silencio escuchando el canto de los pájaros, mientras Emilia le lanza miradas oblicuas.

—¿Pasa algo?

—Vamos a sentarnos un rato.

No cabe duda de que Elvira tiene algo importante que decirle, pero Emilia sabe que insistir solo empeorará las cosas, así que decide hacer lo que le pide. Durante un buen rato hablan de esto y aquello, sin hacer preguntas. Sin embargo, cuando en la iglesia se oye un tañido, Emilia se da cuenta de que, si Enea vuelve a casa, no encontrará ni siquiera la mesa puesta.

—Me tengo que ir, Vira. —Quizá entonces se decida a decir lo que ha de decirle—. Es muy tarde.

—Te acompaño.

Caminan sin pronunciar palabra hasta el chalecito de los Pagnoni. El pueblo está desierto, todas las familias que no están en la fábrica se han reunido alrededor de la mesa. Bajo el sol que cae a plomo, la sombra de la chimenea es casi invisible.

Cuando se despiden, Emilia concluye que en realidad tal vez su amiga no tenga nada que decirle, tal vez le apetezca simplemente dar un paseo hasta el canal, tal vez no haya secreto alguno que sonsacarle.

—Hasta mañana —le dice—. Recuerdos a Migio.

Está a punto de cerrar la puerta cuando ve que Elvira le hace un gesto.

—¡Ay, Emilia! —le grita—. Casi se me olvida.

Emilia asoma la cabeza con una mirada inquisitiva.

—Me parece que estoy embarazada.

7

Milán

El mozo vuelve corriendo, parece como loco. Había salido a encargarse de un pequeño recado hace apenas diez minutos.

—¡Cerrad, rápido! ¡Atrancadlo todo! —La gente de la casa lo mira sin ser consciente de la urgencia—. ¡Os he dicho que cerréis! ¡Rápido!

Atrancan el portal y los sirvientes corren a asegurar las contraventanas que dan a via Borgonuovo.

En ese momento Silvio baja las escaleras.

—¿Qué ocurre?

—¡Los revoltosos están en via Monte Napoleone y vienen hacia aquí perseguidos por los guardias!

Ayer por la tarde se colocó en las calles de la ciudad un cartel que llevaba la firma del teniente general Fiorenzo Bava Beccaris, comandante del Tercer Cuerpo del Ejército.

¡MILANESES!

Los disturbios que asolan esta ciudad desde ayer están adquiriendo el aspecto de un verdadero motín y, por lo tanto, siguiendo órdenes ministeriales, asumo la Dirección Superior para restablecer el orden público. Aconsejo a los ciudadanos que se queden en sus casas para que las tropas se enfrenten tan solo a los manifestantes y puedan actuar así con el máximo vigor.

Más tarde la ciudad fue declarada en estado de asedio: la tenencia de armas ya no está permitida y a los ciudadanos que posean alguna se les ha ordenado entregarla en sus oficinas de distrito; quedan prohibidas todas las reuniones, se establece el toque de queda a las veintitrés horas, el cierre nocturno de todos los establecimientos, la prohibición de enviar telegramas privados que den información sobre los disturbios. Para todas las contravenciones se prevé la remisión al tribunal militar.

Sin embargo, todo esto no ha servido para disuadir a los revoltosos, que ahora parecen ser varios millares.

—Surgen de todos lados, salen de las fábricas y se echan a las calles. La caballería intenta dispersarlos, pero no les resulta fácil. Levantan barricadas con todo lo que encuentran por ahí y algunos se han subido a lo alto de las casas y lanzan piedras, tejas y hasta muebles a los oficiales. —Se ha formado un pequeño corrillo alrededor del chico y lo escuchan con preocupación.

—¿Dónde están los niños? —le pregunta Silvio a la niñera.

—Jugando en el patio, como siempre.

—Rápido, id a buscarlos y llevadlos arriba. A mi esposa también —ordena. Luego, dirigiéndose a los sirvientes—: Atrancadlo todo, comprobad que no se os haya olvidado nada e idos vosotros también a los pisos de arriba.

Se oye un estruendo muy fuerte desde la calle, parece como si la casa vibrara desde sus propios cimientos.

—Me quedo con vos —dice un sirviente, recién llegado del servicio militar.

Silvio asiente y pone en su mano un viejo rifle de caza, contento de haber desobedecido la orden de entregar todas las armas.

—No te andes con dudas. Dispara a cualquiera que entre por esa puerta. —Luego corre escaleras arriba para ver cómo están Teresa y los niños.

Las habitaciones están en penumbra. Teresa intenta mostrar indiferencia para animar a los niños, pero la mirada que intercambia con su marido revela toda su aprensión. Estas revueltas no solo amenazan las paredes domésticas. Amenazan sus vidas tal como las han conocido hasta ahora, los privilegios que siempre han dado por hechos. Percatarse de que ante esta horda enfurecida carecen realmente de medios de defensa, que están inermes y a merced de las circunstancias, hace que la angustia crezca.

—¿Estás bien? —pregunta Silvio, pensando sobre todo en la criatura que lleva en su vientre.

—Sí, sí —responde ella.

—Volveré pronto. No te acerques a las ventanas, ¡por ninguna razón! —Ayer en el *Corriere* apareció la noticia de una mujer que había muerto de un tiro mientras se asomaba para curiosear.

Silvio baja corriendo las escaleras.

El criado está en el patio patrullando la entrada.

—Todo tranquilo por ahora.

Se quedan ahí, escuchando atentamente, tratando de intuir lo que sucede fuera. Se alternan momentos de calma irreal con fusilazos repentinos. Silvio se pasea de un lado a otro nervioso con el fusil en la mano, de vez en cuando sube para comprobar que están todos bien y repite sus recomendaciones.

Pase lo que pase, defenderá a su familia, su propio mundo, aunque sea lo último que haga. No permitirá que los rebeldes le quiten lo que ha construido, lo que le pertenece de pleno derecho.

Transcurre un rato que parece eterno, el sol dibuja un arco en el cielo estirando las sombras en el suelo, luego va a ocultarse detrás de los tejados, el aire se enfría, en el cuadrado de cielo dibujado por el palacio aparecen las primeras estrellas. De los alborotadores no hay rastro alguno.

8

Crespi d'Adda

—Elvira está esperando un hijo.

Enea alza la vista del cuenco y se queda un momento con la mano levantada en el aire, luego deja la cuchara y suspira. Hace días que Emilia no piensa en otra cosa, aunque aún no haya reunido valor para dar forma a sus propias reflexiones. Elvira va a tener un hijo, ella que no los quiere, y en cambio...

—Y en cambio...

Con los codos apoyados sobre la mesa, las manos entrelazadas ante la boca, Enea la observa. No es hombre de muchas palabras, pero ahora mismo lo cierto es que no sabe qué decir, porque en situaciones como esa una palabra equivocada podría hacerle daño.

—¿Me has oído? —Emilia lo apremia con voz chillona.

—Sí.

—Y ¿qué piensas?

Enea se encoge de hombros.

—No hay nada en lo que pensar.

—Siempre hay algo en lo que pensar. —Emilia se levanta, le quita su cuenco medio lleno y lo vierte todo en el fregadero, mientras él permanece impasible—. Me lo dijo así, como una cosa de nada.

Él está convencido de que la manera de decirlo no habría supuesto diferencia alguna, porque la cuestión es otra.

—Ni siquiera se da cuenta de lo que está haciendo, como... como un animal —prosigue ella, dándole la espalda—. ¡Menuda estúpida! —Luego, casi sin darse cuenta, estalla en sollozos.

Enea permanece inmóvil y aturdido por un instante. Por mucho que la conozca bien, nunca la había visto llorar. Descubrirla así de frágil lo asusta.

Se levanta y va a abrazarla. La estrecha contra él con tanta fuerza que casi le hace daño.

—No desesperes —le susurra—. Nosotros también tendremos un niño.

9

Milán

La ciudad recibió a Rino el de Agazzi con el calor que él esperaba. Llegó a Milán con el tren interprovincial de Vaprio. Al cruzar la carretera de circunvalación entre Porta Monforte y Porta Vittoria, el tranvía fue detenido por unos doscientos manifestantes. La gente huyó asustada; Rino, en cambio, se quedó y ayudó a los manifestantes a volcar los carruajes en la calle. Poco después llegaron las tropas de caballería e intentaron dispersarlos, sin lograrlo. Iban armados hasta los dientes, esos cobardes, pero solo pudieron quedarse mirando mientras Rino y los demás rociaban el convoy con petróleo para incendiarlo. Las altísimas llamas y un humo negro se elevaban hacia el cielo mientras, no muy lejos, se levantaba otra barricada con troncos de castaños de Indias. Porta Venezia, Porta Nuova, Porta Ticinese... Toda la ciudad a sangre y fuego.

Así es exactamente como Rino se imaginaba la revolución: ardiente, en llamas, incluso. Y en medio está él, justo en el centro. Miles de hombres y niños, y también muchísimas mujeres.

No conoce a ninguna de las personas que están a su lado, pero las siente a todas como hermanos y hermanas. Mucho más que la sangre, los une la cólera contra el poder represivo del Gobierno, contra los privilegios de aquellos que dictan las reglas pero pueden permitirse el lujo de no seguirlas, contra los ricos que fingen estar interesados en sus trabajadores pero luego solo se preocupan por sus ganancias y multiplican sus posesiones explotando la mano de obra mal pagada, contra los aranceles que van a hinchar los bolsillos de los privilegiados de siempre. Los une el deseo de justicia, el sueño de una civilización más justa, en la que el interés de unos no pisotee nunca más los derechos de los demás. Luchan por ellos mismos, por sus familias y también por los que no han salido a la calle: sobre todo por ellos, quizá. Por aquellos que no pueden, porque son ancianos o están enfermos y no tienen fuerzas ya, o porque no han sabido armarse de valor, son timoratos y prefieren verse sometidos y morir de hambre antes que levantar la cabeza; e incluso por aquellos que odian a los manifestantes, por los *carabinieri* y sus familias, porque no saben que son un instrumento del poder.

—¡Malditos! ¡Cobardes! —grita Rino golpeando con un hacha el portal de un edificio.

Desde lejos se oye el toque de trompeta de la artillería, luego un estruendo. No pasa mucho tiempo antes de que, por el extremo opuesto de la calle, aparezca la caballería al trote y trate de dispersar a los manifestantes. Algunos huyen, pero la mayoría permanece allí, en absoluto asustados; al contrario, aún más decididos. No muy lejos de Rino, un grupo de rebeldes se lanza contra un *carabiniere*, lo desmontan y lo arrojan al suelo; patadas, puñetazos y bastonazos llueven sobre él mientras trata de desenvainar su sable y lanza golpes a ciegas. Grita con voz estridente, y Rino se da cuenta de que es poco más que un niño, con los ojos desencajados de terror.

—¡Nos rodean! —grita de repente uno de los rebeldes—. ¡Están por todas partes!

De un lado a otro de la calle, las fuerzas del orden han bloqueado las vías de huida y se colocan en posición de tiro. Suena la trompeta y un instante después parte una ráfaga. Sigue un momento de silencio, y cuando la ligera niebla de los disparos se despeja quedan en el suelo varios muertos y heridos.

Rino, aplastado en el hueco del portal, se ha librado de los disparos por muy poco; algunas astillas de madera, sin embargo, se le han clavado en el brazo y en la manga de la camisa se extiende una mancha de sangre. Le zumban los oídos, le arde la garganta, tiene lágrimas en los ojos, las manos temblorosas.

Desde la calle, cada vez más cerca, suena otro toque de trompeta, la señal que prepara a la fusilería para abrir fuego. Esta vez Rino no podrá escapar de la ráfaga.

El terror lo vuelve loco; agarra el hacha y se enzarza con furia contra la puerta que cede en un instante, creando una abertura hacia la salvación. A unos pasos de él, el joven *carabiniere* desarzonado por la multitud está inconsciente en el suelo; si lo deja allí lo arrollará la caballería al cargar, o los rebeldes en su retirada. Rino lo agarra por la guerrera y, con sus últimas fuerzas, haciendo caso omiso del dolor en el brazo, lo arrastra dentro del edificio.

Hay una calma irreal en el interior. El amplio patio, con la fuente que mana en el centro, las estatuas imperturbables y la vegetación exuberante, parece aún más lujoso, aún más desvergonzado. En un rincón la servidumbre está aplastada contra un muro, temblando de miedo. Rino, con el hacha en una mano y en la otra el cuerpo del joven *carabiniere*, se ve por un momento con sus ojos: un rebelde armado, cubierto de sangre, que acude a cobrarse su venganza.

Instintivamente levanta las manos en señal de rendición y deja caer el hacha y el joven *carabiniere*. En ese momento Rino el de Agazzi se da cuenta de que ha puesto a salvo un cadáver.

10

Trezzo sull'Adda

Su hijo hace días que no da señales de vida y Agazzi empieza a estar preocupado. Las desapariciones del chico no son cosa nueva: de vez en cuando se marcha, no dice adónde va ni para qué, ni cuándo volverá. Pero hasta hoy siempre ha regresado, y nunca ha estado ausente tanto tiempo.

Últimamente, además, los clientes que pasan por la posada llevan noticias cada vez más preocupantes. Parece que en todas las ciudades ha habido levantamientos populares y que las detenciones son numerosas.

Y más aún los muertos.

¿Debería ir a preguntar a los *carabinieri*? ¿Y si, al hacerlo, mete a su hijo en líos, al confirmar posibles sospechas?

Hoy han mandado al Canèta de la fábrica a preguntar por Rino, a quien no han vuelto a ver desde la semana pasada. ¿Qué podía decirles? ¿Que él tampoco tenía la menor idea? ¿Que esperaba que no estuviera metido en una prisión o, peor aún, en un ataúd?

—Lo envié a comprar ciertos productos a la zona de Crepero —ha mentido—. Volverá mañana.

El Canèta no estaba nada convencido, se notaba. Ha hecho que le invitara a beber, estirando de vez en cuando el cuello para comprobar que Rino no estaba en la trastienda, y luego se ha ido con el rabo entre las piernas.

—Decidle que, si no vuelve mañana, esta vez no se libra de que el patrón lo eche.

Agazzi espera, estremeciéndose cada vez que la puerta de la posada se abre con un campanillazo. Cuando ya ha perdido la esperanza oye un golpe en la ventana de la cocina que da justo al río. Es casi de noche y la posada está llena de clientes con la cabeza inclinada sobre las sopas.

Al otro lado del cristal Rino tiene un aspecto que da miedo.

—¿Qué estás haciendo ahí? —le dice su padre—. ¡Entra!

—Es mejor que no me vean.

«Esta vez ha armado una buena», piensa Agazzi ayudándolo a entrar por la ventana. Cuando lo ve de cerca, sus sospechas se confirman: el chico tiene un ojo hinchado y amoratado, un corte en la frente aún abierto, la camisa empapada en sangre ya coagulada, un brazo inútil.

—¿Dónde has estado? —Cojeando con las muletas, le precede por las empinadas escaleras que llevan a los apartamentos del piso de arriba—. Pensé que estabas muerto. También han venido a buscarte de la fábrica.

Rino avanza con dificultad, cojeando él también.

—En Milán ha habido una carnicería. Los guardias dispararon contra la gente. Manifestantes, curiosos, transeúntes..., ¡mujeres, niños! Recibieron la orden de disparar a matar.

—¿Estás loco? ¿Has ido a Milán?

—Y ¿adónde si no?

Agazzi ayuda a su hijo a desvestirse y lo obliga a acostarse en la cama.

—¿Quién te ha dejado así?

Rino tarda un rato en responder.

—Me capturaron los *carabinieri*.

—¿Qué? —Él también tiene que sentarse para no caer desmayado al suelo—. ¿Te han detenido?

—No, no lo hicieron —murmura—. Hui antes de que me identificaran.

Agazzi se sujeta la cabeza entre las manos.

—¿Sabes que por lo que ha pasado en Milán te arriesgas a acabar ante un tribunal militar?

—¡Dispararon contra una multitud armada con palos, los muy cobardes! Para expulsar a las personas atrincheradas en los edificios, hundieron los muros a cañonazos. Arrestaron incluso a frailes, ¿te das cuenta? Se contaban tantos cadáveres en el suelo que no había suficientes camillas para llevárselos. Bava Beccaris tiene sobre su conciencia a cientos de muertos. ¡Asesino! ¡Maldito!

—¡Deja en paz a Bava Beccaris! —Agazzi lo sacude—. ¿Es que no te das cuenta de que tú también podrías haber estado entre esos muertos?

Rino mira hacia otro lado. Claro que lo sabe, lo ha pasado mal. Y ni siquiera ha servido de nada, porque la revuelta se ha reprimido sangrientamente y durante mucho tiempo ya nadie se atreverá a rebelarse. «La quietud ha vuelto a Milán», titulan los periódicos. Para eso sirven los cañones: para aterrorizar a los que quedan con vida.

Padre e hijo guardan silencio durante un buen rato, cada uno perdido en sus propias reflexiones.

—Ahora tengo que bajar —dice Agazzi poniéndose de pie con esfuerzo—. La posada está llena y si no me ven quién sabe qué pensarán. —Rino asiente—. Coge el balde, límpiate bien y luego trata de dormir. Mañana tienes que volver a la fábrica.

—No pienso volver con esa gente.

—Escúchame. Si por desgracia se corre la voz de que he acogido a un fugitivo en mi casa, yo también acabaré frente a un tribunal militar. En lugar de preocuparte tanto por mujeres, niños, frailes, obreros, oprimidos y demás gaitas, podrías preocuparte también de vez en cuando un poco por tu padre.

Rino suspira y cruza los brazos sobre el pecho. Agazzi menea la cabeza y sale tambaleándose con las muletas. Está en la mitad de las escaleras cuando Rino lo llama.

—Papá —le dice. Sigue una larga pausa—. Perdóname por todas las preocupaciones que te causo.

11

Crespi d'Adda, enero de 1899

Aunque nadie se lo haya dicho, Remigio sabe que en el vientre de Elvira hay un hombre en miniatura. A menudo se queda embobado mirándola, mientras imagina a ese hombrecillo, idéntico en todo a él, que vive en la tripota de su hermana; como se trata de un ser diminuto, el vientre de una mujer debe de parecerle un enorme laberinto, en el que es fácil perderse. El hombrecillo camina, camina y camina, pero no encuentra nunca la salida.

Se lo imagina acostándose por la noche en un catre no más grande que una caja de cerillas, y despertándose a la mañana siguiente, estirándose por entero; luego se pone pacientemente en marcha. Cuando está cansado, se sienta al pie de una planta y disfruta de un poco de fresco mientras se come una manzana o un trozo de queso. En el vientre de Elvira tiene todo lo que necesita, pero él quiere salir de todos modos. Así que se levanta y vuelve a ponerse en marcha. En determinado momento, le parece reconocer una piedra con una forma extraña en la que ya se había fijado al pasar antes. ¿Se equivoca o ha vuelto sobre sus pasos? El hombrecillo da patadas en el suelo con gesto de rabia. ¿Será alguna vez capaz de encontrar la salida? Por encima de él, mientras tanto, el cielo adquiere un extraño color ciclamen, lo que significa que la noche se acerca. «¿Qué voy a hacer? —se pregunta el hombrecillo, presa de la angustia—.

¿Tendré que dormir bajo las estrellas?» El hombrecillo llora. Las lágrimas son tan pequeñas que un hombre no podría verlas, pero son lo suficientemente grandes para él; ruedan por sus mejillas y al caer al suelo se convierten en flores. Y he aquí que, doblando la esquina, justo cuando no se lo esperaba ya, aparece una camita. «Ay, qué cansado estoy», piensa el hombrecillo, sentándose en el suave colchón de lana. Lleva todo el día caminando en busca de la salida. Le sobreviene el cansancio como una roca, el cielo se oscurece por encima de él, hasta las estrellas se apagan para no molestarlo; el hombrecillo se acuesta bostezando, los párpados le pesan como rocas. «Tal vez mañana encuentre la salida», piensa el hombrecillo abandonándose al sueño.

—Migio. —Elvira lo zarandea, sacándolo de sus ensoñaciones. Resuena una angustia en su voz que Remigio no había oído antes.

Es de noche, acaban de sentarse a la mesa. Hace días que Elvira pone muecas extrañas de repente, como si tuviera dolor de barriga. Esta le ha crecido mucho en los últimos meses, y Remigio piensa que también el hombrecillo se habrá hecho más grande dentro de ella.

—Vete a llamar a la Emilia, date prisa. —En el suelo, debajo de la silla de Elvira, hay un pequeño charco.

Remigio se pone en pie de un salto y sale corriendo sin coger siquiera el abrigo. Las calles están heladas, resbala y se cae de bruces en el terreno; se levanta y sigue corriendo mientras le cuelgan de la nariz mocos mezclados con sangre.

No hay nadie por los alrededores. El pueblo podría parecer deshabitado de no ser por la fábrica, que no para de producir con su habitual estruendo. Remigio se la imagina a menudo como un enorme gato de pelaje amarillento que ronronea acuclillado junto al Adda, con la chimenea formando una larguísima cola que apunta hacia arriba.

Está a punto de perderse en esos pensamientos otra vez, pero se le viene a la cabeza que Elvira necesita ayuda, y entonces aprieta el paso. Corre tan rápido que, cuando llega a la puerta del chalecito de Emilia y Enea, no puede parar y choca contra ella.

Enea se lo encuentra frente a él con toda la cara magullada.

—*S'è sücedit cusè, Migio?* ¿Qué ha pasado?

Emilia se asoma detrás de su marido.

—Corre, Emilia, corre —le dice Remigio—. Elvira se ha hecho pis encima.

12

Milán

El teatro domina la plaza con su mole cuadrada. Podrían haber ido andando, al fin y al cabo no viven muy lejos, pero Cristoforo ha preferido usar el carruaje. No solo porque hace frío.

Palco número 10, segundo piso, sector derecho. En el curso del tiempo, ha sido propiedad de nobles, vicarios, banqueros y ahora le pertenece a él. No es, desde luego, la primera vez que va a La Scala, pero tener un palco es algo muy distinto. En su misma planta están el barón Leonino, el conde Borromeo d'Adda, el marqués Saporiti Rocca, la baronesa Luppis, la condesa Barbiano di Belgioioso, y el palco justo al lado del suyo pertenece al conde Borgia. Nadie va allí solo por la ópera, por más que, como es bien sabido, sea la mejor de Europa y, acaso, del mundo; a La Scala se va a trabar amistades y a cerrar negocios, a lucir ropa y joyas, a ver y dejarse ver: para eso sirven los espejos en las paredes, para espiar a los vecinos. Las damas acuden a involucrar a sus amigas en sus respectivas iniciativas caritativas, con las que recaudan fondos para los necesitados o para los débiles. Estar allí es ya una declaración de estatus, desde el momento en el que formar parte de quienes tienen un palco es un asunto serio, para el que se necesita una escritura notarial, como para cualquier otra propiedad, y no es fácil hacerse con uno, pero vale la pena.

Cristoforo se ha gastado una pequeña fortuna para reformar el suyo, ya que las alfombras y cortinajes se hallaban en un estado deplorable y a Pia no le gustaban: eligió una tapicería de brocatel color crema con marcos de madera pintados de perla y oro, taburetes y sillones tapizados en piel, cortinas de seda brillante con flecos y pasamanería, otras cortinas en la entrada del palco de seda gruesa; el vestidor tiene un chifonier con cajoneras y un pequeño aparador de nogal con dos puertas, una mesita cubierta con tela carmesí y un pequeño asiento de nogal también y revestido de cuero, baldas y percheros, así como todo lo que pueda necesitar una dama.

Ahora que Silvio se encarga de todo, a Cristoforo le gusta disfrutar un poco de la vida. Él ha hecho lo que le correspondía, ahora les toca a sus hijos. Puede dedicarse así a su colección de arte, a ir al teatro, a descansar un poco, a mimar a sus nietos contándoles viejas historias.

Se baja del carruaje y le da el brazo a Pia; se miran un instante, luego entran con la cabeza alta. La entrada del teatro los recibe con un relampagueo de luces que se reflejan en los espejos y en los mármoles. Todavía no hay mucha gente en el interior; tal vez hayan llegado demasiado pronto.

—¿Vamos subiendo? —le susurra Pia al oído. No lejos de ellos ha visto a sus cuñados.

Por más que se hayan encontrado a menudo, allí en La Scala y en otros lugares, Cristoforo ha cumplido su promesa de no volver a dirigirle la palabra a Benigno; cuando en realidad no hay alternativa, se limitan a intercambiar unas cuantas palabras de circunstancias, lo estrictamente indispensable para silenciar los chismorreos, y luego cada uno sigue su propio camino.

Cristoforo también repara en ellos y al principio tiene la tentación de escabullirse como de costumbre, pero esta vez algo lo refrena. Se detiene a charlar con un viejo conocido y a esperar a que su hermano y la mujer de este pasen junto a él. Se encuentran uno frente al otro de modo que no pueden evitar saludarse.

Benigno, de cincuenta años y complexión robusta, tiene un rostro redondeado en el que sobresale una espesa barba y poblados mostachos, ya encanecidos, una frente amplia, una mirada serena. A estas alturas es uno de los principales accionistas del *Corriere della Sera*, que, con unos beneficios iguales a la mitad de las ganancias de la hilandería Cantoni, la más grande de Italia, representa la fuente más notable de sus beneficios. En conclusión, los negocios le van viento en popa.

—Conque vosotros aquí también —dice Giulia, como si se hubiera percatado de su presencia en ese mismo instante.

Conserva toda su hermosura y el vestido de terciopelo de seda azul oscuro, muy ceñido a la cintura, parece hecho a propósito para subrayar su figura aún grácil y esbelta; una esclavina con adornos de piel deja libre la garganta envuelta en un cuello alto, y el pelo está recogido en un discreto moño.

—Es un placer volver a veros —le responde Pia.

—A partir de este año tenemos un palco —añade Cristoforo—. Segundo nivel derecha.

—Ah, qué buena noticia —comenta Benigno, que en el fondo de su corazón siempre ha albergado la esperanza de poder remendar algún día la relación con su hermano.

—También vosotros, por fin —responde Giulia con una sonrisa desdeñosa.

Los Morbio siempre han tenido palco: ella lo heredó de su padre, quien a su vez lo heredó del abuelo Cesare, quien lo tenía ya en 1818, cuando Cristoforo aún no había nacido. Los nobles no compran, heredan.

—¿Qué tal todo? —deja caer Benigno.

—Bien —dice Cristoforo. Ahora que ha dicho lo que quería decir, no hay razón para demorarse—. Disculpad, nos esperan en el vestíbulo.

13

Crespi d'Adda

La niña viene al mundo con los primeros destellos del alba, cuando a Elvira ya no le quedan ni fuerzas para gritar. Ha sido la experiencia más dolorosa de su vida y se pregunta cómo fue capaz Luigia de parir nada menos que seis. Sin embargo, cuando le ponen ese fardillo ensangrentado entre sus manos, todo se desvanece: no solo el recuerdo del parto, sino más en general cualquier sufrimiento que haya vivido en su vida. Todo es pequeño, insignificante y queda lejos ante esa cosita diminuta e inmensa.

Remigio se ha quedado fuera de la puerta aguzando el oído todo el rato, como un perro pastor.

—¿Por qué no vas a dormir un poco? —le preguntó Enea—. Todavía falta mucho.

—Quiero estar aquí cuando salga el hombrecillo.

—Iremos a llamarte.

Pero no hubo manera de que se fuera. Estuvo paseando de un lado a otro, a veces hablando solo, a veces perdiéndose en sus pensamientos. Cuando Elvira gritaba, gritaba él también.

Y por fin, ahí está, el diminuto hombrecillo que ha vagado tanto por el laberinto. Le ha costado muchos meses encontrar la salida, y es muy diferente a como se lo había imaginado. Para empezar, no tiene zapatos y Remigio se pregunta cómo pudo haber estado caminando todo ese tiempo descalzo.

—Migio, ¿no te gusta? —le pregunta Emilia al verlo aturdido como siempre.

—Bonito bonito —dice.

—Es una niña.

—Oh... —añade algo desilusionado. El hombrecillo de sus pensamientos era un varón.

—Cógela en brazos, Migio.

—¿Puedo?

—Pues claro que puedes. Eres su tío.

—Tío Migio. —Le gusta cómo suena.

La niña es ligera, cálida, suave. Tiene el mismo olor que Elvira, que es también el olor de Luigia. Le parece muy distinta al hombrecillo de su cabeza, pero vista de cerca no es fea. Tiene una naricita redonda como una cereza, dos ojitos oscuros que parecen botones, la boca es diminuta pero idéntica en todo a la de un adulto, aunque le falten los dientes.

—Bonita bonita. ¿La llamamos Luigia? —dice—. Cógela tú, Vira.

—No —dice Elvira girando de repente la cabeza hacia el otro lado—. Estoy cansada.

Siempre lo ha sabido, desde el mismo momento en el que se dio cuenta de que estaba embarazada: no puede quedarse con esta niña, se siente incapaz de atenderla con los turnos en la fábrica y Remigio, a quien debe cuidar. Y, además, ¿qué clase de vida podría darle? En el pueblo todos la señalarían como la hija de la prostituta, cargaría con una culpa que no es suya. Iría por ahí cubierta de harapos y vergüenza.

Ni siquiera podría decirle quién es su padre. ¿Cómo va a saberlo? Podría ser cualquiera de los muchos con los que ha tenido trato. Se criaría bajo el atento examen de sus mujeres en busca de parecidos, de una pista: ¿será esa nariz la de mi Sergio?; la barbilla, ¿no es idéntica a la de mi Fausto? Las mujeres la odiarían, y su presencia aterrorizaría a los hombres. Al crecer, un día se daría cuenta de lo que es, y acabaría por odiar a su madre y su propia carne. Y, al final, ¿no se vería ella también obligada a ejercer el mismo oficio que su madre?

Antes que imaginarse a su criatura encerrada en esa trampa, preferiría que hubiera nacido muerta. Y, en cambio, la niña es perfecta. Pensándolo bien, Elvira nunca ha hecho algo tan hermoso en toda su vida. Esa cosita de ahí, que ya respira sola y se mueve, gorjea, llora y pronto estará caminando por el mundo, la ha hecho ella, es parte de sí misma.

Si la sostiene en sus brazos otra vez, aunque solo sea por un instante, la condenaría: porque después ya no podría separarse de ella. Así que es mejor que no la toque siquiera, es más, no quiere ni verla.

—Lleváosla —dice.

Emilia y Enea intercambian una mirada llena de dolor.

—Vira, ¿por qué no la quieres? ¿No te gusta? —pregunta Remigio.

Claro que le gusta. Al contrario, está loquita por ella.

—No, no la quiero.

—Pero ¿por qué? —Por primera vez desde que llegó al mundo, Remigio siente rabia.

Es un sentimiento completamente nuevo que lo deja estupefacto. Antes incluso de que pueda darse cuenta de lo que le está pasando, el fuego de la ira estalla en su corazón y devora toda su inocencia. A Remigio no le gusta esta sensación de calor que incendia sus mejillas, enloquece su corazón, le corta el aliento; detesta esos malos pensamientos que brotan en su cabeza como flores venenosas de las que, sin embargo, no puede escapar.

—Eres mala, Vira —dice sintiéndose explotar por dentro, mientras se le llenan los ojos de lágrimas—. ¡Te odio! ¡Te odio!

—Vamos para allá, Migio —dice Emilia—. Elvira está cansada, tiene que dormir.

Al día siguiente a la niña se la llevan a un monasterio de

Bérgamo, donde queda al cuidado de las monjas. Nadie sabe qué nombre ha recibido ni cuál ha sido su destino, pero esa criatura de menos de tres kilos de peso en un solo día de vida ha cambiado para siempre los destinos de Elvira y Remigio: la primera ha conocido el amor, el segundo, el odio.

14

Crespi d'Adda, julio de 1900

Al final del turno, Rino el de Agazzi se escabulle de la fábrica con un periódico bajo el brazo. «El rey Humberto, asesinado en Monza» es el titular del *Corriere della Sera*. Incluso allí en el pueblo, donde el eco de la noticia llega débil y con retraso, no se habla de otra cosa.

Rino entra en la posada y se agazapa en un rincón para leer. Según los diarios, el soberano había asistido hacía poco a la entrega de premios de un concurso de gimnasia cuando fue alcanzado por tres disparos de revólver y murió poco después.

—¿Qué te pongo? —le pregunta el posadero.

—Lo de siempre, lo de siempre —responde Rino sin levantar la cabeza siquiera.

—Ah, qué terrible noticia... Nuestra pobre soberana estará destrozada.

El recuerdo de la visita de la reina Margarita al pueblo, con motivo de la apertura de la nueva sección de tejeduría, aún está vivo. Todo el pueblo se había engalanado de fiesta y la gente se agolpaba para poder verla. Ella dispensó sonrisas y palabras amables para todos.

—Anda que no tenemos viudas aquí —contesta Rino—. No es la primera.

El posadero se queda sin palabras, da media vuelta y va a llenarle el cuenco.

Según la noticia, los *carabinieri* tuvieron que intervenir para que la turba no linchara al asesino. «¡Vaya, ya están esos idiotas! —piensa Rino—. Ahora todos a favor del rey. Ya se han olvidado de cuando su amado soberano ordenó que los apuntaran con cañones porque se manifestaban en contra de los aranceles a los cereales.»

—¿Qué estás haciendo? ¿Qué estás haciendo? —pregunta Remigio sentándose frente a él.

Rino se sobresalta.

—Han disparado al rey.

—Oh, sí —dice Remigio con una sonrisa torcida—. Mucha sangre, mucha.

Rino se encoge de hombros imperceptiblemente. Se esparce mucha más sangre en las fábricas donde la gente muere por exceso de trabajo.

—¿Te alegras? —pregunta Remigio escudriñándolo.

Le invade una extraña sensación de incomodidad. No es que se alegre, pero, para ser sinceros, no le cuesta admitir que ese rey Humberto se lo ha ganado, para que aprenda a matar de hambre al pueblo con impuestos y a tomar partido por los asesinos.

—¿Te alegras? —repite Remigio, como si quisiera sonsacarle una confesión. De hecho, como si ya supiera qué pensamientos le están dando vueltas en la cabeza.

—Bueno, digamos que se lo ha buscado.

—Se ve que te alegras.

En eso llega el posadero con un plato de legumbres y cebollas y un cuarto de vino tinto. Remigio clava la mirada en el cuenco y mueve la boca como un perro.

—Toma, cómelo tú —le dice Rino, que ya no tiene hambre.

Remigio no deja que se lo repita dos veces y se abalanza sobre la sopa.

15

Trezzo sull'Adda

Desde la torre se abraza con una sola mirada al norte el curso del río, que forma una gran ese. Hace muchos años Cristoforo compró este promontorio, con los restos del antiguo castillo; su plan era tan ambicioso que en aquel entonces parecía una locura. Todos sus proyectos, por lo demás, parecían locuras al principio, ¿no ha sido siempre así? Cuando construyó el pueblo, hace veintidós años, la gente se reía de su idea, lo llamaban «loco», se compadecían de él, hacían apuestas sobre cuánto duraría antes de caer en bancarrota. «Quien mucho abarca poco aprieta», solían decir: sobre todo para justificar su cobardía, para sentirse juiciosos y prudentes en vez de timoratos. Son los mismos que ahora, relegada al olvido tanta malicia, acuden sombrero en mano a pedir un favor y no escatiman lisonjas.

Esta vez, sin embargo, es diferente. No porque los Crespi, mientras tanto, se hayan convertido en los empresarios algodoneros más importantes de la zona, sino sobre todo porque Cristoforo ya no está solo. A su lado, apoyado en lo que en otros tiempos fueron las almenas de la torre, está Silvio. Contempla lo que tiene por debajo con una mirada de concentración, como si pudiera ver cosas que no existen aún.

Ha sido idea suya comprar todo eso, suyo el impulso para este nuevo e imponente proyecto. Cuando se lo expuso en el año 91, hasta a su padre, que no es desde luego persona estrecha de miras, le pareció una apuesta arriesgada.

—Cuando construiste la fábrica de algodón, toda la maquinaria estaba movida por la fuerza del agua: por eso las fábricas tenían que levantarse cerca de un río. Pero pronto todo eso no será ya necesario, porque una nueva fuerza tomará el relevo para dar vida a las fábricas y a cualquier otra actividad, además. Hablo usando el futuro, pero debería hablar en presente, porque hoy todo esto es realidad. La energía eléctrica puede ser producida en un solo lugar y transportada durante cientos de kilómetros, sin pérdidas, liberando a los industriales de la esclavitud de tener que adaptar sus proyectos a la conformación del terreno. —Ya entonces hablaba con el fervor y la ligereza de las nuevas generaciones que experimentan una íntima satisfacción en destruir lo que sus padres han construido—. Pero tenemos que hacerlo ahora, antes de que los demás se den cuenta de este potencial y traten de quitárnoslo.

Cristoforo lo secundó, y el tiempo acabó dando la razón a Silvio. La electricidad es cada vez más importante y se extiende sin parar. Lo irónico es que también requiere agua: de este modo, padre e hijo han obtenido una concesión para derivarla del Adda a la altura de Trezzo. La solicitud se presentó hace casi diez años y fue hostigada en todos los sentidos por cuantos veían en la expansión de los Crespi una amenaza para sus prerrogativas. Pero nada se le puede negar a Silvio, que, cuando se le mete en la cabeza conseguir algo, no acepta una negativa.

El proyecto consiste en construir, aprovechando precisamente ese meandro del río, una inmensa central hidroeléctrica que abastezca de energía no solo a la fábrica textil, sino también a las provincias limítrofes, hasta Milán, Bérgamo, Lodi y Crema.

El problema, como siempre, son los *dané*, los dineros, y para algo así es mucho de verdad lo que hace falta.

—Ahora que tenemos el terreno y los permisos, la Banca Commerciale Italiana no puede negarnos el apoyo para la formación del capital. —Silvio aprieta los puños hasta que sus nudillos se ponen blancos y Cristoforo se ve a sí mismo joven, decidido, rabioso—. Con todas las garantías que podemos aportar...

—Todo irá bien, hijo mío.

—Cada vez que nos dan a entender que estamos a un paso del acuerdo, luego... Si creen que pueden tomarme el pelo, yo... —Señala con el dedo índice y da golpes contra el muro como si pudiera aplastar a los directores generales Otto Joel y Federico Weil, y a los demás dirigentes del banco.

—Estas cosas llevan su tiempo, ya lo sabes.

Silvio niega con la cabeza y resopla.

—Nos hacen perder tiempo a propósito porque tienen miedo de que nos volvamos más poderosos que ellos..., y no les faltan motivos.

Cristoforo baja la cabeza y esconde una sonrisa complacida. Él lo sabe bien, sabe que la central de Trezzo es solo una parte de un proyecto más grande: Silvio lo quiere todo.

—Deberías involucrar más a Daniele —deja caer.

La relación entre los hermanos no siempre resulta fácil, tal vez a causa de la diferencia de edad también.

Silvio suspira.

—¿Qué te ha pedido esta vez?

Cristoforo abre los ojos y la boca.

—¿Qué otro proyecto le ronda por la cabeza? —lo apremia Silvio.

—A ti también te rondan proyectos por la cabeza —le señala su padre.

—Pero los míos son sensatos.

Pasan algún tiempo apoyados contra el murete mirando las nubes que corren reflejándose en el Adda. Cristoforo busca las palabras adecuadas para decirle algo que es muy importante para él.

—Si involucraras a Daniele un poco más, él no sentiría siempre la necesidad de obrar por su cuenta y riesgo.

—Yo lo involucro —responde resentido Silvio—. Lo que

obviamente no puede esperar, recién salido de la universidad y sin un mínimo de experiencia, es que le ceda mi sitio. Y en cualquier caso sabes bien que obra siempre por su cuenta y riesgo.

A Silvio no le falta razón. Daniele un día decide que se va de viaje, no avisa a nadie y desaparece durante semanas, para reaparecer solo cuando se queda sin dinero. Otro día decide comprar algo que en este momento le parece indispensable —algo, por supuesto, muy caro y superfluo—, paga la mitad y deja la cuenta abierta, que luego Cristoforo se apresura a saldar. Pero ¡cuidado con decir que es un irresponsable, un egoísta, un desalmado! Todos en la familia lo miman, lo protegen, le dejan hacer lo que quiere: Daniele es brillante, ecléctico, valeroso.

Silvio, en cambio, es impetuoso, déspota, impaciente: si hubiera hecho la mitad de las tonterías que su hermano, su padre lo habría echado de casa sin un céntimo. A él nunca se le gratifica con un cumplido, ni siquiera por error: todo se da por supuesto. El primogénito se mantiene en su sitio, cumple con su deber, carga con el nombre de la familia como un pesado estandarte, nunca se queja y, muy al contrario, agradece la buena fortuna que le ha tocado.

Silvio mide sus palabras para no faltarle al respeto a su padre, pero Cristoforo se da cuenta de que en su interior hay una tormenta en curso. Entonces le rodea el puño con su propia mano.

—No hace muchos años, en circunstancias no muy diferentes, mi padre me dijo lo siguiente —abre y cierra la mano varias veces—: una mano está formada por cinco dedos. Si quitas uno ya no es lo mismo. Sigue pudiéndose llamar «mano», pero ya no es tan fuerte como antes y ya no puede hacer las cosas que solía hacer.

Silvio intuye adónde quiere ir a parar la conversación: al mismo lugar al que van a parar todas las conversaciones que parten de Daniele. «Debes cuidar de él, debes entenderlo, debes tener paciencia.» Por eso las palabras que siguen lo dejan consternado.

—Cuando llegó mi turno de mantener unida la mano, rompí la promesa que le había hecho a mi padre. —Hace una pausa y mira hacia la lejanía, tratando de contener la emoción.

—Y, sin embargo, eso no te ha impedido obtener grandes conquistas —le dice Silvio.

Cristoforo suelta una risa corta y amarga.

—El resto no importa. Cada noche, antes de acostarme, me pregunto si actué bien, si hubiera podido hacer algo más o diferente, y qué diría mi padre si estuviera aquí. —Silvio trata de replicar, pero Cristoforo le obliga a callar con un movimiento brusco de la mano—. Ahora te pido a ti que me hagas esa misma promesa. Te pido que me prometas que cuidarás de la familia, que la mantendrás unida, a cualquier precio. No importa a lo que tengas que renunciar. No cometas el error que yo cometí. Mantén esta familia unida.

Silvio aparta la mirada y se produce un largo silencio. Se debate entre el deber de obediencia al padre y la impaciencia que le provoca su hermano. Esta promesa le pesa, no la comparte, no la siente como suya.

—Prométemelo —insiste Cristoforo.

—Está bien —cede Silvio—. Te lo prometo.

Años más tarde, recordando esta promesa, se maldecirá a sí mismo por habérsela hecho.

DÉCIMA PARTE

1

Crespi d'Adda, primavera de 1905

El momento favorito del día para Remigio es cuando el sol va a esconderse detrás del biombo de la fábrica textil. No es de día y no es de noche: todo está suspendido, a la espera.

Migio sube por la vereda que, poco después de la iglesia, se encarama hasta el Fosso Bergamasco y acaba no lejos de las casas del médico y del párroco. Por encima de su cabeza, las ramas de los árboles entrelazadas son tan tupidas que no dejan pasar un solo rayo de luz, como en el fondo del río cuando está en crecida: Remigio se sumerge en él conteniendo el aliento y solo empieza a respirar de nuevo cuando llega al final. Una vez allí, se queda contemplando la intersección de tejas rojas, huertas y callejuelas que dibujan una alfombra de motivos geométricos: la aldea es tan pequeña que se podría barrer de un solo escobazo y las casas parecen juguetes de madera.

A Remigio le gusta ir allí a escuchar la respiración del pueblo. A esa hora las sombras son largas y frágiles: el sol, rojo como una yema, proyecta en el muro la silueta distorsionada de un seto de boj y la de un perro tan alto como un caballo. El pueblo parece inmóvil; solo la fábrica gruñe, rezonga y resopla sin pausa, sin importarle que pronto se hará de noche.

Remigio está pendiente de todo y ve incluso lo que no puede verse. Una nube corre baja por el cielo, dirigiéndose hacia el horizonte. «¡Cuidado!», le grita, temiendo que quede enganchada en la chimenea. Va cargada, su vientre está henchido de lluvia: quién sabe, se pregunta Migio, qué franja de tierra irá a regar. La sigue con la mirada hasta que se encuentra con las obras; justo al final del largo paseo que bordea la fábrica, casi al lado del Brembo, se está levantando el nuevo cementerio, con un imponente mausoleo que un día acogerá a los patrones y, a sus pies, numerosas crucecitas bajo las que descansarán para siempre los obreros que allí nacieron.

Casi al mismo tiempo, los recuadros de las ventanas se encienden de oro, mientras las familias se reúnen alrededor de la mesa y en las cercanías apenas se ve a algunos rezagados que aceleran el paso. Dentro de las casas reina el aroma a sopa y a pan tostado en la estufa, una voluta de humo sale de las chimeneas y se enrosca ascendiendo hacia las primeras estrellas. A Remigio le gusta fantasear con la vida de los demás: se imagina sentado a una de esas mesas y quemándose la lengua con la sopa caliente, oyendo crujir la cama bajo su peso y despertando junto a otros hermanos y hermanas. Desde que le quitaron a la niña, se esconde cada vez más a menudo en su familia imaginaria, a la que incluso ha dado un nombre: los Remigio son numerosos, ni él siquiera sabe cuántos son, porque cada vez que vuelve a verlos aparece algún nuevo miembro que antes no estaba; el papá tiene la barba tan larga que por la noche él y su madre la usan como manta, las hermanas son hermosas, mientras que los hermanos son fuertes y trabajan en la hilandería. Remigio, en cambio, se queda en casa para cuidar de sus numerosos sobrinos.

El sol ha desaparecido tras el horizonte, en unos minutos ha caído la oscuridad y la humedad de la noche sube desde la tierra. Remigio permanece un rato más fantaseando con una vida en la que todos lo llaman «tío Migio», hasta que Elvira sale de su casa mirando inquieta a derecha y a izquierda.

—¡Migio! —grita—. ¿Dónde te has metido?

Remigio emerge del sueño y se encuentra en el Fosso Bergamasco. Mira sus pies, consternado: otra vez se ha olvidado de ponerse los zapatos, Elvira le soltará una buena regañina. Suspira, luego desciende poco a poco a la realidad, donde ha sido tío durante apenas cinco minutos. Los más hermosos de su vida.

2

Milán

Silvio está sentado en el extremo de una silla con la espalda rígida y la mandíbula tensa, Teresa en cambio se pasea de un lado a otro por el pasillo, retorciéndose las manos. No ha pasado mucho tiempo desde que una meningitis fulminante les arrebató a Giorgio, su último hijo, de apenas un año. Y ahora, al otro lado de la puerta de nogal, Angela Maria se debate entre la vida y la muerte: laringotraqueobronquitis es el diagnóstico. Con voz nasal, sin atreverse a mirarla a los ojos, el cirujano le ha explicado a Teresa, quien apenas podía tenerse de pie, que el crup implica una inflamación de la laringe que puede conducir a la muerte por asfixia. Solo una traqueotomía salvará a la niña.

Todas las operaciones, grandes y pequeñas, tienen lugar en casa, donde se habilita un quirófano con sábanas esterilizadas colgadas de las paredes. Solo los pobres van al hospital.

—Llevan dentro demasiado tiempo —dice Teresa—. Algo va mal. Voy a entrar.

Silvio se pone en pie de un salto y le impide el paso cuando tiene ya la mano en el picaporte.

—Cariño, trata de sentarte un rato, estás exhausta.

Teresa se vuelve bruscamente y le clava unos ojos repletos de odio. No es que la tenga tomada con él, pero ¿con quién más podría pagarlo?

—Déjame entrar —masculla.

—No —dice Silvio. Le aprieta la muñeca con suavidad y la aleja de la puerta.

Teresa intenta liberarse, lo empuja, pero él es más fuerte y no puede hacer nada. Entonces le suelta un puñetazo en el pecho con rabia furiosa, hasta que se queda sin fuerzas y estalla en lágrimas.

—Hay que tener fe, todo saldrá bien —le susurra Silvio abrazándola.

—¡Eso a ti te resulta fácil! —lo acusa Teresa mientras se aleja—. ¡Tú tienes tu trabajo, las fábricas, la política, todos esos cometidos tuyos que te mantienen ocupado de día y de noche, que dan sentido a tu vida! Pero yo...

Silvio niega con la cabeza, con tristeza, como para rogarle que no siga.

—Yo no tengo nada más que a mis hijos, toda mi vida gira en torno a ellos. ¡Sin mis niños no soy nada, no valgo nada!

—También son mis hijos, Teresa.

Ella suspira y le da la espalda.

—Si es por eso, tienes muchos otros. Cada obrero de esa maldita fábrica textil es tu hijo. Estás más a menudo allí que aquí, te preocupas más por ellos que por nosotros. Y cuando no estás en el pueblo o siguiendo las obras de la planta de electricidad de Trezzo, estás en Roma o Londres, París... Y ¡aquí tienes el resultado!

Silvio siente como si hubiera recibido un puñetazo en el estómago. ¿Es la desesperación lo que la hace hablar o lo piensa en serio? ¿Es un padre ausente, que se preocupa más por los negocios que por su propia familia?

—Después de la muerte de Giorgino, me prometiste que darías más responsabilidades a tu hermano, que tendrías más tiempo libre...

—No creo que este sea el momento adecuado para discutir acerca de eso. —No quiere que los médicos ni el personal de la casa asistan a la escena. No cabe duda de que las circunstancias son muy graves, pero la reputación de la familia no puede tirarse al fango frente a extraños.

—¡Me lo prometiste! —repite Teresa con la voz rota por el llanto.

—¡Lo estoy haciendo, por Dios!

A veces sus compromisos lo tienen tan ocupado que siente que se está ahogando. ¿Debería admitir que se excede, que no logra gestionarlo todo, que no está a la altura de su papel? Eso nunca. Sin embargo, si confiaba en la ayuda de su hermano, se equivocó de plano: da casi la impresión de que Daniele se complace en hacer lo contrario de lo que él quiere, que disfruta contradiciéndolo. No cabe duda de que tiene buenas ideas, algunas audaces, valientes, pero no lleva a término nada. Silvio confiaba en que con el matrimonio se calmara, que por fin sentara la cabeza, que la paternidad lo hiciese más responsable, y en cambio...

Todavía es pronto, no está lo suficientemente maduro, es demasiado impulsivo, demasiado entusiasta. ¿Por qué nadie es capaz de comprenderlo?

—Teresa —le dice tratando de recuperar el control de sí mismo—, hago todo lo que puedo.

En ese momento se abre la puerta y sale el cirujano con una expresión exhausta. Teresa se deja caer en la silla, no tiene fuerzas para escucharle de pie. Silvio se acerca a ella y le aprieta con fuerza la mano.

—La operación ha sido un éxito, la pequeña está respirando.

Parece como si toda la casa empezara por fin a respirar otra vez con ella.

—Las próximas horas serán delicadas, todavía no podemos afirmar con seguridad que esté fuera de peligro, pero lo peor ya ha pasado.

Teresa rompe a llorar.

—Gracias. —Solloza haciendo la señal de la cruz varias veces—. ¡Gracias, gracias!

Silvio la lleva a la habitación donde Angela Maria duerme

serenamente. Permanecen largo rato observándola, olvidándose de todas las discusiones.

—¿Se le verá la cicatriz en el cuello? —le pregunta Teresa, que, arrepentida del estallido violento, busca temas de conversación.

—Seguirá siendo muy guapa —responde Silvio, y le da un beso a su mujer en la sien—. Como su madre.

Al caer la tarde se aparta del lecho de su hija. Al día siguiente convoca a Daniele y le confía la gestión de todos los asuntos que puede delegar en él.

3

Crespi d'Adda

Todos los miércoles, Elvira hace la colada. Las mujeres, cuando ella llega, se alejan del lavadero porque, dicen, no quieren ensuciarse las manos con la misma agua que ella toca. Sin embargo, a estas alturas hace años que no se acuesta con sus maridos.

Desde que dio a luz, la idea de tocar a un hombre le da escalofríos. Al principio ellos no daban crédito. «¿Qué pasa, Vira?, ¿es que ahora te haces de rogar? ¿Quieres más dinero?» Pero no es una cuestión de dinero. Con el nacimiento de la pequeña, Elvira sintió en su corazón como la resaca de una ola cálida y plácida, y no se ve capaz ya de entregar su cuerpo por dinero: ha descubierto un sentimiento que no puede comprarse ni simularse. Emilia, que ha estudiado y sabe dar un nombre a todas las cosas, incluso a las que no se ven, lo llama «amor». Tenga el nombre que tenga, ha cambiado a Elvira para siempre.

Es como si la niña nunca hubiera salido del pueblo y ella todavía sintiera su mirada encima. Piensa en ella todos los días: quién sabe dónde estará ahora, qué hará, cómo se llama, si será feliz. Quién sabe si le han dicho que su verdadera madre no es la que la está criando, sino otra; quién sabe si se pregunta por qué no la quiso a su lado. Si todavía está viva, hoy tendrá seis años: cada vez que Elvira se cruza con una niña de esa edad, se pregunta si es ella y la observa durante un buen rato para captar algún parecido. Le gusta pensar que ha sido adoptada por una familia acomodada y que no le falta de nada: que es de las buenas en el colegio, que come bien, que tiene muchos juguetes, algunos amigos, ropa bonita, un futuro lleno de oportunidades con un marido tal vez que le dé una buena vida, sin que tenga que trabajar nunca.

—Buenos días, *sciura* Malberti. —Es el nuevo capellán, que ha remplazado al padre Alborghetti, ya anciano y enfermo.

—Buenos días, padre Ranghetti.

—¿Os veré en misa esta tarde? —dice, ayudándola a llevar la cesta con la ropa mojada. Cada vez que se la encuentra no se cansa de repetírselo.

Elvira lo mira con aire compasivo.

—Sabéis bien que no soy del agrado de las otras mujeres... y tal vez de sus maridos tampoco.

—Siempre seréis bienvenida en la iglesia por el anfitrión, que es Dios.

«Ah, padre Ranghetti —piensa Elvira—, qué bonitas palabras, pero ¿dónde está Dios cuando me miran con esos ojos, como si quisieran arrancarme la carne? ¿Dónde está cuando sus maridos me persiguen por el bosque como una presa, si no me apresuro a encerrarme en casa? ¿Dónde está cuando hasta mi hermano Remigio me repite que me odia? ¿Dónde está cuando me despierto en mitad de la noche llorando porque he soñado que paría un corderito muerto?»

—Venid, haced un intento —insiste el capellán—. Ya veréis como no os va a pasar nada malo. —Al llegar frente a la casa le devuelve el cesto de la ropa.

—No contéis con ello.

—Venid —insiste.

Y se va con un revoloteo de la sotana.

4

Cernobbio, Como

La villa tiene un enorme jardín que desciende hacia el lago, donde, algo apartada, hay una caseta para amarrar embarcaciones. La joven camina a paso rápido manteniéndose pegada a la vegetación, donde las ramas de los sauces tocan el suelo, y no deja de mirar a sus espaldas. Cuando llega al embarcadero, se encuentra con Daniele, que la estaba esperando.

—Por fin has venido —dice agarrándola por la cintura.

—Señor Crespi, si alguien me viera perdería mi trabajo.

Él suelta una carcajada.

—Si hay alguien que ha perdido algo, ese soy yo. He perdido la cabeza, ya lo sabes. Y ha sido por tu culpa. —Le sella los labios con un beso.

—La señora podría aparecer en cualquier momento...

Él se encoge de hombros.

—La señora, a estas horas, está descansando.

Cuando se casó con él hace cuatro años, Giulia no siempre estaba cansada como ahora: le gustaba la aventura, lo seguía a todas partes, nunca se echaba atrás. Giulia le inflamaba las caderas, era sensual, irresistible, insaciable. Juntos formaban una pareja envidiada por todos: porque eran hermosos, jóvenes, ricos, despreocupados.

Luego llegaron los niños y todo cambió. Ella cambió. Le bastó saber que se hallaba en estado para que se le pasaran las ganas de viajar; le acució el temor de perder al bebé, de perjudicar su salud, de no ser una buena madre. Y así, adiós a las largas travesías alpinas en el Fiat rojo, adiós a las vacaciones aventureras, adiós a las noches de baile. Se mudaron a vivir allí, a esa maravillosa casa, que sin embargo está demasiado lejos de la ciudad y demasiado cerca de los suegros: tener a sus padres cerca hace que Giulia se sienta más segura. Porque lo que quiere ahora es sentirse segura, pues le tiene miedo a todo.

Al principio Daniele trató de aceptar esa nueva vida, que cambiaba de forma entre sus manos sin que él pudiera hacer nada; siempre se ha dicho que, al fin y al cabo, el destino de todo hombre es casarse y sentar la cabeza. ¿O tal vez sea Silvio quien lo dice? Luego llegó la niña, la alegría más grande que sintió jamás Daniele, y durante algún tiempo esta felicidad abrumadora lo embriagó hasta hacerlo estallar de gozo. La verdad, sin embargo, es que los niños, sobre todo los muy pequeños, son aburridos, y Daniele se aburre con mucha facilidad.

La niñera estaba allí, al alcance de la mano. Joven, fresca, inexperta. Ceder a la tentación fue cuestión de un momento, ella ni siquiera trató de rechazarlo, y poco importa si se entregó a él por el temor reverencial al amo o por deseo genuino. Lo que importa es que ahora la tiene entre sus brazos y con cada beso que le da se siente renacer.

Giulia no sospecha nada, absorta completamente en su papel. A fin de cuentas, Daniele toma toda clase de precauciones: siempre se citan ahí, en la caseta de los botes, adonde nadie va nunca. En la oscuridad rota por el refulgir de las aguas que rebota en las paredes, ella se deja poseer, dócil, tímida, en absoluto arrepentida del secreto que los une. Con las demás, en cambio, se ve durante una o dos noches cuando está de viaje de negocios.

Si Giulia lo supiera se pondría hecha una furia, pero si lo pensara con calma debería estar agradecida. Los escalofríos de esta relación clandestina le han infundido energías nuevas y abrumadoras.

—Todo gracias a los negocios —repite—. Que van viento en popa.

Tiene grandes ideas en la cabeza. Quiere fundar con unos socios napolitanos una empresa alimentaria para producir conservas y tomates pelados. Lo tiene todo pensado, incluso el nombre: So.lo.na, que significa «Sociedad lombardo-napolitana». Los otros promotores son buenas personas, gente del sur, entusiastas, cordiales, que saben disfrutar de la vida. Daniele tiene la intención de entrar con una buena cuota de capital, para asegurarse la mayoría de las acciones y poder tener voz en capítulo. Todavía le falta el dinero, pero reunirlo no le resultará un problema.

Por mucho que Silvio se dé tantos aires, la Benigno Crespi no es suya: simplemente la dirige; quien maneja los hilos del monedero es Cristoforo, es a él a quien debe convencer. Y no será difícil, porque esta nueva empresa tiene un gran potencial de crecimiento y la inversión se recuperará quintuplicada al cabo de pocos años.

Ya verá entonces su hermano lo que él, Daniele Crespi, el «pequeñín», es capaz de hacer. Todos lo verán. El mundo entero lo verá.

5

Crespi d'Adda

Elvira sale de casa con la cabeza gacha y los brazos cruzados. Hace días que no deja de pensar en lo que le ha dicho el sacerdote y al final se está planteando hacerle caso: al fin y al cabo, la iglesia no es propiedad de las mujeres del pueblo. ¿Por qué debe consentir que le veten el acceso?

Claro que sí, se dice a sí misma, por qué no intentarlo. Necesita hablar con alguien, que la escuchen, que la comprendan, que la perdonen. En este pueblo, donde todos se conocen y lo saben todo de todos, y con los ritmos de la fábrica y de las actividades recreativas que no permiten que nadie esté en paz ni por un solo momento, ella se siente la persona más sola del mundo. Está rodeada de gente que la mira con lascivia o con odio o con desprecio, y no hay nadie que la interpele para saber cómo está, si necesita algo. Hasta el Canèta, que es su hermano, se cambia de lado del camino si se la encuentra, y la mujer y los hijos de este fingen no conocerla.

Elvira solo tiene a Migio y a Emilia.

Ha tratado de hablar con ella al respecto, pero Emilia siempre tiene cosas que hacer. No le basta ser maestra, no: ahora se le ha metido en la cabeza seguir en casa a los niños duros de mollera, a los que, según ella, tienen «ciertas dificultades»: fuera del horario de clases hace los deberes con ellos, los ayuda a leer, a hacer cuentas, a menudo en contra de los deseos de sus padres, a quienes les hace falta una mano con las tareas del hogar, con el huerto o en los campos. Pero nadie se atreve a decirle que no a la maestra de Crespi, de modo que Emilia siempre está aquí y allá dando clases particulares y no le queda tiempo para charlar con Elvira a orillas del canal.

También ha tratado de hablarlo con Remigio, pero este no entiende nada, es como hablar con las paredes.

—Migio, ¿qué te parece si voy a la iglesia el domingo yo también? —le ha dicho.

Él la ha mirado con su habitual cara de alelado, con la cabeza un poco torcida hacia un lado, con la boca bien abierta, en la que entran las moscas.

—Entonces ¿voy o no?

—Ahí está Jesús con clavos en las manos y en los pies —ha contestado—. Bonito bonito.

Pues claro, se repite Elvira, no puede ser más doloroso que lo que Cristo experimentó en la cruz. Sin embargo, cuando llega ante la iglesia, algo la refrena. ¿Está segura de querer hacerlo? ¿Cómo puede saber que ahí dentro encontrará atención, amistad? La última vez que entró en la iglesia fue para el funeral de Luigia. ¿Se acordará aún de cómo se hace?

Se alisa el vestido y comprueba que todos los botones están bien enganchados mientras mira a su alrededor con aire circunspecto. Fuera de la posada, Rino el de Agazzi está como siempre inmerso en la lectura de un periódico y no le presta atención. La plaza está desierta y soleada. Las campanas repican como una especie de advertencia.

«No puedes quedarte aquí para siempre», se dice Elvira. Inspira con fuerza y se encamina hacia la iglesia.

Los chirridos de las bisagras parecen el grito de una sirena. Todos se vuelven hacia ella, clavada en la puerta mientras sus ojos se acostumbran a la penumbra; trata de sonreír, pero solo se topa con miradas hostiles. El capellán, inmóvil en sus vestiduras, se espabila y le indica que se siente. Pero cuando Elvira se acerca al último banco una mujer se desliza un poco hacia un lado, ocupando todo el espacio disponible; y lo mismo sucede con el banco sucesivo y el siguiente.

«¡Malditas sean!», piensa Elvira. Y luego eleva los ojos a Cristo en la cruz y le pide perdón. Por último, aprovechando el momento en el que están todos de pie, a fuerza de codazos consigue conquistarse un rincón. Sin embargo, cuando el padre Ranghetti hace el gesto de que se sienten, las mujeres abandonan sus sitios y dejan a Elvira sola en el banco.

«Bueno, así estoy más cómoda», se dice a sí misma para armarse de valor y no salir corriendo. Nunca en toda su vida se había sentido tan sola, tan sucia, repulsiva y ridícula. ¿Por qué se ha dejado convencer para ir allí?

La misa dura lo que le parece una eternidad, y luego, en cuanto puede, se escabulle con la cabeza gacha. En la plaza la luz es cegadora, le arden los ojos y le brotan las lágrimas. Se detiene en el medio, aprieta los dientes y trata de controlarse. La gente sale en grupo sin prestarle atención. Alguien la empuja.

—¡Buscona! ¡Pelandusca! —le susurran las mujeres. Se le cae el sombrero y antes de que pueda recogerlo una se lo pisotea—. ¡No te dejes ver por aquí más! ¿No te da vergüenza?

Las campanas repican a fiesta, las palomas alzan el vuelo. Los fieles regresan a sus hogares para el almuerzo del domingo. Elvira se acurruca contra un árbol y llora.

6

Nervi, Génova, verano de 1905

—¿Estás seguro de que no es peligroso? —Teresa observa el nuevo automóvil con escepticismo. Es un Fiat rojo oscuro de ocho plazas, incluida la del chófer, con asientos de cuero y cromado en latón dorado, y en el techo tiene un amplio portaequipajes con una redecilla.

—Me parece excesivo.

Silvio se echa a reír, contagiando a los niños, que no caben en sí de impaciencia ante la idea de probarlo. Él siempre ha sentido auténtica pasión por los automóviles y antes de ello por los carruajes. La velocidad le provoca una emoción irresistible.

—¡Subid, vamos!

Ella le lanza una mirada de reproche.

—Viene directamente del Salón del Automóvil de París —le explica estrechándola en un abrazo lleno de cariño—. En cuanto lo vi, decidí que sería mío. Es una joya de modernidad y elegancia.

—Ya tenemos un automóvil.

—Pero no tan grande ni tan rápido, ni tan bonito. —La toma de la mano y la convence de que monte, mientras los niños se persiguen dentro y fuera del habitáculo—. Podremos hacer viajes más largos.

—¿Viajes? —Teresa está horrorizada—. ¿Adónde?

—A donde queramos.

A decir verdad, ya tiene un itinerario en la cabeza: después de la playa, a la que han llevado a los niños a reponerse del terrible invierno en el que han caído todos enfermos de tosferina, irán a la villa en el lago de Orta, y desde allí a Stresa y luego, tal vez, incluso al Mottarone.

Cuando vio esta maravilla de automóvil al pasar por Génova para una reunión de la empresa Docks Cotoni, de la que es presidente, no supo resistirse. Después de todo, su hermano tiene razón al reprocharle que es demasiado severo, que está demasiado centrado en su propio papel, que no sabe disfrutar de la vida. «¿Qué tendrá de malo el llevar a mi familia a pasar unas largas vacaciones en este bólido rojo como la sangre?» Dicho y hecho: compró el coche y contrató a un chófer.

—Ya verás, será estupendo —le dice a Teresa, que intenta contener la sonrisa—. Estaremos juntos, haremos muchas cosas. A los niños les sentará bien.

Esa noche hacen el amor con una pasión que no recordaban y a la hora del desayuno Teresa tiene una sonrisa extasiada. La mañana la dedican a los preparativos y, poco después del almuerzo, la familia parte para Orta con un séquito de amas, criadas, sirvientes y cocineras: una larga procesión de automóviles que serpentea detrás del nuevo Fiat llevando todo lo necesario para que el viaje, por aventurero que sea, resulte en cualquier caso cómodo para los amos y sus hijos.

El mes que sigue es uno de los más felices y despreocupados de su vida. Para celebrar los aprobados de Nino y Emilio, Silvio hizo que llevaran a Villa Pia una caja con tres bicicletas Bianchi, construidas a medida. A Cristoforo le encanta sentarse a la sombra del gran cedro del Líbano mientras sus nietos corretean exhibiéndose en hazañas, ruidos y gritos; son cosas que nunca hubiera concedido a sus hijos, pero sobre las que ahora, en su papel de abuelo, se siente libre de correr un tupido velo. No les niega nada. En el jardín ha mandado instalar pértigas, cuerdas con nudos y paralelas para que los niños puedan divertirse con pequeñas competiciones deportivas; también hay una cancha de tenis y con un bote de remos se puede llegar a la isla de San Giulio en menos de media hora. La gran casona morisca acoge largas veladas llenas de alegría: Maria Pia y Bice, con sus maridos y sus hijos, y Daniele con su familia.

Luego la familia se separa y la gran villa morisca se vacía. Silvio, Teresa, los niños y los sirvientes forman una larga columna que se dirige al lago Maggiore; visitan Stresa, duermen en posadas de carretera, se encaraman por las carreteras pedregosas que conducen al Mottarone. Silvio quiere ir más allá, con el mapa en la mano. El motor se recalienta, las correas se rompen, hay que apearse y bajar andando en busca de un mecánico. Teresa resopla, se preocupa por la salud de los niños, por los horarios disparatados; Silvio en cambio se divierte como un loco, aprovecha para disfrutar de las vistas, queda fascinado por cada rincón, por cada cascada, por cada arroyo.

El verano acaba en el castillo de Crespi, donde la familia permanece hasta bien entrado octubre. Allí los chicos reciben clases de esgrima con un maestro que se ha trasladado al pueblo especialmente para ello. Teresa aprovecha para devolverlos a todos a la disciplina y preparar a los niños para la reanudación de las clases. Silvio permanece cada vez más tiempo encerrado en su despacho, del que solo sale para el almuerzo y la cena; acude a menudo a vigilar las obras de la nueva central hidroeléctrica de Trezzo, que están casi acabadas, y recibe muchas llamadas, habiendo hecho instalar una línea directa que une el castillo de Crespi con el palacete de via Borgonuovo en Milán.

Teresa siente que se le escapa de nuevo de entre las manos. Sus abrazos son fríos, distraídos, siempre le ronda algo por la cabeza. A veces está nervioso, responde enojado. Cada vez sonríe menos a los niños.

—Ojalá todo fuera siempre como este verano —le dice una noche de mediados de octubre, frente a la chimenea, en la sala verde que da al jardín.

Su marido está sentado en un sillón acariciándose pensativo sus tupidos bigotes negros.

—Silvio..., ¿me has oído?

Él se sobresalta.

—Claro, querida —dice sin pensar—. El próximo verano volveremos, como siempre.

No es eso lo que ella quiere decir, pero sabe que es inútil discutir, porque vuelven a hablar dos idiomas diferentes, y a estas alturas es imposible entenderse.

7

Crespi d'Adda

La casa del cura es un bonito chalecito de tres pisos lleno de ventanas con vistas al pueblo, una vieja glicinia que en primavera expande su aroma dulzón hasta las habitaciones de la parte trasera y un jardín que desciende abruptamente entre la frondosa vegetación, donde hay espacio para un pequeño huerto y un corral con gallinas. Al padre Ranghetti no le gusta tener las persianas echadas y, cuando se despierta, lo primero que hace es ir a abrazar con la mirada a sus feligreses.

Cuando lo llamaron para ejercer allí, al principio no se sintió entusiasmado con la idea. Era indudable que se trataba de un sitio excelente, bien remunerado, con un trabajo exigente, en efecto, pero no demasiado gravoso. Al fin y al cabo, todos hablaban bien del pueblo: los campesinos hacían todo lo posible para mandar a sus hijos allí, porque el trabajo en la fábrica era seguro, menos agotador que el de los campos, y el lugar contaba con todas las comodidades que uno podía imaginarse.

Al padre Ranghetti, sin embargo, la conversación con el comendador Crespi no le había gustado. Lo recuerda como si fuera ayer con una sensación de malestar. El patrón no era de los que se andaban por las ramas: le había dejado claro de inmediato que, a cambio de un determinado salario y ciertos privilegios, esperaba una obediencia ciega. En el fondo, era comprensible. Además, el padre Sandro no era un revolucionario, desde luego, no le importaba obedecer. Lo que no le gustó fue el tono de Silvio Crespi: el tono de alguien que, más allá de las apariencias, se consideraba por encima de todos, incluso de Dios. Ese era el problema, porque para Ranghetti no había nadie por encima de Dios, y mucho menos los Crespi.

—No creo estar a la altura de esta tarea —dijo tratando de escabullirse.

—Tonterías —replicó el patrón, para quien era obvio que la decisión ya estaba tomada—. Seréis un excelente párroco.

Una semana después, sosteniendo la única maleta que contenía todas sus posesiones, estaba frente a la puerta de entrada del chalecito. Hoy el padre Sandro debe reconocer que Crespi tenía razón: le llevó poco tiempo apegarse al pueblo y a sus laboriosos habitantes, quienes de inmediato le correspondieron con un cariño genuino, propio de la gente sencilla.

Ahora baja por el sendero que lleva al pueblo llevando en la mano esa misma maleta de cartón. Llega a la iglesia, se santigua y sigue recto. Un feligrés lo detiene.

—Padre Ranghetti, si tuvierais cinco minutos, me gustaría contaros algo importante.

—Ahora no, *sciur* Beltrami. Ahora no. —Se despide con un gesto de la mano y acelera el paso—. Venid a la sacristía más tarde.

Llega a la casita de Elvira y llama a la puerta.

—¿Puedo entrar?

Ella está a punto de contestarle que no, que le quedan cosas que hacer, no tiene tiempo, el turno empezará pronto, todavía debe prepararse. Cualquier excusa con tal de no tener que hablar con él. Han pasado algunas semanas después de aquel maldito domingo y Elvira todavía se muere de vergüenza cuando pasa por la explanada de la iglesia. No tiene intención de revivir esa humillación, ni mucho menos de volver a intentarlo.

—Solo os robaré un momento. —El padre Ranghetti le sonríe y ella no puede hacer otra cosa que apartarse y dejarle pasar.

—Si estáis aquí para persuadirme de que vuelva a la iglesia...

—Oh, no, no. —El cura niega moviendo las manos, luego se sienta en la silla que le indica Elvira—. Sabed, *sciura* Malberti, que cuando me llamaron para encargarme de las almas de este pueblo se me aclararon mis deberes de inmediato, incluso antes de empezar. No os contaré los detalles, me limitaré a deciros que es mi deber velar por la salud moral de los obreros, de forma no muy diferente a lo que hace el doctor Garzaroli con respecto a la salud física.

—Vuestro predecesor debe de haberos advertido de lo que hacía...

Él la interrumpe agitando las manos de nuevo.

—No presto excesiva atención a los chismorreos.

—Gracias —dice Elvira.

—He visto y apreciado vuestro esfuerzo por buscar a Dios en mi iglesia, y me entristece el trato que os reservaron los demás feligreses.

—Ya os lo advertí, padre Ranghetti. Y, si por una vez hubierais prestado atención a los chismorreos, habríais sabido que no estaba exagerando.

—Quería disculparme por haberos impuesto tal humillación.

Elvira se encoge de hombros. No está acostumbrada a la amabilidad, no sabe cómo reaccionar.

—No creo que sea correcto que debáis renunciar a la legítima necesidad de hallar consuelo en la fe a causa de la maldad de la gente...

Otro encogimiento de hombros. Si el cura supiera a cuántas cosas ha tenido que renunciar Elvira a causa de la maldad de la gente...

—Al principio pensé en imponer vuestra presencia, ya sabéis. Tendría derecho. —Niega con la cabeza—. Pero no creo que hubiera resuelto el problema.

—No, no lo creo.

—Por eso he venido a pediros que me dejéis celebrar la misa aquí.

Elvira pone los ojos en blanco.

—¿Cómo que aquí?

—Aquí, en vuestra casa. Si me lo permitís.

—¿En mi casa? Pero ¿eso es posible?

—Dios está en todas partes, *sciura* Malberti. —Abre la maleta y saca todo lo que necesita bajo la mirada atónita de Elvira—. ¿Empezamos, pues?

—¿Qué pasa si no me acuerdo?

—Os ayudaré.

Durante la siguiente hora rezan juntos y cuando al final Elvira hace la señal de la cruz se siente más ligera.

—Gracias —le dice mientras lo acompaña a la puerta—. Habéis sido muy amable.

—Gracias a vos. —El padre Ranghetti sonríe—. Nos vemos entonces el próximo jueves.

Elvira se queda congelada.

—¿No queréis?

—No es eso...

—Pues ¿qué?

—Ya sabéis que..., vaya, que la gente va a pensar que nosotros..., quiero decir que vos...

—Ay, *sciura* Malberti. Ya os lo he dicho: no presto excesiva atención a los chismorreos.

8

Trezzo sull'Adda, marzo de 1906

La central eléctrica Benigno Crespi cobra vida con un zumbido sombrío. La sala de control está abarrotada de gente a la que Silvio apenas ha acabado de arengar, interrumpido en varias ocasiones por estallidos de aplausos. De todos sus logros, este es el que más próximo siente y no solo porque es probablemente el que más esfuerzo le ha costado; los demás industriales de la zona no le han puesto las cosas nada fáciles. Mientras por delante todo eran sonrisas y apretones de manos, no había nada que temieran más que el poder excesivo de los Crespi. Pese a todo, la fascinación que Silvio siente por la tecnología y el progreso es enorme, y nada representa tan bien el futuro como la electricidad: agua transformada en una energía invisible y sin embargo potentísima, capaz de mover maquinarias inmensas a muchos kilómetros de distancia. La fábrica textil y todo el pueblo no tardarán en recibir el impulso de esta central.

—Un gran trabajo —le dice con un vigoroso apretón de manos Cristoforo, tan avaro por lo general en cumplidos.

La central de Trezzo representa también la entrega del testigo de padre a hijo. El primero compró la tierra y presentó las solicitudes, el segundo completó la obra buscando los fondos necesarios en la Banca Commerciale Italiana. Les ha costado un total de quince años, y han estado más de una vez a punto de arrojar la toalla.

En este proyecto hay capitales que tienen sus raíces en el pasado e inversiones que extienden sus ramas hacia el futuro, la solidez del padre y la clarividencia del hijo. Juntos eligieron a los arquitectos e ingenieros, supervisaron los proyectos, dictaron ley en lo relativo a la estética y a la elección de materiales.

En esta ocasión los acompaña también Daniele.

—Así que al final lo ha conseguido, querido comendador. —Se ríe, levantando una copa de champán ante su hermano—. Mis felicitaciones.

—No es una conquista mía, sino de la familia —replica, resentido, Silvio.

—Claro, claro. Y ¿quién sino el talentoso primogénito podría triunfar en una tarea tan ardua e importante?

—Has bebido demasiado otra vez —le susurra Silvio al oído.

Luego finge que tiene que ir a saludar a alguien y se aleja.

—¡Míralo! Está tan tieso que parece que le ha caído un rayo encima —se mofa su hermano.

—Daniele... —le reprocha su padre.

—¿Qué he hecho mal esta vez? —Intercambian una mirada cómplice—. Salgamos un rato, aquí hace un calor insoportable.

El edificio de la central eléctrica da casi la impresión de flotar sobre el río. El sol poniente pinta las nubes de ocre y naranja.

—Qué estupendo es todo esto —comenta Daniele con una vena de melancolía en la voz—. Habéis hecho algo grandioso, todo un triunfo para Silvio.

—Deberías decírselo.

—Se lo he dicho.

—En tono de burla.

Daniele resopla.

—¿Has decidido algo sobre el asunto de la So.lo.na? —suelta de pronto.

—Daniele... —Su hijo lleva meses atormentándolo con la empresa de conservas alimentarias de Nápoles. Cristoforo está exhausto, ya no sabe qué excusas inventar.

—¡Es una gran oportunidad! ¿Es que no te das cuenta?

—Es mucho dinero —contesta su padre.

—¡Que no te falta!

—No es mi dinero, es de la empresa.

—¡Oh, vamos! La empresa es tuya, el dinero es tuyo. —Tira una piedrecita que rebota dos veces en la superficie del río y luego se hunde—. Si no quieres ayudarme, de acuerdo. Encontraré otra salida. Pero por lo menos no me tomes el pelo con excusas patéticas.

—Sabes que no es esa la cuestión.

—Y ¿cuál es entonces?

—Hace menos de tres meses saldé tu cuenta en el círculo. Has perdido mucho en el juego.

—Y ¿qué?

—Daniele... —le suplica Cristoforo.

—Está bien, tienes razón. —Lo reconoce—. Tuve mala suerte, lo admito. El juego es un juego, la suerte tiene mucho que ver. No fue culpa mía. Pero aquí, en este caso, con la So.lo.na no hay incógnitas. Se trata de una buena inversión, las ganancias son seguras, sin riesgo alguno, solo beneficios.

Su padre guarda silencio y mira a lo lejos.

—La verdad, no sé por qué la tienes tomada conmigo —insiste Daniele—. A Silvio se lo concedes todo, yo, en cambio, debo suplicarte una y otra vez.

—Eso no es verdad.

—¡Claro que sí! ¡Basta con mirar el edificio que está detrás de nosotros! Silvio quería la central, Silvio tuvo su central. Y el capital para comprar la tierra, con la colina y el castillo y todo lo demás, ¿de dónde los sacó? Se los diste tú, sin más, a tocateja. ¡Quince años le ha llevado construirla!, ¡quince años! Pero recibió lo que quería, como siempre. Silvio siempre lo consigue todo.

—Tampoco a ti te ha faltado nunca nada.

—¡Te estoy pidiendo un favor personal! Que es importante para mí. Quiero que me creas, que confíes en mí. ¿Por qué no te fías de tu hijo? ¿Por qué me niegas esta oportunidad? —Se le quiebra la voz y lo mismo le ocurre al corazón de Cristoforo.

—¿Cuánto te hace falta?

—Ya sabes cuánto.

—Es una cantidad enorme, Daniele.

—¿La tienes o no?

—No es esa la cuestión.

—¿La tienes o no?

En ese momento se asoma Silvio.

—Papá, Daniele, ¿dónde estáis? —Dentro de un rato tendrá lugar una recepción privada en el pueblo.

Cristoforo hace ademán de irse, pero Daniele lo sujeta por la chaqueta.

—Dime que vas a ayudarme, o me tiraré al río.

—No digas eso ni en broma.

—Lo haré, lo sabes. Si no me ayudas te juro que me tiro al río. —Hace el gesto de acercarse a la orilla y esta vez es Cristoforo quien lo retiene.

—¡Ven aquí, no hagas idioteces!

—Ayúdame con la So.lo.na, por favor. Es lo último que te pido.

—Está bien. —Cristoforo suspira—. Está bien, te ayudaré.

Daniele se agarra a su cuello con las manos y lo abraza sollozando.

—Gracias, papá. No lo olvidaré.

Silvio, de pie en el umbral de la central, observa la escena. Padre e hijo se miran un instante, luego Cristoforo aparta la mirada.

9

Milán, junio de 1906

El verano ha llegado con un calor insoportable. De no ser porque se espera en cuestión de días la visita de la reina Margarita, ya se habrían ido todos a Orta. Pero Pia lleva meses trabajando para este momento, y la soberana ha expresado también sus deseos de admirar la pinacoteca de los Crespi; de este modo, después de acudir a un instituto que acoge a mujeres jóvenes para iniciarlas en el trabajo, del que la *sciura* Pia es pródiga benefactora, Su Majestad irá al palacete de via Borgonuovo, donde se le ofrecerá un refresco y podrá admirar la colección de arte de Cristoforo.

—Aquí no se puede respirar —se queja él abriendo las ventanas de par en par.

Hace días que, a causa del calor, se siente más agobiado de lo habitual; está siempre cansado, duerme mucho, tiene a menudo dolores de cabeza.

—¿Te encuentras bien? —le pregunta Pia dándose aire con un abanico.

Él niega con la cabeza, frunciendo el ceño.

—Solo unos días más, luego podremos irnos.

—¿Adónde?

Pia permanece estupefacta por un momento.

—A Orta...

—Ah, sí, Orta. —Hay momentos en que se siente confundido y le cuesta recordar acontecimientos recientes; durante breves instantes es como si su cabeza flotara en el vacío y le invade el pánico: todavía está lo suficientemente lúcido como para darse cuenta de que le fallan las facultades, pero no tiene la menor idea de lo que le está ocurriendo ni qué hacer para evitarlo. Luego todo vuelve de inmediato a su sitio, como si no hubiera pasado nada.

—Estoy exhausto —dice—. Me voy a descansar.

Dos horas más tarde lo despierta una sequedad de garganta que nunca había sentido. Se bebe toda el agua de la jarra que siempre tiene en su mesita de noche y durante un rato se siente mejor. A las seis, como todas las tardes, baja a cenar. Pia lo espera en la mesa, puesta con mimo para dos. La cocinera ha preparado pollo frío en gelatina, uno de los platos favoritos del amo.

Cristoforo, sin embargo, no tiene hambre, solo sed; es como si el cuello estuviera a punto de incendiársele. Bebe con avidez, mientras Pia le pone al corriente sobre los últimos acontecimientos relacionados con la visita de la reina.

—Esta tarde he recogido el vestido en la modista, el de Teresa estará listo mañana. Ha vuelto a perder peso, pobrecilla.

Ha habido que apretar un poco el corpiño.

—Este calor te quita el apetito.

—Ah, sin duda. Confío en que no le pese mucho el viaje, pero en Orta podremos reponernos. Allí se duerme siempre mejor.

Al principio Pia no se da cuenta de que Cristoforo lleva inmóvil unos instantes. Cuando ella levanta la vista de su plato lo ve blanco como un cadáver, las mejillas surcadas de venillas, los labios azulados, los ojos saltones con la esclerótica enrojecida; y no es solo que esté inmóvil, es que está rígido, tenso.

—¡Cristoforo! —grita—. ¡Socorro! ¡Mi marido no se encuentra bien!

A la criada no le da tiempo de entrar en el comedor, y Cristoforo se derrumba con la cara en el plato.

10

Crespi d'Adda

Estos son los días más largos del año. La ventana del comedor da al huerto, en cuyo centro se encuentra el viejo albaricoquero que casi se ha agotado a fuerza de dar fruto. Emilia aprovecha su tarde libre para hacer conservas que prolonguen en el corazón del invierno el dulce sabor del verano. El reloj de péndulo da las siete. Enea ya debería estar en casa, pero no es raro que algunos pacientes lo retengan en Canonica mucho más allá de su horario normal de trabajo, y no siempre consigue mandarle un mensaje para advertirla del retraso.

La mesa está puesta, fuera se oyen los gritos alegres de unos niños que se persiguen por la calle aprovechando las últimas horas de luz para jugar un rato más. Emilia reconoce por las voces a los hijos menores del Canèta: los gemelos Bortolo y Piero, que tienen nueve años y que, al acabar el colegio, entrarán en la fábrica; luego la más joven, Rachele, de cuatro años, y Elia, de siete años, que es uno de los alumnos de Emilia. Los Malberti son un clan nutrido y compacto, todos con la misma nariz larga del padre y con los ojos un tanto saltones de la madre. Ninguno está particularmente dotado para los estudios, pero todos son grandes trabajadores.

Son casi las ocho cuando, al final del paseo, aparece el Fiat rojo del patrón, y Emilia comprende de inmediato que está pasando algo insólito: en primer lugar, porque ninguno de los

Crespi acude al pueblo a esas horas, salvo por alguna emergencia en la fábrica, y además porque, en lugar de parar frente a las oficinas, el automóvil sigue recto, se abre paso entre el enjambre de niños y se detiene justo delante de su casa. Y el que baja es Silvio, que va al volante, sin chófer: otra cosa bastante extraña.

Parece arrastrar los pasos, y tiene la cabeza inclinada. Llega frente a la puerta y llama.

—¿Puedo entrar? —pregunta, con el sombrero en la mano.

Emilia lo acompaña hacia la sala de estar.

—¿Te apetece tomar algo?

Silvio niega y se deja caer en el sofá, luego se lleva las manos a la cabeza y estalla en sollozos.

Su padre hace una semana que está en la cama, inconsciente. El derrame cerebral no lo ha matado, pero nadie sabe cómo evolucionará la enfermedad, si se recuperará por completo, si se quedará paralizado, si podrá recobrar el habla. «Es pronto —dicen los médicos—. Solo se puede esperar.»

Y si hay algo que Silvio no es capaz de hacer es precisamente no hacer nada. Hace días que no duerme, que deambula como un animal enjaulado por el palacete, incapaz de dedicarse a nada en concreto. Está claro que no puede decirle a su familia que tiene miedo: todos lo miran, esperando de él, si no una solución, al menos despreocupación. ¿Cómo culparlos? Silvio es el que encuentra siempre la manera de arreglar las cosas, el que se encarga de todo sin pestañear. ¿Cómo explicarles, justo ahora, que se siente como caminando en la oscuridad sobre una cuerda suspendida en el aire?

—He sabido lo de tu padre —le dice Emilia—. Lo siento mucho.

Silvio no sabe por qué ha ido allí; hace años que su relación no pasa de ser algo meramente formal. Se ven de vez en cuando, se saludan de lejos, en las fiestas se dan la mano, luego cada uno retoma su propia vida. Y, sin embargo, esta tarde, cuando ha cobrado conciencia de que su padre nunca se recuperará, cuando el peso de todas las preguntas lo ha dejado sin aliento —¿qué haremos?, ¿crees que se curará?, ¿puedes encargarte tú solo de la empresa?, ¿se lo has dicho a Daniele?, ¿ya ha llegado Maria Pia?, ¿quién se encargará de mamá?, ¿crees que deberíamos decirles a los niños la verdad?, quizá fuera oportuno enviar un comunicado oficial a la fábrica, si no sobrevive ¿está en regla el testamento?, ¿deberíamos avisar a algún sacerdote?, ¿y si probamos a que lo vea otro médico?—, cuando se ha sentido aplastado bajo las expectativas de todos, ha sido en ella en quien ha pensado, es allí adonde ha querido ir. Tal vez porque, después de tanto tiempo incluso, Silvio sabe que ella puede entenderlo. Porque ahora, solo ahora, puede darse cuenta de lo que sintió Emilia, hace muchos años, frente al cuerpo de su padre cuando lo encontraron en el canal.

—No creo que pueda superarlo —le dice.

—Lo sé.

Sabía que Emilia no le quitaría importancia, no daría por descontadas sus fuerzas, no recurriría a lugares comunes, a mensajes de ánimo carentes de sentimiento.

Empieza a oscurecer fuera, la calle está en silencio, los niños han vuelto a casa y se preparan para acostarse.

Silvio habla perdiéndose en la oscuridad, como si conversara consigo mismo.

—Hace años que me encargo de todo. No porque mi padre se hubiera desentendido, pero... a estas alturas todo lo hago yo. Con las nuevas secciones de tejeduría y teñido he llevado la empresa a la integración vertical, he adquirido empresas, he movido capitales. Él me dejaba actuar, se limitaba a firmar, confiaba en mí. Casi ni sabía lo que hacía yo. —Tras una larga pausa, se seca una lágrima—. Y está bien, así debe ser. Soy mayor de edad, he estudiado, tengo capacidad. Me he pasado toda mi vida demostrándole que estoy a la altura. —Ha renunciado a muchas cosas: eso no lo dice, pero ambos lo saben muy bien—. Y, sin embargo, hasta no hace mucho, a pesar de encargarme de todo, sabía que él estaba allí. Ya no hacía nada, se iba a La Scala o al club, pero estaba allí. Nunca lo pensaba, pero dentro de mí sabía que él estaba allí, pasara lo que pasase. Y esto me daba la fuerza y la serenidad para afrontarlo todo. Pero ahora...

—Tu padre sigue vivo, Silvio.

—En el mejor de los casos, quedará minusválido. Tal vez le funcione el cuerpo, pero la cabeza ya no, no como antes. Nada es como antes. —Se le quiebra la voz y debe permanecer un rato en silencio hasta que consigue recomponerla—. Y, suponiendo que se recupere, ahora lo sé... Quiero decir, todos sabemos que el tiempo pasa, que los ancianos enferman, que nuestros padres envejecen y luego mueren. Es una obviedad sobre la que, sin embargo, nadie se para a reflexionar de verdad y, cuando llega el momento, nos encuentra desprevenidos. Ahora sé que, tarde o temprano, él ya no estará. He cobrado conciencia de que estoy solo y todo lo que he construido me parece demasiado grande para mis manos.

—¿A qué te refieres? —le dice Emilia.

Él la busca en la oscuridad de la habitación, le gustaría mirarla a la cara para descifrar el significado de esas palabras.

—¿Qué pasaría si no fuera capaz, si no estuviera a la altura?

—¿Alguna vez has pensado en ello?

Por supuesto que no. Silvio no se atreve ni a imaginar cómo podría convivir consigo mismo si todo se derrumbara.

—Trata de imaginar la peor de las hipótesis —propone Emilia.

—No te lo tomes a broma.

—Lo digo muy en serio. La peor de las hipótesis es que tu padre muera. O, mejor dicho, no: la peor de las hipótesis es que siga vivo, pero inválido. Lo suficientemente lúcido para darse cuenta de que su amado hijo es un incompetente total, de que lo que ha conseguido hasta ahora es solo el resultado de la buena suerte. Pongamos el caso de que ya no puedas administrar la empresa, de que debas venderla. O peor: malvenderla. Que del día a la noche te veas en la miseria. Tienes que vender el palacete, los carruajes, la villa de Orta, la fábrica, la central hidroeléctrica. Tus hijos ya no pueden recibir clases de equitación ni de esgrima. Tú vas por ahí con los zapatos agujereados. Tu mujer tiene que llevar la misma ropa dos años seguidos. Ya no te reciben en casa de los nobles. Pierdes tus cargos políticos. Ya no eres presidente de nada, ni siquiera de un club de remo.

—Basta ya —musita—. No tiene gracia. —No ha ido allí para que lo humillen, pensaba que encontraría una amiga, y en cambio ella se aprovecha para aniquilarlo, ahora que está herido, sangrando.

—Digamos toda la verdad, Silvio. Todo esto no podrá suceder nunca, porque no eres un incompetente y lo has demostrado más de una vez. Lo has dicho hace un momento: ya te encargas de todo tú solo, y lo sabes. Pero, incluso si esa hipótesis absurda llegara a cumplirse, seguirías siendo tú. Seguirías teniendo a tus hijos y a tu esposa, que no dejarían de quererte con todas tus limitaciones y defectos. Tu padre, mientras viva, te querrá por lo que eres, y te querrá por mucho que no sea capaz de recordar quién eres porque la enfermedad le haya arrebatado medio cerebro. Y, además, si tu mundo dorado de conquistas se derrumbara bajo tus pies esta noche, tal vez mañana te darías cuenta de que estás mejor así, de que por fin eres libre.

—No lo creo.

—No estás obligado a hacerlo todo. Nadie te obliga a ser siempre el mejor. No estás condenado a ser invencible.

El reloj da las ocho.

Silvio permanece en silencio un largo rato, luego se levanta.

Emilia también se levanta. Se dirige a la salida, pero él la sujeta por la muñeca. La atrae hacia él y la abraza con fuerza.

—Gracias —le susurra al oído.

—Lo conseguirás.

No le queda claro a qué hechizo ha recurrido Emilia, pero ahora Silvio sabe que puede hacerlo.

—Gracias —repite.

La abraza con fuerza una vez más y luego se aleja.

Emilia nunca le contará a Enea la visita de esa noche.

11

Si el miércoles es el día de la colada para Elvira, el jueves es el de la misa. El padre Ranghetti se presenta puntualmente en su puerta. Los de las casas de al lado estiran el cuello para verlo; él llama impasible, pide permiso, entra con una sonrisa. Elvira tiene ya el café listo, lo beben juntos mientras hablan de esto y de aquello, como viejos amigos. Luego él lo prepara todo, la confiesa y dan comienzo a las oraciones.

No ha faltado quien haya tratado de difundir rumores, que han completado su recorrido y han llegado a oídos del sacerdote.

—Todos se preguntan qué hacéis los jueves en casa de la de los Malberti. Ya sabéis, con la fama que ella tiene... —le comentó un día una mujer—. Dicen que os ha corrompido.

—No deberíais veros con esa mujer, no es una persona decente y temerosa de Dios —le aconsejó otra—. Os arriesgáis a perder vuestra respetabilidad. Por eso guardamos nosotros las distancias con ella.

Al principio el sacerdote fingía no entender y cambiaba de tema, pero un buen día el propio patrón lo convocó para mantener una conversación.

—Seré franco, padre Ranghetti. Me han llegado rumores equívocos sobre vuestra conducta, a los que como es natural no quiero dar crédito. Y sin embargo no puedo hacer caso omiso de lo que me dicen mis trabajadores...

Él encajó la reprimenda con la cabeza inclinada y se disculpó profusamente; sin entrar en detalles, tranquilizó a Silvio

Crespi sobre la impecabilidad de su conducta y prometió poner fin al ritual de los jueves.

A la semana siguiente, antes de despedir a una mujer que acababa de confesar, dejó escapar un golpe de tos avergonzada.

—Ya sabéis, *sciura* Carrara. Como es natural, no tengo la menor intención de romper el secreto sacramental, pero si el patrón llegara a saber que vuestro esposo... —Hace una larga pausa, llena de significado—. Pero estoy seguro de que entendéis el valor de la discreción.

Luego repitió el guion con todas las demás mujeres del pueblo.

—Ya sabéis, *sciura* Ferrari. Como es natural, no tengo la menor intención de romper el secreto sacramental, pero si el patrón llegara a saber...

—Ya sabéis, *sciura* Pesenti. Como es natural, no tengo la menor intención...

De esta manera, los rumores sobre los jueves se apaciguaron y el padre Ranghetti siguió yendo sin más molestias a casa de Elvira a decir misa.

Ella se pasa toda la semana esperando ese momento. Le gusta hablar con el cura, sacárselo todo de dentro, y poco a poco le ha abierto los secretos de su vida entera. Él, tras hacer un cierto esfuerzo por permanecer impasible, le asigna un número infinito de oraciones y la absuelve. Al fin y al cabo, ninguno de sus feligreses está más arrepentido que Elvira.

Así, un jueves, cuando el padre Ranghetti no se presenta en la puerta, ella comprende que ha sucedido algo.

—Migio, vas a hacer una cosa. Acércate a casa del párroco a ver qué pasa.

Su hermano se encamina hacia el Fosso Bergamasco con las manos detrás de la espalda y el paso renqueante de siempre. En el camino se queda embelesado viendo una línea de procesionarias en el tronco de un árbol, luego hablando con una abeja ocupada en polinizar, luego saluda a un cúmulo de nubes que parecen un perro que corre entre el algodón, luego tropieza con una raíz y por poco no se rompe la nariz. Cuando llega al chalecito del sacerdote, casi no recuerda por qué ha ido allí. Se acerca al corrillo de mujeres reunidas delante de la puerta y escucha a escondidas. Nadie le presta atención; la gente cree que Remigio no entiende nada y no se molestan en medir las palabras en su presencia.

«Muerto, pero ¿de verdad?» «Sí, sí. Esta noche. Durmiendo.» Todas se santiguan. «Pero no es posible, ¡si estaba muy bien ayer mismo!» «Ah, pero cuando el Señor llama...» Se santiguan otra vez. «Me han dicho que estaba enfermo.» «Últimamente he visto venir aquí a menudo al doctor Garzaroli.» «Dijo misa hasta el último día.» «Qué noticia tan terrible.» «Eso sí, al recordarlo de vivo hay que decir que un poco peculiar sí que era.» «Quién sabe a quién nos envía el *sciur* Crespi ahora.»

Remigio vuelve a bajar satisfecho con la información obtenida. Perdido en sus pensamientos habituales, alarga el camino y se encuentra frente a las obras de construcción del cementerio, donde se queda embelesado observando a los obreros mientras martillan, empujan carretillas, mueven tablones delante del mausoleo, que crece de mes en mes. Luego le entra hambre y se acuerda de que tiene que ir a casa con Elvira.

—El cura no puede venir hoy, Vira —le dice con una gran sonrisa—. Se ha muerto.

Ella palidece.

—¿Qué?

—Sí, sí. Muerto. Se acabó, ya no está. ¡Adiós, adiós!

Elvira sale corriendo sin ponerse siquiera el sombrero. El sol está tan perpendicular que las sombras son casi invisibles, las hojas están inmóviles en las ramas, los pájaros se agazapan en sus nidos a la espera de algo de fresco. Cuando llega a lo alto del Fosso Bergamasco, Elvira está sin aliento y empapada en sudor. Las mujeres la miran mal y se dirigen a ella con palabras de odio y desprecio.

—¿Qué ha pasado?

Nadie le responde. Luego se abre paso a empujones entre la

gente y entra en la casa del sacerdote. Ranghetti está en la cama, rodeado por un grupo de mujeres vestidas de luto que murmuran oraciones, en las manos entrelazadas le han puesto un rosario.

Tres días después todo el pueblo participa de luto en el funeral del cura. Silvio pronuncia un largo y emotivo discurso, varias veces interrumpido por aplausos. Elvira desafía las miradas airadas de los feligreses, camina por la nave, se arrodilla y asiste a la misa en primera fila. Es la última vez que entra en la iglesia de Crespi.

12

Milán, octubre de 1907

Silvio está sentado al gran escritorio, sus codos descansan en el tablero repleto de papeles y libros de contabilidad, con las manos entrelazadas delante de la boca, la mirada perdida en el espacio y una expresión de angustia en los ojos. Si lo que acaban de decirle es cierto... Por supuesto que es cierto, hay documentos que lo prueban, los números no mienten. Sin embargo, una parte de él se niega a creerlo, confía en haber entendido mal, en que haya habido un error, en que todo sea un malentendido.

—No hay malentendidos, Silvio. —El abogado Belotti, su íntimo amigo, ha sido claro—. La So.lo.na está al borde de la quiebra.

No, los números no mienten. Se ha pasado días revisándolos de nuevo, hoja tras hoja, y luego otra vez desde el principio; también se los ha enseñado al contable de la Benigno Crespi, un profesional experto del que se fía ciegamente. Todos los análisis llegan a la misma dramática conclusión: «Los balances se han modificado para ocultar pérdidas».

—Pero eso no es posible... Daniele siempre me ha dicho que...

Daniele: ¿acaso no es siempre él el problema? Durante tres semanas lo han estado buscando todos desesperadamente, incluida su mujer, que no tenía ni idea de dónde se encontraba. Los rumores decían que había perdido la cabeza por una actriz, alguien insinuaba que era una bailarina, otros aseguraban que se había ido de viaje a África, pero la esencia no cambiaba: justo en el momento en que se le necesita para que responda a las preguntas sobre la gestión de la So.lo.na para esclarecer ciertas irregularidades, no aparece por ninguna parte. Ahora dicen que ha vuelto, pero se cuida mucho de dejarse ver por la empresa.

—Es casi la hora de la cena. —Teresa está en la puerta, sin atreverse a entrar.

—No tengo hambre.

—Pero tienes que comer algo, no puedes...

—He dicho que no tengo hambre.

—Silvio...

—Cierra la puerta.

En cuanto se queda solo, se cubre la cara con ambas manos y trata de reprimir la angustia. Cuando le propusieron entrar en la So.lo.na, se mostró reacio a aceptar. Algo, un sexto sentido o tal vez la experiencia, le decía que no se trataba de un buen negocio. Y esos dos, los otros socios, nunca le gustaron. Demasiado complacientes, demasiado ceremoniosos. Lo pintaban todo del color del oro, decían que no habría problemas porque conocían a las personas adecuadas, que era una gran inversión, una forma de diversificar riesgos. ¡Él no quería saber nada de ese pozo sin fondo de la fábrica de conservas!

Da un manotazo sobre el escritorio, maldiciéndose a sí mismo por no haber escuchado a su propio instinto.

Su padre, sin embargo, se estaba recuperando lentamente de su derrame cerebral y Daniele zumbaba a su alrededor como una abeja ante la miel. Daba una pena enorme ver a ese viejo engatusado como un niño carente de defensas. Y había mucho dinero en juego, dinero de la empresa, dinero suyo también.

Por eso Silvio entró en la So.lo.na: para demostrarle a su hermano que era él quien mandaba. Así que ahora son los accionistas mayoritarios de una empresa que ha falsificado libros de contabilidad, con un agujero de varios millones de liras. ¡Se había dejado embaucar como un ingenuo!

Este enésimo desastre de Daniele, además, llega en el peor momento. Las acciones de Nueva York están en caída libre tras el escándalo de la United Copper Company y los primeros efectos empiezan a dejarse notar también en Italia. No falta quien esté hablando de pánico, de correr a los mostradores para retirar los depósitos antes de que los bancos se vuelvan insolventes, y las instituciones bancarias amenazan con restringir el uso del crédito.

Muchas fábricas han tenido que cerrar. Si la Benigno Crespi no está a un paso del colapso es solo gracias a que, a diferencia de la mayoría de sus competidores, produce tejidos de alta calidad y los exporta al extranjero, hasta en China y Japón. Lo cierto es que los ingresos ya no son lo que eran.

Además está Cristoforo, que tampoco es la misma persona que era. Formalmente todavía está en posesión de sus facultades, lo que le da el poder de decidir de manera autónoma sobre la Benigno Crespi, que a todos los efectos sigue siendo suya: pero eso lo expone a ser presa fácil en manos de quienes quieran cebarse en su patrimonio.

Los pensamientos vuelven a su hermano, que, como si hubiera sido evocado, irrumpe en el despacho.

—Debe de ser algo muy urgente, si me has mandado llamar con tanta insistencia —empieza a decir, sentándose en el sillón frente a él—. ¿Qué puedo hacer por ti, mi querido e ilustre comendador?

Silvio se abstiene de despotricar como un endemoniado solo porque la puerta ha quedado abierta y Nino y Emilio echan un vistazo desde el pasillo de vez en cuando.

—Para empezar, podrías explicarme esto.

Le coloca debajo de sus narices los libros contables de la So.lo.na.

—No me digas que todavía hay algo que no sabes explicarte tú solo.

—Sé perfectamente de qué se trata.

—Ah, muy bien. No me cabía la menor duda. —Daniele devuelve los documentos sin mirarlos siquiera—. ¿Puedo saber pues el motivo por el que se me ha molestado?

Silvio aprieta los dientes. Se levanta y va a cerrar la puerta.

—Tu empresa de conservas de tomate... —empieza a decir.

—¿Mía? —replica Daniele levantando una ceja.

—La So.lo.na está prácticamente en quiebra.

Un pesado silencio cae sobre la habitación. Es evidente que su hermano no tiene ni idea de nada.

—Creo que no tengo que explicarte lo que significa *quiebra* —prosigue Silvio—, dado que no es la primera de tus inversiones que acaba mal.

—No sé de qué estás hablando, pero si me has traído hasta aquí para echarme uno de tus sermones...

—No es un sermón. Cuando perdiste medio millón en el juego te sermoneé. Cuando quisiste fugarte con la bailarina de estriptís belga te sermoneé. Cuando creíste que habías dejado embarazada a la sirvienta te sermoneé. Cuando de la noche a la mañana te cansaste de ser director de la tejeduría de nuestra fábrica de algodón te sermoneé.

El otro resopla.

—Lo que te estoy diciendo ahora —puntualiza con cuidado Silvio— es que, a menos que saldemos todas las cuentas, dentro de seis meses tú y yo terminaremos en una celda.

Daniele se queda pálido.

—Pero eso no puede ser, no puede...

—Claro que puede ser. Mira los libros contables, vamos. —Le pone los papeles de nuevo ante sus narices—. Si alguna vez te hubieras tomado la molestia de leerlos, o incluso solo de hojearlos, te habrías dado cuenta fácilmente de que todos están retocados para ocultar las pérdidas, que son enormes.

—Pero eso no es posible.

Silvio se deja caer en el respaldo de la silla y observa a su hermano, que se restriega nerviosamente la cara con las manos.

—No tenía ni idea, tienes que creerme. Te juro que...

—No hace falta que me lo jures, te creo. Eres demasiado estúpido para organizar un fraude.

—¡No te permito que me hables en ese tono! —Daniele se pone de pie de un salto.

—Siéntate —ordena Silvio—. Y baja la voz. Es tarde y los niños se están yendo a la cama.

—¿Qué hacemos? —le pregunta Daniele al cabo de un rato, sumido en la agonía—. No puedo ir a la cárcel, tengo mujer e hijos...

—Ya podrías haberlo pensado antes.

—¡No he hecho nada malo, me han embaucado, soy una víctima! —Silvio resopla crispado—. Podríamos pedirle a...

—No lo menciones siquiera, ni se te ocurra. —Su padre no debe saber nada de este papelón: su salud, ya de por sí frágil, empeoraría y su madre se moriría. El hecho mismo de que Daniele piense en aprovecharse de él de nuevo revela lo que realmente le preocupan sus padres.

Silvio debería lavarse las manos, debería dejar que su hermano se las apañe por sí mismo, vaya como vaya. Es lo que se merecería, a fin de cuentas.

Se levanta; bajo la mirada desconcertada de Daniele, se dirige a la puerta, la abre de par en par, decidido a echarlo a patadas y a abandonarlo a su suerte. «Tienes que mantener unida a la familia, prométemelo.» La voz de su padre resuena en su interior como un gong. Ha hecho una promesa, y Silvio Crespi nunca falta a su palabra.

Ágil como un gato, el pensamiento se libera y huye del palacete, monta en el coche y conduce a toda velocidad hasta la casita de Emilia, al pequeño salón con el sofá de terciopelo carmesí, a sus ojos, tan misteriosos como la noche. ¿Qué le aconsejaría si estuviera allí?

—Fuera —le ordena a su hermano.

—No puedes dejarme solo en esta situación.

—Coge el coche, vete corriendo a Cernobbio para ver a tu

mujer, dales un beso en la frente a tus hijos dormidos y vete a la cama.

—No puedes hacerme esto.

—No te atrevas a contárselo a nadie. ¿Te ha quedado claro?

—Dime que me vas a ayudar.

—¿Te ha quedado claro?

—Si no me ayudas, me mato. Antes de acabar en la cárcel, prefiero morir.

Silvio lo agarra por la solapa de la chaqueta y lo sacude. Su hermano, con los ojos brillantes de las lágrimas, ni siquiera opone resistencia.

—Si se lo cuentas a alguien, el que te mato soy yo.

13

Trezzo sull'Adda

Del río sube una niebla espesa como mantequilla capaz incluso de atravesar las paredes y humedecerlo todo. El fuego crepita y silba en la chimenea de la posada de Agazzi. Los parroquianos llegan llevando olor a hojas mojadas y a hongos, se quedan un momento estremecidos en la puerta, cuelgan luego sus chaquetas empapadas en la percha de la entrada y se sientan.

Rino entra con el periódico bajo el brazo. Su padre, ayudado con las muletas, se desplaza a saltitos para atender los pedidos.

—Por fin has llegado. Vete a la cocina a echar una mano.

Rino obedece y ayuda al cocinero durante las siguientes dos horas, sin abrir la boca. Al final de la tarde, cuando la mayoría de los clientes ya se han ido, coloca una silla frente a la chimenea, estira los pies y despliega el periódico.

—*Oè*, Rino —dice uno de los pocos que quedan en la sala—. ¿Algo bonito que contarnos?

Él niega con la cabeza.

—Nada bueno.

—¡Quia, tú siempre lo ves todo negro!

—No soy yo —replica Rino—. Son los periódicos los que lo dicen. Escucha esto. —Abre la página 5 y la señala dando golpecitos con el dedo—. Noticias frescas desde Nueva York.

Un auténtico pánico financiero ha seguido hoy al escándalo del acaparamiento de cobre... Cuando este hecho sin precedentes se dio a conocer, y cuando se supo que los fondos del banco corrían grave peligro, estalló el pánico en la Bolsa, como hacía muchos meses que no ocurría.

También corrió el rumor de que otros bancos estaban en condiciones difíciles y los precios se desplomaron aún más.

—Pero ¿eso qué significa? —interviene otro—. Trezzo no es ni de lejos Nueva York.

—Ay, amigos míos —explica Rino, dándose aires de uno que sabe de lo que habla—. Ahí es donde empiezan todas las cosas.

—Pero si entre medias tenemos un océano.

Él suelta una carcajada.

—Esto ya no es como en tiempos de nuestros abuelos. El mundo es cada vez más pequeño.

No se esfuerza por ocultar que desde hace más de un año está ahorrando dinero porque tiene la intención de irse a América a buscar fortuna. Se imagina el largo viaje en tercera clase, y por fin el desembarco en Ellis Island. Hacen falta tres semanas de navegación, por lo menos, si todo va bien. A los que le preguntan de qué vivirá luego, responde encogiéndose de hombros que en América no es como en Italia, donde estás condenado a llevar siempre la misma vida y, si naces campesino, campesino morirás. Allí, aunque seas pobre, no faltan las oportunidades. Basta con fuerza de voluntad. Y fuerza de voluntad a él le sobra.

—En América, incluso una persona corriente puede llegar a ser presidente. ¡No como pasa aquí!

—¿Así que quieres ser presidente de Estados Unidos? —Le toman el pelo—. Si ni siquiera sabes su idioma.

—Y ¿por qué no? ¡El idioma puede aprenderse!

—¡Aprende antes bien el italiano! —interviene Agazzi. Su padre no quiere ni oír hablar de aquello. Cada vez que Rino se sale con esa historia de América, siente que algo le quema por dentro—. Deberías quedarte en casa —repite—. Tienes un buen trabajo en la fábrica, no te falta de nada. Este año cumples los treinta. ¿Por qué no te buscas una buena chica y formas una familia?

Lo cierto es que, ante ese asunto, Rino se hace el sordo. Dice que las mujeres no le interesan por ahora, y el matrimonio menos aún. Cuando llegue el momento, encontrará una en América.

—¿Tan lejos tienes que irte a buscar una mujer? Con todas las que tenemos aquí. ¡La hilandería de los Crespi está repleta!

—Es que en Estados Unidos las mujeres tienen puntos de vista diferentes. No como aquí, que si saludas a una te toca casarte con ella, y adiós a la vida.

Agazzi niega con la cabeza con tristeza. Conoce a su hijo y sabe que, si se le mete una cosa entre ceja y ceja, nada puede hacerle cambiar de idea; al contrario, tratar de disuadirlo solo conseguirá que se vuelva incluso más terco.

—Cuando llegue a América te mandaré una postal —le dice Rino.

Lo que su hijo no puede entender es que, si se va, él se quedaría solo para siempre: porque una cosa es ir al otro lado del río y otra es cruzar el océano. Lo perdería para siempre; perdería todo lo bueno que ha logrado construir en el curso de su vida: no la posada y ese modesto bienestar que le permite meterse en la cama en paz todas las noches, sino su propia carne, su propia sangre.

Se acuerda de sí mismo a los treinta, se acuerda de sus anhelos por poner el mundo patas arriba, por hacer valer sus ideas, por no dejar que nadie le pisoteara. En el fondo, es una gran verdad que la fruta nunca cae demasiado lejos del árbol. Entonces estaba convencido de que permanecería así para siempre, que no dejaría de luchar durante el resto de sus días, que seguiría su propio camino, que le importaría un bledo lo que la gente pensara y tiraría para adelante.

Ahora, sin embargo, que tiene el doble de años y siente próximo su final, la idea del cambio lo asusta. Todo lo que quiere es un rincón cálido junto a la estufa, a su hijo que lo cuide, que se haga cargo acaso de la gestión de la posada, que se case y le llene de nietos la casa. Una vida tranquila, hecha de pequeñas y monótonas certezas.

También los últimos clientes se marchan. La campanilla de la puerta suena, de fuera llega el olor del otoño, en la sala se hace el silencio. Agazzi, exhausto, se deja caer en una silla y observa a Rino, que tiene la nariz metida en el periódico, buscando con avidez noticias que confirmen su propia visión del mundo. No puede dejar de asombrarse a veces de lo mucho que el chico se parece a su madre, de cómo le recuerda a ella: no llegó a conocerla, pero tiene sus mismos gestos, sus mismos movimientos, sus mismos gustos.

Si este pedazo de sí mismo se fuera para siempre, Agazzi no tardaría en morir. Pero por ver feliz a su hijo está dispuesto incluso a ello: porque Rino es sin duda una parte de sí mismo, pero no le pertenece.

—A ver —le dice, dejando de lado la punzada de dolor—, cuéntame cosas de esa dichosa América.

14

Crespi d'Adda, enero de 1908

El castillo de Crespi emerge entre la vegetación desnuda y blanqueada de nieve como un lirio rojo, y el torreón almenado señala hacia el cielo. Cuando lo divisa de lejos, Silvio se siente desfallecer.

—¿Te encuentras bien? —le pregunta Teresa, notando que tiene las mejillas hinchadas.

—Sí, solo estoy un poco cansado. Se me pasará enseguida. —Da siempre la misma respuesta, es una forma de cortar cualquier conversación.

Es cierto que está cansado, pero no que se le pasará enseguida. La verdad es que las ganancias de la Benigno Crespi están en caída libre: la situación es tan grave que Silvio se ha visto obligado a convocar a toda la familia. Y ha optado por reunirla en ese lugar, que es el símbolo de lo que ha construido su padre y por lo que ahora todos tienen que seguir luchando.

Como le han dicho los abogados, existe una solución, pero no será indolora.

Salvarse a sí mismo, a Daniele y a la familia Crespi del desastre de la So.lo.na le ha costado una fortuna. Todo el dinero invertido se ha esfumado, y además fue necesario cubrir las pérdidas y pagar a sus acreedores. El escándalo quedó silenciado, pero la aventura napolitana ha dejado en las arcas de la Benigno Crespi un agujero que será difícil de sanar, sobre todo en un momento de crisis financiera mundial como el que están viviendo.

El colapso temido por los bancos se hizo puntualmente realidad a finales de 1907: el índice bursátil se derrumbó en un cincuenta por ciento, la gente se lanzó a las ventanillas para retirar hasta el último céntimo, muchos bancos se declararon en quiebra; la larga ola de la crisis comenzó en Nueva York, cruzó el Atlántico y también ha llegado a Italia, donde las instituciones bancarias, para salvarse, han restringido los créditos. No más préstamos: los que tenían dinero para pagar sus deudas se salvaron; quienes no lo tenían echaron el cierre. Para liquidar a los proveedores, también la Benigno Crespi tuvo que recurrir a su propio capital, disminuyendo aún más sus reservas.

Pero no es esa la razón por la que ha convocado allí a su hermano y a sus cuñados. La razón es, como siempre, Daniele.

—Nos enfrentamos por primera vez al riesgo concreto de perderlo todo —declara más tarde, en la biblioteca.

—¿Tan grave es la situación?

—Desde luego, de lo contrario no estaríamos aquí.

—Pero eso no es posible —objeta Daniele, hundido en el sillón, con la copa de brandy en la mano y la mirada en blanco—. Papá no nos ha dicho nada.

—Papá no está en condiciones de comprender la gravedad de este momento.

—En la mesa, sin embargo, has mencionado una solución.

Silvio asiente.

—Procederemos a una subdivisión hereditaria *ante mortem* del causante y crearemos una sociedad anónima cuyo capital solo soportaremos sus hijos, en porcentajes variables.

Daniele intercambia una mirada con Rosselli del Turco.

—Y ¿eso qué significa? —pregunta este.

—Significa que mi padre ya no será dueño de la Benigno Crespi —explica Daniele a regañadientes—, y ya no tendrá la última palabra en su gestión.

—Y ¿por qué razón?

—¿Tengo que explicártelo? —replica Silvio.

—Pero papá todavía está sano, lo vi ayer, está bien.

—Papá ya no es capaz de tomar decisiones de esta magnitud.

—Y ¿quién se supone que va a tomarlas? —pregunta Daniele—. ¿Tú?

—Sí, yo.

Un denso silencio, lleno de tensión, cae sobre la biblioteca.

—Es solo cuestión de anticiparse a decisiones que, tarde o temprano, habría que tomar en todo caso —explica Silvio.

—¿Vuestro padre está al corriente?

—Aún no. Quería ponerme de acuerdo con vosotros primero.

—Le estáis quitando su compañía, a fin de cuentas —le interrumpe el otro cuñado.

—Esto no es verdad.

—No, en efecto. Me la está quitando a mí —puntualiza Daniele.

Todos se vuelven hacia él y el silencio cae de nuevo.

Sí, eso es exactamente lo que pretende hacer Silvio. Es importante, mejor dicho, vital, retirar de manos de Daniele la posibilidad de acceder a los recursos de la Benigno Crespi antes de que los reseque más incluso de lo que ya lo ha hecho. Y la única manera de conseguirlo es quitándole la sociedad al padre.

—Eso es lo que siempre has querido, apartarme —susurra Daniele—. Quieres apartarnos a todos.

—¡Déjate de tonterías!

—¿Por qué?, ¿qué pasa si no?

—¡Claro que sí, quiero evitar que tú, desgraciado, acabes con todo! —grita Silvio—. Si no fuera por tus absurdas inversiones, ahora no estaríamos en esta situación. Por no hablar de tus enloquecidos gastos, de tus amantes, que cuestan más que un automóvil, de la cuenta abierta en el círculo, de las carreras de caballos, del juego...

—¿Así que quieres culparme de todo?

—¡No lo digo yo, son los papeles, maldición! En pocos años has sido capaz de dilapidar un patrimonio que nuestro padre y nuestro abuelo tardaron un siglo en construir.

Daniele se levanta y se le enfrenta.

—¡Jamás aceptaré las condiciones que propones, jamás! Antes me quito la vida, ¿entiendes?

Silvio lo empuja, Daniele retrocede, tropieza con la alfombra, cae al suelo con un ruido sordo.

—¡Vamos, te lo ruego, hazlo de verdad! —grita Silvio—. ¡Quítate de en medio de una vez por todas! ¡Haznos a todos ese favor!

—¡Silvio! —le reprocha su cuñado ayudando a Daniele a levantarse—. ¿Qué os ocurre? ¿Os habéis vuelto loco?

Todos lo miran con aire de reproche, asombrados.

—¿Es posible que no os deis cuenta de lo que pasa?

—Me llevarás en tu conciencia —le reprocha Daniele, consolado por las hermanas.

—Esta es la única manera.

—No creo que sea adecuado proseguir —interviene Rosselli del Turco—. A todos nos han dejado exhaustos estas noticias.

—Lo mejor es que intervengan los abogados —aconseja el otro—. No quiero que se cometan injusticias con nadie. Debemos reflexionar.

Todos salen en fila con la cabeza gacha, en silencio. Silvio nunca se ha sentido tan solo en toda su vida.

15

Los golpes que se abaten en la puerta en plena noche hacen que tiemble la casa entera. Enea saca las piernas de la cama y encuentra el piso frío.

—Sigue durmiendo —le dice a Emilia—. Seguro que es para mí.

No es raro que al doctor de Canonica acudan a llamarlo en plena noche por alguna emergencia. Baja por las escaleras mientras en el umbral siguen llamando insistentemente.

—Ya voy, ya voy —murmura al tiempo que abre la puerta.

Cuando ve que delante tiene a Silvio Crespi, se queda sin palabras. En un instante su cerebro toma en consideración todas las razones por las que el patrón podría estar allí. ¿Un obrero herido? ¿Una muerte repentina? ¿Alguien que está enfermo en el castillo? Pero, entonces, ¿por qué no han llamado al doctor Garzaroli?, ¿por qué ha ido él en persona?

—Tengo que hablar con Emilia —dice Silvio con la cabeza gacha.

A sus espaldas empieza a nevar copiosamente e incluso el ruido de la fábrica les llega amortiguada.

—No sé si sois consciente de que es de noche. ¿Están todos bien?

—Sí, sí —dice Silvio mientras entra a pesar de que no le han invitado a hacerlo—. Todo bien. —Luego grita—: ¡Emilia! ¡Emilia, baja! ¡Tengo que hablar contigo! —Es evidente que ha estado bebiendo: se tambalea y arrastra las palabras.

—Emilia está durmiendo —le dice Enea colocándose frente a él—. Volved mañana.

—No puedo, es urgente.

Emilia aparece en lo alto de las escaleras, vestida solo con un camisón. Enea le lanza una mirada severa.

—¿Qué ocurre?

—Estoy arruinado, Emilia —murmura Silvio—. Arruinado.

—Ve a vestirte —le dice Enea sombrío—. Yo enciendo la estufa.

Más tarde Silvio, sentado en el sofá con una taza de café en la mano, sin levantar en ningún momento los ojos del suelo, cuenta los acontecimientos de la pasada noche, el desastre provocado por Daniele, el amotinamiento de la familia. Enea permanece todo el rato apoyado en la jamba de la puerta con los brazos cruzados y los labios fruncidos debajo de la barba rojiza, que empieza a mostrar algunas canas.

Cuando la luz gris del amanecer se filtra a través de las contraventanas entrecerradas, Silvio está un poco más lúcido, aunque no por eso menos afligido.

—Me habías dicho que, aunque lo perdiera todo, siempre me quedaría el amor de mi familia, y, en cambio, ahora me odian todos.

—Nadie te odia.

—Tendré que decirle a Teresa que nuestros hijos ya no podrán tomar clases de francés, que debemos despedirnos de las vacaciones en el Lido de Venecia.

«Menuda tragedia», piensa sarcásticamente Enea, a quien no le hace ninguna gracia que, entre los innumerables conocidos de alto copete de los que sin duda puede presumir Silvio, haya decidido ir justo allí, ni que su mujer y el patrón hablen con tanta confianza.

—Y es todo por culpa mía. —Silvio solloza—. He querido mantener la promesa que le hice a mi padre. Le juré que por ningún motivo permitiría que sucediera lo que ocurrió entre el tío Benigno y él, que mantendría unida a nuestra familia, que nunca les daría la espalda. Lo hice, lo sacrifiqué todo por esa promesa, y como agradecimiento me acusan de querer quitarles la empresa a mi padre y a mi hermano.

—Silvio...

—Deberíais hablarlo con vuestra mujer —interviene Enea, ganándose una mirada aviesa de Emilia.

Silvio asiente.

—Tenéis razón, doctor Pagnoni. Os pido que me disculpéis, mi visita ha sido poco oportuna.

Enea no responde. Silvio, entonces, se levanta y se encamina hacia la puerta. Emilia lo sigue de cerca.

—Discúlpame, no sabía qué hacer —le dice—. No tendría que haberme presentado aquí en plena noche.

—No importa, no te preocupes.

Se quedan en el umbral. El pueblo está cubierto por un manto de nieve inmaculada, parece hechizado. Él tiene ganas de abrazarla, pero Enea los observa desde el pasillo. Silvio se mete las manos en los bolsillos para resistir la tentación.

—Saldrás adelante, estoy convencida.

—Gracias —le dice él. Se encamina por el sendero dejando sus huellas en la nieve, luego toma el camino que lo lleva de regreso al castillo.

Cuando Emilia cierra la puerta, se encuentra a Enea de pie frente a ella, que la mira con ojos severos y llenos de preguntas.

—No sabía que tú y el patrón fuerais tan amigos —dice con voz teñida de sarcasmo.

—Claro que lo sabías. —Ella trata de rodearlo, pero él se interpone en su paso.

—¿Qué quería?

—Ya lo has oído.

—¿Qué quería? —repite. Su tono es amenazador.

Ella resopla.

—Solo quería desahogarse, está pasando por un momento muy duro.

—¿Por qué aquí? ¿Por qué no con su mujer? O con el cura, como lo hacen todos.

—No lo sé.

Él quisiera creerla, pero los celos lo vuelven desconfiado.

—Escucha —continúa Emilia—. Si una persona viene a pedirme ayuda, no le doy la espalda.

—Esta persona es el patrón, no necesita tu ayuda. Puede comprarse toda la ayuda que le haga falta.

—Cuando yo necesité la suya, me la brindó.

—Y ¿cuándo fue eso? Porque no me acuerdo.

Emilia levanta las manos al cielo.

—La escuela. Silvio me dio un trabajo, ¿te acuerdas?

—Yo creía que ese trabajo te lo habías ganado por tus méritos. ¿O lo has olvidado?

—No quiero discutir, Enea. Dentro de poco tengo que irme a clase. —Lo rodea y sube corriendo las escaleras. Cuando baja, ya completamente preparada, no queda rastro de la noche pasada. El sol pálido entra por la ventana y se posa sobre la mesa preparada para dos—. Es tarde, no me puedo entretener desayunando —le dice.

Enea finge no haber oído y se sienta.

—Emilia —la llama un momento después.

Ella asoma la cabeza al comedor y trata de sonreír.

—No quiero que Silvio Crespi vuelva a pisar esta casa nunca más.

16

Hacia finales de mes las temperaturas han subido de repente y la nieve se ha convertido en agua. Hace días que llueve a cántaros, los caminos que rodean la hilandería son ríos de lodo y el nivel del canal se ha alzado peligrosamente. Rino el de Agazzi ha terminado el turno vespertino, pero desde hace algunas semanas lo prolonga bastante más allá de su horario. No le falta mucho para alcanzar la cifra que necesita para marcharse; con un poco de sacrificio, a este ritmo para el próximo verano podría embarcar en Génova y estar en América antes del otoño.

Una noche, hace unos días, su padre, después de terminar de arreglar la posada, lo llamó al piso de arriba. Del primer cajón sacó un grueso envoltorio de papel y, con los ojos lúcidos y bajos, se lo dio.

—Ábrelo.

Dentro había un enorme fajo de billetes. Rino, asombrado, se quedó con la boca abierta.

—Son todos mis ahorros —le dijo Agazzi—. Me he quedado con lo estrictamente necesario para un caso de emergencia. El resto es tuyo, quédatelo.

—¿Por qué? —balbuceó Rino.

—¿No querías ir a América?

—No puedo aceptarlo —respondió Rino devolviéndole el paquete—. No quiero usar tus ahorros, no es justo. Y, además, ya tengo el dinero, he reunido casi la cantidad que me hace falta para un billete de tercera clase.

—Oh, hijo mío —le espetó Agazzi—. Necesitarás seis meses más, por lo menos. Y después, una vez allí, ¿de qué vivirás? ¿Lo has pensado? ¿Dónde dormirás? ¿Quieres morir de hambre? ¿O, peor aún, convertirte en un delincuente?

—Ya verás como consigo trabajo. En Nueva York no es difícil, de verdad. Todo el mundo lo dice, es resabido. No es como aquí.

—¡Estás soñando despierto, y lo sabes! ¿De dónde has sacado esa información? Unas líneas en un periódico, y el resto es pura fantasía —exclamó su padre. Entonces, viéndolo afligido, añadió—: Escúchame, escúchame. Por ahora te lo quedas. Si luego en América te haces rico, pues me lo devuelves. ¿Te parece bien? No discutamos. —Tenía la voz estridente y nerviosa, y no podía mantener los ojos quietos.

Así que Rino Agazzi está ya muy cerca de cumplir su sueño. Ha decidido que los ahorros de su padre los dejará guardados, por si le hacen falta, y en todo caso el billete de la travesía se lo quiere comprar él mismo, es una cuestión de principios. Por eso siempre se queda unas horas después del horario normal de trabajo y, a veces, pide cubrir un turno doble.

—Rino, vete a casa a ayudar a tu padre —le dice el jefe de sección.

Sale alrededor de las siete y media. Nada más salir de la fábrica le cae encima un violento aguacero, no ve más allá de sus narices. Rino el de Agazzi decide esperar a que escampe, pero al cabo de un rato siente frío y hambre: no ve la hora de llegar a la posada para cambiarse de ropa, ponerse algo seco y limpio, y tomar un buen plato de polenta humeante frente a la chimenea mientras hojea el periódico de la tarde e informa a su padre sobre las últimas novedades del pueblo. De modo que sigue adelante bajo la lluvia torrencial.

Caminando a paso ligero, no tarda en llegar a las cercanías de la casa; las luces amarillas de las ventanas son el faro que guía sus pasos. Como todas las tardes, a las ocho en punto se oye el traqueteo del tranvía de la línea Bérgamo-Monza que pasa por el puente metálico de Trezzo, justo encima de la posada. Para los naturales del lugar, el Gamba de Legn es una certeza: con sus andares tambaleantes hace que todo vibre, anunciando su llegada desde lejos. Esa noche, sin embargo, el sonido parece diferente.

Rino mira hacia el cielo porque le ha parecido oír un trueno. Luego todo vuelve a la normalidad. El traqueteo del Gamba de Legn se aleja y solo queda el ruido fragoroso de la lluvia. Las luces de la posada, de repente, se han apagado. A Rino le asalta una extraña inquietud y echa a correr.

Una vez allí se da cuenta de que su casa ha desaparecido.

La mañana siguiente es un hermoso día de sol, frío y sereno; a lo lejos las montañas están coronadas de blanco. El equipo de rescate solo puede determinar que dos grandes peñascos se desprendieron de la ladera, cayendo justo sobre la posada y reduciéndola a un montón de escombros. En el interior se estima que había unas diez personas, incluido el posadero.

Se excava durante horas entre los escombros en busca de supervivientes. Alguno logra salir vivo.

Agazzi es el último al que sacan, ya muerto. Lo reconocen a pesar de la cara descarnada, hinchada, tumefacta, porque es el único al que le falta una pierna.

Nadie puede saberlo, pero es exactamente así como Amalia Vitali lo había visto en todos sus sueños.

17

Crespi d'Adda, junio de 1914

La luz se filtra a través de las cortinas del dormitorio del primer piso. Es tarde por la mañana, el castillo está ya lleno de vida, pero Silvio continúa aún en la cama.

—Cariño —le dice Teresa mientras entra y abre las ventanas—. ¿Sigues sin encontrarte bien?

Él no contesta. Tiene los ojos bordeados de azul y la luz del día le hiere la vista.

—Diré que te suban el desayuno.

—No tengo hambre.

—Pero necesitas comer algo, estás pálido...

Silvio se levanta. Descalzo, llega a las ventanas y mira hacia fuera. El jardín del castillo está en flor; la fábrica y el mundo siguen dando vueltas sin preocuparse por él. El reloj de péndulo suena diez veces. Su hijo Nino, de diecinueve años, probablemente esté ya en la sección, realizando sus prácticas, como prevé la tradición familiar: con un blusón viejo, sigue a un obrero experto que le ilustra el proceso de producción; por la tarde desmontan las máquinas y estudian su funcionamiento, anotando en un cuaderno cada detalle. En otros tiempos Silvio habría mirado al futuro con optimismo. El título universitario de Nino, algo de experiencia en el extranjero, luego la dirección de la hilandería. El testigo que le pasará a su hijo, sin embargo, no es el mismo que le pasó a él su padre: Silvio trasferirá a Nino una carga de responsabilidades, de problemas, de humillaciones.

Los últimos años han sido los más dolorosos de su vida.

Después de muchas presiones, Silvio logró transformar la Benigno Crespi en una sociedad anónima de la que posee la mayoría de las acciones y de la que es director ejecutivo; sin embargo, la maniobra, imprescindible para evitar que Daniele siguiera drenando las finanzas, le hizo perder para siempre el cariño de sus hermanas, quienes lo acusaron de ser un codicioso y un manipulador: Silvio está solo al timón de un barco que se hunde. Durante el año pasado las ganancias de la empresa se desplomaron de 580.000 a 7.000 liras; en cambio, el valor de las mercancías que aún están en el almacén ha crecido, al igual que las deudas con la Banca Commerciale Italiana. La nave con el estandarte de Crespi se está hundiendo y los tiburones empiezan a merodear a su alrededor. Para hacer frente a las pérdidas, Silvio se ha visto obligado a vender las acciones de la empresa hidroeléctrica propietaria de la planta de Trezzo: su proyecto más ambicioso ya no es suyo.

Con todo, no ha sido esa la experiencia más dolorosa con la que ha tenido que lidiar. Lo peor fue el año pasado, cuando tuvo que mirar de frente a su padre y comunicarle la necesidad —la urgencia, más bien— de vender toda la colección de arte: en ese preciso momento, mientras Silvio se arrastra como un fantasma en un castillo que tal vez pronto tendrá que vender, ciento ochenta y cinco piezas de valor artístico extraordinario se están subastando en la casa Drouot de París. Tres de estas obras ya han sido vendidas o donadas para obtener el permiso de exportación, incluido el lienzo favorito de Cristoforo, al que se sentía más estrechamente unido, la *Natividad* de Correggio.

Poco después falleció su madre y el único consuelo para Silvio fue que por lo menos no presenciaría el final de todo, al que en cambio tendrán que asistir Cristoforo, Teresa y sus hijos.

—Voy a salir —dice.

—Pero ¿adónde vas?

De nuevo sin respuesta. Silvio se viste lentamente bajo la mirada de Teresa. Cuando está en la puerta, ella lo detiene.

—Silvio...

Él la mira sin verla.

—Nunca te he pedido explicaciones, Silvio. No te he hecho preguntas, ni he reclamado nada. Entre nosotros siempre ha habido un pacto implícito: la casa era mi feudo, mientras que tú te encargabas de llevar los negocios familiares con toda libertad. Ahora, más que nunca, tú y yo debemos permanecer juntos.

—No te conviene estar junto a mí.

—Sabes que no me importa.

—Me importa a mí, Teresa.

Sale, hace un calor inaguantable fuera, o tal vez sea él quien se siente débil e incapaz de soportar nada. Camina por el paseo de la fábrica, los obreros lo ven andar cabizbajo, lo saludan quitándose el sombrero, él asiente y continúa. Pasa junto al busto de su padre y evita mirarlo. Antes de entrar en el cementerio se santigua, luego llega al mausoleo, lo abre, entra y espera un momento a que sus ojos se acostumbren a la oscuridad.

Desde hace algún tiempo hay dos Silvios. El primero es un industrial y un político que, a pesar de las dificultades del momento, aún goza del aprecio de importantes empresarios; que a pesar de las estrecheces no permite que a sus hijos les falte de nada y sigue luchando por la empresa familiar. El segundo es el hombre que va al cementerio para llorar a escondidas de todos.

UNDÉCIMA PARTE

1

Crespi d'Adda, otoño de 1916

Elvira comprende la auténtica gravedad de la situación un miércoles, cuando, como cada semana, va al lavadero a hacer la colada. Hay poca gente por ahí: los que no han sido enviados al frente están todos en la fábrica. Es un hermoso día y las hojas de los árboles están teñidas de miel, en precaria espera de la primera ráfaga de viento que las disperse; pero el aire no se mueve y el sol calienta como si fuera primavera, como si ni siquiera se hubiera percatado de que, no muy lejos, se está librando una guerra.

El contacto con el agua fría del fregadero sigue siendo agradable. Elvira trajina con un trozo de jabón en una mancha terca, así que al principio no se da cuenta de que su cuñada se acerca a ella y empieza a lavar la ropa también.

Hay una regla no escrita en el pueblo, la de que los miércoles nadie va al lavadero porque los miércoles está allí Elvira, la de los Malberti, y nadie quiere ensuciarse las manos con la misma agua que toca ella, agua maldita. Si alguna mujer se olvida del día que es, le basta con ver a Elvira de lejos para dar media vuelta: antes de estar junto a ella, prefieren dormir en sábanas sucias.

Pero ahora Ugolina, la de los Massenti, la mujer de su hermano, que hasta la semana pasada no se dignaba a mirarla, igual que todos los demás, está justo a su lado enjuagando unos calzones del Canèta, como si nada.

Elvira la mira extrañada, mientras la otra sumerge y estruja con las manos enrojecidas.

—Hoy es miércoles —le dice. ¿Será posible que no se haya dado cuenta?

—Con los turnos en la fábrica nunca tengo tiempo —contesta la otra sin levantar la cabeza.

Fieles a la tradición de los Malberti, Ugolina y el Canèta han tenido una camada de hijos, tres de los cuales —de diecinueve, veintiuno y veintitrés años— fueron de los primeros en partir hacia la guerra; su padre, quien en un principio se mostró como un encarnizado intervencionista, hizo todo lo posible para tratar de eximir al menos a uno de ellos del servicio militar, aunque desgraciadamente en vano. Es de hace apenas diez días la noticia de que el hijo mayor, llamado Oreste en memoria de su abuelo, «había caído heroicamente peleando en el campo de honor, entre la admiración y el luto de sus superiores»; así estaba escrito en el periódico, lo que no sonaba tan mal como «recibió un balazo en los pulmones y murió asfixiado en su propia sangre». De los otros dos, en cambio, no tienen noticias desde hace meses.

En el pueblo son cada vez más frecuentes las noticias de hombres, viejos y jóvenes, que ya nunca volverán. En las casitas de los obreros se oye entonces el llanto quedo o desesperado de alguna madre, esposa o hermana que ha dejado de aguardar su regreso.

Elvira sabe perfectamente que hay una guerra: no es tonta. Además, todos hablan de ello, el patrón en sus discursos públicos, el cura en sus homilías, los periódicos. Y la guerra es algo horrible, las personas caen heridas y a menudo mueren. Por otra parte, se sabe que la muerte es inevitable, de una forma u otra tarde o temprano te tiene que llegar: puede ser un río de lodo que te arrastra ante la mirada de tus compañeros de obra, o una locura repentina que te oprime la garganta hasta dejarte sin respiración, o una enfermedad desconocida que un día te deja seca, tiesa como un tronco, en el colchón donde te habías acostado la noche anterior con aspecto saludable. Así es la vida, sabemos cómo funciona. Y a veces vivir es incluso peor que morir, Elvira lo sabe bien.

Sin embargo, lo que ha impulsado a Ugolina, después de tanto tiempo, a romper la regla de los miércoles y a ensuciarse las manos en la misma agua que Elvira, lo que la ha llevado a desafiar la opinión de las otras mujeres —porque no cabe duda de que todas lo saben o de que no tardarán en enterarse—, debe de ser a la fuerza algo horrible.

—¿Cómo estás? —le pregunta.

Ugolina levanta sus ojos enrojecidos y cansados, y responde con un suspiro que parece agotar toda la vida que tiene dentro.

—Tres hijos —dice—. Tres. —Levanta los mismos dedos que los hijos que se han ido al frente y señala hacia el cielo, como si quisiera reprochárselo a Dios.

Elvira intuye que cualquier cosa que diga estaría fuera de lugar, así que se acerca a ella y la abraza: el gesto le nace tan espontáneamente que, antes incluso de poder explicar el motivo o contenerse, se ve aferrada a su cuñada y llorando con ella. Cada una llora por sus propios motivos: Ugolina porque uno de sus hijos ha muerto y otros dos están en el frente y su marido, pensando en consolarla, le repite que tienen otros, como si una criatura fuera lo mismo que un zapato o una cuchara; y Elvira porque ha pasado tanto tiempo desde la última vez que recibió un gesto amable que ahora se da cuenta de hasta qué punto lo ha echado de menos, de hasta qué punto la maldad de la gente se le ha metido debajo de la piel.

—Ven a verme —le dice Ugolina antes de marcharse a su casa—. Mejor cuando no esté tu hermano.

Elvira asiente y la observa alejarse con la cesta de la colada en equilibrio sobre la cabeza; luego se queda largo rato mirando a su alrededor, sintiendo crecer el desasosiego. Esta guerra debe de ser un asunto muy grave si Ugolina se ha vuelto tan amable.

Dos semanas después Remigio parte hacia el frente y, por primera vez en su vida, descubre el mundo al otro lado del río.

2

El domingo después de misa, Silvio sale a la plaza y se demora con la familia y el sacerdote. En poco tiempo se forma un corrillo de obreros a su alrededor, unos para saludarlo, otros para estrecharle la mano, algunos solo para contemplarlo de cerca y dejarse ver. Todos esperan que les diga algo, que los tranquilice.

Como es tradición, los Crespi permanecerán unas semanas más en el pueblo, y se irán a Milán a mediados de octubre. Con Silvio están su hijo Alberto, de dieciocho años, Angela Maria, de diecisiete, y el último regalo de Teresa, las gemelas Carla y Lucia, que solo tienen cuatro años. Están ausentes Nino y Emilio, pues ambos se han ido a la guerra. Falta también el padre, Cristoforo, que ya es demasiado viejo y está enfermo y nunca abandona la ciudad. Y falta Teresa, claro.

El año 1914 ha sido el más cruel, aquel en el que Silvio lo ha perdido todo. La subasta de la pinacoteca de Cristoforo, destinada supuestamente a ser una inyección para las finanzas de la Benigno Crespi, se ha revelado como un auténtico desastre: las obras se vendieron mal, a través de intermediarios sin escrúpulos que exigieron comisiones exorbitantes, y al final lo recaudado apenas fue suficiente para cubrir los gastos de publicación del catálogo y poco más. Así que además de cornudos y apaleados, al daño se ha sumado la mofa: privar a Cristoforo de lo que tanto le importaba no ha servido para nada.

Luego en septiembre una peritonitis no diagnosticada a tiempo se llevó a la tumba a Teresa. Apenas pasaron unas pocas semanas desde que parecía estar bien a la celebración del funeral. De nada valieron los intentos por salvarla, las numerosas opiniones médicas, los eminentes especialistas a los que consultaron: también en este caso Silvio tuvo que aceptar la derrota, la más grande, la más dolorosa. Como si Dios hubiera querido recordarle quién era el que mandaba.

«Todo ha terminado», se dijo entonces. Con la empresa al borde de la quiebra y sin el apoyo de Teresa, incluso la mera idea de seguir viviendo le dolía.

—Debes hacer un esfuerzo —le dijo su padre—. Tienes seis hijos y dos mil trabajadores, no puedes dejarte llevar.

Que fuera precisamente Cristoforo quien lo incitara a aguantar resultó más humillante aún para Silvio: viudo él también, y anciano y enfermo además, había asistido impotente a la desintegración de la empresa a la que había dedicado toda su vida y pocos meses atrás había visto que le arrebataban la pinacoteca de la que tan orgulloso estaba, y sin embargo era capaz de reunir fuerzas para no dejar que trasluciera su dolor, para mostrarse digno, seguro de sí mismo, decidido, lleno de confianza.

A Silvio, en cambio, levantarse de la cama se le hacía cada vez más difícil, y mentir le resultaba ya imposible. Ni siquiera sus hijos, ni siquiera las pequeñas gemelas, le servían de acicate.

Luego había llegado la guerra, un monstruo de dos caras: por un lado sonreía generosa a empresarios como Silvio, ágiles en reconvertir la producción, que nivelaban así los libros contables, obtenían beneficios, volvían a la solvencia; por el otro tenía dientes afilados con los que roía la carne de sus jóvenes soldados, devoraba a los civiles, a los viejos y a los niños.

¿Cuál de las dos caras era más cruel? ¿La que te llenaba los bolsillos de billetes ensangrentados o la que mandaba a tus hijos al frente? ¿Lo que te daba o lo que te quitaba?

—¿Cuánto tiempo creéis que va a durar esto? —le pregunta una obrera, que tiene a su marido y a sus hijos en el frente. Todavía es joven, pero las profundas ojeras que marcan su rostro la hacen parecer una vieja. Los turnos de fábrica son agotadores, dado que no hay suficientes personas para completar la producción.

Silvio menea la cabeza. Siendo un senador del Reino, la gente espera que lo sepa todo, que sea el guardián de los secretos del país, que pueda predecir el futuro.

—Es imposible decirlo. —La decepción es evidente en los rostros de quienes lo rodean—. Pero hemos de tener confianza, no dejar que nuestro ánimo decaiga. —Siempre repite lo mismo.

—Eso es cierto —declara un anciano de piel tan oscura como el cuero.

Silvio toma a una de las gemelas en sus brazos y levanta la voz.

—Ya sabéis que dos de mis hijos se han ido a la guerra, y no os mentiré diciéndoos que me alegré por ello y que no hubiera querido que se quedaran en casa. ¡Todo lo contrario!

La gente a su alrededor asiente. Que el patrón tenga a dos hijos varones en el frente lo hace parecer uno de ellos. La guerra ha anulado las distancias: ricos y pobres derraman la misma sangre por su patria y mueren del mismo modo.

—Sin embargo, estoy orgulloso de ellos y no me desanimo. Ruego a Dios que los mantenga a salvo y sanos, a ellos y a todos nuestros hijos. Imploro cada día al Señor para que este conflicto termine rápidamente, para que los chicos vuelvan a sus casas, para que retomemos nuestras vidas de antaño. Sabéis que siempre he sido contrario a la entrada de Italia en la guerra. Pero, ahora que ha prevalecido el intervencionismo, tenemos la obligación de hacer todo lo que podamos por la patria. Aquellos que puedan deben ir a luchar y los que se quedan no deben dejar de mantener la esperanza. Y nosotros también, en la medida de nuestras fuerzas, podemos hacer mucho. Y ¡debemos hacerlo por ellos! —Levanta un poco a la niña, para que todos vean qué aspecto tiene el futuro.

A su alrededor se oyen elogios y algunos aplausos. No muy distante, Rino el de Agazzi lo observa arrugando la nariz.

3

—Llénalo, vamos.

—Ya es el tercero, Rino.

Él se encoge de hombros.

—Te lo pago, qué te crees.

No muy lejos, el patrón arenga a la multitud de borregos del domingo, esos que se ponen en fila para entrar en la iglesia, que se ponen en fila para tomar el cuerpo de Cristo, que luego salen en fila y que también acuden en fila para que los exploten en la fábrica.

A él las filas no le gustan nada. Los que se ponen en fila es porque no saben razonar por sí mismos, así que van por donde van los demás, creyendo que así no se equivocan, y si se equivocan pueden decir que la culpa no es suya.

—*Sent un po*. Oye una cosa —le dice el posadero mientras le llena el vaso—. ¿No se supone que deberías estar en el frente, como todos los demás?

A los borregos no les gustan los tipos como Rino el de Agazzi. Creen que todo el mundo debería ponerse en fila: cuando Su Majestad los llama, todos de inmediato en fila para ir al matadero por él. El pueblo entero está tapizado de carteles con la llamada a las armas. No hay nadie que se pregunte si es de justicia, nadie que se atreva a oponerse; al contrario, casi le dan las gracias al rey, más bien.

Ha oído al patrón, hace un momento: hablaba de deber, de orgullo, de sacrificio, de honor. Bonitas palabras para alguien que sin duda se está enriqueciendo con la explotación de los trabajadores.

—E-xen-to —responde Rino separando bien las sílabas.

El posadero asiente perplejo y se aleja.

—Y, sin embargo, tu aspecto me parece saludable —insinúa el Canèta, sentado no muy lejos.

—¿Qué sabrás tú de cómo estoy yo? —lo ataca.

Es cierto: sobre el papel, Rino está tan sano como una manzana y, si se hubiera presentado a la revisión militar, el médico lo habría declarado hábil. La cuestión es que él a esos carteles con la llamada a las armas no les hace el menor caso y, cuando nadie lo ve, los arranca. Han pasado años, pero no ha olvidado lo que hizo Bava Beccaris en Milán, los cañones que apuntaban a la gente que se manifestaba por el pan, la orden de disparar a dar, los motines reprimidos a sangre y fuego. Y Humberto I, además, que en lugar de mandarlo a la horca lo felicita incluso. No, Rino no quiere luchar por esa gente, no quiere ser su títere. Es verdad, al rey le dispararon —y bien que se lo merecía, ese temible fanfarrón—, pero qué más da. El soberano que vino después es idéntico al que había, y el siguiente no será muy distinto. Rino el de Agazzi no se pondrá en fila para ser carne de cañón. ¡Tendrán que llevárselo a la fuerza, si se atreven!

«Desde que su padre murió, en lugar de sentar la cabeza se ha vuelto más loco aún», chismorrea la gente.

Tras abandonar su sueño de irse a América, Rino ha decidido entregarse en cuerpo y alma a cambiar este triángulo de tierra: este, y no otro en la orilla opuesta del Atlántico. Lo hace por su padre, a fin de cuentas: podría haberse marchado para empezar de nuevo, pero cuando estaba a punto de renunciar a todo se dio cuenta de que se hallaba indisolublemente ligado a ese lugar.

El Canèta se encoge de hombros.

—Estaba hablando por hablar.

Desde que sus tres hijos se marcharon al frente, Malberti se demora a menudo en la posada después de su turno. Cuando llega a casa y encuentra a Ugolina con los ojos hinchados y enrojecidos, tiene la sensación de que le pican las manos; así que las emplea con cualquier pretexto: puede ser la sopa fría o el vino caliente, el pan duro, la estufa encendida o apagada, una frase dicha o no dicha. Cualquier cosa le sirve para desahogar la rabia que siente dentro. Ugolina ya ni siquiera se esfuerza por escapar; se deja agarrar por el pelo y se somete a la ración de patadas y bofetadas, esperando a que termine, y de vez en cuando suelta un «Ay» para darle gusto.

—Así por lo menos ahora tienes una razón para llorar —le dice. Y dirigiéndose a sus hijos, que se quedan petrificados mirando, añade—: ¿Qué pasa, queréis cobrar vosotros también?

Es incapaz de admitir que por dentro está roto como una vasija de barro y que ver a Ugolina destrozada le hace sentirse un inútil. Por eso se pasa todo el tiempo que puede en la posada y de vez en cuando empina el codo: para esconderse, sobre todo de sí mismo.

—Pero ¡si han reclutado hasta al Remigio! —suelta uno.

—Es cierto —dice el Canèta, a quien no se le había ocurrido pensar en eso.

—A mí la neumonía me destrozó los pulmones. —Nadie tenía la menor idea de que Rino el de Agazzi hubiera tenido neumonía—. Hace muchos años —aclara.

Todos asienten. El Canèta se levanta, deja unas monedas sobre la mesa y sonríe mostrando que le falta un incisivo. Tal vez él esta noche haya encontrado algo que no sea Ugolina para desahogar su rabia.

4

Canonica d'Adda

La vieja llama con timidez a la puerta y por el postigo entrecerrado se asoma su cara de campesina: pelo todavía casi completamente negro bajo el pañuelo, frente baja, la piel oscura surcada por profundas arrugas, mejillas rojas, labios finos y ojos azules de gato salvaje. Enea la conoce bien, aunque nunca la haya visitado: va allí a menudo a llevar unos huevos, una cabeza de lechuga, un trozo de queso o un salchichón.

—Pasad —le dice al verla inmóvil en la puerta.

Ella avanza con pequeños pasos cautelosos, como si el suelo estuviera hecho de cristal. En las manos, curvas como garras de águila, con las uñas sucias, no lleva nada, señal de que esta vez acude por ella. Y si una mujer de ese temple acude a que la examinen significa que la cosa es grave.

—¿Os encontráis bien? —le pregunta Enea apartándole la silla.

Ella asiente y por el movimiento de su mandíbula se intuye que está apretando lo que le queda de dientes.

—Mi nieto está enfermo, *dutur*.

—¿Qué nieto?

—Fausto.

Eso no puede ser: Fausto el de los Salvi había estado allí dos horas antes, diciendo que le costaba respirar; Enea lo examinó con atención, le pareció que estaba sano y lo despidió prescribiendo gargarismos con agua salada.

—Fausto está bien, lo he visto hace poco —la tranquiliza.

—No —replica ella mientras los ojos se le llenan de lágrimas—. Está enfermo, muy enfermo.

¿Es posible que haya empeorado de repente, hasta el extremo de impedirle el ir en persona? ¿Es posible que a Enea se le hayan pasado por alto algunos síntomas?

—¿Qué le ocurre?

—Está enfermo —repite sin levantar la vista del suelo.

—Pero ¿qué le duele?

La anciana niega con la cabeza desconsoladamente, pero no añade nada más.

—Está bien, iré a visitarlo —dice Enea levantándose para ponerse la chaqueta.

—¡No! —Ella le aferra el brazo y se lo aprieta con fuerza—. No es necesario —dice después, con un tono más suave—. Está enfermo y ya está.

Enea se arrodilla frente a ella y la mira a la cara.

—¿Qué queréis que haga? —le susurra.

—Debéis escribir que está enfermo. Escribid que está enfermo, *dutur*.

—Pero si vuestro nieto está bien.

—Es el último que me queda —gorjea ella.

A Enea le lleva un rato entenderlo, pero de pronto todo le parece evidente.

Fausto, el de los Salvi, es de 1899 y, tal como van las cosas, el año que viene será llamado a las armas.

Pasa un buen rato sin que ninguno de los dos pronuncie palabra.

—Vos podéis —le dice la vieja—. Escribid que está enfermo.

—No puedo, *sciura* Salvi. Vuestro Fausto está bien. Si se descubre que he mentido...

—Pero sois médico. Algo podréis encontrar siempre, si queréis.

—No es tan sencillo.

La vieja suspira y se levanta como si le costara un esfuerzo inmenso. Saca del bolsillo de su falda un pequeño envoltorio que contiene dos huevos, lo deja sobre la mesa y luego se encamina hacia la puerta. Cuando está en el umbral, se da la vuelta.

—Soy del treinta y seis, guerras he visto muchas. Pero como esta... —Hace una pausa para reprimir el llanto—. Tenía diecisiete nietos, seis niñas. Los chicos están todos en el frente, solo me queda aFausto.

—¿Por qué no tratáis de declararlo exento, alegando que es vuestra fuente de sostén?

—Mi hijo lo ha intentado, le dijeron que no.

—Es joven. Es muy poco probable que lo llamen... Tal vez la guerra termine antes.

Ella esboza una sonrisa amarga.

—*Sciur dutur*, a mi edad una ya no cree en los cuentos de hadas.

Se aleja toda encorvada, sin darse cuenta de que acaba de desviar el curso de la vida de Enea.

5

Milán

En el patio del palacete, hace más de una hora que Silvio se pasea de un lado a otro. Lleva días inquieto, desde que recibió la carta en la que Nino le decía que estaba bien y que volvería con un breve permiso. No lo ve desde hace dos meses.

Cuando el vehículo gira traqueteando por via Borgonuovo, Silvio aguza las orejas como un perro de caza e, incapaz de resistirse, sale a la calle a echar un vistazo. Todavía hace calor, el automóvil está descapotado. Nino va sentado en el asiento trasero, con la espalda recta, la barbilla alta y expresión seria. Su padre casi no lo reconoce al principio y le echa la culpa a la vista, que ya no es la de antes. Pero ese soldado con su uniforme de paño verde grisáceo y la gorra rígida sujeta por la correa en la barbilla es realmente su hijo.

Incluso antes de que el vehículo se haya detenido, Nino baja de él de un salto y corre a abrazarlo. Silvio aprieta los dientes con fuerza para reprimir el llanto, pero cuando se miran a la cara ambos tienen los ojos llorosos y las mejillas sonrojadas.

—¡Ven aquí, que yo te vea! —Silvio lo aparta un poco, aunque sin soltarlo. «¡Dios mío, qué flaco está!», piensa. Y le toma el pelo—: ¿Qué te has hecho en la cara? ¿Te has pintado con carbón?

Nino se ha dejado unos flamantes bigotes oscuros y tupidos

que le dan aspecto de hombre. O por lo menos esa se suponía que era la intención: para Silvio, sin embargo, que lo vio pocas horas después de nacer y luego, todos los días durante los años sucesivos, crecer, dar estirones, llorar, reír, hacer pucheros, y en el que reconoce las mismas expresiones y las mismas muecas de la mujer que lo trajo al mundo, ese rostro seguirá siendo siempre el de su niño, demasiado joven para un bigote. Demasiado joven para la guerra.

Nino baja la mirada y se sonroja, como avergonzado.

—Son mostachos...

Silvio suelta una fuerte carcajada.

—¡Ya lo veo! —Y luego, temiendo haberle ofendido, añade—: Te quedan bien, te pareces a tu abuelo Ghiglieri. Un hombre de gran clase.

Nino sonríe, pero su sonrisa es triste, apagada.

—Tu madre estaría orgullosa de ti.

No cabe duda de que estaría orgullosa de ese hijo que en poco tiempo se ha hecho un hombre, pero sobre todo estaría destrozada al saberlo en el frente y por el miedo a perderlo.

Silvio se pregunta a menudo si Nino habría llegado a marcharse de estar su madre viva; si el haber querido alistarse con tanta obstinación fue un genuino impulso patriótico y no, como a él le parece en cambio, una fuga de los lugares cuyo recuerdo le renuevan el dolor. Había logrado incluso que lo eximieran del servicio militar, al declararlo único sostén de su abuela materna, pero Nino no quiso atender a razones. Se mostró terco, rabioso a su manera.

—No voy a sustraerme a mi deber para con la patria —anunció una mañana de repente—. No me quedaré en casa mientras otros derraman su sangre en mi lugar.

—Pero tu deber está aquí, a nuestro lado: ¡tus abuelos te necesitan, yo te necesito! —Silvio, que había visto partir recientemente a Emilio y no toleraba tener a otro hijo en peligro, había tratado de razonar con él—. Y además está la empresa.

Al oír mencionar a la Benigno Crespi, Nino se puso rígido,

apretó la mandíbula y apartó la mirada. No replicó nada, pero estaba claro que a esas alturas ya había tomado una decisión.

Los criados de la casa, habiendo reconocido la voz del joven amo, salen a su encuentro prodigándose en cumplidos y preguntas. Muchos de ellos ya estaban al servicio de la familia antes incluso de que él naciera y lo han visto crecer.

—Tendréis hambre, señorito Crespi —anuncia la cocinera—. He preparado cordero asado con zanahorias y patatas.

—¡Estoy hambriento! —responde Nino—. En el campamento no es que se coma muy bien.

Entran todos juntos y durante dos días se respira en la casa un aire de fiesta. Alberto, que tiene dieciocho años, ha querido probarse el uniforme de su hermano a toda costa y le ha exigido informes detallados sobre la vida militar. Angela Maria, una mujercita ya, ha querido demostrarle sus progresos en el piano, y las gemelitas de cuatro años no le han dejado un solo instante. Incluso Cristoforo parece otro.

Todos pasan la última noche insomnes. Nino, que ya no está acostumbrado a las camas grandes y cómodas de las casas señoriales, no para de dar vueltas inquieto. Al otro lado de la pared, Silvio, con los ojos muy abiertos en la oscuridad, oye crujir su cama y se pregunta qué tiene despierto a su hijo, si el miedo o las ganas de irse.

—¿No puedes quedarte un poco más? —le pregunta mientras observa sus preparativos para marcharse—. Si no tuvieras tanta prisa, podríamos ir al pueblo. A los obreros les gustaría mucho verte, siempre me preguntan por ti.

—No soy yo quien decide, papá. —Nino resopla—. Ya iré al pueblo la próxima vez, diles a los obreros que estoy bien.

—Lo sé, lo sé. Pero si quisieras... yo podría, bueno, ya sabes... Podría intentar hacer algo. —Silvio es senador, un hombre influyente que conoce a la gente que cuenta—. Al fin y al cabo, ya has cumplido con tu deber.

Nino niega con la cabeza.

—Todos los días veo que se llevan a algún camarada, a alguien a quien un disparo de ametralladora le ha abierto el abdomen, alguien que ha perdido una pierna, un brazo o un ojo. En estos días me habéis preguntado muchas veces si tengo miedo. Por supuesto que tengo miedo. Sin embargo, nunca me he arrepentido de mi decisión. Y no me echaré atrás para pasearme como una bonita estatuilla por la fábrica. —Se da cuenta de que con esta última frase ha herido a su padre y se arrepiente de inmediato—. La empresa familiar es muy importante, pero no es ese mi sitio ahora. Mi deber terminará cuando termine esta guerra.

Silvio suspira. ¿Cuándo será eso? Este conflicto se parece cada vez más a una avalancha, nacida por casualidad, casi por error; es verdad que ya se percibían fricciones incluso antes del atentado de Sarajevo, pero nadie hubiera pensado que terminaría así.

—Tienes razón —dice Silvio avergonzándose de su propio egoísmo.

Nino lo abraza con fuerza.

—Fuiste tú quien me enseñó la importancia del deber, papá.

Una risa amarga se le escapa a Silvio. Durante toda su vida, cada vez que se ha visto en una encrucijada que le obligaba a elegir entre él y su deber, siempre ha tomado el camino más empinado: de joven soñaba con dedicarse al periodismo, pero eligió el deber; luego se enamoró de una criada y estaba decidido a casarse con ella, pero eligió el deber; no hace muchos años, podría haber dejado que su hermano se las apañara con los problemas financieros que él solo se había creado, pero eligió el deber. Y de todo ello, ¿qué le queda? Una empresa que poco antes de la guerra estuvo al borde de la quiebra, una familia disgregada, un hermano que no le dirige la palabra y dos hermanas que se sienten defraudadas. Y su propio primogénito, que en vez de estar junto a él ha preferido irse al frente.

Le asalta la tentación de decirle que inmolar su vida por el deber no lo convertirá en un héroe, ni mucho menos lo hará feliz. Por supuesto, se dirá de él que es una persona intachable y recta, pero un día, reflejándose en los ojos de sus propios hijos y dándose cuenta de repente de que se ha hecho viejo, se percatará de que nunca ha vivido para sí mismo, de que ha desperdiciado sus días.

«¡Escápate de esta jaula, huye! Excava tenazmente en tu propio corazón hasta encontrar la auténtica felicidad, la que viene de dentro y que nadie te pueda robar. ¡Sé menos intachable, pero sé feliz, hijo mío!»

—Tienes razón —repite dejando que triunfe una vez más el sentido del deber—. Vuelve al frente y haz honor a tu apellido.

6

Bérgamo

Una tarde de hace seis meses el Canèta salió de la fábrica después del turno, como siempre. El invierno cedía el paso a la primavera a regañadientes y por el suelo, en los rincones en sombra, quedaban todavía las últimas manchas de nieve sucia, donde los niños se entretenían jugando. Por la noche el aire era cortante como una navaja, con ráfagas cortas y repentinas.

La casita de los Malberti es una de las últimas antes de los campos que conducen al cementerio y, para llegar allí, hay que costear toda la hilandería y luego atajar hacia el pueblo.

El Canèta caminaba a paso rápido, encogido en su gabán. El turno había sido largo, agotador. No veía el momento de comer algo y meterse enseguida en la cama.

En el último tramo, sin embargo, exactamente donde el día anterior alguien había roto la bombilla con un certero disparo de honda, una mano salió de la oscuridad y lo agarró del cuello del abrigo. Él, en parte por el cansancio, en parte porque no se esperaba la emboscada, se encontró en el suelo antes incluso de poder emitir un suspiro e inmediatamente una tromba de patadas, puñetazos y bastonazos lo dejó fuera de combate.

—*Alüra, Canèta,* ¿te vale así o quieres más? —le gruñó uno de los agresores, dándole una última patada.

Él apenas logró levantar una mano como diciendo que sí, por el amor de Dios, que ya había tenido suficiente.

—Pues deja de tocar los cojones en la fábrica, jefecillo de mierda. *T'et capit?* ¿Te has enterado? —Y de nuevo otra ración de golpes, que casi lo dejan en el sitio.

Entre las muchas cosas que ha trastornado la guerra, está también la estructura de la hilandería. La producción se ha reconvertido en telas especiales para aviones y a la Benigno Crespi le cuesta Dios y ayuda atender a los pedidos, por lo que se reintrodujeron los turnos nocturnos para las mujeres y los niños, que anteriormente se habían suprimido. Todos los hombres sanos se han marchado al frente —e incluso algunos no del todo sanos, dado que la urgencia de alimentar al ejército ha empujado a los médicos militares a hacer la vista gorda— y el Canèta, de la noche a la mañana, se ha visto por fin ascendido a jefe de sección.

Sin embargo, si creía que mandar era algo fácil, estaba muy equivocado. Los obreros son como esos bueyes que no quieren someterse al yugo y sueltan patadas y cornadas a diestra y siniestra; hacen falta sus buenas dosis de bastonazos para doblegarlos, y el Canèta no tiene miedo a despertar odio. Muchos se acuerdan de él, porque cuando empezó a trabajar no era más que un crío, y no lo respetan porque aún lo consideran un *bocia*, un aprendiz; otros en cambio lo desprecian, como si las culpas de Fredo y de Elvira le pertenecieran, como si fuera la misma cosa. Por eso tuvo que ser un poco más duro de lo normal, para hacerse respetar. Además, como es natural, también se ha quitado algunas espinas, cobrándose alguna pequeña venganza. Pero ¿quién no habría aprovechado su posición?

—*T'et capit?* ¿Te has enterado? —insistió uno de los agresores.

Sí, desde aquella tarde de hace seis meses, el Canèta comprendió que se había excedido. Nunca llegó a saber los nombres de aquellos cobardes, pero por las miradas que intercambiaron los obreros al día siguiente intuyó que los que no estaban al corriente de lo que iba a ocurrir habían quedado satisfechos en todo caso con el resultado. Desde entonces se lo piensa dos veces antes de hacer una observación en la nave y, al volver a casa después del turno, se guarda las espaldas, manteniéndose alejado de los rincones oscuros.

Desde ese día ha estado reflexionando sobre cómo hacérselas pagar a Rino el de Agazzi. Porque él también estaba en el ajo, de esto no tiene duda: probablemente fue quien, entre las risas de los demás, le orinó encima mientras estaba en el suelo casi inconsciente. Le ha estado dando vueltas todo este tiempo, sin darse cuenta de que la solución la tenía delante de las narices.

«Vamos a ver quién ríe el último», se dice mientras entra en el cuartel de los *carabinieri*.

7

Crespi d'Adda

Se sabe que una palabra puede significar muchas cosas. Emilia se lo repite a menudo a sus escolares, es como tomar una caja y llenarla de hojas: no son todas iguales. Las hay de higuera, que son grandes y redondeadas; de abedul, pequeñas y deshilachadas; de olivo, oscuras y oblongas. Y la misma hoja puede ser verde en verano y amarilla o incluso roja en otoño: una palabra cambia de significado no solo en función de lo que indica, sino también de cuándo se pronuncia.

Lo mismo ocurre con el amor, palabra que, en apenas cuatro letras, expresa una infinidad de significados. Es amor el que se experimenta a los veinte años, cuando el tiempo que nos separa de la persona amada es viscoso como la lava; es amor el de la pasión que arde como un incendio de broza; amor, el de una unión ya tan consolidada que casi ni se nota, pero que todavía calienta como las brasas que duermen silenciosas en la estufa.

Ese es el vínculo que une a Emilia y Enea, después de más de veinte años. Ya no es un amor hecho de chispas y llamas agitadas por el viento, sino del calor reconfortante de las largas noches otoñales. Es la plácida felicidad de hacer siempre las mismas cosas, el conocimiento de los confines de cada uno y la tolerancia de sus respectivos límites; el reconocer sonidos, predecir movimientos, leer pensamientos, entendiéndose sin tener siquiera que mirarse.

Por eso, cuando Emilia llega a casa y se lo encuentra en la mesa del comedor con la cabeza inclinada sobre una pila de papeles, le basta con una mirada para comprender que tiene algo importante que decirle. Y quizá más: algo doloroso.

—¿Va todo bien?

—Lee —le dice esparciendo algunos documentos sobre la mesa y quedándose con el último.

Emilia recorre con ojos febriles una pequeña lista de nombres, no llega a una docena. Se trata de chicos con diagnósticos médicos más o menos serios, cada uno con su propia ficha descriptiva firmada por el doctor Pagnoni.

—No entiendo...

Enea respira hondo.

—Hace unos meses vino a verme una mujer que me pidió que declarara a su nieto inútil para el servicio militar por motivos de salud. Como es natural, no era cierto: el chico estaba perfectamente sano, pero la anciana temía que los nacidos en 1899 no tardaran en ser llamados a filas, y no quería perderlo. —Hace una pausa—. En un primer momento me negué, pero en los días que siguieron no pude dejar de pensarlo y al final acepté hacer lo que me pedía. —Emilia lo mira con los ojos desorbitados pero, antes de que pueda preguntarle nada, Enea continúa—: He hecho lo mismo con otros siete chicos.

—¿Qué?

—Los he declarado inútiles y les he dado instrucciones detalladas para que sepan simular la enfermedad en el caso de ser sometidos a controles.

—¿Es que te has vuelto loco? ¡Si se llega a saber terminarías ante un tribunal militar!

—Por eso no te he dicho nada hasta hoy.

Hay una larga pausa. Flota en el aire la pregunta que Emilia no se atreve a pronunciar en voz alta: «Y ¿por qué lo haces ahora?».

—¿Te han descubierto? —le pregunta con un hilillo de voz.

Enea niega con la cabeza y ella comienza a respirar de nuevo.

—Me he enrolado como voluntario.

Debajo de la silla de Emilia se abre de repente el vacío. Siente que se desploma en un abismo sin fondo, mientras que su corazón y otros órganos son succionados hacia arriba. Se agarra a la mesa con ambas manos y pregunta:

—¿Qué?

—No es justo que unos chicos jóvenes, inexpertos, con toda la vida por delante sean enviados a morir al frente, mientras que yo...

—¡No es culpa tuya el que hayas superado la edad de reclutamiento!

—No me siento culpable, pero quiero hacer mi aportación. Los médicos escasean, en cambio el número de heridos aumenta de semana en semana.

—Enea... —Emilia exhala.

Le gustaría decirle que no la puede dejar así, que no es de recibo que la abandone para salvar a unos desconocidos, que su deber es estar junto a ella, envejecer juntos. Pero una parte de sí misma está de acuerdo, una parte de ella sabe perfectamente que Enea tiene razón y, es más, lo admira. Si estuviera en su lugar, haría lo mismo.

—Cuando todo termine, volveré y retomaremos la vida de antes. —«Y ¿qué pasa si no vuelves?», le gustaría preguntarle. Pero ni siquiera se atreve a pensarlo, así que mucho menos a decirlo en voz alta—. A los médicos no los mandan al combate —la tranquiliza—. No ponen en riesgo sus vidas.

Emilia agacha la cabeza, desprovista de argumentos y fuerzas. Al cabo de un rato se levanta y prepara la cena, como si fuera una noche normal y no la última que pasan juntos. Cenan intercambiándose algunas frases triviales, sin encontrar el valor de mirarse a los ojos. En la cama ella se acurruca dándole la espalda, como una concha que no quiere abrirse; Enea abraza su cuerpo frío y rígido, y vuelve a olfatearle una vez más el pelo, que huele a heno recién cortado, a violetas marchitas, a algodón tendido al sol para que se seque: inhala todos esos aromas de su casa para grabárselos bien en la memoria.

A la mañana siguiente, muy temprano, empieza a prepararse. Tampoco Emilia ha pegado ojo, se le lee en la cara junto con el esfuerzo que está haciendo para no llorar.

—Deberías habérmelo dicho —le reprocha cortándole pan para el camino—. No en el último momento.

—No quería que te preocuparas, y además hasta ayer ni yo mismo siquiera estaba seguro del todo.

—Deberías haberme dicho que te lo estabas planteando, deberías habérmelo contado de todos modos.

Enea inclina la cabeza, derrotado. Si se lo hubiera dicho, ¿le habría dejado partir? ¿No habría hecho cualquier cosa para impedírselo? Y él, con tiempo para reflexionar sobre ello, ¿se habría ido al final?

—¿Tienes el valor suficiente como para ir a la guerra, pero no para afrontar a tu mujer? —susurra ella.

Sigue un pesado silencio.

—Lo siento, me he equivocado —dice poniendo las últimas cosas en la mochila—. Te prometo que te escribiré a menudo.

Emilia niega con la cabeza.

—No hagas promesas que no seas capaz de mantener.

—Emilia, no nos peleemos ahora..., por favor —le suplica.

Ella se muerde el labio inferior hasta que se hace daño, y asiente.

—Prométeme que te cuidarás, que no te expondrás a peligros inútiles, que no harás tonterías.

—Te lo prometo. —Sabe que está mintiendo, ella también lo sabe. Ambos saben que Enea hará lo que sea necesario hacer, aunque sea a riesgo de su vida. De lo contrario, no se habría ofrecido como voluntario.

Él la abraza con fuerza y siente su camisa empapada de lágrimas. La campana de la iglesia da siete tañidos, señal de que es hora de emprender el viaje. Enea sale de casa como un día cualquiera, mientras Emilia, parada en el umbral, lo ve empequeñecerse por el paseo hasta desaparecer.

8

Milán, verano de 1917

Aunque la vejez y la enfermedad lo han demacrado, Cristoforo no deja de esforzarse por ostentar desenvoltura. Sentado en un sillón, con la espalda recta, unos ojos oscuros aún vivaces por más que velados por una pátina opaca, un bigote espeso y muy blanco, una boca fruncida en un gesto amargo, escucha sin hablar lo que Silvio le cuenta. Ha estado angustiado desde que recibió la carta de su hijo Daniele.

Cristoforo no desconoce la larga lista de sus errores, imprudencias y locuras —entre otras cosas, porque Silvio no deja de recordárselos—, pero incluso si no encontrara, como en cambio ocurre, una razón para disminuir la gravedad de sus acciones, su hijo menor seguiría siendo su hijo predilecto.

Tan pronto como Italia entró en guerra, Daniele renunció a su escaño en el Parlamento, donde era diputado de derechas, y firmó el alistamiento voluntario en las tropas de montaña.

—Tienes mujer y cuatro hijos —gruñó Silvio—. Deberías quedarte con ellos.

El hermano no se dejó avasallar.

—Si me alisto es precisamente por ellos —replicó.

Había algo en sus ojos, una determinación distinta a aquella con la que había afrontado las diversas aventuras empresariales en el pasado. Había un fuego dentro de sus ojos que no pasó desapercibido ni para Silvio ni para Cristoforo y que hizo acallar toda discusión.

Más tarde se supo que en la guerra fue capaz de distinguirse, ganando ascensos y medallas en el campo de batalla. En mayo de 1916, durante la batalla de los Altiplanos, recorrió un sector bajo el bombardeo enemigo, remplazando a sus compañeros exhaustos y manteniendo alta la moral de todos; más tarde conquistó avanzadillas e hizo muchos prisioneros, permaneciendo en su puesto de combate a pesar de estar herido.

—Si hubiera mostrado la mitad de esa devoción en la empresa familiar... —masculló un día Silvio entre dientes.

Cristoforo lo silenció con una mirada.

—¡No te atrevas a hablar así! —gritó con una voz aún atronadora a pesar de su edad—. Tu hermano es un héroe, deberías estar orgulloso. Todos hemos cometido errores, pero el pasado a estas alturas ya no importa.

Entonces llegó esa carta del hospital de Bassano. Daniele, herido en un combate cuerpo a cuerpo, escribió a su padre para tranquilizarlo sobre su estado de salud. Unas cuantas hojas que, sin embargo, parecían más un balance de su vida y una despedida de este mundo.

—Ve a ver cómo está —le pidió Cristoforo.

Silvio no supo negarse: lo que tenía ante él no era ya el industrial firme o el padre estricto, sino solamente un viejo aterrorizado que le imploraba ayuda. El sentido del deber prevaleció, una vez más, por encima de todo.

—Entonces ¿lo has visto? —le pregunta Cristoforo—. ¿Cómo está?

«Mal», quisiera responder Silvio, recién llegado de Bassano. Daniele está muy mal, sus heridas son graves, ha perdido mucha sangre y el estado de sus pulmones es aún peor a causa del gas.

—Está lúcido, consciente —dice—. No pierde el ánimo.

Cristoforo asiente.

—Bien, bien. —Luego lo mira, aguardando mayores detalles.

Silvio se ha preparado durante todo el viaje lo que le va a

decir. Si mintiera, su padre se daría cuenta, no es idiota. Pero decirle la verdad ni se contempla.

—La situación no es fácil —dice—. Ha sufrido heridas importantes. Sin embargo, los médicos son optimistas.

—Los Crespi tienen la piel dura —comenta Cristoforo apretando el puño.

—Sí... —murmura Silvio.

—Y ¿te dijo algo? —Queda a la espera, pendiente de sus labios.

Daniele hablaba con dificultad, pero se alegró de volver a ver a su hermano después de tanto tiempo. La guerra había cambiado muchas cosas, desplazando las coordenadas de lo bueno y lo malo, dando una nueva dimensión a los asuntos humanos. Frente a la monstruosidad de este conflicto, todo parecía pequeño e insignificante.

Daniele había llorado, habían llorado juntos. Un abrazo que había borrado años de malentendidos, fricciones, diferencias. El miedo de que aquella fuera la última oportunidad que la vida les ofrecía había apresurado el perdón. Tal vez nunca hubieran estado tan unidos, tan hermanos.

—Quería saber cómo estás, ya sabes cómo es. Me pidió que te dijera que en cuanto pueda vendrá a Milán.

—¿Ha perdido peso?

—Menos de lo que piensas.

—Los Crespi tienen la piel dura —repite Cristoforo con la mirada perdida.

Aunque su padre no lo diga, Silvio sabe lo que está pensando. Vuelve a ver su colección de arte y espera —mejor dicho, lo cree— poder reunirla otra vez, un día, quizá más impresionante y majestuosa aún. En su larga vida ha caído muchas veces y le han dado a menudo por acabado, pero él siempre encontraba la manera de levantarse, sabiendo sacar importantes lecciones de cada derrota. También esta vez será así. Esta guerra terminará, Daniele regresará a casa como un héroe, la Benigno Crespi se recuperará, Cristoforo volverá a disfrutar de su pinacoteca. Los Crespi tienen la piel dura.

9

Crespi d'Adda, otoño de 1917

El camino que lleva de Capriate al pueblo es como un enorme tobogán. Remigio no se da cuenta hasta que tiene a la vista el torreón del castillo y, un poco más allá, las chimeneas de la fábrica de algodón: dependiendo del punto desde donde se tome, el mismo sendero puede ser una invitación o bien un obstáculo. Cuando se fue, hace un año, por el camino que había de llevarlo lejos de casa, era una subida empinada que oponía resistencia, agravada por la pesada mochila que parecía tirar de él hacia abajo, como si quisiera llevarlo de vuelta. Ahora en cambio, al final de la bajada, las casitas y la fábrica esperan con los brazos abiertos su regreso y quién sabe adónde habrá ido a parar la mochila: todo lo que le queda de este último año es el uniforme de infantería en tela gris verdosa, el chaquetón sin bolsillos y los pantalones de montaña, así como las botas, que, además, ni siquiera son suyas, porque se las quitó a un muerto al borde de un camino. «Lo siento —le dijo—, a ti no te hacen falta.» Y al remprender la marcha le pareció que el otro lo saludaba con la mano, como para desearle buen viaje.

¡Cómo ha echado de menos este lugar! Durante las largas horas que se ha pasado escondido como una rata en las trincheras fangosas, mientras los relámpagos de la guerra violaban la sagrada oscuridad de la noche y los chicos empapaban de lágrimas las fotografías de sus madres, Remigio no pensaba en otra cosa. Solo tenía que cerrar los ojos para verse recorriendo los ordenados paseos entre las casas y cruzando las puertas de la fábrica. Si se tapaba los oídos con las manos, el espantoso rugido de los cañones no era muy diferente al fragor amigo de las hiladoras, y en cada rostro podía rastrear cierta semejanza con algún obrero. El rancho, además, era tan insípido que podía confundirse con cualquier cosa: aderezándolo con un puñado de nostalgia, tenía el sabor dulce de las veladas de invierno frente a la chimenea, cuando el aroma de la col guisada subía hasta los dormitorios. Más que el fusil o el casco, ha sido el tener un lugar al que volver lo que le ha salvado la vida, aunque eso él no lo sepa.

Ahora que ha regresado no le parece verdad. ¿Y si no fuera más que otra de esas ensoñaciones en las que acostumbra a perderse? ¿Y si fuera un espejismo, una alucinación? Lleva días caminando —pero podrían haber sido semanas o meses—, deteniéndose solo para dormir unas pocas horas, cuando ya no podía mantenerse en pie y caía desplomado donde fuera, como si se hubiera desmayado, con el riesgo de que lo encontraran y lo fusilaran al instante. Quizá sea el cansancio lo que le hace ver el pueblo, allá, o las ganas de volver. Por lo que le consta, bien podría estar muerto y lo que le parece el núcleo de casas acuclilladas alrededor de la fábrica textil podría ser el más allá.

Desde la distancia ve a un hombre inclinado sobre un pequeño carro arrastrado por una mula. Antes incluso que con los del conductor, Remigio intercambia una mirada con los ojos resignados del animal, que renquea resoplando y parece querer decirle algo. Habla a menudo con los animales; había muchos allí, en la guerra: desesperados, asustados, hambrientos como los hombres, pero menos feroces.

—Migio —dice el hombre, mirándolo largo rato con aire perplejo—, ¿has vuelto?

Lo recordaba más joven, claro, pero Remigio lo conoce bien: es Franco, el de los Massenti; Ugolina, su hija, está casada con el Canèta. Es un hombre bueno, manso, de pocas palabras, que ha perdido nada menos que tres esposas y cuatro hijos, todos por enfermedad. Pero ¿cómo puede saber que es real y no fruto de la fantasía, otra alucinación?

Remigio recoge una gran piedra del suelo, la sopesa en la palma, luego se golpea con ella en la frente; el dolor, sin embargo, no llega de inmediato: es lo que sucede cuando ya estás acostumbrado. Remigio lo sabe bien, por eso insiste: dos, tres golpes, y por fin ahí tiene la prueba de que no está soñando. Se tambalea y está a punto de caerse, se le oscurece la vista antes de que una explosión de estrellas lo cubra todo y un líquido caliente y viscoso le fluya desde la nariz mientras la cabeza le arde como si le hubieran pegado fuego al pelo.

Nada es más real, más auténtico, que el dolor. Nada más vivo.

Bajo la mirada horrorizada de Franco el de los Massenti, Remigio sonríe extasiado. El pueblo no es una alucinación, no es el más allá, todo es cierto: ahora está seguro de que ha vuelto a casa de verdad.

10

Emilia se lo encuentra en los prados que rodean el pueblo. Desde que Migio, el de los Malberti, ha vuelto del frente, la gente se siente incómoda en su presencia y lo esquiva más que antes: la guerra ha añadido algo siniestro a sus extravagancias habituales.

Remigio está acurrucado al sol, con su estrecha espalda marcada por una espina dorsal repleta de protuberancias, la cabeza hundida en los hombros, el sombrero demasiado pequeño para contener sus grandes orejas de soplillo: de no ser por su desproporcionado cabezón, podría confundírsele con un colegial. No muy lejos, los niños del pueblo juegan persiguiéndose unos a otros mientras gritan alegremente.

—¿Con quién estás hablando, Migio? —le pregunta Emilia sentándose a su lado y notando que mueve los labios como si estuviera recitando una oración.

Remigio se sobresalta al principio y se encorva como un gato asustado; luego, al reconocer a la de los Vitali, abre la boca del todo en una sonrisa de éxtasis.

—Los niños —dice apuntándolos con su dedo índice—. Les estoy disparando.

—Pero, Migio, son los niños de la escuela...

—Sí, sí —contesta él—. ¡Bang! ¡Bang! ¡Bang! ¡Todos muertos, je, je!

Emilia se queda helada y por un momento no sabe qué decir.

—Migio —le pregunta después—, ¿te encuentras bien?

Él gira la cabeza con un movimiento antinatural y se la queda mirando fijamente, con una mezcla de asombro y estupor. ¿Será que Emilia es capaz de ver dentro de él, en el mundo que tiene bajo el pelo, dentro de la cabeza?

Es un mundo remoto, en el que la guerra, sin embargo, ha logrado colar sus propios monstruos, que ahora viven allí, aferrándose con uñas y dientes a sus pensamientos.

Caer en él es como desplomarse en un pozo angosto y oscuro. A menudo, Remigio se encuentra allí abajo de repente; en su base, el pozo se ensancha en una covacha de techo bajo y húmedo. Migio mira hacia arriba, buscando ayuda: pero la gente sigue con su vida, nadie se percata de él ni se detiene. Intenta entonces escalar sus paredes, pero están resbaladizas, cubiertas por un musgo viscoso como moco, y cae de culo en el suelo, dándose cuenta solo en ese momento de que el terreno está cubierto de cuerpos sin vida: niños, jóvenes, viejos, mujeres, soldados, civiles, ricos, pobres, obreros, campesinos.

Remigio sigue notando el olor a pólvora en el aire, mezclado con el de la sangre y las letrinas. En la boca tiene el sabor de ese caballo que, cuando él y sus compañeros, desesperados, empezaron a comérselo, todavía no estaba completamente muerto. Los gritos se mezclan con la retórica de los oficiales que incitaban a las tropas repitiendo lo justa que era la guerra, lo heroico de sus hazañas.

Desde que llegó a casa, es ahí donde vive Remigio: en una cueva oscura que apesta a podredumbre, donde sigue resonando el eco de los cañones.

No tendría que haber ido a la guerra, eso bien lo sabe Remigio, fue todo un malentendido. Puesto que la gente lo considera un demente, no se molesta en bajar la voz en su presencia: le dicen las cosas a la cara, convencidos de que de todos modos no se entera de nada.

«El general Cadorna debe de estar realmente desesperado si ahora alistan incluso a los idiotas —llegaron a decir delante de él—. ¿Qué le puede ordenar hacer a alguien así, que ni siquiera sabe contar? No puedes ponerlo en la retaguardia. En la primera línea hará bulto, pero ¿cuánto tiempo crees que durará? Habrá que explicarle incluso por qué lado se empuña el arma. Por lo menos no se dará cuenta de que lo envían al matadero, suerte para él.»

—Migio, ¿te encuentras bien? —le repite Emilia viéndolo perdido en sus pensamientos.

Él deja escapar una especie de hipido.

—Feo, muy feo, allí.

—Lo sé, Migio. Lo siento. —Hace ademán de ponerle una mano en el hombro, pero él la esquiva con un gesto nervioso—. Aquí estás a salvo, no tienes de qué preocuparte. —Mientras lo dice, piensa en Enea, que tal vez esté en peligro, y las palabras le mueren en la boca.

—Había uno sin brazo. Se le había desprendido como un higo de la planta, ¡zac! —dice él—. La sangre de la higuera es tan blanca como la leche, ¿sabes?

Emilia no responde, esperando a ver qué rumbo toman los pensamientos de Remigio.

—Pero no puedes confundir el higo con una vaca, porque tiene cola, ¡eh! —Cierra la boca y mira a lo lejos—. El brazo arrancado como un higo se movía, adiós, adiós. Cuando te vas tienes que despedirte.

—¿Vamos a casa, Migio?

—El hombre estaba llorando porque, si cortas un higo, después crece otro: pero los brazos no. —Suspira negando con la cabeza—: Claro que no.

Emilia se levanta y se ajusta la falda.

—Vámonos a casa, venga. Es muy tarde, Elvira te estará esperando.

—También la higuera se encuentra mal, pero no grita —continúa él, sin prestarle atención—. Porque la higuera no tiene boca, ¡eh!

Ella le agarra del brazo y lo levanta.

—Ven conmigo, Migio.

Remigio no se resiste. Se pone en pie y deja que lo lleve hacia el pueblo, con su paso titubeante. Las sombras en el sendero son largas y melancólicas: la cuadrada del lavadero, la puntiaguda de la iglesia, la ininterrumpida de la fábrica, y las de las casitas, ordenadas y regulares como dientes.

—Quién sabe qué habrá preparado Elvira para comer —dice Emilia, para evitar que Remigio vuelva a caer en sus lúgubres pensamientos—. ¿Tienes hambre?

—No le vamos a decir nada a Elvira de lo del brazo como un higo.

—No, Migio. No le decimos nada.

Parece satisfecho y acelera el paso hacia casa, pero cuando ya ven su chalecito recuerda algo.

—Enea se lo cosió —dice.

Emilia siente como una especie de descarga y para no desmayarse se aferra a su camisa.

—¿Qué?

—Pero no puedes volver a pegar un higo al árbol.

—¿Qué has dicho de Enea? —Le tira de la ropa—. ¿Lo has visto? ¿Sabes dónde está? —Hace semanas que Enea no le escribe, y no es una buena señal, porque antes las cartas llegaban con regularidad.

Él la mira como si no entendiera en qué idioma está hablando.

—Migio, has dicho que Enea cosió al soldado que había perdido el brazo. ¿Verdad?

—Sí, sí. Con aguja e hilo, como una costurera.

—¿Cuándo? ¿Dónde estabais?

Él se encoge de hombros y abre tanto los ojos que casi se le salen de las órbitas.

—Es importante, Migio. —Hay angustia y esperanza en su voz—. Dime dónde estabais. ¿Dónde está Enea?

Remigio echa a andar de nuevo sin prestarle atención.

—Migio, por favor. ¡Ayúdame! —le suplica.

Él se detiene y por una vez la mira a los ojos con una expresión normal.

—No puedes volver a pegar un higo al árbol, Emilia.

11

El largo paseo que conduce al cementerio está bordeado por campos de cultivo y viñedos, que se interrumpen solo en el último tramo para dejar espacio al bosque. Desde hace unos días el aire es más punzante y, cuando entran en las sombras, Emilia se estremece.

Silvio se quita la chaqueta y se la pone sobre los hombros. Ella, perdida en sus propios pensamientos, ni siquiera le da las gracias. Está nerviosa: él ha querido verla anticipándole que tenía algo importante que decirle, pero no ha abierto aún la boca, como si temiera su reacción.

—¿Has podido averiguar algo sobre Enea? —se atreve a preguntarle al final.

Por su escaño en el Parlamento, Silvio va a menudo a Roma, como la semana pasada. Él suspira y se mete las manos en los bolsillos.

—No, lo siento —murmura incómodo—. Nada nuevo respecto a la última vez.

Emilia se detiene y lo mira con recelo.

—¿No me estarás escondiendo nada?

—Qué va, yo no...

—Sabes muy bien que no puedo tolerar que me traten como a una tonta —le interrumpe—. Enea es mi marido: sea lo que sea lo que le haya ocurrido tengo derecho a saberlo.

—Emilia, mira que...

—Ni se te ocurra pensar en protegerme —masculla; luego se da cuenta de que ha sido demasiado brusca y baja la cabeza.

—Estoy siendo sincero. No tengo ninguna noticia de Enea, lo siento. —Ni siquiera con sus contactos resulta fácil conseguir información concreta. Después de Caporetto, todo se ha vuelto más complicado, más caótico: entre los que perdieron la vida, los que han sido capturados y deportados, y los que desertaron, llevará meses, tal vez años, poder disponer de números precisos, por no hablar de los nombres.

—Entonces ¿para qué querías verme? —pregunta mientras llegan a la puerta del cementerio.

Silvio aminora el paso.

—Dentro de poco Orlando, el presidente del Gobierno, va a nombrarme comisario de Abastos. Y subsecretario de Gobernación.

Emilia, sin embargo, no parece impresionada.

—¿Es esa la cosa tan importante que tenías que decirme? Vale, pues te felicito.

Él se queda un poco chafado.

—¿Te felicito? —repite él—. ¿Eso es todo?

—¡Venga, hombre! —exclama Emilia, incapaz de contener la rabia que tiene dentro—. Te has pasado la vida acumulando cargos importantes. Un nombramiento más no le sorprende a nadie.

—Es cierto —responde amargamente Silvio—. Debería haber sido como mi hermano, que no ha hecho nada en la vida y, en cuanto mueve un tenedor, todos se apresuran a aplaudir el milagro. Míralo ahora, hasta es un héroe.

Contra todo pronóstico, Daniele sobrevivió y, en cuanto pudo volver a ponerse de pie, pidió ser reasignado al frente, olvidando la promesa de ir a ver a su padre para tranquilizarlo. Pero no es eso lo que le molesta a Silvio: lo cierto es que las gestas de su hermano han oscurecido las suyas y, por primera vez, no es él el mejor de la familia. Salvar a la empresa de la quiebra financiera, haberla devuelto a una condición de estabilidad e incluso el inminente y prestigioso nombramiento del Gobierno, nada es comparable a haber derramado la sangre por la patria.

—Discúlpame —dice Emilia—. No he querido quitarle importancia. Es solo que, en esta situación, sin saber nada de Enea...

—No, tienes razón —interviene Silvio—. He sido poco delicado.

—Caramba —se burla ella, para amortiguar la tensión—, ¡Silvio Crespi admite haberse equivocado!

Él se ríe.

—Me he equivocado muchas veces, ya lo sabes.

—Pero nunca lo has admitido. Ha hecho falta una guerra mundial para que lo hagas.

Empiezan a caminar de nuevo en silencio hacia el cementerio. Al otro lado de la reja descansan los habitantes del lugar, cada uno bajo una cruz de piedra, el último regalo de la empresa.

—¿Qué vas a hacer cuando termine esta guerra? —le pregunta Emilia, que siente la necesidad de pensar en un después, de creer que habrá un después—. ¿Has pensado en eso?

No, Silvio nunca piensa en eso. A decir verdad, la idea de un después le da miedo, y le da más miedo aún tener que admitir que a él la atrocidad de la guerra le ha supuesto más ventajas que desventajas. A veces está tan satisfecho que ni siquiera es capaz de ocultarlo. Como hoy, cuando ha querido reunirse con Emilia para pavonearse ante ella, para mostrarle sus éxitos, para leer admiración en sus ojos. Al fin y al cabo, este es también uno de los regalos del conflicto: poder concederse una caminata con ella, tenerla toda para él, como en los viejos tiempos, cuando eran unos críos; y qué se le va a hacer si el precio de ese regalo, tal vez, es la vida del hombre al que Emilia ama.

Cuando termine la guerra, Silvio recogerá los frutos, eso es lo que hará.

—Soy un hombrecillo mezquino —admite.

12

Bérgamo, septiembre de 1918

La primera vez que estuvo allí, Rino aún no había nacido. Era 1877, su madre Margherita, que había sabido hacía poco que estaba embarazada, permanecía acurrucada en la silla vigilando a Agazzi, convencida de que solo faltaban unos días para perderlo. Su padre, en cambio, tras haber sido dado por muerto, había regresado del más allá con una pierna sola, mientras que su madre había muerto en el parto. Y él, que debería haberse llamado Cesare como su abuelo, fue bautizado con el nombre de Cristoforo, en honor al patrón.

No le cabe duda de que por aquel entonces el hospital no estaría tan abarrotado: la larga y enorme sala de paredes encaladas alberga el doble de pacientes respecto a su capacidad normal. Son todos soldados, algunos muy jóvenes, heridos en combate.

Desde que fue ingresado —Rino no sabe decirlo con exactitud, pero le parece que ha pasado un lustro—, es la primera visita que recibe. Emilia Vitali ni siquiera se atrevía al principio a acercarse a su cama, se mantenía a cierta distancia, retorciéndose las manos mientras tomaba nota de todo con los ojos, pasando revista a cada rostro.

—Me han dicho que te van a dar una medalla —es lo primero que le dice.

—Ya —responde Rino con amargura—, el caramelito para los imbéciles. —Se arrepiente de inmediato y mira hacia abajo.

Las piernas dibujan una forma extraña debajo de las sábanas, parecen largas serpientes dormidas; de vez en cuando Rino las mueve para asegurarse de que todavía están unidas a su cuerpo.

—¿Cómo estás? —pregunta Emilia, y le entrega un envoltorio con una hogaza de pan y huevos duros—. ¿Tienes hambre?

No, hambre no tiene. Lo que ha visto en el frente le quitaría el apetito a cualquiera.

—Bien, gracias —miente—. Sí, un poco de hambre sí..., tal vez más tarde.

Rino el de Agazzi no quería ir a la guerra. No quería ser uno de esos que se ponen en fila para que los maten en nombre del rey. Si no le hubieran mandado a la fuerza hoy tal vez no estaría ahí.

Una noche de otoño de 1916, cuatro *carabinieri* se presentaron ante su puerta y casi la derriban a patadas. No le dieron ni tiempo a vestirse, lo agarraron y lo arrastraron hasta la parte trasera de una camioneta con el camisón aún puesto, acompañado de otros tres chiquillos con cara de funeral. Unos días después estaban todos en el Isonzo con una bayoneta en la mano: a dos los perdió de vista de inmediato, al tercero lo vio morir bajo una descarga de artillería, nada más salir de la trinchera. En cuanto pueda levantarse, Rino tendrá que ir a ver a su madre para decirle que el chico —de diecinueve años, curtidor de Capriate— sacrificó valientemente su vida por la patria; no le dirá que todas las noches lloraba gimiendo como un cachorro asustado, que le temblaban tanto las manos que ni podía escribir unas cuantas líneas, que al ver a su primer muerto vomitó hasta el alma, que rezaba tartamudeando sin recordar siquiera las palabras. Nadie quiere saber estas cosas, el miedo no es heroico, no aporta retórica.

Rino el de Agazzi sobrevivió haciendo lo mínimo indispensable, con poca convicción. Estaba claro que no podía rebelarse abiertamente, porque a los desertores los espera el fusilamiento, y rebelde cuanto quieras, pero no tenía ganas de que lo ejecutaran. Con todo, la idea de estar en suelo extranjero representando el papel del invasor, disparando a chicos más jóvenes que él y haciendo prisioneros a los que no tuvieron la suerte de morir en el acto, saqueando en nombre de quién sabe qué valores, para avanzar otros tres o cuatro kilómetros, la idea de haberse convertido en parte de esa monstruosa máquina de matar lo repugnaba hasta el extremo de dejarlo inerte, paralizado.

Después había tenido lugar la última batalla del Isonzo, la duodécima, la que luego se llamaría «el desastre de Caporetto». Y si hasta ese momento Rino creía que ya había visto el infierno, tuvo que replanteárselo. El ejército enemigo había avanzado como un cuchillo en la mantequilla, arrollando todo lo que encontraba a su paso. En pocos días la quincuagésima división fue barrida del mapa y desde entonces la batalla se transformó en una huida desesperada de soldados, viejos, mujeres, niños, animales. Ciento cincuenta kilómetros de retirada hasta el Piave, dando a las llamas y destruyendo todo lo que pudiera ser útil para el Deutsches Heer, el terrible ejército alemán: casas, graneros, almacenes, despensas, puentes, carreteras.

Después de Caporetto, Rino bien podría haber salido por piernas. En la confusión no habría sido difícil, muchos lo hicieron. Pero en ese momento las cosas habían cambiado: no se trataba ya de conquistar unos metros de tierra extranjera para la gloria del rey, sino de defender su propia nación, ocupada ahora por el ejército austrohúngaro, decidido a conquistar, después del Piave, Venecia también y tal vez incluso Milán. Ahora se luchaba por las propias casas, por las mujeres que habían quedado atrás, en manos del enemigo, por sus hijos deportados o asesinados allí mismo, por los viejos expulsados de los lugares donde nacieron y vivieron durante toda su vida.

Por esa razón se convirtió Rino en un héroe, por eso le darán una medalla.

—Me he enterado de que estabas en Caporetto —dice Emilia sentándose al lado de la cama.

Rino asiente.

—¿Viste a mi marido? —Le hubiera gustado ser más educada, sostener tal vez una pequeña conversación, para no dar la impresión de que solo había ido para eso. Pero la guerra elimina todo lo superfluo.

—Sí, él también estaba allí, era uno de los médicos de mi campamento. —Se percata de que Emilia está conteniendo la respiración—. La última vez que lo vi estaba bien, atendiendo a un chico herido. Pero después, cuando nos replegamos, en la confusión... No sé nada más.

Ella suelta todo el aire y se encoge en el taburete.

Rino quisiera tranquilizarla, pero sabe que darle falsas esperanzas sería peor aún.

—Lo siento.

Se le viene a la cabeza la cara del médico que lo salvó a él. Había estado lloviendo varios días y el caudal del Piave había aumentado tanto que daba miedo. El enemigo construía pasarelas de madera que fueron arrasadas por la crecida; bajo el fuego italiano, los hombres acababan cayendo al agua como piedras y, si la corriente no se apresuraba a engullirlos, recibían un balazo en la cabeza. Sin embargo, no dejaban de intentarlo, con una determinación que rayaba en la locura. Al final los austriacos lograron cruzar, a pesar de que el ejército real bombardeara día y noche.

Cuando Rino fue alcanzado por la andanada de balas, en un primer momento no sintió dolor; al tratar de levantarse, sin embargo, se dio cuenta de que una pierna no lo sostenía. Entonces agachó la mirada y vio su uniforme empapado en sangre de la cintura para abajo. Solo en ese momento apareció el dolor e, inmediatamente después, el pánico. Recuerda que cayó al agua, que en la orilla era amarilla y fangosa, espesa como pan empapado en leche. «Estoy muerto», pensó. Luego la oscuridad.

Cuando volvió a abrir los ojos, allí estaba ese rostro afeitado, pálido, que se afanaba en vendar sus heridas. «Soy médico», dijo, pensando tal vez en tranquilizarlo. Pero era demasiado joven para haberse licenciado.

Estaban solo ellos dos, en un claro pedregoso no muy alejado de un cañaveral. A lo lejos se oía el atroz estruendo de la guerra, mientras el doctorcito trajinaba con sus heridas, curándolas como podía; Rino gritaba y perdía el sentido con regularidad. «¡Cuidado, ten más cuidado!», le repetía en un tono a la vez autoritario y asustado.

No tiene ni idea de cuánto tiempo siguió así: un día, de repente, se despertó en una cama de hospital. Le dijeron que lo había encontrado un equipo de reconocimiento. Era un milagro que siguiera vivo.

«¿Y el chico?», preguntó Rino. «¿Qué chico?» «El que me curó. Rubio, ojos azules, cara alargada y pálida.» Los médicos se miraron unos a otros desconcertados y negaron con la cabeza.

No sabe quién era ese joven médico, por qué lo salvó, qué ha sido de él. Solo sabe que le debe la vida.

—¿Conoces a alguien a quien pueda preguntar? —le dice Emilia arrancándolo de sus pensamientos.

Rino el de Agazzi niega con la cabeza.

—¿Has preguntado en la oficina que se encarga de los avisos a las familias de los militares?

—No han sabido decirme nada.

—Lo siento...

Emilia también niega con la cabeza y le da la espalda.

—Está bien, tarde o temprano acabaré enterándome de algo. —Se levanta—. Siento haberte molestado.

—Qué va, me ha alegrado que hayas venido.

Ella trata de sonreír, pero la sonrisa no le sube a los ojos.

—Es tarde, tengo que volver al pueblo antes de que oscurezca.

Rino el de Agazzi la observa mientras se va.

—¡Emilia! —la retiene—. Enea... ha salvado muchas vidas, quiero que lo sepas. Él sí que es un héroe.

13

Crespi d'Adda, 10 de noviembre de 1918

Ha estado lloviendo durante dos semanas, una lluvia violenta y desesperada, como si alguien de allá arriba quisiera lavar la suciedad del mundo. Luego, con una sincronización perfecta, ha salido el sol. No es el astro alegre de junio ni el testarudo de julio, sino el melancólico y lánguido sol otoñal, cansado del duro trabajo de verano —los campos de maíz que han de madurar, los frutos que hay que criar, el mar que ha de calentarse, la nieve que ha de derretirse—, pero no deja de ser sol. En la distancia las montañas encanecidas parecen talladas con un cuchillo y el cielo pertenece a los últimos pájaros antes de que emigren al sur.

En el pueblo hay una fiesta para celebrar el final de la guerra. El Canèta y otros obreros han sacado todas las mesas de la posada y las han colocado formando una larguísima fila que casi llega a la explanada de la iglesia. Se han abierto las despensas y se han sacado sin vacilación las últimas reservas: las mujeres con las mangas dobladas hacen pan dándose voces unas a otras, y con ellas está incluso Elvira; no falta el vino y, dada la ocasión, todos probarán un trocito de carne. No han contratado a una banda, pero quienes saben tocar algo improvisan una tonada alegre; desde temprano por la mañana las calles del pueblo se transforman en un salón de baile.

No tardarán en llegar los Crespi al completo: Cristoforo y

Silvio con todos sus hijos, tal vez incluso el *sciur* Daniele, que —según dicen— tiene más medallas que un coronel.

Después de la misa solemne, el patrón pronuncia un emotivo discurso, salpicado por grandes aplausos. Da las gracias a todos por haber cumplido su deber con valor y coraje, unos en el frente y otros en la fábrica. Da las gracias a las mujeres, que continuaron con la producción sin escatimar fuerzas. Habla de las hazañas heroicas de los soldados, de su desprecio por el peligro, de cómo no vacilaron en sacrificar sus vidas por un ideal superior. Cuando recuerda a los que no han regresado, cae sobre la plaza un pesado silencio: en cada familia hay un padre, un hijo, un marido que ha dado su vida, y muchos de los que han conseguido o conseguirán volver, aunque estén a salvo, no podrán borrar de sus mentes los horrores en los que han tomado parte.

Todos piensan en Migio, el de los Malberti, que de vez en cuando, de repente, empieza a gritar como un loco y si por casualidad oye un ruido fuerte echa a correr por todos lados, deteniéndose solo cuando choca con algo. A los niños los tiene aterrorizados, en cambio a los adultos hasta les hace gracia.

Pero la guerra ya pasó, dice Silvio, ahora es el momento de la paz, de la reconstrucción, de la vuelta a la vida. No hay más remedio que armarse de valor para regresar a la normalidad, aceptar el pasado, resignarse a las pérdidas y ser agradecidos por lo que aún nos queda.

Hace una pausa y busca entre la multitud con la mirada a Emilia, sin conseguir encontrarla en ningún lado.

Es tiempo de paz, repite, y de grandes proyectos para el futuro. Tal como ocurrió en el pasado, la Benigno Crespi quiere ser portadora de este espíritu de renacimiento y está planeando nuevas ampliaciones de la fábrica y del pueblo, nuevas máquinas y nuevas viviendas.

Italia ha vencido, concluye, el enemigo ha sido aplastado y ha tenido que sucumbir. Ha triunfado la justicia, ha triunfado el bien. Un largo aplauso pone fin al discurso, comienza la música y la gente se precipita hacia las mesas para comer.

Después del almuerzo están todos algo achispados. Fuera de la posada los hombres juegan a las cartas comentando el día, concuerdan en que el *sciur* Silvio ha pronunciado un discurso muy bonito y conmovedor.

—Pero qué sabrá él de la guerra —salta Rino el de Agazzi, que durante todo el día ha estado rondando a Mariolina, la de los Ravasio, a cuyo marido mataron en 1916. Es igualito que su padre, comenta la gente moviendo la cabeza.

—¿Qué sabrá? —le responde uno—. ¡Si era comisario de Abastos no sería por casualidad! —Todos se muestran de acuerdo con él.

—¡Bah! —dice Rino escupiendo en el suelo—. Para saber lo que es la guerra tienes que haber excavado un túnel mientras el enemigo te bombardea, tienes que haberte metido en una trinchera llena de barro, tienes que haber cagado en una letrina al aire libre con el riesgo de que te disparen por la espalda. ¡Qué sabrá él, que como mucho habrá empuñado una pluma!

Los hombres se sienten incómodos, pero en general le dan la razón, aunque crean que no es culpa del *sciur* Silvio el que no haya ido al frente.

—Si hubiera estado en la guerra —prosigue Rino con los ojos empequeñecidos por el vino—, no hablaría de gestas heroicas ni de desprecio por la vida. La retórica es buena para vender periódicos, pero la guerra no es eso. —Se golpea el pecho con la mano—. ¡Cuando los soldados morían, pensaban en su madre, no en el rey!

El Canèta le escucha de lejos moviendo la cabeza.

—Bah —dice, escéptico, al que está sentado a su lado—. Tal vez era él quien pensaba en su madre. —No quiere creer que sus hijos hayan muerto llamando a Ugolina, no es eso lo que le han contado. De los tres que partieron hacia el frente, solo de Barnaba se sabe algo: sigue hospitalizado porque tiene serios problemas en los pulmones, debido a la inhalación de gas.

El otro calla y mete la nariz en el vaso, bebiendo hasta la última gota.

—*Scolta, Canèta* —dice después incómodo—. Tengo que decirte una cosa.

—*Dimela* —contesta el Canèta.

El hombre tarda un poco en armarse de valor, luego lo suelta todo en un suspiro.

—Esa noche que saliste de la fábrica, fuimos nosotros quienes te sacudimos. —Escruta al Canèta para descifrar su reacción y, al no ver ninguna, continúa—: Fui yo, Giobatta el de los Rotas, el Venturino, el Amedeo y Giusto Cortinovis. Ya está, ya te lo he dicho.

El Canèta permanece callado. En el caso del Giobatta no le sorprende, de los demás no estaba seguro, aunque de quien de verdad no se lo esperaba era del Venturino, lo consideraba un amigo.

—¿Y Rino? —pregunta.

—¿Qué Rino?

—El de Agazzi. Él también participó. —No le cabía la menor duda.

—No, no —dice el hombre—. Rino el de Agazzi no estaba con nosotros.

El Canèta se queda de piedra.

—¿Estás seguro?

—Sí, estaba de turno esa noche.

Sigue un pesado silencio mientras ambos se miran la punta de sus zapatos girando los vasos vacíos en sus manos.

—*Ta set rabius?* ¿Estás enfadado, Canèta? —pregunta el hombre al cabo de un rato.

El Canèta le da la espalda.

—¿Qué más dará a estas alturas?

No muy lejos Rino se levanta con dificultad del banquillo. El Canèta lo mira mientras se aleja con paso vacilante y, por una vez en su vida, se avergüenza de sí mismo.

14

Elvira llama a la puerta hasta que Emilia sale a abrir.

—¿Qué estás haciendo aquí? Están todos fuera —le dice.

Emilia tuerce la boca en una mueca que vale más que una respuesta. Enea no ha vuelto; pero no está muerto, peor aún: no hay noticias de él.

—Y ¿qué vas a hacer, quedarte encerrada en casa para siempre? Vamos, ven y ayúdame con el pan —la apremia Elvira agarrándola de la muñeca y sacándola a rastras.

El sol hiere los ojos enrojecidos de Emilia.

—Elvira, vale ya. No tengo ganas de celebrar nada.

Elvira se detiene de golpe, le planta dos ojos feroces en la cara, luego asiente.

—Está bien —dice—. Entonces vamos para allá.

Camina con paso pesado, arrastrando tras de sí a Emilia, tan cabezota como una mula. Se mantiene alejada de la fiesta y ataja bordeando la fábrica, después toma el camino que baja siguiendo el canal.

—Pues aquí estamos —dice acercándola al borde.

Emilia se pone rígida, su respiración se acorta. A lo lejos se oye la música, todo el pueblo está allí, no hay nadie en los alrededores.

—Vamos —dice Elvira quitándose los zapatos y dando un paso adelante—. Vamos a saltar.

—No bromees. Y aléjate de ahí, por favor, que me da miedo verte tan al borde.

—No, no, no estoy bromeando. —La agarra del brazo y tira de ella con violencia. A ambas se les viene a la cabeza aquel lejano día de cuando eran niñas y el peligroso juego interrumpido por Silvio Crespi—. Saltemos juntas y acabemos con esto.

—¡Basta, ya te lo he dicho! —grita Emilia al borde de una crisis de pánico.

—Total, mira —continúa Elvira—. Tú estás sin marido, y a mí, en cambio, me queda un hermano idiota, que habría sido mejor si se hubiese muerto como todos los demás. Se pasa las noches enteras gritando, no me deja dormir ni una sola entera, me entran ganas de matarlo, y si intento calmarlo me sacude a base de bien. Y, para colmo, la gente se ríe. Y las demás mujeres, que son ahora tan amables todas, ¿crees que hay alguna que venga a ayudarme? Dentro de poco se les pasará el miedo a la guerra y volverán a empezar como antes. Así pues, ¿para qué seguir aquí?

—¿Esto es una broma? ¿Te parece graciosa?

—Nunca he podido permitirme el lujo de bromear. Ni siquiera el de divertirme. Más vale acabar de una vez.

—¿Vas a parar o no? —Emilia se echa a llorar, entonces Elvira la abraza con fuerza.

Lloran, entrelazadas la una a la otra durante un buen rato, sin separarse hasta que se quedan sin aliento.

—Venga —dice Elvira poniéndose los zapatos—. Vamos arriba, que tal vez todavía quede un poco de salchichón.

Recorren el camino de vuelta, cogidas del brazo, luego se mezclan con la multitud, olvidando por unos breves instantes cada una sus propios males.

La guerra ha terminado, y lo están celebrando. Lo que viene después es incierto, pero no puede ser peor que lo de ayer.

DUODÉCIMA PARTE

1

Crespi d'Adda, enero de 1920

La comitiva que acompaña a Cristoforo Crespi en su último viaje parte de la fábrica y llega hasta el cementerio: obreros, antiguos obreros y obreros del mañana; empleados, gerentes, jefes de sección, todos con sus familias; y, además, autoridades, clientes y proveedores, amigos, conocidos, simples curiosos. Parece increíble que tanta gente, apiñada a lo largo del paseo, no emita un solo ruido. La fábrica está cerrada, inmóvil, y en las calles del pueblo únicamente se oye el sonido de los pasos de miles de personas, un repiqueteo sombrío y rítmico.

El cielo está cargado como la tapa de un ataúd, el aire frío como una cuchilla lleva el olor de la nieve. Al frente del cortejo, tras el obispo y el cura, Silvio avanza despacio, con la cabeza gacha, como si llevara un gran pedrusco sobre los hombros.

Es evidente que era de esperar. Su padre tenía ochenta y seis años, estaba enfermo y cansado, ya no tenía ganas de vivir. Después de haber visto a Daniele volver de la guerra como un héroe, a Silvio como ministro plenipotenciario del Reino, a sus hijas felizmente casadas, a un tropel de nietos cuya cuenta casi había perdido, e incluso a Nino con título universitario y una boda cercana, se sentía en paz: era hora de irse.

—Estoy cansado —le había dicho a Silvio la última vez que hablaron—. Quiero morir.

Tras su excelente trabajo como comisario de Abastos y Consumos, Silvio recibió al final de la guerra de parte de Orlando, el presidente del Gobierno, el encargo de dirigir las negociaciones económicas de la Conferencia de Paz de París, de modo que tuvo que trasladarse a Francia durante siete meses, dejando en manos de Nino la dirección de la Benigno Crespi. Cada vez que volvía a Italia, tenía la impresión de encontrar a su padre un poco más apagado, un poco más confundido, un poco más harto.

—¡Qué cosas dices, papá! —le recriminó con ternura—. ¡Con todo lo que nos queda por hacer!

Por única respuesta Cristoforo torció la boca en una mueca amarga y, levantando en el aire la mano huesuda, con el dorso arrugado y los dedos puntiagudos, hizo el gesto de espantar algo, como diciendo que la hilandería y todos los demás asuntos no eran ya problema suyo. Luego se quedó dormido en el sillón.

Silvio había permanecido a su lado viéndolo dormir, tomándolo de la mano como hacía con Nino cuando era un niño. Pero ¿quién estaba dando la mano a quién? ¿Quién consolaba a quién?

—*Ta racumande, né.* Te lo pido por favor —le había dicho después Cristoforo con ojos vacíos y llorosos—. Cuida de mis cosas.

Al día siguiente Silvio se había vuelto de mala gana a París, con una extraña angustia en el pecho, pero luego se vio succionado por la vorágine de todas sus obligaciones y los pensamientos acerca de su padre quedaron a un lado.

En las semanas siguientes Cristoforo comía muy poco y dormitaba todo el tiempo, despertándose solo cuando en lo profundo del sueño conseguía reconocer la voz de uno de sus hijos o nietos; entonces abría de repente los ojos, que aún eran capaces de brillar de pura alegría, antes de cerrarlos de nuevo.

Los últimos días no habían sido más que un largo sueño, del que la muerte fue una mera continuación natural. Cristoforo se marchó en paz, después de una vida larga y plena.

Tras llegar a lo alto de la escalinata del monumento funerario, Silvio se da la vuelta y solo en ese momento se percata de la impresionante cantidad de gente que ha acudido a dar el último adiós a Cristoforo: el cortejo se extiende hasta donde alcanza la vista.

—Es increíble —comenta su hermano. Daniele está tan pálido y demacrado que parece un fantasma. En la oscuridad de sus pensamientos está sopesando las alegrías y las tristezas que le ha dado a su padre y se cuestiona si ha sido un buen hijo.

Aquella multitud silenciosa era la medida de la grandeza de Cristoforo, su huella en el mundo: en eso puede verse lo que has sido en vida, en el número de personas puestas en fila detrás de tu ataúd. «¿Cuántas habrá en el mío?», se pregunta Silvio; luego se queda desconcertado por su propio pensamiento.

Hace cincuenta años allí solo había acacias y animales salvajes: nadie había sido capaz de vislumbrar el potencial de ese triángulo de tierra. Cristoforo lo había comprado barato y la gente entonces lo compadeció; había hecho una inversión personal, se había endeudado, se había arriesgado y la gente lo consideraba un loco. Todos tuvieron que rectificar. Cuando las cosas empezaron a irle mejor, no faltaron quienes trataron de ponerle obstáculos y, no habiendo conseguido aplastarlo, se apresuraron a cambiar de estrategia, mostrándose amables, obsequiosos. Muchos de ellos están hoy allí, en las filas que siguen de inmediato a las de la familia, vistiendo ropas impecables y pronunciando palabras de circunstancias.

Detrás va el «pueblo llano», gente humilde —obreros, curtidores, campesinos, herreros— que todo se lo deben a Crespi: no solo el trabajo y, por lo tanto, el bienestar y la serenidad, sino también la salud, la educación para sus hijos, algunos auténticos esparcimientos, un lugar donde nacer, crecer, morir. Una vida digna de ser vivida, eso es lo que Cristoforo Crespi les ha regalado a todos, y esa es la razón por la que están todos allí.

Sus palabras siguen grabadas en la mente de Silvio. El último pensamiento, su petición antes de la despedida. «Cuida de mis cosas.»

2

El sol ya se ha ido a dormir detrás del esqueleto de los árboles y en las calles del pueblo el aire es tan frío que parece como si se respirara hielo. Rino el de Agazzi llega a la posada y, antes de entrar, echa un vistazo por las ventanas empañadas: sus compinches ya están sentados a la mesa, reunidos alrededor de la jarra de vino.

—*Alüra, Rino, cümè nva?* ¿Qué te cuentas?

Desde hace algún tiempo se ve a escondidas con Mariolina, la de los Ravasio, que es viuda desde hace más de tres años y tiene los hijos mayores, pero no hay nada que pueda quedar en secreto en el pueblo: Elvira, que vive justo al lado de los Ravasio, le ha dicho a Ugolina que lo ha visto salir de la casa de Mariolina una mañana al rayar el alba con la misma ropa que llevaba el día anterior. De modo que todo el mundo sabe de dónde viene, qué ha ido a hacer y por qué llega tarde —o se lo imaginan por lo menos—, y esperan que se decida a cantar de plano de una vez por todas.

Él se encoge de hombros y resopla, como diciendo que ya se ve cómo va todo.

Uno se levanta y le cede su lugar en el banco.

—Estábamos hablando del entierro de ayer... No debería decirlo, pero la verdad es que fue precioso.

Todos coinciden en que la despedida del patrón fue emocionante.

—Habrá habido, qué sé yo, mil personas.

—¿Mil? Pero ¿es que no sabes contar? ¡Habrá habido diez mil!

—¡Qué manera de exagerar!

Todo es un «Eeeeh», «Ooooh», y grandes manotazos sobre la mesa, señal de que el tinto de la casa está haciendo efecto.

—Qué más dará el número. Lo que digo es que fue bonito, bonito de verdad.

—Eh, el *sciur* Cristoforo... Ya no quedan hombres así.

Rino está acurrucado en su rincón con los ojos clavados en el vaso.

—Pues yo digo que todavía hay algunos..., por desgracia.

—¡Ya está! —salta uno—. Ya sabía yo que hasta de los muertos tendría algo que objetar.

—¿De qué te quejas? ¡Oigámoslo! ¡Con todo lo que ha construido!

—Para empezar, no lo ha construido él, sino nosotros —señala Rino.

—¡A ver, tú desde luego no! Tú aún no habías nacido, pero yo ya estaba aquí, ¡eh! No han pasado demasiados años. Aquí no había nada y nosotros, en los pueblos de los alrededores, nos moríamos de hambre. El *sciur* Crespi lo construyó todo, nos dio la casa, no dejó que nos faltara de nada. ¿Es que lo niegas, acaso?

Desde que Cristoforo ha muerto, para la gente del pueblo se ha convertido en un santo. Ya solían hablar bien de él, pero ahora no se tolera ni un solo mal pensamiento.

—A mi Onorina, cuando tuvo la gripe española, que no sabíamos ni lo que era y la dimos por muerta..., ¿quién fue el que la cuidó? El médico de los Crespi. Y ¿cuánto me costó? Nada, cero. El *sciur* Crespi la salvó gratis. Si todavía tengo una hija es gracias a él.

Los demás asienten con seriedad.

—Todos los industriales son iguales —replica Rino, que se divierte contradiciéndolos—, solo piensan en las ganancias. Y su hijo no es muy distinto.

En eso llega el posadero a remplazar la jarra vacía por otra llena hasta el borde. Se está bien en la posada, Rino siempre se siente allí como en casa: ese sitio le recuerda a su padre, que iba dando saltos de una mesa a otra, corregía la sal de la sopa, charlaba un rato con todos y fiaba a los que no podían pagar. Mientras fuera no deja de nevar, dentro hace un calorcito estupendo y con toda esta gente alrededor es imposible sentirse solo.

—Silvio Crespi es una buena persona. Ya oíste lo que dijo. Que aquí todavía quedan cosas por construir, que hay que proseguir con lo que empezó su padre. ¿Lo oíste o no? Y, en efecto, ¿qué está haciendo? Barracones para los veteranos de guerra y chalecitos para los encargados, eso de momento. Y en la fábrica ha puesto telares nuevos.

Rino niega con la cabeza.

—Ah, sí..., chalecitos para los encargados —dice, no convencido en absoluto—. Para empezar, ¿se te ocurre una razón por la que han de tener una casa más bonita que la mía? ¿Cuál es la diferencia? ¿Es que yo no merezco una casa más bonita?

—Tú, desde luego, no —suelta uno de los de la mesa de al lado, y todos los clientes de la posada se ríen con ganas.

—¿Por qué han de tener los encargados, que ya ganan más, una casa mejor? En otros tiempos todas las casas eran iguales; obreros, jefes de sección, encargados: no había diferencias entre nosotros. Era mucho más justo. Ahora los encargados tendrán la casa más bonita y, por si fuera poco, ni siquiera pagarán por ella. ¿Te parece justo? Ganan más y pagan menos. ¡Muy bonito, digo yo!

Sobre ese aspecto algunos están de acuerdo, pero no quieren darle la razón a Rino el de Agazzi, así que se quedan callados.

—Y, además —continúa Rino—, has mencionado los nuevos telares.

—Rüti, de Alemania. Mejores no los hay.

—¡Oh, sí, una cosa estupenda! ¿Cuántos telares manejaba antes un obrero? ¿Dos telares cada uno? ¿Y ahora?

Nadie habla, todos mantienen la mirada baja.

—Con el nuevo Rüti de Alemania, «mejor no lo hay», basta

con un obrero cada seis telares —puntualiza Rino—. ¿Sabes lo que significa eso?

—Eh, es el progreso. Ya se sabe...

—Si antes tenías, digamos, cien telares, necesitabas cincuenta obreros. Ahora, al *sciur* Silvio le bastan dieciséis. ¿Y los otros treinta y cuatro? —Rino el de Agazzi se pone en pie de un salto, con la cara enrojecida, el pelo desgreñado y los ojos en llamas a causa de su pequeño mitin—. Aquí los tienes, a los otros. —Señala a sus compañeros uno por uno y luego se golpea el pecho para incluirse a sí mismo en la cuenta—. Él, yo, tú y Faustino, allá al fondo. Hemos vuelto de la guerra y no tenemos trabajo porque alguien ha inventado una máquina y ya no les servimos. Vivimos en los barracones de madera de los veteranos, mientras los encargados tendrán chalecitos gratis. ¡Y vosotros, además, tan contentos!

Un silencio de tumba cae en el salón. En cierto sentido, son cosas que todos saben ya: se han dado cuenta ellos también de que hay menos trabajo y de que la vida cuesta cada vez más. Desde que terminó el conflicto, incluso en la Benigno Crespi ha habido huelgas, algo que hasta ahora en el pueblo nunca se había visto; la gente está cansada, nerviosa, llena de resentimiento. Se les prometió que al acabar la guerra todo iría mejor, pero muchos productos de primera necesidad siguen escaseando, el pan es cada vez más caro, en los periódicos se leen constantes noticias sobre huelgas y revueltas. Lo sabían, no son tontos, pero que se lo digan así les causa un efecto muy distinto.

—Tengo que irme ya —dice uno—. Mi mujer me está esperando en casa.

Poco a poco todos se levantan, dejan el dinero sobre la mesa y salen por separado. En menos de un cuarto de hora, en la posada no queda más que Rino, solo con sus catastróficos pronósticos y media jarra de vino aguado.

3

Capriate, febrero de 1920

—¡Rápido, rápido! —dice Elvira tirando de la muñeca a Emilia—. ¡Vamos, que de lo contrario no llegaremos a tiempo!

La plaza está tan abarrotada que casi no se puede respirar. Emilia no quería ir, pero Elvira no ha atendido a razones: dice que ella ya ha estado en esa clase de mítines y que se lo pasa uno de miedo.

—Ya verás qué cosas dicen —le promete—. ¡La gente está como una cabra!

Todos han acudido para reivindicar un aumento de sueldo, ya que el del veinticinco por ciento, hasta ahora acordado, a los sindicatos no les parece suficiente. En la tribuna se turnan dos oradores que arengan a los presentes con proclamas encendidas; sus discursos se ven continuamente interrumpidos por gritos de aprobación y aplausos. El tema siempre es el mismo: el pan que cada vez cuesta más y los salarios que nunca crecen.

—¿Cómo creen que vamos a vivir? ¿Mendigando? —Un estruendo estremece la plaza—. Si los industriales creen que la clase obrera vale tan poco, ¡ya les demostraremos nosotros que se equivocan!

Elvira está decidida a disfrutar del espectáculo de cerca y a fuerza de hombros, codazos y algunas patadas en las espinillas, que alterna con «Lo siento», «¿Me permitís?», y «No os había visto», consigue situarse a la derecha, cerca de la plataforma. Cuando la multitud grita, grita ella también, disfrutando cada vez más. Emilia, en cambio, no se divierte en absoluto: comprende y comparte obviamente los argumentos de los trabajadores, pero ese monstruo de múltiples cabezas que se agita y se enfervoriza, obedeciendo las palabras del sindicalista como un animal amaestrado, la asusta más que nada. Hombres que, uno por uno, ni siquiera se atreverían a dar un azote a sus propios hijos, escondidos entre cientos de los suyos experimentan el éxtasis de la violencia.

Emilia está pensando en cómo salir de allí cuando la multitud poco a poco enmudece. Elvira se pone de puntillas y ve un coche que lentamente va abriéndose paso entre la gente al otro lado de la plaza.

—¡Son los Crespi! —exclama, como si estuviera asistiendo a un espectáculo teatral y la trama se volviera cada vez más interesante—. ¡Padre e hijo!

Con pocos pasos Silvio sube a la tribuna y, antes de hablar, recorre con la mirada la multitud, como si quisiera tomar nota de las caras y los nombres. Muchos de los presentes son trabajadores suyos, que agachan la cabeza como escolares negligentes.

Silvio tiene palabras muy duras, sin medias tintas. Al principio la gente parece intimidada y escucha casi en silencio. Sin embargo, la plaza no tarda en partirse en dos: por un lado, los que le dan la razón, por otro, los convencidos de que un aumento del salario del veinticinco por ciento es solo un tímido regalito de consolación que no resuelve los problemas.

No es la primera vez que esto sucede: el pasado mes de julio hubo una violenta huelga en la hilandería, con trabajadores que querían entrar en la fábrica a trabajar y otros que los amenazaban con recurrir a la fuerza; Crespi corrió al pueblo, donde pronunció uno de estos discursos, vibrante de indignación, pero pródigo en promesas y rebosante de optimismo. Pedía sacrificios, en efecto, pero también prometía mejoras. Las cosas volvieron a su cauce, la huelga quedó suspendida y la paz habitual volvió al pueblo.

Sin duda Silvio cree que también esta vez bastará con hacer lo mismo, pero algo ha cambiado. Mientras la multitud se enzarza para establecer quién tiene razón y Silvio sube aún más el tono para exigir obediencia, alguien tira una piedra en dirección a la tribuna, que está a punto de impactar en la cabeza de Nino, de pie junto a su padre. Los dos Crespi se quedan tan desconcertados que ni siquiera buscan refugio y la multitud se vuelve incontrolable. Es evidente de inmediato que las fuerzas del orden, superadas en número, no pueden intervenir, de modo que se limitan a observar el alboroto al margen de la escena.

—¡Vámonos! —le grita Emilia a Elvira, para que pueda oírla.

—¡Tú estás loca! ¡Si ahora viene lo bueno! —Y se lanza entre el gentío, perdiéndose cuando la engullen los cuerpos de los manifestantes.

Acompañada por el grito «¡Ladrones! ¡Ladrones!», otra piedra vuela hacia la tribuna, y esta vez golpea a Silvio en pleno pecho. Más que la punzada en el esternón le duele el sentirse humillado, y tal vez incluso más la conciencia de haber perdido el control sobre la gente.

Un *carabiniere* salta a la plataforma y escolta a los Crespi a un lugar seguro. En su huida pasan justo al lado de Emilia, aplastada contra el tronco de un árbol. Silvio no parece verla siquiera. Lo montan en un coche y se da a la fuga antes de que la turba lo linche.

4

Crespi d'Adda, primavera de 1922

Los trabajadores salen de la fábrica, con la cabeza gacha, las manos en los bolsillos y el paso pesado. El Canèta, que suele girar a la derecha hacia los nuevos chalés de los jefes de sección sin despedirse de nadie, tiene hoy ganas de charla. Ayer estuvo en Milán en la gran manifestación por el tercer aniversario de la fundación de los Fascios de Combate, y no ve la hora de contar lo que ha visto.

—Vamos a tomar algo —le dice al Siro, el de los Colombo, el primero que pasa a su lado.

El momento, sin embargo, no es de los mejores: aunque el Canèta no les cayera tan mal a todos, con los recortes salariales y el aumento del coste de vida mes tras mes queda poco para irse de juerga.

—¡Yo invito! —reitera el Canèta alzando la voz—. Venga, ¡vamos!

La mayoría no se digna ni a mirarlo y desaparece por las calles del pueblo, pero a un par de ellos, abandonados como animales enfermos, logra acorralarlos y llevarlos a la posada. Dentro hay pocas personas, con las narices metidas en los cuencos, y también está Rino el de Agazzi, que a estas alturas ya ha hecho de este sitio su hogar y siempre tiene un asiento reservado.

—*Oè!* —grita el Canèta con una alegría insólita—: *Dam tri bicer de ros, chel bü.* Dame tres vasos de tinto, del bueno —le dice al posadero.

Todo el mundo sabe dónde estuvo ayer y que no ve la hora de contarlo, pero por despecho se guardan mucho de preguntarle nada.

El Canèta se vuelve a la derecha y a la izquierda, buscando una mirada interrogante que pueda dar pie a la narración, pero se topa solo con los pequeños ojos de vino de Rino el de Agazzi, que lo miran con recelo.

—*Alüra. Cümè nva?* ¿Qué tal va todo? —le pregunta con un guiño.

Ugolina, su mujer, le ha contado que hoy también, como todos los miércoles, lo han visto salir a escondidas de la casa de Mariolina, la de los Ravasio, y la gente se pregunta por qué no se decide a casarse con ella. Quien más quien menos ha intentado indagar, pero él sigue mudo como un pez.

Rino le da la espalda y hace una mueca de disgusto.

—¡Arriba esos ánimos!

—Y ¿qué motivo hay para tanta alegría? —le pregunta un obrero.

—¡Uy, todos! Ayer estuve en el encuentro. —No dice cuál es ni dónde, como si fuera obvio, como si solo pudiera haber un encuentro—. El viento está cambiando.

Rino termina el vaso de tinto con un chasquido de la lengua y se limpia el bigote con el dorso de la mano.

—¡Bah!

—Que sí, te digo que sí —insiste el Canèta, haciendo señas al posadero de que le sirva más vino—. ¡Algo como eso no se había visto nunca!

Era la primera vez que el Canèta iba más allá del río: en los cincuenta y cuatro años de su vida nunca había viajado tan lejos. La ciudad con sus amplios bulevares, lo suficientemente largos como para no ver el final, los imponentes edificios, la afilada mole de la catedral, la galería con el techo de cristal y las tiendas con escaparates exhibiendo toda clase de maravillas han sido una revelación. De repente entendió por qué su hermano Fredo, muchos años atrás, se había sentido arrebatado, hasta el extremo de repudiar a su familia. De no ser porque ya no tiene la edad, él también haría lo mismo.

—En Milán se respira un aire diferente. Ahí las cosas llegan antes. —La gente asiente con la cabeza, al fin y al cabo es una cosa obvia—. Y no os digo lo que vi ayer...

—Y ¿qué viste?

Aquí está, por fin, la pregunta que el Canèta estaba esperando.

—Ah, bueno, para empezar, la gente. ¡Nunca había visto tanta gente! Pero todo el mundo respetable, eh, nada de inadaptados. —Una cosa que le gusta del fascismo es el orden, la férrea organización—. Se habilitaron trenes especiales para acomodarlos a todos. Estamos hablando de veinte mil personas, como si dijéramos nuestra fábrica, pero multiplicada por veinte.

Los clientes de la posada empiezan a estar intrigados.

—Y, además, todos en orden, muy puntuales, ni un solo incidente siquiera —continúa el Canèta.

—Ah, sí, el diputado Mussolini, cuando hace las cosas, las hace bien —comenta uno.

—Claro que sí.

—Ayer lo vi —añade el Canèta—. Pero, vamos, como de aquí allí.

—¡Vaya! —se burla de él Rino el de Agazzi—. Y ¿llegaste a hablar con él?

Es cierto que vio a Mussolini. Claro, estaba lejos, pero destacaba entre todos los demás. Desprendía una especie de energía contagiosa.

—Pues sí, mira —dice el Canèta, que no quería mentir, pero se ve obligado—. Estábamos en la Arena, un sitio muy grande, lleno de gente. Y nada, me lo encontré frente a mí. Un hombre apuesto, distinguido, imponente.

—Y ¿qué le dijiste, Canèta?

—Oh, nada. Lo saludé, así. —Se pone de pie de un salto y

hace el saludo romano, dando un golpe con los talones—. Y entonces él me pregunta cómo me llamo, y se lo digo. Me pregunta si tengo hijos, le digo que dos muertos en la guerra y uno que se ha quedado inválido. Entonces él se queda en silencio por un momento, como si estuviera casi conmovido, luego me da la mano y me dice que debo estar orgulloso de ello, y yo le digo: «Claro que lo estoy».

—Y ¿no te pidió la receta de la *büseca*? —lo interrumpe Rino el de Agazzi.

—Eh, tú ríete, ríete... Mussolini se acuerda de las cosas, no es ningún idiota.

Rino asiente con la cabeza.

—Los fascistas tienen buena memoria. —Las noticias de las agresiones perpetradas contra sus adversarios son cada vez más frecuentes; no se libra nadie y la gente empieza a medir sus palabras en público, por temor a los garrotazos.

El Canèta no capta la ironía.

—¡Es verdad! Y te digo una cosa: pronto todos seremos fascistas aquí.

Con la excepción de Rino el de Agazzi y algunos pocos más, la profecía del Canèta está destinada a hacerse realidad.

5

Monza, otoño de 1922

Silvio escruta el cielo en busca de respuestas desde el amanecer: ¿lloverá o lucirá el sol? Es un día importante, que lleva mucho tiempo esperando. Como presidente del Automóvil Club, ha sido uno de los impulsores de la construcción del nuevo autódromo de Monza, una perla de la ingeniería al servicio de la velocidad. Y hoy precisamente acompañará al presidente del Gobierno, Luigi Facta, al primer gran premio automovilístico celebrado en este circuito.

No se trata solo del enésimo cargo que confirma su prestigio, sino también de una satisfacción personal: a Silvio siempre le han fascinado los automóviles y, en general, todo lo que tiene que ver con la velocidad, la mecánica, el ingenio. Ya de niño fue uno de los primeros en abandonar el incómodo velocípedo en favor de la bicicleta, para pasar luego a los prototipos motorizados; también era amante de los carruajes y le encantaba ir al propio Parque Real de Monza para corretear con su faetón, gracias a un permiso especial del rey. Pero, cuando llegó el automóvil, todo lo demás dejó de existir. Le gusta hablar de motores, interrogar a los mecánicos, hacer preguntas precisas que revelan su competencia, sorprender a todos y luego quitarle importancia con un encogimiento de hombros: pasión, solo pasión, declara con una amplia sonrisa, dando a entender que es eso —la pasión— el secreto de todos sus éxitos. Poder sentarse junto a Facta en la tribuna de honor para asistir a una carrera de velocidad es un motivo de orgullo profesional y personal, por lo tanto, el punto de conjunción entre sus aspiraciones públicas y privadas.

El cielo, sin embargo, es incierto, parece disfrutar teniéndolos a todos en ascuas: destellos de índigo reluciente se alternan con amenazadoras nubes plomizas. Justo cuando se dirige a Monza en automóvil, empieza a llover: una lluvia obstinada y pesada. Las gotas se abaten como balas en la capota mientras las calles se llenan de lodo y la gente busca refugio debajo de los puentes. Le lleva su tiempo llegar: hace días que ocupan la ciudad miles de aficionados, venidos de todo el país para asistir a la carrera, y en Milán y sus alrededores ya no puede encontrarse una cama libre ni siquiera a precio de oro.

Atrapado en el tráfico, Silvio se retuerce el bigote con las manos, bien cuidadas y muy blancas. «¡Solo nos faltaba esto, maldición!»

—¿Llegaremos a tiempo? —le pregunta al chófer.

—Vamos pronto, Excelencia. No hay motivo de preocupación.

Solo cuando llegan ante la Villa Real, Silvio se serena y es capaz de disfrutar del día.

La carrera da comienzo con más de treinta minutos de retraso, cuando el sol prevalece por fin sobre las nubes. Es, con todo, un sol cálido que seca la pista en poco tiempo y hace que reluzcan las hojas en los árboles y los tallos de hierba en la tierra. Desde el principio parece claro de inmediato que la victoria se la disputarán Pietro Bordino y Felice Nazzaro, ambos al volante de un Fiat. Debajo de las gradas, la gente da empujones y estira el cuello para ver mejor. El aire está empapado en el olor acre de los combustibles, rugen los motores, la multitud anima y aplaude.

Esa colada de hormigón que se ha comido un trozo de vegetación es el signo de los tiempos: tiempos inciertos, difíciles, que premian a los audaces a expensas de los temerosos, tiempos que requieren perseverancia y optimismo, tiempos de grandes cambios en los que sobrevivirá quien, en medio de tantas vicisitudes, logre mantenerse firme a sus propios principios, igual a sí mismo, fiel a sus propias promesas. Estos son tiempos que corren a gran velocidad, no muy diferentes a esos bólidos, difíciles de aferrar, difíciles de comprender. Pero en el cambio —Silvio está convencido— se esconden siempre grandes oportunidades: quien sabe aprovecharlas gana. Los demás se verán barridos, sencillamente, y nadie se acordará ya de ellos.

Justo esa mañana, en el desayuno, Silvio ha hecho una apuesta con Nino sobre quién ganaría: su hijo defendía que Nazzaro es el mejor y que acabará llevándose el triunfo, Silvio prefiere en cambio al Diablo Rojo. Tras más de cinco horas de competición disputadísima, es precisamente Pietro Bordino en su Fiat 804 quien cruza la línea de meta. Silvio se pone de pie y exulta con el entusiasmo de un niño pequeño, olvidando por un momento su papel institucional.

Una vez más, ha apoyado al caballo ganador.

6

Crespi d'Adda, primavera de 1923

La otra noche Remigio oyó a un chico que lo llamaba. «Remiiigio, Remiiiiigio», decía. En la cama de al lado dormía Elvira como si nada pasara, pero la voz insistía. «¡Remiiiiigio! Sácame de aquí, Remiiiiiigio.» Entonces Migio se levantó y con los pies descalzos recorrió la casa: vacía. Así que le quedó claro que, fuera quien fuese el que lo llamaba, estaba fuera de la casa, y por la forma en que gritaba debía de sentirse realmente desesperado.

Remigio abrió la puerta y asomó la cabeza. Una luna amarilla y pesada flotaba sobre la fábrica y el aire gélido que bajaba de las montañas agitaba las copas de los árboles sacudiendo las ramas.

«¡Remiiiigio, sácame de aquí!», insistían. Lo más extraño era que, ahora que Migio estaba fuera, la voz le llegaba más débil, amortiguada. Remigio dio la vuelta a la casa y solo entonces, en la parte de atrás, justo donde cultivan la huerta, lo vio. No era un repollo, sino un hombre cubierto de tierra como un gusano. Con las manos en el aire trataba de aferrarse a cualquier cosa con tal de liberarse, pero no lo conseguía. «¡Sácame de aquí, Remigio!», le suplicaba.

Durante la guerra, hace muchos años, su batallón había capturado a un soldado y para hacerlo hablar lo habían enterrado vivo, dejando solo su cabeza fuera; el chico, sin embargo, no cedió: o porque no quiso o porque no sabía nada. La agonía duró días. El caso es que al final murió, y lo dejaron tal como estaba, limitándose a cubrirlo un poco mejor.

Remigio creía haberlo olvidado, pero, en cambio, ahí estaban los monstruos que regresaban de la guerra.

«Remigio, sácame de aquí», insistía el chico, medio enterrado, con la mano que sobresalía de la tierra húmeda como el mechón de una zanahoria. Migio no dejó que se lo repitiera dos veces: tomó la pala y empezó a excavar furiosamente para sacarlo.

Así lo encontró Elvira, descalzo en el huerto haciendo agujeros por todas partes mientras repetía: «¡Perdóname, perdóname!». Acababan de dar las cuatro de la madrugada.

Los peores sueños, sin embargo, son aquellos que le asaltan mientras no está durmiendo, porque en ese caso resulta imposible distinguir la realidad de la imaginación: de esa manera Remigio nunca sabe si esa gente a la que ve existe realmente o no, si está viva o muerta. Es un mundo muy solitario, el suyo.

Esos que han ido a recogerlo esta noche después de cenar, por ejemplo, ¿son reales o imaginarios? Los conoce a todos: está su hermano el Canèta, Mario Alberti, Dino Pioc, piojo, Renato el de los Cattaneo y otros de la sección fascista del pueblo. Han ido a buscarlo a su casa cuando estaba a punto de acostarse, le han tomado del brazo y se lo han llevado, mientras Elvira se despedía con la mano desde el umbral, aliviada de librarse de él durante un rato.

—Eh, eh —dice Remigio, tocando a uno para ver si está hecho de carne.

El otro ni siquiera se percata. Caminan con pasos resueltos, la cabeza gacha, formando una especie de muralla humana. A Migio le cuesta seguirles el ritmo porque tiene las piernas más cortas.

—Más despacio —suplica, pero nadie se preocupa por él y al cabo de un momento Remigio se ve solo en una calle vacía y oscura.

Esta noche la luna está escondida en algún lugar y el cielo

parece de terciopelo; el viento aúlla, como si llorara. Todas las casitas están apagadas, la gente ya se ha metido en la cama; Remigio tiene la sensación de caminar en una lata de brea. Está a punto de darse la vuelta cuando oye gritos al otro lado de la esquina. Alarga el paso y desemboca en la calle; no muy lejos, un grupo de hombres oscuros forman un corrillo que se encarniza con algo que yace en el suelo. Nadie asoma la nariz fuera de las casas, como si estuvieran deshabitadas.

—Ven tú también, Migio —le dice su hermano el Canèta, y al verlo embobado, como siempre, va a buscarlo y lo suma al grupo de un empujón.

En el suelo hay un hombre al que le han arrancado la ropa; solo le han dejado los calzoncillos. Calvo, sin pelo por ninguna parte, de no ser por los huesos que emergen de la piel tensa de la espalda parecería un enorme gusano.

—Vamos, Migio, sacúdele tú también. —Alguien les pone en la mano una maza—. Dale fuerte.

A Remigio le gustan los gusanos, son sus animales favoritos. Le encanta verlos alargarse y encogerse, abriéndose paso por la rica tierra del jardín o formando oes perfectas; es agradable tenerlos en la mano mientras se agitan: son tan pequeños que es imposible saber dónde está la cabeza y dónde la cola.

El hombre gusano a sus pies está completamente acurrucado, protegiéndose la cabeza con los brazos, y no se mueve.

—Vamos, Migio —insisten los demás—. Demuéstrale lo fuerte que eres.

Uno de ellos, para enseñarle cómo se hace, le asesta un golpe decidido. Algo en la caja torácica se resquebraja haciendo el mismo ruido de la leña seca en la chimenea. A Remigio le parece divertido, un gusano hecho de madera: ¡esa sí que es buena!

—Vamos, Migio —repiten todos a coro—. ¡Pégale, Migio, pégale!

Remigio, reacio al principio, le da un mazazo. Todos ríen satisfechos.

—¡Más fuerte, Migio! ¡Más fuerte!

En un abrir y cerrar de ojos, Remigio se ve asestando golpes vigorosos al gusano de madera, entre las carcajadas de los demás. Cuando se detiene, le duelen las manos.

«Qué sueño tan feo», piensa, mirando a su alrededor para buscar a los otros. Pero ya no queda nadie: lo han dejado solo, o tal vez nunca hayan estado allí. A sus pies, el gusano de madera está inmóvil, en la misma posición que cuando llegó.

Remigio deja caer la maza al suelo, que rueda unos metros.

—Qué sueño tan feo —se repite, de regreso a la casita de Elvira.

Al día siguiente en la fábrica todo el mundo habla de un obrero que ha sido asesinado esa noche. Extrañamente nadie ha visto ni oído nada. Lo único que se sabe es que una semana antes deambulaba por el pueblo medio borracho, gritando: «¡Viva la bandera roja! ¡Abajo el fascismo!».

Una semana después los *carabinieri* detienen a Remigio y se lo llevan. Nunca sabrá si lo que hizo fue una pesadilla o algo que ocurrió de verdad.

7

Crespi d'Adda

Ayer por la noche sopló el viento y ahora el paseo que bordea la fábrica está todo cubierto de hojas amarillas, de modo que se tiene la impresión de caminar sobre miel. Mariolina, la de los Ravasio, llega a casa con la cabeza gacha, abriéndose paso entre las hojas que crujen alrededor de sus tobillos; después del turno en la fábrica se ha pasado por la tienda de comestibles y ahora el capazo repleto le pesa a un costado.

Mete la llave en la cerradura, da dos vueltas y abre la puerta empujándola con el hombro, como hace todas las noches, pero ya en la entrada se percata de que hay algo raro. La casa está envuelta en la oscuridad, pero no hace frío.

—Alfio —dice, aunque sabe que su hijo todavía está en la fábrica. Solo le responde un crujido, que tanto podría ser un intruso como la madera vieja que se asienta—. *Alfio, ta set te?* ¿Eres tú?

Deja el capazo en el suelo y avanza palpando la pared en busca del interruptor de la luz. Le lleva un rato que le parece eterno —¿alguien habrá cambiado de sitio el interruptor?—, pero al final lo encuentra y la casa se ilumina: al cabo del pasillo la está esperando Rino el de Agazzi, de pie, con un ramo de flores en la mano.

—*Ta set mat?* ¿Tú estás loco? —exclama.

Llevan tiempo viéndose, y no hay nada de malo en eso: ella

es viuda, sus niños son mayores. Es verdad que tiene diez años más que él, pero el mundo ha cambiado, ya no es como antes, cuando cosas así representaban un problema. Podrían casarse incluso, pero, por la razón que sea, el asunto ni siquiera ha salido a relucir. Mariolina, al fin y al cabo, tiene marido —de acuerdo: está muerto, pero lo tiene, y le parece una especie de agravio hacia él lo de casarse con otro— y Rino nunca ha mencionado el tema: se ve que no le interesa. Simplemente se ven, aprovechan el turno de noche de Alfio para pasar un rato juntos, y luego cada mochuelo a su olivo.

Rino da un paso adelante y le pone las flores debajo de la nariz.

—*Per mi?* —dice Mariolina.

Él asiente y la obsequia con una gran sonrisa.

—¿Por qué?

Él se encoge de hombros.

—Porque sí.

Mariolina las toma y las huele. Es raro encontrar flores en esta época del año, han debido de costarle una fortuna y quién sabe adónde habrá ido a buscarlas. Está a punto de preguntárselo cuando, al estirar el cuello, se da cuenta de que la mesa del comedor está puesta.

Rino se acerca dando saltitos hacia la silla y la aparta como para hacerle el gesto de que se siente.

—*Se sücet, Rino?* ¿Qué pasa? —le pregunta Mariolina cada vez más recelosa.

—Nada, que he hecho sopa. —Lleva a la mesa una olla humeante, levanta la tapa y se queda oliendo el aire en éxtasis—. Mi padre solía ponerle chicharrones, ¿te lo he contado alguna vez?

Mariolina niega con la cabeza.

—Siempre me decía: «Hijo, si quieres que la sopa te salga rica, no hay que escatimar con los chicharrones». ¡Cuánta razón tenía! Pruébala, pruébala...

Se la pone en el plato y añade dos rebanadas de pan crujiente, luego se sirve una ración generosa y llena los vasos de vino hasta el borde.

Para Mariolina es una sorpresa: no sabía que Rino el de Agazzi supiera cocinar. La verdad es que no hablan de recetas cuando están juntos.

Disfrutan de la cena en silencio como dos viejos cónyuges; luego, de repente, él se pone de pie de un salto, se ajusta el corbatín, tose, se restriega las palmas de las manos en los pantalones. Respira hondo, la toma de las manos y se arrodilla frente a ella.

—Verás, he estado pensando... en que...

Mariolina lo mira con escepticismo y, para armarse de valor, él baja los ojos.

—He estado pensando en que, la verdad, podríamos casarnos.

—¿Nosotros?

—Sí, nosotros.

—*Ta set mat?* ¿Te has vuelto loco? —¿Por qué se lo pide justo ahora, después de tanto tiempo? Y ¿por qué esta noche, precisamente? Mariolina se levanta y empieza a quitar la mesa, dejándolo de rodillas frente a la silla como un imbécil.

—¿Por qué no? —le pregunta Rino poco después, mientras lavan los platos pegados uno a la otra.

—Porque soy demasiado vieja —rezonga—. Y, además, casarnos ¿para qué?

Rino el de Agazzi hace tiempo que lleva pensándolo. Está claro, Mariolina le gusta, y mucho además —nadie le ha gustado nunca tanto—, pero el matrimonio, la iglesia, las obligaciones, las convenciones: no son cosas para él. Él es más de los que van por su camino. Entonces ¿por qué se le ha ocurrido ahora la idea de casarse?

Se seca las manos con un trapo y se vuelve para mirarla durante tanto rato que ella también deja de lavar los platos y queda a la espera.

—He visto muchas cosas malas, ya lo sabes —le confiesa—.

De joven estuve en Milán, durante las revueltas, y casi me dejo la piel. Luego vino la guerra, el Isonzo, el Piave... Y después las huelgas, las manifestaciones. No reniego de nada en absoluto, siempre he hecho todo lo que me parecía. Tal vez haya cosas de las que hoy me arrepiento, tal vez las hubiera hecho de otra manera, pero cuando hice esas cosas era porque creía en ellas. Pero ya ves tú también lo que está sucediendo...

Mariolina está con los brazos cruzados y lo escucha, seria. Sí, ella también lo ve: llegó allí con sus padres en 1878, tenía diez años y fue una de las primeras obreras en entrar en la fábrica textil. Ha visto nacer el pueblo. Crecer, ampliarse, cambiar. Nunca como ahora, sin embargo, se había respirado en las calles de Crespi un aire tan tenso, tan lúgubre: el espíritu de comunidad y de cohesión de otros tiempos se ha convertido en recelo, en circunspección, en prejuicio; es como si las ventanas fueran ojos que te miran por todas partes y las paredes tuvieran oídos. Ella también sabe que este ya no es el lugar que su padre construyó. Pero ¿qué tiene todo eso que ver con el matrimonio?

—No quiero que este clima de odio pueda con nosotros. No quiero que nos quiten la alegría, que nos aplasten. —Rino se enfervoriza—. Hoy, más que nunca, amar es un acto revolucionario.

Sus palabras conmueven a Mariolina. Hace años que lo conoce, pero no se imaginaba que pudiera ser tan apasionado, tan romántico.

Rino el de Agazzi se arrodilla de nuevo, justo frente al fregadero.

—Rebélate a mi lado —le dice—. Cásate conmigo.

Dos meses después, contraviniendo todos sus principios, cruza las puertas de la iglesia y la toma por esposa, dando al pueblo un tema nuevo sobre el que chismorrear.

8

Crespi d'Adda, otoño de 1925

En el pueblo todo está listo para la visita del príncipe heredero. Al fin y al cabo, hace meses que se trabaja para ello: la planta se ha ampliado ulteriormente con una nueva sección de teñido de hilo y en julio se construyó la nueva fachada de la hilandería. Los grandes edificios de viviendas, ya ruinosos en comparación con los coquetos chalecitos de empleados y encargados, se han vuelto a pintar de blanco. Es un gasto importante, pero los Crespi creen que la visita ayudará también a insuflar nuevos ánimos a los obreros y devolver algo de optimismo al pueblo.

Humberto de Saboya es recibido por Silvio en el castillo de Crespi d'Adda, donde se le ofrece un suntuoso almuerzo. Es un hombre discreto, muy elegante: la estricta educación militar que ha recibido desde niño se refleja en pequeños gestos, casi mecánicos, como disponer los cubiertos en perfecto orden después de la comida o mantener la espalda rígida, sin tocar nunca el respaldo. Silvio lo tiene en gran estima y no ve el momento de enseñarle su propia criaturita: la fábrica creada por su padre y ampliada, revalorizada, protegida por él con amor.

El príncipe se informa acerca de todo, hace preguntas precisas que revelan un interés real y una preparación previa, sin parecer resabido en ningún momento, sin embargo. En la fábrica, y para la ocasión, los obreros se han aseado y llevan ropas recién lavadas; en su condición de jefe de sección, el Canèta le ilustra con orgullo el funcionamiento de las máquinas: tendrá a un noble delante, pero allí el rey es él. La emoción, sin embargo, le juega una mala pasada: la mano, acostumbrada a hacer siempre los mismos gestos, pierde esta vez el control y casi termina devorada por la máquina. Son momentos de pánico, Silvio intenta que no se le note en exceso el susto que se ha llevado. El príncipe, después de asegurarse de que el obrero se encuentra bien, halla la manera de aliviar lo embarazoso de la situación diciendo que una maquinaria tan imponente no debe de ser fácil de domesticar. Durante las semanas siguientes el Canèta irá por ahí diciendo que incluso el futuro rey de Italia ha reconocido la trascendencia de su trabajo.

Luego pasan a la iglesia, a la escuela, a la clínica y, por último, al cementerio, en una especie de metáfora de la vida en el pueblo: aquí naces, te bautizan, estudias, enfermas y al final mueres, sin necesidad de cruzar el río.

A última hora de la tarde, en honor a Humberto de Saboya se celebra un espectáculo en la nueva «pista», con carreras ciclistas. Inaugurado apenas dos años antes, el velódromo del pueblo se levanta no lejos de la zona habitada, en el Fosso Bergamasco: un gran anillo de cemento corre alrededor del campo de fútbol, envidia de todos los pueblos vecinos; allí los trabajadores y sus familias pueden practicar deportes como el tenis, el tamburello, la petanca, algo que la familia Crespi considera de gran importancia, y en verano tiene lugar la colonia helioterapéutica para los hijos de los obreros.

Por la noche el príncipe se marcha sin escatimar en felicitaciones y corteses exclamaciones de admiración. A la mañana siguiente el pueblo se despierta con un optimismo que parecía ya perdido para siempre.

9

Desde que le arrebataron a Remigio, Elvira lleva dentro una rabia silenciosa que la devora como una carcoma roe la madera vieja. En los primeros tiempos, cuando aún no le permitían ver a su hermano, lo pasó tan mal que movió a compasión incluso al Canèta, que al final la acogió en su propia casa, no sin hacer que le pesara.

Han pasado más de dos años desde aquella noche, pero a Elvira le parece que fue ayer. Ella es la única que va a ver a Migio: todas las semanas, armándose de valor, emplea dos horas de camino para ir a ese tugurio sucio y oscuro que pasa por ser un hospital. Él se alegra siempre de verla, aunque, por las cosas que dice, dé la impresión de que no sabe a quién tiene delante. Con cada visita Elvira vuelve a casa un poco más oscura, un poco más enfadada.

—Me pregunto yo, ¿qué culpa tendrá él? —le dice un día a Emilia.

Rara vez hablan de Remigio, por una especie de pudor: una porque no sabe dotar de palabras a sus propios pensamientos, la otra porque teme herir a su amiga.

Elvira y Emilia se encaminan hacia el Brembo, que se alarga con esfuerzo hacia el Adda. Cada vez que pasa por ahí, Emilia evoca los largos paseos que daba con Enea, su primer beso, todas las pequeñas cosas que hicieron juntos y a las que, tan estúpidamente, no les dio la suficiente importancia.

—¿Qué culpa tendrá él? —repite Elvira enfervorizándose.

Desde que se mudó a casa del Canèta, es como si hubiera absorbido algo de él, la peor parte, la más vulgar. Emilia no sabe decir qué en concreto, pero siente que su amiga ha perdido algo.

Todo, por lo demás, parece haber cambiado desde el final de la guerra, y no depende solo del hecho de que, sin su Enea, nada sea ya como antes. El pueblo a su alrededor crece a una velocidad que no logra comprender, que la aturde; ya cuando era niña aquel lugar creció a su alrededor, y entonces le gustaba la idea de vivir en el centro de un organismo en expansión. Pero ahora es distinto, o tal vez la que ha cambiado sea ella: el caso es que ese vertiginoso crecimiento, las continuas proclamas de Silvio anunciando con orgullo que ha aumentado sus reservas de algodón en bruto, las promesas de ulteriores innovaciones, los objetivos ambiciosos, todo ese entusiasmo le parece fuera de lugar.

Ha visto nacer ese sitio. Los ladrillos de la fábrica, de los *palasocc*, de las casitas obreras se mantienen unidos gracias al sudor de gente como su padre. Hace tiempo, sin embargo, que ya no lo reconoce. «La verdad es que me estoy haciendo vieja», se dice, en parte tomándoselo a risa y en parte sintiéndose un poco asustada.

—Y, además, en el fondo, ¿qué ha hecho de malo mi Migio? —insiste Elvira. Lo dice con tanta naturalidad que sugiere que siempre lo ha creído así.

Emilia la mira perpleja, incapaz de encontrar algo amable que decirle.

—Lo habían provocado —continúa Elvira.

En ese aspecto, Emilia está de acuerdo. Nadie sabe muy bien cómo ocurrieron las cosas, pero no cabe duda de que Remigio nunca habría hecho algo parecido de no haberse visto, de la manera que sea, empujado a hacerlo.

—Ese tipo debería haber estado calladito —aclara Elvira.

—Vira, ¿qué estás diciendo?

—Claro que sí, venga. Si se quedase en su casa en lugar de ir por ahí provocando, hoy mi Migio estaría libre.

Emilia se detiene y agarra a su amiga por el brazo.

—No es posible que creas eso de verdad.

Elvira se suelta con un gesto crispado.

—Bueno, tú también dices todos los días lo mucho que echas de menos a Enea —suelta.

—Son dos cosas muy distintas. Enea no ha matado a nadie.

—Eso no lo sabemos. Y, en cualquier caso, si provocas a uno, no puedes esperar que no te hagan pagar por ello después. Te lo has ganado.

Por primera vez desde que se conocen, Emilia es capaz de ir más allá de los lazos de amistad que la unen a Elvira y capta su peor lado, al que siempre ha optado por hacer caso omiso. De repente la simplicidad de su amiga se le aparece como limitación de pensamiento, su genuina franqueza como vulgaridad, su concreción como oportunismo. ¿Cómo ha podido tener trato con una persona así durante tanto tiempo sin darse cuenta de su verdadera naturaleza?

—Ese hombre no tenía culpa alguna —replica—. Solo ejerció su sacrosanto derecho a expresar su opinión, por la que pagó con su vida.

—Era un rojo —la interrumpe Elvira—. Uno menos, mejor así. A Migio deberían haberle dado las gracias, en vez de encerrarlo en el hospital.

—No te das cuenta de lo que estás diciendo.

—Ah, no, tienes razón. La inteligente aquí solo eres tú, la maestrilla. —No es casualidad que haya usado el mismo epíteto con el que, después de muchos años, el Canèta todavía se dirige a Emilia—. Siempre lo sabes todo, tú. ¿Quién te crees que eres? Te lo digo yo: eres una roja. Habría que mataros a todos, a ti y a los demás.

Emilia se da cuenta con horror de que no es solo la rabia la que habla: una parte de Elvira lo piensa de verdad, y da igual que esa parte haya estado siempre dentro de ella esperando a salir a relucir o que le haya sido inoculada, como veneno, por sus recientes amistades. El daño ya está hecho.

—Mira, me voy —dice Elvira dejándola allí plantada.

Tal vez se avergüence de lo que acaba de decir, tal vez crea, al cabo de unos días o a más tardar unas semanas, que volverán a hablar como viejas amigas, olvidado ya ese estúpido altercado. Pero la herida que se ha abierto en el bosque a orillas del Brembo no es tan fácil de cerrar: los Vitali y los Malberti vuelven a ser enemigos.

10

Crespi d'Adda, verano de 1927

La reunión tiene lugar en las nuevas oficinas de la dirección, cuyas ventanas dan a la fábrica textil. Silvio entra con paso rápido —sabe que lo esperan— pero, como de costumbre, se concede unos instantes para mirar a su alrededor. A la derecha y a la izquierda del amplio pasillo se abren las salas que albergan la dirección comercial; todo ha sido estudiado en sus menores detalles, con atención a la estética además de a los aspectos prácticos, como dicta la tradición de la Benigno Crespi: desde los altos artesonados a las columnas que sostienen los arcos, desde el pavimento con delicados motivos blancos y azules de los pasillos al refinado parqué de las oficinas, pasando por el hueco de las escaleras octogonales por el que un etéreo techo de vidrieras de colores deja caer la luz natural. Todo es luz y levedad, a la última moda; todo habla de dinero, sí, pero con clase; no la ostentación del rico que malgasta sus finanzas en tosca opulencia, sino la elegancia del caballero acostumbrado desde la cuna a las cosas bellas.

Sin embargo, cuando entra en la habitación comprende de inmediato que el ambiente está tenso. El mayor de sus hijos, sentado a un extremo de la mesa grande, ni siquiera se atreve a mirarlo a la cara, mientras que los otros tienen los labios fruncidos en muecas de sufrimiento. El aire, inmóvil, es sofocante; no entra ni una ráfaga por las ventanas abiertas de par en par.

El pasado mes de marzo, el propio Nino, en su condición de director comercial de la empresa, se vio obligado a reducir en un quince por ciento los precios de catálogo, operación que —mucho se teme— deberá repetir el próximo otoño.

Después de las frases de rigor, se llega al meollo del asunto: dentro de unos días, la Benigno Crespi cerrará por vacaciones con la amenaza de la ejecución de seis millones en préstamos. Pedir a las corporaciones una reducción del horario de trabajo ha resultado, en pocas palabras, inútil.

—Dejadnos solos —dice Silvio.

Todos se levantan y salen en silencio, excepto Nino, que se queda en su sitio con la cabeza encajada en los hombros.

—A ver, ¿tú qué piensas? —Silvio va directo al grano.

Nino tiene treinta y dos años, pero en presencia de su padre se siente todavía tan incómodo como un colegial poco preparado. No es que Silvio haga nada para ponerlo en esa condición poco favorable; Nino puede tomarse con él libertades que Silvio ni siquiera soñaba poder permitirse con Cristoforo; es normal, los tiempos han cambiado. Nino, además, siente genuina admiración por su padre. ¿Cómo podría ser de otra manera? Con la de títulos que tiene, una retahíla de cargos como para perder la cuenta. Él, en comparación, es únicamente un director comercial que está donde está solo porque tuvo la suerte de nacer donde nació.

Nino no tiene la agilidad de pensamiento de Silvio. A veces intenta imitarlo, pero le faltan hechuras: sus ocurrencias le salen todas a destiempo, patéticas. Tampoco posee sus desenvueltos modales: es tímido, reservado, de pocas palabras. Prefiere escuchar antes que decir, no le gusta hablar en público, ser el centro de atención ni sentir la carga de su apellido sobre los hombros. Su padre, su ídolo, el hombre más poderoso que conoce, al no poder ser el ejemplo que imitar, ha acabado convirtiéndose en un obstáculo.

Solo cuando estaba en el frente se sintió Nino libre, y esa conciencia no deja de pesarle como una culpa: ¿qué clase de monstruo prefiere al enemigo antes que a su padre?

—No sabría decirte. —Se rasca la cabeza incómodo. No quería empezar con una admisión de ignorancia, pero las palabras le salen de la boca antes de que pueda detenerlas—. Todos los algodoneros se están sometiendo a las ventas a pérdida.

—¡Eso es, tú lo has dicho! —Silvio se pone de pie satisfecho, y Nino siente algo de alivio—. Todos los empresarios textiles están en nuestra misma situación.

—Así es, se habla incluso de pedir una reducción del salario del diez por ciento.

Silvio parece cada vez más feliz, como si el desastre general en el que está inmersa la industria del algodón le provocara satisfacción.

—La Benigno Crespi no es el problema.

—No, claro que no. La mala situación es global, motivos de alegría no hay muchos.

—Entonces ¿qué propones? —lo apremia su padre.

Nino reflexiona un momento. Al fin y al cabo, no es idiota, ha estudiado. Tiene su propia visión de las cosas: lo que le cuesta es hacerla prevalecer.

—Tal vez deberíamos limitar nuestras existencias de algodón en crudo, aligerar los almacenes: lo que en realidad hace todo el mundo.

—¡Esto sí que es una tontería! —estalla Silvio—. Nosotros no hacemos lo que hace todo el mundo. Si fuera así, la Benigno Crespi habría terminado como han terminado todos los demás, es decir, mal. —En la sala cae un silencio tan pesado como el plomo—. En cada crisis se presenta siempre una oportunidad —continúa luego en tono más suave—. Se trata de saber aprovecharla. La coyuntura desfavorable en la que nos encontramos nos garantiza el poder comprar algodón crudo a precios ventajosos. Mientras los demás venden, nosotros compraremos.

—Tenemos un descubierto muy importante con los acreedores —intenta replicar Nino.

—La Benigno Crespi siempre ha pagado: desde que nacimos

hemos sido solventes siempre, y no hay razón por la que no podamos seguir siéndolo. —La Banca Commerciale Italiana abre líneas de crédito a la empresa sin pestañear: ayuda sin duda el hecho de que el propio Silvio Crespi sea su presidente desde 1919.

—Entonces ¿qué sugieres que hagamos? —pregunta Nino.

Silvio se encoge de hombros.

—Seguir adelante. —Otro momento de pesado silencio—. Hace muchos años, tu abuelo aprovechó una situación como esta para especular con el precio del algodón. Todo lo que ves por aquí, incluyéndonos a ti, a mí y la ropa que llevamos, se ha pagado con este método. ¿Crees que no tuvo miedo, entonces? ¡Claro que lo tuvo! Mi padre no tenía una familia sólida detrás de él, como ahora: los Crespi Tengitt de Busto Arsizio no eran ricos, lo sabes muy bien. Y tuvo que ser doblemente cuidadoso para no hacer ningún movimiento equivocado. Nosotros, en cambio, que contamos con la suerte de empezar desde una condición privilegiada, no debemos dejar que nos venza el miedo, el pesimismo, el desaliento. Tenemos el preciso deber de conservar los nervios firmes.

Cuando se despiden, Nino se siente más sereno: seguirá el camino que le ha sido indicado. Siempre ocurre lo mismo con su padre: tiene ese don de hacerte sentir seguro, de infundirte optimismo. Ese es también un don que le envidia. Un ulterior motivo de incomodidad.

11

Crespi d'Adda, enero de 1928

El Canèta fue uno de los primeros y más jóvenes obreros de los Crespi. Todavía recuerda su primer día en la fábrica: era 1877, tenía nueve años y un miedo de mil demonios; la nave era tan grande que se le hacía interminable y él tan pequeño que las máquinas le parecían enormes. Nunca había estado en una fábrica textil, todo era nuevo, difícil y ninguno de los amigos de su padre se preocupaba por tranquilizarlo. Aprendió todo lo que sabe a fuerza de coscorrones y malas palabras, pero al final lo aprendió. Todo lo que sabe está relacionado con la hilandería: ni siquiera existe un mundo fuera de ahí.

Sale de las oficinas de la dirección y se queda durante un rato mirando a su alrededor.

Ha sido él quien ha construido ese lugar, en cierto sentido es más suyo que de los Crespi. Cada ladrillo, cada columna, cada gramo de hierro conservan una parte de su vida. La fábrica le ha dejado su marca en el cuerpo: quemaduras, rasguños, cicatrices, dolor de espalda, las piernas torcidas, los pulmones cansados. Allí tropezó con el raíl de una máquina y perdió un incisivo, allí oyó su primera maldición y allí dijo la primera él también. Allí se enamoró, allí fue rechazado, allí hizo el amor, sus hijos trabajaron allí antes de que la guerra los devorara. En los sótanos de ese lugar vio por última vez a su hermano Fredo.

Durante cincuenta años todo lo que tenía que hacer era ir

allí a trabajar. No es que fuera fácil o divertido, pero no tenía otras cosas en que pensar: respetar los horarios, cumplir con su obligación y volver a casa. El patrón se encargaba del resto.

Así, durante toda su vida. Hasta hoy, cuando lo han despedido.

¿Se lo esperaba? Pensándolo ahora, era bastante obvio: las cosas no iban bien para nadie, desde hace años. Primero las huelgas, luego la adaptación del horario, después la reducción de salario... Pero ¿quién podía pensar en algo semejante? Para todos la Benigno Crespi era eterna: plantearse que las cosas podían cambiar era como suponer que el agua del Adda dejara de fluir. Son esas cosas que uno tan solo es incapaz de imaginarse.

Y, además, ¿por qué él precisamente? Nunca ha hecho nada malo, nunca le han reprendido, ninguna queja en absoluto, jamás se saltó una sola jornada laboral; cuando todos los demás se manifestaban, él estaba en contra de las huelgas, quería entrar en la fábrica, e incluso recibió algunos mamporros por ello. En cambio, seguro que hay otros que no tienen ganas de hacer nada y siguen ahora en la fábrica, tan campantes, a salvo.

Se lo han dicho y repetido. No es culpa de nadie, es la crisis. Tan pronto como las cosas se calmen, lo contratarán de nuevo y todo volverá a ser como antes.

Mientras tanto, ¿qué hará? No está preparado, nadie lo está. Casi le entra la risa cuando piensa en los primos de Trezzo que lo envidiaban. «Qué suerte la vuestra que trabajáis para los Crespi —le decían—. Tienes el pan garantizado hasta la tumba.» Ahora tendrá que pedirles hospitalidad.

Según lo prescrito por el reglamento habitacional, los Malberti tienen una semana de tiempo para abandonar la casa. En un lapso de pocos días cargan con todas sus pertenencias en un carro y se las llevan ante los ojos de los demás, de los supervivientes, los que no han sido despedidos. La gente les repite «*Ma dispias*», lo siento, y «*L'è mia giost*», qué injusticia, pero se nota que sueltan un suspiro de alivio porque no les ha tocado a ellos. No falta quien, en el fondo, se alegre de que sean ellos.

Antes de tomar el camino que sale del pueblo, el Canèta se vuelve para echar un último vistazo. El cielo es gris e indiferente, como la gente que va y viene atareada en sus propios quehaceres. La vida continúa, incluso sin él.

El Canèta siente un nudo en la garganta. Acumula saliva y escupe un gran grumo de rabia en el suelo.

12

Milán, otoño de 1929

El silencio es tan denso que los toques del reloj de péndulo retumban como campanadas a muerto. Silvio lleva en el despacho desde por la mañana temprano; como todos los días, le han llevado los periódicos: el compromiso entre Humberto de Saboya y la princesa María de Bélgica, una breve biografía del príncipe de Piamonte, la reacción de los belgas, el anuncio oficial; la expedición del duque de Spoleto al Karakórum; amplio espacio para las obras públicas del régimen en el séptimo año de la era fascista, otro museo en Roma, casas antisísmicas en Friuli, nuevas carreteras en Sicilia, una central termoeléctrica en Mantua, el saneamiento de Cerdeña, líneas ferroviarias, viviendas de protección oficial...

—A juzgar por los periódicos, ¡parece que vivimos en un paraíso! —espeta, haciendo una bola con las páginas del *Corriere* y tirándolo al suelo.

No hay rastro de la crisis, no hay mención de las empresas en dificultades que pronto cerrarán ni de las que ya echaron el cierre hace tiempo. No se puede hablar de medidas de apoyo, porque parece como si los problemas no existieran.

Los problemas, en cambio, están ahí, vaya si están, basta con cerrar los periódicos y bajar a la calle.

La Benigno Crespi está a un paso de la quiebra. De nada han servido los recortes de la lista de precios, la venta a pérdidas de la Asociación de Algodoneros, las reducciones progresivas de jornada y salarios, las vacaciones forzosas, de nada han servido tampoco los despidos. Silvio tuvo que mirar a la cara a sus trabajadores y echarlos: personas que nacieron y se criaron en el pueblo, a quienes su padre consideraba como hijos. Fuera, fuera: podar, aligerar. Los hombres como si fueran máquinas, objetos inanimados que ahora se han convertido en una carga.

—O eso o cerramos la fábrica —le dijeron sus dirigentes—. Mejor perder algún obrero que perderlo todo. —Triste verdad.

Unos se lo tomaron bien, otros menos. Algunos se quedaron tan atónitos por la noticia que no pudieron ni reaccionar, tal vez al principio ni siquiera lo entendieron: se marcharon con la cabeza gacha, aceptando en silencio su destino. Otros, por el contrario, los maldijeron, soltándoles toda clase de cosas, reprochándoles incluso la paz de Versalles como prueba de su incapacidad. E inevitablemente sacaban a colación el contraste con el viejo Cristoforo: «Él sí que habría sabido solucionarlo todo».

Quizá tengan razón, pero ¿qué saben los obreros de las cosas por las que está pasando Silvio, por las que están pasando sus hijos? ¿Es acaso culpa de los Crespi que los productos de la empresa sean de tan alta calidad que casi nadie pueda pagarlos y se queden sin vender? ¿Es culpa suya que las existencias de algodón en bruto se pudran en almacenes como mercancías sin valor?

Han llegado hasta el propio Duce en persona. Primero Nino, el pasado marzo, y luego él mismo: le pidieron —mejor dicho, le imploraron— que estudiara formas de crédito para empresas sanas pero afectadas por la crisis.

—¡Desagradecido! —masculla Silvio, hablando solo, pero imaginándose que tiene a Mussolini delante—. ¡Con todo lo que he hecho por él!

Es a Silvio a quien el Duce debe sus comienzos. Justo antes de la marcha sobre Roma, en 1922, Silvio se afanó para que se le diera una oportunidad. «Veamos qué es capaz de hacer», había dicho, allanándole el camino hacia la cima. Grandes amigos, los dos: como para fotografiarse juntos en la colocación de la primera piedra de la Milán-Lagos, vigorosos apretones de manos, estima recíproca. Tan solo hace un año, por el cumpleaños de Silvio, el Duce le había enviado un telegrama. Algo que, desde luego, no hacía con todo el mundo.

Cuando se llega a lo concreto, sin embargo, nada. La solicitud de ayuda ha caído en saco roto: muchas promesas y pocos hechos.

Y ¿ahora?

13

Crespi d'Adda, invierno de 1930

Ha nevado esta noche. Ha sido una sorpresa para todos; la gente dormía en sus camas, con las contraventanas cerradas, cuando el cielo se cerró como un puño y en silencio, casi a hurtadillas, los copos empezaron a cubrirlo todo. Y lo hizo con fuerza, sin parar ni un momento, y los niños, al despertar, se encontraron con la sorpresa. Para Emilia, mantenerlos sentados en sus pupitres ha supuesto un verdadero esfuerzo. Hacia media mañana la nieve ha empezado a caer de nuevo en grandes copos pesados, y los escolares se apiñaban en las ventanas para verlo.

—¡Tranquilos! ¡No empujéis! ¡Es peligroso! —les advierte a la salida de clase. Pero la alegría de los más pequeños es irrefrenable.

Silvio está encogido en su abrigo oscuro, con la espalda apoyada contra un tronco; bajo el sombrero, bien ajustado en la cabeza, su cara tiene la palidez del cielo. Levanta la mano en señal de saludo, con un gesto lento, doloroso, repleto de pudor.

Emilia se reúne con él y caminan por el paseo que lleva al cementerio, por el que nadie ha pasado todavía. Delante de ellos se despliega una larga franja blanca.

—¿Lo has hecho? —le pregunta ella.

Silvio frunce los labios y asiente con la cabeza gacha.

Esta mañana, mientras nevaba afuera, había firmado los papeles preliminares. A diferencia de allí, en la ciudad los copos se habían convertido en barro antes de tocar el suelo, ensuciando las calles. Todo había ocurrido en pocos minutos, como si fuera algo baladí: le habían hecho sentarse a un extremo de la mesa y habían colocado los documentos delante. Ni una palabra de consuelo, ni siquiera lo habían mirado a la cara. Una decena de firmas y todo había terminado.

—No me queda nada —susurra. Después de la incredulidad, después de la rabia, después del dolor, ahora es el momento de la resignación.

—Lo siento —dice Emilia.

—No sé..., a veces tengo la impresión de haberme librado de un peso.

Pasan por los chalecitos de los encargados. Un hombre, parado en la puerta, lo saluda agitando los brazos; él corresponde llevándose la mano al sombrero. En los próximos días se hará pública la noticia, pero por ahora Silvio sigue siendo el patrón.

Llegan al cementerio. Más allá de la verja cerrada, en el mausoleo, descansa Cristoforo.

Permanecen inmóviles unos minutos, luego atajan por la izquierda y se adentran en el bosque. Ninguno de los dos quiere volver a casa y quedarse solo.

—¿Te acuerdas de cuando solíamos venir aquí a jugar? —le dice Emilia.

Silvio asiente sonriendo. En un instante se le vuelven a la cabeza esos remotos veranos: los dos huyendo de la fábrica para escapar de la niñera, el miedo a la oscuridad y el consuelo recíproco, los refugios en los árboles, las competiciones para ver quién tiraba más lejos la piedra, las caídas, los rasguños y los moretones, el llanto, las peleas, y luego siempre las paces.

—No había nada por estos alrededores —señala.

Aún se acuerda del día en el que su padre le enseñó el terreno, como si fuera ayer. Era un niño: llevaba semanas oyendo hablar de este pueblo y, cuando por fin Cristoforo lo llevó a conocerlo, Silvio esperaba encontrarse la hilandería, el canal, las casas.

—Deberías estar orgulloso de lo que habéis construido.

—¡Mmm! —dice con amargura, encogiéndose de hombros.

Emilia se detiene y lo toma del brazo.

—No me refiero a la fábrica y a las casas. —Y, dado que él no parece entenderlo, se lo explica—: Está claro que tu familia y tú habéis erigido un pueblo entero, y no es poca cosa, pero eso no es lo más importante: los Crespi le han dado a un montón de personas una existencia digna, la fe en un mañana mejor, un lugar para criar a sus hijos y envejecer serenamente rodeados por la belleza. Una comunidad de la que sentirse parte integrante.

—Pero no he sido capaz de llevar a término el sueño de mi padre.

Emilia tiene un gesto de fastidio.

—Has perdido la fábrica, pero lo que habéis hecho nadie os lo arrebatará. Pueden quitaros la empresa, las propiedades, los cargos, y tal vez algún día los recuperéis. ¿Quién sabe? Pero lo que les has dado a los demás seguirá siendo tuyo para siempre. —Piensa en las esperanzas que su padre había puesto en ese lugar y sonríe—. El sueño de nuestros padres se ha cumplido.

Silvio también sonríe, sintiéndose finalmente aliviado.

Emilia tiene razón: el pueblo que lleva su nombre es mucho más que un montón de ladrillos.

—¿Qué me dices de una carrera para ver quién llega primero al río? —la desafía.

Ella le lanza una mirada irreverente, luego le da un empujón y echa a correr.

—¡El que llegue último paga una prenda! —le grita.

Silvio sale en su persecución, saltando sobre raíces que sobresalen y árboles talados. El aire frío le arde en las fosas nasales, y es evidente que ya no tiene la flexibilidad de cuando era niño, pero no quiere dejarla ganar. Casi la ha alcanzado cuando ella resbala en un charco congelado y cae al suelo.

—¿Te has hecho daño? —le pregunta mientras la ayuda a levantarse.

—Qué va —dice ella. Nunca admitirá que nota las rodillas ardiendo.

Empiezan a correr de nuevo cogidos de la mano y, cuando llegan al Brembo, ambos están exhaustos. De niños habrían vuelto sin detenerse, ahora se sientan a recobrar el aliento mientras no pueden contener la risa.

A partir de mañana volverá a asumir el papel de empresario algodonero; habrá nuevas reuniones, nuevos registros, nuevas firmas que aportar.

Ahora, sin embargo, Silvio vuelve a ser un niño. Tiene ocho años y su padre ha comprado recientemente un triángulo de terreno de ochenta y cinco hectáreas en el cruce de dos ríos.

Tienen todo un sueño por construir, a ese lado del río.

14

Crespi d'Adda, verano de 1930

Las cerezas están maduras, los huevos de los pájaros se abren, en los campos están recogiendo el heno, los campos de maíz se vuelven de oro. Es el último día de colegio y los niños salen gritando. Emilia se demora en el aula de la segunda planta, da una última vuelta, comprueba que no se han olvidado ningún libro o cuaderno, limpia la pizarra, acaricia la superficie de madera del escritorio, respira hondo y se llena los pulmones con el olor de ese lugar.

Los niños crecen, se diploman, van a trabajar o siguen con sus estudios; con el tiempo la mayoría se olvidará de ella. Cada año resulta doloroso, pero esta vez lo es más que otras veces.

—Todavía estáis aquí —dice la directora asomando la cabeza en el aula—. Ya me imaginaba que os encontraría.

—Ya he terminado, estoy a punto de irme.

—¿Así que vuestra decisión es firme?

Emilia asiente con los labios fruncidos.

—Os echaremos de menos.

—Yo también, mucho.

Cuando sale del edificio, el brillante sol de junio la ciega por un instante. Luego mira a su alrededor, con la esperanza de encontrar a Silvio.

Como era de esperar, han acabado arrebatándoselo todo.

Luchó, pero al final tuvo que ceder su empresa y su pueblo. Crespi d'Adda ya no pertenece a los Crespi.

Baja la escalinata y se encamina hacia casa. En la entrada todo está listo para su marcha: pocas maletas, especialmente pertenencias de Enea de las que no quiere separarse, porque nunca se sabe si volverá, y entonces esa ropa, esos zapatos, ese peine podrían hacerle falta. Y luego la fotografía de su boda: una silla en el campo, ella sentada y él de pie al lado, incómodo.

Cuando le dijo a Silvio que se iba, él intentó impedírselo. Discutieron furiosos, y de repente se echaron a reír, dándose cuenta de lo inútil que era todo.

—He visto nacer este pueblo, literalmente. Antes de que existiera, mi padre me lo describía con palabras tan detalladas que, cuando vine a vivir aquí, era como si lo conociera. Me he criado entre los árboles del paseo, he bebido el agua del río, he regado la tierra con mis lágrimas. He vivido en otros lugares, en otros lugares me he sentido feliz y triste, pero en ningún otro lugar he sido tan feliz y he estado tan triste como aquí. Llevo este pueblo bajo mi piel, en la sangre, dentro del estómago.

—Y, entonces, ¿por qué? ¿Por qué quieres irte?

—Porque ya no será lo mismo.

—¿Me estás reprochando el que lo haya perdido?

—No quiero ser testigo de lo que harán quienes vengan después. Solo los que han nacido aquí conocen este lugar: los demás no tendrán el mismo respeto, porque no pueden entenderlo, porque no lo llevan debajo de la piel. —Ya corren voces de que quieren cambiar el nombre de la aldea, Tessilia, parece que van a llamarla, así que de los antiguos patrones no quedará nada, y alguien ha sugerido pintar las casas con los colores de la bandera italiana, con patriótico mal gusto—. No me quedaré aquí para ver que otros se apoderan de mi casa, de mis recuerdos, de mi familia, de mi vida.

Ese día, cuando Silvio se fue parecía tener diez años más. Fue la última vez que lo vio.

Emilia mete sus últimas cosas en la maleta de cartón, sale y cierra la puerta detrás de ella. Luego da una vuelta por el jardín. En el huerto hay una higuera: fue la primera planta que Enea y ella vieron crecer juntos. El tronco se ha ido volviendo año tras año más robusto mientras las hojas eran cada vez más grandes: cada otoño caían para volver luego más verdes y de mayor tamaño. A la sombra de esa higuera han pasado veranos felices, charlando de literatura, de historia, se han quedado dormidos, han discutido y luego han hecho las paces.

Ayer por la tarde, al amparo de la oscuridad, Emilia cavó un pequeño agujero justo en el lugar donde solía ponerse Enea a leer. Mira a su alrededor para asegurarse de que nadie la vea, luego se acuclilla, esconde en el agujero una pequeña caja de madera y la recubre de tierra.

En el interior hay una hoja doblada en cuatro.

Mi amor, luz de mi vida:

Abandono nuestra casita sintiendo que el corazón me pesa como una piedra, pero decidida a elegir por mí misma: libre, como siempre quisiste que fuera. Todo este tiempo te he aguardado sin perder la esperanza de verte aparecer algún día por la puerta que cruzamos, hace muchos años, como recién casados. Todavía lo espero y lo esperaré siempre: solo la muerte podrá extinguir en mí la confianza de que llegue a ocurrir.

Dejo estas paredes que han sido el cofre de nuestras alegrías y de nuestras penas, cierro las ventanas con vistas a un pueblo que de su antiguo dueño y de su utopía ya no llevará el nombre.

No tengo ninguna duda de que, cuando vuelvas y encuentres a unos extraños viviendo en nuestra casa, irás y cavarás al pie de la higuera y hallarás esta carta mía. Luego cruza el río y pregúntales a los Vitali de Boltiere: ellos podrán decirte dónde localizarme.

Sin embargo, si Dios me hubiera llamado entretanto a su presencia, no vayas a llorar sobre mis restos mortales:

se hallen donde se hallen, siempre me encontrarás aquí. Estaré en el sonido de la campana del domingo, en el polvillo de algodón que flota en el aire, en la corriente del río, en los ladrillos de la chimenea, en la sombra de las casas.

Dejo lo que queda de un sueño, pero nunca dejaré de soñar.

Emilia

AGRADECIMIENTOS

Quiero dar las gracias a los miembros de mi editorial —Marco Tarò, Stefano Mauri, Cristina Foschini, Emanuele Bertoni, Elena Pavanetto, Giacomo Lanaro, Lara Spagnol, Giulia Fossati, Barbara Trianni, Giorgia di Tolle, Viviana Vuscovich— por seguir siendo una editorial y hacer muy bien su trabajo, algo especialmente precioso. En particular, además de por su apoyo en la investigación preliminar, en la redacción y en la revisión, doy las gracias a Cristina Prasso por haber saltado conmigo en los charcos y a mi extraordinario editor, Paolo Caruso, por sus amables estímulos.

Quiero dar las gracias a la agencia literaria Lorem Ipsum y a las Crespine —Noemi Gentilezza, Giulia Laino, Giorgia Levy, Marsilja Rakipi— por protegerme y apoyarme: os quiero mucho. Quiero dar las gracias a Jacopo Viganò, quien con su incurable optimismo y levedad ha iluminado mis rincones oscuros.

Quiero dar las gracias a la Asociación Cultural Crespi d'Adda y a Lucia Colombo, sin cuya ayuda este libro no existiría; doy las gracias a Giorgio Ravasio por su entusiasmo, su generosidad, su amistad.

Doy las gracias al profesor Roberto Romano por su asesoramiento historiográfico, a Laura Farina y a Giuseppe Rende por su ayuda en el ámbito financiero y a Daniele Coen en el ámbito médico; a Paolo Ratti por las ideas y los constantes aguijonazos.

Doy las gracias a todos los amigos a los que descuidé para concentrarme en el trabajo, y que todavía siguen a mi lado. Doy las gracias a Mislin Streito por haberme enseñado a llorar de alegría.

Doy las gracias a Silvana Selmi, porque es inmensa.

Doy las gracias a mi marido, Giulio, un hombre bueno y valiente, paciente, honesto: nada de lo que he hecho en la vida habría sido posible si no lo hubiera tenido a él para conservar el equilibrio.

Doy las gracias a mi madre, mi mitad cálida y creativa, que me otorgó la libertad de ser lo que he querido ser. Doy las gracias a mi abuela Piera, que fue la primera, hace muchos años, en hablarme de Crespi d'Adda, plantando la semilla de la historia que el lector acaba de leer.